A FOGUEIRA DAS VAIDADES

TOM WOLFE

A FOGUEIRA DAS VAIDADES

TRADUÇÃO DE LIA WYLER

Título original
THE BONFIRE OF THE VANITIES

Copyright © 1987 *by* Tom Wolfe

Direitos desta edição reservados à
EDITORA ROCCO LTDA.
Av. Presidente Wilson, 231 – 8º andar
20030-021 – Rio de Janeiro, RJ
Tel.: (21) 3525-2000 – Fax: (21) 3525-2001
rocco@rocco.com.br
www.rocco.com.br

Printed in Brazil/Impresso no Brasil

CIP-Brasil. Catalogação na fonte.
Sindicato Nacional dos Editores de Livros, RJ.

W837f   Wolfe, Tom, 1930-2018
   A fogueira das vaidades / Tom Wolfe; tradução de Lia Wyler.
– Primeira edição – Rio de Janeiro: Rocco, 2018.

   Tradução de: The bonfire of the vanities
   "Edição em capa dura"
   ISBN 978-85-325-3130-8
   ISBN 978-85-8122-758-0 (e-book)

   1. Romance americano. I. Wyler, Lia. II. Título.

18-53055   CDD-813
                        CDU-82-31(73)

Meri Gleice Rodrigues de Souza – Bibliotecária CRB-7/6439

O texto deste livro obedece às normas do
Acordo Ortográfico da Língua Portuguesa.

Tirando o chapéu, o autor dedica este livro ao advogado EDDIE HAYES, que atravessou as chamas, apontando as labaredas luminosas. E gostaria de expressar sua profunda gratidão a BURT ROBERTS, o primeiro a lhe mostrar o caminho.

PRÓLOGO
FOGO NO VIRA-LATA

— E aí dizer o quê? Dizer "esqueçam que têm fome, esqueçam que um tira racista acertou um tiro nas costas da gente... que Chuck esteve aqui? Que Chuck veio ao Harlem..."

— Não, vou *dizer* o quê...

— Chuck veio ao Harlem e...

— Vou *dizer* o quê...

— Dizer "Chuck veio ao Harlem e vai resolver o problema da comunidade negra?"

Foi o bastante.

Ih-ihigggggggggggghhhhhhhhhh!

Ouve-se uma dessas espantosas gargalhadas de contralto em algum ponto da plateia. Um som que sai do fundo das entranhas, de sob múltiplas e generosas camadas de tecido, e ele sabe exatamente que aparência a mulher deve ter. Noventa e um quilos, nem mais nem menos! E a estrutura de uma caldeira! A gargalhada contagia os homens. E explodem aqueles ruídos de barriga que ele tanto odeia.

E começam:

— *Ihihih... ahhaaaa-ahahhh... É isso aí... Vai fundo, irmão... Eh...*

Chuck! O insolente — ele está bem ali, bem ali na frente — e acabou de chamá-lo de Charlie! Chuck é a abreviação de Charlie, e Charlie é o velho apelido que dão aos fanáticos brancos. Que insolência! Que descaramento! O calor e a claridade são infernais. Fazem o prefeito apertar os olhos. São as luzes da TV. Ele está envolto numa névoa ofuscante. Mal consegue discernir o rosto do provocador. Vê um vulto alto e os fantásticos ângulos que os cotovelos ossudos do homem formam quando agita as mãos no ar. E um brinco. O homem usa um enorme brinco de ouro em uma orelha.

O prefeito se curva para o microfone e diz:

— Não, já sei o que vou fazer. Certo? Vou lhes dar os números reais. Certo?

— Não queremos saber dos seus números, cara!

— "Cara" — diz ele. — Que atrevimento! Você é que puxou esse assunto, meu amigo. Portanto, vou lhe dar os números reais. *Certo?*

— Não venha nos embromar com mais números!

Outra explosão de risos na plateia, desta vez mais forte:
— *Ahhhh-ahhhh-ahhh... É isso aí, mermão... Vai fundo... Eh, Gober!*
— Nesta administração — e isso é do domínio público — a percentagem do orçamento global anual da cidade de Nova York...
— Ora, caaara — grita o provocador —, não fique aí tentando nos engrupir com seus números e seu papo de burocrata!
Eles adoram isso. Que atrevimento! Os insolentes disparam outra explosão. Ele espreita através da claridade escaldante das luzes da televisão. Mantém os olhos apertados. Está consciente de uma enorme massa de vultos, diante dele. A multidão se agiganta. O teto parece comprimi-lo. E revestido de placas bege. As placas estão riscadas de cortes ondulados. As bordas esfareladas. Amianto! Ele sabe identificar quando vê! Os rostos — estão esperando a festa começar, a pancadaria. Nariz pingando sangue! — é essa a ideia. O próximo segundo significa tudo. Ele sabe que pode se sair bem! Sabe lidar com provocadores! Só tem 1,70 metro, mas é ainda melhor nessas coisas do que Koch costumava ser. É o prefeito da maior cidade da terra — Nova York! Ele!
— *Tudo bem!* Você já se divertiu e agora vai *calar a boca* por um minuto!
Isso surpreende o agitador. Ele congela. Era isso que o prefeito precisava. E sabe o que fazer.
— *Vocêêêê* fez a *mimmmm* uma pergunta, não fez? e arrancou *muuuuitas* risadas de sua claque. E agora *vocêêêê* vai ficar *quieeeeto* e *ouuuuvir* a resposta. Certo?
— Disse claque? — O homem perdera o fôlego, mas continuava de pé.
— *Certo?* Agora vamos ver as estatísticas para a *suuuuaa* comunidade, aqui mesmo, no Harlem.
— Disse claque? — O filho da mãe se aferrara a essa palavra "claque" como a um osso. — Ninguém come estatísticas, cara!
— *É isso aí. Eh... Eh, Gober!*
— Deixe-me terminar. *Vocêêêê* acha...
— Não venha com percentagens de orçamento anual para cima de nós, cara! Queremos *empregos!*
A multidão explode outra vez. Pior que antes. A maior parte ele não consegue entender — interjeições lá do fundo do estômago. Mas tem essa história do *Eh*. Há um desordeiro no fim da sala com um vozeirão que fura tudo.
Eh, Gober! Eh, Gober! Eh, Gober!
Mas ele não está dizendo "Gober". Está dizendo "Goldberg".
"Eh, Goldberg! Eh, Goldberg! Eh, Goldberg!"
Isso o atordoa. Nesse local, no Harlem! Goldberg é o apelido que dão no Harlem aos judeus. É insolente! — ofensivo! — que alguém atire esse insulto na cara do prefeito de Nova York!

Vaias, assobios, grunhidos, gargalhadas, gritos. Eles querem ver alguns dentes partidos. Impossível controlar.

— Vocês...

Não adianta. Não consegue se fazer ouvir nem com o microfone. Há ódio estampado nos rostos! Puro veneno! E hipnotizante.

— *Eh, Goldberg! Eh, Goldberg! Eh, Jacó!*

Jacó! Lá vêm eles de novo! Um está gritando Goldberg e o outro, Jacó. Então começa a perceber. O reverendo Bacon! E o pessoal do Bacon. Tem certeza. Os cidadãos participantes que comparecem aos debates no Harlem — as pessoas que Sheldon deveria ter arregimentado para encher o auditório — não estariam ali berrando essas afrontas! Era obra de Bacon! Sheldon falhara! Bacon enfiara seu pessoal ali!

Uma onda da mais pura autocomiseração engolfa o prefeito. Pelo canto do olho vê as equipes de televisão se contorcendo na névoa de luzes. As câmeras se projetam de suas cabeças como chifres. Giram para um lado e para o outro. Estão se aproveitando! Estão ali pela baderna. Não levantariam um dedo. São uns covardes! Parasitas! Vermes da vida pública!

No instante seguinte compreende, horrorizado:

— Terminou tudo. Não consigo acreditar. Perdi.

— *Chega de seus... Fora daqui... Uhhhh... Não queremos... Eh, Goldberg!*

Guliaggi, o chefe da equipe de segurança do prefeito, está vindo pela coxia em sua direção. O prefeito faz-lhe um sinal com a mão abaixada para que volte, sem olhá-lo diretamente. Que poderia fazer, afinal? Trouxera apenas quatro policiais. Não queria vir com um exército. A ideia era mostrar que podia vir ao Harlem para falar num debate da mesma maneira que o fazia em Riverdale ou Park Slope.

Na primeira fila, através da névoa, seus olhos encontraram os da sra. Langhorn, a mulher de penteado cênico, presidente do conselho comunitário, a mulher que acabara de apresentá-lo — quê? — há poucos minutos. Ela aperta os lábios, tomba a cabeça para um lado e põe-se a sacudi-la. Esse gesto provavelmente quer dizer: "Gostaria de ajudá-lo, mas que posso fazer? Veja a cólera do povo!" Ah, ela está amedrontada como os demais. Sabe que deveria enfrentar a tempestade! Da próxima vez irão perseguir gente negra como ela! E terão prazer com isso! Ela sabe. Mas as pessoas de bem se deixam intimidar. Não ousam fazer nada! Laços de sangue! Eles e nós!

— *Dê o fora!... Uhhhh... Uhgggghhhh... Uh!*

Ele experimenta o microfone de novo.

— É isso que... *é isso que*...

Inútil. É como gritar contra a arrebentação. Tem vontade de cuspir neles. Tem vontade de lhes dizer que não tem medo. Vocês não estão *me* obrigando a fazer um papelão! Estão deixando um punhado de provocadores neste auditório obrigarem todo o Harlem a fazer um papelão! Vocês deixam meia dúzia de desordeiros me chamarem de Goldberg e de Jacó, e não mandam que *eles* se calem — mandam que *eu* me cale! É inacreditável! Será que as pessoas trabalhadoras, respeitáveis e tementes a Deus que vivem no Harlem, as senhoras como a sra. Langhorn, os cidadãos conscientes — será que realmente pensam que eles são seus *irmãos*? Quais foram seus amigos todos esses anos? Os judeus! E deixam esses provocadores me chamarem de *Charlie*! Xingam-me desses nomes e vocês não dizem *nada*?

O auditório inteiro parece estar pulando. Brandem os punhos. Têm a boca aberta. Estão gritando. Se pularem mais alto, batem no teto.

Vai aparecer na TV. A cidade inteira verá. Vão adorar. O Harlem se rebela! Que espetáculo! Não são as prostitutas, os traficantes e os cafetões que se rebelam — é o *Harlem* que se rebela! Toda a Nova York negra se rebela! Ele é apenas prefeito de *parte* do povo! É prefeito da Nova York branca! Fogo no vira-lata! Os italianos verão isso na TV e vão adorar. E os irlandeses. Até os brancos, anglo-saxões, protestantes. Não perceberão o que estão vendo. Sentarão em seus apartamentos na Park Avenue, Fifth Avenue, East 72nd Street e Sutton Place, e sentirão arrepios com a violência e gozarão o espetáculo. Carneiros! Cabeças-ocas! Anjos! *Goyim!* Nem sequer desconfiam, não é? Acham realmente que esta cidade continua sendo *sua*? Abram os olhos! A maior cidade do século XX! Acham que o *dinheiro* irá preservá-la para vocês?

Desçam dos seus elegantes apartamentos, sócios e advogados de grupos empresariais! Aqui embaixo fica o Terceiro Mundo! Porto-riquenhos, antilhanos, haitianos, dominicanos, cubanos, colombianos, hondurenhos, coreanos, chineses, tailandeses, vietnamitas, equatorianos, panamenhos, filipinos, albaneses, senegaleses e afro-americanos! Visitem as fronteiras, seus grandíssimos poltrões! Morningside Heights, St. Nicholas Park, Washington Heights, Fort Tryon — *por qué pagar más?* O Bronx — o Bronx acabou para vocês! Riverdale é apenas um pequenino porto livre! Pelham Parkway — um corredor aberto para Westchester Brooklyn — o *seu* Brooklyn já não existe! Brooklyn Heights, Park Slope — pequenas Hong Kongs, é o que são! E Queens! Jackson Heights, Elmhurst, Hollis, Jamaica, Ozone Park — de quem são? Sabem? E como ficam Ridgewood, Bayside e Forest Hills? Já pensaram nisso? E Staten Island! Vocês que fazem seus consertinhos aos sábados acham que realmente estão seguros em suas casinhas? Pensam que o futuro não é capaz de atravessar uma *ponte*? E vocês, brancos, anglo-saxões, protestantes, frequentadores de bailes de caridade, sentados em montanhas de dinheiro herdado, em seus apartamentos com um pé-direito de mais de 3,50 metros e duas alas, uma para vocês e outra para os empregados, acham-se realmente inexpugnáveis? E vocês, financistas judeo-alemães, que finalmente conseguiram se mudar para os mesmos edifícios, para melhor se isolarem das hordas do *shtetl*, acham realmente que estão protegidos do *Terceiro Mundo*?

Pobres obesos! *Marshmallows!* Galinhas! Vacas! Esperem até ter um reverendo Bacon como prefeito, uma Câmara Municipal e uma Comissão Orçamentária com um bando de reverendos Bacons de uma ponta a outra! Aí é que vão saber realmente quem são! Eles irão procurá-los! Irão visitá-los no número 60 da Wall e no número 1 da Chase Manhattan Plaza! Sentarão sobre suas mesas de trabalho e tamborilarão os dedos! Limparão os cofres de banco para vocês, sem cobrar nada...

Completamente alucinadas, essas ideias que ribombavam em sua cabeça! Absolutamente paranoicas! Ninguém vai eleger Bacon para nada. Ninguém vai marchar sobre o centro da cidade. Sabe disso. Mas sente-se tão só! Abandonado! Incompreendido! *Eu!* Esperem até *me* perder! Vão ver o que é bom! E me deixam sozinho aqui nesta tribuna com a droga desse teto de amianto caindo na minha cabeça...

— Uhhh!... Ehggghh!... Ahhggghhh!... Eh!... Goldberg!

Há um tumulto incrível de um lado do palco. As luzes da TV estão chapadas em seu rosto. Muito empurra-empurra — ele vê um operador de câmera cair. Alguns dos filhos da mãe estão se dirigindo para os degraus do palco, e as equipes de televisão estão no caminho. Vão passar por cima delas. Empurrões — atiram alguém escada abaixo — os homens dele, a equipe de segurança à paisana, o grandalhão, Norrejo — Norrejo está empurrando alguém escada abaixo. Alguma coisa atinge o prefeito no ombro. Dói pra danar! Ali no chão — um frasco de maionese, um frasco de 250 gramas de maionese Hellman's. Pela metade! Já usado! Alguém atirou um frasco parcialmente usado de maionese nele! Naquele minuto o detalhe mais insignificante domina sua mente. Quem, em nome de Deus, traria um vidro de 250 gramas de maionese Hellman's pela metade para um debate?

As malditas luzes! O povo está no palco... muita confusão... um verdadeiro melê... Norrejo agarra um diabo daqueles pela cintura, mete a perna por trás dele e o atira no chão. Os outros dois detetives, Holt e Danforth, estão de costas para o prefeito. Curvam-se como se fizessem um bloqueio para manter a passagem livre. Guliaggi está a seu lado.

— Fique atrás de mim — diz Guliaggi. — Vamos sair por aquela porta.

Será que está sorrindo? Guliaggi parece ter um sorrisinho nos lábios. Acena com a cabeça na direção da porta ao fundo do palco. Ele é baixo, tem a cabeça pequena, a testa estreita, os olhos miúdos e apertados, o nariz chato, a boca larga e cruel com um bigodinho fino. O prefeito continua com os olhos fixos na boca. Será um sorriso? Não pode ser, mas talvez seja. Essa torção estranha e perversa dos lábios parece dizer: "Até agora o espetáculo foi seu, mas agora é meu."

Em todo caso, o sorriso decide a questão. Como Custer, o prefeito abandona seu posto de comando na tribuna. E se entrega ao seu Little Rock. Agora os outros também se agrupam em torno dele, Norrejo, Holt, Danforth. Rodeiam-no como quatro cantos de um cercadinho. O povo está por todo o palco. Guliaggi e Norrejo forçam caminho pela multidão à força de músculos. O prefeito está colado aos calcanhares deles. Rostos rosnam a toda a volta. Há um sujeito, a menos de dois palmos, que não para de pular e berrar "Seu velhote babaca! Seu velhote babaca!".

Todas as vezes que o filho da mãe pula, o prefeito vê os olhos brancos esbugalhados e seu enorme pomo de adão. É do tamanho de uma batata-doce.

— Seu velhote babaca! — Ele continua a vociferar. — Seu velhote babaca!

Bem diante dele... o agitador grandalhão em pessoa! O tal dos cotovelos e do brinco de ouro! Guliaggi está entre o prefeito e o agitador, mas este é mais alto do que Guliaggi. Deve ter mais de 1,95 metro. Grita na cara do prefeito:

— Dá o fora... xô!

De repente, o filho da mãe afunda, com a boca aberta e os olhos esbugalhados. Guliaggi meteu o cotovelo no plexo solar do homem.

Guliaggi alcança a porta e a abre. O prefeito o segue. Sente que os outros detetives o empurram pela porta. Achata-se contra as costas de Guliaggi. O sujeito é um bloco de rocha!

Juntos descem uma escada. Os sapatos batem, estridentes, nos degraus estreitos de metal. Ele está inteiro. A turba nem está em seu encalço. Está seguro — mas acabrunhado. Nem mesmo estão tentando segui-lo. Jamais quiseram realmente tocar nele. E naquele instante... *percebe*. Percebe antes mesmo que sua mente tenha montado todas as peças.

— Cometi um erro. Cedi àquele sorrisinho. Entrei em pânico, Pus tudo a perder.

1
O SENHOR DO UNIVERSO

Naquele mesmo instante, no mesmo tipo de apartamento que tanto obcecava o prefeito... pé-direito de mais de 3,50 metros... duas alas, uma para os brancos, anglo--saxões, protestantes, donos da casa e uma para os empregados... Sherman McCoy estava ajoelhado no vestíbulo, tentando colocar uma coleira num bassê. O piso era de mármore verde-vivo e parecia não ter fim. Levava a uma escada de nogueira de 1,50 metro de largura, que se erguia em uma curva majestosa até o andar superior. Era o tipo de apartamento que só em pensar faz arder labaredas de inveja e cobiça na população de toda Nova York e, aliás, na de todo o mundo. Mas Sherman só ardia de ansiedade por fugir dessa fabulosa propriedade por meia hora.

E ali estava ele, de joelhos postos no chão, pelejando com um cachorro. O bassê, pensava, era o seu visto de saída.

Quem olhasse para Sherman McCoy, agachado daquele jeito e vestido assim, camisa xadrez, calça cáqui e mocassins de velejar, nunca teria ideia da figura imponente que normalmente era. Ainda jovem... 38 anos... alto... quase 1,85 metro... um porte formidável... formidável ao ponto de parecer autoritário... tão autoritário quanto o pai, o Leão de Dunning Sponget... vasta cabeleira castanho-clara... nariz longo... queixo proeminente... Orgulhava-se do queixo. O queixo McCoy; o Leão também o possuía. Era um queixo másculo, grande e arredondado como o que os graduados de Yale costumavam exibir nos desenhos de Gibson e Leyendecker, um queixo aristocrático, se querem saber a opinião de Sherman. Ele próprio tinha passado por Yale.

Mas nesse instante toda a sua aparência se esforçava por expressar: "Só estou saindo para passear com o cachorro."

O bassê parecia saber o que o esperava. Procurava se esquivar da guia. As pernas curtas do bicho enganavam. Quando se tentava agarrá-lo, transformava-se em um rolo de meio metro de músculos. Para se atracar com ele, Sherman tinha que se atirar ao chão. E quando se jogava, a rótula batia no piso de mármore e a dor o enraivecia.

— Vamos, Marshall — não parava de resmungar. — Fique parado, droga.

O bicho se desvencilhava, ele machucava de novo o joelho, e agora não sentia raiva apenas do animal, mas de sua mulher também. Para começar, fora no delírio de uma carreira de decoradora de interiores que ela se tornara responsável por essa ostentosa superfície de mármore. A minúscula orla negra de gorgorão na ponta de um sapato de mulher...

... ela estava parada ali.

— Você está se esbaldando, Sherman. Que está fazendo?

Sem levantar a cabeça:

— Vou levar Marshall para passea-a-a-a-ar.

"Passear" saiu num gemido, porque o bassê tentava uma glissada e Sherman teve que passar o braço em volta do cachorro.

— Sabe que está chovendo?

Ainda de cabeça baixa:

— Sei.

Finalmente conseguiu engatar a guia na coleira do animal.

— Não resta dúvida de que, de repente, está sendo bonzinho com o Marshall.

Espere aí. Seria uma ironia? Será que suspeitava de alguma coisa? Ergueu a cabeça.

Mas o sorriso em seu rosto era obviamente sincero, perfeitamente gentil... um lindo sorriso, de fato... "Continua uma linda mulher, minha esposa"... de feições delicadas, grandes olhos azul-claros, magníficos cabelos castanhos... "Mas tem quarenta anos!"... Não há como fugir... Hoje "bela"... Amanhã estarão comentando: "Que mulher de aparência digna"... Não é culpa dela... "Mas não é minha tampouco!"

— Tenho uma ideia — sugeriu ela. — Por que não deixa que *eu* passeie com Marshall? Ou que eu peça a Eddie para ir? Você sobe e lê uma história para Campbell dormir. Ela adoraria. Não é sempre que você está em casa tão cedo. Por que não faz isso?

Observou-a. Não era um truque! Estava sendo sincera! E, no entanto, *zip zip zip zip zip zip zip,* com umas poucas pinceladas rápidas, umas poucas frases, ela o... imobilizara! — *com grilhões de culpa e lógica!* Sem nenhum esforço!

O fato de que Campbell talvez estivesse deitada na caminha — "minha única filha! — a absoluta inocência de uma criança de seis anos!" — querendo que o pai lesse uma história para dormir... enquanto ele estava... fazendo o que quer que estivesse fazendo... "Culpa!"... O fato de que normalmente chegava em casa tarde demais até para vê-la... "Culpa sobre culpa!"... Adorava Campbell! — Amava-a mais que tudo no mundo!... E para piorar as coisas — *a lógica dos argumentos!* O rosto meigo da esposa, que ele observava, acabara de fazer uma sugestão sensata, uma sugestão lógica... tão lógica que o emudecera! Não havia no mundo suficientes mentirinhas inofensivas para burlar essa lógica! E ela só estava querendo ser gentil!

— Vamos — animou. — Campbell ficará tão contente! Deixe que eu cuido de Marshall.

O mundo estava de cabeça para baixo. Que estava ele, um Senhor do Universo, fazendo ali no chão, reduzido a vascular o cérebro à procura de mentirinhas inofensivas para burlar a lógica inocente da mulher? Os Senhores do Universo eram uma coleção de sinistros e predatórios bonecos de plástico com que sua filha, sob outros aspectos perfeita, gostava de brincar. Pareciam deuses nórdicos halterofilistas e tinham nomes como Dracon, Ahor, Mangelred e Blutong. Eram extraordinariamente vulgares, até mesmo para brinquedos de plástico. Porém um belo dia, num assomo de euforia, depois de ter erguido o fone e recebido um cupom de dividendos que lhe rendeu 50 mil dólares de comissão, num piscar de olhos, essa mesma expressão lhe ocorrera. Na Wall Street, ele e uns poucos — quantos? trezentos, quatrocentos, quinhentos? tinham se transformado exatamente nisso... Senhores do Universo. Não havia... limites, simplesmente! É claro que nunca nem sussurrara essa expressão para ninguém. Não era idiota. Contudo não conseguia tirá-la da cabeça, E ali estava o Senhor do Universo no chão com um cachorro, de pés e mãos amarrados como um porco, pela doçura, a culpa e a lógica... Por que não podia (sendo um Senhor do Universo) simplesmente *explicar*? Olhe, Judy, eu ainda a amo e amo nossa filha e amo nossa casa e amo nossa vida, e não quero mudar nadinha — é que eu, um rapaz ainda no vigor da juventude, mereço *mais* vez por outra, quando me dá vontade —, mas sabia que jamais poderia pôr tais pensamentos em palavras. Então o rancor começou a fervilhar em seu cérebro... De certa forma ela era a causadora disso, ou não... Essas mulheres cuja companhia agora parecia apreciar... essas... essas... A frase lhe acorre à mente naquele instante: "radiografias ambulantes"... Conservam-se tão magras que parecem chapas de raios X... Dá para ver a luz através dos ossos... enquanto tagarelam sobre "decoração de interiores e paisagismo"... e cobrem as canelas esqueléticas com calças tubulares de lycra brilhante para ir a aulas de ginástica... E isso não adiantou nada, adiantou?... Olhe como o rosto e o pescoço dela parecem chupados... Concentrou-se no rosto e no pescoço... chupados... Não havia dúvida... ginástica... transformando-a "numa delas"...

Conseguiu produzir rancor suficiente para inflamar a famosa cólera McCoy.

Sentiu o rosto esquentar. Baixou a cabeça e disse:

—Juuuuuudy...

Foi um grito sufocado pelos dentes. Apertou o polegar e os primeiros dois dedos da mão esquerda, erguendo-a diante dos maxilares cerrados e dos olhos faiscantes, e disse:

— Olhe... estou decidido a passear com o cachorro... E vou sair para passear com o cachorro... *Está bem?*

Em meio à frase percebeu que era totalmente desproporcional a... a... mas não conseguiu se segurar. Esse era, afinal, o segredo da cólera McCoy... na Wall Street... aonde quer que fosse... o excessivo autoritarismo.

Judy comprimiu os lábios. Sacudiu a cabeça.

— Faça como quiser — disse, sem inflexão. Deu-lhe as costas, atravessou o vestíbulo de mármore e subiu a suntuosa escadaria.

Ainda de joelhos, acompanhou-a com o olhar, mas ela não se voltou. "Faça como quiser." Impusera sua vontade. Sem discussão. Mas era uma vitória vã.

Mais um espasmo de culpa...

O Senhor do Universo se levantou e conseguiu manter segura a guia e se enfiar na capa de chuva. Apesar de velha, era uma formidável capa inglesa de montaria com revestimento de borracha, cheia de abas, tiras e fivelas. Ele a comprara na Knoud, na Madison Avenue. Antigamente considerava o seu ar surrado elegantíssimo, combinando com a moda dos sapatos de couro craquelê estilo Boston. Agora tinha suas dúvidas. Deu um puxão na guia do bassê e saiu do vestíbulo para o saguão do elevador e apertou o botão.

Em vez de continuarem a pagar turnos de 24 horas a irlandeses do Queens e porto-riquenhos do Bronx a 200 mil dólares por ano para operar os elevadores, os proprietários dos apartamentos tinham decidido, havia dois anos, automatizá-los. Nessa noite isso convinha bastante a Sherman. Com aquelas roupas e um cachorro que se contorcia a reboque, não lhe apetecia andar num elevador com um cabineiro fardado de coronel do exército austríaco de 1870. O elevador desceu — e parou dois andares abaixo. *Browning*. A porta se abriu, e o corpanzil e a queixada lisa de Pollard Browning entraram. Browning examinou Sherman, a roupa esportiva e o cachorro, de alto a baixo, e disse, sem o menor vestígio de sorriso:

— Olá, Sherman.

"Olá, Sherman" estava na ponta de uma vara de 3 metros e em apenas quatro sílabas transmitia a mensagem: "Você, suas roupas e seu bicho estão aviltando o nosso elevador de painéis de mogno."

Sherman ficou furioso e, contudo, quando deu por si, estava se abaixando para tirar o cachorro do chão. Browning era o síndico do condomínio. Era um garotão nova-iorquino que saíra do ventre materno aos cinquenta anos de idade já sócio da Davis Polk e presidente da Associação Comercial. Só tinha quarenta anos, mas parecia ter tido cinquenta nos últimos vinte anos. Seu cabelo era penteado para trás cuidadosamente, cobrindo o crânio redondo. Vestia um imaculado terno azul-marinho, camisa branca, gravata xadrez, e não usava capa. Postou-se de frente para a porta do elevador, virou a cabeça, deu mais uma olhada em Sherman, não fez comentários e tornou a se virar para a frente.

Sherman o conhecia desde o tempo de garotos na Buckley School. Browning fora um pequeno esnobe gorducho, saudável e mandão que aos nove anos sabia onde garimpar a surpreendente informação de que McCoy era um nome caipira (e uma família caipira), como o da famosa disputa entre Hatfields e McCoys, enquanto ele, Browning, era um verdadeiro descendente dos colonizadores holandeses de Nova York. Costumava chamar Sherman de "Sherman McCoy o caipirabói".

Quando chegaram ao térreo, Browning comentou:

— Sabe que está chovendo, não sabe?

— Sei.

Browning olhou para o bassê e sacudiu a cabeça.
— Sherman McCoy. Amigo do melhor amigo do homem.
Sherman sentiu o rosto esquentar outra vez. Respondeu:
— Só.
— Só o quê?
— Você teve do oitavo andar ao térreo para pensar em alguma coisa inteligente e me sai com isso? — Sua intenção era ser ironicamente condescendente, mas percebeu que deixara escapar umas rebarbas de raiva.
— Não sei do que está falando — disse Browning, e seguiu em frente. O porteiro sorriu, cumprimentou-o com a cabeça e abriu a porta para ele. Nem uma gotinha de chuva caiu em sua figura lustrosa, e ele partiu suavemente, imaculadamente, e se juntou ao enxame de luzes vermelhas que demandavam a Park Avenue. Nenhuma capa de montaria maltratada estorvava as costas lisas e gordas de Pollard Browning.

Na verdade a chuva era leve e não ventava, mas o bassê não queria nem saber. Estava começando a se debater nos braços de Sherman. A força do danadinho! Sherman pousou o cachorro na passadeira sob o toldo e saiu para a chuva com a guia. Na escuridão, os edifícios do lado oposto da avenida formavam uma parede negra e serena que continha o céu da cidade, de um roxo fulgurante. O céu refulgia como se estivesse esbraseado de febre.

Droga, não estava tão ruim do lado de fora. Sherman puxou, mas o cachorro cravou as unhas na passadeira.
— Vamos, Marshall.
O porteiro parara do lado de fora da porta, observando-o.
— Acho que ele não está muito feliz com o passeio, sr. McCoy.
— Nem eu tampouco, Eddie. — "E dispenso o comentário", pensou Sherman.
— Vamos, vamos, vamos, Marshall.

A essa altura Sherman, na chuva, dava um bom puxão na guia, mas ainda assim o bassê não se mexia. Então ele o apanhou, afastou-o da passadeira de borracha e depositou-o na calçada. O cachorro tentou correr para a porta. Sherman não podia dar nenhuma folga à guia, senão ele ia voltar exatamente para o ponto de partida. Com isso, ele agora puxava para um lado, e o cachorro, para o outro, a guia esticada entre os dois. Era um cabo de guerra entre um homem e um cachorro... na Park Avenue. Por que diabos o porteiro não voltava para dentro do prédio onde era seu lugar?

Sherman deu um safanão na guia. O bassê derrapou alguns centímetros para a frente na calçada. Dava para ouvir as unhas raspando. Bom, talvez se o puxasse com bastante força desistiria e começaria a andar só para evitar ser arrastado.
— Vamos, Marshall! Só vamos até a esquina!
Deu outro safanão na guia e continuou a puxá-la com toda a força. O cachorro escorregou meio metro para diante. Escorregou! Recusava-se a andar. Recusava-

-se a desistir. O centro de gravidade do animal parecia estar no eixo da terra. Era como tentar arrastar um trenó com uma pilha de tijolos dentro. Jesus, se ao menos pudesse chegar até a esquina. Era só o que queria. Por que seria que *as coisas mais simples* — deu outro puxão na guia e manteve a tensão. Estava curvado como um marinheiro contra o vento. Começava a sentir calor sob a capa de borracha. A chuva escorria-lhe pelo rosto. O bassê tinha as patas esparramadas na calçada. Os músculos dos ombros estavam abaulados. Debatia-se de um lado para outro. O pescoço estava esticado. Graças a Deus, pelo menos não latia! *Deslizava.* Jesus, dava para ouvir! Dava para ouvir as unhas arranharem a calçada. Não cedia um centímetro. Sherman estava de cabeça baixa, os ombros encurvados, e arrastava esse bicho pela escuridão e a chuva da Park Avenue. Sentia a chuva bater-lhe na nuca.

Agachou-se e apanhou o bassê, relanceando os olhos para Eddie, o porteiro, ao fazê-lo. Continuava a observar! O cachorro começou a corcovear e a se debater. Sherman tropeçou. Olhou para baixo. A guia se enrolara em suas pernas. Começou a saltitar pela calçada. Finalmente conseguiu dobrar a esquina e chegar ao telefone público. E pôs o cachorro no chão.

Jesus! Quase escapole! Agarra a guia na hora certa. Está suando. Tem a cabeça empapada de chuva. O coração bate com força. Ele enfia o braço pela alça da guia. O cachorro continua a lutar. A guia torna a se enredar nas pernas de Sherman. Ele tira o fone do gancho e o aconchega entre o ombro e a orelha, e cata uma moeda de 25 *cents* no bolso; insere-a na ranhura e disca.

Três toques e uma voz de mulher:

— Alô?

Mas não era a voz de Maria. Imagina que seja a amiga Germaine, de quem ela subloca o apartamento. Então diz:

— Posso falar com Maria, por favor?

A mulher pergunta:

— Sherman? É você?

Essa não! É Judy! Ele ligou para o próprio apartamento! Está aterrado — paralisado!

— Sherman?

Desliga. Meu Deus. Que fazer? Vai blefar. Quando perguntar, dirá que não sabe do que está falando. Afinal, disse apenas cinco ou seis palavras. Como pode ter certeza?

Mas não iria adiantar. Ela teria certeza. Além do mais, não era bom de blefe. Ela veria que estava mentindo. Mesmo assim, que mais poderia fazer?

Ficou parado ali na chuva, no escuro, junto ao telefone. A água conseguira escorrer para dentro do colarinho da camisa. Ele respirava com dificuldade. Tentava adivinhar a gravidade da coisa. Que faria Judy? Que diria? Ficaria muito aborrecida?

Dessa vez teria algo em que se basear. Merecia fazer uma cena se quisesse. Fora realmente burro. Como pudera fazer uma coisa dessas? Censurava-se. Já não estava aborrecido com Judy. Conseguiria blefar ou se enrascara realmente de vez? Teria mesmo magoado a mulher?

De repente, Sherman tomou consciência de um vulto que se aproximava pela calçada, nas sombras escuras e úmidas das casas e das árvores. Mesmo à distância de 15 metros, na escuridão, ele o pressentia. Era aquela preocupação muito íntima que existe no fundo da cabeça de todo residente da Park Avenue ao sul da 96th Street — um negro jovem, alto, de pernas longas, tênis brancos. Agora estava a 12 metros, 10 metros. Sherman encarou-o. Muito bem, que venha! Não vou arredar pé! Este é o meu território! Não vou cedê-lo a nenhum delinquente!

O rapaz negro inesperadamente fez uma curva de 90 graus e atravessou em linha reta para a calçada oposta. A claridade pálida e amarelada de uma lâmpada de sódio refletiu-se por um instante em seu rosto, no momento em que descartava Sherman.

Ele atravessara! Que sorte!

Nem por um instante ocorreu a Sherman McCoy que o que o rapaz vira, por sua vez, fora um branco de 38 anos, encharcado, vestindo uma espécie de capa de chuva de aspecto militar cheia de tiras e fivelas, segurando nos braços um animal que se contorcia violentamente, com os olhos arregalados, fixos, e falando sozinho.

Sherman continuava parado junto ao telefone, respirando rapidamente, quase arfando. Que ia fazer agora? Sentia-se tão acabrunhado que era preferível voltar para casa. Mas se o fizesse imediatamente, daria na vista, não é? Não saíra para passear com o cachorro, mas para dar um telefonema. Além disso, o que quer que Judy fosse dizer, não estava preparado para ouvir. Precisava pensar. Precisava se aconselhar. Precisava tirar esse animal intratável da chuva.

Assim sendo, catou mais uma moeda de 25 *cents* e registrou mentalmente o número do telefone de Maria. Concentrou-se. Decorou-o. Então discou com lenta deliberação, como se estivesse usando aquela invenção, o telefone, pela primeira vez.

— Alô?

— Maria?

— É.

E sem querer se arriscar:

— Sou eu.

— Sherman? — pronunciou Châââ-mân. Sherman se tranquilizou. Era Maria mesmo. Empregava uma variante do sotaque sulista em que metade das vogais eram pronunciadas como *ás* e a outra metade como *is* breves.

— Ouça — disse. — Estou indo para aí. Estou numa cabine telefônica. A uns dois quarteirões de distância.

Houve uma pausa, que ele interpretou como sinal de irritação. E finalmente:

— Por onde você andou?

Sherman riu desdenhoso.

— Olhe, estou chegando.

A escada da casa afundava e gemia à medida que Sherman a galgava. Em cada andar um único tubo circular de lâmpada fluorescente de 22 watts, sem proteção, conhecido como "auréola de senhorio", irradiava uma luz azul-tísica sobre as paredes pintadas de verde-apartamento-de-aluguel. Sherman passou por portas com numerosas trancas, umas em cima das outras em fileiras bêbadas. Havia chapas de proteção contra alicates sobre as fechaduras e barras contra pés de cabra sobre as ombreiras e telas anti-invasão nos painéis das portas.

Em momentos alegres, quando o rei Príapo reinava sem crises em seus domínios, Sherman empreendia essa escalada para o apartamento de Maria com prazer romântico. Como era boêmio! Como esse lugar era... *real!* Como era *perfeito* para os momentos em que o Senhor do Universo se despia das tediosas convenções da Park Avenue e da Wall Street e deixava seus hormônios marotos se libertarem para uma escapulida. O conjugado de Maria, com um armário-cozinha e um armário-banheiro, esse pseudoapartamento, quarto andar, fundos, que ela sublocava da amiga Germaine — era assim, perfeito. Germaine já era outra história. Sherman a encontrara duas vezes. Tinha o físico de um hidrante de rua. Uma agressiva moita de pelos sobre o lábio superior era quase um bigode. Sherman estava convencido de que era lésbica. E daí? Era tudo real! Sórdido! Nova York! Uma erupção de fogo nas entranhas.

Mas nessa noite Príapo não reinava. Nessa noite, a feiura da velha construção de arenito pardo pesava no espírito do Senhor do Universo.

Só o bassê estava feliz. Alçava a barriga para subir as escadas em passos rápidos e alegres. Ali dentro era quente, seco e familiar.

Quando Sherman chegou à porta de Maria, surpreendeu-se ao se descobrir sem fôlego. Transpirava. Seu corpo positivamente desabrochava em suor sob a capa de montaria, a camisa xadrez e a camiseta.

Antes que batesse, a porta se abriu uns trinta centímetros, e lá estava ela. Não acabou de abrir a porta. Ficou parada ali, observando Sherman de alto a baixo, como se estivesse zangada. Seus olhos reluziam acima daqueles notáveis malares altos que possuía. Seus cabelos curtos pareciam uma touca negra. Os lábios estavam abertos formando um o. De repente se abriu num sorriso e começou a rir de boca fechada dando fungadinhas para aliviar o riso.

— Vamos — disse Sherman —, deixe-me entrar! Espere até lhe contar o que aconteceu.

Então Maria abriu completamente a porta, mas ao invés de convidá-lo para entrar, encostou-se na ombreira, cruzou as pernas, dobrou os braços sob os seios, e continuou a encará-lo dando risadinhas. Usava escarpins de salto alto em que o couro formava um padrão xadrez em preto e branco. Sherman entendia muito pouco de modelos de sapatos, mas registrou que este estava na moda. Vestia uma saia de gabardine branca feita sob medida, muito curta, uns bons dez centímetros acima dos joelhos, revelando as pernas, que aos olhos de Sherman pareciam as de uma dançarina, e ressaltando a cintura minúscula. E uma blusa de seda branca, aberta até a curva dos seios. A luz na entrada estreita era tal que punha em relevo todo o conjunto: o cabelo escuro, os malares, as feições finas do rosto, a curva carnuda dos lábios, a blusa sedosa, os seios cremosos, as pernas tremeluzentes, tão displicentemente cruzadas.

— Sherman... — Châââ-mân. — Sabe de uma coisa? Você é uma gracinha. Parece o meu irmãozinho.

O Senhor do Universo se sentiu ligeiramente contrariado, mas entrou, passando direto por ela, e exclamou:

— Puxa! Espere até lhe contar o que aconteceu.

Sem alterar a pose no portal, Maria baixou os olhos para o cachorro, que farejava o carpete.

— Alô, Marshall! — Mââchâl. — Você parece um toquinho de salame molhado, Marshall.

— Espere até lhe contar...

Maria começou a rir e em seguida fechou a porta.

— Sherman... você está com cara de quem acabou de ser... amassado — ela amassou uma folha imaginária de papel — e atirado no lixo.

— É assim que me sinto. Deixe-me contar o que aconteceu.

— Igualzinho ao meu irmão caçula. Todos os dias ele voltava para casa da escola com o umbigo de fora.

Sherman olhou para baixo. Era verdade. A camisa xadrez estava para fora da calça, e o umbigo estava aparecendo. Meteu a camisa para dentro, mas não despiu a capa de chuva. Não podia ficar à vontade. Não podia se demorar muito. Não sabia muito bem como dizer isso a Maria.

— Todos os dias meu irmãozinho brigava na escola...

Sherman parou de ouvir. Estava cansado do irmãozinho de Maria, não tanto porque a intenção fosse dizer que ele, Sherman, era infantil, mas porque ela insistia no assunto. À primeira vista, Maria nunca parecera a Sherman a imagem que se faz de uma moça do sul. Lembrava uma italiana ou uma grega. Mas falava como sulista. O jorro de tagarelice não parava. Ainda estava falando quando Sherman disse:

— Sabe, acabei de te ligar de uma cabine telefônica. Quer saber o que aconteceu?

Maria deu-lhe as costas e caminhou até o meio do apartamento, deu meia-volta, fez uma pose, a cabeça para um lado, as mãos nos quadris, um pé virado para fora displicentemente, os ombros jogados para trás e as costas ligeiramente arqueadas, empinando os seios, e perguntou:

— Nota alguma novidade?

De que diabos estava falando? Sherman não estava com disposição para novidades. Mas obedientemente observou-a. Seria um novo penteado? Uma joia nova? Puxa, o marido a cumulava de tantas joias, como lembrar? Não, devia ser alguma coisa na sala. Seus olhos saltaram de um lado para o outro. Provavelmente fora construída com anos antes para servir de quarto de criança. Havia uma parede arredondada com três janelas de caixilhos e um banco acompanhando toda a curvatura. Examinou a mobília... as mesmas três cadeiras velhas de verga, a mesma mesa velha e deselegante de carvalho com pedestal, o mesmo velho sofá forrado de veludo cotelê e três ou quatro almofadas escocesas espalhadas no assento numa tentativa de fazê-lo parecer um divã. O apartamento inteiro gritava: faz-se o que se pode. De qualquer modo, não havia alterações.

Sherman balançou a cabeça.

— Não nota mesmo? — Maria acenou a cabeça em direção à cama.

Sherman agora reparava, sobre a cama, um pequeno quadro de moldura clara. Aproximou-se. Era a figura de um homem nu, visto de costas, os contornos em grossas pinceladas negras, do jeito que uma criança de oito anos pintaria, supondo que uma criança de oito anos tivesse a ideia de pintar um nu masculino. O homem parecia estar tomando banho de chuveiro, ou pelo menos havia uma coisa que lembrava um esguicho acima da cabeça e alguns traços grossos e pretos saindo desse esguicho. Parecia estar tomando um banho de óleo combustível. A pele do homem era bronzeada com repugnantes borrões rosa arroxeados, como se tivesse sofrido queimaduras graves. Que lixo... Era nojento... Mas desprendia um odor santificado de arte séria, e sendo assim, Sherman hesitou em ser sincero.

— Onde arranjou isso?

— Gosta? Conhece a obra dele?

— A obra de quem?

— Filippo Chirazzi.

— Não, não conheço a obra dele.

Ela sorria.

— Saiu um artigo inteiro sobre ele no *Times*.

Sem querer passar por um filisteu da Wall Street, Sherman retomou o exame da obra-prima.

— Bem, tem uma certa... como posso dizer?... franqueza. — Ele lutava contra o impulso de ironizar. — Onde o conseguiu?

— Filippo me deu. — Muito animada.

— Foi muita generosidade.

— Arthur *comprou* quatro de seus quadros, dos grandes.
— Mas ele não deu esse ao Arthur, deu-o a você.
— Quis um para mim. Os grandes são de Arthur. Além disso, Arthur não saberia distinguir Filippo de... sei lá o quê, se eu não lhe dissesse.
— Ah.
— Você não gostou, não é?
— *Gostei*. Para dizer a verdade, estou atordoado. Acabei de fazer uma coisa muito idiota.

Maria desistiu da pose e sentou-se na beira da cama, no pseudodivã, como se dissesse "Muito bem, estou pronta para ouvir". Cruzou as pernas. A saia estava agora na metade das coxas. Embora aquelas pernas, aquelas primorosas pernas e coxas, não viessem ao caso no momento, Sherman não conseguia afastar os olhos delas. As meias emprestavam-lhes brilho. Elas cintilavam. Todas as vezes que se mexia, os volumes tremeluziam.

Sherman permanecia de pé. Não dispunha de muito tempo, conforme estava em vias de explicar.

— Trouxe Marshall para passear. — Marshall estava então estirado no carpete. — E está chovendo. E ele começou me dando muito trabalho.

Quando chegou na parte do telefonema propriamente dito, só em descrevê-lo já se tornou agitadíssimo. Notou que Maria refreava sua preocupação, se é que sentia alguma, com muito sucesso, mas ele não conseguia se acalmar. E prosseguiu descrevendo o cerne emocional da questão, o que sentiu imediatamente depois de desligar — e Maria o interrompeu com um sacudir de ombros e um leve piparote no ar com as costas da mão.

— Ora, isso não é nada, Sherman. — Não é nada, Châââmân.

Ele arregalou os olhos.

— Você só deu um telefonema. Não sei por que não disse simplesmente: "Ah, desculpe. Estava ligando para minha amiga Maria Ruskin." É isso que eu teria feito. Nunca me dou ao trabalho de mentir para o Arthur. Não conto tudinho, mas não minto.

Teria sido possível usar uma estratégia tão descarada? Repassou-a mentalmente.

— Ahnnnnnnnn. — Terminou num gemido. — Não vejo como poderia sair às 9 e meia da noite dizendo que vou passear com o cachorro e em seguida telefonar e dizer: "Ah, desculpe, na realidade estou ligando para Maria Ruskin."

— Sabe qual é a diferença entre mim e você, Sherman? Você tem pena de sua mulher, e eu não tenho pena do Arthur. Arthur vai completar 72 anos em agosto. Sabia que eu tinha amigos quando se casou comigo, e sabia que não gostava deles, e ele tinha amigos e sabia que *eu* não gostava *deles*, Não os suporto. Todos aqueles velhos judeus.... Não olhe para mim como se eu tivesse dito uma coisa horrível! É assim que Arthur fala. "Os *yiddim*." E os *goyim*, e eu sou uma *shiksa*. Nunca tinha ouvido falar disso antes de conhecer Arthur. Sou eu quem está casada com um judeu e não você, e já tive que engolir suficiente papo de judeu nos últimos cinco anos para poder usar um pouquinho se quiser.

— Você contou a ele que tem um apartamento aqui?

— Claro que não. Já lhe disse. Não minto, mas não entro em detalhes.

— E isso é um detalhe?

— Não é nada tão importante quanto *você* pensa que é. É uma chateação. O senhorio está de novo em pé de guerra.

Maria levantou-se, foi até a mesa, apanhou uma folha de papel, entregou-a a Sherman e voltou para a beira da cama. Era uma carta da firma de advocacia Golan, Shander, Morgan e Greenbaum à sra. Germaine Boll sobre sua situação de inquilina de um apartamento de aluguel tabelado, de propriedade da Winter Real Properties, Inc. Sherman não conseguia se concentrar. Não queria pensar nisso. Estava ficando tarde. Maria continuava a sair pela tangente. Estava *ficando tarde.*

— Não sei, Maria. Isso é uma coisa que só Germaine pode resolver.

— Sherman?

Ela sorria com os lábios entreabertos. Levantou-se.

— Sherman, venha aqui.

Ele deu dois passos em direção a ela, mas resistiu ao impulso de chegar muito próximo. O olhar no rosto dela, no entanto, dizia que ela o queria *juntinho.*

— Você acha que está encrencado com sua mulher, e só o que fez foi dar um telefonema.

— Hum. Não acho que estou encrencado, sei que estou encrencado.

— Bom, se já está encrencado, e nem chegou a fazer nada, então talvez fosse melhor fazer alguma coisa, já que dá no mesmo.

Então ela o tocou.

O rei Príapo, que estivera apavorado, agora ressurgia dos mortos.

Esparramado na cama, Sherman viu de relance o bassê. O bicho tinha se erguido do tapete, encaminhava-se para a cama e olhava para eles batendo o rabinho.

Nossa! Haveria por acaso alguma maneira de um cachorro poder dar a entender... Haveria alguma coisa que cachorros fizessem para demonstrar que tinham visto... Judy conhecia os animais. Ela comentava e se preocupava com cada mudança de humor de Marshall, chegava a ser revoltante. Haveria alguma coisa que bassês fizessem depois de observar... Mas então o seu sistema nervoso começou a se desintegrar, e ele parou de se importar.

Sua Majestade, o mais antigo dos reis, Príapo, Senhor do Universo, não possuía consciência.

* * *

Sherman abriu a porta do apartamento e fez questão de amplificar os sons usuais de aconchego.

— Isso, Marshall, ótimo, ótimo.

Despiu a capa de chuva, fazendo farfalhar exageradamente o material de borracha, tilintar as fivelas e soltou alguns *suspiros*.

Nem sinal de Judy.

A sala de jantar, a sala de estar e uma pequena biblioteca desembocavam no vestíbulo de mármore. Cada uma tinha suas cintilações e fulgores de madeira esculpida, vidro lapidado, cortinas de seda crua, laca e todos os demais toques, de um luxo de tirar o fôlego, dados por sua mulher, a aspirante a decoradora. Então percebeu. A grande *bergère* de couro que em geral ficava defronte da porta da biblioteca estava virada. Dava para ver apenas o alto da cabeça de Judy por trás. Havia um abajur junto à cadeira. Ela parecia estar lendo um livro.

Encaminhou-se para a porta.

— Muito bem! Estamos de volta!

Não houve resposta.

— Você tinha razão. Molhei-me até os ossos, e Marshall não ficou nem um pouco feliz.

Ela não virou a cabeça. Ouviu apenas sua voz, vinda da direção do espaldar da poltrona.

— Sherman, se quer falar com alguém chamado Maria, por que telefona para mim?

Sherman deu um passo, entrando na sala.

— Que quer dizer? Se eu quero falar com *quem*?

A voz:

— Ora, pelo amor de Deus. Não se dê o trabalho de mentir.

— Mentir... sobre o *quê*?

Então Judy meteu a cabeça pelo lado da *bergère*. O olhar que lançou!

Com o coração nas mãos, ele se aproximou da cadeira. Emoldurado pela corola de cabelos castanhos e sedosos, o rosto da mulher era pura aflição.

— De que está *falando*, Judy?

Estava tão abalada que a princípio não conseguia desabafar.

— Gostaria que pudesse ver a expressão vulgar de seu rosto.

— Não sei do que está *falando*!

O tom estridente de sua voz a fez rir.

— Muito bem, Sherman, você vai ficar aí parado e me dizer que não telefonou para cá e não pediu para falar com alguém chamado Maria?

— Com *quem*?

— Alguma putinha, se é para eu adivinhar, chamada Maria.

— Judy, juro por Deus, não sei de que está falando! Estive fora passeando Marshall! Nem ao menos *conheço* alguém chamado Maria! Alguém ligou para cá procurando alguém chamado Maria?

— Hummm! — foi o resmungo breve de descrença. Ela se ergueu e o encarou nos olhos.

— E você fica *parado* aí! Acha que não conheço sua voz ao telefone?

— Talvez conheça, mas não a ouviu hoje à noite! Juro por Deus.

— Você está mentindo! — Concedeu-lhe um sorriso medonho. — E é um péssimo mentiroso. E é um mau-caráter. Você se acha o máximo, mas é tão ridículo! Você está mentindo, não está?

— *Não* estou mentindo. Juro por Deus, levei Marshall para dar uma volta e vim direto para casa, e hum — quero dizer, nem sei o que dizer, porque sinceramente não sei do que está falando. Você está me pedindo para provar uma proposição negativa.

— *Proposição negativa.* — A repugnância exsudava do termo elegante. — Você se demorou demais. Foi lhe dar um beijinho de boa noite e aconchegá-la na cama, também?

— Judy...

— Foi?

Sherman afastou o rosto daquele olhar colérico, ergueu a palma das mãos e suspirou.

— Ouça, Judy, você está redondamente... redondamente enganada. Juro por Deus.

Ela o encarou. De repente, havia lágrimas em seus olhos.

— Ah, você jura por Deus. Ah, Sherman. — Agora começava a fungar sufocando as lágrimas. — Eu não vou... eu vou subir. O telefone está aí. Por que não telefona para ela daqui? — Forçava as palavras por entre as lágrimas. — Não faz diferença. Realmente não faz diferença alguma.

E em seguida saiu da sala. Ele ouviu seus sapatos retinindo pelo mármore em direção à escada.

Sherman se dirigiu à escrivaninha e se sentou na cadeira giratória estilo Hepplewhite. Afundou-se nela. Seus olhos pousaram no friso que corria à volta do teto da salinha. Era formado de figuras apressadas numa calçada citadina esculpidas em alto-relevo em sândalo vermelho. Judy mandara fazê-lo em Hong Kong por uma quantia assombrosa do... *meu dinheiro*. Então se debruçou na mesa. *Aquela desgraçada*. Desesperado, tentava reacender as chamas da sua justa indignação. Seus pais tinham razão, não tinham? Merecia uma mulher melhor. Ela era dois anos mais velha, e a mãe dissera que essas coisas *podiam* fazer diferença — o que, pela maneira como dissera, significava que *fariam* diferença, mas lhe dera ouvidos? Ahhhhh, não. O pai, possivelmente se referindo a Cowles Wilton, que tivera um casamento breve e tumultuado com uma judiazinha desconhecida, afirmara: "Será que não era igualmente fácil se apaixonar por uma moça rica de boa família?" E lhe dera ouvidos? Ahhhhhh, não. E todos esses anos, Judy, filha de um professor de história do meio-oeste — *um professor de história do meio-oeste!* — agira como se pertencesse à aristocracia intelectual — mas não tivera escrúpulos de usar seu dinheiro e o de sua família para se associar a esse seu novo grupo de grã-finas e começar esse papo de decoração e estampar seus nomes e seu apartamento nas páginas dessas publicações vulgares, W e *Architectural Digest* e outras do mesmo quilate, tivera? Ahhhhhhhh, não, nem por um minuto! E o que sobrara para ele? Uma quarentona correndo para aulas de ginástica...

... e instantaneamente a viu como a vira pela primeira vez naquela noite, havia catorze anos, em Greenwich Village, no apartamento de Hal Thorndike, paredes cor de chocolate, uma mesa enorme coberta de pirâmides de comida e um grupo de convidados que eram bem mais que boêmios, se é que ele entendia de boêmios — e a moça de cabelos castanhos e feições delicadas e um ousado vestido curto que revelava tanto daquele corpinho perfeito. E na mesma hora ele *sente* a maneira inexprimível com que se aconchegaram em um casulo perfeito, em seu apartamentinho na Charles Street e no apartamentinho dela na West 19th, imunes a tudo o que seus pais e Buckley e St. Paul e Yale tinham lhes imposto — e se *lembra* como dissera — *praticamente nessas palavras!* — que o amor deles transcenderia... *tudo...*

... e agora ela, quarentona, famélica e exercitada quase à perfeição, se retirara para ir chorar na cama!

Tornou a se afundar na cadeira giratória. A exemplo de tantos homens antes, ele não tinha armas contra as lágrimas de uma mulher. E deixou pender seu nobre queixo sobre o colarinho. Entregou os pontos.

Distraidamente apertou um botão no tampo da mesa. A porta giratória de um falso armário Sheraton deslizou, revelando a tela de uma televisão. Mais um dos toques da sua cara decoradora lacrimosa. Abriu a gaveta e tirou o dispositivo de controle remoto e comprimiu o botão fazendo a tela ganhar vida. Noticiário. O prefeito de Nova York. Um palco. Uma multidão raivosa de negros. Harlem. Muita agitação. Um tumulto. O prefeito se abriga. Gritos... caos... uma briga das boas. Absolutamente sem sentido. Para Sherman não tinha mais significação do que uma rajada de vento. Não conseguia se concentrar na notícia. Desligou a TV.

Ela estava certa. O Senhor do Universo era ridículo, e era mau-caráter, e era mentiroso.

2
GIBRALTAR

Na manhã seguinte, ela apareceu a Lawrence Kramer, à luz fraca e cinzenta do raiar do dia, ela, a moça do batom cor de terra. Está do lado dele. Não consegue discernir seu rosto, mas sabe que é a moça do batom cor de terra. Não consegue discernir nenhuma das palavras, tampouco as palavras que rolam como pérolas minúsculas daqueles lábios de batom cor de terra, porém sabe o que está dizendo. "Fique comigo, Larry. Deite-se comigo, Larry." Ele quer se deitar! Quer. Não há nada que queira mais neste mundo! Então por que não se deita? O que o impede de esmagar os lábios contra aqueles lábios de batom cor de terra? Sua mulher, é isso. Sua mulher, sua mulher, sua mulher, sua mulher, sua mulher...

Acordou com os movimentos ondulantes da mulher engatinhando para os pés da cama. Que figura flácida e desajeitada... O problema era que a cama, extragrande e pousada sobre uma plataforma de compensado, era quase da largura do quarto. Por isso, era necessário engatinhar até os pés ou vencer de alguma forma o comprimento do colchão para chegar ao chão.

Agora chegara ao chão e se curvava sobre uma cadeira para apanhar o roupão de banho. Pela maneira com que a camisola de flanela caía sobre os quadris, ela parecia ter um quilômetro de largura. Imediatamente se arrependeu daquele pensamento. Sentia pruridos de emoção. Minha Rhoda! Afinal de contas, dera à luz fazia apenas três semanas. Estava olhando o corpo que trouxera ao mundo seu primeiro filho. Um filho! Ainda não recuperara a silhueta antiga. Tinha que dar um desconto.

Mesmo assim a ideia não melhorava em nada a visão.

Observou-a contorcer-se para entrar no roupão. E voltar-se em direção à porta. Vinha luz da sala de estar. Com certeza a enfermeira da Inglaterra, srta. Eficiência, já estava acordada e tinindo de eficiência. Na claridade, ele via o rosto pálido, inchado e sem pintura, da mulher em perfil.

Só tinha 29 anos e já estava igualzinha à mãe.

Era a mesma pessoa de novo! *Era* a mãe! Não havia talvez! Era apenas uma questão de tempo! Tinha o mesmo cabelo avermelhado, as mesmas sardas, o mesmo nariz e as mesmas bochechas gorduchas de camponesa, e até o esboço do queixo duplo da mãe. Uma *yenta* em embrião! A Maria do *shtetl*! Jovem e *yitzy* no Upper West Side.

Semicerrou as pálpebras até formar fendas para que não soubesse que estava acordado. Logo em seguida ela saiu do quarto. Ouviu-a dizer alguma coisa para a enfermeira e para o bebê.

Tinha um jeito de dizer Jo-shu-a numa cadência infantil. Aquele era um nome do qual já estava começando a se arrepender. Se queria um nome judeu, por que não Daniel, ou David, ou Jonathan? Puxou as cobertas por cima dos ombros. Voltaria para a sublime narcose do sono por mais uns cinco ou dez minutos. Voltaria para a moça do batom cor de terra. Fechou os olhos... Não adiantou. Não conseguia trazê-la de volta. A única coisa em que conseguiu pensar foi no que seria a corrida para o metrô se não se levantasse logo.

Por isso, levantou-se. Caminhou pelo colchão para descer. Era como tentar andar pelo fundo de um barco a remo, mas não queria engatinhar. Tão flácido e desajeitado... Usava uma camiseta e uma sunga. Tomou consciência de que sofria daquele mal comum aos jovens, ereção matinal. Foi até a cadeira e vestiu um velho roupão xadrez. Tanto ele quanto a mulher tinham começado a usar roupões desde que a enfermeira inglesa entrara em suas vidas. Um dos muitos e trágicos defeitos do apartamento era que não havia jeito de se ir do quarto ao banheiro sem passar pela sala de estar, onde a enfermeira dormia no sofá-cama, e o bebê habitava um berço sob um móbile-caixa de música de onde pendiam palhacinhos acolchoados. Ouvia-a agora. A caixa de música tocava a melodia "Mande entrar os palhaços". Tocava repetidas vezes. Plim plim plimplim, plim plim plimplim, plim PLIM plimplim.

Olhou para baixo. O roupão não resolvera o problema. Parecia ter um mastro de barraca por baixo. Mas ao se curvar, assim, dava para disfarçar. Logo, ou atravessava a sala de estar e deixava a enfermeira ver o mastro de barraca, ou passava todo dobrado como se tivesse uma forte dor nas costas. Assim, deixou-se ficar onde estava, na obscuridade deprimente.

"Deprimente" era a palavra certa. A presença da enfermeira tinha tornado Rhoda e ele crucialmente conscientes da pocilga em que viviam. O apartamento inteiro, conhecido como uma unidade de três cômodos e meio no jargão imobiliário de Nova York, era a mutação do que em tempos fora um agradável quarto de dormir, mas nem tão grande assim, no terceiro andar de um palacete, com três janelas que se abriam para a rua. O pseudoquarto em que agora se encontrava na realidade não passava de um cubículo que fora criado com o levantamento de uma parede de gesso. O cubículo abarcava uma das janelas. O que restava do quarto original era agora chamado de sala de estar e incluía as outras duas janelas. Nos fundos, junto à porta de entrada, havia mais dois cubículos, um, a cozinha em que duas pessoas não podiam estar ao mesmo tempo, e o outro, um banheiro. Nenhum dos dois tinha janelas. O lugar lembrava um desses formigueiros que existem à venda, mas lhes custava 888 dólares por mês, com aluguel tabelado. Não fosse a lei de tabelamento de aluguéis, provavelmente custaria 1.500 dólares e estaria fora de cogitação. E tinham ficado felizes de encontrá-lo! Nossa, havia gente formada, de sua idade, 32 anos, por toda a Nova York morrendo de vontade de encontrar um apartamento assim, três cômodos e meio com vista, em um palacete, pé-direito alto, aluguel tabelado, na área da West 70th Street! Verdadeiramente patético, não? Mal conseguiam pagá-lo quando estavam os dois trabalhando, e os salários somados chegavam a 56 mil dólares anuais, 41 mil dólares, deduzidos os impostos. Tinham feito planos em que a mãe de Rhoda lhes daria o dinheiro como uma espécie de presente pelo neto para contratarem uma enfermeira por quatro semanas, até Rhoda poder se recuperar e voltar a trabalhar. Entrementes, procurariam uma estudante para morar com eles e cuidar do bebê em troca de casa e comida. A mãe de Rhoda cumprira sua parte do plano, mas já parecia óbvio que a estudante disposta a dormir num sofá-cama na sala de estar num formigueiro do West Side não existia. Rhoda não poderia voltar a trabalhar. Teriam que se arranjar com os seus 25 mil dólares líquidos, e o aluguel anual dessa pocilga, que, mesmo com a ajuda da lei de tabelamento de aluguéis, era de 10.656 dólares.

Bem, pelo menos essas considerações mórbidas tinham devolvido o seu roupão a uma forma apresentável. Assim sendo, saiu do quarto.

— Bom dia, Glenda — cumprimentou.

— Ah, bom dia, sr. Kramer — respondeu a enfermeira.

Muito calma e britânica, a voz dela. Kramer estava convencido de que realmente não ligava a mínima para sotaques britânicos nem para os britânicos em si. De fato, eles o intimidavam, os britânicos e seu sotaque. No "ah" da enfermeira, um simples "ah", percebera algo de "Finalmente se levantou, hein?".

Cinquentona gorducha, ela já estava eficientemente paramentada com seu uniforme branco. O cabelo puxado para trás, num coque perfeito. Já fechara o sofá-cama e pusera as almofadas de volta nos lugares, de modo que a peça retomara a sua feição diurna de móvel de sala de estar forrado de linho sintético amarelo-encardido. Estava sentada na beira da coisa, as costas perfeitamente retas, tomando uma xícara de chá. O bebê achava-se deitado de costas no berço, perfeitamente satisfeito. Perfeita era o segundo nome da mulher. Tinham-na encontrado através da Agência Gough, que um artigo na seção Casa do *Times* arrolara como uma das melhores e mais elegantes. Com isso estavam pagando o elegante preço de 525 dólares por semana por uma enfermeira inglesa. De vez em quando ela mencionava outros lugares em que trabalhara. Sempre na Park Avenue. Fifth Avenue, Sutton Place... Bem, tanto pior! Agora está enchendo os olhos com um prédio decrépito, sem elevador, no West Side! Eles a chamavam de Glenda. Ela os chamava de sr. Kramer e sra. Kramer, em vez de Larry e Rhoda. Estava tudo errado. Glenda era a própria imagem da fidalguia, tomando chá, enquanto o sr. Kramer, senhor do formigueiro, passava pesadamente a caminho do banheiro, descalço, pernas de fora, despenteado, usando um velho roupão xadrez esmolambado. A um canto, sob uma dracena extremamente empoeirada, a televisão estava ligada. Um clarão anunciava o fim de um comercial, e cabeças sorridentes começavam a falar no *Today show*. Mas sem som. Ela não cometeria a imperfeição de deixar a TV berrando. Que diabo estava realmente pensando, esse árbitro britânico em seu trono de juiz (um pavoroso sofá-cama) da sordidez *chez* Kramer?

Quanto à dona da casa, a sra. Kramer, acabava de emergir do banheiro, ainda de roupão e chinelos.

— Larry — exclamou —, olhe a minha testa. Acho que tem alguma coisa, uma urticária. Vi no espelho.

Ainda sonado, Kramer tentou examinar a testa dela.

— Não é nada, Rhoda. Parece uma espinha nascendo.

Isto era outra coisa. Desde que a enfermeira chegara, Kramer tornara-se agudamente consciente do modo de falar de sua mulher. Nunca reparara antes, não muito. Ela era formada pela Universidade de Nova York. Nos últimos quatro anos fora editora na Waverly Place Books. Era uma intelectual, ou pelo menos parecia andar lendo muita poesia de John Ashbery e Gary Snyder quando a conhecera, e tinha muito o que dizer sobre a África do Sul e a Nicarágua. Contudo, trocava as letras de determinadas palavras.

Nisso também era igual à mãe.

Rhoda continuou seu caminho com passos abafados, e Kramer entrou no banheiro-cubículo. O banheiro era típico da Vida em Cortiço. Havia roupa lavada pendurada em toda a extensão do suporte da cortina do chuveiro. Havia outro tanto numa corda que passava em diagonal pela peça, um macacãozinho de bebê, dois babadores, alguns biquínis, diversos pares de meias-calças, e Deus sabe o que mais, nada, é claro, da enfermeira. Kramer teve que se abaixar para chegar ao vaso sanitário. Um par de meias molhadas resvalou por sua orelha. Era revoltante. Havia uma toalha molhada sobre a tampa do vaso. Procurou um lugar para pendurá-la. Não encontrou. Atirou-a ao chão.

Depois de urinar, deslocou-se 30 ou 35 centímetros até a pia, tirou o roupão e a camiseta e deixou-os sobre a tampa do vaso sanitário. Kramer gostava de examinar o rosto e o físico pela manhã. Com as feições largas e pouco proeminentes, o nariz rombudo, o pescoço grosso, ninguém o tomava por judeu, à primeira vista. Parecia grego, eslavo, italiano, até irlandês — de qualquer forma, alguma nacionalidade violenta. Não lhe agradava que estivesse ficando careca no alto, mas de certa maneira isso o fazia parecer forte, também. Estava perdendo cabelos da mesma forma que muitos jogadores de futebol. E o físico... Mas esta manhã sentiu desânimo. Aqueles poderosos deltoides, aqueles maciços trapézios inclinados, aqueles peitorais socados, aquelas fatias arredondadas de músculos, seus bíceps — pareciam murchos. Droga, estava *atrofiando*. Não pudera se exercitar desde que o bebê e a enfermeira haviam chegado. Guardava seus pesos numa caixa atrás da tina em que estava plantada a dracena, e se exercitava entre a planta e o sofá — e não havia a menor condição de poder se exercitar, grunhir, gemer, fazer força, respirar e olhar-se apreciativamente ao espelho diante da enfermeira inglesa... ou da mítica futura estudante, pensando bem... Vamos encarar a realidade! Está na hora de abandonar esses sonhos infantis! Você agora é um pai de família americano! E nada mais.

Quando saiu do banheiro, encontrou Rhoda sentada no sofá com a enfermeira inglesa, e ambas tinham os olhos grudados no aparelho de TV, e o volume fora aumentado. Era o noticiário do *Today show*.

Rhoda ergueu os olhos e disse, agitada:

— Veja isto, Larry! É o prefeito! Houve um tumulto no Harlem ontem à noite. Alguém atirou um vidro nele.

Kramer reparou ligeiramente que ela acrescentara uma letra ao dizer vidro. Coisas espantosas apareciam na TV. Um palco — uma briga — corpos arquejantes — e em seguida uma enorme mão encheu a tela e borrou tudo por um instante. Mais gritos, caretas, mais briga, e pura vertigem. Para Kramer, Rhoda e a enfermeira, era como se os rebelados estivessem atravessando a tela e pulando para dentro da sala ao lado do berço de Joshua. E isso era o *Today show,* e não o noticiário local. Era o que estavam servindo a todos os americanos no café da manhã de hoje, um prato cheio do povo do Harlem se rebelando, justificadamente encolerizado, expulsando o prefeito branco do palco de um auditório. Ali vai a parte de trás da cabeça dele, procurando se proteger. Antes era o prefeito de Nova York. Agora é o prefeito da Nova York Branca.

Quando terminou, os três se entreolharam, e Glenda e a enfermeira falaram com extrema indignação.

— Acho que é absolutamente revoltante. As pessoas de cor não sabem apreciar o que têm neste país. Garanto a vocês. Na Grã-Bretanha não há ninguém de cor na força policial, muito menos em um cargo público importante, como aqui. Ora, vi um artigo ainda outro dia. Há mais de duzentos prefeitos de cor neste país. E ainda querem surrar o prefeito de Nova York. Há gente que não tem consciência da boa vida que tem, se querem saber a minha opinião.

E sacudiu a cabeça, aborrecida.

Kramer e a esposa se entreolharam. Podiam adivinhar que estavam pensando a mesma coisa.

Graças a Deus! Que alívio! Podiam respirar aliviados agora. A srta. Eficiência era racista. O problema é que o racismo ultimamente não era considerado dignificante. Era um indício de origem em cortiços, de inferioridade, de mau gosto. Com que então eram superiores à enfermeira inglesa, afinal. Que alívio dos diabos.

* * *

A chuva parara de cair quando Kramer começou a caminhar em direção ao metrô. Estava usando uma velha capa de chuva sobre o terno cinzento habitual, camisa social e gravata. Calçava um par de tênis Nike de corrida, branco com listras laterais. Levava os sapatos marrons de couro numa sacola, uma dessas de plástico branco e escorregadio que se recebe na A&P.

A estação do metrô onde se podia apanhar o trem D para o Bronx ficava na área da 81st Street e do Central Park West. Gostava de andar até o Central Park West pela 77th Street e dali seguir para a 81st, porque assim passava pelo Museu de História Natural. Era um belo quarteirão, o mais belo do West Side, na opinião de Kramer, pois parecia uma cena de rua parisiense; não que já tivesse estado em Paris. A 77th Street era muito larga naquele trecho. De um lado ficava o museu, uma maravilhosa criação do renascimento romântico em pedra vermelha envelhecida. Erguia-se em recuo numa pracinha com árvores. Mesmo num dia nublado como aquele as folhas novas de primavera pareciam brilhar. "Verdant" foi a palavra que lhe passou pela cabeça. Do lado da rua em que estava caminhando, havia um paredão de elegantes edifícios de apartamentos com vista para o museu. Havia porteiros. Ele vislumbrava saguões de mármore. E então pensou na moça de batom cor de terra... Visualizava-a muito claramente agora, com muito mais clareza do que no sonho. Cerrou os punhos. Droga! Ia ligar! *Ia telefonar para ela!* Ia dar aquele telefonema. Teria que esperar até o fim do julgamento, é claro. Mas ia ligar. Estava cansado de ver *outros* levarem... A Vida. A moça de batom cor de terra! — os dois se olhando nos olhos, um diante do outro, à mesa de um daqueles restaurantes em madeira clara e tijolo aparente, plantas penduradas, latão, vidro lavrado, menus com lagostim natchez, vitela, algarobo e broa de fubá com pimenta-de-caiena!

Kramer tinha essa visão bem focalizada quando logo adiante, na porta elegante do número 44 da West 77th Street, emergiu um vulto que o assustou.

Era um rapaz de aparência quase infantil, o rosto redondo e os cabelos escuros, caprichosamente penteados para trás. Vestia um sobretudo de sarja mista e macia com gola de veludo ouro-velho e levava uma dessas pastas de couro cor de vinho da Madler ou da T. Anthony da Park Avenue de uma maciez que dizia: "Eu custo quinhentos dólares." Deu para ver parcialmente o braço uniformizado que mantinha a porta aberta para o homem. Ele caminhava com passinhos enérgicos sob o toldo que avançava sobre a calçada, na direção de um Audi sedã. Havia um motorista no banco dianteiro. E um número — 271 — na janela lateral traseira; um serviço de carros de aluguel. Agora o porteiro corria atrás dele, e o rapaz parou para que o alcançasse e abrisse a porta traseira do carro.

E esse rapaz era... Andy Heller! Não havia dúvida alguma. Era da turma de Kramer na Columbia Law School — e como Kramer se sentira superior quando Andy, o gorducho, inteligente e pequeno Andy, fizera o esperado, ou seja, fora trabalhar no centro para Angstrom & Molner. Andy e centenas iguais a ele iriam passar os próximos cinco ou dez anos curvados sobre uma escrivaninha conferindo vírgulas, citações e frases em maiúsculas para estimular e fortificar a ganância dos agentes hipotecários, dos produtores de artigos de saúde e beleza, árbitros de fusão e compra de empresas e agentes de resseguros — enquanto ele, Kramer, abraçaria a vida e mergulharia até a cintura na vida dos miseráveis e malditos e se sustentaria nos próprios pés nos tribunais para lutar, mano a mano, perante a justiça.

E fora realmente isso que acontecera. Por que então Kramer agora se detinha? Por que não seguia em frente e exclamava: "Oi, Andy"? Estava a menos de seis metros de seu antigo colega de turma. Ao invés, parou e virou a cabeça para a fachada do edifício e levou a mão ao rosto, como se tivesse alguma coisa no olho. Uma ova que ia deixar Andy Heller — enquanto o porteiro mantinha a porta do carro aberta e o chofer esperava o sinal de partir —, uma ova que ia deixar Andy Heller dar de cara com ele e dizer: "Larry Kramer, como vai a vida?", e em seguida: "Que anda fazendo?" E ele teria que responder: "Bom, sou promotor distrital assistente no Bronx." Não precisaria acrescentar: "Ganho 36.600 dólares por ano." Isso todos sabiam. E, durante a conversa, Andy Heller estaria examinando sua capa suja, seu velho terno cinzento, de calça demasiadamente curta, os tênis Nike, a sacola da A&P... Que merda... Kramer continuou parado ali com a cabeça virada, fingindo ter uma poeirinha no olho, até que ouviu a porta do Audi fechar. O som era o de um cofre se fechando. Voltou-se bem a tempo de levar no rosto uma nuvenzinha vaporosa de fumaça de carro alemão de luxo, no instante em que Andy partia para o escritório. Kramer nem quis pensar no aspecto que aquele maldito lugar provavelmente tinha.

No metrô — no trem D com destino ao Bronx —, Kramer postou-se no corredor firmando-se numa barra de aço inoxidável enquanto o carro arremetia, dava guinadas e guinchava. No banco de plástico em frente sentava-se um velho ossudo que parecia se espalhar como limo num muro grafitado. Lia um jornal. A manchete anunciava "Turba expulsa prefeito no Harlem". As palavras eram tão graúdas que tomavam a página inteira. No alto, em letras menores: "Volte para a Cidade dos Judeus!" O velho usava um par de tênis de corrida com listas roxas e brancas. Pareciam esquisitas num homem tão velho, mas não havia nada realmente estranho nos tênis, não num trem D. Kramer correu os olhos pelo chão. Metade das pessoas no carro calçava tênis com desenhos espalhafatosos e solas prensadas que lembravam lanchas. Gente nova, velhos, mães com crianças ao colo, e até mesmo as crianças usavam. Não era por causa dos lançamentos da Young Fit & Firm Chic, como acontecia na cidade, onde se viam muitos jovens brancos e bem-vestidos indo trabalhar de manhã usando esses tênis. Não, no trem D a razão para isso era o fato de os tênis serem baratos. No trem D, esses tênis eram como um letreiro ao pescoço onde se lia Cortiço ou el barrio.

Kramer resistiu ao impulso de admitir para si mesmo por que *ele* usava tênis. Deixou o olhar vagar para cima. Havia algumas pessoas olhando para os tabloides com manchetes sobre o tumulto, mas o trem D para o Bronx não era um trem de leitores... Não... seja lá o que acontecesse no Harlem não produziria absolutamente efeito algum no Bronx. Todos no carro contemplavam o mundo com o habitual olhar parado, evitando o contato visual.

Naquele instante percebeu uma dessas quedas de ruído, um desses vazios no estrépito que ocorre quando se abre uma porta entre os carros do metrô. Entraram no carro três rapazes negros, de quinze ou dezesseis anos, usando enormes tênis com cordões longuíssimos, mas enfiados nos ilhoses com precisão, em linhas paralelas, e jaquetas antitérmicas pretas. Kramer se preparou e se esforçou para parecer durão e entediado. Retesou os esternoclidomastóideos, estufando o pescoço como faria um lutador. Um a um... seria capaz de estraçalhar qualquer deles... Mas nunca era um a um... Via rapazes como esses todos os dias no tribunal... Agora os três percorriam o corredor... Andavam com um passo gingado conhecido como "ginga de cafetão"... Ele via essa ginga de cafetão todos os dias no tribunal, também... Nos dias menos frios, no Bronx, havia tantos rapazes se exibindo nas ruas com essa ginga, que ruas inteiras pareciam ondular... Eles se aproximaram, com o indefectível olhar calmo e vazio... Bem, que poderiam fazer?... Passaram por ele, pelos lados... e nada aconteceu... Bem, claro que nada aconteceu... Um touro, um cavalão como ele... seria a última pessoa no mundo com quem se meteriam... Assim mesmo, sempre se alegrava quando o trem chegava na estação da 161st Street.

Kramer subiu as escadas e desembocou na 161st Street. O céu estava desanuviado. Diante dele, ali mesmo, erguia-se a grande concha do Yankee Stadium. Para além do estádio apareciam as estruturas corroídas do Bronx. Dez ou quinze anos antes tinham reformado o estádio. Gastaram centenas de milhares de dólares. Supostamente isso deveria contribuir para "a revitalização do coração do Bronx". Que piada de mau gosto! Desde então, esse distrito, o 44º, nessas mesmas ruas, tinha se tornado o pior do Bronx em criminalidade. Kramer via isso todos os dias, também.

Começou a subir a colina, de tênis, carregando a sacola da A&P com os sapatos dentro. As pessoas dessas tristes ruas estavam paradas do lado de fora das lojas e lanchonetes ao longo da 161st Street.

Ergueu os olhos — e por um segundo pôde contemplar o velho Bronx em todo o seu esplendor. No alto da colina, onde a 161st Street cortava a Grand Concourse, o sol rompera as nuvens e iluminara a fachada do Concourse Plaza Hotel. Daquela distância, ele ainda podia passar por um hotel de veraneio europeu da década de

1920. Os jogadores de beisebol do Yankee costumavam se hospedar ali durante a temporada, os que podiam pagar, os astros. Sempre os visualizara morando em espaçosas suítes. Joe DiMaggio, Babe Ruth, Lou Gehrig... Só conseguia lembrar esses nomes, embora o pai costumasse falar de muitos outros. Ó douradas colinas judias de outrora! Ali no topo da colina, a 161st Street e a Grand Concourse tinham sido o máximo do sonho judeu, da nova Canaã, o novo bairro judeu de Nova York, o Bronx! O pai de Kramer fora criado a dezessete quarteirões dali, na 178th Street, e o seu sonho mais glorioso fora possuir um apartamento... um dia... num desses magníficos edifícios, na Grand Concourse. Tinham-na construído para ser a Park Avenue do Bronx, só que a nova Canaã seria ainda melhor. A Concourse era mais larga do que a Park Avenue, e fora mais profusamente ajardinada — e aí residia mais uma piada de mau gosto. Queria um apartamento na Concourse? Hoje era possível escolher. O Grand Hotel do sonho judeu era agora um hotel-abrigo, e o Bronx, a Terra Prometida, era 70 por cento negro e porto-riquenho.

Pobre e triste Bronx judeu! Quando tinha 22 anos e acabara de ingressar na faculdade de direito, Kramer começara a pensar no pai como um judeuzinho que ao fim de toda uma vida conseguira finalmente realizar a grande migração diaspórica do Bronx para Oceanside, Long Island, a 32 quilômetros de distância, e que ainda se deslocava diariamente até um depósito de caixas de papelão na área da West 20th Street, em Manhattan, onde era contador-chefe. Ele, Kramer, seria o advogado... o cosmopolita... E agora, passados dez anos, que acontecera? Morava num formigueiro que fazia a casa colonial de três quartos em Oceanside parecer San Simeon e tomava o trem D — *o trem D!* — para trabalhar todos os dias no... *Bronx!*

Bem diante dos olhos de Kramer o sol começou a iluminar o outro grande edifício no topo da colina, aquele em que trabalhava, o Edifício da Municipalidade do Bronx. O prédio era um fantástico Partenon de concreto, construído no início da década de 1930 no estilo moderno cívico. Tinha nove andares e cobria três quarteirões, da 161st Street à 158th Street. Que sincero otimismo possuía quem quer que tivesse projetado aquele edifício na época!

Apesar de tudo, o tribunal mexia com ele. Suas quatro grandes fachadas eram perfeitas apoteoses de esculturas e baixos-relevos. Havia grupos de figuras clássicas em cada canto. Agricultura, Comércio, Indústria, Religião, Artes, Justiça, Governo, Lei e Ordem, Direitos do Homem — nobres romanos usando togas no Bronx! Um sonho dourado de futuro apolíneo!

Hoje, se um daqueles belos mancebos clássicos descesse lá de cima, não sobreviveria tempo suficiente para chegar à 162nd Street e comprar um picolé ou um sanduíche. Eles o moeriam de porrada só para lhe roubarem a toga. Não era brincadeira esse distrito, o 44ª. Do lado da 158th Street, o tribunal dava para o Franz Sigel Park, que, visto da janela do sexto andar, era uma maravilhosa faixa de paisagismo inglês, uma fantasia de árvores, arbustos, grama e arranjos de pedras, que se estendia pela falda sul da colina. Praticamente ninguém, exceto ele, sabia mais o nome do Franz Sigel Park, porque ninguém que tivesse metade do cérebro perfeito se embrenharia o suficiente para chegar à placa que o identificava. Ainda na semana anterior um pobre coitado fora morto a facadas, às 10 horas da manhã, em um dos bancos de concreto, construído em 1971, durante a campanha para "oferecer condições urbanas, revitalizar o Franz Sigel Park e resgatá-lo para a comunidade". O banco ficava a três metros da entrada do parque. Alguém matara o homem para lhe tirar o rádio portátil, um dos grandes, conhecido na Promotoria Distrital como zero-zero-sete. Ninguém daquela promotoria ia ao parque num dia ensolarado de maio para almoçar, nem mesmo alguém capaz de agarrar noventa quilos como ele. Nem mesmo um oficial de justiça, que usava farda e portava legalmente um 38. Todos permaneciam no interior do prédio, essa ilha-fortaleza do Poder dos brancos como ele, essa Gibraltar no pobre e triste mar dos Sargaços do Bronx.

Na avenida que estava prestes a atravessar, a Walton Avenue, três camburões azul e laranja do Departamento Correcional estavam enfileirados, aguardando para entrar no pátio de serviço do edifício. Os camburões traziam prisioneiros da Casa de Detenção do Bronx, em Rikers Island, e do Tribunal Criminal do Bronx, a um quarteirão de distância, para comparecerem ao Supremo Tribunal Municipal do Bronx, que julgava delitos graves. As salas de audiência estavam localizadas nos andares superiores, e os prisioneiros eram transportados até o pátio de serviço. Dali eram levados de elevador para a carceragem nos andares das salas de audiência.

Não se podia espiar para dentro dos camburões, porque as janelas eram protegidas por telas grossas. Kramer não precisava olhar. Naqueles camburões certamente havia o lote habitual de marginais negros e latinos, além de algum eventual rapaz italiano das vizinhanças da Arthur Avenue e, vez por outra, um garoto irlandês de Woodlawn ou outro gato-pingado que teve o azar de escolher o Bronx para se meter em apuros.

— O rango — Kramer disse de si para si. Qualquer pessoa que o estivesse observando teria realmente visto seus lábios se moverem ao dizer isso.

Dentro de 45 segundos iria descobrir que alguém o estava de fato acompanhando. Mas naquele instante não havia nada de anormal nos camburões azul e laranja e nele dizendo para si mesmo "o rango".

Kramer atingira aquele ponto baixo na vida de um promotor distrital assistente no Bronx em que se é assaltado pelas Dúvidas. Todo ano, 40 mil pessoas, 40 mil incompetentes, debiloides, alcoólatras, psicopatas, desordeiros, boas almas levadas a algum gesto extremo de cólera, e gente que só poderia ser descrita como perversa, eram presas no Bronx. Sete mil delas eram indiciadas e acusadas, e então entravam no ruminadouro do sistema judiciário — logo ali — pelos portais da Gibraltar, onde se enfileiravam os camburões. Eram aproximadamente 150 novos casos, mais 150 corações sobressaltados e olhares insociáveis, toda semana em que os tribunais e a Promotoria Distrital do Bronx estavam abertos. E para quê? Os mesmos crimes estúpidos, deprimentes, patéticos, horripilantes eram cometidos todos os dias, do mesmo jeito. Que poderia conseguir o promotor distrital assistente, ou qualquer outro, revolvendo incessantemente a sujeira? O Bronx se esboroava e deteriorava um pouquinho mais, e um pouquinho mais de sangue secava em suas rachaduras. As Dúvidas! Uma coisa certamente se conseguia. O sistema era alimentado, e aqueles camburões traziam o rango. Cinquenta juízes, 35 oficiais de justiça, 245 promotores distritais assistentes, um promotor público — pensar nele fez Kramer recurvar os lábios num sorriso, porque com toda a certeza Weiss se encontrava lá em cima no sexto andar, nesse exato momento, berrando com o Canal 4 ou 7 ou 2 ou 5 sobre a cobertura da televisão que não recebera no dia anterior e queria hoje — e só Deus saberia quantos advogados penalistas, defensores públicos, escreventes, técnicos, auxiliares, oficiais de justiça, oficiais de custódia, assistentes sociais, investigadores especiais, peritos judiciais — que multidão a ser alimentada! E toda manhã o rango chegava, o rango, e, com ele, as Dúvidas.

Kramer acabara de pousar o pé na rua quando um grande Pontiac Bonneville passou em alta velocidade, uma verdadeira banheira, com fantásticas projeções na carroceria, tipo de carrão de 6 metros que tinham parado de fabricar por volta de 1980. Mergulhou de nariz, cantando os pneus, até parar na esquina mais distante. A porta do Bonneville, uma gigantesca superfície de metal moldado com quase metro e meio de largura, se abriu com um estalido surdo e melancólico, e um juiz chamado Myron Kovitsky desceu. Tinha uns sessenta anos, era baixo, magro, careca, rijo, com um nariz adunco, olhos fundos e boca severa. Pela janela traseira do Bonneville, Kramer viu uma silhueta escorregando para o assento do motorista, que o juiz deixara vazio. Devia ser a mulher dele.

O som da enorme porta do carro velho e a visão daquela figurinha descendo eram deprimentes. O juiz, Mike Kovitsky, vinha trabalhar numa banheira sebosa com praticamente dez anos de uso. Como juiz do Supremo Tribunal ele ganhava 60.100 dólares anuais. Kramer conhecia as cifras de cor. Talvez lhe restassem 45 mil dólares líquidos. Para um homem de sessenta anos nos altos escalões da profissão legal, isso era patético. No centro... no mundo de Andy Heller... estavam pagando o mesmo salário como piso a gente recém-saída da faculdade de direito. E esse homem cujo carro faz *chuóp* todas as vezes em que a porta se abre está no topo da hierarquia aqui nesta ilha-fortaleza. Ele, Kramer, ocupava uma posição incerta no escalão intermediário. Se jogasse corretamente sua cartada e conseguisse ganhar as boas graças da organização democrática no Bronx, esse *chuóp!* era o ápice a que poderia aspirar, dali a trinta anos.

Kramer atravessara metade da rua quando a coisa começou:

— Eh! Kramer!

Era um vozeirão. Kramer não era capaz de dizer de onde vinha. — Veadão! Hum! Isso o fez parar instantaneamente. Uma sensação — um som — como um vapor sibilante — encheu seu cérebro.

— Ei, Kramer, seu merdinha!

Era outra voz. Eles...

— Eh! Cabeça rachada!

Vinham da traseira do camburão, o camburão azul e laranja, o mais próximo dele, a menos de nove metros de distância. Não os via. Não conseguia distingui-los através da tela das janelas.

— Eh! Jacozinho! Cu de judeu!

Jacozinho! Como sabiam que era judeu? Ele não parecia — Kramer não era um — por que diriam — isto o sacudiu!

— Eh! Kramer! Seu arrombado! Vem lamber meu cu!

— Eeeiiii, caaaaara, vá tomá no cu! Vá tomá no culo!

Uma voz latina — o barbarismo da pronúncia em si enterrava a faca mais fundo.

— Eh! Seu merda!

— Eeeeiiii! Seu lambe-cu! Seu lambe-cu!

— Eh! Kramer! Põe no cu da mãe!

— Eeeeiiii! Caaaara! Vá se foder! Vá se foder!

Era um coro! Um jorro de obscenidades! Um *Rigoletto* saído do esgoto, da goela podre do Bronx!

Kramer continuava no meio da rua. Que fazer? Ele examinou o camburão. Não conseguia distinguir nada. Quais deles?... Quais... entre a interminável procissão de negros e latino-americanos funestos... Mas não! Não olhe! Afastou o olhar. Quem o estava observando? Deveria receber essas inacreditáveis ofensas e continuar a caminhar até a entrada da Walton Avenue, enquanto despejavam mais xingamentos sobre sua pessoa, ou deveria enfrentá-los?... Enfrentá-los? *Como?*... Não! Fingiria que não era com ele que gritavam... Quem saberia a diferença... Continuaria a subir a 161st Street e contornaria até a entrada principal! Ninguém precisava saber que era com ele! Esquadrinhou a calçada da entrada da Walton Avenue, próxima aos camburões... Ninguém além dos cidadãos pobres e tristes de costume... Tinham parado, surpresos. Estavam observando o camburão. O guarda! O guarda na entrada da Walton Avenue o conhecia! Ele saberia que estava tentando escapar como se nada tivesse acontecido! Mas não estava no posto... Provavelmente se escondera na entrada para não ter que tomar nenhuma atitude. Então Kramer viu Kovitsky. O juiz se encontrava na calçada a uns cinco metros da entrada. Estava parado com os olhos cravados no camburão. Então olhou diretamente para Kramer. Merda!

Ele me conhece! Sabe que estão gritando para *mim*! A figurinha que acabara de descer — *chuóp!* — de seu Bonneville interpunha-se entre Kramer e uma retirada tranquila.

— Eh! Kramer! Seu cagão!
— Ei! Seu careca escroto!
— Eeeeeiiii! Enfia essa careca no cu! Enfia essa careca no cu!

Careca? Por que careca? Ele não era careca. Estava perdendo um pouquinho de cabelo, filhos da mãe, mas ainda estava muito longe de ser careca! Espere aí! Não era com ele — tinham avistado o juiz, Kovitsky. Agora tinham dois alvos.

— Eh! Kramer! Que está levando na sacola, cara?
— Ei, seu careca chifrudo!
— Seu cabeça de penico!
— Está levando os colhões na sacola, Kramer?

Estavam na mesma situação, ele e Kovitsky. Agora não ia conseguir escapulir pela entrada da 161st Street. Então continuou a atravessar a rua. Sentia-se como se estivesse debaixo de água. Deu uma olhada em Kovitsky. Mas Kovitsky deixara de observá-lo. Caminhava em linha reta para o camburão. Abaixara a cabeça. Tinha uma expressão feroz no olhar. Dava para ver o branco dos seus olhos. As pupilas pareciam dois raios da morte faiscando sob as pálpebras. Kramer ja o vira no tribunal assim... a cabeça abaixada e os olhos faiscando.

As vozes no interior do camburão tentaram fazê-lo retroceder.

— Que está olhando, seu velho broxa?
— Ahhhggghh, vem! Vem, bimbinho!

Mas o coro estava perdendo o ritmo. Eles não sabiam o que pensar daquele homenzinho furioso.

Kovitsky foi direto ao camburão e tentou encará-los através da tela. Levou as mãos aos quadris.

— Eh! O que está olhando?
— Chiii! Vamos lhe mostrar um troço, cara!

Mas estavam perdendo a animação. Agora Kovitsky caminhava para a frente do camburão. Voltou a olhar enfurecido para o motorista.

— Está... ouvindo... isso? — perguntou o juizinho apontando para a traseira do camburão.

— Hum? — exclamou o motorista. — Que foi? — Não sabia o que dizer.

— Está surdo, seu porra? — perguntou Kovitsky. — Seus prisioneiros... *seus...* prisioneiros... Você é um oficial do Departamento Correcional...

E começou a sacudir o dedo no nariz do homem.

— *Seus... prisioneiros...* Você deixa *seus prisioneiros* fazerem... essa *merda...* com cidadãos desta comunidade e com membros *deste tribunal*?

O motorista era um sujeito gordo e moreno, atarracado, de uns cinquenta anos, ou talvez de banhuda e grisalha meia-idade, cumprindo pena perpétua no serviço público... e de repente seus olhos e sua boca se abriram, sem emitir nenhum som, ergueu os ombros, virou a palma das mãos para cima e os cantos da boca para baixo.

Era o gesto primordial das ruas de Nova York, a expressão que queria dizer: "E daí? Que quer que eu faça?" E mais especificamente neste caso: "Que quer que eu faça, que entre aí atrás nessa gaiola com esse bando?"

Era o velho apelo de misericórdia nova-iorquino, irretorquível e inegável.

Kovitsky encarou o homem e sacudiu a cabeça como se faz quando alguém acaba de se deparar com um caso perdido. Então deu meia-volta e se dirigiu para a traseira do camburão.

— Aí vem o Jacozinho!
— Ahhhn! Ahhhn! Ahhhn!
— Vem chupar meu pau, Meritíssimo!

Kovitsky olhou fixamente para a janela, ainda procurando divisar o inimigo através da tela grossa. Então inspirou profundamente, e se ouviu um fantástico ruído de ar entrando em suas narinas; além disso, um ronco profundo em seu peito e garganta. Parecia incrível que um som vulcânico desses pudesse ser produzido por um corpo tão franzino. Então ele *cuspiu*. Atirou uma prodigiosa quantidade de escarro na janela do camburão. A gosma atingiu a tela e ficou pendurada ali, uma enorme ostra líquida e amarela, parte da qual começou a escorrer como se fosse um fio repugnante e virulento de goma ou melado com um laganho na ponta. E ficou ali, brilhando ao sol, para aqueles que estavam dentro, quem quer que fossem, contemplarem à vontade.

Isso os atordoou. O coro parou. Por um instante estranho e febril não havia mais nada no mundo, no sistema solar, no universo, em toda a astronomia, exceto a gaiola e esse langanho de escarro brilhando, escorrendo, oscilando à luz do sol.

Então, mantendo a mão direita junto ao peito de modo que ninguém na calçada pudesse vê-la, o juiz fez um gesto com o dedo médio, deu as costas e caminhou para a entrada do edifício.

Estava a meio caminho da porta quando eles recuperaram o fôlego.

— Uuuuhhh, vá tomar no cu você também, cara!
— Quer... briga... toma lá...

Mas já não estavam tão animados. O terrível espírito de revolta do camburão fracassara diante do arroubo de fúria daquele homenzinho de aço.

Kramer correu atrás de Kovitsky e alcançou-o quando ia entrando pela porta da Walton Avenue. *Tinha* de alcançá-lo. Tinha de lhe mostrar que acompanhara tudo. Os dois tinham recebido aqueles xingamentos sórdidos, lá fora.

O guarda reaparecera à porta.

— Bom dia, juiz — cumprimentou como se fosse apenas mais um dia qualquer na ilha-fortaleza de Gibraltar.

Kovitsky mal o olhou. Estava preocupado. Tinha a cabeça baixa.

Kramer tocou-lhe o ombro.

— Puxa, juiz, o senhor é demais! — Kramer sorria radiante, como se os dois tivessem acabado de travar uma grande batalha, ombro a ombro. — Eles se calaram! Não pude acreditar! Eles *se calaram*!

Kovitsky parou e examinou Kramer de alto a baixo, como se olhasse para alguém que nunca tivesse visto antes.

— Um porra inútil — disse o juiz.

"Ele está me culpando por não ter feito nada, por não ter ajudado." — Mas no instante seguinte Kramer percebeu que Kovitsky estava na realidade se referindo ao motorista do camburão.

— Bem, o pobre filho da mãe — continuou Kovitsky — está aterrorizado. Eu me envergonharia de ter um emprego daqueles se fosse um porra medroso como ele.

Parecia estar falando mais consigo mesmo do que com Kramer. Continuou falando sobre o porra isso e o porra aquilo. Kramer mal registrava o palavrão. O tribunal era como o exército. Dos juízes até os guardas havia um adjetivo ou particípio, ou que nome tivesse, que servia para tudo, e que depois de algum tempo se tornava tão natural quanto respirar. Não, os pensamentos de Kramer galopavam adiante. Temia que as próximas palavras a saírem da boca de Kovitsky pudessem ser "Porra, por que ficou parado ali, sem fazer nada?" Já estava preparando desculpas. "Não sabia dizer de onde vinha... Não sabia se vinha do camburão" ou...

A iluminação fluorescente produzia no saguão uma névoa fraca e tóxica de clínica de radiografia.

— ... essa história de judeuzinho — dizia Kovitsky. Então lançou um olhar a Kramer que exigia claramente uma resposta.

Kramer não sabia que diabo o juiz estivera dizendo.

— Jacozinho?

— É, "Aí vem o Jacozinho" — disse Kovitsky. — "Birrinho." Que diferença faz, "birrinho". — Riu, genuinamente divertido com a ideia. — "Birrinho"... Mas "Jacozinho"... É veneno puro. Isso é *ódio*! Isso é antissemitismo. E para *quê*? Não fossem os judeus, eles ainda estariam asfaltando ruas sob a mira de escopetas na Carolina do Sul; é o que esses porras estariam fazendo, pobres filhos da mãe.

Um alarme soou. Um toque nervoso invadiu o saguão. Martelou os ouvidos de Kramer em ondas. O juiz Kovitsky teve que elevar a voz para se fazer ouvir, mas nem olhou para os lados. Kramer não piscava um olho. O alarme significava que um prisioneiro escapara ou que o irmãozinho magricela de um malfeitor sacara um revólver na sala de audiências, ou algum réu gigantesco agarrara um escrivão de 60 quilos e lhe torcera o braço contra as costas. Ou talvez fosse apenas um incêndio.

As primeiras vezes que Kramer ouvira o alarme na ilha-fortaleza de Gibraltar, seus olhos se arregalaram inquietos e ele se preparou para o tropel de guardas, usando cassetetes militares e brandindo uns 38, a correr pelos andares de mármore à caça de algum doido em tênis supergráficos que, impelido pelo medo, fazia 30 metros em 8,4 segundos. Depois de algum tempo deixou de se importar. Era o estado normal de alerta vermelho, pânico e confusão no Edifício da Municipalidade do Bronx. A toda a volta de Kramer e do juiz as pessoas giravam a cabeça em todas as direções. Que rostos tristes... Entravam na Gibraltar pela primeira vez, Deus sabe em que triste missão.

De repente, Kovitsky apontou para o chão e perguntou:

— ... é isso, Kramer?

— Isso? — repetiu Kramer, tentando desesperadamente imaginar a que se referia o juiz.

— Essa porra desses sapatos — disse Kovitsky.

— Ah! Sapatos — disse Kramer. — São tênis de corrida, juiz.

— É ideia do Weiss?

— Nãããо — respondeu Kramer, rindo como se motivado pela piada do juiz.

— Correndo pela justiça? É isso que Abe mandou vocês fazerem, correr pela justiça?

— Não, não, não. — Mais risos e um grande sorriso, já que Kovitsky obviamente adorara essa frase, "correndo pela justiça".

— Meu Deus, cada garoto que assalta uma mercearia aparece no meu tribunal usando uma merda dessas, e agora vocês também?

— Nãããо-ho-ho.

— Acha que vai entrar na minha câmara com isso?

— Nãããããо-ho-ho-ho! Nem passaria pela minha cabeça, juiz.

O alarme continuava a tocar. Os recém-chegados, as caras novas e tristes que nunca tinham estado no interior da cidadela, olhavam para tudo com olhos e bocas muito abertos, e viam um velho branco e careca de terno cinza, camisa branca e gravata, e um jovem branco em vias de se tornar careca, de terno cinza, camisa branca e gravata, parados ali, conversando, sorrindo, tagarelando, arejando a língua; logo, se esses dois brancos, que, de forma tão óbvia, faziam parte do Poder, estavam simplesmente parados ali, sem sequer alterar uma sobrancelha, não poderia ser tão grave assim.

Enquanto o alarme percutia em sua cabeça, Kramer foi se sentindo cada vez mais deprimido.

Ali e então decidiu-se. Ia fazer alguma coisa — algo surpreendente, algo intempestivo, algo desesperado, o que quer que fosse preciso. Ia cortar as amarras. Ia sair daquela sujeira. Ia incendiar o céu, agarrar a Vida para si...

Conseguia visualizar de novo a moça de batom cor de terra, com a mesma nitidez que a veria se estivesse ali, ao lado dele, naquele lugar triste e sombrio.

3
DO QUINQUAGÉSIMO ANDAR

Sherman McCoy saiu de seu edifício segurando a mão da filha, Campbell. Dias enevoados como esse produziam claridade cinza-azulada na Park Avenue. Mas logo que deixavam o abrigo do toldo da entrada... que radiosidade! O canteiro central da Park era uma guirlanda de tulipas amarelas. Havia milhares delas, graças às taxas que os proprietários de apartamentos, como Sherman, pagavam à Park Avenue Association e aos milhares de dólares que a associação pagava a um serviço de jardinagem chamado Wiltshire Country Gardens, dirigido por três coreanos de Maspeth, Long Island. Havia um quê de celestial no fulgor dourado das tulipas. O que era justo. Desde que Sherman segurasse a mão da filha e a levasse ao ponto do ônibus, sentia-se partícipe da graça de Deus. Era uma sensação sublime e não custava muito. O ponto do ônibus ficava no outro lado da rua. Havia pouca chance de se impacientar com os passinhos de Campbell e estragar o refrescante gole de paternidade que tomava todas as manhãs.

Campbell frequentava o primeiro ano na Taliaferro, que como todos — *tout le monde* — sabiam, pronunciava-se Toliver. Todas as manhãs, a Taliaferro School despachava para a Park Avenue seu ônibus particular, com motorista e uma acompanhante para as crianças. Na verdade, poucas eram as meninas da Taliaferro que não moravam a uma curta distância do trajeto do ônibus.

Para Sherman, ao desembocar na calçada segurando a mão de Campbell, ela era uma visão. Era uma visão renovada a cada manhã. Seu cabelo era uma exuberância de ondas macias iguais às da mãe, porém mais claras e mais douradas. O rostinho — uma perfeição! Nem mesmo a fase desajeitada da adolescência iria alterá-lo. Tinha certeza disso. Vestida com a sainha vinho da escola, blusa branca de gola amarela, sacolinha de náilon, meias brancas três-quartos, ela era um anjo. Sherman achava a visão em si inacreditavelmente comovente.

O porteiro do turno da manhã era um velho irlandês chamado Tony. Depois de abrir a porta, saiu para baixo do toldo e observou-os partir. Isso era ótimo... ótimo! Sherman gostava de ter a sua paternidade notada. Essa manhã ele era um indivíduo sério, que representava a Park Avenue e a Wall Street. Usava um terno cinza-azulado de lã penteada, talhado sob medida na Inglaterra por 1.800 dólares, com dois botões e recortes discretos nas lapelas. Na Wall Street os jaquetões e as lapelas pontiagudas eram considerados um pouco exagerados, um pouco janotas demais. Seu basto cabelo castanho estava penteado para trás. Ele aprumou os ombros e levantou o nariz comprido e o maravilhoso queixo.

— Queridinha, deixe-me abotoar seu suéter. Está um pouquinho frio.

— Nem vem, José — respondeu Campbell.

— Vamos, fofinha, não quero que apanhe um resfriado.

— NÃO, Séjo, NÃO. — E afastou os ombros para longe num movimento brusco. *Séjo* era *José* silabado de trás para diante. — N-n-n-nããõooo.

Diante disso Sherman suspirou e abandonou o plano de proteger a filha dos elementos. Caminharam mais um pouquinho.

— Papai?

— Sim, queridinha?

— Papai, e se Deus não existir?

Sherman assustou-se, embatucou. Campbell tinha os olhos erguidos para ele numa expressão perfeitamente normal, como se tivesse acabado de perguntar como se chamavam aquelas flores amarelas.

— Quem disse que Deus não existe?

— Mas e se não *existir*?

— Que a faz pensar... alguém lhe disse que Deus não existe?

Que encrenqueirozinho pérfido em sua turma andara espalhando um veneno daqueles? Ao que Sherman soubesse, Campbell ainda acreditava em Papai Noel, e ali estava ela começando a questionar a existência de Deus! Por outro lado... era uma pergunta precoce para uma menina de seis anos, não era? Não havia dúvida alguma. Pensar que tal especulação...

— Mas e se *não existir*? — Estava aborrecida. Perguntar-lhe sobre a origem da pergunta não era resposta.

— Mas Deus *existe,* fofinha. Por isso não sei lhe responder sobre o caso de "não existir".

Sherman procurava nunca mentir para a filha. Mas desta vez achou que era o mais prudente. Sempre alimentara esperanças de que nunca teria de discutir religião com ela. Tinham começado a mandá-la à escola dominical da Igreja Episcopal Saint James, na esquina da Madison com a 71th. Era assim que se resolvia o problema de religião. Matriculavam-se os filhos na Saint James e evitava-se conversar ou pensar de novo no assunto.

— Ah! — exclamou Campbell. Ficou com o olhar perdido na distância. Sherman sentiu-se culpado. Ela levantara uma questão difícil, e ele a evitara. E ali estava a menina, com seis anos de idade, tentando juntar as peças do maior quebra-cabeça da vida.

— Papai?

— Sim, queridinha? — Prendeu o fôlego.

— Sabe a bicicleta da sra. Winston?

"A bicicleta da sra. Winston?" Então lembrou-se. Dois anos antes, no jardim de infância de Campbell, havia uma professora chamada sra. Winston, que enfrentava o tráfego e ia de bicicleta para a escola todos os dias. Todas as crianças achavam aquilo maravilhoso, uma professora que ia para a escola de bicicleta. Nunca mais ouvira Campbell mencionar a mulher desde então.

— Ah, sei, lembro. — Uma pausa ansiosa.

— MacKenzie tem uma igualzinha.

"MacKenzie?" MacKenzie Reed era uma menininha da turma de Campbell.

— Tem, é?

— Tem. Só que é melhor.

Sherman esperou... pelo salto lógico... mas ele não veio. Isso era tudo. Deus está vivo! Deus está morto! A bicicleta da sra. Winston. Nem vem, José! NÃO, Séjo! Tudo vinha da mesma miscelânea do baú dos brinquedos. Sherman se sentiu aliviado por um instante, mas em seguida se sentiu roubado. O pensamento de que sua filha poderia de fato ter questionado a existência de Deus aos seis anos de idade — isso ele tomara como sinal de uma inteligência superior. Nos últimos dez anos, no Upper East Side, pela primeira vez, a inteligência se tornara algo socialmente aceitável para meninas.

Muitas menininhas de saia vinho, com os pais ou as babás, estavam reunidas no ponto de ônibus da Taliaferro, na calçada oposta da Park Avenue. Assim que Campbell os viu, tentou soltar a mão de Sherman. Estava nessa fase. Mas ele nunca deixaria. Segurou a mãozinha com firmeza e atravessou a rua com a menina. Era o seu protetor. Olhou feio para um táxi que parou rangendo os freios no sinal. De boa vontade se atiraria diante do táxi, se isso fosse necessário, para salvar a vida de Campbell. Ao atravessarem a Park Avenue, teve uma visão do par ideal que formavam. Campbell, o anjo perfeito num uniforme de escola particular; ele, com cabeça aristocrática, o queixo de Yale, o físico avantajado, e o terno de 1.800 dólares, o pai do anjo, um homem de muitos talentos; imaginou os olhares de admiração, os olhares de inveja dos motoristas, dos pedestres, de todos.

Assim que chegaram ao ponto do ônibus, Campbell se desvencilhou. Os pais que levavam as filhas para o ponto do ônibus da Taliaferro de manhã formavam um grupo animado. Estavam sempre dispostos a conversar! Sherman começou por dar seus bons dias. Edith Tompkins, John Channing, a mãe de MacKenzie Reed, a babá de Kirby Coleman, Leonard Shorske, a sra. Lueger. Quando foi cumprimentar a sra. Lueger — nunca soubera seu nome de batismo — fez uma tomada dupla. Era uma loura pálida e esguia que nunca usava maquiagem. Essa manhã devia ter corrido com a filha para o ponto do ônibus em cima da hora. Vestia uma camisa azul de homem com os dois botões de cima desabotoados. Jeans velhos e umas sapatilhas de balé. Os jeans eram muito justos. Tinha um corpinho fantástico. Nunca reparara nisso antes. Era realmente incrível! Parecia tão... pálida e semiadormecida e vulnerável. Sabe, a senhora está precisando é de uma xícara de café, sra. Lueger. Vamos, estou indo para aquela cafeteria na Lexington. Ah, isso é bobagem, sr. McCoy. Venha até o meu apartamento. Já tenho café pronto. Ele a encarou por uns bons dois segundos mais do que deveria, e nessa hora... *pimba*... o ônibus chegou, um veículo grande e sólido do tamanho de um ônibus interestadual, e as crianças subiram os degraus aos pulos.

Sherman deu as costas e tornou a olhar para a sra. Lueger. Mas ela não estava olhando para ele. Caminhava na direção do seu edifício. A costura do zíper de seu jeans praticamente dividia a calça em duas. Havia manchas esbranquiçadas de cada lado dos fundilhos. Eram relevos da carne que se avolumava sob o tecido. Que maravilhoso traseiro o dela! E ele sempre pensara nessas mulheres como mamães. Quem poderia adivinhar que chamas ardiam no íntimo das mamães?

Sherman pôs-se a caminhar para leste, em direção ao ponto de táxi, na esquina da First Avenue com a 79th Street. Sentia-se eufórico. Exatamente por quê, não saberia explicar. A descoberta da linda sra. Lueger... sim, mas na realidade sempre saía do ponto do ônibus bem-humorado. A Melhor Escola, as Melhores Meninas, as Melhores Famílias, o Melhor Bairro da capital do mundo ocidental nos fins do século XX — mas a única cena que ficava impressa em sua mente era a sensação da mãozinha de Campbell apertando a sua. Era por isso que se sentia tão bem. O toque daquela mãozinha confiante, absolutamente dependente, era a própria vida.

Então seu ânimo se abateu. Estava caminhando a passos rápidos, com o olhar distraído tomando uma panorâmica das fachadas de arenito pardo das casas. Nessa manhã cinzenta, elas pareciam velhas e deprimentes. Sacos de polietileno deformados de lixo, em tons de castanho-cocô-de-cachorro e verde-bosta, estavam amontoados diante delas, junto ao meio-fio. A superfície dos sacos tinha uma aparência pegajosa. Como as pessoas podiam viver assim? A apenas dois quarteirões de distância ficava o apartamento de Maria... o de Ralston Thorpe era em algum lugar ali... Sherman e Rawlie tinham frequentado Buckley, St. Paul e Yale juntos, e agora ambos trabalhavam para a Pierce & Pierce. Rawlie se mudara de um apartamento de dezesseis cômodos na Fifth Avenue para os dois últimos andares de um palacete de arenito pardo, por ali, depois do divórcio. Muito deprimente. Bil Sherman dera um largo passo na direção de um divórcio na noite anterior, não? Não só Judy o apanhara *em flagrante telefonema,* por assim dizer, como também ele, abjeta presa da luxúria que era, não recuara e se deixara comer — perfeito! nada mais nada menos que isso! — fora comido! — e só voltara para casa 45 minutos depois... Que seria de Campbell se ele e Judy algum dia se separassem? Não conseguia imaginar a vida depois disso. Direito de visitas à própria filha? Como era a frase que usavam? "Tempo qualitativo"?

Tão pretensioso, tão pretensioso... A alminha de Campbell iria se empedernir, mês após mês, transformando-se numa casquinha quebradiça...

A meio quarteirão de caminhada ele já estava se odiando. Teve vontade de dar meia-volta e retomar o caminho do apartamento, pedir perdão e jurar que *nunca mais*. Teve vontade, mas sabia que nunca faria isso. Isso o faria chegar atrasado ao escritório, o que não era nada bem-visto na Pierce & Pierce. Ninguém dizia nada abertamente, mas supostamente todos deviam chegar cedo e começar a fazer dinheiro... e dominar o universo. Um fluxo de adrenalina — as Giscards! Estava em vias de fechar o maior negócio de sua vida, as Giscards, as obrigações de ouro — Senhor do Universo! — e o desânimo voltou. Judy dormira no divã do quarto de vestir da suíte do casal. Ainda dormia, ou fingia dormir, quando ele se levantou. Bom, graças a Deus por isso. Não teria apreciado mais um *round* com ela pela manhã, principalmente com Campbell ou Bonita escutando. Bonita era uma dessas empregadas sul-americanas de jeito perfeitamente simpático, porém formal. Demonstrar cólera ou aflição diante dela seria uma gafe. Não admira que os casamentos costumassem durar mais. Os pais de Sherman e seus amigos, todos tinham muitos empregados, e os empregados trabalhavam muitas horas e moravam em casa. Se não havia disposição para discutir na frente deles, então não havia muita oportunidade de se discutir.

Assim, no melhor estilo McCoy, do mesmo modo que seu pai teria procedido — exceto que não conseguia imaginar seu pai numa enrascada dessas —, Sherman mantivera as aparências. Tomou o café da manhã na cozinha com Campbell, enquanto Bonita a ajudava a comer e a se preparar para a escola. Bonita tinha uma TV portátil na cozinha, e continuamente se virava para ver o noticiário sobre a rebelião no Harlem. Eram notícias quentes, mas Sherman não lhes dera atenção. Tudo parecia tão remoto... o tipo de coisa que acontecia lá... entre aquela gente... Andara ocupado tentando se munir de charme e alegria para que Bonita e Campbell não percebessem a atmosfera envenenada que envolvera a família.

A essa altura Sherman já caminhara até a Lexington Avenue. Sempre parava numa *bonbonnière* quase na esquina e comprava o *Times*. Ao virar a esquina, uma moça vinha em sua direção, uma moça alta com uma volumosa cabeleira loura. Uma grande bolsa pendia a tiracolo do seu ombro. Caminhava rapidamente, como se estivesse indo para o metrô da 77th Street. Trajava um longo suéter aberto na frente, que revelava uma camisa polo com um emblema bordado sobre o seio esquerdo. Usava uma calça branca do tipo *não tô nem aí*, muito larga e bamba nas pernas, mas excepcionalmente justa na virilha. *Excepcionalmente!* Havia uma espantosa fenda. Sherman arregalou os olhos e em seguida ergueu-os até o rosto dela. Ela o encarou de volta. Diretamente nos olhos. E sorriu. Não diminuiu a marcha nem lhe lançou um olhar provocante. Era um olhar confiante, otimista, que só faltava dizer "Oi! Somos um casal de belos animais, não somos?" Tão franco! Tão ousado! Tão avidamente descarado!

Na *bonbonnière*, depois de pagar pelo *Times*, Sherman voltou-se para sair, e seus olhos relancearam por uma estante de revistas. A carne salmão saltou diante dele... moças... rapazes... moças com moças... rapazes com rapazes... moças com rapazes... moças com seios nus, moças com traseiros nus... moças com adereços... uma orgia alegre e sorridente de pornografia, uma festança, uma depravação, um chafurdeiro... Na capa de uma revista há uma moça usando apenas um par de sapatos de salto alto e uma tanga... Só que não é uma tanga, é uma cobra... De alguma forma está encaixada na virilha e olha diretamente para Sherman... A moça está olhando diretamente para Sherman, também... Em seu rosto existe o sorriso mais radiante, mais singelo que se possa imaginar... É o rosto da moça que nos serve uma casquinha de sorvete de flocos na Baskin-Robbins...

Sherman retomou a caminhada em direção à First Avenue num estado de agitação. Pairava no ar! Era uma onda! Por toda parte! Iniludível!... Sexo!... à disposição!... Andava pela rua, com toda a ousadia!... Estava espalhado por todas as lojas! Se você fosse jovem e parcialmente vivo, que chance teria?... Tecnicamente, fora infiel à esposa. Bem, sem dúvida... mas quem poderia permanecer monógamo com esse, esse, esse *maremoto* de concupiscência rolando pelo mundo? Deus todo-poderoso! Um Senhor do Universo não poderia ser santo, afinal... Era inevitável. Pelo amor de Deus, não se podia esquivar de flocos de neve, e isso era uma nevasca! Só fora apanhado por ela, só isso, ou meio apanhado por ela. Não queria dizer nada. Não tinha dimensões morais. Era o mesmo que se encharcar. Na altura em que alcançou o ponto de táxi, na esquina da First com a 79th, praticamente acabara de acertar tudo na cabeça.

Na esquina da First Avenue com a 79th Street os táxis se enfileiravam todos os dias para levar os jovens Senhores do Universo até a Wall Street. De acordo com os regulamentos, todo motorista de táxi era obrigado a levar o passageiro aonde ele quisesse ir, mas os motoristas parados na esquina da First com a 79th nem se mexiam, a não ser que a pessoa fosse para a Wall Street ou suas imediações. Do ponto, os táxis rodavam dois quarteirões para leste e em seguida margeavam o East River pela rodovia, a FDR, a Franklin Delano Roosevelt.

Era uma corrida de dez dólares toda manhã, mas que era isso para um Senhor do Universo? O pai de Sherman sempre tomara o metrô para a Wall Street, mesmo quando era o executivo mais graduado da Dunning Sponget & Leach. Mesmo agora, com 71 anos, quando fazia suas excursões diárias a Dunning Sponget para respirar o mesmo ar que seus colegas advogados por três ou quatro horas, servia-se do metrô. Era uma questão de princípios. Quanto mais assustador o metrô se tornava, quanto mais pichações as pessoas fizessem nos trens, mais cordões de ouro arrancassem do pescoço das moças, mais velhos agredissem para roubar, mais mulheres empurrassem na frente dos trens, tanto mais decidido se tornava John Campbell McCoy de que não iam expulsá-lo do metrô da cidade de Nova York. Mas para a nova geração, a geração jovem, a geração de senhores, a geração de Sherman, tal princípio não existia. *Isolamento!* Essa era a senha. Era o termo que Rawlie Thorpe usava. "Se quiser morar em Nova York", disse certa vez a Sherman, "é preciso se isolar, se isolar, se isolar", denotando com isso isolar-se daquela gente. O cinismo e a presunção da ideia pareceram a Sherman muito *au courant*. Se era possível ir apanhando ar fresco pela FDR num táxi, então para que se meter nas trincheiras das guerras urbanas?

 O motorista era... turco? armênio? Sherman tentou ler seu nome no cartão encaixado no painel do carro. Quando o táxi chegou à rodovia, recostou-se para ler o *Times*. Havia uma foto na primeira página de uma horda de gente em um palco e o prefeito parado junto a um pólido, olhando. O tumulto, sem dúvida. Começou a ler o artigo, mas sua mente divagava. O sol começava a romper as nuvens. Via-o no rio, para a esquerda. Naquele momento o pobre rio imundo cintilava. Afinal, era um dia ensolarado de maio. À frente, erguiam-se as torres do Hospital Nova York, à beira da rodovia. Havia um aviso para a saída da East 71st Street, a que seu pai sempre usava quando voltavam de Southampton nas noites de domingo. Só em avistar o hospital e a saída fez Sherman pensar em — não, não era tanto pensar quanto *sentir* — a casa da 73rd Street com os seus cômodos pintados de verde-nova-iorquino. Crescera naqueles cômodos de um verde acinzentado e claro, e subia e descia aqueles quatro lances de escadas estreitas acreditando que estava vivendo no auge da elegância em casa do poderoso John Campbell McCoy, o Leão da Dunning Sponget & Leach. Só recentemente percebera que nos idos de 1948, quando seus pais tinham comprado e reformado a casa, eles formavam um casal ligeiramente aventureiro, enfrentando o que à época era uma velha ruína num quarteirão decadente, mantendo o tempo todo um olho atento nos custos, e se orgulhando da excelente casa que tinham erguido por uma quantia relativamente modesta. Nossa! Se o pai algum dia descobrisse quanto pagara por seu apartamento e como o financiara, teria um enfarte! Dois milhões e seiscentos mil dólares, sendo 1,8 milhão financiados... Vinte e um mil dólares por mês de amortização e juros com um pagamento único de 1 milhão de dólares vencível dentro de dois anos... O Leão da Dunning Sponget ficaria estarrecido... e, pior que estarrecido, magoado... magoado de pensar que as suas lições incessantemente repetidas sobre dever, dívida, ostentação e proporção tinham entrado por um ouvido do filho e saído pelo outro...

 Será que o pai dava suas voltinhas? Não estava fora de cogitação. Era um homem bonitão. Tinha o Queixo. No entanto, Sherman não conseguia imaginar.

E quando avistou a ponte do Brooklyn à frente, parou de tentar. Dentro de poucos minutos estaria na Wall Street.

O banco de investimentos Pierce & Pierce ocupava o quinquagésimo, o quinquagésimo primeiro, o quinquagésimo segundo, o quinquagésimo terceiro e o quinquagésimo quarto andares de uma torre de vidro que se elevava sessenta andares acima das entranhas sombrias da Wall Street. A sala de operação de obrigações, em que Sherman trabalhava, situava-se no quinquagésimo. Todos os dias ele desembarcava de um elevador revestido de alumínio no que parecia o saguão de recepção de um desses novos hotéis londrinos construídos para agradar ianques. Junto ao elevador havia uma falsa lareira e um consolo de mogno antigo com grandes cachos de frutas esculpidos nos cantos. Diante da falsa lareira havia uma grade de latão ou um guarda-fogo, como o chamavam nas casas de campo do oeste da Inglaterra. Nos meses apropriados ardia um fogo falso no interior da lareira, que projetava luzes tremulantes sobre um par de prodigiosos cães de lareira de latão. A parede circundante era revestida de mais mogno, avermelhado e luxuoso, em painéis esculpidos com dobras de linho tão fundas, que se podia *sentir* o custo na ponta dos dedos, só de olhar.
Tudo isso refletia a paixão do diretor responsável pela Pierce & Pierce, Eugene Lopwitz, por coisas inglesas. Coisas inglesas — escadas de biblioteca, consolos curvos, com pernas estilo Sheraton, espaldares estilo Chippendale, cortadores de charuto, poltronas felpudas, carpetes Wilton — multiplicavam-se no quinquagésimo andar da Pierce & Pierce de dia para dia. Ai dele, não havia muito que Eugene Lopwitz pudesse fazer pelo teto, que mal chegava a 2,40 metros do chão. O piso fora alteado trinta centímetros. Sob a superfície corriam cabos e fios suficientes para eletrificar a Guatemala. Os fios conduziam a energia para os terminais de computação e os telefones da sala de operação de obrigações. O teto fora rebaixado 30 centímetros para embutir as luminárias e os dutos de ar-condicionado e mais alguns quilômetros de fiação. O piso subira; o teto descera; era como se a pessoa estivesse numa mansão inglesa achatada.
Mal se passava pela falsa lareira e já se ouvia um ruído ensurdecedor, como o vozerio de uma multidão. Vinha de algum ponto depois do canto. Não havia como não ouvi-lo. Sherman McCoy seguiu direto para ele, com prazer. Nessa determinada manhã, como em todas as manhãs, aquilo ressoava em suas entranhas.
Contornou o canto e lá estava: a sala de operação de obrigações da Pierce & Pierce. Era um espaço amplo, talvez 18 metros x 24 metros, mas com o mesmo teto de 2,40 metros de altura comprimindo a cabeça de todos. Era um espaço sufocante com uma claridade violenta, silhuetas se contorcendo e ruído tonitruante. A claridade vinha de uma parede de vidro voltada para o sul, que descortinava o porto de Nova York, a estátua da Liberdade, Staten Island e o litoral do Brooklyn e de

Nova Jersey. As silhuetas que se contorciam eram os braços e tronco dos rapazes, uns poucos com mais de quarenta anos. Estavam sem paletó. Andavam de um lado para o outro agitados e suarentos, já cedo pela manhã, aos gritos, o que produzia o tal ruído. Era o som de rapazes brancos e educados correndo atrás do dinheiro no mercado de obrigações.

— Atenda a porra do telefone, por favor! — um rapaz de rosto gorducho e corado da turma de 1976 de Harvard gritava para alguém a duas fileiras de distância. A sala era como a redação de um jornal na medida em que não havia divisórias nem sinais visíveis de hierarquia. Todos se sentavam às escrivaninhas de metal cinza--claro diante de terminais de computador cor de pele com telas negras. Carreiras de letras e números verde-diodo deslizavam pelas telas.

— Eu disse por favor atenda a porra do telefone! Que merda!

Havia meias-luas escuras sob as cavas de sua camisa e o dia acabara de começar.

Um rapaz da turma de 1973 de Yale, com um pescoço que parecia se espichar quase trinta centímetros para fora do colarinho, olhava fixamente para a tela e berrava ao telefone com um corretor em Paris:

— Se você não consegue ver a porra da tela... Ah, pelo amor de Deus, Jean Pier-re, isso são os 5 milhões do *comprador*! *Do comprador!* Não vai entrar mais nada!

Então abafou o telefone com a mão, olhou para o teto e disse em voz alta para ninguém, exceto o deus-dinheiro:

— Bichas francesas! As porras das bichas francesas!

A quatro mesas de distância, um rapaz da turma de 1979 de Stanford estava sentado, olhando atentamente para uma folha de papel sobre a escrivaninha, segurando um telefone ao ouvido. O pé direito se apoiava no estribo de uma caixa de engraxate, e um negro chamado Félix, de uns cinquenta anos — ou seria uns sessenta? — estava debruçado sobre o pé, dando polimento no sapato com uma flanela de lustrar. O dia todo Félix se deslocava de escrivaninha em escrivaninha, engraxando sapatos de jovens operadores de obrigações enquanto estes trabalhavam, a 3 dólares o par, incluindo a gorjeta. Raramente trocavam uma palavra; quase não chegavam a registrar Félix em sua retina. Nesse momento, o Stanford 1979 se levantou, os olhos ainda colados na folha de papel, o telefone ainda ao ouvido — e o pé direito ainda apoiado no estribo da caixa de engraxate — e gritou:

— Ora essa, por que acha que todo mundo está vendendo a porra de vinte anos?

"Nem chegou a tirar o pé da caixa do engraxate! Que pernas fortes deve ter!", pensou Sherman. Sherman se sentou diante do próprio telefone e dos terminais de computador. Os berros, as imprecações, a gesticulação, a porra da cobiça e do medo o envolviam, e ele adorava isso. Era o operador número um de obrigações, "o maior produtor", como dizem, na sala de operação de obrigações da Pierce & Pierce no quinquagésimo andar, e ele adorava o próprio rugido da tempestade.

— Essa ordem do Goldman ferrou com tudo!
— ... entre na porra da...
— ... venda a 8 e meio.
— Estou dois pontos fora.
— Alguém está tentando te ferrar. Não está vendo?
— Vou aceitar a ordem e comprar a seis ou mais...
— Negocie as de cinco anos!
— Venda as de cinco!
— Não dava para ser dez?
— Acha que vai continuar subindo?
— Corrida para vender as de vinte anos! Os panacas não falam em outra coisa!
— ... cem milhões de julho de 90 no preço certo...
— Estou completamente a descoberto!
— Nossa, que está acontecendo?
— Uma porra que acredito nisso!
— Puta que pariu! — gritaram os rapazes de Yale, os de Harvard e os de Stanford. — Pu-ta que pa-riu!

Como esses rebentos das grandes universidades, esses legatários de Jefferson, Emerson, Thoureau, William James, Frederick Jackson Turner, William Lyons Phelps, Samuel Flagg Bemis e outros gigantes de três nomes da erudição americana — como esses herdeiros da *lux* e da *veritas* acorriam agora para a sala de operação de obrigações da Pierce & Pierce! Como circulavam histórias em todos os campi! Se o sujeito não estivesse ganhando 250 mil dólares por ano dentro de cinco anos, ou era exageradamente burro ou exageradamente preguiçoso. Essa era a conclusão. Aí pelos trinta anos, 500 mil dólares — e essa soma tinha o estigma da mediocridade. Aí pelos quarenta ou o sujeito estava fazendo 1 milhão por ano ou era tímido e incompetente. *Ganhe agora!* Esse lema ardia em cada coração como uma miocardite. Meninos na Wall Street, simples meninos, sem barba no queixo e com artérias sãs, meninos ainda capazes de se ruborizar estavam comprando apartamentos de 3 milhões de dólares na Park e na Fifth. (Por que esperar?) Estavam adquirindo casas de verão de trinta cômodos com 16 mil metros quadrados de terreno em Southampton, propriedades construídas na década de 1920 e descartadas na década de 1950 como elefantes brancos, mansões com alas para criadagem dilapidadas, e estavam reconstruindo essas alas e até mesmo ampliando-as. (Por que não? Temos empregados.) Mandavam instalar carrosséis completos nos extensos gramados verdejantes para as festas de aniversário dos filhos, com equipes de operadores e tudo. (Uma industriazinha que prosperava.)

E de onde vinha todo esse dinheiro novo? Sherman ouvira Gene Lopwitz dissertar sobre o assunto. Na análise de Lopwitz, deviam agradecer a Lyndon

Johnson. Silenciosamente os Estados Unidos começaram a imprimir dinheiro aos bilhões para financiar a guerra do Vietnã. Antes que qualquer pessoa, até mesmo Johnson, soubesse o que estava acontecendo, desencadeara-se uma inflação de âmbito mundial. As pessoas só atentaram para isso quando inesperadamente os árabes majoraram os preços do petróleo no início da década de 1960. Num piscar de olhos, os mercados de todos os tipos viraram verdadeiros cassinos: ouro, prata, cobre, moedas, certificados bancários — e até obrigações. Durante anos as obrigações foram o gigante inválido da Wall Street. Em firmas como Salomon Brothers, Morgan Stanley, Goldman Sachs e Pierce & Pierce muito mais dinheiro (o dobro) trocava de mãos no mercado de obrigações do que no mercado de ações. Mas os preços só se alteravam em *cents* e de um modo geral para baixo. Lopwitz definia: "O mercado de obrigações vem caindo desde a Batalha de Midway." A Batalha de Midway (Sherman teve que consultar a enciclopédia) ocorrera na Segunda Guerra Mundial. A seção de obrigações da Pierce & Pierce consistia então de vinte almas, vinte almas um tanto insípidas conhecidas como os Obrigachatos. Os membros menos promissores da firma eram encaminhados para a seção de obrigações, onde não podiam causar prejuízo algum. Sherman resistiu ao pensamento de que ainda era assim quando ingressara na seção de obrigações. Bom, não se falava mais nos Obrigachatos hoje em dia... Ah, não! De modo algum! O mercado de obrigações pegara fogo, e vendedores experientes como ele subitamente se tornaram muito necessários. De repente, nas firmas de investimentos de toda a Wall Street, os Obrigachatos de outrora estavam faturando tanto que passaram a se reunir depois do trabalho em um bar da Hanover Square chamado Harry's, para contar casos de guerra... e reafirmarem uns para os outros que isso não era só sorte, mas um surto de talento coletivo. As obrigações agora representavam 4/5 dos negócios da Pierce & Pierce, e os grã-fininhos, os graduados de Yale, Harvard e Stanford estavam desesperados para chegar à sala de operação de obrigações da Pierce & Pierce, e agora mesmo suas vozes ricocheteavam pelas paredes de mogno com dobras de linho de Eugene Lopwitz.

Senhores do Universo! O vozerio enchia a alma de Sherman de esperança, confiança, *esprit de corps* e virtude. É, virtude! Judy não entendia nada disso. Nadinha. Ah, reparava que seus olhos se embaciavam quando ele falava disso. Mover a alavanca que movia o mundo era o que ele fazia — e só o que ela queria saber era por que nunca chegava em casa na hora do jantar. E quando chegava em casa na hora do jantar, sobre o que queria conversar? Sobre o seu precioso negócio de decoração de interiores e a maneira pela qual conseguira estampar o apartamento deles no *Architectural Digest*, o que, sinceramente, para um verdadeiro wall-streetano era um constrangimento só. E será que o elogiava pelas centenas de milhares de dólares que tornavam possível a sua decoração e os almoços e qualquer outra coisa que fizesse? Isso não. Eram favas contadas... e assim por diante. Em noventa segundos, animado pelo ruído ensurdecedor da sala de operação de obrigações da Pierce & Pierce, Sherman conseguiu encher a cabeça de justificado rancor contra a mulher que ousava fazê-lo se sentir culpado.

Apanhou o telefone e estava pronto para retomar o trabalho do maior negócio de sua jovem carreira, a Giscard, quando percebeu uma coisa pelo canto do olho. *Pilhara* algo — justificadamente! — em meio ao quadro de membros e torsos em contorções produzido pelas obrigações. *Arguello estava lendo um jornal.*

Ferdinand Arguello era um operador júnior de obrigações, de 25 ou 26 anos, vindo da Argentina. Estava displicentemente recostado na cadeira lendo um jornal, e mesmo a distância dava para Sherman ver qual era: *The Racing Form. The Racing Form!* O rapaz parecia uma caricatura de um jogador de polo sul-americano. Era esguio e bonitão; tinha cabelos negros, bastos e ondulados, penteados para trás. Usava um par de suspensórios de *moiré*. *Moiré*. A seção de operação de obrigações da Pierce & Pierce era como uma esquadrilha de combate da força aérea. Sherman sabia disso mesmo que esse jovem sul-americano não o soubesse. Na qualidade de operador número um de obrigações, Sherman não ocupava oficialmente nenhum cargo. Contudo, possuía uma posição de eminência moral. Ou a pessoa era capaz de fazer o trabalho e estava disposta a se dedicar cem por cento, ou dava o fora. Os oitenta membros da seção recebiam um salário-base, uma garantia líquida de 120 mil dólares por ano. Isto era considerado uma soma risível. O restante da renda provinha de comissões e participações nos lucros. Sessenta e cinco por cento dos lucros da seção iam para a Pierce & Pierce. Mas 35 por cento eram divididos entre os oitenta operadores. Um por todos e todos por um, e um monte para si! Logo... não se tolerava moleza! nada de parasitas! nada de pernas de pau! nada de vagabundos! Ia-se direto para a mesa, para o telefone, para o terminal de computação pela manhã. O dia não começava com conversa fiada, cafezinho e uma folheada no *The Wall Street Journal* e nas páginas de finanças do *Times,* muito menos no *The Racing Form*. Esperava-se que a pessoa pegasse o telefone e começasse a fazer dinheiro. Quando se saía do escritório, mesmo para almoçar, esperava-se que a pessoa informasse o seu destino e o número do telefone a um dos "assistentes de vendas", que eram na realidade secretários, a fim de que pudesse ser chamada imediatamente se saísse uma nova emissão de obrigações (e precisasse ser vendida imediatamente). Se saísse para almoçar era melhor que o almoço tivesse alguma relação direta com a venda de obrigações para a Pierce & Pierce. Caso contrário — melhor sentar-se aqui junto ao telefone e encomendá-lo em uma delicatessen como todo o resto da esquadrilha.

Sherman se dirigiu à escrivaninha de Arguello e encarou-o do alto.

— Que está fazendo, Ferdi?

No instante em que o rapaz ergueu os olhos, Sherman percebeu que ele sabia o que significava a pergunta e sabia que estava errado. Mas se havia algo que um aristocrata argentino sabia fazer era enfrentar uma situação com arrogância.

Arguello sustentou o olhar de Sherman e respondeu num tom ligeiramente mais alto do que o necessário:

— Estou lendo *The Racing Form*.

— Para quê?

— Para quê? Porque quatro dos nossos cavalos vão correr em Lafayette hoje. É uma pista de corridas de Chicago.

E com isso retomou a leitura do jornal.

Aquele "nossos" foi a gota d'água. O "nossos" era para lembrar que ele estava na presença da Casa de Arguello, senhores dos pampas. Além disso, o merdinha estava usando um par de suspensórios de *moiré* vermelho.

— Olhe aqui... companheiro — disse Sherman —, quero que guarde esse jornal.

Desafiando:

— Que foi que disse?

— Você me ouviu. Eu disse: guarde a porra desse jornal! — Sua intenção era falar calmo e firme, mas falou com fúria. Com fúria. Com fúria suficiente para fazê-lo esquecer Judy, Pollard Browning, o porteiro e o pretenso assaltante.

O rapaz quedou mudo.

— Se voltar a vê-lo com *The Racing Form* aqui dentro, pode ir se sentar lá em Chicago para arranjar dinheiro! Pode se sentar na curva de chegada do prado e apostar em duplas exatas! Isto aqui é a Pierce & Pierce e não a central de apostas do turfe!

Arguello estava escarlate. Paralisado de cólera. Mas sua única reação foi lançar um olhar de puro ódio a Sherman. Sherman, virtuosamente irado, deu-lhe as costas e ao fazê-lo reparou com satisfação que o rapaz estava lentamente fechando *The Racing Form* aberto de uma folha à outra.

Irado! Virtuoso! Sherman estava exultante. As pessoas tinham os olhos arregalados. Ótimo! A Preguiça não era um pecado contra o indivíduo ou contra Deus, mas contra Mamona e Pierce & Pierce. Se lhe coubera chamar o seboso às falas, então — mas arrependeu-se do "seboso", mesmo em pensamento. Considerava-se parte da nova era e da nova geração, um igualitário da Wall Street, um Senhor do Universo que só respeitava o desempenho. Wall Street ou Pierce & Pierce já não significavam Boa Família Protestante. Havia muitos e ilustres banqueiros de investimentos judeus. O próprio Lopwitz era judeu. Havia muitos irlandeses, gregos, eslavos. O fato de que nenhum dos oitenta membros da seção de obrigações fosse negro ou mulher não o incomodava. Por que deveria? Não incomodava Lopwitz, que defendia a posição de que a sala de operação de obrigações da Pierce & Pierce não era lugar para gestos simbólicos.

— Ei, Sherman.

Por acaso estava passando pela escrivaninha de Rawlie Thorpe. Rawlie era careca, exceto por uma orla de cabelo na base do crânio, mas mesmo assim ainda tinha uma aparência juvenil. Era um grande apreciador de camisas sociais e suspensórios Shep Miller. O colarinho tinha um caimento impecável.

— Que foi que houve? — perguntou a Sherman.

— Não dá para acreditar — respondeu Sherman. — Ele estava lá com *The Racing Form,* estudando a porra do programa de corridas. — Sentiu-se compelido a exagerar um tanto a transgressão.

Rawlie caiu na risada.

— Ora, ele é jovem. Provavelmente estava farto das rosquinhas elétricas.

— Farto de quê?

Rawlie tirou o fone do gancho e apontou para o bocal.

— Está vendo isso? É uma rosquinha elétrica.

Sherman arregalou os olhos. Realmente parecia uma espécie de rosquinha, com uma porção de furinhos no lugar de um furo grande no meio.

— Hoje é que percebi isso — disse Rawlie. — Só o que faço o dia inteiro é falar com outras rosquinhas elétricas. Acabei de fazer uma ligação para um cara em Drexel. Vendi-lhe 1 milhão e meio de obrigações da Joshua Tree. — Na Wall Street não se dizia "1 milhão e meio de dólares em obrigações". Dizia-se "1 milhão e meio de obrigações". — É uma droga de uma companhia no Arizona. O nome dele é Earl. Nem mesmo sei o sobrenome. Nos últimos dois anos aposto que fiz bem umas vinte e tantas transações com ele, cinquenta, sessenta milhões de obrigações, e nem ao menos conheço o seu sobrenome, e nunca o vi pessoalmente, e provavelmente nunca o verei. Ele é uma rosquinha elétrica.

Sherman não achou graça nisso. De alguma forma representava um repúdio à sua vitória sobre esse jovem argentino inepto. Era uma negação cínica de sua virtude. Rawlie era um homem divertido, mas não andava o mesmo desde o divórcio. Talvez já não fosse um valoroso combatente de esquadrilha tampouco.

— É — concordou Sherman, conseguindo produzir um sorriso para o velho amigo. — Bom, tenho que ligar para algumas da *minhas* rosquinhas.

De volta à escrivaninha Sherman se ocupou do trabalho em pauta. Estudou os simbolozinhos verdes que se enfileiravam na tela do computador à sua frente. Apanhou o telefone. A obrigação francesa de ouro... Uma situação estranha, muito promissora, e ele a descobrira quando um dos rapazes muito casualmente a mencionara, de passagem, certa noite no Harry's.

Por volta daquele inocente ano de 1973, às vésperas de a jogatina se intensificar, o governo francês lançara uma obrigação conhecida como Giscard, em homenagem ao presidente francês, Giscard d'Estaing, com um valor nominal de 6,5 bilhões de dólares. A Giscard possuía uma característica interessante: era garantida em ouro. Assim, à medida que o preço do ouro subia ou descia, o mesmo acontecia com a Giscard. Uma vez que o preço tanto do ouro quanto do franco francês flutuara tão violentamente, os investidores americanos há muito tinham perdido interesse na Giscard, mas ultimamente, com o ouro se mantendo firme em torno dos 400 dólares, Sherman descobrira que um americano que comprasse Giscards teria oportunidade de ganhar duas ou três vezes mais juros do que seria possível com qualquer obrigação do governo americano, além de um lucro de 30 por cento quando a Giscard chegasse a termo. Era beleza pura. O grande perigo seria uma queda no valor do franco. Sherman neutralizara isso com um esquema para vender francos a descoberto para despistar.

O único problema real era a complexidade da coisa toda. Exigia investidores grandes e sofisticados para compreendê-la. Grandes, sofisticados e *confiantes*; nenhum novato poderia convencer alguém a investir milhões na Giscard. Era preciso apresentar ótimos resultados. Era preciso ter talento — gênio! — domínio do universo! — como Sherman McCoy, o maior produtor da Pierce & Pierce. Convencera Gene Lopwitz a entrar com 600 milhões de dólares da Pierce & Pierce para comprar Giscards. Cautelosamente, furtivamente, comprara as obrigações de vários investidores europeus sem revelar a mão poderosa da Pierce & Pierce, usando vários corretores como fachada. Agora vinha o grande teste para o Senhor do Universo. Só havia uma meia dúzia de jogadores que se enquadravam na categoria de prováveis compradores de algo tão esotérico como as Giscards. Desses, Sherman conseguira iniciar negociações com cinco: dois bancos fideicomissos, Trader's Trust Co. (conhecido como Trader T) e Metroland; dois administradores de recursos financeiros; e um dos seus melhores clientes particulares, Oscar Suder, de Cleveland, que mencionara que compraria 10 milhões de dólares. Mas de longe a mais importante era a Trader T, que estava estudando a possibilidade de ficar com metade de todo o lote, ou seja, 300 milhões de dólares.

A transação traria à Pierce & Pierce uma comissão direta de 1 por cento — 6 milhões de dólares — pela concepção da ideia e o risco de seu capital. A parte de Sherman, incluindo comissões, bônus, participação nos lucros e taxas de revenda, chegaria a aproximadamente 1,75 milhão de dólares. Com essa soma pretendia liquidar o horrendo empréstimo pessoal de 1,8 milhão de dólares que assumira para comprar o apartamento.

Por isso a primeira tarefa do dia era ligar para Bernard Levy, um francês que estava cuidando da transação na Trader T; um telefonema simpático e descontraído, o telefonema do operador que mais produzia (Senhor do Universo), para lembrar a Levy que embora o ouro e o franco tivessem caído de preço no dia anterior e nessa manhã (na Bolsa europeia), isto não significava nada; tudo corria bem, de fato excepcionalmente bem. Era verdade que vira Bernard Levy apenas uma vez, quando se apresentaram. Andavam se consultando por telefone havia meses... mas *rosquinha elétrica*? O cinismo era uma forma covarde de superioridade. Essa era a grande fraqueza de Rawlie. Rawlie descontava seus cheques de pagamento. Não era suficientemente cínico para dispensá-los. Se queria se suicidar porque não conseguia se relacionar bem com a esposa, esse triste problema era dele.

Enquanto Sherman discava e esperava que Bernard Levy atendesse, o ruído crescente da tempestade de cobiça o envolveu mais uma vez. Da escrivaninha bem em frente à sua, um sujeito de olhos esbugalhados (Yale, turma de 77):

— Trinta e um, venda janeiro de 88...

De uma escrivaninha em algum lugar às suas costas:

— Estou descoberto em 70 milhões de dez anos!

De um ponto ignorado:

— Estão com a porra do comprador aberto!

— Estou numa sinuca!

— Fechei 125 contratos.

— ... um milhão de quatro anos de Midland...

— Quem andou manobrando com a porra das novas emissões?

— Estou lhe dizendo, estou encurralado!

— ... venda a 80 e meio...

— ... compre-as a seis ou mais...

— Suba dois pontos e meio...

— Esqueça! Está na hora do pega pra capar!

Às 10 horas, Sherman, Rawlie e cinco outros se encontraram na sala de reuniões dos escritórios de Eugene Lopwitz para decidir sobre a estratégia da Pierce & Pierce no principal acontecimento do dia, no mercado de obrigações, que era um leilão do tesouro americano de 10 bilhões de obrigações vencíveis em vinte anos. A medida da importância do negócio de obrigações para a Pierce & Pierce era o fato de os escritórios de Lopwitz se abrirem diretamente para a sala de operação de obrigações.

A sala de reuniões não tinha mesa apropriada.. Parecia o salão de chá de um hotel inglês para ianques. Era repleta de mesinhas e armários antigos. Tão velhos, frágeis e polidíssimos, que davam a sensação de que se a pessoa desse um bom peteleco com o dedo médio eles se partiriam. Ao mesmo tempo, a parede de vidro chapava uma vista do rio Hudson e dos molhes apodrecidos de Nova Jersey na cara das pessoas.

Sherman se sentou numa cadeira de braços George II. Rawlie acomodou-se do lado dele, numa cadeira velha de espaldar em forma de escudo. Em outras cadeiras antigas ou envelhecidas artificialmente, com mesinhas Sheraton e Chippendale ao lado, estavam: o operador-chefe do governo, George Connor, que era dois anos mais moço que Sherman; seu substituto, Vic Scaasi, que tinha apenas 28 anos; o analista-chefe de mercado, Paul Feiffer; e Arnold Parch, vice-presidente executivo, que era o lugar-tenente do Lopwitz.

Todos na sala sentavam-se em cadeiras clássicas e olhavam para um pequeno alto-falante de plástico castanho em cima de um móvel. O móvel era uma cômoda Adam *bombé,* de 220 anos, do período em que os irmãos Adam gostavam de fazer pinturas e ornamentações em peças de madeira. No painel central, havia uma pintura oval de uma donzela grega sentada numa pequena depressão ou *gruta* na qual folhas rendadas recuavam esfumadas em tons de verde cada vez mais profundos num céu fosco azul-acinzentado. A peça custara uma assombrosa quantidade de dinheiro. O alto-falante de plástico era do tamanho de um rádio despertador de cabeceira. Todos os olhares estavam fixos, à espera da voz de Gene Lopwitz. Lopwitz se encontrava em Londres, onde agora eram 4 horas da tarde. Presidiria a reunião por telefone.

Uma voz indistinta saiu do alto-falante. Talvez fosse uma voz, talvez um avião. Arnold Parch ergueu-se da cadeira, aproximou-se da cômoda, olhou para o alto-falante de plástico e disse:

— Gene, você está me ouvindo bem?

Olhava implorante para o alto-falante de plástico, sem desviar os olhos, como se *fosse* de fato Gene Lopwitz, metamorfoseado, como os príncipes se transformam em sapos nos contos de fadas. Por instantes o sapo de plástico nada disse. Então falou:

— Sim, estou ouvindo, Arnie. Estão gritando e aplaudindo muito. — A voz de Lopwitz soava como se estivesse vindo de uma tubulação de águas pluviais, mas dava para se ouvir.

— Onde é que você está, Gene? — perguntou Parch.

— Numa partida de críquete.

Depois, com menor clareza: — Como é mesmo o nome desse lugar? — Gene estava evidentemente em companhia de outras pessoas. — Tottenham Park, Arnie. Estou numa espécie de terraço.

— Quem está jogando? — Parch sorriu, como se quisesse mostrar ao sapo de plástico que aquela pergunta não era séria.

— Não me faça perguntas técnicas, Arnie. Uma porção de cavalheiros muito simpáticos com suéteres em ponto de trança e calças de lã branca, é o máximo que posso lhe informar.

Risos de compreensão irromperam na sala, e Sherman sentiu os próprios lábios se curvarem num sorriso de algum modo obrigatório. Correu os olhos pela sala. Todos estavam sorrindo e rindo para o alto-falante de plástico marrom, exceto Rawlie, que tinha os olhos virados para o alto numa atitude de "essa não".

Então Rawlie se curvou para Sherman e falou num sussurro audível:

— Olhe todos esses idiotas rindo. Acham que o alto-falante de plástico tem olhos.

Isso não pareceu a Sherman muito engraçado, já que ele mesmo andara sorrindo. Temia também que o leal assessor de Lopwitz, Parch, pensasse que era cúmplice de Rawlie em fazer pouco do líder máximo.

— Bom, estão todos aqui, Gene — Parch dirigiu-se à caixa —, portanto vou pedir ao George para lhe passar os detalhes sobre a nossa posição no leilão a partir deste momento.

Parch olhou para George Connor, fez sinal com a cabeça e voltou para sua cadeira, e Connor levantou-se da dele, encaminhou-se para o móvel Adam, concentrou-se na caixa de plástico marrom e disse:

— Gene? Aqui é George.

— Sei, oi, George — disse o sapo. — Prossiga.

— Aqui vai o quadro, Gene — disse Connor postado diante do armário Adam, incapaz de desviar os olhos da caixa de plástico —; parece bastante bom. As velhas obrigações de vinte anos estão sendo negociadas a 8 por cento. Os operadores estão nos dizendo que vão participar dos novos lançamentos a 8,05 por cento, mas achamos que estão brincando conosco. Achamos que teremos negociações até 8 por cento. Então eis o que eu imaginei: vamos escalonar a 8,01, 8,02, 8,03, com o saldo a 8,04. Estou disposto a negociar até 60 por cento do lançamento.

O que, traduzido, significava: estava propondo comprar 6 bilhões de dólares dos 10 bilhões de dólares de obrigações oferecidas em leilão, com a expectativa de um lucro de dois pontos de dólar — 61/4 *cents* — em cada cem dólares batidos. Isso era conhecido como "dois *ticks*".

Sherman não resistiu a dar outra olhada em Rawlie. Ele tinha um sorrisinho desagradável no rosto, e seu olhar parecia passar muitos graus à direita da cômoda Adam, na direção das docas Hoboken. A presença de Rawlie era como um copo de água gelada no rosto. Sherman indignou-se novamente com ele. Sabia o que lhe ia na cabeça. Ali estava aquele abominável arrivista, Lopwitz Sherman sabia que Rawlie pensava nele assim — tentando bancar o aristocrata num terraço de algum clube de críquete inglês e, ao mesmo tempo, conduzir uma reunião em Nova York para decidir se a Pierce ia apostar 2 bilhões, 4 bilhões ou 6 bilhões numa única emissão de obrigações do governo, dali a três horas. Com certeza Lopwitz tinha a própria plateia no clube de críquete para observar seu desempenho, enquanto suas grandes palavras ricocheteavam num satélite de comunicações em algum ponto do firmamento e caíam na Wall Street. Bom, não era difícil encontrar algo risível nisso, mas Lopwitz era, verdadeiramente, um Senhor do Universo. Lopwitz tinha uns 45 anos. Estar do outro lado do Atlântico... com bilhões em jogo! Rawlie poderia dar risadinhas... e caçoar à vontade... mas só de pensar no que Lopwitz tinha agora em seu poder, pensar no que ganhava por ano, só na Pierce & Pierce, e que era no mínimo 25 milhões, pensar no tipo de vida que levava — o primeiro pensamento que ocorreu a Sherman foi a jovem esposa de Lopwitz, Branca de Neve. Era assim que Rawlie a chamava. Cabelos negros como o ébano, lábios vermelhos como o sangue, pele branca como a neve... Era a quarta mulher de Lopwitz, francesa, condessa, aparentemente, nem um ano mais que 25 ou 26, um sotaque igual ao de Catherine Deneuve fazendo um comercial de óleo para banho. Ela era demais... Sherman a conhecera em uma festa na casa dos Petersons. Ela pousara a mão em seu braço, só para puxar conversa — mas o jeito com que pressionava o seu braço e o encarava a uns quinze centímetros de distância! Era um animal jovem e travesso. Lopwitz agarrara o que queria. Quisera um animalzinho jovem e travesso com lábios vermelhos como o sangue e a pele branca como a neve, e fora isso o que conseguira. O que acontecera com as outras três sras. Eugene Lopwitz era uma pergunta que Sherman nunca ouvira ninguém fazer. Quando se chegava ao nível de Lopwitz, isso nem importava.

— É, bem, isso parece bom, George — disse o sapo de plástico. — Que diz Sherman? Você está aí, Sherman?

— Oi, Gene! — cumprimentou Sherman, erguendo-se da poltrona George II. Sua voz soava muito estranha, agora que estava falando com uma caixa plástica, e nem teve coragem de dar uma olhada em Rawlie quando se dirigiu à cômoda Adam, tomou posição e encarou, enlevado, a máquina sobre o móvel.

— Gene, todos os meus clientes estão falando em 8,05. Minha intuição, porém, é que estão do nosso lado. O mercado está bem receptivo. Acho que podemos fazer uma oferta antes do preço do cliente.

— Certo — disse a voz na caixa —, mas garanta que você e George fiquem em cima das contas de repasse. Não quero ouvir falar que Salomon ou outro qualquer andou trabalhando a descoberto.

Sherman se surpreendeu admirando a sabedoria do sapo.

Um rugido estrangulado saiu do alto-falante. Todos o encararam.

A voz de Lopwitz voltou.

— Alguém acabou de dar uma tacada dos diabos — disse. A bola está meio morta, parece. Bom, vocês tinham que estar aqui. — Não ficou claro o que queria dizer com isso. — Bem, olhe, George. Está me ouvindo, George?

Connor pulou, levantou-se da cadeira e correu para a cômoda Adam.

— Estou ouvindo, Gene.

— Eu ia dizer que se você estiver a fim de entrar no jogo e dar uma boa tacada hoje, vá em frente. Parece uma boa.

E foi só.

Quarenta e cinco segundos antes da hora marcada para o leilão, às 13 horas, George Connor, a um telefone no centro da sala de operações, leu os lances finais escalonados para um funcionário da Pierce & Pierce no outro extremo da linha no Federal Building, que era o local do leilão. Os lances atingiam uma média de 99,62643 dólares por 100 dólares de obrigações. Poucos segundos depois das 13 horas, a Pierce & Pierce tinha em seu poder, conforme planejara, 6 bilhões das obrigações resgatáveis em vinte anos. O departamento de obrigações dispunha de quatro horas para criar um mercado favorável. Vic Scaasi liderava o ataque à mesa de operação de obrigações, revendendo-as principalmente para casas de corretagem — por telefone, Sherman e Rawlie lideravam os outros operadores de obrigações, revendendo-as principalmente para companhias de seguros e bancos fideicomissos — por telefone. Por volta das 14 horas, o ruído na sala de operação de obrigações, alimentado mais pelo medo que pela cobiça, era infernal. Todos gritavam, suavam, xingavam e devoravam suas rosquinhas elétricas.

Por volta das 17 horas tinham vendido 40 por cento — 2,4 bilhões — dos 6 bilhões, a um preço médio de 99,75062 dólares por 100 dólares de obrigações, com um lucro de quatro em vez de dois *ticks*! Quatro *ticks*! Isto representava um lucro de 12,5 *cents* em cada 100 dólares. Quatro *ticks*! Para um futuro pequeno comprador dessas obrigações, quer fosse um indivíduo, uma firma ou uma instituição, esse *spread* era invisível. Mas — quatro *ticks*! Para a Pierce & Pierce isso representava um lucro de quase 3 milhões em uma tarde de trabalho. E não iria parar aí. O mercado estava firme, tendendo a subir. Na semana seguinte poderiam faturar com facilidade mais uns 5 ou 10 milhões com os 3,6 bilhões de obrigações restantes. Quatro *ticks*!

Por volta das 17 horas Sherman estava flutuando em adrenalina. Fazia parte do poderio de destruição da Pierce & Pierce, Senhores do Universo. A audácia da transação era de cortar o fôlego. Arriscar 6 bilhões em uma tarde para faturar dois *ticks* — 6 1/4 *cents* por 100 dólares — e em seguida ganhar quatro *ticks*! — que audácia! — que audácia! — Haveria um poder mais excitante na face da terra? Que Lopwitz assista a todos os jogos de críquete que quiser! Que banque o sapo de plástico! Senhor do Universo — que audácia!

A audácia do lance corria pelos membros de Sherman, pelos vasos linfáticos, pelos rins. A Pierce & Pierce era o poder, e ele estava intimamente ligado ao poder, e o poder zumbia e pulsava em suas entranhas.

Judy... Não pensara nela nas últimas horas. Que importância tinha um único, talvez idiota, telefonema... no estupendo registro mantido pela Pierce & Pierce? O quinquagésimo andar era para pessoas que não tinham medo de agarrar o que queriam. E, nossa!, não queria muito, comparado ao que ele, um Senhor do Universo, tinha o direito de possuir. Só queria poder sair do sério quando lhe desse na telha, gozar os prazeres simples a que todos os poderosos guerreiros tinham direito.

Onde ela arranjava razão para fazê-lo sentir-se mal?

Se a quarentona queria o continuado apoio e a companhia do Senhor do Universo, então tinha que deixá-lo aproveitar o precioso bem que ganhara com o seu esforço, ou seja, juventude, beleza, seios sumarentos e nádegas plásticas.

Não tinha sentido! De algum modo, por alguma razão inexplicável, Judy sempre o censurara. Sentia-se superior a ele — de uma estatura inteiramente fictícia; mesmo assim, sentia-se. Era bem filha do professor Miller, E. (de Egbord!), Ronald Miller, da Universidade de Desportes, Terwilliger, Wisconsin, pobre e insípido professor Miller, com seus *tweeds* rotos, e cuja única pretensão à fama era um ataque um tanto cheio de rodeios (Sherman uma vez o lera a muito custo) ao seu conterrâneo wisconsinita, senador Joseph McCarthy, em 1955, na revista *Aspeets*. No entanto, no casulo dos primeiros tempos de casamento, em Greenwtich Village, Sherman lhe dera razão. Tinha *sentido prazer* em dizer a Judy que, embora trabalhasse *na* Wall Street, não era *da* Wall Street e estava apenas *usando* a Wall Street. Sentira-se *contente* quando ela condescendera em admirá-lo pela compreensão que despertava em sua alma. De alguma forma ela o tranquilizava dizendo que o pai, John Campbell McCoy, o Leão da Dunning Sponget, era uma figura um tanto prosaica, afinal, um curador de luxo do capital dos outros. Por que isso talvez fosse importante para ele, Sherman nem mesmo sabia como explicar. Seu interesse na psicanálise, nunca entusiástico, terminara certo dia em Yale quando Rawlie se referira a ela como "uma ciência de judeus" (exatamente a atitude que mais preocupara e enfurecera Freud, 75 anos antes).

Mas tudo isso fazia parte do passado, de sua infância, daquela infância na East 73rd Street e da outra em Greenwich Village. Essa era uma nova era! Essa era uma nova Wall Street! — E Judy era... um objeto que sobrara de sua infância... contudo continuava a viver, a envelhecer, a emagrecer... a se tornar *"elegante"*...

Sherman se recostou na cadeira e examinou a sala de operações. As fileiras de caracteres verde-fosforescentes continuavam a deslizar pelas telas dos terminais de computação, mas o ruído se atenuara, parecendo agora uma conversa de vestiário. George Connor estava parado ao lado da cadeira de Vic Scaasi com as mãos nos bolsos, batendo papo. Vic arqueou as costas, girou os ombros e pareceu prestes a bocejar. Havia Rawlie, sentado a prumo na cadeira, falando ao telefone, sorrindo e passando a mão na cachola lisa. Guerreiros vitoriosos depois da refrega... Senhores do Universo...

E Judy tinha o topete de afligi-lo por causa de *um telefonema*!

4
REI DA SELVA

Tapumtapumtapumtapumtapumtapumtapum — o martelar dos aviões levantando voo era tão forte que ecoava nele. O ar estava impregnado de fumaça das turbinas. O fedor atravessava direto até seu estômago. Carros surgiam continuamente no portal da rampa e avançavam com dificuldade por entre a multidão que vagava pela cobertura à luz do crepúsculo, procurando os elevadores, ou seus carros, ou os carros de outras pessoas — para roubar! roubar! roubar! — e o dele seria o primeiro da lista, não? Sherman parou com a mão na maçaneta, imaginando se ousaria deixá-lo ali. O carro era um Mercedes esporte, preto, de dois lugares, que lhe custara 48 mil dólares — ou 120 mil, dependendo de como se calculasse. Na faixa de imposto de um Senhor do Universo, com impostos federais, estaduais e municipais a pagar, Sherman precisava ganhar 120 mil dólares e assim ter uma sobra de 48 mil para gastar num carro esporte de dois lugares. Como iria explicar a Judy se o carro fosse roubado do último andar de um terminal aqui no Aeroporto Kennedy?

Bem — por que deveria lhe dar explicações? Durante uma semana inteira jantara em casa todas as noites. Talvez fosse a primeira vez que conseguira fazer isso desde que começara a trabalhar para a Pierce & Pierce. Dera atenção a Campbell, passando mais de 45 minutos com ela uma noite, o que era extraordinário, embora provavelmente fosse se sentir surpreso e ofendido se algum dia alguém comentasse isso. Tinha trocado a fiação de um abajur de pé da biblioteca sem reclamar nem suspirar. Com três dias desse comportamento modelar, Judy abandonara o divã no quarto de vestir e voltara para o quarto do casal. Verdade, o Muro de Berlim agora passava pelo meio da cama, e ela não lhe dava nem um dedinho de conversa. Mas era sempre educada com ele quando Campbell estava por perto. Era o que importava.

Duas horas antes, quando ligara para Judy para avisar que ia fazer serão, ela aceitara naturalmente. Bem — ele merecia! Deu uma última olhada para o Mercedes e se encaminhou para a área de desembarque internacional.

Estava localizada nas entranhas do edifício, no que deveria ter sido originalmente projetado para a guarda de bagagens. Tubos de luz fluorescente lutavam contra as sombras daquele lugar. As pessoas se aglomeravam por trás de uma grade de metal, esperando os passageiros que vinham do exterior saírem da alfândega. E se houvesse alguém ali que os conhecesse, ele e Judy? Inspecionou a multidão. Shorts, tênis, jeans, camisetas de futebol — nossa, quem eram aquelas pessoas?

Um a um os viajantes iam saindo da alfândega. Malhas de ginástica, camisetas, casacos esporte, calças de malha, macacões, blusões, bonés de beisebol e camisetas de alcinhas; recém-chegados de Roma, Milão, Paris, Bruxelas, Munique e Londres; os viajantes do mundo; os cosmopolitas; Sherman levantou o queixo de Yale para enfrentar a maré.

Quando Maria finalmente apareceu, não foi difícil identificá-la. No meio daquela turba ela parecia algo vindo de outra galáxia. Usava uma saia e uma jaqueta de ombros largos azul-vivo, que estava na moda na França, uma blusa de seda listrada de azul e branco, e escarpins de crocodilo azul-elétrico com ponteiras de pelica branca. Só o preço da blusa e dos sapatos seria suficiente para pagar as roupas de quaisquer outras vinte mulheres naquele saguão. Caminhava com o nariz empinado, e um remelexo nos quadris de modelo na passarela, calculado para provocar o máximo de inveja e rancor. As pessoas olhavam-na fixamente. Junto dela marchava um carregador com um carrinho de alumínio atulhado de malas, uma quantidade prodigiosa, um jogo completo de couro bege com debrum chocolate nas bordas. "Vulgar, mas nem tanto quanto Louis Vuitton", pensou Sherman. Passara apenas uma semana na Itália para procurar uma casa de verão no lago de Como. Não conseguia imaginar por que levara tantas malas. (Inconscientemente associava coisas desse tipo à falta de educação em criança.) Ficou se perguntando como iria meter aquela bagagem toda no Mercedes.

Foi contornando a grade e saiu ao seu encontro. Aprumou os ombros.

— Alô, boneca — disse.

— Boneca? — exclamou Maria. Acrescentou um sorriso, para fingir que não estava aborrecida, mas obviamente estava. Era verdade que nunca a chamara de boneca antes. Tinha querido parecer confiante, mas displicente, um Senhor do Universo apanhando a amiguinha num aeroporto.

Segurou-lhe o braço, acertou o passo com o dela, e decidiu experimentar outra vez.

— Como foi o voo?

— Ótimo — respondeu Maria —, se a pessoa não se importar de ser chapeada por um inglês durante seis horas.

Passaram-se alguns segundos antes que Sherman percebesse que ela dissera "chateada". A moça tinha os olhos perdidos na distância como se refletisse sobre aquela provação.

Na cobertura, o Mercedes sobrevivera à multidão de gatunos. O carregador não conseguiu acomodar muita bagagem na malinha do carro esporte. Teve que empilhar metade dela no assento traseiro, que não era muito maior do que uma prateleira estofada. "Formidável", pensou Sherman. "Se tiver que frear, vou levar um conjunto voador de malas bege com debrum chocolate na base do crânio."

Até sair do aeroporto e entrar na Via Expressa Van Wyck em direção a Manhattan, apenas a última claridade fraca e embaçada do dia era visível por trás dos edifícios e das árvores do South Owne Park. Era aquela hora do crepúsculo em que as luminárias da rua e os faróis se acendem mas de pouco adiantam. Um rio de lanternas vermelhas rolava à sua frente. No acostamento da via expressa, passando Rockaway Boulevard, viu um enorme sedã de duas portas, o tipo de carro que costumavam fabricar nos anos 1970, enganchado na mureta. Um homem... caído de braços e pernas abertas na estrada... Não, ao se aproximar, viu que não era um homem. Era o capô do carro. O capô inteiro fora arrancado e jazia no chão. As rodas, assentos e volante tinham desaparecido... Esse enorme veículo em ruínas agora fazia parte da paisagem... Sherman, Maria, a bagagem e o Mercedes seguiram em frente.

Tentou mais uma vez.

— Bom, que tal estava Milão? Quais são as últimas no lago de Como?

— Sherman, quem é Christopher Marlowe? — Chââmân, quem é Cristâfâh Mââlon?

— *Christopher Marlowe?* Não sei. Eu o conheço?

— Esse que eu estou falando foi escritor.

— Você se refere ao dramaturgo?

— Acho que sim. Quem foi ele? — Maria continuava a olhar para a frente. Pelo tom de voz parecia que morrera seu último amigo.

— Christopher Marlowe... Foi um dramaturgo inglês da época de Shakespeare, acho. Talvez um pouquinho anterior a Shakespeare. Por quê?

— Quando foi? — Não podia parecer mais infeliz.

— Vejamos. Não sei... Século XVI... XV... por aí. Por quê?

— Que foi que ele escreveu?

— Nossa... não tenho a mínima ideia. Ouça, achei que já estava me saindo bem só em lembrar quem era. Por quê?

— Sei, mas você sabe quem ele foi.

— Mais ou menos. Por quê?

— E o dr. Fausto?

— Dr. Fausto?

— Ele escreveu alguma coisa sobre o dr. Fausto?

— Hummmmm. — Um fiapinho de lembrança; mas passou depressa. — Talvez. Dr. Fausto... *O judeu de Malta!* Ele escreveu uma peça chamada *O judeu de Malta.* Tenho certeza disso. *O judeu de Malta.* Tenho certeza de que nunca a li.

— Mas você sabe quem ele foi. É uma das coisas que se tem obrigação de saber, não é?

E ali ela pusera o dedo na ferida. A única coisa que realmente permanecera na cabeça de Sherman a respeito de Christopher Marlowe, depois de nove anos em

Buckley, quatro anos em St. Paul, e quatro anos em Yale, era que o sujeito de fato tinha obrigação de saber quem fora Christopher Marlowe. Mas isso ele não ia dizer.

Então, perguntou:

— Quem tem obrigação de saber?

— Qualquer um — Maria murmurou. — Eu.

Escurecia. Os relógios e medidores vistosos do Mercedes agora estavam iluminados como os de um avião de combate. Aproximavam-se do viaduto sobre a Atlantic Avenue. Havia outro carro abandonado do lado da estrada. As rodas tinham sumido, o capô estava erguido, e dois vultos, um deles segurando uma lanterna, estavam mergulhados no berço do motor.

Maria continuava a olhar para a frente quando entraram no tráfego da Grand Central Parkway. Uma galáxia de faróis e lanternas pontilharam o seu campo de visão, como se a energia da cidade estivesse agora transformada em milhões de globos de luz orbitando na escuridão. No interior do Mercedes, com as janelas fechadas, todo aquele estupendo espetáculo passava deslizando sem qualquer ruído.

— Sabe de uma coisa, Sherman? — Sabe de uma coisa, Chââmân? — Odeio ingleses. *Odeio.*

— Você odeia Christopher Marlowe?

— Obrigada, engraçadinho — disse Maria. — Você parece o filho da mãe que sentou ao meu lado.

Agora estava olhando para Sherman e sorrindo. Era o tipo de sorriso que se dá em meio à dor, reunindo toda a coragem que se tem. Seus olhos pareciam prestes a marejar.

— Que filho da mãe? — perguntou.

— No avião. O tal *inglês* — ou seja, um sinônimo de lombriga. — Ele começou a conversar comigo. Eu estava folheando o catálogo do espetáculo de Reiner Fetting que vi em Milano — incomodou a Sherman que ela usasse a forma italiana, Milano, em vez de Milão, principalmente porque nunca ouvira falar em Reiner Fetting — e ele começa a fazer comentários sobre Reiner Fetting. Tinha um desses Rolexes de ouro, desses enormes? é um milagre que se consiga levantar o braço? — Maria tinha o hábito das moças sulistas de transformar frases afirmativas em perguntas.

— Acha que estava dando em cima de você?

Maria sorriu, desta vez com prazer.

— É claro que estava!

O sorriso trouxe a Sherman um grande alívio. O feitiço se quebrara. Exatamente por quê, ele não sabia. Não compreendia que existiam mulheres que pensavam na atração sexual do mesmo jeito que ele pensava no mercado de obrigações. Só sabia que o feitiço se quebrara e que o peso desaparecera. Não fazia realmente muita diferença do que falasse dali em diante. E ela continuou a tagarelar. Discorreu em profundidade sobre a indignidade que sofrera.

— Não pôde nem esperar para me dizer que era produtor de filmes. Estava rodando um filme baseado nessa peça, *Doutor Fausto,* de Christopher Marlowe, ou só Marlowe, acho que foi só o que disse, apenas Marlowe, e nem sei por que respondi alguma coisa, mas pensei que alguém chamado Marlowe escrevia para cinema. Na verdade, o que acho que pensei foi que havia um filme com uma *personagem* chamada Marlowe. Robert Mitchum fazia parte.

— Isso mesmo. Era uma história de Raymond Chandler. — Maria olhou para ele sem entender nada. Ele parou de falar em Raymond Chandler.

— Então o que disse a ele??

— Disse: Ah, Christopher Marlowe! Não foi ele que escreveu um filme? E sabe o que o... filho da puta... me respondeu? Respondeu: "Eu diria que não. Ele morreu em 1593." *Eu diria que não.*

Seus olhos faiscavam só de lembrar. Sherman aguardou um pouquinho.

— E foi só?

— E foi *só*? Tive vontade de estrangulá-lo. Foi... humilhante. Eu diria que não. Eu não consegui acreditar na... arrogância.

— E o que foi que você disse a ele?

— Nada. Fiquei vermelha. Não consegui dizer uma palavra.

— E foi isso que a deixou nesse estado?

— Sherman, me diga a verdade. Se a pessoa não sabe quem é Christopher Marlowe, isso faz dela uma burra?

— Ora, pelo amor de Deus, Maria. Não posso acreditar que foi isso que a deixou assim.

— Assim como?

— Nessa depressão em que você desembarcou.

— Você não me respondeu, Sherman. Isso faz dela uma burra?

— Não seja ridícula. Mal consegui lembrar quem ele era, e provavelmente estudei-o em algum curso ou outra coisa qualquer.

— Muito bem, é justamente isso. Pelo menos você o estudou em algum curso. É isso que me faz sentir tão... você nem consegue compreender de que estou falando, não é?

— Não mesmo. — Sorriu, e ela retribuiu o sorriso.

A essa altura estavam passando pelo Aeroporto La Guardia, iluminado por centenas de lâmpadas de sódio. Não parecia um grande portão para o céu. Parecia uma fábrica. Sherman passou para a pista de fora, pisou no acelerador e disparou com o Mercedes por baixo do viaduto da 31st Street e subiu a rampa para a Ponte

Triborough. A depressão passara. Sentia-se mais uma vez satisfeito consigo mesmo. Conseguira animá-la.

Agora precisava diminuir a marcha. As quatro pistas estavam congestionadas. Quando o Mercedes subiu pelo grande arco da ponte, deu para ver a ilha de Manhattan à esquerda. As torres eram construídas tão próximas, que era possível sentir seu volume e peso estupendos. Pense só nos milhões de pessoas de todo o mundo que sonhavam em estar nessa ilha, nessas torres, nessas ruas estreitas! Ali estava Roma, Paris, a Londres do século XX, a cidade da ambição, a rocha densa e magnética, o destino irresistível de todos aqueles que insistem em estar *onde as coisas estão acontecendo* — e ele estava entre os vencedores! Morava na Park Avenue, a rua dos sonhos! Trabalhava na Wall Street, cinquenta andares acima da rua, para a lendária Pierce & Pierce, descortinando o mundo! Sentava-se ao volante de um carrão esporte de 48 mil dólares com uma das mais belas mulheres de Nova York — não era formada em literatura comparada, certo, mas linda — e ao lado dele! Um animalzinho jovem e travesso! Ele pertencia àquela raça cujo destino natural era... ter o que queria!

Tirou uma das mãos do volante e fez um gesto grandioso na direção da pujante ilha.

— Lá está, boneca!

— Voltamos à boneca outra vez?

— Estou com vontade de chamá-la de boneca, boneca. Nova York. Lá está.

— Você realmente pensa que sou do tipo boneca?

— Tão boneca quanto é possível ser, Maria. Onde quer jantar? É toda sua. A cidade de Nova York.

— Sherman! Não era ali que devia entrar?

Ele olhou para a direita. Era verdade. Estava duas pistas à esquerda da pista de descida para Manhattan, e não havia jeito de cortar na diagonal. A essa altura aquela pista — a pista do lado — e a pista seguinte — todas as pistas — eram um comboio de carros e caminhões, para-choque contra para-choque, rodando de centímetro em centímetro em direção a um posto de pedágio a uns noventa metros à frente. Em cima do posto havia uma enorme placa verde, iluminada por luzes amarelas indicando Bronx Estado de Nova York Nova Inglaterra.

— Sherman, tenho certeza de que aquele é o retorno para Manhattan.

— Tem razão, queridinha, mas não tenho como chegar até lá agora.

— Para onde vai essa estrada?

— Para o Bronx.

Os comboios de veículos avançavam vagarosamente numa nuvem de partículas de carbono e enxofre em direção ao pedágio.

A carroceria do Mercedes era tão baixa que Sherman teve que se esticar para entregar as duas notas de um dólar. Um preto com ar cansado olhou para ele da janela de um poleiro muito alto. Alguma coisa deixara um longo corte do lado da cabine. A fenda estava enferrujando.

Uma inquietação vaga, indistinta, abissal começou a se infiltrar na cabeça de Sherman. O Bronx... Era nascido e criado em Nova York e sentia um prazer másculo em conhecer a cidade. *Conheço a cidade.* Mas na realidade sua familiaridade com o Bronx, em trinta anos de vida, resumia-se a cinco ou seis passeios ao zoológico do Bronx, dois ao jardim botânico, e talvez uma dúzia de idas ao Yankee Stadium, a última em 1977, para um jogo mundial. Sabia que o Bronx tinha ruas numeradas que eram a continuação das de Manhattan. O que faria era... — bem, pegaria uma rua transversal e seguiria para oeste até chegar a uma das avenidas que o levasse de volta a Manhattan. Seria tão ruim assim?

A maré de luzes vermelhas continuava fluindo à frente deles e agora começava a incomodá-lo. No escuro, em meio a esse enxame vermelho, não conseguia se orientar. Estava perdendo o senso de direção. Ainda devia estar rumando para o norte. A ponte ainda não fizera uma curva muito grande. Mas agora só havia as placas para se orientar. O seu estoque de marcos conhecidos acabara, tinha ficado para trás. No fim da ponte a via expressa se dividia em um Y. Major Deegan Ponte George Washington... Bruckner Nova Inglaterra... Major Deegan ia para o interior do estado... Não!... Vire para a direita... De repente mais um Y... East Bronx Nova Ingla... terra East 138th Bruckner Boulevard... Escolha uma, seu panaca... Par ou ímpar... uni-duni-tê... Tornou a virar à direita... East 138th... uma rampa... De repente não havia mais rampa, não havia mais via expressa demarcada. Estava ao nível do chão. Era como se tivesse caído em um ferro-velho. Parecia estar sob a via expressa. Na escuridão conseguia divisar uma cerca de tela reforçada para a esquerda... alguma coisa presa nela... Uma cabeça de mulher!... Não, era uma cadeira com três pernas e o assento queimado com o estofo carbonizado saindo para fora em grandes chumaços, enganchada numa cerca de tela... Quem meteria uma cadeira na tela de uma cerca? E por quê?

— Onde estamos, Sherman?

Podia afirmar pelo tom de voz dela que não iam ter mais discussões a respeito de Christopher Marlowe ou de onde jantariam.

— Estamos no Bronx.

— Sabe como sair daqui?

— Claro. Se conseguir encontrar uma rua transversal... Vejamos, vejamos, vejamos... 138th Street...

Estavam rumando para norte sob a via expressa. Mas que via expressa? Duas pistas, ambas correndo na direção norte... Para a esquerda um muro de contenção e a cerca reforçada e pilares de concreto sustentando a via expressa... Tinha que seguir para oeste a fim de encontrar uma rua que o levasse de volta a Manhattan...

vire à esquerda... mas não pode virar à esquerda por causa do muro... Vejamos, vejamos... 138th Street... Onde fica isso?... Ali! A placa: 138th STREET... Ele se mantém à esquerda, para virar... Uma grande abertura na parede... 138th Street... Mas não pode virar à esquerda! Para a esquerda há cinco ou seis pistas de tráfego, aqui, embaixo da via expressa, duas indo para o norte, duas indo para o sul, e outra mais além, carros e caminhões em alta velocidade nas duas direções — não há jeito de cortar na diagonal... Então prossegue... se embrenhando no Bronx... Outra abertura na parede se aproxima... Ele se mantém na pista esquerda... Mesma situação!... Não consegue virar à esquerda! Começa a se sentir numa ratoeira ali na escuridão sob a via expressa... Mas seria tão ruim assim? Havia bastante tráfego...

— Que estamos fazendo, Sherman?

— Estou tentando virar à esquerda, mas não há jeito de se virar à esquerda para sair dessa maldita estrada. Vou ter que virar à direita em algum lugar aqui e dar meia-volta ou fazer outra coisa qualquer para passar para o outro lado.

Maria não fez comentário algum. Sherman observou-a. Estava olhando para a frente, séria. À direita, no alto de uns edifícios decrépitos, ele avistou um cartaz onde se lia:

O melhor do Bronx
Atacadista de Carnes

Atacadista de carnes... no coração do Bronx... Mais uma abertura na parede adiante... agora ele começa a virar para a direita — uma tremenda buzinada! — um caminhão o ultrapassa pela direita... Ele dá uma guinada para a esquerda...

— Sherman!

— Desculpe-me, boneca.

... Tarde demais para virar à direita... Continua rodando, colado do lado direito da pista direita, pronto para virar... Mais uma abertura... vira à direita... uma rua larga... Quanta gente de repente... Metade dos moradores parece estar na rua... escuros, mas parecem latinos... Porto-riquenhos?... Lá adiante um prédio baixo e comprido com janelas de água-furtada recortadas em festões... algo que lembra um chalé suíço saído de um livro de histórias... mas horrivelmente enegrecido... Mais perto, um bar — ele espia — tapado até a metade por persianas metálicas... Tanta gente na rua... Diminui a marcha... Prédios de apartamentos baixos faltando janelas... Faltando caixilhos inteiros... Um sinal vermelho. Ele para. Vê a cabeça de Maria girando para todos os lados... *Aaaaiiieee!* Um tremendo berro à esquerda do carro... Um rapaz de bigodinho e camisa esporte atravessa a rua. Uma moça corre atrás gritando. Aaaaiii... O rosto moreno, cabelos crespos e louros... Passa o braço pelo pescoço dele, mas em câmara lenta, como se estivesse bêbada. Aaaaiiieee!

Tenta estrangulá-lo! Ele nem ao menos a olha. Mete o cotovelo no estômago dela com força. Ela escorrega desprendendo-se do corpo dele. Cai na rua de quatro. Ele continua a andar. Não olha para trás nem uma vez. Ela se levanta. Avança contra o homem de novo. Aaaaiiieee! Agora estão bem diante do carro. Sherman e Maria estão sentados nas poltronas de encosto móvel em couro bege, os olhos fixos neles. A moça tem o homem preso pelo pescoço outra vez. Ele torna a golpeá-la no estômago com o cotovelo. O sinal abre, mas Sherman não pode andar. Gente acorreu à rua dos dois lados para ver a confusão. Riem. Aplaudem. Ela puxa o cabelo dele. Ele faz caretas e reage golpeando-a com os dois cotovelos. Há gente por toda parte. Sherman olha para Maria. Nenhum dos dois diz uma única palavra. Duas pessoas brancas, uma delas uma jovem mulher usando uma jaqueta azul-vivo da Avenue Foch com ombreiras deste tamanho... e suficiente bagagem assinada no assento traseiro para uma viagem à China... Um Mercedes esporte, de 48 mil dólares... no meio do South Bronx... Assombroso! Ninguém lhes presta atenção. É só um carro parado no sinal. Os dois combatentes gradualmente se deslocam para o lado oposto da rua. Agora atracam-se como dois lutadores de sumô, cara a cara. Cambaleiam, entrelaçam-se. Estão cansados. Procuram recuperar o fôlego. Já chega. Tanto faria se estivessem dançando. A multidão está perdendo interesse, dispersando-se.

Sherman comenta com Maria:

— Amor de verdade, boneca. — Quer que ela pense que não está ligando.

Agora não há ninguém na frente do carro, mas o sinal fechou de novo. Ele espera abrir e começa a descer a rua. Não há tanta gente agora... uma rua larga. Faz a volta e retorna pelo caminho que vieram.

— Que vai fazer agora, Sherman?

— Acho que está tudo bem. Esta é uma rua principal. Estamos indo na direção certa. Estamos rumando para oeste.

Mas quando atravessaram a longa estrada sob a via expressa, viram-se numa caótica interseção. Havia ruas convergindo de ângulos estranhos. Gente atravessava de todas as direções... Rostos escuros... Aqui uma entrada de metrô... Ali prédios baixos, lojas... Maravilhosa Comida Chinesa para Viagem... Não sabia dizer que rua saía para oeste... *Aquela* — a mais provável — rumou para ela... uma rua larga... carros estacionados dos dois lados... mais adiante, estacionados em fila dupla... fila tripla... uma aglomeração de pessoas... Conseguiria passar? Então virou... *para lá*... Havia uma placa de rua, mas os nomes das ruas já não eram paralelos às próprias ruas. Parecia haver alguma coisa correndo naquela direção... Então seguiu por essa rua, mas logo ela se fundiu com uma rua lateral estreita, ladeada de prédios baixos. Estavam aparentemente abandonados. Na esquina seguinte, ele virou — para oeste, assim imaginou — e prosseguiu por alguns quarteirões. Havia mais prédios baixos. Talvez fossem garagens, talvez galpões. Havia cercas com espirais de arame farpado no alto. As ruas eram desertas, tudo bem, disse para si mesmo, mas ao mesmo tempo sentia o coração bater com uma pontada de nervosismo. Tornou a virar. Uma rua estreita com fileiras de prédios de apartamentos de sete e oito andares; não havia sinal de moradores; nenhuma luz às janelas. No quarteirão seguinte, a mesma coisa. Tornou a virar, e ao contornar a esquina...

... *espantoso*. Totalmente vazio, um vasto descampado. Quarteirões e mais quarteirões — quantos? — seis? oito? doze? — quarteirões inteiros da cidade sem um único prédio de pé. Havia ruas, meios-fios, calçadas e postes de iluminação e mais nada. A malha lúgubre de uma cidade descortinava-se diante dele, à luz amarela dos lampiões. Aqui e ali havia vestígios de entulho de obra. A terra parecia feita de concreto, só que descia nessa direção e subia naquela... as colinas e vales do Bronx... reduzidos a asfalto, concreto e cinzas... num medonho crepúsculo amarelo.

Teve que olhar duas vezes para se certificar de que ainda estava dirigindo por uma rua de Nova York. A rua levava a um longo aclive... A dois quarteirões de distância... a três quarteirões de distância... era difícil calcular nesse enorme descampado... Havia um prédio solitário, o último... Ficava na esquina... com três ou quatro andares... Parecia prestes a adernar a qualquer momento... Estava iluminado no térreo, como se houvesse ali uma loja ou um bar... Três ou quatro pessoas se encontravam na calçada. Sherman podia avistá-las à luz do lampião da esquina.

— Que é isto aqui, Sherman? — Maria o encarava.

— Southeast Bronx, imagino.

— Está dizendo que não sabe onde estamos?

— Sei *mais ou menos* onde estamos. Enquanto continuarmos rumando para oeste, estaremos bem.

— Que o faz pensar que estamos rumando para oeste?

— Ora, não se preocupe, estamos rumando para oeste. Só que, ahn...

— Só que o quê?

— Se vir uma placa de rua... Estou procurando uma rua numerada.

A verdade era que Sherman já não sabia dizer para onde estavam indo. Ao se aproximarem do prédio, ouviu um *tum tum tum tum tum tum*. Conseguiu ouvi-lo mesmo com as janelas do carro fechadas... Um contrabaixo... Um fio elétrico descia do poste de iluminação da esquina e entrava pela porta. Fora, na calçada, havia uma mulher usando o que parecia uma camiseta de basquete e short e dois homens de camisa esporte de mangas curtas. A mulher estava curvada com as mãos nos joelhos, rindo e girando a cabeça num grande círculo. Os homens riam dela. Seriam porto-riquenhos? Não saberia dizer. No interior do portal, o portal por onde passava o fio elétrico, Sherman viu uma luz baixa e silhuetas. *Tum tum tum tum tum...* O contrabaixo e os sons agudos de notas tirados num trompete... Música latino-americana? A cabeça da mulher não parava de girar.

Olhou para Maria. Estava ali naquela incrível jaqueta azul-vivo. Os cabelos curtos, espessos e escuros emolduravam um rosto que parecia imobilizado numa fotografia. Sherman acelerou o carro e saiu do sombrio posto avançado na vastidão deserta.

Virou em direção a alguns prédios... lá adiante... Passou por casas sem caixilhos nas janelas...

Chegaram a uma pracinha com grades de ferro a toda a volta. Tinha que virar à esquerda ou à direita. As ruas corriam em ângulos inesperados. Sherman perdera inteiramente a noção da malha de ruas. Aquilo já não parecia Nova York. Lembrava mais uma cidadezinha decadente da Nova Inglaterra. Virou à esquerda.

— Sherman, isto está começando a não me agradar.

— Não se preocupe, guria.

— Agora é guria?

— Você não gostou de boneca. — Queria parecer tranquilo.

Agora apareciam carros estacionados ao longo da rua... Três rapazes estavam parados debaixo de um lampião; três rostos escuros. Usavam jaquetas acolchoadas. Olharam para o Mercedes. Sherman virou mais uma vez.

Divisava à frente a claridade indistinta e amarelada do que parecia ser uma rua mais larga e mais bem iluminada. Quanto mais perto chegavam, mais gente havia... nas calçadas, nas portas, na rua... Quantas caras escuras... Adiante, alguma coisa na rua. Os faróis eram engolidos pela escuridão. Então conseguiu distinguir o que era. Um carro estacionado no meio da rua, nem mesmo próximo ao meio-fio... um grupo de meninos em volta... Mais rostos escuros... Conseguiria ao menos contorná-los? Comprimiu o botão que trancava as portas. O clique eletrônico assustou-o, como se fosse a batida de um tambor de parada. Passou por eles devagar. Os meninos se abaixaram e espiaram pelas janelas do Mercedes.

Pelo canto do olho viu um deles sorrir. Mas não fez comentário. Apenas espiava e sorria. Graças a Deus havia espaço suficiente. Sherman continuou devagar. E se furasse um pneu? Ou o motor falhasse? Estaria numa enrascada. Mas não se sentiu assustado. Ainda estava ao volante. Continue andando. Isso é o mais importante. Um Mercedes de 48 mil dólares. Vamos, seus boches, seus cabeças de Panzer, seus mecânicos de cérebro de aço... Façam seu trabalho... Ultrapassou o carro. Adiante, uma estrada... O tráfego cortava a interseção a uma boa velocidade nos dois sentidos. Deixou escapar um suspiro. Ia nessa! Para a direita! Para a esquerda! Não fazia diferença. Chegou à interseção. O sinal estava fechado. Ora, para o inferno com ele. Atravessou.

— Sherman, você está avançando um sinal fechado!

— Ótimo. Talvez a polícia apareça. Não iria me incomodar nem um pouco.

Maria emudeceu. As preocupações de sua vida de luxo convergiam para um foco rígido. A existência humana só tinha uma finalidade: sair do Bronx.

Adiante a claridade mostarda e esfumaçada dos lampiões era mais intensa e mais difusa... Uma espécie de interseção principal... Espere aí... Acolá, uma entrada de metrô... Aqui, lojas, bares de comida barata... Galinha Frita do Texas... Maravilhosa Comida Chinesa para Viagem... *Maravilhosa Comida Chinesa para Viagem!*

Maria estava pensando a mesma coisa.

— Nossa, Sherman, estamos de volta aonde começamos! Você andou em círculo!

— Eu sei. Eu sei. Só espere um instante. Vou lhe dizer o que vamos fazer. Vou virar para a direita. Vou voltar para a estrada sob a via expressa. Vou...

— Não se meta debaixo daquela pista outra vez, Sherman.

A via expressa ficava logo adiante. O sinal estava aberto. Sherman não sabia o que fazer. Alguém buzinava atrás deles.

— Sherman! Olhe ali! Diz Ponte George Washington!

Onde? A buzina continuava a tocar. Então viu. Ficava do outro lado, por baixo da via expressa, à claridade crepuscular e cinzenta, uma placa num poste de concreto... 95 895 Leste Ponte George Washington... Deve ser uma rampa...

— Mas não queremos ir naquela direção! Vai para o norte!

— E daí, Sherman? Pelo menos você sabe o que é! Pelo menos é a civilização! Vamos dar o fora daqui!

A buzina fazia um estardalhaço. Alguém atrás berrava. Sherman acelerou, enquanto o sinal estava para ele. Atravessou as cinco pistas na direção da plaquinha. Estava de volta sob a via expressa.

— É logo ali, Sherman!

— Certo, certo, estou vendo.

A rampa parecia uma calha negra entre dois pilares de concreto. O Mercedes pulou com força ao passar por um buraco.

— Nossa! — exclamou Sherman. — Nem vi esse.

Debruçou-se sobre o volante. A luz dos faróis altos projetava-se nos pilares de concreto num delírio. Engrenou a segunda. Virou à esquerda contornando um pilar e acelerou rampa acima. Corpos!... Corpos na estrada... Dois deles enroscados! Não, não eram corpos... saliências no lado... formas... Não, latões, algum tipo de latão... Latas de lixo... Teria que se espremer pela esquerda para passar por eles... Reduziu para primeira e virou para a esquerda... Um vulto à luz dos faróis... Por um instante pensou que alguém tivesse pulado da mureta da rampa... Não era bastante grande... Era um bicho... Estava deitado na estrada, bloqueando a passagem... Sherman meteu o pé no freio... Uma mala o atingiu na nuca... duas malas...

Um grito de Maria. Havia uma mala no encosto do assento dela. O carro estancara. Sherman puxou o freio de mão, afastou a mala da cabeça de Maria e empurrou-a para o banco de trás.

— Você está bem?

A moça não olhava para ele. Espiava pelo para-brisa.

— O que é aquilo?

Bloqueando a estrada — não era um bicho... Bandas de rodagem... Era uma roda... Seu primeiro pensamento foi que uma roda se soltara de um carro na via expressa e rolara até a rampa. De repente o carro ficou completamente silencioso, o motor morrera. Verificou o freio para se certificar se estava travado. Então abriu a porta.

— Que está fazendo, Sherman?

— Vou empurrar aquilo para fora do caminho.

— Cuidado. E se vier um carro?

— Ora. — Deu de ombros e saltou.

Sentiu-se esquisito no momento em que pôs o pé na rampa. Do alto vinha um tremendo barulho de metal produzido pelos veículos ao passarem sobre uma junta ou uma chapa na via expressa. Ficou olhando para o ventre enegrecido da estrada. Não conseguia ver os carros. Só conseguia ouvi-los avançar pesadamente pela via expressa em alta velocidade, produzindo um barulho metálico e criando um campo de vibração. A vibração envolvia a enorme estrutura negra e corroída num zumbido. Mas ao mesmo tempo conseguia ouvir os seus sapatos, seus sapatos de 650 dólares da New & Lingwood. New & Lingwood, da Jermyn Street em Londres, com sola e salto de couro inglês, fazendo um barulhinho arenoso e rascante à medida que subia a rampa em direção à roda. O sonzinho arenoso e rascante dos sapatos era tão nítido quanto qualquer outro som que já tivesse ouvido. Dobrou-se. Não era uma roda, afinal, apenas um pneu. Imagine um carro perdendo um pneu. Apanhou-o.

— Sherman!

Virou-se, na direção do Mercedes. Dois vultos!... Dois rapazes — negros — na rampa, vindo por trás dele... *Boston Celtics!* O mais próximo usava um blusão de basquetebol, prateado e com a palavra CELTICS no peito... Não estava a mais de quatro ou cinco passos de distância... um físico musculoso... A jaqueta estava aberta... uma camiseta branca... um peito impressionante... o rosto quadrado... queixo largo... uma boca rasgada... Que expressão era aquela?... Caçador! Predador!... O rapaz encarou Sherman olho no olho... caminhava lentamente... O outro era alto, mas magricela, com um pescoço comprido, um rosto fino... delicado... os olhos muito abertos... assustado... Parecia aterrorizado... Usava um suéter muito largo... Estava a um ou dois passos atrás do outro...

— Eh! — disse o grandalhão. — Precisa de ajuda?

Sherman ficou parado, segurando o pneu e encarando-o.

— Que aconteceu, cara? Precisa de ajuda?

Era uma voz prestimosa. "Está blefando! Uma mão no bolso da jaqueta." Mas parece sincero. "É uma armação, seu idiota!" Mas suponha que queira apenas ajudar? "Que estão fazendo nesta rampa?" Não fizeram nada — não ameaçaram. "Mas vão!"

Seja bonzinho. "Está louco? Faça alguma coisa! Aja!" Um som invadiu sua cabeça, o som de um jato de vapor. Segurou o pneu diante do peito. "Agora!" Zás — avançou para o grandalhão e atirou o pneu nele. Estava voltando direto para Sherman! O pneu estava voltando direto para ele! Ergueu os braços. O pneu bateu nos braços e quicou. Um estatelamento — o bruto caiu sobre o pneu. A jaqueta prateada dos CELTICS — no chão. O ímpeto de Sherman o projetou para a frente. Ele escorregou nos sapatos sociais da New & Lingwood. Rodopiou.

— Sherman!

Maria estava ao volante do carro. O motor roncava. A porta da direita estava aberta.

— Entre!

O outro, o magricela, se encontrava entre ele e o carro... uma expressão de terror na cara... olhos arregalados... Sherman era um frenesi só... Tinha que chegar ao carro!... Avançou. Abaixou a cabeça. Chocou-se contra o rapaz. O rapaz saiu rodopiando para trás, bateu no para-choque traseiro do carro, mas não caiu.

— Henry!

O grandalhão estava se levantando. Sherman se atirou para dentro do carro.

O rosto de Maria lívido e aflito:

— Entre! Entre!

O ronco do motor... os mostradores do Mercedes feitos pelos crânios do Panzer... Uma sombra do lado de fora do carro... Sherman agarrou a maçaneta do automóvel e com uma tremenda explosão de adrenalina fechou-a com estrondo. Pelo canto do olho viu o grandalhão — quase alcançando a porta do lado de Maria. Sherman meteu a mão na trava de segurança. *Treque!* Ele estava puxando a maçaneta da porta — CELTICS a centímetros da cabeça de Maria e apenas o vidro entre eles. Maria engrenou a primeira no Mercedes e saiu cantando os pneus. O rapaz pulou para o lado. O carro estava rumando direto para os latões de lixo. Maria meteu o pé no freio. Sherman foi atirado contra o painel. Uma frasqueira aterrissou no câmbio. Sherman tirou-a. Agora estava em seu colo. Maria engrenou o carro em marcha a ré. Ele disparou para trás. Olhou à direita. O magricela... O rapaz magricela estava parado olhando para ele... puro medo em seu rosto delicado... Maria tornou a engrenar a primeira... Respirava em grandes sorvos como se estivesse se afogando...

Sherman gritou:

— Cuidado!

O grandalhão vinha na direção do carro. Segurava o pneu no alto. Maria disparou para a frente, rangendo os pneus, direto em cima dele. Ele mergulhou tirando o corpo fora... uma sombra... um tranco terrível... O pneu atingiu o para-brisa e quicou sem quebrar o vidro... Os boches! Maria deu uma guinada à esquerda para evitar bater nas latas... O magricela parado bem ali... A traseira do carro rabeou...

toque! O magricela já não estava de pé... Maria lutava com o volante... Uma fina entre a mureta e os latões de lixo... Pisou fundo no acelerador... Um cantar furioso de pneus... O Mercedes disparou rampa acima... A estrada surgiu do lado dele... Sherman aguentou firme... A língua imensa da via expressa... Luzes passando vertiginosamente por eles... Maria freou o carro... Sherman e a malinha foram jogados contra o painel... *Hah hah hah hah...* A princípio pensou que estivesse rindo. Mas estava apenas tomando fôlego.

— Você está bem?

Ela acelerou o carro. Uma buzinada...

— Pelo amor de Deus, Maria!

O carro que buzinara desviou e passou voando, e eles entraram na via expressa.

Os olhos dele ardiam de suor. Tirou uma das mãos da frasqueira para enxugar os olhos, mas a mão começou a tremer tanto que tornou a pousá-la na pequena bolsa. Sentia o coração bater na boca. Estava encharcado. O paletó estava se desfazendo. Sentia. Abria-se pelas costuras das costas. Seus pulmões lutavam para receber mais oxigênio.

Rodavam em alta velocidade pela via expressa, depressa demais.

— Mais devagar, Maria! Nossa!

— Onde vai dar isso, Sherman? Onde vai dar isso?

— É só seguir as placas que dizem Ponte George Washington e, pelo amor de Deus, vá mais devagar.

Maria tirou uma das mãos do volante para afastar o cabelo da testa. O braço inteiro, e não só a mão, tremia. Sherman se perguntou se seria capaz de controlar o carro, mas não quis perturbar a concentração dela. Seu coração disparava em batidas surdas, como se estivesse solto na caixa torácica.

— Ah, merda, meus braços estão tremendo! — exclamou Maria naquele seu sotaque. Nunca a ouvira usar a palavra "merda" antes.

— Tenha calma — disse Sherman. — Está tudo bem, agora está tudo bem.

— Mas onde vai dar isso?

— Tenha calma! É só seguir as placas. Ponte George Washington.

— Ah, merda, Sherman, isso foi o que fizemos antes!

— Tenha *calma,* pelo amor de Deus. Eu aviso.

— Não se atrapalhe dessa vez, Sherman.

Sherman percebeu que suas mãos seguravam a frasqueira no colo como se fosse um segundo volante. Tentou se concentrar na estrada à sua frente. Então arregalou os olhos para uma placa adiante na estrada: CRUZAMENTO BRONX — PONTE GEORGE WASHINGTON.

— Cruzamento Bronx! Que é isso? Troque de pista!

— Merda, Sherman!

— Troque de pista! — repetiu ele.

— Vou continuar na estrada. Está tudo bem.

Ele fixou os olhos na linha branca do leito da estrada. Fixou com tanta intensidade, que começaram a se separar nele... as linhas... as placas... as luzes traseiras... Não conseguia mais discernir o padrão... Estava se concentrando em... fragmentos! moléculas!... átomos!... Nossa!... "Perdi a capacidade de raciocinar!"... Seu coração disparou... e então um grande... *pim!* e voltou ao ritmo normal...

Então, no alto: MAJOR DEEGAN PONTE TRIBORO.

— Está vendo aquilo, Maria? Ponte Triborough! É por ali!

— Ora, Sherman, Ponte George Washington!

— Não! Queremos a Triborough, Maria! Vai nos levar certinho de volta para Manhattan!

Então seguiram pela via expressa. Dali a pouco, no alto: WILLIS AVE.

— Onde é a Willis Avenue?

— Acho que é no Bronx — respondeu Sherman.

— Merda!

— Mantenha-se à esquerda! Está tudo bem!

— Merda, Sherman!

Sobre a estrada uma grande placa: TRIBORO.

— Lá está, Maria! Está vendo?

— Estou.

— Pegue a direita lá em cima. Vai sair pela direita! — Agora Sherman agarrava a frasqueira e lhe dava instruções com o corpo para virar à direita. Estava segurando uma frasqueira e lhe dando instruções com o corpo. Maria vestia uma jaqueta azul-vivo da Avenue Foch com ombreiras... que vinham até *aqui*... um animalzinho tenso a se contorcer sob as ombreiras azul-vivo vindas de Paris... Os dois num Mercedes de 48 mil dólares com vistosos mostradores de avião... desesperados para fugir do Bronx...

Alcançaram a saída. Ele se segurou com unhas e dentes, como se um tornado pudesse surgir a qualquer momento e varrê-los da pista certa — *de volta ao Bronx!*

Conseguiram. Estavam agora na longa descida que levava à ponte e a Manhattan.

— *Hah hah hah hah* Sherman!

Olhou para ela. Suspirava e inspirava grandes sorvos de ar.

— Está tudo bem, queridinha.

— Sherman, ele jogou aquilo... bem em mim!

— Jogou o quê?

— Aquela... roda, Sherman!

O pneu atingira o para-brisa bem na direção dos olhos dela. Mas outra coisa lampejou pela cabeça de Sherman... *toque!*... o som do para-choque traseiro batendo em alguma coisa e o rapaz magricela desaparecendo de vista... Maria soltou um soluço.

— Controle-se! Só falta mais um pouquinho!

Ela engoliu as lágrimas.

— Deus...

Sherman esticou o braço e massageou-lhe a nuca com a mão esquerda.

— Você está bem, fofura. Você está indo muito bem.

— Ah, Sherman.

O estranho era — e pareceu-lhe estranho naquele exato momento — sentir vontade de sorrir. Eu a salvei! Sou seu protetor! E continuava a esfregar-lhe a nuca.

— Foi apenas um pneu — disse o protetor, saboreando o luxo de acalmar o fraco. — Se não fosse, teria quebrado o para-brisa.

— Ele o atirou... bem... em mim.

— Eu sei, eu sei. Está tudo bem. Já passou.

Mas ouvia-o de novo. O *toque*. E o rapaz magricela desaparecendo.

— Maria, acho que você — acho que nós atropelamos um deles. Você — *nós* — já então um instinto profundo apelava para o velho patriarca peganhento, a culpa.

Maria não disse nada.

— Sabe, quando derrapamos. Houve uma espécie de... essa espécie de... barulhinho, um *toque*.

Maria continuou em silêncio. Sherman a observava. Finalmente falou:

— É... eu... eu não sei. Estou me lixando, Sherman. A única coisa que me importa é que conseguimos sair de lá.

— Bem, isso foi o mais importante, mas...

— Ah, meu Deus, Sherman, foi como... o pior dos pesadelos! — Começou a sufocar os soluços, o tempo todo curvada para a frente com os olhos fixando a estrada pelo para-brisa, concentrando-se no tráfego.

— Está tudo bem, queridinha. Está tudo bem, agora. — Esfregou-lhe a nuca um pouco mais. O magricela estava parado lá. *Toque*. E não estava mais lá.

O tráfego aumentava. A maré de lanternas vermelhas adiante deles passava sob um viaduto, fazia uma curva e subia por uma rampa. Não estavam longe da ponte. Maria diminuiu a marcha. Na escuridão, o pedágio era um grande borrão de concreto amarelado pelas luzes que vinham do alto. Lá na frente, as luzes vermelhas se transformavam em um enxame fechando o cerco às cabines. Ao longe, Sherman divisava a escuridão densa de Manhattan.

Tanta gravidade... tantas luzes... tanta gente... tantas almas partilhando esse borrão amarelo de concreto com ele... e todos indiferentes a tudo aquilo que acabara de passar!

Sherman esperou até estarem rodando pela FDR, ao longo do East River, de regresso à Manhattan Branca, e Maria estar mais calma, antes de puxar novamente o assunto.

— Bem, que acha, Maria? Imagino que deveríamos comunicar à polícia.

Ela não respondeu. Olhou para ela. Fixava séria a estrada.

— Que acha?

— Para quê?

— Bem, só acho que...

— Sherman, cale a boca — disse isso baixinho e gentilmente. — Deixe-me dirigir esse maldito carro.

As paliçadas góticas do Hospital New York, velhas conhecidas que datavam de 1920, se aproximavam. A Manhattan Branca! Tomaram a saída da 71st Street, deixando a estrada.

Maria estacionou do lado oposto ao palacete onde tinha seu esconderijo no quarto andar. Sherman desceu e imediatamente se pôs a examinar o para-lama direito. Para seu grande alívio — nenhuma mossa; nenhum sinal de nada, pelo menos não ali no escuro. Já que Maria dissera ao marido que não voltaria da Itália até o dia seguinte, queria levar a bagagem para o apartamentinho, também. Por três vezes Sherman subiu a escada desconjuntada, sob a claridade miserável das "auréolas de senhorio", carregando as malas.

Maria despiu a jaqueta azul-vivo com as ombreiras de Paris e colocou-a sobre a cama. Sherman tirou o paletó. Estava bem rasgado nas costas, ao longo das costuras laterais. Huntsman, Savile Row, Londres. Custara uma fortuna. Atirou-o na cama. A camisa pingava de tão molhada. Maria soltou os sapatos com os pés e se sentou em uma das cadeiras torneadas junto à mesa de base de carvalho, apoiou um cotovelo na mesa e deixou a cabeça pender sobre o braço. A mesa velha afundou daquele seu jeito desconjuntado. Então Maria se aprumou e olhou para Sherman.

— Quero um drinque — disse. — Quer um também?

— Quero. Quer que prepare?

— Ah-hã. Quero muita vodca, pouco suco de laranja e umas pedrinhas de gelo. A vodca está lá no armário.

Ele entrou na cozinha apertada e acendeu a luz. Uma barata estava pousada na borda de uma frigideira suja em cima do fogão. Ora, que se dane. Preparou a vodca com suco de laranja para Maria e em seguida encheu o próprio copo com uísque, gelo e um pouquinho de água. Sentou-se à mesa, numa das cadeiras torneadas diante dela. Descobriu que queria muito aquele drinque. Desejava sentir cada pancada de gelo e fogo em seu estômago. O carro rabeou. *Toque*. O rapaz alto e delicado não estava mais parado lá.

Maria já ingerira metade do copo que lhe trouxera. Fechou os olhos, jogou a cabeça para trás, em seguida olhou para Sherman e sorriu com um ar cansado.

— Juro — disse — que pensei que ia ser... o fim.

— Bem, que vamos fazer agora? — perguntou Sherman.

— Que quer dizer com isso?

— Acho que devíamos... acho que devíamos comunicar à polícia.
— Foi o que disse. Tudo bem. Diga-me para quê.
— Bem, eles tentaram nos assaltar... e acho que talvez você... acho que é possível que tenha atropelado um deles.

Ela ficou parada olhando para ele.

— Foi quando você acelerou de verdade e derrapamos.
— Bem, quer saber de uma coisa? Espero que tenha atropelado. Mas se fiz isso, tenho certeza de que não o atingi com muita força. Mal cheguei a ouvir alguma coisa.
— Foi apenas um *toque* baixinho. Logo depois ele não estava mais lá.

Maria sacudiu os ombros.

— Bem... só estou pensando alto — disse Sherman. — Acho que devíamos comunicar. Dessa forma nos protegemos.

Maria expirou com força, como se faz quando se está chegando ao final da paciência, e virou a cabeça.

— Bem, suponha que o sujeito esteja ferido.

Ela olhou para ele e riu baixinho.

— Francamente, não ligo a mínima.
— Mas suponha...
— Olhe, conseguimos sair de lá. Como conseguimos não faz diferença.
— Mas suponha...
— Suponha uma *ova*, Sherman. Aonde pretende ir para *contar à polícia*? Que vai dizer?
— Não sei. Só vou contar o que aconteceu.
— Sherman, vou dizer a *você* o que aconteceu. Sou da Carolina do Sul e vou lhe dizer em inglês claro. Dois crioulos tentaram nos matar e fugimos. Dois crioulos tentaram nos matar na selva e fugimos da selva e ainda estamos respirando e é isso aí.
— É, mas suponha...
— Suponha *você*! Suponha que vá à polícia. Que vai dizer? Que vai dizer que estávamos fazendo no Bronx? Afirma que só vai contar o que aconteceu. Muito bem, conte a *mim*, Sherman. Que aconteceu?

Então era isso o que na realidade ela estava dizendo. Será que se diz à polícia que a sra. Arthur Ruskin da Fifth Avenue e o sr. Sherman McCoy da Park Avenue por acaso estavam tendo um *tête-à-tête* noturno quando perderam a saída da Ponte Triborough para Manhattan e se meteram numa ligeira enrascada no Bronx? Repassou isso mentalmente. Bom, podia simplesmente dizer a Judy — não, não havia maneira de poder *simplesmente dizer a Judy* que dera um passeio de carro com uma mulher chamada Maria. Mas se eles — se Maria tivesse atropelado o rapaz, então era melhor arranjar coragem e simplesmente dizer o que acontecera. Que fora o quê? Bom — dois rapazes tentaram assaltá-los. Bloquearam a estrada. Aproximaram-se.

Disseram... Sentiu um choquezinho atravessar seu plexo solar. "Eh! Precisa de ajuda?" O grandalhão dissera apenas isso. Não puxara uma arma. Nenhum dos dois fizera qualquer gesto ameaçador até ele atirar o pneu. Será que — espere aí. Isso é loucura. Que mais poderiam estar fazendo numa rampa para uma via expressa a não ser um bloqueio, no escuro — Maria confirmaria sua interpretação — *interpretação!* — um animalzinho travesso — instantaneamente percebeu que mal a conhecia.

— Não sei — disse. — Talvez tenha razão. Vamos refletir um pouco. Só estou pensando alto.

— Eu não preciso pensar, Sherman. Há coisas que compreendo melhor do que você. Não são muitas, mas certamente algumas. Adorariam pôr as mãos em você e em mim.

— Quem?

— A polícia. E que bem faria isso, afinal? Nunca apanharão aqueles rapazes.

— Que quer dizer com pôr as mãos em nós?

— Por favor, esqueça a polícia.

— De que está falando?

— De você, para começar. Você é um colunável.

— *Não* sou um colunável. — Senhores do Universo viviam num platô muito acima dos colunáveis.

— Ah, não? Seu apartamento apareceu no *Architectural Digest*. A sua foto, no *W*. Seu pai era... é... bom, o que quer que seja. Você sabe.

— Minha *mulher* colocou o apartamento na revista.

— Bem, pode explicar isso à polícia, Sherman. Tenho certeza de que perceberão a diferença.

Sherman estava mudo. Era um pensamento odioso.

— E não se importarão nem um pouco em pôr as mãos em mim, tampouco, já que é assim. Sou apenas uma mocinha da Carolina do Sul, mas meu marido tem centenas de milhões de dólares e um apartamento na Fifth Avenue.

— Tudo bem, só estou tentando imaginar a sequência, as coisas que podem descobrir, é só. E se você atropelou o rapaz? E se está machucado?

— Você o viu ser atropelado?

— Não.

— Nem eu. Que eu saiba, não atropelei ninguém. Tenho fé em Deus que tenha atropelado, mas que eu saiba, e que você saiba, não atropelei ninguém. Certo?

— Bem, acho que tem razão. Não vi nada. Mas ouvi alguma coisa, e senti alguma coisa.

— Sherman, tudo aconteceu tão depressa, que você não sabe *o que* aconteceu, e eu também não. Aqueles rapazes não vão à polícia. Pode ter certeza disso. E se você for à polícia, ela não os encontrará, tampouco. Só vão se divertir com a sua história — e você não sabe o que aconteceu, sabe?

— Acho que não.

— Também acho que não sabe. Se levantarem a questão algum dia, só o que aconteceu foi que dois rapazes bloquearam a estrada e tentaram nos assaltar, e conseguimos fugir deles. E ponto final. É só o que sabemos.

— E por que não comunicamos?

— Porque não faria sentido. Não estávamos feridos e imaginamos que de qualquer maneira nunca encontrariam aqueles rapazes. E sabe de uma coisa, Sherman?

— O quê?

— Acontece que tudo isso é a verdade. Você pode imaginar o que quiser, mas isso é só o que você sabe e só o que eu sei.

— É. Tem razão. Eu não sei, mas me sentiria melhor se...

— Você não precisa se sentir melhor, Sherman. Era eu quem estava dirigindo. Se atropelei o filho da mãe, então fui eu que o atropelei... e estou afirmando que não atropelei ninguém, e não vou comunicar nada à polícia. Por isso não precisa se preocupar.

— Não estou me *preocupando*, só que...

— Ótimo.

Sherman hesitou. Bem, era verdade, não era? *Ela* é que estava dirigindo. O carro era dele, mas *ela* resolveu dirigi-lo, e, se o caso viesse à tona, o que quer que tivesse acontecido era responsabilidade dela. *Ela* é que estava dirigindo... portanto se havia alguma coisa a comunicar, a responsabilidade também era dela. Naturalmente, podia contar com ele... mas isso já tirava um grande peso de suas costas.

— Tem razão, Maria. Foi como se estivéssemos na selva. — Balançou a cabeça diversas vezes para indicar que finalmente compreendera a verdade.

Maria disse:

— Poderíamos ter sido mortos, bem ali, com a mesma facilidade.

— Sabe de uma coisa, Maria? Nós lutamos.

— Lutamos?

— Estávamos naquela maldita selva... fomos atacados... e brigamos para escapar. — Agora falava como se a verdade se tornasse cada vez mais clara. — Puxa, não me lembro qual foi a última vez que estive numa briga, uma briga para valer. Talvez tivesse uns doze, treze anos. Sabe de uma coisa, boneca? Você foi demais. Foi fantástica. Foi mesmo. Quando a vi atrás do volante — eu nem sabia que você dirigia! — Ele exultava. *Ela* estava dirigindo. — Mas dirigiu como ninguém! Foi demais! — Ah, a verdade finalmente raiara. O mundo se iluminava com a sua radiosidade.

— Nem me lembro do que fiz — disse Maria. — Foi só um... um... tudo acontecendo ao mesmo tempo. O pior foi passar para o assento do motorista. Não sei por que põem o câmbio ali no meio. Prendi a saia nele.

— Quando a vi lá, não consegui acreditar! Se você não tivesse feito aquilo — sacudiu a cabeça —, nunca teríamos conseguido.

Agora que entravam na parte triunfal da história de guerra, Sherman não pôde resistir a dar uma deixa para ser elogiado.

Mas Maria continuou:

— Bem, eu agi por... não sei... por instinto. — Era bem típico dela; não reparara na deixa.

— É — concordou Sherman —, bom, foi um ótimo instinto. Àquela altura eu não tinha mais como me virar! — Uma deixa suficientemente grande para um caminhão.

Essa até ela percebeu.

— Ah, Sherman... sei que não tinha. Quando atirou aquela roda, aquele pneu, naquele rapaz... nossa, pensei... cheguei a pensar... que tinha vencido os dois, Sherman! Você venceu os dois!

"Venci os dois." Nunca o Senhor do Universo ouvira música igual. Continue! Não pare nunca!

— Eu não conseguia imaginar o que estava acontecendo! — disse Sherman. Agora sorria animado e nem mesmo tentava reprimir o sorriso. — Atirei o pneu, e de repente ele voltou em direção à minha cara!

— Foi porque ele levantou as mãos para aparar e o pneu quicou e...

Os dois mergulharam nos detalhes excitantes da aventura.

Suas vozes se elevaram, seus ânimos se ergueram, e eles riam aparentemente dos detalhes bizarros da batalha, mas na realidade de pura alegria e espontâneo júbilo pelo *milagre*. Juntos tinham enfrentado o pior pesadelo de Nova York, e tinham triunfado.

Maria se aprumou na cadeira e começou a olhar para Sherman com os olhos muito arregalados, os lábios entreabertos sugerindo um sorriso. Ele teve uma deliciosa premonição. Sem dizer palavra ela se levantou e tirou a blusa. Não usava nada por baixo. Ele admirou seus seios, que eram gloriosos. A pele bela e clara estava prenhe de concupiscência e cintilante de suor. Ela se aproximou da cadeira em que estava sentado, parou entre suas pernas e ele começou a desfazer o nó da gravata. Passou o braço pela cintura dela e puxou-a com tanta força que a moça perdeu o equilíbrio. Rolaram pelo chão para cima do tapete. Que momentos felizes e desajeitados passaram, contorcendo-se para se livrar das roupas!

Agora se encontravam estendidos no chão, sobre o tapete, que estava imundo, entre cotões, e quem se importava com sujeira e cotões? Estavam afogueados e molhados de transpiração e quem se importava com isso, tampouco? Era melhor assim. Tinham atravessado a muralha de fogo juntos. Tinham lutado na selva juntos, não tinham? Estavam deitados lado a lado, com os corpos ainda quentes da refrega. Sherman beijou-a nos lábios, e ficaram deitados assim durante muito tempo, apenas se beijando, os corpos unidos. Então ele passou os dedos pelas costas dela e a perfeita curva do seu quadril e a perfeita curva da coxa e a perfeita curva da entrecoxa — e nunca experimentaram tal excitação. O fluxo corria direto da ponta de seus dedos para a virilha e daí se espalhava por todo o sistema nervoso em bilhões de sinapses explosivas. Ele queria *possuir* essa mulher literalmente, encerrá-la em sua própria pele, abarcar esse corpo branco, belo e quente, na doce, rude e firme saúde animal do vigor da juventude, e torná-lo seu para sempre. Amor perfeito! Pura felicidade! Príapo, rei e senhor! Senhor do Universo! Rei da Selva!

Sherman guardava os dois carros, o Mercedes e uma grande caminhonete Mercury, numa garagem subterrânea a dois quarteirões de seu edifício. Ao pé da rampa ele parou, como de hábito, junto à cabine de madeira do guardador. Um homenzinho gorducho de camisa esporte de mangas curtas e calça folgada de sarja cinzenta apareceu à porta. Era o que ele detestava, Dan, o ruivo. Desceu do carro e rapidamente enrolou o paletó, esperando que o empregadinho não visse que estava rasgado.

— Ei, Sherm! Como vai?

Isso era o que Sherman realmente detestava. Já era bastante ruim que esse homem insistisse em chamá-lo pelo nome de batismo. Mas abreviá-lo para "Sherm", coisa que nunca se fizera — era passar da presunção à odiosidade. Sherman não conseguia lembrar de nada que tivesse dito, de nenhum gesto que tivesse feito, que pudesse ser tomado como um convite ou ao menos uma abertura para essa familiaridade. Familiaridade gratuita não era o tipo de coisa com que a pessoa devesse se importar nos dias que corriam, mas Sherman se importava. Era uma forma de agressão. "Você pensa que sou seu inferior, seu branco, anglo-saxão, protestante da Wall Street, com esse queixo de Yale, mas vou lhe mostrar." Muitas vezes tentara pensar em uma resposta educada mas fria e cortante para esses cumprimentos animados e pseudossimpáticos, porém não lhe ocorrera nenhuma.

— Sherm, como vai? — Dan estava colado nele. Não ia desistir.

— Bem — o sr. McCoy respondeu friamente... mas também insatisfatoriamente. Uma das regras implícitas do código de status é que quando um inferior o cumprimenta com um como vai, não se responde à pergunta. Sherman virou-se para ir embora.

— Sherm!

Ele parou. Dan estava parado do lado do Mercedes com as mãos nos quadris gordos. Tinha os quadris iguais aos de uma mulher.

— Sabe que seu paletó está rasgado?

O bloco de gelo, com o queixo Yale erguido, nada disse.

— Logo ali — disse Dan com imensa satisfação. — Dá para ver o forro. Como foi que fez isso?

Sherman podia ouvir — *toque* — e podia sentir a traseira do carro rabear, e o magricela alto desaparecer de onde estava. "Nem uma palavra sobre esse assunto" — e no entanto sentia um terrível impulso de contá-lo a esse homenzinho odioso. Agora que atravessara a muralha de fogo e sobrevivera, ele experimentava uma das compulsões mais agudas e menos compreendidas no homem: a compulsão informativa. Queria contar seu caso de guerra.

Mas a cautela venceu, a cautela escorada pelo esnobismo. Não deveria mencionar a ninguém o que acontecera; e muito menos a esse homem.

— Não tenho ideia.

— Não percebeu?

O gélido boneco de neve com queixo de Yale, sr. Sherman McCoy, indicou o Mercedes com um gesto.

— Não vou tirar o carro até o fim de semana. — Então deu meia-volta e saiu.

Ao chegar à calçada, uma lufada de vento varreu a rua. Sentiu como a camisa estava úmida. A calça ainda estava molhada na parte de trás dos joelhos. O paletó rasgado ia pendurado no braço. O cabelo parecia um ninho de rato. Estava um horror. Seu coração batia um pouquinho depressa demais. "Estou com a consciência pesada." Mas com o que estava se preocupando? Não era ele quem dirigia o carro quando aconteceu — se aconteceu. Certo! *Se* aconteceu. Não *vira* o rapaz ser atropelado, e ela também não, e mais, fora no calor de uma luta pelas próprias vidas — e era ela quem dirigia, de qualquer modo. Se não queria comunicar, o problema era dela.

Parou, respirou fundo e olhou à sua volta. É; a Manhattan Branca, o santuário das East Seventies. Do lado oposto da rua havia um porteiro parado sob o toldo do edifício, fumando um cigarro. Um rapaz de terno escuro e uma moça engraçadinha de vestido branco caminhavam em sua direção. O sujeito conversava com ela a duzentos quilômetros por hora. Tão jovem e vestido como um velho num terno da Brooks Brothers ou da Chipp ou da J. Press, parecia-se com ele quando começara a trabalhar para a Pierce & Pierce.

Instantaneamente uma maravilhosa sensação invadiu Sherman. Pelo amor de Deus, por que estava preocupado? Parou ali mesmo na calçada, completamente imóvel, com o queixo erguido e um largo sorriso no rosto. O rapaz e a moça provavelmente pensaram que era doido. Sem dúvida — era um homem. Naquela noite, apenas com as mãos e a coragem lutara contra o inimigo elementar, o caçador, o predador, e triunfara. Conseguira se livrar de uma emboscada lutando no terreno dos pesadelos e triunfara. Salvara uma mulher. Chegara a hora de agir como homem, e ele agira e triunfara.

Não era apenas um Senhor do Universo; era mais; era um homem. Sorrindo e cantarolando "Mostre-me apenas dez homens que sejam valentes", o homem valente ainda molhado da refrega andou dois quarteirões até o seu apartamento dúplex, de onde se descortinava a rua dos sonhos.

5
A MOÇA DE BATOM COR DE TERRA

No jirau do sexto andar do Edifício da Municipalidade do Bronx próximo aos elevadores, havia um largo portal emoldurado em dois ou três tons de mogno e mármore, bloqueado por um balcão e uma cancela. Por trás do balcão sentava-se um guarda com um revólver calibre 38 num coldre preso ao quadril. O guarda fazia as vezes de recepcionista. O revólver, que parecia grande o suficiente para deter um furgão, supostamente servia para dissuadir os ocasionais delinquentes vingativos e furiosos do Bronx.

No alto do portal havia grandes letras maiúsculas em estilo romano, que tinham sido fabricadas em latão a um custo considerável para os contribuintes de Nova York e cimentadas no revestimento de mármore com cola epóxi. Uma vez por semana um servente subia numa escada e esfregava as letras com um polidor, para que a legenda RICHARD A. WEISS. PROMOTOR PÚBLICO. MUNICÍPIO DO BRONX brilhasse com mais intensidade do que qualquer outra coisa que os arquitetos do edifício, Joseph H. Fredlander e Max Hausle, tivessem tido a coragem de colocar, mesmo no exterior do prédio, em sua alvorada gloriosa, cinquenta anos antes.

Quando Larry Kramer saiu do elevador e se dirigiu a essa radiosidade de latão, o lado direito de sua boca recurvou-se subversivamente. O A era a inicial de Abraham. Weiss era conhecido por seus amigos, seus companheiros políticos, os repórteres dos jornais, os canais de TV 1, 2, 4, 5, 7 e 11, e os constituintes, predominantemente judeus e italianos dos arredores de Riverdale, Pelham Parkway e Co-op City, como Abe Weiss. Ele odiava o apelido Abe, que haviam lhe pespegado quando era garoto no Brooklyn. Há alguns anos anunciara que preferia que o chamassem de Dick, e fora praticamente enxotado a gargalhadas da organização democrática do Bronx. Essa foi a última vez que Abe Weiss mencionou Dick Weiss. Para Abe Weiss, ser enxotado a gargalhadas da organização democrática do Bronx, ou ser desligado dela de qualquer outro modo, teria sido o mesmo que o atirarem pela amurada num cruzeiro natalino em pleno mar das Caraíbas. Assim sendo, ele só era Richard A. Weiss no *New York Times* e nos dizeres daquele portal.

O guarda destravou a cancela para Kramer passar, e os tênis de Kramer rangeram no chão de mármore. O guarda lançou-lhes um olhar cheio de dúvida. Como fazia habitualmente, Kramer estava levando os sapatos de couro na sacola de compras da A & P.

Passado o portal, o nível de grandiosidade da Promotoria Distrital apresentava altos e baixos. O gabinete do próprio Weiss era maior e mais vistoso do que o do prefeito de Nova York, devido aos painéis nas paredes. Os chefes de departamentos, Homicídios, Investigações, Delitos Graves, Supremo Tribunal, Tribunal Criminal, Tribunal de Apelação, tinham sua cota de painéis e sofás de couro legítimo ou sintético e cadeiras Sheraton. Mas quando se chegava finalmente aos promotores distritais assistentes, como Larry Kramer, o que se via era o bastante-bom-para-o--serviço-público em termos de decoração de interiores.

Os dois promotores distritais assistentes que dividiam com ele o gabinete, Ray Andriutti e Jimmy Caughey, estavam esparramados em cadeiras giratórias. Só havia espaço suficiente para três escrivaninhas de metal, três cadeiras giratórias, quatro arquivos, um velho cabideiro para casacos com seis ganchos de aspecto feroz e uma mesa com uma máquina de café cercada de uma promiscuidade de xícaras e colheres de plástico, uma massa pegajosa de guardanapos de papel, envelopes brancos de açúcar e envelopes rosa de sacarina grudados numa bandeja de plástico castanho-avermelhada, com uma pasta de cheiro muito adocicado, composta de café derramado e leite em pó. Os dois, Andriutti e Caughey, estavam sentados com as pernas cruzadas do mesmo jeito. O tornozelo esquerdo apoiava-se no joelho direito, como se fossem tão bem-dotados que não pudessem fechar mais o ângulo das pernas, mesmo que quisessem. Essa era a postura de sentar sancionada pela Delegacia de Homicídios, a mais máscula das seis delegacias da Promotoria Distrital.

Os dois estavam sem o paletó, que tinham pendurado no cabideiro com o descuido estudado de quem está se lixando. Estavam com o colarinho da camisa desabotoado e o laço da gravata afrouxado alguns centímetros. Andriutti esfregava as costas do braço esquerdo com a mão direita, como se sentisse comichão. Na realidade, estava apalpando e admirando o tríceps, que ele desenvolvia no mínimo três vezes por semana, fazendo séries de exercícios com pesos no New York Athletic Club. Andriutti podia se dar o luxo de se exercitar no Athletic Club, em vez de fazê-lo em cima do tapete entre uma tina de dracena e um sofá-cama, porque não tinha mulher e filho para sustentar num formigueiro de 888 dólares por mês na área da West 70th Street. Não precisava se preocupar com a atrofia dos tríceps, deltoides e dorsais. Andriutti gostava da ideia de que, quando estendia a mão para puxar um de seus braços maciços por trás, fazia com que os músculos mais largos das costas, os dorsais, os *latissima dorsae*, se distendessem até praticamente romper a camisa e os peitorais se enrijecerem e se transformassem em duas montanhas de puro músculo. Kramer e Andriutti eram da nova geração, em que os termos "tríceps, deltoides, *latissima dorsae* e *pectoralis major*" eram mais conhecidos do que os nomes dos principais planetas. Andriutti esfregava seus tríceps, em média, cento e vinte vezes por dia.

Ainda massageando-os, Andriutti olhou para Kramer, que entrava, e exclamou:

— Nossa, aí vem a mulher da sacola. Que transa de sacola da A & P é essa, Larry? Faz uma semana que todos os dias você entra aqui com essa porra. — Então se virou para Jimmy Caughey e disse: — Parece a mulher da transa da sacola.

Caughey também era atleta, mas do tipo que pratica saltos, de rosto fino e queixo comprido. Apenas sorriu para Kramer, como se dissesse "Bem, que responde a isso?"

Kramer perguntou:

— Está com o braço comichando, Ray? — Em seguida olhou para Caughey e disse: — Ray pegou uma porra de uma alergia. Chama-se síndrome do halterofilista. — E, dirigindo-se novamente a Andriutti: — Coça pra caramba, não é mesmo?

Andriutti tirou a mão do tríceps.

— E para que são esses tênis de *corrida*? Parece aquelas moças que vão trabalhar a pé na Merril Lynch. Todas arrumadas, com essas porras dessas lanchas de borracha nos pés.

— Afinal o que é que *carrega* nessa sacola? — perguntou Caughey.

— Meus sapatos de salto alto — respondeu Kramer. Tirou o paletó, pendurou-o à moda da casa, estou-me-lixando, num gancho do cabideiro, afrouxou a gravata, desabotoou a camisa, sentou-se na cadeira giratória, abriu a sacola de compras, fisgou os sapatos de couro marrom da Johnston & Murphy e começou a descalçar os tênis.

— Jimmy — disse Andriutti a Caughey —, você sabia que os judeus homens, Larry... não quero que se ofenda... todos têm um gene bicha? Isso é fato sabido. Não suportam sair na chuva sem guarda-chuva, ou têm todas essas merdas modernas em seus apartamentos, ou não gostam de caçar, ou são a favor da não proliferação nuclear e das ações positivas, ou usam tênis para ir trabalhar, ou alguma frescura dessas. Sabia?

— Puxa — disse Kramer. — Não sei por que achou que eu iria me ofender.

— Vamos, Larry — disse Andriutti —, diga a verdade. Lá no fundo será que não gostaria de ser italiano ou irlandês?

— Gostaria — respondeu Kramer —, assim eu não saberia porra nenhuma do que está rolando neste bordel.

Caughey começou a rir.

— Bom, não deixe Ahab ver esses tênis, Larry. Vai mandar Jeanette preparar a porra de um memorando.

— Não, vai convocar a porra de uma entrevista coletiva — comentou Andriutti.

— É sempre uma boa dica.

E com isso mais uma porra de dia na porra da Delegacia de Homicídios da porra da Promotoria Distrital do Bronx teve seu esporrento início.

Um promotor assistente da Delegacia de Delitos Graves começara a chamar Abe Weiss de "capitão Ahab" e agora todos o imitavam. Weiss era célebre por sua obsessão por publicidade, mesmo entre seus pares, promotores distritais, que eram por natureza doidos por publicidade. De forma diferente dos grandes promotores distritais de outrora, como Frank Hogan, Burt Roberts ou Mario Merola, Weiss nunca punha os pés num tribunal. Não tinha tempo. O dia tinha um número finito de horas para se manter em contato com os canais 1, 2, 4, 5, 7 e 11 e os jornais de Nova York, *Daily News, Post, The City Light* e o *Times*.

Jimmy Caughey disse:

— Acabei de ir lá dentro ver o capitão. Você devia...

— Você foi? Para quê? — perguntou Kramer traindo uma curiosidade excessiva e uma inveja nascente na voz.

— Eu e Bernie — disse Caughey. — Ele queria se inteirar do caso Moore.

— É coisa quente?

— Uma merda. Esse babaca desse Moore tem uma mansão em Riverdale, e a mãe da mulher mora com eles e vem infernizando a vida dele há uns 37 anos, certo? Então o cara perde o emprego. Trabalha para uma dessas companhias de resseguros e ganha uns 200 ou 300 mil dólares por ano e agora está desempregado há uns oito ou nove meses, e ninguém quer contratá-lo, e não sabe que diabo vai fazer, certo? Então, um dia está se distraindo com o jardim e a sogra sai e diz: "Ora, ora, quem nasceu para lagartixa não chega a jacaré." Isso é uma citação textual. "Quem nasceu para lagartixa não chega a jacaré. Você devia arranjar um emprego de jardineiro." Então esse cara fica puto dentro das calças, enlouquecido. Entra e diz para a mulher: "Estou cheio da sua mãe. Vou apanhar minha espingarda e dar um susto nela." Então sobe até o quarto, onde guarda uma espingarda calibre 12, desce e sai atrás da sogra, e vai lhe pregar um susto do caramba, e diz: "Muito bem, Gladys", e tropeça no tapete, e a arma dispara e mata e — pum! — Homicídio Não Premeditado.

— Por que Weiss estava interessado?

— Bem, o cara é branco, tem algum dinheiro, mora numa mansão em Riverdale. A princípio pareceu que ele talvez fosse forjar uma morte acidental.

— Isso é possível?

— Não. O babaca é um dos meus. Basicamente um irlandês que venceu na vida, mas continua irlandês. Está afogado em remorsos. Parece até que matou a mãe de tão culpado que se sente. Nesse momento, confessaria qualquer coisa. Bernie poderia sentá-lo diante do vídeo e resolver todos os casos de homicídio do Bronx dos últimos cinco anos. Não, é uma merda, mas parecia quente a princípio.

Kramer e Andriutti imaginaram a merda sem precisar de maiores explicações. Todo promotor assistente no Bronx, desde o italiano mais jovem, recém-saído da St. John's Law School, até o irlandês mais velho chefe de delegacia, alguém como Bernie Fitzgibbon, com 42 anos, partilhava da mania do capitão Ahab pelo Grande

Réu Branco. Para começo de conversa, não era agradável passar a vida dizendo a si mesmo "Ganho a vida despachando pretos e latino-americanos para a cadeia". Kramer fora criado como liberal. Nas famílias judias como a dele, o liberalismo vinha com o leite da mamadeira, o suco de maçã, a Instamatic e os sorrisos do papai à noite. E mesmo os italianos, como Ray Andriutti, e os irlandeses, como Jimmy Caughey, a quem os pais não chegavam a massacrar com o peso do liberalismo, não podiam evitar serem afetados pela atmosfera mental das faculdades de direito, onde havia tantos professores judeus. Quando se terminava uma faculdade de direito na área de Nova York, era, bom... grosseria!... ao nível social normal... andar fazendo piadas sobre os *yoms*. Não que fosse moralmente errado... É que era de *mau gosto*. Assim, essa eterna perseguição dos pretos e dos latinos fazia os rapazes se sentirem mal.

Não que não fossem culpados. Uma coisa que Kramer aprendera nas primeiras duas semanas como promotor assistente no Bronx era que dos 95 por cento dos acusados que chegavam a ser pronunciados, talvez 98 por cento fossem realmente culpados. O volume de casos era tão esmagador, que não se perdia tempo em dar andamento aos casos marginais, a não ser que a imprensa ficasse em cima. Aqueles camburões azul e laranja lá fora na Walton Avenue carreavam culpados às toneladas. Mas os pobres filhos da mãe por trás da tela de arame grosso não chegavam bem a merecer o nome de "criminosos", se por criminoso tivermos em mente a ideia romântica de alguém que tem um objetivo e procura alcançá-lo por meio de algum recurso desesperado fora da lei. Não eram simplórios incompetentes, a maioria deles, e faziam coisas inacreditavelmente estúpidas e perversas.

Kramer olhou para Andriutti e Caughey, sentados ali com as coxas musculosas em ângulo. Sentia-se superior a eles. Era formado pela Columbia Law School, e os dois eram formados pela St. John, famosa por ser a faculdade de direito dos lanterninhas da competição acadêmica. E era judeu. Muito cedo na vida adquirira a noção de que os italianos e os irlandeses eram animais. Os italianos eram porcos, e os irlandeses, mulas ou bodes. Não se lembrava se os pais realmente usavam ou não esses termos, mas passavam essa ideia com muita clareza. Para seus pais, Nova York — Nova York? ora, todos os Estados Unidos, o mundo inteiro! — era um drama intitulado *Os judeus enfrentam os goyim*, e os *goyim* eram animais. Assim, que estava fazendo ali com aqueles animais? Um judeu na Delegacia de Homicídios era coisa rara. A Delegacia de Homicídios era o corpo de elite da promotoria, os fuzileiros navais do promotor público, porque o homicídio era o mais grave dos crimes. Um promotor assistente na Delegacia de Homicídios tinha que estar disponível para sair à rua e ir à cena dos crimes a qualquer hora, noite e dia, ser um verdadeiro comando, trabalhar ombro a ombro com a polícia, saber como confrontar acusados e testemunhas e intimidá-los quando chegasse a hora, e eles seriam muito provavelmente os acusados e testemunhas mais atrasados, mais sinistros, mais mesquinhos na história da justiça criminal. Durante cinquenta anos no mínimo, talvez bem mais, a Delegacia de Homicídios fora um enclave irlandês, mas os italianos conseguiram abrir uma brecha. Os irlandeses deixaram seu selo na delegacia. Eram extremamente corajosos. Mesmo quando seria loucura não recuar, eles jamais recuavam. Andriutti tinha razão, ou meia razão. Kramer não queria ser italiano, mas gostaria de ser irlandês, e Andriutti também gostaria, o babaca. Sim, eram animais! Os *goyim* eram animais, e Kramer se orgulhava de estar entre animais, na Delegacia de Homicídios.

De qualquer jeito, ali estavam os três, sentados nesse gabinete bastante-bom--para-o-serviço-público, ganhando de 36 a 42 mil dólares por ano em vez de estar na Cravath, Swaine & Moore ou outro lugar de igual categoria, embolsando de 136 a 142 mil dólares por ano. Tinham nascido a milhões de quilômetros da Wall Street, ou seja, nos bairros da periferia. Brooklyn, Queens e Bronx. Para suas famílias, a ida à universidade e a formatura em direito foram o maior acontecimento do mundo desde Franklin Delano Roosevelt. E ficavam sentados na Delegacia de Homicídios falando sobre a porra disso e a porra daquilo, errando na conjugação dos verbos e na pronúncia das palavras como se não tivessem instrução.

Ali estavam eles... e ali estava ele, e quais eram as perspectivas? Quais eram os casos que estavam cuidando? Merdinhas! Um monte de lixo... Arthur Rivera e outro traficante discutem por causa de uma pizza num clube e puxam facas, e Arthur diz: "Vamos guardar as facas e brigar de homem para homem." E fazem isso, mas logo em seguida Arthur puxa uma segunda faca, golpeia o outro cara no peito e o mata... Jimmy Dollard. Jimmy Dollard e seu melhor amigo, Otis Blakemore, e mais outros três pretos estão bebendo, cheirando pó e jogando o que chamam de "dúzias", um jogo em que a ideia é ver quem é capaz de ofender mais o parceiro, e Blakemore está dando um banho em Jimmy, e Jimmy puxa o revólver, mete-lhe uma bala no coração e em seguida desmorona em cima da mesa soluçando e dizendo "Meu camarada! Meu camarada Stan! Matei meu camarada Stan!"... E o caso de Herbert 92X...

Por um instante pensar no caso Herbert suscitou uma visão da moça de batom cor de terra...

A imprensa não queria nem *ver* tais casos. Era apenas gente pobre matando gente pobre. Instaurar processos para tais casos fazia parte do serviço de coleta de lixo, necessário e honrado, cansativo e anônimo.

O capitão Ahab não era tão ridículo assim, afinal. Cobertura da imprensa! Ray e Jimmy podiam se fartar de rir, mas Weiss conseguira que a cidade inteira conhecesse o seu nome. Ele enfrentaria em breve uma eleição, o Bronx era 70 por cento preto e latino, e ele ia garantir que o nome Abe Weiss aparecesse constantemente em todos os canais. Talvez não fizesse muito mais, mas isso ele ia fazer.

Um telefone tocou: o de Ray.

— Homicídios — respondeu. — Andriutti... Bernie não está. Acho que foi para o tribunal... Quê?... Diz outra vez? Uma longa pausa. — Afinal ele foi atropelado por um carro ou não foi?... Hã-hããã... Ora, merda, não sei. É melhor falar com Bernie. Certo?... Certo. — Desligou, sacudiu a cabeça e olhou para Jimmy Caughey. — Era um detetive que está no Lincoln Hospital. Diz que tem um provável defunto, um garoto que deu entrada no setor de emergência e não sabe se escorregou na banheira e quebrou o pulso ou foi atropelado por um Mercedes-Benz. Ou uma merda qualquer. Quer falar com Bernie. Então que se foda e fale com Bernie.

Ray sacudiu mais um pouco a cabeça, e Kramer e Caughey balançaram a cabeça em solidariedade. As eternas merdinhas do Bronx.

Kramer consultou o relógio e se levantou.

— Bom — disse —, vocês, caras, podem ficar aqui pastando se quiserem, mas tenho que ir ouvir aquele porra ler o Corão: Herbert 92X, o famoso sábio do Oriente Médio.

Havia 35 salas de audiência no Edifício da Municipalidade do Bronx destinadas aos casos criminais, cada uma conhecida como "câmara". Tinham sido construídas no início da década de 1930, em que ainda se presumia que a própria aparência da sala de audiências devia proclamar a gravidade e a onipotência do domínio da lei. O pé-direito tinha uns bons 4 metros. As paredes eram inteiramente revestidas de madeira escura. O juiz se sentava a uma enorme mesa em um palco. A mesa tinha um número suficiente de cornijas, molduras, painéis, pilastras, entalhes e o peso da madeira maciça para fazer qualquer um acreditar que o próprio Salomão, que era rei, a acharia imponente. As cadeiras para o público eram separadas da cadeira do juiz, do júri, das mesas do promotor, do acusado e do oficial de justiça por uma balaustrada de madeira com um enorme corrimão entalhado, a chamada barra da justiça. Em suma, não havia nada na aparência do recinto que sugerisse ao desavisado o atropelo das tarefas diárias do juiz de um tribunal criminal.

No momento em que Kramer entrou, sentiu que o dia começara mal na Câmara 60. Bastava olhar para o juiz. Kovitsky estava instalado na cadeira, de beca negra, com os dois cotovelos apoiados no tampo da mesa. Seu queixo estava tão baixo que parecia que ia bater na mesa. O crânio ossudo e o nariz adunco emergiam da toga num ângulo tão fechado que fazia lembrar um urubu. Kramer via suas íris flutuarem e girarem nas córneas observando a sala e sua coleção maltrapilha de seres humanos. Parecia prestes a bater as asas e atacar. Kramer tinha sentimentos ambivalentes a respeito de Kovitsky. Por um lado, não apreciava suas tiradas no tribunal, que eram em geral pessoais e destinadas a humilhar. Por outro, Kovitsky era um guerreiro judeu, um filho de Massada. Só Kovitsky poderia ter silenciado os fanfarrões do camburão com uma cusparada.

— Onde está o sr. Sonnenberg? — perguntou Kovitsky. Mas não houve resposta. Então tornou a repetir a pergunta, desta vez com uma surpreendente voz de barítono cravando uma a uma as sílabas da frase na parede dos fundos e assustando todos que se encontravam pela primeira vez na sala do juiz Myron Kovitsky:

— ONDE ESTÁ O SE-NHOR SON-NEN-BERG!

Exceto pelos dois menininhos e a menininha que corriam por entre as cadeiras brincando de pique, os espectadores congelaram. Um por um, eles se congratularam intimamente. Por mais infeliz que fosse a vida deles, pelo menos não tinham decaído ao ponto de ser o sr. Sonnenberg, aquele inseto miserável, quem quer que fosse.

Aquele inseto miserável era um advogado, e Kramer conhecia a natureza de seu delito, que era impedir com sua ausência que se despejasse o rango nas entranhas da justiça criminal, Câmara 60. Em cada câmara, o dia começava com a chamada sessão de pauta, durante a qual os juízes despachavam moções e apelos de uma variedade de casos, talvez uns doze a cada manhã. Kramer tinha que rir toda vez que via um programa de TV com uma cena de tribunal. Sempre mostravam julgamentos! Quem era o panaca que bolava esses programas idiotas? Todos os anos havia 7 mil acusações de crimes capitais no Bronx e uma capacidade máxima de 650 julgamentos. Os juízes tinham que despachar os outros 6.350 casos de duas maneiras: arquivá-lo ou deixar o indiciado se declarar culpado de uma acusação atenuada e em troca liberar o tribunal de proceder a um julgamento. O arquivamento dos casos era uma maneira arriscada de reduzir o número de processos acumulados, até para o mais grotesco cínico. Sempre que um caso de crime capital era descartado, alguém, como a vítima ou a família, provavelmente punha a boca no mundo, e a imprensa não cabia em si de contentamento ao atacar juízes que deixavam malfeitores em liberdade. Com isso só restavam os acordos, que eram objeto das sessões cronológicas. Assim, as sessões cronológicas eram o próprio canal de alimentação da justiça criminal no Bronx.

Toda semana o escrevente de cada câmara entregava um cartão de controle a Louis Mastroiani, juiz administrativo chefe da divisão penal, Tribunal Superior, município do Bronx. O cartão de controle indicava quantos casos o juiz daquela câmara tinha no seu rol de causas pendentes e quantos despachara durante a semana, por meio de acordos, arquivamentos e julgamentos. Na parede da sala de audiências, sobre a cabeça do juiz, liam-se os dizeres EM DEUS CONFIAMOS. No cartão de controle, no entanto, estava escrito ANÁLISE DE CASOS ACUMULADOS, e a eficiência do juiz era avaliada quase que inteiramente pela ANÁLISE DE CASOS ACUMULADOS.

Quase todos os casos eram convocados às 9 e meia. Se o oficial de justiça convocasse um caso e o acusado ou o advogado não estivessem presentes, ou se ocorresse alguma coisa entre dezenas de possibilidades que impedissem o caso de avançar pelo funil, os interessados do caso seguinte estariam presumivelmente à mão, prontos para a apresentação. Assim, o espaço reservado ao público era pontilhado de grupinhos de pessoas, o que não chegava bem a ser um público em qualquer sentido esportivo. Havia acusados e seus advogados, acusados e seus companheiros, acusados e suas famílias. As três criancinhas saíram escorregando por entre duas fileiras de cadeiras, correram para o fundo da sala de audiências, rindo, e desapareceram por trás da última fileira. Uma mulher virou a cabeça e ralhou com elas, mas não se deu ao incômodo de ir buscá-las. Agora Kramer reconhecia o trio. Eram os filhos de Herbert 92X. Não que achasse isso digno de nota; havia crianças nas salas de audiências todos os dias. Essas salas eram uma espécie de creche comunitária no Bronx. Brincar de pique na Câmara 60 durante as moções, apelos, julgamentos e sentenciamentos do pai fazia parte do crescimento.

Kovitsky virou-se para o funcionário do tribunal, que se sentava a uma mesa abaixo da cadeira do juiz, a um canto. O funcionário era um italiano de pescoço taurino chamado Charles Bruzzielli. Estava sem paletó. Usava uma camisa de mangas curtas, colarinho aberto e a gravata a meio mastro. A gravata tinha um enorme laço duplo.

— Esse é o sr... — Kovitsky baixou os olhos para uma folha de papel sobre a mesa, e depois para Bruzzielli: — ... Lockwood?

Bruzzielli confirmou com a cabeça, e Kovitsky olhou diretamente para uma figura esguia que se adiantara até a barra, da assistência.

— Sr. Lockwood — perguntou Kovitsky —, onde está o seu advogado? Onde está o sr. Sonnenberg?

— Não sei — respondeu a figura.

Mal se conseguiu ouvir. Ele não tinha mais que dezenove ou vinte anos. A pele morena. Era tão magro que não havia sinal de ombros sob a jaqueta acolchoada preta. Usava jeans preto justo e enormes tênis brancos atados com tiras de velcro em vez de cordões.

Kovitsky encarou-o por um momento e disse em seguida:

— Muito bem, sr. Lockwood, sente-se. Se e quando o sr. Sonnenberg dignar-se a nos brindar com sua presença, chamaremos o senhor de novo.

Lockwood deu as costas e começou a voltar para as cadeiras reservadas ao público. Tinha o mesmo andar arrogante que praticamente todo jovem acusado do Bronx exibia, a ginga de cafetão. "Que egos machistas, autodestrutivos e imbecis", pensou Kramer. Nunca deixavam de se apresentar com as jaquetas pretas, os tênis e a ginga de cafetão. Nunca deixavam de parecer os jovens delinquentes que eram, da raiz dos cabelos à ponta dos pés, aos olhos dos juízes, júri, oficiais de livramento condicional, psiquiatras oficiais, aos olhos de todos que deviam opinar se iam ou não para a prisão e por quanto tempo. Lockwood encaminhou-se gingando para uma cadeira ao fundo do espaço reservado ao público e sentou-se ao lado de mais dois garotos de jaquetas acolchoadas pretas. Eram sem dúvida seus amiguinhos, seus companheiros. Os companheiros do acusado sempre chegavam ao tribunal com as brilhantes jaquetas acolchoadas pretas *deles* e tênis tipo estou-me-lixando. Isso também era muito inteligente. Estabelecia imediatamente o fato de que o acusado não era uma pobre vítima indefesa da vida no gueto, mas membro de uma matilha de jovens delinquentes impiedosos do tipo que gosta de derrubar velhinhas com bastões de resina na Grand Concourse e roubar suas bolsas. A matilha inteira entrava na sala de audiências cheia de energia, exibindo músculos de aço e queixos contraídos em desafio, pronta para defender a honra e, se necessário, a pele dos amiguinhos contra o Sistema. Mas não demorava muito e uma onda de tédio e confusão engolfava a todos. Estavam preparados para a ação. Não estavam preparados para o que o dia exigia, ou seja, esperar enquanto algo de que nunca ouviram falar, uma sessão de pauta, os confundia com uma linguagem floreada do tipo "se dignar a nos brindar com a sua presença".

Kramer passou pela barra e se dirigiu à mesa do escrevente. Três outros promotores assistentes estavam parados ali, apreciando e esperando a vez de comparecer perante o juiz.

O escrevente anunciou:

— O Povo contra Albert e Marilyn Krin...

Hesitou e olhou para os papéis diante dele. Voltou os olhos para uma moça parada a um metro de distância, uma promotora assistente chamada Patti Stullieri, e disse num sussurro teatral:

— Que diabo é isso?

Kramer olhou por cima do ombro dele. O documento dizia "Albert e Marilyn Krnkka".

— Kri-nic-ka — silabou Patti Stullieri.

— Albert e Marilyn Kri-nic-ka! — declamou o escrevente. — Processo 3-2-8-1. — E para Patti Stullieri: — Nossa, que diabo de nome é esse?

— É iugoslavo.

— Iugoslavo para você. Parece que alguém prendeu os dedos na porra do teclado.

Do fundo da parte reservada ao público, um casal marchou até a grande barra e se debruçou sobre a grade. O homem, Albert Krnkka, sorriu de maneira cativante e parecia querer chamar a atenção do juiz Kovitsky. Albert Krnkka era um homem alto e desengonçado com um cavanhaque de uns doze centímetros mas sem bigode e cabelos longos e louros como um músico de rock fora de moda. Tinha nariz ossudo, pescoço comprido e um pomo de adão que parecia se deslocar uns trinta centímetros para cima e para baixo todas as vezes que engolia. Usava uma camisa verde com um colarinho maior que ele e, no lugar dos botões, um fecho ecler que corria diagonalmente do ombro esquerdo ao lado direito da cintura. Junto dele estava a esposa. Marilyn Krnkka era uma mulher de cabelos negros e rosto fino e delicado. Os olhos eram duas fendas. Apertava os lábios e fazia caretas o tempo todo.

Todos, o juiz Kovitsky, o escrevente, Patti Stullieri, até mesmo Kramer, olhavam para os Krnkkas, esperando que seu advogado se adiantasse ou entrasse pela porta lateral ou se materializasse de alguma forma. Mas nada de advogado.

Furioso, Kovitsky voltou-se para Bruzzielli e perguntou:

— Quem está representando esses dois?

— Acho que é Marvin Sunshine — respondeu Bruzzielli.

— Muito bem, e onde está ele? Vi-o há poucos instantes lá atrás. Que foi que deu nessas figuras?

Bruzzielli sacudiu os ombros naquele Gesto Primordial e virou os olhos para o alto, como se a coisa toda o constrangesse incrivelmente mas não houvesse nada que pudesse fazer.

A cabeça de Kovitsky estava agora bem baixa. Suas íris flutuavam como destróieres num lago branco. Mas antes que pudesse se lançar num discurso virulento sobre advogados delinquentes, uma voz falou na barra.

— Meritíssimo! Meritíssimo! Ei, juiz!

Era Albert Krnkka. Acenava com a mão direita tentando atrair a atenção de Kovitsky. Seus braços eram magros, mas os pulsos e as mãos eram enormes. A boca pendia frouxa num meio sorriso que pretendia convencer o juiz de que era um homem compreensivo. Na verdade, ele parecia, da cabeça aos pés, um desses sujeitos agitados, altos e ossudos, cujo metabolismo funciona a uma velocidade triplicada e que, mais do que qualquer outra pessoa do mundo, é inclinado a explosões.

— Ei, juiz! Olhe.

Kovitsky arregalou os olhos, espantado com essa atitude.

— Ei, juiz! Olhe. Há duas semanas ela nos disse de dois a seis, certo?

Quando Albert Krnkka disse "de dois a seis", ergueu as duas mãos no ar e mostrou dois dedos de cada mão, como se fizesse um V de vitória ou um sinal de paz, e agitou-os no ar, como se estivesse marcando o compasso da frase "de dois a seis" num par de tambores invisíveis e etéreos.

— Sr. Krnkka — disse Kovitsky, em voz baixa.

— E agora ela entra aqui e diz "de três a nove" — continuou Albert Krnkka. — Nós já tínhamos dito "Certo, de dois a seis" — e tornou a erguer as mãos e o par de *vês* e a bater no ar o compasso de "de dois a seis" — "e entra aqui e diz de três a nove. De dois a seis" — e bate no ar — "de dois a seis..."

— Se-nhor Kri-nic-ka. Se o se-nhor...

Mas Albert Krnkka não se deixava dobrar pela voz retumbante do juiz Kovitsky.

— De dois a seis — *plam, plam, plam* —, compreendeu?

— Se-nhor Kri-nic-ka. Se o senhor deseja encaminhar uma petição a este tribunal, deverá fazê-lo através de seu advogado.

— Ei, juiz, pergunte a *ela*! — E esticou o indicador esquerdo na direção de Patti Stullieri. Seu braço parecia ter um quilômetro de comprimento. — Foi ela. Ofereceu de dois a seis, juiz. Agora entra aqui...

— Sr. Krnkka...

— De dois a seis, juiz, de dois a seis! — Percebendo que o seu tempo à barra estava terminando, Albert Krnkka agora comprimia sua mensagem na frase-chave, o tempo todo batendo no ar com as manoplas.

— De dois a seis! Compreendeu? De dois a seis! Compreendeu?

— Sr. Krnkka... SENTE-SE! Espere pelo seu advogado.

Albert Krnkka e a mulher começaram a se afastar da barra, mantendo os olhos em Kovitsky o tempo todo, como se deixassem a sala do trono. Albert continua a enfatizar as palavras "de dois a seis" e a sacudir os dedos em V.

Larry Kramer aproximou-se do lugar em que Patti Stullieri estava parada e perguntou:

— Que foi que *eles* fizeram?

Patti Stullieri informou:

— A mulher apontou uma faca para a garganta de uma moça enquanto o marido a estuprava.

— Nossa! — exclamou Kramer, sem conseguir se conter.

Patti Stullieri sorriu com um jeito de quem está cansada do mundo. Tinha uns 28, 29 anos. Kramer se perguntou se valeria a pena lhe passar uma cantada. Não era nenhuma beleza, mas por alguma razão sua Pose de Durona o excitava. Kramer pôs-se a imaginar como teria sido na escola secundária. Se teria sido uma daquelas galinhas magras e nervosas que andavam sempre irritadas e intratáveis e nem bem eram femininas nem bem eram fortes. Por outro lado, tinha a pele oliva, os cabelos pretos e espessos, grandes olhos negros, e os lábios de Cleópatra que na cabeça de Kramer formavam o retrato da Garota Italiana Safadinha. Na escola secundária — nossa, aquelas Garotas Italianas Safadinhas! — Kramer sempre as achara ordinárias, inacreditavelmente burras, anti-intelectuais, inabordáveis e intensamente desejáveis.

A porta da sala de audiência se abriu, e entrou um velho com uma cabeça grande, vistosa, senhoril. "Jovial" era a palavra. Ou pelo menos era "jovial" pelos padrões da Gibraltar. Usava terno azul-marinho risca de giz e paletó jaquetão, camisa branca com colarinho engomado e gravata vermelho-escura. Os cabelos negros, que eram ralos e tinham o tom opaco produzido pelo tingimento, estavam penteados para trás, emplastrados no crânio. Tinha um bigode antiquado bem fininho, que criava uma linha negra muito nítida de cada lado do sulco sob o nariz.

Larry Kramer, que estava de pé junto à mesa do escrevente, ergueu os olhos e o encarou. Conhecia aquele homem. Possuía um certo charme — não, coragem — a seu modo. Ao mesmo tempo, dava arrepios. Esse homem fora, como Kramer era agora, promotor distrital assistente. *Bingo! Bingo! Bingo!* Trinta anos haviam se passado, e ali estava ele terminando a carreira como advogado, representando esses pobres incompetentes, inclusive os que não tinham dinheiro para pagar advogados. *Bingo! Bingo! Bingo!* Não era muito tempo, trinta anos!

Larry Kramer não foi o único que parou para olhar. A entrada do homem foi um acontecimento. Seu queixo tinha o formato de um melão. Ele o mantinha espetado num ângulo presunçoso, como se fosse um *boulevardier,* como se a Grand Concourse ainda pudesse ser chamada de *boulevard.*

— Se-nhor Sonnenberg!

O velho advogado olhou para Kovitsky. Parecia agradavelmente surpreso que sua chegada pudesse ocasionar uma saudação tão calorosa.

— Chamamos o seu caso há cinco minutos!

— Peço perdão, Meritíssimo — disse Sonnenberg, aproximando-se com desenvoltura da mesa da defesa. Girou o grande queixo para o alto fazendo um arco elegante na direção do juiz. — Fui retido pelo juiz Meldnick na Câmara 62.

— Que estava fazendo com um caso na Câmara 62, sabendo que este tribunal marcou sua audiência no início da sessão para acomodar os seus interesses? O seu cliente, sr. Lockwood, trabalha, se não me engano.

— Perfeitamente, Meritíssimo, mas achei...

— O seu cliente está presente.

— Eu sei.

— Está esperando pelo senhor.

— Estou ciente disso, Meritíssimo, mas não fazia ideia de que o juiz Meldnick...

— Muito bem, sr. Sonnenberg, está pronto para se apresentar agora?

— Estou, Meritíssimo.

Kovitsky mandou o escrevente, Bruzzielli, tornar a convocar o caso. O rapaz negro, Lockwood, levantou-se na seção reservada ao público e veio gingando até a mesa da defesa para se juntar a Sonnenberg. Logo se tornou visível que a finalidade daquela audiência era permitir que Lockwood se declarasse culpado da acusação, assalto à mão armada, em troca de uma pena atenuada, de dois a seis anos, oferecida pela Promotoria Distrital. Mas Lockwood não estava de acordo. Só o que Sonnenberg conseguiu foi reiterar a declaração de inocência do cliente.

Kovitsky disse:

— Sr. Sonnenberg, poderia se aproximar, por favor? E o sr. Torres?

Torres era o promotor distrital assistente encarregado do caso. Era baixo e gordo, embora não chegasse a ter trinta anos. Tinha o tipo de bigode que os jovens advogados e médicos usam para tentar parecer mais velhos e mais sérios.

Quando Sonnenberg se aproximou, Kovitsky comentou, num tom informal e amável:

— O senhor está igualzinho a David Niven hoje, sr. Sonnenberg.

— Essa não, juiz — respondeu Sonnenberg. — David Niven não. Talvez William Powell, mas não David Niven.

— William Powell? O senhor está se fazendo de velho. Não é tão velho assim, é? — Kovitsky virou-se para Torres e comentou: — Não demora e vamos saber que o sr. Sonnenberg está de partida para a Flórida. Vai se instalar num condomínio e sua única preocupação será chegar ao shopping a tempo para o café dos boêmios do Denny's. Não terá mais que pensar em acordar cedo e apresentar recursos na Câmara 60 do Bronx.

— Ouça, juiz, eu juro...

— Sr. Sonnenberg, conhece o sr. Torres?

— Claro.

— Muito bem, o sr. Torres conhece tudo sobre condomínios e cafés para boêmios. E é meio judeu também.

— E mesmo? — Sonnenberg não sabia se devia parecer satisfeito ou não.

— É, metade porto-riquenho e metade judeu. Certo, sr. Torres? — Torres sorriu e deu de ombros, tentando parecer polidamente divertido.

— Assim sendo, usou seu *kop* judeu e se candidatou a uma bolsa para minorias na faculdade de direito — disse Kovitsky. — Sua metade judia se candidatou a uma bolsa de estudos para minorias em favor da metade porto-riquenha! Esse mundo é único, ou não é? E preciso usar a porra do *kop*, ah, isso é.

Kovitsky ficou olhando para Sonnenberg até que este sorrisse e em seguida olhou para Torres até que ele sorrisse e aí foi a vez de o próprio Kovitsky sorrir para os dois. Por que se tornara subitamente tão brincalhão? Kramer olhou para o acusado, Lockwood. Estava parado à mesa da defesa observando o trio bem-humorado. Que estaria lhe passando pela cabeça? Tinha a ponta dos dedos apoiada na mesa e o peito parecia ter afundado. Os olhos! Seus olhos eram os de um animal caçado à noite. Observava a cena, em que seu advogado sorria e ria com o juiz e o promotor. Ali estava ele, seu advogado branco, sorrindo e tagarelando com o juiz branco e aquele balofo branco que estava tentando pô-lo em cana.

Sonnenberg e Torres estavam diante da cadeira do juiz, olhando para Kovitsky. Agora Kovitsky ia entrar no assunto.

— Que ofereceu a ele, sr. Torres?

— De dois a seis, juiz.

— Que diz o seu cliente, sr. Sonnenberg?

— Não quer aceitar, juiz. Conversei com ele na semana passada e tornei a conversar hoje de manhã. Ele quer ir a julgamento.

— Por quê? — perguntou Kovitsky. — Explicou-lhe que poderá ser liberado para trabalhar dentro de um ano? Não é um mau acordo.

— Bem — respondeu Sonnenberg —, o problema é que — e o sr. Torres sabe disso — o meu cliente é um delinquente juvenil. Da outra vez foi preso pela mesma coisa, assalto à mão armada, e se ele se declarar culpado desta, então terá de cumprir pena pela outra também.

— Ah! — exclamou Kovitsky. — Muito bem, quanto é que está *disposto* a aceitar?

— Aceitará de um e meio a quatro, com a sentença da primeira incluída nesta.

— Que diz a isso, sr. Torres?

O jovem promotor distrital assistente engoliu em seco, baixou os olhos e sacudiu a cabeça.

— Não posso aceitar, juiz. Estamos falando de assalto à mão armada.

— É, eu sei — interpôs Kovitsky —, mas era ele quem segurava a arma?

— Não — informou Torres.

Kovitsky desviou os olhos do rosto de Sonnenberg e de Torres e olhou para Lockwood.

—Não parece um mau menino — o comentário de Kovitsky era dirigido a Torres. — De fato, parece um bebê. Vejo esses meninos aqui todos os dias. São facilmente influenciáveis. Moram num desses bairros fedorentos e acabam fazendo tolices. Que tal é ele, sr. Sonnenberg?

— É mais ou menos isso, juiz — respondeu Sonnenberg. — O garoto é um aprendiz. Não é nenhum santo, mas também não é um caso perdido. Pelo menos na minha opinião.

Era evidente que esse perfil destinava-se a amaciar Torres e fazê-lo oferecer a Lockwood uma sentença de apenas um ano e quatro meses a quatro anos, e esquecer sua condenação como delinquente juvenil.

— Olhe, juiz, não adianta — disse Torres. — Não posso concordar. De dois a seis é o mínimo que posso oferecer. A promotoria...

— Por que não liga para Frank? — pediu Kovitsky.

— Não adianta, juiz. Estamos falando de assalto à mão armada! Ele talvez não tenha apontado a arma para a vítima, mas foi porque estava com as duas mãos ocupadas em revistar-lhe os bolsos! Um homem de 69 anos, enfartado, que anda assim...

Torres saiu arrastando os pés diante do juiz, capengando como um velho enfartado.

Kovitsky sorriu.

— É o judeu se revelando nele! O sr. Torres tem algum dos cromossomos de Ted Lewis e nem sabe disso.

— Ted Lewis era judeu? — perguntou Sonnenberg.

— Por que não? — admirou-se Kovitsky. — Era comediante, não era? Muito bem, sr. Torres, acalme-se.

Torres voltou para a mesa.

— A vítima, sr. Borsalino, diz que partiu uma costela. Nem mesmo vamos acusá-lo disso, porque o velho nunca foi ao médico para examiná-la. Não, de dois a seis.

Kovitsky refletiu.

— Explicou isso ao seu cliente?

— Claro que expliquei — respondeu Sonnenberg. Deu de ombros e fez uma careta, como a indicar que o cliente não queria ouvir a voz da razão. — Está disposto a se arriscar.

— A se arriscar?! — exclamou Kovitsky. — Mas assinou uma confissão.

Sonnenberg tornou a fazer a careta e levantar as sobrancelhas.

Kovitsky disse:

— Deixe-me falar com ele.

Sonnenberg contraiu os lábios e girou os olhos, como se dissesse "boa sorte".

Kovitsky tornou a erguer a cabeça, olhou para Lockwood, aprumou o queixo e disse:

— Venha cá... meu filho.

O rapaz permaneceu congelado à mesa, sem ter muita certeza se o juiz estava se dirigindo a ele ou a mais alguém. Então Kovitsky acrescentou um sorriso, o sorriso do líder bondoso, Aquele Que Está Disposto a Ser Paciente, fez sinal com a mão direita e disse:

— Venha até aqui, filho. Quero falar com você.

O rapaz — Lockwood — começou a andar, devagar, cautelosamente, até onde Sonnenberg e Torres estavam parados e olhou para Kovitsky. O olhar que lançou era inteiramente inexpressivo. Kovitsky o encarou. Era como olhar para uma casinha abandonada à noite com todas as luzes apagadas.

— Meu filho — começou Kovitsky —, você não me parece mau. Parece um bom rapaz. Agora, quero que dê a você mesmo uma oportunidade. Eu vou lhe dar uma oportunidade, mas pnmeiro terá que se dar uma oportunidade.

Então Kovitsky encarou Lockwood nos olhos como se o que estava prestes a dizer fosse uma das coisas mais importantes que o rapaz provavelmente ouviria na vida.

— Meu filho, para que quer se envolver em todos esses assaltos?

Os lábios de Lockwood se moveram, mas ele lutou contra o impulso de falar, talvez temendo que pudesse se incriminar. — Que diz sua mãe? Você mora com ela?

Lockwood assentiu com a cabeça.

— Que diz sua mãe? Ela nunca lhe deu uns cascudos?

— Não — respondeu Lockwood. Seus olhos pareceram se embaciar. Kovitsky tomou isso por um sinal de que estava fazendo progressos.

— Agora, filho, você tem emprego?

Lockwood confirmou com a cabeça.

— O que você faz?

— Sou segurança.

— Segurança — repetiu Kovitsky. Fixou o olhar em um ponto da parede, como se ponderasse as implicações dessa resposta para a sociedade, e então decidiu se concentrar na questão mais imediata.

— Está vendo? — continuou Kovitsky. — Você tem emprego, você tem família, você é jovem, você é um rapaz bem-apanhado e inteligente. Você tem muita coisa a seu favor. Mais do que a maioria das pessoas. Mas tem um grande problema a superar. ESTEVE ENVOLVIDO NA PORRA DESSES ASSALTOS! Ora, o promotor distrital lhe fez uma proposta de dois a seis anos. Se aceitar a proposta e se comportar, em pouco tempo tudo isso ficará para trás, e você continuará a ser jovem e a ter toda a vida pela frente. Se for a julgamento e for condenado, talvez apanhe de oito a 25 anos. Agora, pense bem. O promotor distrital lhe fez uma proposta.

Lockwood não disse nada.

— Por que não aceita? — perguntou Kovitsky.

— Porque não.

— Por que não?

Lockwood virou a cabeça. Não ia lutar com palavras. Só ia aguentar firme.

— Olhe aqui, filho — disse Kovitsky —, estou tentando ajudá-lo. Isso não vai passar. Não pode simplesmente fechar os olhos e esperar que tudo desapareça. Compreende o que estou dizendo?

Lockwood continuou a olhar para baixo ou para o lado, sempre desviando o olhar uns poucos centímetros para não encontrar o do juiz. Kovitsky mexia a cabeça procurando interceptá-lo, como um goleiro de hóquei.

— Olhe para mim, filho. Está compreendendo?

Lockwood deu-se por vencido e olhou para o juiz. Era o tipo de olhar que um pelotão de fuzilamento talvez esperasse ver.

— Agora, filho, pense nisso da seguinte maneira. É como ter um câncer. Já ouviu falar de câncer?

Não havia sequer um vislumbre de compreensão, fosse de câncer ou de qualquer outra coisa.

— O câncer tampouco desaparece de repente. A pessoa tem que se tratar. Se o descobre ainda no início, enquanto ainda está pequeno, antes que se espalhe por todo o corpo e domine toda a sua vida — e arruíne sua vida — e *acabe* com a sua vida... está compreendendo? — *acabe* com a sua vida — se tomar uma providência enquanto ele ainda for um probleminha, se fizer a *pequena* cirurgia de que precisa, então acabou! — Kovitsky abriu as mãos num gesto largo, ergueu o queixo e sorriu, como se fosse a própria personificação da flutuabilidade. — Ora, o mesmo ocorre com o problema que você tem agora. No momento, ele é apenas um probleminha. Se você se declarar culpado e receber uma sentença de dois a seis anos e se comportar direito, poderá ser liberado para trabalhar dentro de um ano, e terá direito a liberdade condicional dentro de dois. E estará tudo terminado. Mas se for a julgamento e for considerado culpado, então sua sentença mínima será oito anos. De oito anos e quatro meses a 25 anos. *Oito* — você está com dezenove anos agora. Oito anos, é quase a metade do tempo que já passou na Terra. Você pretende passar a juventude inteira na porra de uma cadeia?

Lockwood desviou os olhos. Não disse nem sim nem não.

— Então? — perguntou Kovitsky.

Sem erguer os olhos, Lockwood sacudiu a cabeça dizendo não.

— Muito bem, se é inocente não quero que se declare culpado, não importa o que lhe ofereçam. Mas você assinou uma confissão! O promotor distrital tem um videoteipe em que você faz essa confissão! Que vai fazer com ela?

— Não sei — respondeu Lockwood.

— Que diz o seu advogado?

— Não sei.

— Vamos, filho. É claro que sabe. Você tem um excelente advogado. O sr. Sonnenberg é um dos melhores. Tem muita experiência. Ouça o que ele diz. Ele lhe dirá que tenho razão. Esse problema não vai desaparecer do mesmo jeito que o câncer não vai desaparecer.

Lockwood continuava a olhar para baixo. O que quer que seu advogado, o juiz e o promotor distrital tivessem combinado, ele não ia aceitar.

— Olhe aqui, filho, converse mais um pouco com o seu advogado. Converse com sua mãe. Que diz sua mãe?

Lockwood ergueu o olhar cheio de ódio vivo. As lágrimas começaram a marejar seus olhos. Era delicado falar com esses garotos sobre a mãe deles. Mas Kovitsky o encarou.

— Muito bem, senhor advogado! — disse Kovitsky elevando a voz e olhando na direção de Sonnenberg. — E sr. Torres. Vou adiar essa audiência para daqui a duas semanas. E, filho — dirigiu-se a Lockwood —, pense no que lhe disse, consulte o sr. Sonnenberg e decida-se. Certo?

Lockwood deu a Kovitsky um último relance, balançou afirmativamente a cabeça e se afastou em direção às cadeiras reservadas ao público. Sonnenberg acompanhou-o e disse alguma coisa, mas Lockwood não respondeu. Quando passou pela barra e viu os companheiros se levantando na última fileira, Lockwood começou a gingar. Vamos dar o fora! Voltar à... Vida! Os três saíram gingando da sala de audiência, com Sonnenberg na esteira, o queixo espetado num ângulo de 30 graus.

O dia se arrastava e até aquele momento Kovitsky não resolvera um único caso.

* * *

A manhã já ia adiantada quando ele finalmente conseguiu dar saída aos casos em pauta e chegou ao julgamento de Herbert 92X, que estava agora no quarto dia. Kramer pôs-se de pé à mesa da promotoria. Os guardas judiciários giraram os ombros, espreguiçaram-se ou se prepararam de alguma maneira para a chegada de Herbert 92X, que consideravam suficientemente maníaco para fazer algum gesto idiota e violento na sala de audiências. O advogado de Herbert 92X, Albert Teskowitz, nomeado pelo tribunal, adiantou-se da mesa da defesa. Era um homem ossudo e curvado com um paletó xadrez azul-claro que passava a uns sete centímetros de seu pescoço e uma calça marrom que nunca tinham sido apresentada ao paletó. O cabelo ralo e grisalho era da cor de gelo seco. Deu a Kramer um sorrisinho extravagante, que valia por uma declaração: "A charada vai começar."

— Muito bem, Larry — disse —, está preparado para a sabedoria de Alá?

— Deixe-me perguntar uma coisa — disse Kramer. — Herbert escolhe as passagens todos os dias com a ideia de apresentá-las como uma espécie de comentário ao que está ocorrendo, ou simplesmente abre o livro ao acaso? Não sei qual dos dois.

— Não sei — respondeu Teskowitz. — Não me meto nesse assunto, para dizer a verdade. Basta mencioná-lo e se perde uma hora de vida. Já conversou com um louco lógico antes? É pior do que um louco comum.

Teskowitz era um advogado tão fraco que Kramer sentia pena de Herbert. Mas sentiria pena de qualquer jeito. O nome legal de Herbert 92X era Herbert Cantrell; 92X era o seu sobrenome muçulmano. Trabalhava como motorista para um distribuidor de bebidas alcoólicas. Essa era uma das muitas coisas que faziam Kramer pensar que o homem não era um verdadeiro muçulmano. Um verdadeiro muçulmano não se envolveria com bebidas alcoólicas. De qualquer forma, um dia, o caminhão de Herbert foi furtado em trânsito na Willis Avenue por três italianos do Brooklyn que não tinham feito nada nos últimos dez anos a não ser furtar caminhões em trânsito a quem lhes pagasse para tanto. Apontaram armas para Herbert, amarraram-no, deram-lhe um soco na cara e o atiraram numa caçamba de lixo numa rua lateral, advertindo-o de que não se mexesse por uma hora. Então os três italianos levaram o caminhão para o depósito do seu patrão atual, um distribuidor de bebidas malandro que rotineiramente cortava seus custos furtando mercadoria. Chegaram com o caminhão furtado, e o capataz na plataforma de carregamento disse:

— Puta merda! Vocês se meteram na maior enrascada! Esse é um dos nossos caminhões!

— Como assim?

— Esse é um dos nossos caminhões! Acabei de carregá-lo faz duas horas! Vocês estão roubando mercadoria que acabamos de roubar! Vocês acertaram num dos nossos motoristas! Vocês se meteram na maior merda!

Então os italianos pularam para a boleia do caminhão e dispararam para a caçamba a fim de devolver o veículo a Herbert 92X. Mas Herbert conseguira fugir. Começaram a subir e a descer as ruas de caminhão, procurando por ele. Finalmente encontraram-no em um bar onde entrara para acalmar os nervos. Positivamente, isso não era atitude de muçulmano. Entraram para lhe dizer que sentiam muito e que podia retomar seu serviço, mas Herbert pensou que vinham atrás dele porque desprezara o aviso de permanecer na caçamba. Então sacou da jaqueta acolchoada um revólver calibre 38 — que estivera ali o tempo todo, mas aqueles marginais o tinham apanhado de surpresa — e deu dois tiros. Não acertou nos três italianos mas matou um homem chamado Nestor Cabrillo, que entrara no bar para dar um telefonema. A arma talvez fosse uma peça necessária à defesa pessoal numa ocupação obviamente arriscada. Mas não tinha licença para porte de arma, e Nestor Cabrillo era um cidadão íntegro com cinco filhos. Assim, Herbert foi acusado de homicídio involuntário e posse criminosa de arma; era preciso promover a ação *penal,* e Kramer estava atolado nessa tarefa. O caso era um estudo sobre a estupidez, a incompetência e a inutilidade; em suma, uma merdinha. Herbert 92X recusava-se a aceitar um acordo, pois considerava o que acontecera um acidente. Lamentava apenas que o 38 tivesse sacudido sua mão daquele jeito. Com isso, aquela merdinha agora estava em julgamento.

Uma porta a um lado da cadeira do juiz abriu-se, e dela surgiu Herbert 92X com dois guardas penitenciários. O Departamento Penitenciário administrava a carceragem, umas gaiolas sem janelas, meio andar acima da sala de audiências. Herbert 92X era um homem alto. Seus olhos brilhavam sob as sombras do pano de cabeça xadrez à Yasser Arafat que lhe caía pela testa. Usava um camisão marrom que lhe batia pelas canelas. Por baixo do camisão via-se uma calça bege, com pespontos de cor contrastante nas costuras laterais, e usava sandálias de dedo marrons. Trazia as mãos às costas. Quando os guardas penitenciários viraram-no para abrir as algemas, Kramer reparou que ele segurava o Corão.

— Eh, Herbert! — A voz de um menininho alegre. Era uma das crianças ao pé da barra. Os guardas judiciários olharam feio para ele. Uma mulher sentada nas cadeiras reservadas ao público gritou:

— Venha já aqui!

O menininho riu e correu de volta para onde ela estava. Herbert parou e se virou para o menino. Sua expressão furiosa dissolveu-se. Deu ao menino um sorriso largo e tão caloroso e amoroso que Kramer teve que engolir em seco — e ter mais um pequeno espasmo de Dúvidas. Então Herbert se sentou à mesa da defesa.

O escrevente, Bruzzielli, anunciou:

— O Povo contra Herbert Cantrell, processo número 2-7-7-7.

Herbert 92X pôs-se de pé com a mão para o alto.

— Ele anunciou meu nome errado outra vez!
Kovitsky curvou-se sobre a mesa e disse pacientemente:
— Sr. 92X, expliquei-lhe isso ontem e anteontem e trasanteontem.
— Ele anunciou meu nome errado!
— Já lhe expliquei isso, sr. 92X. O escrevente tem que cumprir exigências legais. Mas em vista da sua evidente intenção de mudar de nome, o que é um direito seu, e para isso existe um processo legal, o tribunal aceita referir-se ao senhor como Herbert 92X, para as finalidades deste processo. Está bem assim?
— Muito obrigado, Meritíssimo — disse Herbert 92X ainda de pé. Abriu o Corão e começou a folhear as páginas. — Esta manhã, Meritíssimo...
— Podemos continuar?
— Sim, juiz. Esta manhã...
— Então sente-se!
Herbert 92X encarou Kovitsky por um momento, depois afundou na cadeira, ainda segurando o Corão aberto. Um tanto amuado, perguntou:
— O senhor vai me deixar ler?
Kovitsky consultou o relógio de pulso, concordou com a cabeça; em seguida girou a cadeira uns 45 graus e pousou o olhar na parede acima das cadeiras do júri.
Sentado, Herbert 92X descansou o Corão sobre a mesa de defesa e disse:
— Esta manhã, Meritíssimo, lerei o capítulo 41, intitulado "Estão distintamente explicados, revelados em Meca"... em nome do Deus Misericordiosíssimo... Esta é uma revelação do Misericordiosíssimo... Que os avisa do dia em que os inimigos de Deus serão reunidos no fogo do inferno e marcharão em bandos isolados até que, quando ali chegarem, seus ouvidos e seus olhos e suas peles testemunharão contra eles...
Os guardas judiciários giravam os olhos. Um deles, Kaminsky, um verdadeiro porco cuja camisa branca da farda mal sustentava o pneu de banha que se formava sobre o cinturão do coldre, deixou escapar um forte suspiro e deu meia-volta no salto dos sapatões de tira em couro negro. Os promotores e advogados de defesa consideravam Kovitsky um terror. Mas os guardas judiciários eram a tropa operária básica do serviço público, e consideravam Kovitsky, e praticamente todos os outros juízes, absurdamente e pusilanimemente indulgentes com os criminosos... deixando esse maníaco sentar ali e ler o Corão enquanto os filhos corriam pela sala de audiências gritando "Eh, Herbert". Aparentemente Kovitsky raciocinava que já que Herbert 92X era esquentado e já que a leitura do Corão o acalmava, estava poupando tempo a longo prazo.
— ... afaste o mal com o que tem de melhor, e contemple, o homem com quem tinha inimizade tornar-se-á, como o era, seu maior amigo, mas ninguém alcançará... — Na leitura melancólica e ressonante de Herbert, as palavras desciam sobre a sala como um chuvisco... A mente de Kramer divagava... A moça de batom cor de

terra... Logo ela estaria entrando... Bastou esse pensamento para que ele se endireitasse na cadeira... Desejou que tivesse se olhado no espelho antes de entrar na sala de audiências... o cabelo, a gravata... Retesou os músculos do pescoço e atirou a cabeça para trás... Estava convencido de que as mulheres se impressionavam com homens que possuíam enormes esternoclidomastóideos... Fechou os olhos...

Herbert continuava a ler sem parar, quando Kovitsky o interrompeu:

— Muito obrigado, sr. 92X, com isso concluímos a leitura do Corão.

— Como? Ainda não terminei!

— Disse que com isso terminamos a leitura do Corão, sr. 92X. Será que fui claro?

A voz de Kovitsky elevou-se tão subitamente que os assistentes ofegaram.

Herbert pôs-se em pé de um salto.

— O senhor está violando os meus direitos! — Seu queixo apontava para Kovitsky, e seus olhos flamejavam. Parecia um foguete prestes a subir.

— Sente-se!

— O senhor está violando a minha liberdade de religião!

— Sente-se, sr. 92X!

— Julgamento nulo! — gritou Herbert. — Julgamento nulo! — Então voltou sua fúria para Teskowitz, que continuava sentado a seu lado. — Ponha-se de pé, cara! Isso é um julgamento nulo!

Assustado e um tanto atemorizado, Teskowitz se levantou.

— Meritíssimo, meu cliente...

— Eu disse sente-se! os dois!

Os dois se sentaram.

— Agora, sr. 92X, este tribunal tem sido muito indulgente com o senhor. Ninguém está violando a sua liberdade religiosa. A hora está avançando, e temos um júri lá fora numa sala que não é pintada há 25 anos, e chegou a hora de concluir a leitura do Corão.

— Disse, *concluir*? Quer dizer *proibir*! Está violando os meus direitos religiosos!

— O acusado queira se calar! O senhor não tem o direito de ler o Corão, ou o Talmude, ou a Bíblia, ou as palavras do Anjo Moroni, que escreveu o Livro dos Mórmons, ou qualquer outro livro espiritual, por mais divino que seja: o senhor não tem o direito de lê-lo neste tribunal. Deixe-me lembrar-lhe, senhor, que não estamos numa nação do Islã. Acontece que vivemos numa república, e nesta república o Estado e a Igreja são separados. Compreende? E este tribunal é governado pelas leis desta república, que estão reunidas na Constituição dos Estados Unidos.

— Isso não é verdade!

— O que não é verdade, sr. 92X?

— A separação da Igreja e do Estado. E posso provar.

— De que está falando, sr. 92X?

— Vire-se! Olhe para a parede! — Herbert estava de novo em pé, apontando para a parede acima da cabeça de Kovitsky. Kovitsky girou a cadeira e olhou para o alto. De fato, entalhadas no painel de madeira havia as palavras EM DEUS CONFIAMOS.

— Igreja e Estado! — Herbert exclamou triunfante. — Está bem aí entalhado na parede acima de sua cabeça!

— *Eh heh hehhhh!* — Uma mulher da assistência começou a rir. Um dos guardas judiciários gargalhou, mas virou a cabeça antes que Kovitsky pudesse localizá-lo. O escrevente, Bruzzielli, não conseguiu deixar de sorrir. Patti Stullieri cobria a boca com a mão. Kramer olhou para Mike Kovitsky, à espera da explosão.

O juiz, no entanto, estampou um largo sorriso no rosto. Mas a cabeça estava abaixada, e as íris voltavam a flutuar, agitando-se num mar branco e turbulento.

— Vejo que é muito observador, sr. 92X, e o cumprimento por isso. E já que é tão observador, poderá também observar que não tenho olhos na nuca. Mas tenho olhos no rosto e o que eles veem é um acusado que está sendo julgado por delitos graves com a perspectiva de uma pena de doze e meio a 25 anos de prisão, caso seja considerado culpado por um júri de seus pares, e quero que esse júri disponha de tempo para cuidar da balança da justiça... com ATENÇÃO e IMPARCIALIDADE!... e determinar· a culpa ou a inocência do acusado. Estamos num país livre, sr. 92X, e ninguém pode impedi-lo de acreditar na divindade que quiser. Mas enquanto estiver neste tribunal, é melhor acreditar no EVANGELHO SEGUNDO MIKE!

Kovitsky disse isso com tanta ferocidade que Herbert tornou a se sentar na cadeira. Não disse uma palavra. Em vez disso, olhou para Teskowitz. Teskowitz só fez dar de ombros e sacudir a cabeça como se dissesse: "É isso aí, Herbert."

— Mande entrar o júri — ordenou Kovitsky.

Um guarda penitenciário abriu a porta que levava à sala do júri. Kramer empertigou-se na cadeira à mesa da promotoria. Atirou a cabeça para trás para exibir o pescoço musculoso. Os jurados começaram a entrar... três negros, seis porto-riquenhos... Onde estava a moça?... Lá estava, acabando de passar pela porta!... Kramer nem mesmo tentou ser sutil. Encarou-a em cheio. Aqueles cabelos castanho-escuros, longos e luzidios, suficientemente cheios para se enterrar a cabeça neles, partidos ao meio e puxados para trás revelando aquela testa branca, perfeita e pura, aqueles enormes olhos e as pestanas voluptuosas, e aqueles lábios de curva perfeita... com batom cor de terra! É! Pusera-o de novo! O batom cor de terra, caramelo, diabólico, rebelde, impecavelmente elegante...

Kramer rapidamente examinou a concorrência. O escrevente grandalhão, Bruzzielli, tinha os olhos vidrados nela. Os três guardas judiciários fixavam-na com tanta intensidade que Herbert poderia ter saído para dar uma volta e eles nem teriam notado. Mas o próprio Herbert a avaliava. Teskowitz a olhava. Sullivan, o estenógrafo do tribunal, sentado à sua máquina, a olhava. Kovitsky! Ele também! Kramer ouvira contar histórias de Kovitsky. Não parecia ser o tipo, mas nunca se sabia.

Para chegar à bancada do júri a moça tinha que passar bem diante da mesa da promotoria. Vestia um suéter cor de pêssego, fofo, de angorá ou *mohair,* aberto na frente, e uma blusa de seda com listras róseas e amarelas, sob a qual Kramer discernia, ou pensava discernir, a curva voluptuosa de seus seios. Usava uma saia de gabardine creme, suficientemente apertada para ressaltar a curva das coxas.

O diabo era que praticamente todos os homens do lado de cá da barra da justiça tinham chances. Bem, menos Herbert, mas o seu advogadozinho insignificante tinha. Até aquele guarda judiciário gordo lá adiante, aquela barrica do Kaminsky. O número de guardas judiciários, advogados de defesa, escreventes, promotores distritais assistentes (ah, sim!) e até juízes (não os exclua!) que já comeram (a palavra é essa) juradinhas apetitosas em casos criminais — nossa!, se a imprensa farejasse esse filão... mas a imprensa nunca aparecia no tribunal do Bronx.

Os jurados de primeira viagem nos tribunais criminais costumavam se embriagar com o romance, a tensão elétrica do mundo dos maus, que agora tinham ocasião de vislumbrar sentados na bancada do júri, e as mulheres jovens eram as mais ébrias de todos. Para elas os acusados não eram o rango; longe disso. Eram facínoras. E esses casos não eram merdinhas. Eram o drama nu e cru dessa cidade de bilhões de pés. E aqueles que tinham coragem de lidar com esses facínoras, lutar contra eles, refreá-los, eram... homens de verdade... até mesmo um guarda judiciário com um pneu de gordura de dez centímetros apoiado no cinturão do coldre. Mas quem era mais másculo do que um jovem promotor, que se postava a menos de três metros do acusado, sem nenhuma barreira entre eles, exceto o ar, e arremessava as acusações do Povo na cara dele?

Agora ela estava diante de Kramer. Retribuiu-lhe o olhar. Sua expressão não dizia nada, mas o olhar era tão franco e direto! E usava batom cor de terra!

Seguiu adiante e passou pela cancela do reservado do júri. Não ficaria muito bem *se virar* e olhar para ela, mas ele se sentiu tentado. Quantos deles teriam procurado o escrevente Bruzzielli para verificar o endereço e os números dos telefones de casa e do trabalho — como ele fizera? O escrevente guardava papeizinhos com essas informações, as chamadas cédulas, em uma urna sobre a sua mesa na sala de audiências, de modo que o tribunal pudesse se comunicar rapidamente com os jurados para informar mudanças de programa ou qualquer outra coisa. Na qualidade de promotor do caso, ele, Kramer, podia abordar Bruzzielli e pedir para ver a cédula da garota de batom cor de terra ou de qualquer outro jurado com a cara mais limpa. O mesmo poderia fazer Teskowitz, o advogado de defesa. Kovitsky poderia fazê-lo com uma cara razoavelmente limpa, e naturalmente o próprio Bruzzielli poderia dar uma olhada quando quisesse. Quanto aos guardas judiciários como

Kaminsky, pedir para dar uma olhada caía na categoria de... uma piscadela e um favor. Mas Kramer já não vira Kaminsky conferenciando com Bruzzielli na mesa deste, muito entretidos com algum... assunto? A ideia de que até criaturas como o gordo Kaminsky estavam atrás dessa... dessa *flor*... tornou Kramer mais decidido do que nunca. (Salvaria a moça dos outros.)

Srta. Shelly Thomas de Riverdale.

Vinha da melhor seção de Riverdale, um subúrbio arborizado que geograficamente fazia parte do município de Westchester, mas politicamente, do Bronx. Ainda havia muitos lugares bonitos para se morar em North Bronx. As pessoas de Riverdale em geral eram endinheiradas e tinham também meios de obter dispensa do júri. Apelavam para todos os pistolões possíveis antes de se submeter à perspectiva de comparecer ao South Bronx, ao 44º Distrito, à ilha-fortaleza de Gibraltar. O júri típico do Bronx era porto-riquenho e negro com uma pitada de judeus e italianos.

Mas de vez em quando uma flor rara como a srta. Shelly Thomas aparecia na bancada do júri. Que espécie de nome era aquele? Thomas era um nome branco, anglo-saxão, protestante. Mas havia o Danny Thomas, e ele era árabe, libanês ou algo do gênero. Brancos, anglo-saxões, protestantes eram raros no Bronx, à exceção daqueles tipos da alta sociedade que, vez por outra, vinham de Manhattan, em carros com motoristas, para prodigalizar caridade à juventude do gueto. A organização Big Brother, o Episcopal Youth Service, a Daedalus Foundation — essa gente aparecia no Juizado de Menores, que era o tribunal para criminosos menores de dezessete anos. E tinham nomes como... Farnsworth, Fiske, Phipps, Simpson, Thornton, Frost... e intenções impecáveis.

Não, as chances de a srta. Shelly Tnomas ser branca, anglo-saxã, protestante eram remotas. Mas quem era ela? Durante a escolha dos jurados obtivera a informação de que era diretora de arte, o que aparentemente significava uma espécie de desenhista industrial, na Prischker & Bolka, uma agência de publicidade em Manhattan. A Kramer isso sugeria uma vida indizivelmente glamourosa. Lindas criaturas correndo de lá para cá ao som de gravações new wave num escritório de paredes lisas e brancas e tijolos de vidro... uma espécie de escritório da MTV... fantásticos almoços e jantares em restaurantes decorados em madeira clara, latão, luz indireta e vidro jateado com desenhos em zigue-zague... codorna assada com cogumelos, disposta sobre batatas-doces, e uma guirlanda de folhas de dente-de-leão cozidas no vapor... Conseguia visualizar tudo. Ela fazia parte *dessa vida,* desses lugares onde vão as moças com batom cor de terra... Tinha os dois números de telefone, o da Prischker & Bolka e o de casa. Naturalmente não poderia fazer nada enquanto o julgamento durasse. Mas depois... Srta. Thomas? Aqui é Lawrence Kramer. Sou — ah! lembra! Isso é fantástico! Srta. Thomas, estou telefonando porque a intervalos regulares, quando encerramos um desses casos importantes, gosto de me certificar qual foi exatamente o argumento que convenceu o júri — uma súbita pontada de dúvida... Suponha que na realidade ela pusesse o caso a perder para ele? Os júris do Bronx já eram bastante difíceis para um promotor nas atuais circunstâncias. Era escolhido naquela camada que sabia que de fato a polícia era capaz de mentir. Os júris do Bronx alimentavam muitas dúvidas, tanto razoáveis quanto desarrazoadas, e acusados negros e porto-riquenhos, culpados completamente, culpados como a própria culpa, costumavam sair daquelas fortalezas, livres como pássaros. Felizmente, Herbert 92X matara um bom homem, um homem pobre, um homem de família do gueto. Graças a Deus! Provavelmente nenhum jurado que morasse em South Bronx simpatizaria com um doido mal-humorado como Herbert. Somente alguém imprevisível como a srta. Shelly Thomas de Riverdale poderia demonstrar simpatia! Uma mulher educada, jovem e branca, bem de vida, do tipo artístico, provavelmente judia... O tipo capaz de bancar a idealista e se recusar a condenar Herbert porque ele era preto, romântico e maltratado pelo Destino. Mas tinha que se arriscar. Não pretendia deixá-la escapar. Precisava dela. Precisava dessa vitória. Nesse tribunal ele ocupava o centro da arena. Os olhos dela nunca se despregavam dele. Sabia disso. Sentia-o. Já havia alguma coisa entre eles... Larry Kramer e a moça de batom cor de terra.

Os assistentes habituais se surpreenderam naquele dia com o zelo e a agressividade do promotor distrital assistente Kramer nesse caso barato de homicídio, no Bronx.

Ele começou por atacar as testemunhas do álibi de Herbert.

— Não é verdade, sr. Williams, que esse seu "testemunho" faz parte de uma transação em dinheiro entre o senhor e o acusado?

Que diabo acontecera com Kramer? Teskowitz estava começando a se enfurecer. Esse filho da mãe do Kramer estava deixando-o mal! Estava arrebatando o tribunal como se essa merdinha fosse o julgamento do século.

Kramer mostrava-se indiferente aos sentimentos feridos de Teskowitz, de Herbert 92X e de todo o resto. Só havia duas pessoas naquela sala cavernosa de mogno, e eram Larry Kramer e a moça de batom cor de terra.

Durante o intervalo para o almoço, Kramer voltou à promotoria, como o faziam sempre Ray Andriutti e Jimmy Caughey. Um promotor distrital assistente durante o julgamento de um caso de que estivesse encarregado tinha direito a almoço para si e suas testemunhas por conta do Estado de Nova York. Na prática, isso significava que todos na promotoria esperavam ganhar um almoço de graça, e Andriutti e Caughey eram os primeiros da fila. Esse patético privilegiozinho da promotoria era levado a sério. A secretária de Bernie Fitzgibbon, Gloria Dawson, encomendou sanduíches na delicatessen. E também ganhou um. Kramer pediu um sanduíche de rosbife com pão de cebola e mostarda. A mostarda veio em um envelope gelatinoso de plástico lacrado que ele precisou abrir com os dentes. Ray Andriutti estava comendo um de pimentão com tudo a que tinha direito de recheio, exceto duas enormes fatias de picles doces que jaziam num pedaço de papel parafinado sobre sua mesa. O cheiro da salmoura dos picles impregnava a sala. Kramer observava com fascinada repugnância Andriutti debruçar-se na escrivaninha, de modo que os farelos e os molhos que espirravam do sanduíche caíssem na mesa, e não em sua gravata. Ele repetia o gesto a cada bocada; atirava-se sobre a mesa, e os pedacinhos de comida e o molho escorriam pelo queixo, como se ele fosse uma baleia ou um atum. A cada mergulho seu queixo passava rápido por uma xícara plástica de café que estava em cima da mesa. O café vinha da cafeteira. A xícara estava tão cheia, que o café se avolumava na superfície. De repente, começou a transbordar. Um corregozinho viscoso e amarelado, da grossura de um barbante, começou a escorrer pelo lado da xícara. Andriutti nem reparou. Quando o filete amarelo e imundo alcançou o tampo da mesa, formou uma poça do tamanho aproximado de uma cédula de meio dólar com a cara do Kennedy. Não demorou, estava do tamanho e da cor de uma panqueca de um dólar. Em seguida os cantos de dois saquinhos vazios de açúcar submergiram no caldo. Andriutti sempre enchia o café de leite em pó e açúcar até transformá-lo numa bile amarelada, repugnante e melada. Suas mandíbulas abertas, atochadas de sanduíche, continuavam a avançar para a xícara de café. O ponto alto do dia! Um almoço de graça!

"E isso não vai melhorar", pensou Kramer. Não eram apenas os jovens promotores assistentes como ele, Andriutti e Jimmy Caughey. Por toda a Gibraltar, nesse momento, do mais humilde ao mais importante, os representantes do Poder no Bronx estavam metidos em seus gabinetes, as costas encurvadas, atracados aos sanduíches para viagem da delicatessen. Em torno da grande mesa de reuniões no gabinete de Abe Weiss eles estavam atracados aos sanduíches da delicatessen, "eles" sendo no caso quaisquer pessoas que Weiss pensasse que precisava e conseguisse encontrar naquele dia na sua cruzada publicitária. Ao redor da grande mesa de reuniões no gabinete do juiz administrativo, chefe da Divisão Criminal, Louis Mastroiani, estavam atracados aos sanduíches da delicatessen. Mesmo quando esse respeitável jurista recebia a visita de um grande luminar, mesmo quando um senador dos Estados Unidos aparecia, sentavam-se atracados aos sanduíches da delicatessen, o luminar inclusive. Podia-se ascender ao topo do sistema judiciário no Bronx e comer sanduíches da delicatessen ao almoço até o dia de se aposentar ou morrer.

E por quê? Porque eles, o Poder, o Poder que administrava o Bronx, viviam aterrorizados! Aterrorizados ante sair para o coração do Bronx ao meio-dia e almoçar em um restaurante! Aterrorizados! E eles administravam esse lugar, o Bronx, um município de 1, 1, milhão de almas! O coração do Bronx transformara-se numa tal favela que já não havia nada que lembrasse um restaurante em que a pessoa pudesse se sentar. Mas mesmo que houvesse, que juiz, ou promotor público, ou promotor assistente, que guarda judiciário, mesmo portando um 38, iria deixar a Gibraltar na hora do almoço para chegar lá? Primeiro, havia o medo puro e simples. Andava-se do Edifício da Municipalidade do Bronx County até a Grand Concourse e descia-se a 161st Street para chegar ao Edifício dos Tribunais Criminais, à distância de um quarteirão e meio, se fosse necessário, mas o prudente detentor do Poder mantinha-se vigilante. Havia assaltos no topo da Grand Concourse, esse grande ornamento do Bronx, às 11 horas da manhã, em belos dias de sol. E por que não? Mais carteiras e bolsas andavam a pé nos belos dias de sol. Nunca se ultrapassava o Edifício dos Tribunais Criminais, de modo algum. Havia promotores assistentes que tinham trabalhado na Gibraltar dez anos e que não saberiam dizer, mesmo valendo uma aposta, o que havia na 162nd Street ou na 163rd Street, a um quarteirão da Grand Concourse. Nunca tinham estado no Museu de Arte do Bronx, na 164th. Mas suponha que alguém fosse corajoso a esse ponto. Restava ainda um outro medo mais sutil. Qualquer um era alienígena nas ruas do 44º Distrito, e percebia isso imediatamente, todas as vezes que o Destino o levava a entrar no território *deles*. Os olhares! Os olhares! A desconfiança mortal! Não se era desejado. Não se era bem-vindo. Gibraltar e o Poder pertenciam ao Partido Democrático do Bronx, aos judeus e italianos, especificamente, mas as ruas pertenciam aos Lockwoods, aos Arthur Riveras, aos Jimmy Dollards, aos Otis Blakemores e aos Herbert 92Xs.

Esse pensamento deprimiu Kramer. Ali estavam ele e Andriutti, o judeu e o italiano, devorando seus sanduíches, mandados trazer ao interior da fortaleza, ao interior da rocha. E para quê? Quais eram as perspectivas? Como é que essa estrutura poderia sobreviver tempo suficiente para que eles alcançassem o topo da pirâmide, mesmo presumindo que valesse a pena alcançá-lo? Mais cedo ou mais tarde os porto-riquenhos e os negros se agrupariam politicamente e se apossariam até da Gibraltar e de tudo o que havia nela. Entrementes, que estaria fazendo? Revolvendo a sujeira... revolvendo a sujeira... até que tirassem a varinha de sua mão.

Nesse momento, o telefone tocou.

— Alô!

— Bernie?

— Pediu o ramal errado — disse Kramer —, mas acho que ele não está.

— Quem está falando?

— Kramer.

— Ah, sei, lembro-me de você. Aqui é o detetive Martin.

Kramer não se lembrava realmente de Martin, mas o nome e a voz dispararam uma lembrança vagamente desagradável.

— Em que posso ajudá-lo?

— Bom, estou aqui no Lincoln Hospital com meu companheiro, Goldberg, e temos esse caso de tentativa de homicídio, e achei que devia falar com Bernie.

— Foi você que falou com alguém aqui há umas duas horas? Ray Andriutti?

— Fui eu.

Kramer suspirou.

— Bom, Bernie ainda não voltou. Não sei onde está.

Uma pausa.

— Merda. Talvez possa dar esse recado a ele.

Mais um suspiro.

— Tudo bem.

— Há um garoto aqui, Henry Lamb, L-A-M-B, dezoito anos, e está na unidade de tratamento intensivo. Chegou aqui à noite passada com um pulso quebrado. Certo? Quando deu entrada, ao menos segundo a papeleta, não mencionou nada sobre um carro que o atropelou. Aqui diz apenas que caiu. Certo? Então encanaram o pulso partido na sala de emergência e o mandaram para casa. Hoje, a mãe do garoto o trouxe de volta aqui, e ele teve uma concussão e entrou em coma, e agora o estão classificando como um possível óbito. Certo?

— Sei...

— O garoto estava em coma na altura em que nos chamaram, mas tem uma enfermeira aqui que diz que ele falou com a mãe que foi atropelado por um Mercedes, o carro sumiu, e ele se lembra de parte do número da placa.

— Alguma testemunha?

— Não. Isso tudo foi a enfermeira que disse. Não conseguimos encontrar a mãe.

— Supostamente isso é um ou são dois acidentes? Você falou num pulso quebrado e numa concussão.

— Um, segundo essa enfermeira, que está toda agitada e me torrando o saco a respeito de um atropelamento com fuga do responsável. Está uma zona danada, mas achei que devia falar com Bernie, caso ele queira tomar alguma providência.

— Bom, vou dar o recado a ele, mas não percebo o que isso tem a ver conosco. Não há testemunha, não há motorista — o sujeito está em coma —, mas falarei com ele.

— É, eu sei. Se encontrar a mãe e conseguir alguma coisa, diga ao Bernie que voltarei a telefonar.

— Certo.

Depois que desligou, Kramer rabiscou um bilhete para Bernie Fitzgibbon. A vítima esqueceu de mencionar que foi atropelada por um carro. Um caso típico do Bronx. Mais uma merdinha.

6
UM LÍDER DO POVO

Na manhã seguinte, Sherman McCoy experimentou uma sensação inusitada nos oito anos em que trabalhava na Pierce & Pierce. Sentiu-se incapaz de se concentrar. Normalmente, assim que entrava na sala de operação de obrigações e se deparava com a claridade da parede de vidro e se deixava engolfar pelo ruído de uma legião de rapazes enlouquecidos pela cobiça e a ambição, tudo o mais em sua vida se eclipsava e o mundo se transformava nos pequenos símbolos verdes que deslizavam pelas telas negras dos terminais de computador. Até mesmo na manhã que se seguiu ao telefonema mais idiota que dera na vida, na manhã em que acordou se perguntando se a mulher ia deixá-lo, levando com ela o que possuía de mais precioso — ou seja, Campbell —, mesmo naquela manhã ele entrara na sala de operação de obrigações e, *num piscar de olhos*, a existência humana se resumira nas obrigações francesas garantidas em ouro e nas obrigações de vinte anos do governo dos Estados Unidos. Mas agora era como se tivesse um gravador de duas fitas no crânio e o mecanismo não parasse de pular de uma fita para outra sem que ele pudesse controlá-lo. Na tela:

"U Frag 10.1 '96 102." Descera um ponto inteiro! As obrigações de treze anos da United Fragrance, vencíveis em 1996, tinham caído de 103 para 102,5 no dia anterior. Agora, a 102, renderiam 9,75 por cento — e a pergunta que ele se fazia era:

O carro tinha que ter batido em uma *pessoa* quando ela deu marcha a ré? Por que não poderia ser um pneu ou uma lata de lixo ou outra coisa completamente diferente? Tentou sentir de novo o baque em seu sistema nervoso central. Foi um... *toque*... uma batidinha. Na realidade, não fora muito forte. Podia ter sido qualquer coisa. Mas logo desanimou. Que mais poderia ter sido senão o rapaz alto e magricela? — e via aquele rosto escuro e delicado, a boca aberta de medo... Não, era tarde demais para ir à polícia! Trinta e seis horas — quarenta agora —, como faria a comunicação? Acho que nós — isto é, minha amiga sra. Ruskin e eu — talvez — pelo amor de Deus, homem, controle-se! Quarenta horas depois não seria mais a comunicação de um acidente, seria uma confissão! Você é um Senhor do Universo. Não chegou ao quinquagésimo andar da Pierce & Pierce porque sucumbe a pressões. Este pensamento feliz o fortaleceu para a tarefa imediata, e ele tornou a se concentrar na tela.

Os números deslizavam em fileiras horizontais, como se fossem pintados por um pincel imerso em tinta verde-rádio, e tinham estado a deslizar e a mudar bem diante de seus olhos sem que sua mente registrasse nada. Isso o assustou. A United

Fragrance caíra para 107 7/8, o que significava que o rendimento chegava quase a 10 por cento. Alguma coisa errada? Ainda ontem verificara com o Departamento de Análises, e a United Fragrance estava em boa situação, um estável AA, ou seja, uma empresa sem riscos. No momento só o que precisava saber era:

Saíra alguma coisa em *The City Light*? O jornal fumegava no chão a seus pés. Não saíra nada no *Times,* no *Post* ou no *Daily News,* que ele vasculhara no táxi, a caminho do trabalho. A primeira edição de *The City Light,* um jornal vespertino, não saía antes das 10 horas. Por isso, há vinte minutos dera cinco dólares a Félix, o engraxate, para ir lá embaixo comprar *The City Light.* Mas como era possível lê-lo? Não poderia nem deixar que o vissem com o jornal em cima da escrivaninha. Não ele; não depois da descompostura que passara no jovem señor Arguello. Assim, o jornal estava debaixo da escrivaninha, fumegando a seus pés. O jornal fumegava, e ele se sentia em brasas. Ardia de desejo de apanhá-lo e examiná-lo... *nesse minuto...* e para o diabo com a impressão que desse... Mas naturalmente isso era irracional. Além do mais, que diferença faria ler agora ou daqui a seis horas? O que poderia mudar? Muito pouca coisa, muito pouca coisa. Então se consumiu mais um pouco até o ponto em que achou que não poderia aguentar.

Merda! Alguma coisa estava acontecendo com as obrigações de treze anos da United Fragrance! Estavam de novo a 102! Outros compradores identificariam a oportunidade! Aja depressa! Discou o número de Oscar Suder em Cleveland, atendeu o assistente, Frank... Frank... Como era mesmo o sobrenome?... Frank... Frank a rosquinha...

— Frank? Sherman McCoy, da Pierce & Pierce. Diga a Oscar que posso conseguir para ele 10,10 por cento de '96 rendendo 9,75, se estiver interessado. Mas estão subindo.

— Um instante. — Não demorou nada e a rosquinha voltou. — Oscar quer dez.

— Certo. Ótimo. Três milhões de 10,10 por cento de '96 da United Fragrance.

— Certo.

— Obrigado, Frank, lembranças ao Oscar. Ah, e diga a ele que voltarei a ligar em breve sobre a Giscard. O franco está um pouco baixo, mas isso não é problema. De qualquer forma, falarei com ele.

— Darei o recado — disse a rosquinha em Cleveland...

... e mesmo antes de terminar de preencher o formulário do pedido e o entregar a Muriel, assistente de vendas, já estava pensando: Talvez devesse consultar um advogado. Ligar para Freddy Button. Mas conhecia Freddy bem demais. Afinal, Freddy trabalhava na Dunning Sponget. Para começar fora o pai que o encaminhara a Freddy — e se ele comentasse alguma coisa com o Leão? Comentaria — ou não? Freddy se considerava um amigo da família. Conhecia Judy e perguntava por Campbell sempre que se falavam, embora Freddy provavelmente fosse homossexual.

Bom, homossexuais podiam gostar de crianças, não podiam? Freddy tinha filhos. Isso porém não significava que não fosse homossexual. — Nossa! que importância tinha a vida sexual de Freddy Button? Era uma loucura deixar a mente divagar desse jeito. Iria se sentir como um idiota se contasse a história a Freddy Button e tudo não passasse de um alarme falso... e muito provavelmente era. Dois malfeitores tinham tentado roubar Maria e ele, e receberam o que mereciam. Uma refrega na selva, pela lei da selva; fora só o que acontecera. Por instantes, sentiu-se de novo satisfeito consigo mesmo. A lei da selva! O Senhor do Universo!

Então, sentiu o chão fugir. Em nenhum momento eles o ameaçaram. "Eh! Precisa de ajuda?" E Maria provavelmente o atropelara com o carro. É, foi Maria. Eu não estava dirigindo. *Ela* é que estava. Mas será que isso o eximia da responsabilidade aos olhos da lei? E será...

Que era aquilo? Na tela, as 10,10 por cento de '96 da United Fragrance tinham subido para 102 1/8. Ah! Isso significava que acabara de ganhar um quarto de um ponto percentual sobre 3 milhões de obrigações para Oscar Suder meramente agindo com rapidez. Informaria a ele amanhã. Isso ajudaria a tornar a Giscard atraente — mas se alguma coisa acontecesse com o... *toque*... o rapaz alto e delicado... Os simbolozinhos verdes brilhavam radiativamente na tela. Estavam imóveis havia pelo menos um minuto. Não aguentava mais. Iria ao banheiro. Não havia nenhuma lei contra isso. Apanhou um grande envelope pardo na escrivaninha. A aba tinha um barbante que se enrolava em torno de uma rodela de cartolina para fechá-lo. Era o tipo de envelope que se usava para mandar documentos de uma sala para outra. Ele deu uma olhada panorâmica na sala de operação de obrigações para ver se a barra estava limpa, então meteu a cabeça embaixo da mesa, enfiou *The City Light* no envelope e se encaminhou para o banheiro.

Havia quatro cubículos, dois mictórios e uma grande pia. No cubículo, ele se sentiu terrivelmente consciente do farfalhar do jornal quando o retirou do envelope. Como iria poder virar as páginas? Cada virada farfalhante, crepitante, amarrotante de página seria um anúncio trovejante de que algum preguiçoso estava ali bestando com um jornal. Puxou os pés para perto da base do vaso sanitário. Desse jeito ninguém poderia vislumbrar sob a porta do cubículo os seus sapatos pesados New & Lingwood de sola inteiriça e gáspea oblíqua e concluir "Aha! McCoy".

Escondido por trás da porta do banheiro, o Senhor do Universo começou a esquadrinhar o jornal furiosamente, página por página imunda.

Não havia nada, nenhuma menção de rapaz atropelado numa rampa de rodovia no Bronx. Sentiu um imenso alívio. Quase dois dias tinham se passado — e nada. Nossa, estava quente ali. Transpirava barbaramente. Como podia se deixar arrebatar desse jeito? Maria tinha razão. Os brutos tinham atacado, e ele vencera os brutos, e tinham escapado, era só isso. Ele triunfara desarmado!

Ou será que o rapaz fora atropelado e a polícia estava procurando o carro, mas os jornais não tinham achado o acidente suficientemente importante para merecer uma notícia?

A febre recomeçou a subir. Suponha que alguma coisa *aparecesse* nos jornais... mesmo uma alusão... como é que iria conseguir montar a transação da Giscard numa situação dessas?... Estaria liquidado!... *liquidado!*... E mesmo enquanto estremecia de medo diante de uma catástrofe dessas, sabia que estava se deixando chafurdar nela por uma razão supersticiosa. Se a pessoa conscientemente prefigurasse algo tão terrível, não havia possibilidade de isso acontecer, havia?... Deus ou o Destino se recusaria a ser antevisto por um mero mortal, não?... Ele sempre insistia em emprestar aos seus desastres a pureza da surpresa, não?... E no entanto — e no entanto — algumas formas de catástrofe são tão óbvias que podem ser evitadas, certo? *Um murmúrio de maledicência...*

... seu ânimo despencou ainda mais. *Um* murmúrio de maledicência, e não só a transação da Giscard cairia por terra, mas a *sua própria carreira* estaria liquidada! E que faria, então? "Já estou indo à bancarrota com 1 milhão de dólares por ano!" As somas espantosas pipocaram em seu cérebro. No ano anterior seus rendimentos tinham totalizado 980 mil dólares. Mas tivera que pagar 21 mil dólares mensais pelo empréstimo de 1.800 dólares que contraíra para pagar o apartamento. Que eram 21 mil dólares mensais para alguém que faturava 1 milhão por ano? Fora assim que pensara na despesa, à época — e de fato, era apenas um *encargo pesado* e desgastante — só isso! E totalizava 252 mil dólares por ano, não dedutíveis, porque era um empréstimo pessoal e não por hipoteca. (Os condomínios nos Bons Prédios da Park Avenue como o dele não permitiam que se hipotecassem apartamentos.) Assim, considerando os impostos, era preciso um rendimento de 420 mil dólares para se pagar 252 mil dólares. Dos 560 mil dólares que restaram de seus rendimentos no ano anterior, 44.400 dólares eram necessários para pagar as taxas de manutenção mensal do apartamento; 116 mil dólares para a casa da Old Drover's Mooring Lane em Southampton (84 mil dólares para o pagamento da hipoteca e dos juros, 18 mil para o aquecimento, concessionárias, seguro e consertos, 6 mil para a conservação do jardim e da cerca, 8 mil para os impostos). Festas em casa e em restaurantes tinham somado 37 mil dólares. Essa era uma soma modesta comparada às que outras pessoas gastavam; por exemplo, a festinha de aniversário de Campbell em Southampton tivera apenas um carrossel (mais, é claro, os indispensáveis cavalinhos e o mágico) e custara menos de 4 mil dólares. A Taliaferro, incluindo o serviço de ônibus, custava 9.400 dólares por ano. A conta de móveis e roupas chegara a uns 65 mil dólares; e havia pouca esperança de diminuí-la, já que Judy era, afinal, uma decoradora e precisava manter as coisas em dia. Os empregados (Bonita, a srta. Lyons, Lucille a faxineira, e Hobie o faz-tudo de Southampton) somavam 62 mil dólares anuais. Isso deixava apenas 226.200 dólares, ou seja, 18.850 dólares por mês para impostos adicionais e mais isso e aquilo, incluindo o pagamento dos seguros (quase mil por mês, em média), o aluguel da garagem para dois carros (840 dólares mensais), alimentação em casa (1.500 dólares mensais), mensalidade do clube (250 dólares) — a verdade abissal era que gastara *mais* de 980 mil dólares no ano anterior. Bem, obviamente podia cortar aqui e ali — mas nunca o suficiente — *se o pior acontecesse!* Não havia como escapar do empréstimo de 1,8 milhão de dólares, do encargo sufocante de 21 mil dólares mensais, sem liquidar a dívida ou vender o apartamento e se mudar para outro muito menor e mais modesto — uma *impossibilidade!* Não havia como voltar atrás! Uma vez que se tivesse vivido em um apartamento de 2,6 milhões de dólares na Park Avenue — era impossível viver em um apartamento de 1 milhão! Naturalmente, não havia maneira de se explicar isso a um único ser vivente. A não ser que se fosse um completo idiota, não se conseguiria nem mesmo que as palavras saíssem da boca. Contudo *era assim!* Era... uma *impossibilidade!* Ora, o seu edifício era um dos grandes construídos pouco antes da Primeira Guerra Mundial! Naquela época não era muito aceitável que uma boa família morasse em um apartamento (em vez de uma casa). Por isso os apartamentos eram construídos como mansões, com pés-direitos de 3,30, 3,60 e 3,90 metros, espaçosos vestíbulos, escadarias, alas de empregados, assoalhos de parquê espinha-de-peixe, paredes internas de 30 centímetros de espessura, paredes externas tão grossas quanto as de uma fortaleza, e lareiras, lareiras, lareiras, embora os edifícios possuíssem aquecimento central. Uma mansão! — exceto que se chegava à porta de entrada por um elevador (que abria para um hall privativo), e não pela rua. Isso era o que se adquiria por 2,6 milhões de dólares, e qualquer um que pusesse o pé no vestíbulo do dúplex de McCoy no décimo andar saberia que estava em... "um daqueles fabulosos apartamentos que o mundo, *le monde*, morreria para ter!" E o que é que se comprava com um milhão hoje em dia? No máximo, no máximo, *no máximo*: um apartamento de três quartos — sem quartos de empregados, sem quartos de hóspedes, sem falar em quartos de vestir e varandas envidraçadas — num edifício de muitos andares com revestimento de tijolos brancos a leste da Park Avenue, construído nos anos 1960, com um pé-direito de 2,60 metros, sala de jantar, sem biblioteca, com uma entrada do tamanho de um armário, sem lareira, com molduras baratas, quando as havia, paredes de gesso que deixavam passar sussurros, e sem hall privativo de elevador. Nada disso; ao invés, um hall de elevador apertado dando acesso a no mínimo cinco portas pateticamente simples, com revestimento de metal bege-bile, cada qual protegida por duas ou mais fechaduras, sendo que uma dessas portas mórbidas era a *sua*.

Manifestamente... *uma impossibilidade!*

Estava sentado com os seus sapatos New & Lingwood de 650 dólares apoiados contra a bacia branca e fria do vaso sanitário e o jornal farfalhante nas mãos trêmulas imaginando Campbell, os olhos rasos de lágrimas, deixando o vestíbulo de mármore do décimo andar pela última vez para começar a descer às profundezas.

"Uma vez que já *previ*, Senhor, Tu não poderás deixar isso acontecer, poderás?"

A Giscard!... Tinha de agir depressa! Tinha de mandar imprimir!... Essa frase subitamente se apoderou de sua mente, "mandar imprimir". Quando completavam uma grande transação como a Giscard, encerravam-na para sempre; ela era transcrita sob a forma de um contrato realmente impresso por uma gráfica, numa prensa. "Mandar imprimir! Mandar imprimir!"

Estava sentado ali, cavalgando um vaso sanitário de porcelana branca enquanto implorava ao Todo-Poderoso um contrato impresso.

Dois rapazes brancos estavam sentados no Harlem olhando atentamente para um preto de meia-idade. O mais novo, o que falava, estava aturdido com o que via. Tinha a sensação de que fora afastado do próprio corpo, numa projeção astral, e escutava as próprias palavras, como um espectador, à medida que saíam de sua boca.

— Não sei exatamente como dizer isso, reverendo Bacon, mas dá-se o seguinte, nós — quero dizer, a diocese — a Igreja Episcopal — entregamos ao senhor 350 mil dólares para a fundação da Creche Pequeno Pastor, e ontem recebemos um telefonema de um repórter, e ele nos disse que a Administração de Recursos Humanos nos recusou seu pedido de licenciamento há *nove semanas,* e, quero dizer, bom, não conseguimos acreditar. Foi a primeira informação que tivemos da creche, por isso...

As palavras continuavam a sair de sua boca, mas o rapaz, cujo nome era Edward Fiske III, já não atentava para elas. Sua voz estava no automático, enquanto o cérebro procurava entender a situação em que ele se encontrava. A sala era um imenso salão de belas-artes cheio de arquitraves de carvalho maciço, cornijas e rosetas de gesso e guirlandas patinadas, rebordos canelados e rodapés em arco, tudo cuidadosamente restaurado no estilo original da virada do século. Era o tipo de mansão que os barões dos cereais costumavam construir em Nova York antes da Primeira Guerra Mundial. Mas agora o barão desses aposentos, sentado a uma enorme escrivaninha de mogno, era um preto.

Sua cadeira giratória de espaldar alto era estofada de couro cor de sangue. Não havia um só vestígio de emoção em seu rosto. Era um desses homens magros, ossudos, que parecem fortes sem serem musculosos. O cabelo negro começando a rarear na testa e nas têmporas era penteado para trás, muito liso por uns cinco centímetros e em seguida se desmanchando em ondas e cachinhos. Usava terno preto, tipo jaquetão, com lapelas pontudas, camisa branca com o colarinho duro de goma e gravata preta com grossas listras em diagonal. No pulso esquerdo trazia um relógio com ouro suficiente para fazer a agulha de um medidor saltar.

Fiske se sentiu estranhamente consciente do som da própria voz:

— ... então fizemos uma — na realidade fui eu que fiz —, uma ligação para a Administração de Recursos Humanos, falei com um sr. Lubidoff, e ele me disse, e estou apenas repetindo o que me disse, que diversos, sete para sermos exatos, disse que sete dos nove diretores da Creche Pequeno Pastor já cumpriram pena, e três estão em liberdade condicional, o que significa que tecnicamente, legalmente — aqui ele olhou para o colega, Moody, que era advogado — são considerados presidiários, ou lhes é concedido ou, diria, pesa-lhes na ficha essa condição.

Fiske encarou o reverendo Bacon, arregalou os olhos e arqueou as sobrancelhas. Era uma tentativa desesperada de induzir o barão a preencher a lacuna na conversa. Não ousava tentar *questioná-lo, interrogá-lo*. O máximo que podia esperar era que a apresentação de certos fatos o forçasse, pela lógica da situação, a responder.

Mas o reverendo Bacon nem sequer mudou de expressão. Encarou o rapaz como se estivesse observando um rato andando para lá e para cá numa gaiola. O bigode fino que sublinhava seu lábio superior nem mexia. Então começou a tamborilar dois dedos da mão esquerda na escrivaninha, como se dissesse: "Concluindo?"

Não foi o reverendo Bacon, mas o próprio Fiske, que não conseguiu suportar a lacuna e continuou:

— Concluindo... bem, quero dizer, aos olhos da Administração de Recursos Humanos... a seu ver... e eles são a autoridade que concede a licença para creches... e o senhor está a par de todo o furor... de como são sensíveis na questão de creches... é uma questão política importante... de que três diretores da Pequeno Pastor, os que ainda estão em liberdade condicional, *ainda são prisioneiros,* porque as pessoas em gozo de liberdade condicional continuam a cumprir pena e ainda estão sujeitas a todos... a todos os... bem, o que quer que sejam... e os outros quatro também têm antecedentes criminais, o que por si só é suficiente para... para... Bom, os regulamentos não permitem...

As palavras saíam aos arrancos, enquanto sua mente vasculhava toda a sala à procura de uma saída. Fiske era um desses brancos de saúde invejável que conservam a tez rosada de um garoto de treze anos até os vinte e tantos anos. Nesse momento seu rosto claro começava a enrubescer. Estava constrangido. Não estava apavorado. Dentro de poucos instantes teria que entrar na história dos 350 mil dólares, a não ser que o seu companheiro ali, Moody, o advogado, o fizesse. Deus todo-poderoso, como chegara a isso? Depois de se formar por Yale, Fiske entrara para a Wharton School of Business, onde preparara uma tese de mestrado intitulada "Aspectos quantitativos do comportamento ético numa empresa de capital intensivo". Nos últimos três anos fora diretor extraordinário das Comunidades da Diocese Episcopal de Nova York, um cargo que o envolvia no pesado apoio moral e financeiro que a diocese oferecia ao reverendo Bacon e a suas obras. Mas mesmo nos primeiros dias de bons auspícios e animação, dois anos antes, sempre se sentira inquieto com as visitas a esse grande e velho palacete no Harlem. Desde o começo, milhares de pequeninas coisas tinham mordido os calcanhares do seu profundo liberalismo intelectual, a começar por essa história de "reverendo Bacon". Todo graduado de Yale, ou certamente todo sectário da Igreja Episcopal, sabia que "reverendo" era um adjetivo e não um substantivo. Era a mesma coisa que "honorável" antes do nome de um legislador ou de um juiz. A pessoa podia se referir ao "Honorável William Rehnquis!", mas não poderia chamá-lo de "Honorável Rehnquist". Da mesma forma, era possível se referir ao "reverendo Reginald Bacon" ou ao "reverendo sr. Bacon", mas não se dizia "reverendo Bacon" — exceto nessa casa e nesse bairro de Nova York, onde se chamava o homem como ele queria ser chamado, e se esquecia de Yale. A verdade era que Fiske achara o reverendo Bacon intimidante mesmo nos primeiros tempos, quando ele era todo sorrisos. Concordavam em praticamente todas as questões filosóficas e políticas. No entanto, não eram *de maneira alguma pessoas semelhantes*. E não estavam nos primeiros tempos. Eram o que se poderia chamar de últimos tempos.

— ... Portanto, obviamente temos um problema, reverendo Bacon. Até que consigamos acertar esse problema da licença... e gostaria de ter sabido disso há nove semanas, quando aconteceu... bem, não vejo maneira de o projeto prosseguir até que o resolvamos. Não que não possa ser resolvido, é claro... mas é preciso que o senhor o resolva... bom, a primeira coisa que precisamos fazer, me parece, é sermos objetivos sobre os 350 mil dólares. Naturalmente, essa diretoria... quero dizer, a sua atual diretoria... não poderá gastar nenhuma parcela dessa soma na creche, porque a diretoria terá que ser reorganizada, me parece, o que quando se entra em considerações significa a reorganização da empresa, e isso levará algum tempo. Talvez não muito tempo, mas levará algum e...

E enquanto sua voz prosseguia penosamente, Fiske voltou a olhar para o colega. Esse tal Moody não parecia nem um pouco perturbado. Estava ali sentado numa cadeira de braços, a cabeça virada para um lado, muito tranquilo, como se estivesse sacando o reverendo Bacon perfeitamente. Essa era sua primeira visita à Casa dos Bacon, e parecia encará-la como uma espécie de diversão. Ele era o último funcionário principiante que a firma Dunning Sponget & Leach impingira à diocese, uma conta que eles consideravam prestigiosa mas "mole". No carro, durante a ida, o jovem advogado contara a Fiske que também frequentara Yale. Jogara como zagueiro no time de futebol. Conseguiu mencionar isso umas cinco vezes. Entrara no quartel--general do reverendo Bacon como se tivesse um tonel de Dortmunder Suave entre as pernas. Sentara-se na cadeira e se recostara gloriosamente descontraído. Mas não dissera nada...

— Assim, entrementes, reverendo Bacon — disse Ed Fiske —, achamos que o mais prudente seria... conversarmos sobre isso na diocese... esse foi o pensamento de todos e não só o meu — achamos mais sensato... quero dizer, nossa única preocupação aqui é o futuro do projeto, da Creche do Pequeno Pastor... porque continuamos a apoiá-lo cem por cento... isso não mudou nada... achamos que o mais prudente seria depositar os 350 mil dólares — sem contar o dinheiro que já entrou no arrendamento do prédio da West 129th Street, é claro... deveríamos depositar o saldo... concorda? — 340 mil dólares, ou o que seja, numa conta sob custódia, e então, quando tiver acertado o problema da diretoria, e receber a licença da Administração de Recursos Humanos, e não houver mais entraves burocráticos com que se preocupar, esse dinheiro seria entregue ao senhor e à sua nova diretoria, e, bem, é... mais ou menos *isso*!

Fiske tornou a arregalar os olhos, arquear as sobrancelhas e até mesmo forçou um ligeiro sorriso de simpatia, como se dissesse: "Ei! Estamos todos no mesmo barco, não estamos?" Olhou para Moody, que continuava a encarar o reverendo Bacon com aquela calma. O reverendo Bacon sequer piscou, e alguma coisa naquele olhar implacável fez Fiske decidir que não seria sensato continuar a encará-lo. Olhou para os dedos do reverendo Bacon enquanto tamborilavam na mesa. Nem uma palavra. Examinou a mesa. Havia um belo mata-borrão com capa de couro, um conjunto de caneta e lapiseira Dunhill de ouro, montado num pedestal de ônix, uma coleção de pesos para papel e medalhas engastadas em lucite, muitas das quais com dedicatórias de organizações cívicas ao reverendo Bacon, uma pilha de papéis sob um peso formado pelas letras WNBC-TV em latão maciço, um interfone com uma fileira de botões, um grande cinzeiro cúbico com os lados de couro emoldurados em latão, com uma grade de latão servindo de tampa...

Fiske mantinha os olhos baixos. No vácuo que se formara ouviam-se os sons do prédio. No andar acima, abafado pelos assoalhos e paredes espessas, o som distante de um piano... Moody, sentado ali a seu lado, provavelmente nem reparava. Mas Fiske seria capaz de acompanhar mentalmente aqueles acordes sonoros.

"O rei-no mi-le-nar...

Vai... ser..."

Acordes vibrantes.

"Mil anos de... e-ter-ni-da-de...

Rei dos ree-is...

Se-nhor dos senhores..."

Mais acordes. Um oceano inteiro de acordes. Ela estava lá em cima naquele momento. Quando essa coisa começara, essa transação da diocese com o reverendo Bacon, Fiske costumava tocar os discos gravados pela mãe do reverendo Bacon, à noite, em seu apartamento, e cantar acompanhando-os, com extático abandono "O rei-no mi-le-nar!", um hino que Shirley Caesar tornara famoso... ah, ele conhecia os cantores do Evangelho — ele! — Edward Fiske III, Yale, '80 — que agora tinha o direito legítimo de entrar naquele mundo negro e rico... O nome de Adela Bacon ainda aparecia nas pautas de músicas evangélicas de tempos em tempos. De todas as organizações inscritas no vestíbulo da mansão no andar térreo, Solidariedade dos povos, Igreja dos portais do reino, Liga trabalhista portais abertos, Maternidade consciente, Cruzada infantil antitóxico, Liga contra a difamação do Terceiro Mundo, Creche do pequeno pastor, e todo o resto, somente a Corporação musical do reino milenar, de Adele Bacon, era uma organização comercial convencional. Lamentava que nunca tivesse realmente chegado a conhecê-la. Ela fundara a Igreja dos Portais do Reino, supostamente a Igreja do Reverendo Bacon, mas que na realidade se tornara quase inexistente. Ela a dirigira; conduzira os serviços religiosos; inspirara o rebanho pentecostal da Igreja com a sua surpreendente voz de contralto e as ondas crespas do seu oceano de acordes — e ela, somente ela, fora o organismo da Igreja que ordenara o filho Reggie transformando-o no reverendo Bacon. A princípio Fiske se sentira chocado, ao saber. Então se apercebera de uma grande verdade sociológica. *Todas* as credenciais religiosas eram arbitrárias, eram autorrevelações. Quem dera origem aos artigos de fé segundo os quais seu próprio chefe, o bispo episcopal de Nova York, fora ordenado? Será que Moisés os trouxera gravados em pedra quando desceu da montanha? Não, algum inglês os inventara havia alguns séculos, e uma porção de gente de rosto branco e comprido concordara em considerá-los rigorosos e sagrados. A fé episcopal era apenas mais antiga, mais calcificada e mais respeitável do que a baconiana na sociedade branca.

Mas já passara muito da hora de se preocupar com teologia e história religiosa. Era hora de recuperar os 350 mil dólares.

Agora ouvia água correr e uma porta de geladeira se abrir e uma dessas máquinas de café instantâneo ferver. Isso significava que a porta da pequena cozinha do andar estava aberta. Um negro alto espiava. Vestia uma camisa azul de operário. Tinha um pescoço longo e musculoso e usava um único brinco de ouro na orelha, como um pirata de contos de fadas. Essa era uma das coisas desse lugar... a maneira como esses... esses... esses... *vilões* estavam sempre por perto. Já não pareciam a Fiske revolucionários românticos... Pareciam... O pensamento do que poderiam ser fez Fiske desviar os olhos... Agora olhava para além de Bacon, pela janela em curva às costas dele. A janela se abria para um quintal. Era o início da tarde, mas o quintal recebia apenas uma claridade triste e esverdeada por causa dos edifícios que tinham sido construídos por trás. Fiske divisava o tronco de três enormes sicômoros. Era só o que restava do que deveria ter sido uma bonita paisagem à época, pelos padrões nova-iorquinos.

Os acordes abafados. Mentalmente, Fiske ouvia a bela voz de Adela Bacon:

"Ah, *que... direi,* Senhor?
E *aconteceu...* que..."

Ondas de acordes abafados.

"Uma voz... do alto disse...
Toda a *carne*... é *relva*..."

Todo um oceano de acordes.

O reverendo Bacon parou de tamborilar os dedos. Pousou a ponta dos dedos de ambas as mãos na borda da escrivaninha. Ergueu ligeiramente o queixo e disse:

— Isto é o Harlem.

Disse-o lentamente, em tom baixo. Estava tão calmo quanto Fiske estava nervoso. Fiske nunca soubera de que algum dia ele tivesse elevado a voz. O reverendo Bacon imobilizou a expressão do rosto e a posição das mãos, de modo a deixar que as palavras fossem completamente absorvidas.

— Isso — repetiu — é o Harlem... compreende...

Fez uma pausa.

— O senhor chega aqui, depois de todo esse tempo e *me* diz que há pessoas na diretoria da Creche do Pequeno Pastor que estão *cumprindo pena*. É o senhor que me informa esse fato.

— Não sou *eu* quem está dizendo isso, reverendo Bacon — respondeu Fiske. — Isto é o que a Administração de Recursos Humanos está dizendo a nós dois.

— Quero *lhe* dizer uma coisa. Quero *lembrar-lhe* algo que *me* disse. Quem nós *queremos* que dirija a Creche do Pequeno Pastor? Lembra-se? Queremos que as moças de Wellesley e as moças de Vassar venham aqui tomar conta das crianças do Harlem? Queremos os burocratas licenciados do serviço público? Os condenados ao serviço municipal perpétuo? É isso que queremos? É *isso* que queremos?

Fiske sentiu-se compelido a responder. Obedientemente, como um aluno de primeiro ano primário, disse:

— Não.

— Não — repetiu o reverendo Bacon demonstrando a sua aprovação —, não é isso que queremos. Que *é* que queremos? Queremos que o povo do Harlem cuide das crianças do Harlem. Vamos extrair nossa força... nossa *força*... do nosso povo e das nossas ruas. Disse-lhe isso há muito tempo, logo no início. Lembra-se? Lembra-se disso?

— Lembro — confirmou Fiske, sentindo-se mais juvenil a cada minuto e ao mesmo tempo desamparado diante daquele olhar firme.

— Sim. Das nossas ruas. Ora, um rapaz cresce nas ruas do Harlem; são muitas as chances de a polícia ter uma ficha desse rapaz. Compreende? E tem uma ficha desse rapaz. Estou falando de uma ficha criminal. Então, se vamos dizer a todos que já estiveram presos e a todos que estão *saindo* da prisão e a todos que estão em liberdade condicional, se vamos dizer "Você não pode participar do renascimento do Harlem, porque o excluímos assim que você é fichado"... compreende... então não estamos falando do renascimento do Harlem. Estamos falando de algum lugar de faz de conta, de algum reino encantado. Estamos nos iludindo. Não estamos procurando uma solução radical. Estamos querendo fazer o mesmo jogo de sempre, queremos ver as mesmas caras de sempre. Queremos pôr em prática o mesmo colonialismo de outrora. Compreende? Compreende o que quero dizer?

Fiske estava prestes a confirmar com a cabeça, quando de repente Moody falou:

— Olhe, reverendo Bacon, sabemos de tudo isso, mas o problema não reside aí. Temos um problema de caráter imediato, específico, técnico, legal. Por lei, a Administração de Recursos Humanos não pode conceder uma licença nas atuais circunstâncias, e encerrou-se o assunto. Portanto, vamos cuidar desse problema e dos 350 mil dólares, e em seguida estaremos em posição de resolver os problemas maiores.

Fiske não acreditava no que estava ouvindo. Involuntariamente escorregou na cadeira e lançou um olhar desconfiado ao reverendo Bacon. O religioso encarava Moody sem qualquer expressão. Encarou-o o tempo suficiente para que o silêncio o envolvesse. Então, sem entreabrir os lábios, meteu a língua na bochecha até ela ficar do tamanho de uma bola de golfe. Voltou-se para Fiske e disse, baixinho:

— Como foi que chegou aqui?

— Ah... de carro — respondeu Fiske.

— Onde deixou o carro? Que aspecto tem?

Fiske hesitou. Então informou.

— Devia ter me dito mais cedo — comentou o reverendo Bacon. — Há maus elementos aqui. — Chamou: — Ei, Buck!

Da cozinha acorreu o homem alto de brinco de ouro. As mangas de sua camisa de trabalho estavam enroladas. Tinha tremendos cotovelos. O reverendo Bacon fez-lhe sinal, ele se aproximou, curvou-se, pôs as mãos nos quadris, e o reverendo lhe disse alguma coisa baixinho. Os braços do homem formavam ângulos incríveis quando estavam dobrados pelos cotovelos. O homem se endireitou, olhou muito sério para o reverendo Bacon, assentiu com a cabeça e começou a deixar a sala.

— Ah, Buck — disse o reverendo.

Buck parou e voltou a cabeça.

— E fique de olho naquele carro.

Buck tornou a assentir e saiu.

O reverendo Bacon olhou para Fiske.

— Espero que nenhum desses rapazes irresponsáveis... de qualquer forma, não irão se meter com Buck. Agora, que é mesmo que eu estava dizendo? — Dirigia-se a Fiske. Era como se Moody não estivesse mais na sala.

— Reverendo Bacon — disse Fiske. — Acho que...

O interfone do reverendo.

— Sim?

Uma voz de mulher informou:

— Irv Stone do Canal 1, no 4-7.

O reverendo Bacon virou-se para um telefone sobre um pequeno armário próximo à cadeira.

— Alô, Irv... Otimo, ótimo... Não, não. Principalmente os da Solidariedade dos Povos. Temos um prefeito para derrotar em novembro... Não desta vez, Irv, não desta vez. Esse homem só precisa de um empurrão. Mas não foi para isso que lhe telefonei. Telefonei para falar da Liga Trabalhista... Eu disse Liga Trabalhista... Há quanto tempo? Há muito tempo, há muito tempo. Você não lê os jornais?... Bom, tudo bem. Foi para isso que liguei. Você conhece aqueles restaurantes no centro, nas imediações das East Fifties e East Sixties, aqueles restaurantes em que as pessoas gastam cem dólares num almoço e duzentos dólares num jantar, e nem pensam duas vezes?... Quê? Não queira me enganar, Irv. Conheço o pessoal da TV. Sabe aquele restaurante em que almoça todos os dias, La Boue d'Argent?

Fiske reparou que o reverendo Bacon não tinha a menor dificuldade em pronunciar o nome de um dos mais caros e elegantes restaurantes de Nova York.

— Eh-he, eh, bem, isso foi o que me disseram. Ou seria o Leicester's?

Acertou nesse também. Leicester's se pronunciava *Lester's,* à moda inglesa. O reverendo dava risadinhas e sorrisos, agora. Evidentemente estava se divertindo com a própria piada. Fiske se alegrou de vê-lo sorrir — do que quer que fosse.

— Bom, o que quero dizer é: em qualquer desses lugares, você algum dia viu um *garçom preto?* Viu? *Algum dia* viu um garçom preto?... É isso mesmo, nunca viu. Você nunca viu. Em *nenhum* deles. E por quê?... Certo. Os sindicatos também. Você entende o que estou dizendo?... Isso mesmo. Bom, isso é que tem de mudar... entende... tem de mudar. Na próxima terça-feira, a partir do meio-dia, a liga vai fazer uma manifestação no Leicester's, e quando terminarmos, vamos para o La Boue d'Argent e o Macaque e o La Grise e o Three Ortolans e todos os outros... Como? Pelos meios que se fizerem necessários. Você está sempre falando de metragem, Irv. Pois bem, posso lhe prometer uma coisa. Você vai ter muita *metragem*. Está me compreendendo?... Telefonar para o Leicester's? Claro. Pode ligar... Não, de modo algum. Não me importo.

Quando desligou, disse, como se falasse para si mesmo:

— Espero que telefonem.

Então olhou para os dois rapazes.

— Agora! — exclamou, como se tivesse chegado a hora de empacotar tudo e mandar cada um tratar de sua vida. — Vocês, rapazes, estão vendo as coisas de que tenho que cuidar aqui. Estou na luta da minha vida. A luta... da... minha... vida. Na Solidariedade dos Povos, em novembro, temos que derrotar o prefeito mais racista da história dos Estados Unidos. Na Liga Trabalhista Portais Abertos, temos que pôr abaixo as paredes do *apartheid* no mercado de trabalho. Na Liga Contra a Difamação do Terceiro Mundo, estamos negociando com um bando de exploradores que estão rodando um filme estupidamente racista, chamado *Os anjos do Harlem*. É só quadrilhas, traficantes, viciados e bêbados. Estereótipos racistas. Acham que por terem esse preto que leva uma quadrilha de jovens a aceitar Jesus, não são racistas. São estupidamente racistas, e precisam ser corretamente orientados sobre essa realidade. Está chegando o dia em Nova York. A hora se aproxima. A batalha final, poderíamos dizer. O Exército de Gedeão... e *vocês!*... vocês vêm aqui e atiram umas titi... umas ninharias na minha cara sobre a diretoria da Creche do Pequeno Pastor!

A fúria permeara a voz do barão. Estivera prestes a dizer a palavra "titica" e Fiske nunca soubera que tivesse dito uma única palavra feia, nem mesmo "droga", em todo esse tempo que o conhecera. Fiske se dilacerava entre o desejo de partir dessa casa antes que a batalha final começasse e a chuva de fogo desabasse e o desejo de salvar seu emprego, tal como era. Para início de conversa. Fora ele quem despachara os 350 mil dólares para o reverendo Bacon. Agora tinha que recuperá-los.

— Bom — disse, experimentando um terreno intermediário —, talvez tenha razão, reverendo Bacon. E nós — a diocese — não estamos aqui para complicar as coisas. Sinceramente, queremos protegê-lo, e queremos proteger o investimento que fizemos no senhor. Entregamos-lhe 350 mil dólares condicionados ao licenciamento da creche. Portanto, se devolver os 350 mil ou 340 mil, qualquer que seja o saldo exato, e nos deixar depositá-los sob custódia, então nós o ajudaremos. Vamos batalhar pelo senhor.

O reverendo Bacon olhou-o distraidamente, como se pesasse uma grande decisão.

— Não é tão simples — disse.

— Bom... por que não?

— A maior parte desse dinheiro está... comprometida.

— Comprometida?

— Com os fornecedores.

— Fornecedores? Que fornecedores?

— *Que* fornecedores? Meu Deus, homem, o equipamento, a mobília, os computadores, os telefones, o carpete, o ar-condicionado, a ventilação — muito importante para as crianças, a ventilação —, brinquedos seguros. É difícil lembrar tudo.

— Mas, reverendo Bacon — disse Fiske alteando a voz —, até o momento só o que o senhor tem é um armazém vazio! Acabei de passar por lá! Não há nada lá! O senhor não contratou um arquiteto! O senhor nem tem o projeto!

— Isso é o de menos. A coordenação é o que conta num projeto desse tipo. Coordenação.

— Coordenação? Não vejo. Bom, talvez seja, mas se assumiu compromissos com fornecedores, então me parece que só precisa explicar-lhes que haverá um atraso inevitável. — De repente Fiske receou que estivesse usando um tom incisivo demais. — Se não se importa, quanto do dinheiro ainda tem em seu poder, reverendo Bacon, quer comprometido ou não?

— Nem um tostão — respondeu o reverendo.

— *Nem um tostão?* Como assim?

— Esse era o dinheiro inicial, a semente. Tivemos que seameá-la. Uma parte caiu em terreno inculto.

— Seameá-la? Reverendo Bacon, não me diga que adiantou dinheiro a essas pessoas sem que executassem o trabalho!

— São firmas de minorias. Gente da comunidade. Era o que queríamos. Não estou certo?

— Sim. Mas não me diga que adiantou...

— Essas firmas não têm suas "linhas de crédito", seus "inventários computadorizados", seus "fluxos de caixa escalonados", seus "programas de ativos conversíveis", seus "quocientes de liquidez" e todo o resto. Não são firmas que tenham agentes comerciais, como na indústria de vestuário, a quem podem recorrer quando o azar bate à porta com os seus "atrasos inevitáveis"... entende... São firmas fundadas por gente da comunidade. São os brotinhos tenros que estão nascendo das sementes que plantamos: você, eu, a Igreja Episcopal, a Igreja dos Portais do Reino. Brotinhos tenros... e o senhor me vem com "atraso inevitável". Isto não é apenas uma *frase*, não é apenas *burocracia*: é uma sentença de morte. Uma sentença de morte. É o mesmo que dizer "Faça o favor de morrer". Por isso não venha me dizer que posso simplesmente *explicar-lhes*. Atraso inevitável... Diga antes, *morte inevitável*.

— Mas, reverendo Bacon... estamos falando de 350 mil dólares! Decerto...

Fiske olhou para Moody. O colega estava sentado muito impertigado. Já não parecia muito tranquilo, e não dizia nada.

— A diocese irá... haverá uma auditoria — disse Fiske. — Imediatamente.

— Ah, sim — disse o reverendo Bacon. — Haverá uma auditoria. Vou lhe dar uma auditoria... agora mesmo. Vou lhe dizer uma coisa. Vou lhe dizer uma coisa sobre o capitalismo ao norte da 96th Street. Por que acha que vocês estão investindo todo esse dinheiro, os seus 350 mil dólares, numa creche do Harlem? Por quê?

Fiske não respondeu. Os diálogos socráticos do reverendo Bacon faziam com que se sentisse infantil e desamparado.

Mas Bacon insistiu:

— Agora, vamos, me diga. Quero ouvir de *sua* boca. Conforme disse, vamos fazer uma auditoria. Uma *auditoria*. Quero ouvir de sua boca, com as suas próprias palavras. Por que estão investindo todo esse dinheiro em uma creche no Harlem? Por quê?

Fiske não conseguiu se aguentar mais.

— Porque o Harlem precisa desesperadamente de creches — disse, sentindo-se regredir aos seis anos de idade.

— Não, meu amigo — retorquiu Bacon, baixinho —, não é essa a razão. Se vocês estivessem tão preocupados com as crianças, construiriam a creche sozinhos e contratariam os melhores profissionais para trabalhar nela, gente com experiência. Não falariam em contratar a "comunidade das ruas". O que sabe a "comunidade das ruas" do funcionamento de uma creche? Não, meu amigo, vocês estão investindo em outra coisa. Estão investindo no controle da caldeira. E estão recebendo mercadoria pelo seu dinheiro. *Mercadoria por dinheiro.*

— Controle da caldeira?

— *Controle da caldeira.* É um investimento fundamental. É ótimo. Sabe o que é capital? Você pensa que é uma coisa que se possui, e não é. Acha que são fábricas e máquinas e prédios e terras e coisas vendáveis e ações e dinheiro e bancos e empresas. Pensa que é algo que se possui, porque sempre o possuíram. Eram donos de toda essa terra. — Abriu o braço indicando a janela, o quintal sombrio e os três sicômoros. — Eram donos de toda a terra, e mais lá fora, e mais no... Kansas... e... em Oklahoma... faziam fila, e eles diziam "Apontar, preparar, já!", e uma multidão de brancos começava a correr, e havia toda aquela terra, e só o que precisavam fazer era chegar lá, parar num lugar, e se tornavam proprietários, e a pele branca era o título de posse daquela propriedade... entende... O pele-vermelha, esse estava no caminho, e foi eliminado. Os amarelos, esses podiam assentar trilhos pelo país, mas depois foram confinados em Chinatown. E, quanto ao preto, esse já estava acorrentado o tempo todo. Então vocês eram donos de tudo, e ainda são, por isso pensam que o capital é a posse das coisas. Mas estão enganados. O capital é o controle das coisas. O *controle das coisas.* Quer ter terras no Kansas? Quer fazer valer a escritura de posse dos brancos? Primeiro vai precisar controlar o Kansas... entende... O controle das coisas. Suponho que nunca tenha trabalhado numa sala de caldeiras. As pessoas são *donas* das caldeiras, mas isso não vai lhes adiantar nada se não souberem controlar o *vapor*... entende... Se não souberem controlar... o vapor, então ela vai se transformar num paiol de pólvora para você e toda a sua turma. Se algum dia assistir a uma caldeira se descontrolar, então vai ver uma porção de gente correndo para salvar a vida. E essas pessoas não estão pensando na caldeira como um bem de capital, não estão pensando no retorno de seu investimento, não estão pensando em contas sob custódia e em auditorias nem na coisa mais sensata...

entende... Estão dizendo: "Deus todo-poderoso, perdi o controle", e estão correndo para salvar a vida: Estão tentando salvar a própria pele. Está vendo esta casa? — Fez um gesto vago abrangendo o teto. — Esta casa foi construída no ano de 1906 por um homem chamado Stanley Lightfoot Bowman. Lightfoot — "pés leves". Toalhas felpudas e toalhas adamascadas por atacado, Stanley Lightfoot Bowman. Vendia essas toalhas felpudas e adamascadas para os varejistas. Gastou quase meio milhão de dólares nesta casa em 1906... entende... As iniciais do homem, S.L.B., estão aqui em bronze, acompanhando os degraus, em vez de pilares. Esse era o lugar do futuro em 1906. Construíam esses casarões até o West Side, começando na 72nd Street e terminando aqui. É, comprei essa casa de um — de um judeu — em 1906 por 62 mil dólares, e o sujeito ficou feliz de receber esse dinheiro todo. Lambia os beiços e dizia: "Encontrei um... um otário que me desse 62 mil dólares por aquela casa." Muito bem, que aconteceu a todos esses Stanley Lightfoot Bowmans? Perderam o dinheiro? Não, perderam o *controle*... entende... Perderam o controle da área ao norte da 96th Street, e quando perderam o *controle,* perderam o *capital.* Compreende? Todo aquele capital desapareceu da face da terra. A casa continuou de pé, mas o capital desapareceu... entende... O que estou lhe dizendo, então, é o seguinte: é melhor acordar. Você está praticando o capitalismo do futuro, e nem se apercebe disso. Não está investindo numa creche para as crianças do Harlem. Está investindo nas almas... nas *almas*... das pessoas que estão há tempo demais no Harlem para continuarem a vê-lo como crianças, gente que se criou com uma cólera justificada no coração e um *vapor* justificado crescendo na alma, pronto para explodir. Um vapor *justificado*. Quando vocês aparecem por aqui e falam de "fornecedores de minorias" e "contratação de minorias" e creches para a "comunidade das ruas", da "comunidade das ruas" e dirigidas pela "comunidade das ruas", vocês estão tocando a música certa, mas não querem cantar a letra certa. Não querem chegar e dizer francamente: "Por favor, meu Senhor Deus todo-poderoso, deixe-os fazer o que quiserem com o dinheiro, desde que *controlem* o vapor... antes que seja tarde demais..." Pois bem, continue e mande fazer a sua auditoria e fale com a Administração de Recursos Humanos e reorganize as diretorias e corte todos os *tês* e ponha pingos em todos os *is.* Entrementes, já fiz o seu investimento para vocês e, graças a mim, já se encontram um passo à frente... Ah, *faça a sua auditoria!*... Mas chegará a hora em que dirão: "Graças a Deus. Graças a Deus!" Graças a Deus que demos entrada do dinheiro nos livros do reverendo Bacon do jeito que ele gosta! Porque sou conservador, quer saibam ou não. Vocês não sabem quem está *lá fora* naquelas ruas violentas e famintas. Eu sou o seu corretor sensato no dia do Juízo Final. Harlem, Bronx e Brooklyn vão explodir, meu amigo, e nesse dia, como se sentirão gratos ao seu sensato corretor... seu sensato corretor... que é capaz de controlar a caldeira. Ah, sim. Nesse dia, os donos do capital se sentirão felizes em trocar o que possuem, como se sentirão felizes em entregar até os seus *direitos inatos,* só para controlar aquele vapor violento e voraz. Não, volte para o centro e diga: "Bispo, estive no Harlem e estou aqui para lhe informar que fizemos um bom investimento. Encontramos um corretor sensato. Vamos estar pisando em terreno seguro quando tudo desmoronar."

Nesse instante a campainha do interfone tornou a tocar, e a voz da secretária anunciou: "Há um sr. Simpson no telefone, da Companhia de Seguros Mútuos Urbanos. Quer falar com o presidente da Investimentos Urbanos Garantidos."

O reverendo Bacon ergueu o fone.

— Aqui é Reginald Bacon... Isso mesmo, presidente e diretor executivo... Exatamente, exatamente... Sim, bom, apreciamos o seu interesse, sr. Simpson, mas já negociamos esse lançamento no mercado... Exatamente, tudo o que emitimos... Ah, sem dúvida, sr. Simpson, essas obrigações de escolas são muito procuradas. Naturalmente, é de grande valia conhecer esse mercado e é para isso que a Investimentos Urbanos Garantidos existe. Queremos colocar o Harlem no mercado... Exatamente, exatamente, o Harlem sempre esteve *no mercado...* entende... Agora o Harlem vai estar *disponível* no mercado... Obrigado, obrigado... Bom, por que não experimenta ligar para um dos nossos sócios no centro? Conhece a firma Pierce & Pierce?... Exatamente... Estão lançando no mercado uma grande quantidade dessas obrigações, uma *grande* quantidade. Tenho certeza de que terão muita satisfação em negociar com o senhor.

Investimentos Urbanos Garantidos? Pierce & Pierce? A Pierce & Pierce era um dos maiores e mais ativos bancos de investimentos na Wall Street. Uma terrível suspeita invadiu o coração normalmente caridoso de Fiske. Arriscou uma olhadela para Moody e o colega olhava para ele, e era óbvio que estava pensando a mesma coisa. Será que Bacon tinha transferido os 350 mil dólares para uma operação de títulos, ou o que quer que em nome de Deus tivesse feito? Se o dinheiro dera entrada no mercado de títulos, então a essa altura poderia ter desaparecido sem deixar vestígio.

Assim que o reverendo Bacon desligou, Fiske comentou:

— Eu não sabia que o senhor tinha... nunca ouvi falar... bom, talvez o senhor... mas creio que não... que é... não pude deixar de ouvir o senhor mencionar... o que são esses Investimentos Urbanos Garantidos?

— Ah — disse o reverendo Bacon —, fazemos umas subscriçõezinhas de títulos sempre que podemos. Não há razão para o Harlem sempre comprar no varejo e vender no atacado... entende... Por que não fazer do Harlem o corretor?

Para Fiske isso era puro palavreado.

— Mas onde consegue... como pode financiar... quero dizer, uma coisa dessas...

— Não conseguia pensar numa maneira de pôr esse rojão aceso em palavras. Os eufemismos necessários lhe escapavam. Para sua surpresa, Moody falou outra vez.

— Entendo alguma coisa de firmas de títulos, reverendo Bacon, e sei que exigem um bom capital. — Fez uma pausa, e Fiske percebeu que Moody estava se debatendo num mar encapelado de circunlóquios, também. — Bom, o que quero dizer é, capital normal, capital no sentido normal. O senhor... nós estivemos falando em capital ao norte da 96th Street e no controle... hum, do vapor. Conforme mencionou... mas isso me parece puro capitalismo, capitalismo, se entende o que quero dizer.

O reverendo Bacon lançou-lhe um olhar maligno, em seguida deu uma risada gutural e sorriu, mas sem bondade.

— Não preciso de capital. Somos subscritores. Lançamos os títulos no mercado, desde que sejam para o bem da comunidade... entende... escolas, hospitais...

— Sim, mas...

— Paulo sabia: há muitas estradas para Damasco, meu amigo. — As palavras "muitas estradas" ficaram pairando no ar, carregadas de significado.

— Sim, eu sei, mas...

— Se eu fosse o senhor — disse o reverendo Bacon —, não me preocuparia com os Investimentos Urbanos Garantidos. Se eu fosse o senhor, faria como diziam os antigos. Trataria do que me compete.

— É isso o que estou tentando fazer, reverendo Bacon. O que me compete é... bem, monta a 350 mil dólares.

Fiske tornou a afundar na cadeira. Moody recobrara a coragem dos tolos. Fiske arriscou uma olhadela para o matador de tolos à escrivaninha. Nesse minuto, o interfone tocou mais uma vez.

A voz da secretária informou:

— Annie Lamb está na linha. Diz que precisa falar com o senhor.

— Annie Lamb?

— Ela mesma, reverendo.

Um grande suspiro.

— Tudo bem, vou atender. — Apanhou o fone. — Annie?... Annie, espere um minuto. Mais devagar... Como disse? Henry?... Isso é terrível, Annie. Está muito mal?... Oh, Annie, sinto muito... Ele disse? — Uma longa pausa enquanto o reverendo Bacon escutava, de olhos baixos. — Que diz a polícia?... Multas de *estacionamento*? Isso não tem... Isso não tem... Eu digo que isso não tem... Tudo bem, Annie, olhe aqui. Venha até aqui e me conte a coisa toda... Nesse meio-tempo, vou ligar para o hospital. Não fizeram a coisa direito, Annie. É isso que me parece. Não fizeram a coisa direito... Quê?... Você tem absoluta razão. Não podia estar mais certa. Não fizeram a coisa direito, e vão ouvir o que tenho a dizer... Não se preocupe. Venha já para cá.

O reverendo Bacon desligou o telefone, girou a cadeira para encarar Fiske e Moody, apertou os olhos e olhou-os sério.

— Senhores, tenho uma emergência nas mãos. Uma das minhas colaboradoras mais leais, uma das minhas líderes comunitárias, teve o filho atropelado por um motorista irresponsável que fugiu... num Mercedes-Benz. Num Mercedes-Benz... Ele está às portas da morte, e essa boa mulher está com medo de ir à polícia, e sabem por quê? Multas de estacionamento. Há um mandado de prisão contra ela por multas de *estacionamento*. Essa senhora trabalha. Trabalha na prefeitura, no centro, e *precisa* do carro, e expediram um mandado de prisão por... multas de *estacionamento*. Isso não os deteria se fosse o seu filho, mas os senhores nunca moraram no gueto. Se fosse o filho dos senhores, não fariam o que fizeram. Não poriam uma atadura no pulso e o mandariam embora quando o que tinha era uma concussão, e agora está às portas da morte... entendem... Mas essa é a história do gueto. Uma negligência gritante... É isso o que o gueto é... uma negligência gritante... Senhores, a nossa reunião fica adiada. Tenho que tratar de assuntos sérios agora.

Na viagem de volta ao centro os dois rapazes de Yale não falaram muito até chegarem quase à 96th Street. Fiske se sentiu bastante feliz de encontrar o carro onde deixara, com os pneus ainda cheios e o para-brisa inteiro. Quanto a Moody... tinham percorrido vinte quarteirões, e Fiske não ouvira um pio de Moody sobre seus tempos de zagueiro em Yale.

Finalmente, Moody disse:

— Bom, quer jantar no Leicester's? Eu conheço o maître, um negro grande e alto com um brinco de ouro.

Fiske esboçou um sorriso e não fez comentário. A piadinha de Moody fez Fiske se sentir superior. Parte do humor implícito era a implausibilidade da ideia de que qualquer dos dois fosse jantar no Leicester's, que era o restaurante mais elegante daquele século. Bom, acontecia que Fiske estava indo ao Leicester's naquela mesma noite. Moody também não tinha conhecimento de que o Leicester's, embora elegante, não era um restaurante clássico com uma tropa de maîtres e garçons. Faria mais o gênero bistrô inglês nas imediações da Fulham Road. O Leicester's era o ponto favorito da colônia britânica em Nova York, e Fiske fora conhecendo um bom número de seus membros... e, bem, era o tipo de coisa que jamais poderia explicar a um sujeito como Moody, mas os britânicos compreendiam a arte da boa conversa. Fiske considerava-se essencialmente britânico, britânico de linhagem e britânico em... bem, numa certa compreensão aristocrática e inata da maneira de conduzir a vida, aristocrática não no sentido da mais rica mas da *melhor*. Ele era como o grande Lorde Philbank, não era? — Philbank, um pilar da Igreja da Inglaterra que usara suas amizades sociais e seu conhecimento dos mercados financeiros para ajudar os pobres do East End londrino.

— Pensando bem — disse Moody —, nunca vi um garçom negro num restaurante de Nova York, exceto em lanchonetes. Acha que Bacon vai realmente conseguir alguma coisa?

— Depende do que queira dizer com essa pergunta.

— Bom, o que *vai* acontecer?

— Não sei — respondeu Fiske —, mas eles querem ser garçons no Leicester's tanto quanto eu e você. Minha ideia é que os restaurantes talvez concordem em fazer uma contribuição para as boas obras do reverendo Bacon no Harlem, e eles então passam ao restaurante seguinte.

— Então é apenas um acerto de contas — comentou Moody.

— Bom, isso é que é o engraçado. As coisas mudam. Não tenho muita certeza se ele se importa que mudem ou não, mas elas mudam. Restaurantes de que ele nunca ouviu falar, e com os quais não se importaria se tivesse ouvido, começarão a contratar garçons negros em vez de esperar que Buck e todas aquelas figuras apareçam.

— O vapor.

— Suponho que sim. Você não adorou toda aquela história sobre a sala de caldeiras? Ele nunca trabalhou em nenhuma sala de caldeiras. Mas acabou de descobrir mais um recurso, creio que poderíamos chamá-lo assim. Talvez seja até uma forma de capital, se definirmos capital como qualquer coisa que se possa usar para criar mais riqueza. Não sei, mas talvez Bacon não seja diferente de Rockefeller ou Carnegie. Descobre-se um novo recurso e extrai-se dinheiro enquanto se é jovem, e quando se envelhece eles lhe concedem prêmios e dão o seu nome a coisas, e lembram-se de você como um líder do povo.

— Muito bem, e os Investimentos Urbanos Garantidos? Isso não me parece nenhum recurso novo.

— Eu não teria tanta certeza. Não sei do que se trata, mas vou descobrir. E estou pronto a apostar uma coisa: o que quer que seja, vai ter alguma coisa de esquisito, e vai me dar uma visão um pouco melhor da porra dessa história.

Então Fiske mordeu os lábios, porque na verdade era um sectário sincero da Igreja Episcopal, raramente xingava e considerava palavrões não só uma coisa errada, como vulgar. Isso era um dos muitos pontos em que, mesmo a essa altura, ele por acaso concordava com Reginald Bacon.

Quando finalmente chegaram à 79th Street, em segurança na Manhattan Branca, Fiske já reconhecia que mais uma vez Bacon tinha razão. Não estavam investindo em uma creche, estavam?... Estavam tentando comprar almas. Estavam tentando tranquilizar a alma justificadamente enfurecida do Harlem.

Vamos encarar os fatos!

Então despertou. "Fiske... seu idiota..." Se não conseguisse recuperar os 350 mil dólares, ou a maior parte deles, ia parecer um idiota dos mais rematados.

7
APANHANDO PEIXES

A campainha do telefone foi a explosão que acordou Peter Fallow dentro do ovo despojado da casca em que apenas a membrana vitelina permanecia intacta. Ah! A membrana vitelina era a cabeça dele, e o lado direito da cabeça descansava no travesseiro, e a gema era pesada como mercúrio, e rolava como mercúrio, e pressionava sua têmpora direita e seu olho direito e sua orelha direita. Se tentasse se levantar para atender o telefone, a gema, o mercúrio, a massa venenosa, se deslocaria e rolaria e romperia a membrana e seu cérebro escorreria.

O telefone estava ao chão, no canto, próximo à janela, em cima do tapete marrom. O tapete era repugnante. Sintético; os americanos fabricavam tapetes repugnantes; Metalon, Streptolon, espesso, felpudo, com uma textura que provocava arrepios. Uma segunda explosão; estava bem diante dos seus olhos, um telefone branco e um fio branco e mole se aninhando entre as fibras compridas e imundas do Streptolon marrom. Por trás das persianas o sol brilhava tanto que doía nos olhos. O quarto só recebia claridade entre uma e duas horas da tarde, quando o sol passava entre dois edifícios ao se deslocar pelo quadrante sul. Os outros cômodos, o banheiro, a cozinha e a sala nunca recebiam sol algum. A cozinha e o banheiro não tinham janelas. Quando acendia a luz do banheiro, que possuía um módulo plástico de chuveiro e banheira — *módulo!* — uma unidade pré-moldada que afundava ligeiramente quando ele entrava na banheira —, quando acendia a luz do banheiro, um ventilador começava a girar por trás de uma grade metálica no teto, suprindo a ventilação. O ventilador produzia um ruído estridente e uma tremenda vibração. Por isso, quando acabava de acordar, ele não acendia mais a luz do banheiro. Dependia exclusivamente da claridade azulada e doentia de uma luz fluorescente no teto do corredor. Mais de uma vez fora trabalhar sem se barbear.

Com a cabeça ainda no travesseiro, Fallow olhava fixamente o telefone que não parava de explodir. Tinha mesmo que comprar uma mesinha de cabeceira para a cama, se é que se podia chamar um colchão e um conjunto de molas numa dessas molduras metálicas e ajustáveis americanas, ótimas para cortar juntas e dedos, principalmente quando se tentava ajustá-las — se é que se podia chamar isso de cama. O telefone tinha um aspecto pegajoso e imundo ali no tapete imundo. Mas ele nunca convidava ninguém para visitá-lo, exceto moças, e isso era sempre tarde da noite, quando já tinha consumido duas ou três garrafas de vinho e não estava ligando a mínima. Isso não era bem verdade, era? Quando subia com uma garota, sempre via a espelunca patética pelos olhos dela, pelo menos por instantes. O pensamento no vinho e na garota tocou numa corda de seu cérebro, e um arrepio de remorso percorreu seu sistema nervoso. Acontecera alguma coisa na noite anterior. Ultimamente era frequente acordar assim, com uma ressaca peçonhenta, um medo de se mexer, tomado de uma sensação abstrata de desespero e vergonha. O que quer que tivesse feito jazia submerso como um monstro no fundo de um lago frio e escuro. A lembrança afogara-se na noite, e ele só sentia o desespero enregelante. Tinha que procurar o monstro dedutivamente, aos poucos. Às vezes percebia que, fosse o que fosse, não conseguiria enfrentá-lo, e decidia voltar-lhe as costas para sempre, mas naquele instante algum detalhe perdido emitia um sinal e a besta vinha à superfície e mostrava seu focinho nojento.

 Lembrava-se de quando isso começara, ou seja, no Leicester's, onde, a exemplo dos muitos ingleses que frequentavam o restaurante, conseguira se insinuar na mesa de um americano em quem se podia confiar que iria pagar a conta sem fazer cara feia, no caso um sujeito gordo chamado Aaron Gutwillig, que recentemente vendera uma companhia de arrendamento de simuladores por 12 milhões de dólares e gostava de ser convidado para as festas que as colônias inglesa e italiana davam em Nova York. Outro ianque, um homenzinho grosso, mas divertido, chamado Benny Grillo, que produzia os chamados novos documentários para televisão, estava alto e queria ir à Limelight, no centro, uma discoteca montada no que costumava ser uma igreja episcopal. Grillo podia pagar a conta da Limelight, e ele acompanhara Grillo, duas modelos americanas, Franco di Nodini, um jornalista italiano, Tony Moss, que conhecera na Universidade de Kent, e Caroline Heftshank, que acabara de chegar de Londres e estava absolutamente petrificada de medo com os crimes das ruas de Nova York, sobre os quais lia diariamente em Londres, e pulava toda vez que via uma sombra, o que a princípio era engraçado. As duas modelos pediram sanduíches de rosbife no Leicester's, e puxavam a carne do pão e a balançavam diante da boca aberta e a comiam com os dedos. Caroline Heftshank pulou muitas vezes quando desceram do táxi diante da Limelight. A discoteca estava praticamente cercada por rapazes negros que usavam tênis enormes e se encarapitavam nas velhas grades da igreja, espiando os bêbados e as cabeças que entravam e saíam pela porta. Lá dentro, a Limelight parecia anormalmente grotesca, e Fallow se sentiu anormalmente espirituoso, bêbado e charmoso. Tantos travestis! Tantos punks supinamente repulsivos! Tantas americaninhas de cara emplastrada, dentes ortoperfeitos, batom prateado e maquiagem noite-orvalhada nos olhos! Que música metálica, interminável, destrambelhada e alta, que videoteipes granulosos e borrados nas telas cheias de rapazes muito magros e casmurros e bombas de fumaça! Tudo submergia cada vez mais profundamente no lago. Estavam em um táxi indo e vindo pelas ruas na altura da

West 50th Street, procurando um lugar com uma porta de metal galvanizado, chamado Cup. Um piso preto emborrachado e uns rapazes irlandeses asquerosos e sem camisa, ou pelo menos pareciam irlandeses, borrifando cerveja em todo o mundo; e também algumas moças sem blusa. Ah. Alguma coisa acontecera diante de algumas pessoas em uma sala. Na medida em que a memória não o enganava, lembrava que... Por que fazia essas coisas?... A casa em Canterbury... o vestiário em Cross Keys... Ele se via com a aparência que tinha então... os cabelos louros de romance vitoriano, de que tivera tanto orgulho... o nariz comprido, o queixo longo e fino, o corpo alto e magro, sempre magro demais em relação à altura, de que também tivera tanto orgulho... seu corpo alto e magro... Uma *ondulação*... O monstro estava emergindo do fundo do lago! Dentro de instantes... *o seu focinho nojento!*

Não sou capaz de enfrentá-lo...

O telefone explodiu de novo. Ele entreabriu os olhos e examinou aquela sordidez moderna à claridade do sol; com os olhos abertos era ainda pior. Com os olhos abertos: o futuro imediato. Que desesperança! Que gélido desespero! Olhou e estremeceu e tornou a fechar os olhos. *O focinho!*

Reabriu-os depressa. Essa tal coisa que fizera quando estava muito bêbado — além do desespero e do remorso, agora sentia medo.

A campainha do telefone começou a assustá-lo. E se fosse *The City Light*? Depois do último sermão do Rato Morto, ele prometera a si mesmo chegar ao escritório às 10 horas toda manhã e já passava das 13 horas. Nesse caso... era melhor não atender. Não... se não atendesse o telefone, submergiria para sempre, junto com o monstro. Rolou para fora da cama e pôs os pés no chão, e a horrível gema mexeu. Sentiu uma violenta dor de cabeça. Quis vomitar, mas sabia que a cabeça doeria demais para permitir que isso acontecesse. Dirigiu-se ao telefone. Deixou-se cair de joelhos e ficou de quatro. Arrastou-se até o aparelho, ergueu o fone e se deitou no carpete, esperando que a gema voltasse a se acomodar.

— Alô — disse.

— Peter? *(Pitâh?)* — Graças a Deus era uma voz inglesa.

— Sim?

— Peter, você está gorgolejando. Eu o acordei, não? Aqui é o Tony.

— Não, não, não, não, não. Eu estou... eu estava na sala. Estou trabalhando em casa, hoje. — Percebeu que sua voz minguara para um barítono confidencial.

— Bom, você faz uma excelente imitação de alguém que acabou de acordar.

— Não está me acreditando, não é? — Graças a Deus era Tony. Tony era um inglês que viera trabalhar em *The City Light* na mesma época que ele. Eram camaradas membros de comando nesse país inculto.

— Claro que acredito em você. Mas isso me coloca em minoria no momento. Se eu fosse você, vinha para cá o mais depressa possível.

— Hummmmmmm. Sei.

— O Rato acabou de passar perguntando onde você estava. E não foi simples curiosidade. Parecia extremamente aborrecido.

— O que disse a ele?

— Disse que você estava na Vara de Órfãos e Sucessões.

— Hummmm. Não quero ser indiscreto, mas que é que estou fazendo lá?

— Nossa, Peter, realmente tirei você da cama, não tirei? Aquele caso Lacey Putney.

— Hummmmmmm. Lacey Putney. — Dor, náusea e sono rolaram pela cabeça de Fallow como uma onda havaiana. A cabeça estava achatada no carpete. A gema venenosa sacudia barbaramente. — Hummmmmmm.

— Não finja que está fugindo, Peter. Não estou brincando. Acho que devia vir até aqui se apresentar.

— Eu sei, eu sei, eu sei, eu sei, eu sei. Obrigado, Tony. Você tem absoluta razão.

— Você vem?

— Vou. — Só de dizer isso, imaginou o que ia sentir quando tentasse se pôr de pé.

— E me faça um favor.

— Qualquer coisa.

— Tente se lembrar de que estava na Vara de Órfãos e Sucessões. O inventário Lacey Putney. Não que o Rato tenha acreditado. Mas você sabe.

— Sei. Lacey Putney. Obrigado, Tony.

Fallow desligou, levantou-se do chão, deu de cara nas persianas e cortou a boca. As palhetas eram daquelas de metal estreito de que os ianques gostavam. Pareciam giletes. Limpou o sangue da boca com as costas do dedo indicador. Não conseguia manter a cabeça de pé. A gema de mercúrio prejudicava seu senso de equilíbrio. Cambaleou em direção ao banheiro e passou pela claridade tísica da luz fluorescente no corredor. No espelho da porta do armarinho, à luz doentia, o sangue em sua boca parecia roxo. Não fazia mal. Poderia viver com o sangue roxo. Mas se acendesse a luz do banheiro, estaria liquidado.

Fileiras de terminais de computação com luzes de diodo em caixas cinzentas 2001 emprestavam à redação de *The City Light* um verniz de ordem e atualidade. Essa impressão não sobrevivia a um segundo exame. As escrivaninhas estavam atulhadas com a habitual desordem de papel, xícaras de plástico, livros, manuais, almanaques, revistas e cinzeiros sujos. Os habituais rapazes e moças de costas encurvadas sentavam-se ao teclado. Um matraquear surdo e monótono — *tuque tuque tuque tuque tuque tuque tuque tuque tuque tuque tuque tuque* — se erguia dos teclados, como se um gigantesco torneio de *mah-jong* estivesse em curso.

Os repórteres, revisores e redatores estavam curvados naquela postura imemorial dos jornalistas. A intervalos, uma cabeça se levantava, como se subisse para tomar ar, e gritava alguma coisa sobre entretítulos, batidas de manchetes ou tamanho da notícia. Mas nem a agitação provocada pela pressão dos prazos era capaz de durar muito tempo. Uma porta dos fundos se abria, e um grego vestindo um uniforme branco entrava vacilante carregando uma prodigiosa bandeja cheia de café e soda, caixas de rosquinhas, pães de queijo e cebola, cavacos, e toda variedade de porcarias e frituras conhecida no mundo da comida para viagem, e metade da sala desertava dos computadores e caía sobre ele, avançando para a bandeja como gorgulhos famintos.

Fallow se aproveitou desse hiato para atravessar a sala em direção ao seu cubículo. No centro da área de terminais de computação parou e, com um ar de interesse profissional, apanhou um exemplar da segunda edição, que acabara de subir da impressão. Abaixo do logotipo — THE CITY LIGHT — a primeira página era tomada por enormes letras maiúsculas que desciam pelo lado direito:

"ESCALPELOU
A AVÓ
PARA
ROUBÁ-LA"

e uma fotografia ocupando o lado esquerdo. A fotografia era uma ampliação recortada do tipo de retrato retocado e sorridente que os estúdios produzem. Era a foto de uma mulher chamada Carolina Pérez, 55 anos, sem muita aparência de avó, com uma farta cabeleira negra puxada para trás no estilo antiquado das damas espanholas.

Nossa mãe! Escalpelá-la devia ter sido uma trabalheira! Se estivesse se sentindo melhor, Fallow teria prestado uma homenagem silenciosa à extraordinária *esthétique de l'abattoir* que permitia que esses demônios descarados, seus patrões, compatriotas, companheiros ingleses, seus condescendentes de Shakespeare e Milton publicassem coisas como essas dia após dia. Pense só no fino senso de sintaxe sórdida que os inspirava a criar uma manchete em que só existiam verbos e objetos, e faltava o sujeito, para melhor obrigar a pessoa a esgaravatar essas páginas negras de tinta para descobrir que filhos de Satanás eram perversos o suficiente para completar a frase! Pense só na perseverança de gusano que permitia um repórter invadir *chez* Pérez e extrair um retrato da vovó que fazia o leitor sentir aquele ato sanguinolento na ponta dos dedos — até na junta dos ombros! Pense só no anticlímax sugerido por "Escalpelou a avó"... "para roubá-la". O anticlímax *brilhante* e inútil! Puxa, se dispusessem de mais espaço poderiam ter acrescentado "e deixou todas as luzes da cozinha acesas".

Naquele momento, porém, estava intoxicado demais para apreciar isso. Não, ficou parado olhando para esse último exemplo de genialidade em tabloide apenas para estabelecer o fato, à vista de todos — e especialmente, assim esperava, à do próprio Rato Morto —, de que ele estava no recinto e não tinha outro interesse no mundo senão o *City Light* de Nova York.

Segurando o jornal nas mãos e com os olhos na primeira página como se estivesse petrificado diante de tanta virtuosidade, atravessou o resto da sala e entrou em seu cubículo. Era formado por paredes de 1,20 metro de aglomerado num tom enjoativo de salmão, o chamado posto de trabalho, com pequenas curvas high tech nos cantos, que confinavam uma escrivaninha de metal cinzento, o onipresente terminal de computação com teclado, uma cadeira plástica moldada numa desagradável forma ortopédica e um cabideiro plástico modular, engenhosamente preso à parede, também modular. Já estava rachado no pé. No cabideiro encontrava-se pendurada uma única peça descolorida, a capa de chuva de Peter Fallow, que nunca saía do cubículo.

Junto ao cabideiro havia uma janela em que podia ver o seu reflexo. De frente, parecia um homem jovem e bonitão de 36 anos e não um quarentão acabado. De frente, seu bico de viúva de onde ondulavam os cabelos louros meio longos mais parecia... bom, um byroniano... E, visto de frente... ia dar tudo certo! O nariz fino e longo parecia aristocrático de uma ponta a outra, sem ser bulboso na extremidade. O grande queixo com uma cova não parecia demasiado comprometido pelas bolsas que se formavam de cada lado. O paletó esporte azul-marinho que fora feito sob encomenda por Blades há oito — não, dez! — anos estava ficando um tantinho... brilhoso... nas lapelas... mas provavelmente poderia eriçar o pelo do tecido com uma dessas escovas de aço... Começava a aparecer-lhe uma barriga e estava acumulando gordura demais nos quadris e nas coxas. Mas isso não seria problema agora que parara de beber. Nunca mais. Começaria um programa de exercícios naquela noite mesmo. Ou no dia seguinte, em todo caso; sentia-se bilioso demais para pensar na noite. E não seria essa patética mania americana de correr, tampouco. Seria algo limpo, revigorante, enérgico, estrênuo... inglês. Pensou em *medicine balls*, escadas, cavalos de pau, bastões, polias com pesos, barras paralelas, cordas grossas forradas de couro nas pontas, e então percebeu que esses eram os aparelhos existentes no ginásio de Cross Keys, a escola que frequentara antes de ingressar na Universidade de Kent. Deus do céu... há vinte anos. Mas só tinha 36 anos, 1,85 metro e um físico perfeitamente saudável, em tese.

Encolheu a barriga e inspirou profundamente. Sentiu-se tonto. Apanhou o telefone e levou o fone ao ouvido. Pareça ocupado! Essa era a ideia essencial. Achou o ruído de discar calmante. Teve vontade de poder entrar no fone, flutuar de costas no ruído de discar e deixar aquele zumbido lamber as pontas de seus nervos. Como seria fácil descansar a cabeça na mesa, fechar os olhos e tirar quarenta cochilos. Talvez pudesse fazer isso sem dar na vista se encostasse um lado do rosto na mesa, com a nuca virada para a redação, e mantivesse o fone colado ao outro ouvido como se estivesse falando. Não, ainda assim pareceria esquisito. Talvez...

Ah, essa não. Um americano chamado Robert Goldman, um dos repórteres, rumava para seu cubículo. Goldman usava uma gravata vermelha berrante, amarela, preta, com listras diagonais azul-celeste. Os americanos sempre usavam gravatas que saltavam das camisas como se quisessem anunciar a deselegância que as acompanhava. Duas semanas antes, ele pedira cem dólares emprestados a Goldman. Dissera-lhe que precisava pagar uma dívida de jogo — gamão — até o anoitecer no Bracer's Club — uma turma de europeus extravagantes. Os ianques arregalavam os olhos, fascinados com histórias de libertinos e aristocratas. Desde então, o merdinha o aborrecera três vezes pedindo o dinheiro, como se o futuro na terra dependesse dos cem dólares. Segurando o fone ao ouvido, Fallow observou a figura que se aproximava, e a gravata que anunciava a sua vinda, com desprezo. Como a maioria dos ingleses em Nova York, ele encarava os americanos como crianças incorrigíveis a quem a Divina Providência perversamente doara a grande galinha gorda que era esse continente. Qualquer que fosse o modo que a pessoa escolhesse para aliviá-los de sua riqueza, excetuando a violência, era no mínimo esportivo, se não moralmente justificável, uma vez que só iriam esbanjá-la mesmo em alguma coisa inútil e de mau gosto.

Fallow começou a falar como se estivesse absorto a conversar com alguém ao telefone. Vasculhou o cérebro envenenado à procura de algum monólogo que os dramaturgos tivessem inventado para cenas ao telefone.

— Que disse?... Que o juizado se recusa a permitir que o estenógrafo forneça uma transcrição? Ora, diga a ele... Certo, certo... É claro... É uma total violação... Não, não... Agora ouça com atenção...

A gravata — e Goldman — estavam parados bem do lado dele. Peter Fallow manteve os olhos baixos e ergueu a mão, como se dissesse: "Por favor! Este telefonema não pode ser interrompido."

— Alô, Pete — cumprimentou Goldman.

"Pete!", dissera ele, e sem muita animação. "Pete!" Só o tom do apelido lhe dava nos nervos. Essa... espantosa... familiaridade ianque! E a gracinha! Os ianques — com os seus Arnies e Buddies e Hanks e... *Peters*! E esse marmanjão *gauche* com sua gravata espalhafatosa tinha a coragem de entrar numa baia enquanto a pessoa estava ao telefone, só porque estava com os nervos em frangalhos por causa de seus patéticos cem dólares! — e chamava a pessoa de "Pete"!

Fallow retesou o rosto numa expressão de grande concentração e começou a falar a 100 quilômetros por hora.

— Tudo bem!... Diga ao juizado *e* ao estenógrafo que queremos a transcrição até amanhã ao meio-dia!... Naturalmente! É óbvio!... Isso é alguma coisa que o patrono dela armou! Eles são todos unha e carne, lá!

— É juiz que se diz — observou Goldman sem inflexões na voz. Fallow ergueu rapidamente os olhos para o americano com uma expressão ameaçadora.

Goldman sustentou seu olhar com um trejeito ligeiramente irônico nos lábios.

— Eles não dizem "estenógrafo", dizem "escrevente". E não dizem "patrono", embora entendam o que você quer dizer.

Fallow cerrou os olhos e os lábios formando três linhas tensas, sacudiu a cabeça e abanou a mão, como se estivesse diante de uma intolerável demonstração de impertinência.

Mas, quando abriu os olhos, Goldman continuava ali. Goldman olhava para ele e assumiu uma expressão de falsa animação, ergueu as duas mãos, esticou os dez dedos na cara de Fallow, em seguida as mãos fechadas e de novo os dez dedos esticados e repetiu esse gesto dez vezes — e disse:

— Cem paus, Pete. — Deu as costas e voltou para a redação. "Que impertinência! Que impertinência!" Uma vez claro que aquele baboso impertinente não ia voltar, Fallow desligou o telefone, levantou-se e foi até o cabideiro. Tinha jurado — mas puxa vida! Isso que acabara de sofrer passava... *da... conta*. Sem tirar a capa do gancho, abriu-a e meteu a cabeça dentro dela como se estivesse examinando as costuras. Então puxou a capa em torno dos ombros de modo que a metade superior do corpo desaparecesse de vista. Era o tipo de capa que tinha bolsos-faca, que se abriam tanto para dentro quanto para fora e permitiam o acesso ao paletó ou à calça sem desabotoar a capa quando chovia. Sob a tenda de popeline, Fallow apalpou a abertura interna do bolso esquerdo. Do bolso retirou um cantil de meio litro.

Desenroscou a tampa, levou o gargalo à boca, tomou dois grandes goles de vodca e esperou pelo soco no estômago. O líquido bateu e refluiu por todo o corpo e a cabeça como uma onda de calor. Ele tornou a rosquear a tampa, meteu o cantil de volta no bolso e saiu de dentro da capa. Seu rosto estava em fogo. Tinha lágrimas nos olhos. Lançou um olhar preocupado na direção da redação e...

Merda!

... o Rato Morto estava olhando diretamente para ele. Fallow não se atrevia sequer a piscar, muito menos a sorrir. Não queria provocar reação alguma no Rato. Voltou o rosto como se não o tivesse visto. Será que a vodca era realmente inodora? Esperava fervorosamente que fosse. Sentou-se à mesa, tornou a apanhar o fone e moveu os lábios. O sinal de discar zumbia, mas ele estava nervoso demais para se deixar envolver. Será que o Rato o vira debaixo da capa? E se o vira, desconfiaria de alguma coisa? Ah, como aquele traguinho fora diferente dos gloriosos brindes de seis meses antes! Ah, que perspectivas gloriosas ele jogara no lixo! Revia a cena... o jantar no grotesco apartamento do Rato na Park Avenue... os convites pomposos e excessivamente formais impressos em relevo: "Sir Gerald Steiner e Lady Steiner gostariam de ter o prazer de sua presença no jantar em homenagem ao sr. Peter Fallow" ("jantar" e "sr. Peter" escritos à mão)... o absurdo museu de móveis estilo Luís de França e os surrados tapetes Aubusson que o Rato Morto e Lady Ratazana tinham reunido na Park Avenue. Não obstante, que noite inebriante fora aquela! Todos à mesa eram ingleses. Só havia mesmo uns três ou quatro americanos nos escalões superiores do *The City Light,* e nenhum deles fora convidado. Não tardara a descobrir que havia jantares como aquele por todo o East Side de Manhattan, todas as noites, copiosos jantares só com ingleses ou só com italianos ou só com europeus: de qualquer forma, nada de americanos. Tinha-se a sensação de uma legião secreta muito rica e muito amena que se insinuara nos condomínios da Park Avenue e da Fifth Avenue, para dali atacar à vontade a galinha gorda dos ianques, para devorar calmamente o último naco de carne branca dos ossos do capitalismo.

Na Inglaterra, Fallow sempre pensara em Gerald Steiner como "aquele judeu Steiner", mas naquela noite todos os esnobismos mesquinhos haviam se evaporado. Eles eram os camaradas de armas da legião secreta, a serviço do chauvinismo ferido da Grã-Bretanha. Steiner informara a mesa sobre a genialidade de Fallow. Steiner se deixara arrebatar por uma série de reportagens sobre a vida da aristocracia rural que Fallow fizera para o *Dispatch.* Fora recheada de nomes e títulos e helicópteros e desconcertantes perversões ("aquela da xícara") e doenças caras, e tudo isso descrito com tanta astúcia que era impossível processá-lo por difamação. Fora o maior triunfo de Fallow como jornalista (o único, para dizer a verdade), e Steiner não fazia ideia de como isso se concretizara. Fallow sabia exatamente como, mas conseguia esconder a lembrança com os babados da vaidade. Cada detalhe picante da série ele ouvira de uma garota com quem estava saindo à época, uma mocinha rancorosa chamada Jeannie Brokenborough, filha de um negociante de livros raros que corria no páreo dos grã-finos rurais como o anão social dos haras. Quando a pequena srta. Brokenborough tomou outro rumo, a mágica diária de Fallow desapareceu com ela.

O convite de Steiner para vir para Nova York chegara bem na hora, embora Fallow não encarasse a coisa desse modo. À semelhança de outros autores que obtiveram triunfo antes dele, mesmo a nível do *Dispatch* de Londres, Fallow não dava crédito à sorte. Será que teria dificuldade em repetir seu triunfo numa cidade inteiramente desconhecida, num país que encarava como uma formidável piada? Bom... por que teria? Sua genialidade mal começara a desabrochar. E afinal de contas isso era apenas jornalismo, uma xícara de chá a caminho do futuro triunfo como romancista. O pai de Fallow, Ambrose Fallow, era romancista, positivamente um romancista menor, conforme se veio a constatar. O pai e a mãe eram de East Anglia e o tipo de jovens muito instruídos de boa família que depois da Segunda Guerra

Mundial acreditaram na ideia de que a sensibilidade literária podia transformar a pessoa num aristocrata. A ideia de ser aristocrata nunca se afastava de suas mentes, nem da de Fallow. Fallow tentara compensar a falta de dinheiro sendo espirituoso e libertino. Esses feitos aristocráticos lhe granjearam apenas um lugar inseguro na cauda do cometa da sociedade elegante de Londres.

Agora, participando da brigada de Steiner em Nova York, Fallow também ia fazer fortuna com a carne branca do Novo Mundo.

As pessoas se perguntavam por que Steiner, que não tinha tradição no jornalismo, viera para os Estados Unidos e se lançara no empreendimento extremamente oneroso de fundar um tabloide. A explicação inteligente era que *The City Light* fora criado para servir de arma de ataque ou de contra-ataque para seus outros investimentos financeiros de muito maior vulto nos Estados Unidos, onde já era conhecido como "o temível inglês". Mas Fallow sabia que era exatamente o contrário. Os investimentos "sérios" existiam para servir *The City Light*. Steiner fora criado, educado, treinado e dotado de fortuna pelo velho Steiner, um financista vulgar e pomposo que vencera por esforço próprio e queria transformar o filho em um verdadeiro par do reino e não apenas num judeu rico. Steiner, *le fils,* viera a ser o rato bem-educado, bem-instruído, bem-vestido e correto que o pai exigia. Nunca tivera coragem para se rebelar. Agora, tarde na vida, descobrira o mundo dos tabloides. Seu mergulho diário na lama — "Escalpelou a avó para roubá-la" — trazia-lhe indizível felicidade. Uhuh! Finalmente livre! Todos os dias ele arregaçava as mangas e mergulhava na vida da redação. Havia dias em que ele mesmo escrevia as manchetes. Era possível que tivesse escrito "Escalpelou a avó", embora a frase revelasse o toque inimitável de seu editor, um proletário de Liverpool chamado Brian Highridge. Apesar das muitas vitórias de sua carreira, porém, nunca alcançara o sucesso social. Isso se devia em grande parte à sua personalidade, mas o sentimento antissemita não estava morto, e ele não podia descontá-lo de todo. De qualquer forma, encarava com genuína satisfação a perspectiva de Peter Fallow armar uma boa e esbraseante fogueira por baixo de todos os nobres que o olhavam com desprezo. Portanto, esperou...

E esperou. A princípio, a conta de despesas de Fallow, que era bem maior do que a de qualquer outro colaborador do *City Light* (excetuando a rara missão no exterior), não causava preocupação. Afinal, para penetrar na alta sociedade era preciso viver nela, até certo ponto. As fantásticas contas de almoços, jantares e bares eram acompanhadas de divertidos relatórios sobre a figura que o sr. Peter Fallow estava fazendo como um genial companheiro britânico nas casas noturnas da moda. Decorrido algum tempo foram perdendo a graça. Não havia perspectiva de nenhum grande furo na crônica da alta sociedade dado por esse mercenário especial. Mais de uma vez Fallow entregara artigos e descobrira que tinham sido reduzidos a notas anônimas no dia seguinte. Steiner mandara chamá-lo para apresentar relatórios dos seus progressos. Essas conversas foram se tornando cada vez mais frias. Com o orgulho ferido, Fallow começara a divertir os colegas referindo-se a Steiner, o famoso "temível inglês" como o Rato Morto. Todos pareciam achar uma enorme graça nisso. Afinal, Steiner tinha *realmente* um nariz longo e pontudo como o de um rato, não tinha queixo, sua boca era pequena e enrugada, as orelhas grandes, as mãos e os pés minúsculos, olhos sem vida e uma vozinha cansada. Recentemente, porém, Steiner se tornara definitivamente frio e brusco, e Fallow começou a imaginar se não teria sabido da piada do Rato Morto.

Ergueu os olhos... lá estava Steiner, a dois metros de distância, na entrada do cubículo, olhando incisivamente para ele, com uma das mãos pousada na parede modular.

— Que prazer nos dá a sua visita, Fallow.

Fallow! Era o cumprimento bem desdenhoso de um inspetor escolar! Fallow ficou mudo.

— Muito bem — disse Steiner —, o que você trouxe para mim? — Fallow abriu a boca. Vasculhou o cérebro envenenado em busca da palavra fácil que o tornara famoso e acabou engasgando e gaguejando.

— Bem... lembra-se... do inventário Lacey Putney... mencionei isso... se não me engano... tentaram nos criar dificuldades no juizado, os... os... — Diabos! Eram estenógrafos ou algo como escritores? Que dissera Goldman? — Bem!... Não.. . Mas agora já apurei tudo! É só uma questão de... Posso afirmar... isso vai realmente dar uma boa matéria...

Steiner nem esperou que terminasse.

— Sinceramente espero que sim, Fallow — disse em tom de ameaça. — Sinceramente, espero que sim.

Então se retirou e mergulhou de volta em sua querida redação.

Fallow afundou na cadeira. Conseguiu esperar quase um minuto completo antes de se levantar e desaparecer dentro da capa.

Albert Teskowitz não era o que Kramer ou qualquer outro promotor chamaria de ameaça quando chegava a hora de convencer um júri com a mágica de suas perorações. Os crescendos emocionais estavam fora do seu alcance e mesmo qualquer ímpeto retórico que conseguisse reunir era rapidamente suplantado por sua aparência. Sua postura era tão ruim que todas as mulheres do júri, ou todas as boas mães, pelo menos, ansiavam por gritar: "Endireite os ombros!" Quanto à sua oratória, não que não preparasse as perorações, mas obviamente preparava-as num bloco amarelo, que colocava sobre a mesa da defesa.

"Senhoras e senhores, o acusado tem três filhos, de seis, sete e nove anos de idade", dizia Teskowitz, "que estão presentes neste momento no tribunal, aguardando o resultado do julgamento." Teskowitz evitava chamar seu cliente pelo nome. Se pudesse ter dito Herbert Cantrell, sr. Cantrell, ou mesmo Herbert, estaria tudo bem, mas Herbert não aceitava nem ser chamado de Herbert. "Meu nome não é Herbert", disse a Teskowitz assim que este se encarregou do caso. "Não sou o motorista da sua limusine. Meu nome é Herbert 92X."

"Não era um criminoso que estava sentado no banco dos réus aquela tarde", continuava Teskowitz, "mas um trabalhador que tinha um emprego e uma família." Hesitou e voltou o rosto para o alto com aquela expressão muito, muito, muito distante de alguém que está prestes a ter um ataque epilético. "Um emprego e uma família", repetia sonhadoramente, a quilômetros dali. Então deu meia-volta, foi até a mesa da defesa, curvou o tronco já curvado pela cintura e consultou o bloco de papel amarelo com a cabeça inclinada para um lado, como um pássaro espiando uma minhoca. Manteve essa pose durante um tempo que pareceu uma eternidade e em seguida voltou para a bancada do júri e disse:

— Ele não foi o agressor. Não estava tentando acertar contas, agredir, ou se vingar de alguém. Era um trabalhador com um emprego e uma família, preocupado apenas com uma coisa, e tinha todo o direito de estar: o perigo que sua vida corria. — Os olhinhos do advogado se arregalaram como um foco de lente, deu meia-volta, retornou à mesa da defesa e consultou mais uma vez o bloco amarelo. Curvado como estava, ele apresentava a silhueta de uma torneira de pia de cozinha industrial... Uma torneira de pia de cozinha industrial... um cão com delírio de fome... Imagens ociosas começaram a se infiltrar na mente dos jurados. Começaram a se aperceber de coisas como a camada de poeira depositada nas imensas janelas do tribunal e a maneira como o sol poente iluminava a poeira, como se fosse aquele tipo de plástico com que se fazem brinquedos, o tipo que absorve a luz, e as donas de casa no júri, até as desleixadas, ficaram imaginando por que alguém não lavava aquelas janelas. Imaginaram muitas coisas, todas alheias ao que Albert Teskowitz estava dizendo sobre Herbert 92X, e imaginaram principalmente o que seria aquele bloco amarelo, que parecia trazer o pobre pescoço magro e curvado de Teskowitz preso a uma coleira.

— ... e considerarão o acusado... inocente. — Quando Teskowitz finalmente concluiu sua peroração, eles nem tinham certeza de que tivesse terminado. Estavam com os olhos grudados no bloco amarelo. Esperavam que o bloco o puxasse de volta à mesa, mais uma vez, com um safanão. Até Herbert 92X, que não perdera um detalhe, parecia intrigado.

Nesse momento ouviu-se um canto baixo e monótono no tribunal.

— Ôôô-ôôôôôô... — Vinha dali.

— Ôôô-ôôôôôô... — Vinha de lá.

Kaminsky, o guarda gordo, começara, em seguida Bruzzieli, o escrevente, o sustentara e até Sullivan, o estenógrafo, que estava sentado à máquina logo abaixo da cadeira de Kovitsky, uniu-se aos dois numa versão discreta: "Ôô-ôôôô."

Sem piscar um olho, Kovitsky bateu o martelo e anunciou um intervalo de trinta minutos.

Kramer não pensou duas vezes. Era hora de reunir o comboio na fortaleza, só isso. Essa era a prática corrente. Se um julgamento tinha probabilidade de se estender além do pôr do sol, então era preciso reunir o comboio. Todos sabiam disso. O julgamento ia se estender além do pôr do sol, porque a defesa acabara de concluir a sua peroração, e o juiz não podia suspender a sessão até o dia seguinte sem que a promotoria fizesse a sua réplica. Portanto, era hora de reunir o comboio.

Durante o intervalo, todos os funcionários que tinham vindo trabalhar de carro, e precisavam permanecer no tribunal depois do pôr do sol por causa do julgamento, levantavam-se, saíam e se dirigiam aos seus carros no estacionamento. O juiz Kovitsky não era exceção. Nesse dia, ele mesmo dirigira o carro, por isso foi até o vestiário, uma porta a um lado de sua cadeira, despiu a toga negra e rumou para o estabelecimento, como todos os outros.

Kramer não tinha carro, mas não podia pagar oito ou dez dólares a um táxi pirata para voltar a casa. Os táxis piratas — muitos dirigidos por recentes imigrantes africanos, vindos de lugares como a Nigéria e o Senegal — eram os únicos táxis que se aproximavam do tribunal dia e noite, à exceção daqueles que faziam corridas de Manhattan para o Edifício da Municipalidade do Bronx. Os motoristas acendiam o aviso de RECOLHER antes mesmo de acionar o pedal do freio, largavam o passageiro e partiam velozes. Não com um ligeiro aperto no coração, Kramer tomou consciência de que essa era uma daquelas noites em que teria de caminhar três quarteirões até a estação do metrô da 161st Street, no escuro, e ficar parado na que era considerada uma das dez estações de metrô mais perigosas da cidade, em termos de crime, e rezar para que houvesse um carro suficientemente cheio de gente para não ser apanhado pela matilha de lobos como um bezerro desgarrado da boiada. Calculava que os tênis Nike de corrida lhe davam 50 por cento de chances de lutar. Para começar, eram uma camuflagem. No metrô do Bronx, um par de sapatos de couro Johnston & Murphy o identificava como um alvo privilegiado na primeira olhada. Era como usar um letreiro ao pescoço com os dizeres ROUBE-ME. Os Nikes e a sacola da A & P pelo menos os fariam pensar duas vezes. Poderiam tomá-lo por um policial à paisana voltando para casa. Não havia um único policial à paisana no Bronx que não usasse tênis. Segundo, se chovesse merda, usando Nikes ele podia pelo menos correr ou se entrincheirar e lutar. Não ia mencionar nada disso a Andriutti e Caughey. Não que se importasse com Andriutti, mas sabia que não iria aguentar o desprezo de Caughey. Caughey era irlandês e teria preferido levar uma bala na cara a usar a porra de uma camuflagem no metrô.

Quando os jurados voltaram à sala do júri, Kramer ficou olhando para a srta. Shelly Thomas até *sentir* o acetinado do seu batom cor de terra quando a moça passou, e ela o mirou um instante — *com um leve sorriso!* — e ele começou a se torturar pensando de que maneira a moça iria para casa, e não havia nada que pudesse fazer, já que obviamente não poderia se aproximar dela ou mandar-lhe qualquer recado. Mesmo com todo esse "Ôô-ôôôôôô" ninguém jamais informava o júri ou as testemunhas sobre a reunião do comboio, o que não significava que se fosse permitir a um jurado ir até o estacionamento durante um intervalo do julgamento.

Kramer desceu até a entrada da Walton Avenue para esticar as pernas, respirar um pouco e apreciar o desfile. Na calçada, um grupo, que incluía Kovitsky e seu funcionário, Mell Herskowitz, já se formara. Os guardas judiciários estavam com eles, parados ali como guias. O barricão, Kaminsky, estava na ponta do pés, esticando o pescoço, para ver se mais alguém queria acompanhá-los. O estacionamento preferido pelos que frequentavam regularmente o tribunal situava-se no alto da Grand Concourse passando o topo, na 161st Street, numa enorme depressão sem pavimentação em frente ao Edifício dos Tribunais Criminais. A depressão, que ocupava um quarteirão inteiro, fora escavada para assentar as fundações de um prédio que não chegara a ser construído.

O grupo se reuniu com Kaminsky à frente e um outro guarda judiciário à retaguarda. Os guardas levavam seus 38 bem visíveis, à cintura. O pequeno contingente rumou corajosamente para o território índio. Eram 17 horas e 45 minutos. A Walton Avenue estava silenciosa. Não havia bem uma hora de pico no Bronx. As vagas de estacionamento na Walton Avenue junto à fortaleza eram dispostas a 90 graus com relação à calçada. Havia apenas um punhadinho de carros estacionados. Dez vagas eram reservadas junto à entrada para Abe Weiss, Louis Mastroiani e outros supremos representantes do Poder no Bronx. O guarda à entrada bloqueava as vagas com cones luminosos de plástico vermelho quando seus usuários oficiais estavam fora. Kramer reparou que o carro de Abe Weiss ainda se encontrava lá. Havia mais um que ele não reconheceu, mas as outras vagas estavam livres. Kramer caminhou pela calçada junto à entrada para um lado e para o outro com a cabeça baixa e as mãos nos bolsos, concentrando-se na sua peroração. Estava ali para falar em favor da pessoa mais importante do caso, que não podia falar por si mesma, ou seja, a vítima, o morto. Nestor Cabrillo, um bom pai e um bom cidadão do Bronx. Tudo se encaixava facilmente. Argumentos sólidos, porém, não bastariam; não para o objetivo que pretendia alcançar. Sua peroração precisava *comovê-la,* levá-la às lágrimas ou à admiração, ou, no mínimo, a uma embriaguez provocada pelo prazer de um crime no Bronx, em que se apresentava um corajoso e jovem promotor assistente com uma língua de ouro e uma oratória destemida, sem mencionar aquela beleza de pescoço musculoso. Assim ele caminhava para cima e para baixo na calçada contígua à entrada da fortaleza na Walton Avenue, armando a cama para Herbert 92X e retesando seus esternoclidomastóideos enquanto a visão da moça de batom cor de terra dançava em sua cabeça.

O primeiro dos carros não tardou a chegar. Ali vinha Kovitsky em sua enorme banheira branca, o Pontiac Bonneville. Encostou em uma das vagas reservadas próximas à porta. *Chuóp!* A enorme porta branca se abriu e ele desceu, um carequinha pouco conspícuo num terno cinza muito comum. Em seguida veio Bruzzielli, num desses carrinhos esporte japoneses de onde ele parecia prestes a irromper. Depois, Mell Herskovitz e Sullivan, o estenógrafo. E Teskowitz em seu novo Buick Regal. "Merda", pensou Kramer. "Até Al Teskowitz pode ter um carro. Até ele, um advogado de indigentes, e eu volto para casa de metrô!" Logo, praticamente todas as vagas do edifício do lado da Walton Avenue estavam ocupadas pelos funcionários. O último carro a estacionar foi o do próprio Kaminsky. Dera ao outro guarda judiciário uma carona de volta. Os dois desceram, Kaminsky viu Kramer, prorrompeu num sorriso bondoso e gritou:

— Ôô-ôôôôôôô!

— Ô ô ô — respondeu Kramer.

O comboio. "Ôô-ôôôôôôô" era o grito de John Wayne, o herói e principal guia, dando o sinal para os pioneiros mudarem a posição das carroças. Esse era o território dos índios e dos bandidos, e estava na hora de reunir as carroças em círculo para passar a noite. Qualquer um que pensasse que poderia caminhar dois quarteirões da Gibraltar até o estacionamento depois de escurecer, no 44º distrito, e voltar tranquilamente para casa e para mamãe, o companheiro ou a mana, estava jogando o jogo da vida só com a metade do baralho.

No fim do dia, Sherman recebeu um telefonema da secretária de Parch, dizendo que ele queria vê-lo. Parch tinha o cargo de vice-presidente executivo, mas não era pessoa que costumasse chamar funcionários da sala de operação ao seu escritório com muita frequência.

A sala de Parch era, naturalmente menor que a de Lopwitz, mas tinha a mesma vista fantástica para o oeste sobre o rio Hudson e Nova Jersey. Contrastando com a sala de Lopwitz, com suas antiguidades, a de Parch era decorada com mobília moderna e grandes quadros modernos do tipo que Maria e o marido gostavam.

Parch, que era sempre sorrisos, sorriu e indicou uma cadeira estofada tão aerodinâmica e rente ao chão que parecia um submarino emergindo. Sherman afundou até ter a impressão de que estava sentado abaixo do nível do chão. Parch sentou-se diante dele numa cadeira idêntica. Sherman tinha plena consciência da existência de muitas pernas, as dele e as de Parch. No horizonte de Sherman, o queixo de Parch mal aparecia acima dos joelhos.

— Sherman — disse o rosto sorridente por trás das rótulas —, acabei de receber um telefonema de Oscar Suder, de Columbus, Ohio, e ele está realmente furioso com essas obrigações da United Fragrance.

Sherman estava pasmo. Queria erguer mais a cabeça, mas não conseguia.

— Está? E telefonou para *você*! O que ele disse?

— Disse que você ligou e lhe vendeu 3 milhões de obrigações a 102. Também disse que o aconselhou a comprá-las depressa, porque estavam subindo. Essa manhã elas desceram a cem.

— Não é possível! Não acredito!

— Bem, é verdade, e estão descendo, se é que estão variando. Standard & Poor acabaram de reclassificá-las de AA para BBB.

— Não... *acredito,* Arnold! Eu as vi cair de 103 para 102,5 anteontem, e verifiquei com a Análise, e estava tudo certo. Então, ontem, desceram a 102, depois a 101 7/8 e tornaram a subir para 102. Então imaginei que outros operadores estariam atentos e foi aí que liguei para o Oscar. Elas estavam subindo de novo. Era uma compra ótima a 102. Oscar andara procurando alguma coisa que rendesse acima de nove, e ali estava algo de 9,75, quase dez, AA.

— Mas você consultou a Análise, antes de vendê-las a Oscar?

— Não, mas elas subiram mais um oitavo depois que as comprei. Estou perplexo com isso. É inacreditável.

— Nossa, Sherman! — exclamou Parch, que já não sorria —, não percebe o que aconteceu? Alguém em Salomon estava aprontando com você. Estavam carregados de obrigações da United Fragrance, sabiam que o relatório da Standard & Poor estava para sair e aproveitaram para aprontar. Abaixaram o preço há dois dias, para ver se havia reação. Então compraram-nas de volta para fazer parecer que havia movimento. Baixaram de novo o preço ontem e aumentaram-no de novo. Então viram que você mordeu a isca — e foi uma boa mordida — e aumentaram o preço mais uma vez, para ver se você morderia de novo a 102 1/8. Só havia você e Solly em todo o mercado, Sherman! Ninguém mais se interessou. Foi tudo armação. Agora Oscar perdeu 60 mil dólares e tem 3 milhões de BBB que não queria.

Um clarão terrível. Claro que era verdade. Deixara-se embromar num lance de amador. E ainda por cima com Oscar Suder! Oscar, com quem estava contando para fazer parte do pacote Giscard... eram apenas 10 milhões em 600 milhões, mas eram 10 milhões que teria de arranjar em outro lugar...

— Não sei o que dizer — respondeu Sherman. — Você tem absoluta razão. Bobeei. — Percebeu que esse "bobeei" soou como se ele não estivesse ligando. — Foi um erro idiota, Arnold. Eu devia ter percebido a armação. — Sacudiu a cabeça. — Puxa, logo com o Oscar. Será que devo telefonar-lhe pessoalmente?

— Eu não faria isso agora. Ele está realmente aborrecido. Queria saber se você ou mais alguém sabia que o relatório da Standard & Poor estava saindo. Eu disse que não, porque sabia que você não passaria o Oscar para trás. Mas de fato a Análise sabia. Você deveria ter verificado com eles, Sherman. Afinal, 3 milhões de obrigações...

Parch sorriu aquele sorriso de quem não está ressentido. Obviamente ele próprio não gostava desse tipo de conversa.

— Tudo bem. Acontece; acontece. Mas você é o nosso operador número um, Sherman. — Ergueu as sobrancelhas e as sustentou no alto da testa, como se dissesse: "Deu para entender?"

Ergueu-se com esforço da cadeira. O mesmo fez Sherman. Parch estendeu a mão com considerável constrangimento, e Sherman a apertou.

— Muito bem, vá à luta — disse Parch com um sorriso largo, mas inexpressivo.

A distância que separava Kramer, à mesa da promotoria, de Herbert 92X, à mesa da defesa, para começar não era superior a 6 metros. Kramer se aproximou alguns passos, fechando esse espaço até que todos no tribunal perceberam que algo estranho estava ocorrendo, sem serem capazes de precisar exatamente o quê. Ele chegara à parte em que deveria destruir qualquer piedade por Herbert que Teskowitz pudesse ter suscitado.

— Ora, sei que ouvimos certos detalhes da história pessoal de Herbert 92X — disse Kramer encarando o júri —, e aqui está hoje Herbert 92X, sentado no tribunal. — Diferentemente de Teskowitz, Kramer colocava o nome de Herbert 92X em quase todas as frases, até que começou a parecer um robô de filme de ficção científica. Então girou, baixou a cabeça, encarou Herbert no rosto e disse: — Sim, senhores, aqui está Herbert 92X... gozando de uma *saúde perfeita*!... cheio de *energia*!... pronto a retornar às ruas e retomar a vida, no estilo de Herbert 92X, o que significa carregar *ilegalmente, às ocultas, sem licença, um revólver calibre 38!*

Kramer olhou Herbert 92X nos olhos. Estava agora a menos de 3 metros dele, e lançava-lhe ao rosto as palavras *saúde, energia* e *retomar,* como se estivesse pessoalmente disposto a suprimir a saúde, a energia e a possibilidade de retomar uma vida de trabalho, aliás, uma vida de qualquer tipo, com as mãos. Herbert não era pessoa de se esquivar a um desafio. Contemplava Kramer com um sorriso tranquilo no rosto, que só faltava dizer: "Continue falando, otário, porque vou contar até dez e... *amassá-lo."* Aos jurados — a ela — Herbert deve ter parecido que estava suficientemente próximo para esticar os braços e estrangulá-lo e, além disso, estava ansioso por fazê-lo. Isso não preocupava Kramer. Estava garantido por três guardas judiciários que já se sentiam animados só de pensar nas horas extras que iriam receber pelo trabalho daquela noite. Que deixassem Herbert se sentar ali com aquela roupa árabe e fazer a cara de mau que quisesse! Quanto mais mau Herbert parecesse aos olhos do júri, melhor seria para a acusação de Kramer. E quanto mais perigoso parecesse, aos olhos da srta. Shelly Thomas, tanto mais heroica a aura que envolvia o destemido e jovem promotor.

A pessoa realmente incrédula era Teskowitz. Sua cabeça balançava para diante e para trás lentamente, como um irrigador giratório de jardim. Não conseguia acreditar na cena que presenciava. Se Kramer estava acossando Herbert desse jeito, aquele merdinha, que diabo faria se tivesse um verdadeiro criminoso nas mãos?

— Pois bem, senhores e senhoras — disse Kramer virando-se para o júri mas permanecendo à mesma distância de Herbert —, é meu dever falar em favor de alguém que não está sentado diante de nós neste tribunal porque foi abatido e morto por uma bala saída de um revólver que estava nas mãos de um homem que ele nunca vira antes na vida, Herbert 92X. Gostaria de lembrar que o que está em questão neste julgamento não é a vida de Herbert 92X, mas a morte de Nestor Cabrillo, um bom homem, um bom cidadão do Bronx, um bom marido, um bom pai... de cinco crianças... ceifado no apogeu da vida devido à *presunçosa crença* de Herbert 92X... de que ele tem o direito de andar com um revólver calibre 38, às ocultas, sem licença, ilegalmente, em seu poder...

Kramer agraciava os jurados com o olhar, um por um. Mas ao final de cada frase grandiloquente seus olhos pousavam *nela*. Ela estava sentada quase no fim da segunda fila, à esquerda, de modo que esse movimento era um tanto canhestro, talvez até um pouco óbvio. Mas a vida é curta! E, puxa! — que rosto branco e imaculado! — que exuberante auréola de cabelo! — que lábios perfeitos pintados de batom cor de terra! E que brilho de admiração percebia agora naqueles grandes olhos castanhos! A srta. Shelly Thomas estava absolutamente bêbada de prazer com o crime no Bronx.

Fora, na calçada, Peter Fallow observava os carros e táxis passarem em alta velocidade pela West Street, afastando-se do centro da cidade. Nossa, como gostaria de poder entrar num táxi e dormir até chegar ao Leicester's. *Não!* O que estava pensando? Nada de Leicester's hoje à noite; nem uma gota de álcool, de maneira alguma. Essa noite iria direto para casa. Estava escurecendo. Daria qualquer coisa por um táxi... enroscar-se num táxi para dormir e rumar direto para casa... Mas a corrida custaria de nove a dez dólares, e possuía menos de 75 dólares para gastar até o dia do pagamento, que seria na semana seguinte, e em Nova York 75 dólares não eram nada, um mero suspiro, uma arfada, um pensamento passageiro, um capricho, um estalar de dedos. Continuava a observar a entrada principal do *City Light*, que era uma torre moderna e encardida dos anos 1920, na esperança de descobrir um americano do jornal com quem pudesse rachar um táxi. O truque era saber para onde o americano ia e depois escolher um destino quatro ou cinco quarteirões antes, e anunciar que esse era o seu destino. Nenhum americano tinha o topete de pedir a alguém para rachar um táxi nessas circunstâncias.

Passado algum tempo, surgiu um americano chamado Ken Goodrich, o diretor de comercialização do *City Light,* o que quer que isso fosse. Será que teria coragem mais uma vez? Já pegara carona com Goodrich duas vezes nos últimos dois meses, e na segunda o prazer de Goodrich de ter oportunidade de conversar com um inglês a caminho de casa fora consideravelmente menor; consideravelmente. Não, não se atrevia. Então preparou o lombo para a caminhada de oito quarteirões até a prefeitura, onde poderia tomar o metrô da Lexington Avenue.

Essa parte velha da Manhattan baixa esvaziava-se rapidamente à noite, e enquanto Fallow se arrastava à luz do crepúsculo sentia-se cada vez mais condoído de si mesmo. Vasculhou o bolso do paletó para ver se tinha uma ficha de metrô. Tinha, e isso suscitou uma lembrança deprimente. Duas noites antes, no Leicester's, procurara no bolso uma moeda de 25 *cents* para Tony Moss dar um telefonema — queria se sentir generoso com relação aos 25 *cents,* porque estava começando a angariar uma reputação de filante até entre seus conterrâneos — e apanhou uma mão cheia de trocados, e bem ali, entre as moedas de dez, cinco e 25 *cents* e *pence,* havia duas fichas de metrô. Sentiu-se como se a mesa inteira estivesse olhando para as fichas. Sem dúvida Tony Moss as vira.

Fallow não tinha medo físico de andar no metrô de Nova York. Imaginava-se um sujeito parrudo, e de qualquer modo até ali nada lhe acontecera. Não, o que temia — e isso chegava a ser um medo real — era a miséria. Descer as escadas da estação do metrô da prefeitura com todas essas pessoas escuras e malvestidas era como descer, voluntariamente, numa masmorra, uma masmorra muito suja e barulhenta. Concreto enegrecido e grades negras estavam por toda parte, seção após seção, nível sobre nível, um delírio visto através de barras negras em todas as direções. Todas as vezes que um trem entrava ou saía da estação havia um guincho agonizante de metal, como se um imenso esqueleto de aço estivesse sendo aberto por uma alavanca de incompreensível força. Por que seria que nesse país opulento, com seus montes obscenos de dinheiro e a sua obsessão ainda mais obscena por confortos animais, eles eram incapazes de construir um metrô tranquilo, ordeiro, apresentável e — bom — decente como o de Londres? Porque eram infantis. Desde que estivesse debaixo da terra, fora das vistas, não fazia diferença que aspecto tinha.

Fallow conseguiu um assento àquela hora, se é que um espaço em um estreito banco de plástico podia ser chamado de assento. Diante dele descortinavam-se a costumeira confusão de pichações, a costumeira galeria de gente escura e maltrapilha com suas roupas cinzentas e marrons e seus tênis — exceto por duas pessoas defronte a ele, um homem e um garoto. O homem, que provavelmente andava pelos quarenta, era baixo e gordo. Usava um terno de bom gosto e aparência cara, cinzento, com riscas de giz, camisa branca engomada e, para um americano, uma gravata discreta. Também usava um par de sapatos pretos elegantes, bem-feitos e bem engraxados. Os homens americanos em geral destruíam um conjunto de roupas que poderia ser considerado apresentável com o uso de sapatos grosseiros, de sola grossa e malcuidados. (Raramente viam os próprios pés, assim, sendo infantis, não se preocupavam muito com o que calçavam.) Entre os pés levava uma pasta de couro escuro e obviamente cara. Curvava-se para falar ao ouvido do garoto, que parecia ter oito ou nove anos de idade. O menino vestia um blazer azul-marinho de uniforme, uma camisa de terno e uma gravata listrada. Sempre falando com o menino, o homem lançava olhares aqui e ali e gesticulava com a mão direita. Fallow calculou que ali estava um homem que trabalhava na Wall Street e que recebera a visita do filho no escritório, e agora passeava com ele no metrô e apontava os mistérios dessa masmorra sobre rodas.

Observava os dois distraidamente, enquanto o trem ganhava velocidade, e se acomodava ao movimento dos sacolejos, guinadas e rugidos da viagem para a zona residencial da cidade. Fallow revia o próprio pai. Um pobre magricela, um sujeitinho triste, era no que se transformara, um pobre magricela que tivera um filho chamado Peter, um fracassadozinho que se sentava lá entre seus adereços de boêmio numa casa desmantelada em Canterbury... "E o que sou eu", pensou Peter, "sentado nesta masmorra sobre rodas na alienada cidade de Nova York, neste país de doidos? Ansiando por um drinque, ansiando por um drinque..." Mais uma onda de desespero se abateu sobre ele... Baixou os olhos para as lapelas. Podia ver que brilhavam até nessa claridade deplorável. Decaíra... era menos que um boêmio... A palavra horrível surgiu em sua mente: "andrajoso."

A parada de metrô na esquina da Lexington Avenue com a 77th Street era perigosamente próxima do Leicester's. Mas isso não era problema. Peter Fallow não ia mais fazer esse jogo. Ao chegar ao alto da escada e pisar na calçada à luz do crepúsculo, procurou visualizar a cena mentalmente, apenas com a finalidade de pôr à prova a sua resolução e rejeitá-la. O madeirame velho, as luminárias de vidro fosco, as luzes do poço por trás do bar e a maneira como iluminavam as fileiras de garrafas, o acotovelamento próprio dos pubs, o calor fragoroso de suas vozes — suas vozes — *vozes inglesas...* Talvez se bebesse apenas um suco de laranja com ginger ale e quinze minutos de vozes inglesas... *Não!* Seria firme.

Agora estava diante do Leicester's, que, para o transeunte inocente, sem dúvida parecia apenas mais um bistrô ou uma *trattoria* aconchegante do East Side. Por entre os mainéis antigos que emolduravam as vidraças viu rostos de pessoas conversando reunidas às mesas junto às janelas, rostos brancos, agradáveis e felizes, iluminados por lâmpadas amarelo-rosadas. Foi o bastante. Precisava de consolo, de um suco de laranja com ginger ale e de vozes inglesas.

Quando entra no Leicester's, vindo da Lexington Avenue, a pessoa se depara com um salão cheio de mesas com toalhas de xadrez vermelho, à moda dos bistrôs. Ao longo de uma parede há um grande bar com uma barra de latão para apoiar os pés. A um canto fica uma sala de jantar menor. Nessa sala, sob a janela que se abre para a Lexington Avenue, existe uma mesa em torno da qual podem se espremer oito ou dez pessoas, presumindo que se conheçam. Por hábito implícito essa se tornou a mesa dos ingleses, uma espécie de mesa de clube, onde, à tarde e no início da noite, os ingleses — membros do *bon ton* londrino que ora vivem em Nova York — vêm e vão, para tomar alguns drinques... e ouvir vozes inglesas.

As vozes! Seu calor e aconchego já eram grandes quando Fallow entrou.

— Alô, Peter!

Era Grillo, o americano, parado entre aqueles que se aglomeravam no bar. Era um sujeito divertido e simpático, mas Fallow já se enchera de americanos por aquele dia. Sorriu e entoou um "Alô, Benny!" e rumou direto para a sala lateral.

Tony Moss estava à Mesa; e Caroline Heftshank; e Alex Britt-Withers, dono do Leicester's; e St. John Thomas, diretor do museu e negociante de arte; e o namorado de St. John, Billy Cortez, um venezuelano que frequentara Oxford e poderia ser considerado inglês; e Rachel Lampwick, uma das duas filhas de Lorde Lampwick sustentadas por ele em Nova York; e Nick Stopping, o jornalista marxista — stalinista para ser mais exato — que vivia principalmente dos artigos em que elogiava os ricos, publicados em *House* & *Garden, Art* & *Antiques* e *Connoisseur*. A julgar pelos copos e garrafas, a Mesa estava em atividade havia algum tempo, e logo começariam a procurar um pato, a não ser que Alex Britt-Withers, o dono... não, Alex nunca perdoava a conta.

Fallow sentou-se e anunciou que estava começando vida nova e só queria um suco de laranja com ginger ale. Tony Moss quis saber se isso significava que parara de beber ou parara de pagar. Fallow não se importou, porque a piada vinha de Tony, de quem gostava, por isso riu e disse que na realidade o dinheiro de ninguém teria serventia aquela noite porque o generoso anfitrião, Alex, estava sentado à Mesa. Ao que Alex respondeu:

— E suspeito que o seu terá menos serventia do que o dos outros.

Caroline Heftshank disse que Alex ferira os sentimentos de Fallow, e Fallow confirmou que era verdade e naquelas circunstâncias era forçado a mudar de ideia. Pediu ao garçom para lhe servir uma vodca *southside*. Todos riram, porque isso era uma alusão a Asher Herzfeld, uma americana, herdeira da fortuna da indústria de vidros Herzfeld, que discutira violentamente com Alex na noite anterior porque ele não lhe arranjara uma mesa. Herzfeld sempre deixara os garçons malucos pedindo aquele veneno americano, vodca *southside*, que era preparado com hortelã e em seguida reclamava que a hortelã não estava fresca. Isto predispôs a Mesa a contar histórias de Herzfeld. St. John Thomas, na sua voz mais aflautada, contou que fora jantar no apartamento de Herzfeld na Fifth Avenue e Herzfeld insistira em apresentar os convidados a seus quatro empregados, o que constrangera os empregados e aborrecera os convidados. Ele estava certo de ter ouvido o jovem criadinho sul-americano dizer: "Bom, então por que não vamos todos jantar na minha casa?", o que provavelmente teria sido uma noite muito mais divertida, na opinião de St. John.

— Bom, teria sido ou não? — perguntou Billy Cortez, com um toque de sincera censura. — Tenho certeza de que aceitou o convite. Por sinal, um porto-riquenho espinhento.

— Não é porto-riquenho — corrigiu St. John. — Peruano. E não é espinhento.

Agora a Mesa entrava no prato principal, como era costume dos americanos. Os americanos, com o seu senso pervertido de culpa, estavam sempre apresentando convidados aos empregados, principalmente "gente como Herzfeld", comentou Rachel Lampwick. Então falaram das esposas, as esposas americanas que exerciam um controle tirânico sobre os maridos. Nick Stopping informou que descobrira por que os empresários americanos em Nova York gastavam tantas horas para almoçar. Era o único momento em que conseguiam se livrar das esposas para ter relações sexuais. Ia escrever um artigo chamado "Sexo ao meio-dia" para *Vanity Fair*. Não deu outra, o garçom trouxe uma vodca *southside* para Fallow e, em meio a muitos risos e brindes e reclamações a Alex sobre o estado da hortelã, ele bebeu o drinque e pediu mais um. Era de fato muito gostoso. Alex deixou a Mesa para ver como iam as coisas no salão, e Johnny Robertson, o crítico de arte, apareceu e contou uma história engraçada sobre um americano que insistia em chamar o ministro do Exterior italiano e a esposa pelos primeiros nomes, na abertura do show de Tiepolo, na noite anterior, e Rachel Lampwick contou a do americano que foi apresentado ao pai dela — "Esse é Lorde Lampwick" — e ele disse: "Oi, Lloyd." "Mas os professores de universidade americanos ficam terrivelmente magoados se alguém se esquece de chamá-los de doutor", disse St. John, e Caroline Heftshank queria saber por que os americanos insistiam em escrever o endereço do remetente na frente do envelope, e Fallow pediu mais uma vodca *southside*, e Tony e Caroline perguntaram por que não pediam outra garrafa de vinho. Fallow disse que não se importava que os americanos o chamassem pelo nome de batismo, se ao menos não insistissem em abreviá-lo para Pete. Todos os ianques em *The City Light* chamavam-no de Pete, e chamavam Nigel Stringfellow de Nige, e também usavam gravatas regimentais falsas que saltavam do peito de suas camisas, de modo que todas as vezes que via uma dessas gravatas gritantes, isso provocava uma cadeia estímulo-resposta e ele se preparava para o "Pete". Nick Stopping contou que jantara uma noite na casa de Stropp, o banqueiro de investimentos, na Park Avenue, e a filhinha de quatro anos de Stropp com a segunda esposa entrou na sala de jantar puxando um caminhãozinho em que havia um montinho de fezes humanas frescas — isso mesmo, fezes! dela, imagine-se, e a menina rodeou a mesa três vezes, e nem Stropp nem a esposa fizeram nada além de sacudir a cabeça e sorrir. Isso não exigia maiores comentários, porque a indulgência melosa dos ianques com os filhos era bem conhecida, e Fallow pediu mais uma vodca *southside* e brindou à ausência de Asher Herzfeld, e todos pediram mais bebida.

Agora Fallow começou a perceber que pedira bebidas no valor de vinte dólares, que não pretendia pagar. Como se unidos pelo inconsciente coletivo de Jung, Fallow, St. John, Nick e Tony tomaram consciência de que chegara a hora do pato. Mas que pato?

Foi Tony, finalmente, que exclamou:

— Alô, Ed!

Com o sorriso mais caloroso possível no rosto, ele começou a chamar um homem alto para a Mesa. Era um americano, bem-vestido, bonitão até, com feições aristocráticas e um rosto bonito, corado, liso e orvalhado como um pêssego.

— Ed, quero que conheça Caroline Heftshank. Caroline, esse é o meu bom amigo Ed Fiske.

Como vais por todos os lados à medida que Tony apresentava o jovem americano à mesa. Então Tony anunciou:

— Ed é o príncipe do Harlem.

— Ah, corta essa — disse Ed Fiske.

— É verdade! — confirmou Tony. — Ed é a única pessoa que conheço que pode andar por todo o Harlem, no sentido do comprimento e da largura, pelas ruas, pelos becos, na alta sociedade, nos bares da moda, sempre que queira, onde queira, a qualquer hora, de dia ou de noite, e ser absolutamente bem-vindo.

— Tony, isso é um terrível exagero — interpôs o sr. Ed Fiske, corando, mas também sorrindo de uma forma que indicava que não era um exagero *absurdo*. Sentou-se e foi encorajado a pedir uma bebida, o que fez.

— O que está acontecendo no Harlem, Ed?

Corando mais um pouco, o sr. Ed Fiske confessou ter estado no Harlem naquela mesma tarde. Sem mencionar nomes, contou o seu encontro com um indivíduo com quem tinha a delicada missão de insistir que devolvesse uma grande quantia, 350 mil dólares. Contou a história de forma hesitante e um tanto incoerente, uma vez que teve o cuidado de não salientar o fator cor nem de explicar por que havia tanto dinheiro envolvido — mas os ingleses prestavam atenção a cada palavra com rostos embevecidos e sorridentes, como se ele fosse o contador de casos mais brilhante que tinham encontrado no Novo Mundo. Casquinavam, riam, repetiam as perguntas de suas frases, como o coro de um musical de Gilbert e Sullivan. O sr. Ed Fiske não parava de falar, ganhando cada vez mais confiança e fluência. A bebida atingira o alvo. Ele desfiou as histórias mais seletas e fantasiosas que conhecia do Harlem. Que rostos ingleses cheios de admiração à volta dele! Como sorriam! Eles realmente apreciavam a arte de conversar! Com uma generosidade displicente pediu uma rodada de bebidas para a Mesa, e Fallow tomou mais uma vodca *southside,* e o sr. Ed Fiske falou de um homem alto e ameaçador, apelidado Buck, que usava um enorme brinco de ouro, como um pirata.

Os ingleses tomaram as bebidas, e então, um a um, foram saindo, primeiro Tony, depois Caroline, depois Rachel, depois Johnny Robertson, depois Nick Stopping. Quando Fallow disse baixinho: "Com licença, um instantinho" e se levantou, só restavam St. John Thomas e Billy Cortez, e Billy estava puxando a manga de St. John, porque agora descobrira mais do que um toque de sinceridade no olhar embevecido que St. John lançava a esse rapaz bonito e aparentemente rico de tez aveludada.

Do lado de fora, na Lexington Avenue, Fallow ficou imaginando o tamanho da conta que em breve seria apresentada ao jovem sr. Fiske. Sorriu no escuro, beatificamente alto. Chegaria a quase duzentos dólares. Sem dúvida ele a pagaria sem reclamar, o pobre pato.

Os ianques. Deus do céu.

Só faltava resolver o problema do jantar. O jantar no Leicester's, mesmo sem vinho, custava no mínimo quarenta dólares por pessoa. Fallow se dirigiu a um telefone público na esquina. Havia o tal Bob Bowles, o editor de revista americano... Daria certo. A mulher magricela com quem ele vivia, Mona de Tal, era quase insuportável, mesmo quando estava calada. Mas tudo na vida tinha seu preço, não tinha?

Entrou na cabine e inseriu uma moeda de 25 *cents* na ranhura. Se tivesse sorte estaria de volta ao Leicester's dentro de uma hora, comendo seu prato favorito, o *paillard* de frango, que era particularmente saboroso com vinho tinto. Gostava de Vieux Galouches, um vinho francês que vinha numa garrafa com um gargalo excêntrico, o melhor.

8
O CASO

Martin, o detetive irlandês, estava ao volante; seu companheiro, Goldberg, o detetive judeu, estava no assento do lado, e Kramer, no banco traseiro, sentado por acaso exatamente no ângulo adequado para ver o velocímetro. Estavam rodando pela Via Expressa Major Deegan a uns bons 104 quilômetros irlandeses por hora, a caminho do Harlem.

 O fato de Martin ser irlandês estava bem presente na cabeça de Kramer naquele momento. Acabara de relembrar onde o vira pela primeira vez. Foi logo depois de ter entrado para a Delegacia de Homicídios. Mandaram-no à East 152nd Street, onde um homem tinha sido morto a tiros no assento traseiro de um automóvel. O automóvel era um Cadillac Sedan DeVille. Uma das portas traseiras estava aberta, e havia um detetive parado ao lado dela, um tampinha, com menos de 75 quilos, pescoço fino, rosto magro e ligeiramente torto, e olhos de dobermann pinscher. O detetive Martin. O detetive Martin indicou a porta aberta com um gesto largo, como um maître. Kramer espiou, e o que viu era mais pavoroso do que qualquer coisa que a frase "morto a tiros no banco traseiro de um automóvel" pudesse remotamente lhe sugerir. A vítima era um homem gordo com um paletó xadrez espalhafatoso. Estava sentado no banco traseiro com as mãos pousadas nas pernas, pouco acima dos joelhos, como se estivesse prestes a puxar a calça para cima para impedir que as rótulas pudessem marcá-la. Parecia estar usando um berrante avental escarlate. Dois terços de sua cabeça haviam desaparecido. A janela traseira dava a impressão de que alguém atirara uma pizza. O avental vermelho era feito de sangue arterial, que jorrava do terço restante da cabeça como de uma fonte. Kramer recuou para longe do carro. "Puta que pariu!", exclamou. "Você viu isso? Como foi que... quero dizer, merda!... espirrou por todo o carro!" Ao que Martin retrucou: "É, deve ter estragado o dia dele." A princípio, Kramer tomara esse comentário como uma referência ao seu descontrole diante da cena, mas mais tarde calculou que Martin não teria aceitado outra reação. Qual era a graça de apresentar as pessoas à safra seleta de lesões corporais do Bronx se elas não se descontrolassem? Depois disso, Kramer fazia questão de se comportar o mais irlandesmente possível nas cenas dos crimes.

 O companheiro de Martin, Goldberg, era o dobro do tamanho dele, um verdadeiro flanco de vaca, com cabelo basto e preto, bigode ligeiramente caído nos cantos da boca e pescoço grosso. Havia irlandeses chamados Martin e judeus chamados Martin. Havia alemães chamados Kramer e judeus chamados Kramer. Mas todo Goldberg na história do mundo era judeu, com a possível exceção deste. E agora, sendo companheiro de Martin, ele provavelmente se tornara irlandês também.

Martin, ao volante, virou um pouco a cabeça para se dirigir a Kramer no banco traseiro.

— Não posso acreditar que esteja de fato indo para o Harlem para ouvir aquele veado. Se fosse a gravação de um telefone grampeado, eu acreditaria. Como foi que ele conseguiu falar com o Weiss?

— Não sei — respondeu Kramer. Soou entediado, só para mostrar que era um sujeito durão que compreendia que essa missão era uma grande punheta. Na verdade, continuava eufórico com o veredicto da noite anterior. Herbert 92X fora condenado. Shelly Thomas surgira, gloriosa como o sol. — Aparentemente Bacon ligou para Joseph Leonard. Conhece Leonard? O deputado estadual negro?

O radar de Kramer o avisou de que "negro" era delicado demais, refinado demais, uma designação liberal demais para uma conversa com Martin e Goldberg, mas não queria experimentar nenhuma outra expressão.

— Sei, conheço — respondeu Martin. — Ele é uma peça, também.

— Bem, é só um palpite — continuou Kramer —, mas Weiss tem uma eleição em novembro, e se Leonard pedir um favor, Weiss vai fazer o favor. Ele acha que precisa do apoio dos negros. O tal porto-riquenho, Santiago, vai concorrer com ele nas primárias.

Goldberg fungou.

— Adoro a palavra que eles usam, "apoio". Como se pensassem que existe alguma organização por lá. É uma piada. No Bronx, eles não conseguiriam organizar nem uma xícara de café, Bedford-Stuyvesant, a mesma coisa. Já trabalhei no Bronx, em Bedford-Stuyvesant e no Harlem. No Harlem, eles são mais sofisticados. No Harlem, se você manda chamar um veado e diz: "Olhe, há duas maneiras de fazer isso, uma maneira fácil e uma maneira difícil, você é que escolhe", pelo menos eles sabem do que se está falando. No Bronx ou em Bed-Stuy, é fogo. Bed-Stuy é pior. Em Bed-Stuy é melhor começar a rolar no chão desde o começo. Certo, Marty?

— É — concordou Martin, sem entusiasmo. Goldberg não mencionara nomes a não ser *eles*. Para começar, Martin não parecia querer entrar numa discussão de filosofia policial. — Então Bacon liga para Leonard, e Leonard liga para Weiss — disse Martin. — E daí?

— Esse garoto, Lamb, a mãe dele trabalha para Bacon, ou trabalhava para Bacon — esclareceu Kramer. — Ela alega que tem informações sobre o que aconteceu com o filho, mas tem um monte de multas de estacionamento proibido, existe um mandado de prisão contra ela, e tem medo de ir à polícia. Então o negócio é o seguinte,

Weiss revoga o mandado e prepara um cronograma para ela pagar as multas, e ela nos dá a informação, mas tem que ser na presença de Bacon.

— E Weiss concorda com isso.

— Concorda.

— Lindo.

— Bom, você conhece Weiss — disse Kramer. — A única coisa que o preocupa é o fato de ser judeu e estar concorrendo à reeleição numa municipalidade 70 por cento negra e porto-riquenha.

Goldberg pergunta:

— Você já se encontrou com Bacon alguma vez?

— Não.

— É melhor guardar o relógio antes de entrar. O filho da mãe só levanta o dedo para roubar.

Martin comenta:

— Eu estava pensando nisso, Davey. Não consigo ver onde está o dinheiro nisso tudo, mas pode apostar que está em algum lugar. — E, voltando-se para Kramer: — Já ouviu falar na Liga Trabalhista Portais Abertos?

— Claro.

— É uma das mumunhas de Bacon. Já viu como aparecem nos restaurantes exigindo empregos para as minorias? Você devia ter assistido àquela confusão infernal na Estrada Gun Hill. Não havia um único rosto branco trabalhando lá. De modo que não sei de que minoria estavam falando, a não ser que se possa chamar de minoria uma cambada de bongos carregando pedaços de pau.

Kramer ficou imaginando se bongos devia ser interpretado como um epíteto racial. Não queria ser tão irlandês assim.

— Bom, então o que é que vão ganhar com isso?

— Dinheiro — respondeu Martin. — Se o gerente dissesse: "Ah, sim, estamos precisando de mais alguns empregados, vocês estão todos contratados", olhariam para ele como se estivesse maluco. Eles só querem o dinheiro para se manter longe. O mesmo acontece com a Liga Contra a Difamação do Terceiro Mundo. São aqueles que vão até a Broadway e fazem o diabo. Esse é outro dos negócios de Bacon. Ele é um doce de coco.

— Mas o pessoal da Liga Trabalhista Portais Abertos — começou Kramer — chega a entrar em brigas.

— Brigas feias pra caramba — disse Goldberg.

— Se é uma vigarice, por que fariam isso? Podem morrer.

— Você devia vê-los — disse Martin. — Aqueles fodidos brigam a noite inteira de graça. Então, por que não brigariam se alguém lhes paga alguns dólares?

— Lembra-se daquele que avançou para você com um cano, Marty?

— Se me lembro dele? Eu o vi em sonhos. Um veado grande e alto com um brinco de ouro pendurado na orelha, assim — Martin fez um O com o indicador e o polegar e colocou-o sob a orelha direita.

Kramer não sabia em quanto daquilo acreditar. Lera uma vez um artigo no *The Village Voice* que descrevia Bacon como um "socialista das ruas", um ativista político negro que criara teorias próprias sobre os grilhões do capitalismo e as estratégias necessárias para dar aos negros o que lhes era devido. Kramer não tinha interesse em políticas de esquerda, seu pai tampouco tivera. Na casa deles, no entanto, quando era adolescente, a palavra socialista tinha conotações religiosas. Era como "zelote" e "Massada". Havia um quê de judeu na palavra. Por mais obstinado que um socialista pudesse ser, por mais cruel e vingativo, ele levava escondido na alma uma centelha da luz de Deus, de Javé. Talvez o negócio de Bacon fosse extorsão, talvez não fosse. Vista por um determinado ângulo, toda a história do movimento trabalhista era uma extorsão. O que era uma greve se não uma extorsão sustentada por uma ameaça real ou implícita de violência? O movimento trabalhista também possuía uma aura religiosa na casa de Kramer. Os sindicatos eram um levante como o de Massada contra os piores entre os *goyim*. Seu pai era um capitalista potencial, um criado dos capitalistas, para dizer a verdade, que nunca pertencera a um sindicato de trabalhadores na vida e se sentia infinitamente superior àqueles que pertenciam. No entanto, certa noite, o senador Barry Goldwater aparecera na TV promovendo uma lei sobre o direito ao trabalho, e seu pai começara a resmungar e a xingar de uma maneira que teria feito Joe Hill e os membros da Industrial Workers of the World parecerem meros mediadores trabalhistas. Sim, o movimento trabalhista era verdadeiramente religioso, como o próprio judaísmo. Era uma dessas coisas que se acreditava boa para toda a humanidade e que fazia a pessoa não se importar um segundo com a própria vida. Era engraçada a religião... Seu pai a enrolava em torno de si como uma capa... Esse Bacon a enrolava em torno de si... Herbert a enrolava em torno de si... Herbert... Subitamente Kramer encontrou uma maneira de falar do seu triunfo.

— É engraçado o que acontece com esses sujeitos e a religião — disse aos dois tiras no banco da frente. — Acabei de encerrar um caso, um sujeito chamado Herbert 92X. — Ele não disse: "Acabei de ganhar um caso." Mas daria um jeito de dizer: — Esse sujeito...

Martin e Goldberg provavelmente não ligavam a mínima. Mas pelo menos... compreenderiam...

Ele desempenhou o papel de um animado contador de casos até chegarem ao Harlem.

* * *

Não havia ninguém na grande sala do reverendo Bacon, quando a secretária conduziu Kramer, Martin e Goldberg à sua presença. O mais conspicuamente ausente era o próprio reverendo Bacon. Sua grande cadeira giratória elevava-se em expectante vacuidade atrás da escrivaninha.

A secretária indicou aos três cadeiras à frente da escrivaninha e em seguida se retirou. Kramer contemplou pela janela curva, por trás da cadeira, os sombrios troncos de árvores no jardim. Os troncos eram salpicados de malhas amarelo-pântano e verde-podridão. Então olhou para a abóbada, as molduras de gesso e todos os outros detalhes arquitetônicos que anunciavam, oitenta anos antes, um milionário. Martin e Goldberg faziam o mesmo. Martin olhou para Goldberg, torceu um canto da boca para cima com uma expressão no olhar que dizia: "É uma fraude."

Uma porta se abriu, e um homem negro e alto entrou na sala, parecendo possuir 10 milhões de dólares. Usava um terno preto, talhado de tal forma que ressaltava a largura de seus ombros e a finura de sua cintura. O paletó tinha um corte que deixava entrever um belo pedaço do peito branco da camisa. O colarinho engomado parecia imaculado, de encontro à pele escura do homem. Tinha uma gravata com um desenho de linhas entrecruzadas negras, o tipo de gravata que Anuar Sadat costumava usar. Kramer se sentiu amarrotado só de olhar para ele.

Por um instante hesitou quanto a se devia ou não se levantar da cadeira, sabendo o que Martin e Goldberg pensariam de qualquer gesto de respeito. Mas não conseguiu pensar numa saída. Então se ergueu. Martin esperou alguns segundos, mas se levantou também, e Goldberg o acompanhou. Entreolharam-se e os dois torceram a boca dessa vez. Como fora Kramer o primeiro a se levantar, o homem se encaminhou para ele, estendeu a mão e disse:

— Reginald Bacon.

Kramer apertou a mão e disse:

— Lawrence Kramer, promotor distrital no Bronx, gabinete do promotor público. Detetive Martin. Detetive Goldberg.

Pela maneira com que Martin olhara para a mão do reverendo Bacon com seus olhos de dobermann pinscher, Kramer não sabia dizer se ele ia apertá-la ou mordê-la. Finalmente apertou-a. Apertou-a por no mínimo um quarto de segundo, como se tivesse acabado de apanhar um pedaço de creosoto. Em seguida, Goldberg cumprimentou-o.

— Os cavalheiros aceitam um café?

— Não, obrigado — respondeu Kramer.

Martin lançou um olhar gélido ao reverendo Bacon e depois sacudiu a cabeça de um lado para o outro duas vezes, mui-to lenta-men-te, expressando com sucesso a mensagem: "Nem se eu estivesse morrendo de sede." Goldberg, o irlandês-judeu, o acompanhou.

O reverendo Bacon deu a volta na escrivaninha até onde estava a grande cadeira, e todos se sentaram. Ele se recostou na cadeira e observou Kramer com uma expressão impassível durante o que pareceu um tempo muito longo; em seguida disse numa voz suave e baixa:

— O promotor público explicou ao senhor a situação da sra. Lamb?

— O chefe da minha delegacia explicou.

— O chefe da sua delegacia?

— Bernie Fitzgibbon. Ele é o chefe da Delegacia de Homicídios.

— O senhor é da Delegacia de Homicídios?

— Quando um caso entra na lista de mortes prováveis, eles o encaminham para a Delegacia de Homicídios. Nem sempre, mas frequentemente.

— O senhor não precisa dizer à sra. Lamb que é da Delegacia de Homicídios.

— Compreendo — disse Kramer.

— Agradeceria a gentileza.

— Onde está a sra. Lamb?

— Está na casa. Entrará em um minuto. Mas quero lhes dizer uma coisa antes que entre. Ela está muito perturbada. O filho está morrendo, e ela sabe disso, e não sabe que... compreende... É uma coisa que sabe e ao mesmo tempo não quer saber. Compreende? E todo esse tempo, ali está ela em apuros por causa de uma porção de multas de estacionamento. Diz consigo mesma: "Preciso ficar com meu filho, mas suponha que me prendam por causa das multas de estacionamento"... Compreende?

— Bom, ela... ela não precisa se preocupar com isso — disse Kramer. — O promotor público está revogando o mandado. Ela ainda terá que pagar as multas, mas ninguém vai prendê-la.

— Disse isso a ela, mas seria bom repetir.

— Ah, estamos aqui para ajudar, mas pensei que tinha uma informação para nos dar. — Isso era para benefício de Martin e Goldberg, para que não pensassem que estava se deixando levar.

O reverendo Bacon fez uma nova pausa e encarou Kramer, depois retomou o assunto suavemente como antes.

— É verdade. Ela tem algo para lhes dizer. Mas precisam saber quem é ela e quem é o filho dela, Henry. Henry é... era... era... Meu Deus, isso é uma tragédia. Henry é um excelente rapaz... um excelente rapaz, excelente como os que gostaria de conhecer... compreende. Frequenta a igreja, nunca se meteu em encrencas, está prestes a terminar o segundo grau, preparar-se para a universidade... um excelente rapaz. E ele já se formou em escolas mais puxadas do que a Universidade de Harvard. Cresceu nos conjuntos habitacionais e saiu ileso. Sobreviveu. Ao sair era um rapaz excelente. Henry Lamb é... *era!... a esperança!...* compreende... a esperança. E agora alguém passa por aqui e — *pimba!* — Ele bateu com a mão no tampo da mesa — o atropela e nem mesmo para.

Porque Martin e Goldberg estavam presentes, Kramer sentiu necessidade de acabar com a representação teatral.

— Isto pode muito bem ser verdade, reverendo Bacon — disse —, mas até o momento não temos qualquer evidência de atropelamento e fuga.

O reverendo Bacon lançou-lhe aquele seu olhar impassível e, em seguida, pela primeira vez, sorriu.

— Vai ter toda a evidência de que precisa. Vai ser apresentado à mãe de Henry Lamb. Conheço-a muito bem... compreende... e pode acreditar no que diz. Ela pertence à minha igreja. É uma mulher trabalhadora, uma boa mulher... compreende... uma boa mulher. Tem um bom emprego no Municipal Building, na pretoria. Não recebe um tostão de pensão. Uma boa mulher com um bom filho. — Então apertou um botão na escrivaninha, debruçou-se para a frente e disse: — Srta. Hadley, mande a sra. Lamb entrar. Ah, e mais uma coisa. O marido dela, pai de Henry, foi morto há seis anos, abatido a tiros, do lado de fora do conjunto habitacional, quando voltava para casa, uma noite. Tentou resistir a um assaltante. — O reverendo Bacon olhou um por um, balançando a cabeça todo o tempo.

Com isso, Martin se levantou e espiou pela janela ogival. Olhava com tanta atenção que Kramer pensou que no mínimo devia estar vendo alguém arrombar uma casa. O reverendo Bacon olhou para ele, intrigado.

— Que árvores são aquelas? — perguntou Martin.

— Quais, Marty? — perguntou Goldberg, levantando-se também.

— Ali. — Apontou Martin.

O reverendo Bacon girou a cadeira e espiou pela janela.

— São sicômoros — respondeu.

— Sicômoros — repetiu Martin, com o tom pensativo de um jovem naturalista num programa de arboricultura. — Olhe só aqueles troncos. Devem ter uns 15 metros de altura.

— Procurando alcançar a luz — disse o reverendo Bacon —, procurando encontrar o sol.

Às costas de Kramer abriu-se um par de pesadas portas de carvalho, e a secretária, srta. Hadley, fez entrar uma negra bem-vestida, aí pelos quarenta anos, talvez mais jovem. Usava saia e casaquinho azuis e uma blusa branca. O cabelo preto estava penteado em ondas suaves. Tinha um rosto magro, quase delicado, grandes olhos e o olhar confiante de uma professora ou de alguém acostumado a enfrentar o público.

O reverendo Bacon se ergueu e deu a volta à mesa para recebê-la. Kramer também se levantou — e compreendeu o súbito interesse de Martin e do irlandês-judeu na espécie arbórea. Não queriam se ver na contingência de se levantar quando a mulher entrasse na sala. Já tinha sido bastante desagradável se levantar para um malandro como Bacon. Tornar a fazê-lo para uma mulher de um conjunto habitacional que pertencia à organização dele era levar a coisa longe demais. Dessa maneira, já estavam de pé, estudando os sicômoros, quando ela entrou na sala.

— Senhores — disse o reverendo Bacon —, esta é a sra. Annie Lamb. Este é o senhor da Promotoria Distrital no Bronx, sr. Kramer. E, ah...

— O detetive Martin e o detetive Goldberg — completou Kramer. — Eles estão encarregados da investigação do caso de seu filho.

A sra. Lamb não se adiantou para dar a mão e não sorriu. Assentiu muito ligeiramente com a cabeça. Parecia estar evitando julgar os três, por enquanto.

Encarnando o papel de pastor, o reverendo Bacon puxou uma cadeira para ela. Em vez de voltar à grande cadeira giratória, sentou-se na ponta da mesa com atlética displicência. Em seguida, disse à sra. Lamb:

— Eu estava conversando com o sr. Kramer; eles já cuidaram das multas de estacionamento. — Olhou para Kramer.

— Bom, o mandado foi revogado — informou Kramer. — Não há mais mandado. Restam apenas as multas e, no que nos concerne, não estamos interessados nelas.

O reverendo Bacon olhou para a sra. Lamb e sorriu balançando a cabeça algumas vezes, como se afirmasse: "O reverendo Bacon cumpre o que promete." Ela só fez olhar para ele e comprimir os lábios.

— Bom, sra. Lamb — começou Kramer —, o reverendo Bacon nos disse que tem informações para nós sobre o acidente com o seu filho.

A sra. Lamb olhou para o reverendo Bacon. Ele assentiu com a cabeça e disse:

— Pode falar. Diga ao sr. Kramer o que me contou.

Ela disse:

— Meu filho foi atropelado por um carro, e o carro não parou. Foi um atropelamento com fuga do responsável. Mas ele viu o número da placa, ou parte dele.

A voz era formal.

— Um momento, sra. Lamb — interrompeu Kramer. — Se não se importar, comece do princípio. Quando foi que ouviu isso pela primeira vez? Quando soube que seu filho fora ferido?

— Quando voltou do hospital para casa com o pulso no... hum... não sei como se chama.

— No gesso?

— Não, não era gesso. Era mais como uma tala, só que parecia uma grande luva de lona.

— Bem, em todo caso, ele voltou do hospital para casa com essa lesão no pulso. Quando foi isso?

— Isso foi... há três noites.

— Que foi que ele disse que aconteceu?

— Não disse muita coisa. Estava sentindo muita dor e queria ir para a cama. Mencionou alguma coisa sobre um carro, mas pensei que estava num carro e que tinha sofrido um acidente. Conforme já disse, ele não queria conversa. Acho que lhe deram alguma coisa no hospital, para acalmar a dor. Ele só queria ir para a cama. Então disse-lhe que fosse para a cama.

— Ele disse com quem estava quando houve o acidente?

— Não. Ele não estava com ninguém. Estava só.

— Então não estava num carro.

— Não, estava a pé.

—Muito bem, continue. Que aconteceu depois?

— Na manhã seguinte ele estava se sentindo muito mal. Tentou levantar a cabeça e quase desmaiou. Sentia-se tão mal que não foi trabalhar. Chamei-o... eu fiquei em casa. Foi então que me disse que fora atropelado por um carro.

— Como foi que ele disse que aconteceu?

— Ele estava atravessando o Bruckner Boulevard, e esse carro o atingiu, ele caiu por cima do pulso, e deve ter batido com a cabeça também, porque estava com uma concussão horrível. — Nesse ponto a sua compostura sucumbiu. Ela fechou os olhos e quando os reabriu estavam cheios de lágrimas.

Kramer aguardou um instante.

— Em que ponto do Bruckner foi isso?

— Não sei. Quando tentava falar, sentia muita dor. Ele abria e fechava os olhos. Nem conseguia se sentar.

— Mas ele estava sozinho, a senhora disse. Que fazia no Bruckner Boulevard?

— Não sei. Há um restaurante de comida para viagem lá, na 161st Street, o Texas Fried Chicken, e Henry gosta das coisas que servem lá, os pedacinhos de galinha, por isso talvez estivesse indo para lá, mas não sei.

— Onde foi que o carro bateu? Onde, quer dizer, no corpo dele?

— Não sei também. No hospital, talvez possam lhe informar isso.

O reverendo Bacon interrompeu.

— No hospital fizeram um trabalho negligente. Não radiografaram a cabeça do rapaz. Não fizeram uma tomografia axial computadorizada, um teste de ressonância nuclear magnética nem nada disso. O rapaz dá entrada com um grave ferimento na cabeça, e eles encanam o *pulso* e o mandam para casa.

— Bem — disse Kramer —, aparentemente não sabiam que fora atropelado por um carro. — Voltou-se para Martin: — Confere?

— O relatório do setor de urgências não menciona nenhum automóvel — disse Martin.

— O rapaz tinha um ferimento grave na cabeça! — retrucou o reverendo Bacon. — Provavelmente nem sabia metade do que estava dizendo. Eles têm obrigação de imaginar essas coisas.

— Bem, não vamos nos desviar do assunto — disse Kramer.

— Ele leu parte do número da placa — disse a sra. Lamb.

— O que foi que ele lhe disse?

— Disse que começava com R. Essa era a primeira letra. A segunda era E ou F ou P ou B ou uma letra dessas. Era isso o que parecia.

— De que estado? Nova York?

— De que estado? Não sei. Creio que Nova York. Ele não disse que era de outro estado. E me falou da marca.

— Qual era?

— Um Mercedes.

— Compreendo. De que cor?

— Não sei. Ele não disse.

— Quatro portas? Duas portas?

— Não sei.

— Falou da aparência do motorista?

— Disse que havia um homem e uma mulher no carro.

— O homem estava dirigindo?

— Acho que sim. Não sei.

— Alguma descrição do homem ou da mulher?

— Eram brancos.

— Ele disse que eram brancos? Mais alguma coisa?

— Não, só disse que eram brancos.

— Só isso? Não disse mais nada sobre eles ou sobre o carro?

— Não. Ele mal conseguia falar.

— Como foi que chegou ao hospital?

— Não sei. Ele não me contou.

Kramer perguntou a Martin:

— Informaram no hospital?

— Entrou andando.

— Ele não poderia ter andado do Brucker Boulevard até o Lincoln Hospital com o pulso quebrado.

— Entrar andando não significa que caminhou até lá. Significa que entrou no setor de urgências com os próprios pés. Não foi carregado. Não foi o Serviço Médico de Urgências que o levou. Não chegou de ambulância.

A cabeça de Kramer já estava se adiantando, na preparação para o julgamento. Ele só conseguia ver becos sem saída. Parou, sacudiu a cabeça e disse, sem se dirigir a ninguém em particular:

— Isso é quase nada.

— Que quer dizer com isso? — perguntou Bacon. Pela primeira vez havia uma nota ríspida em sua voz. — Têm a primeira letra da placa e uma pista para a segunda letra, e têm a marca do carro: quantos Mercedes com uma placa iniciando com RE, RF, RB ou RP acha que vai encontrar?

— Não faço ideia — respondeu Kramer. — O detetive Martin e o detetive Goldberg verificarão isso. Mas precisamos é de uma testemunha. Sem uma testemunha ainda não temos um caso.

— Não temos um caso?! — exclamou o reverendo Bacon. — A mim me parece que o senhor tem um caso e meio. Há um rapaz, um rapaz fora de série, às portas da morte. Há um carro e uma placa. Precisa mais que isso para ter um caso?

— Olhe — disse Kramer, esperando que um tom ultrapaciente e ligeiramente condescendente se encarregasse da censura implícita. — Deixe-me explicar uma coisa. Vamos supor que identifiquemos o carro amanhã. Está bem? Vamos supor que o carro esteja registrado no estado de Nova York, e que só haja um Mercedes com uma placa que comece com R. Então temos o carro. Mas não temos o motorista.

— É, mas o senhor pode...

— Só porque uma pessoa possui um carro não significa... que o estivesse dirigindo num dado momento...

— Mas o senhor pode interrogar esse homem.

— É verdade, e é o que faremos. Mas a não ser que ele admita: "Claro, estive envolvido num acidente assim-assim e fugi", estaremos de volta ao ponto de partida.

O reverendo Bacon sacudiu a cabeça:

— Não estou entendendo.

— O problema é que não temos uma testemunha. Não só não temos ninguém para nos dizer onde ocorreu o acidente, como não temos ninguém que possa nos dizer que o rapaz foi mesmo atropelado por um carro.

— Os senhores têm o próprio Henry Lamb!

Kramer tirou as mãos do colo e ergueu ligeiramente os ombros, para não enfatizar em demasia o fato de que o filho da sra. Lamb provavelmente nunca poderia voltar a prestar testemunho sobre nada.

— E há o que ele disse à mãe. Disse-o de viva voz.

— Isso nos fornece uma pista, mas é um testemunho por ouvir dizer.

— Foi o que ele disse à *mãe* dele.

— O senhor pode aceitar que seja verdade, e eu posso aceitar que seja verdade, mas não seria admissível num tribunal.

— Isso não tem sentido para mim.

— Bem, essa é a lei. Mas, com toda a franqueza, devo sublinhar outra coisa. Aparentemente, quando entrou no setor de urgências há três noites, ele não disse nada quanto a ter sido atropelado por um carro. Isso não ajuda nem um pouco.

— Teve uma concussão... e um pulso partido... Provavelmente deixou de dizer muita coisa.

— Bem, estaria pensando mais claramente na manhã seguinte? É possível apresentar esse argumento também.

— *Quem* está apresentando esse argumento? — perguntou o reverendo Bacon.

— O *senhor* é que está apresentando esse argumento.

— Não estou apresentando argumento algum. Só estou tentando mostrar que sem uma testemunha os problemas são muitos.

— Bem, o senhor pode encontrar o carro, não pode? Pode interrogar o dono. Pode mandar periciar o carro, não pode?

— Claro — respondeu Kramer. — Conforme já afirmei, eles vão verificar isso. — Indicou Martin e Goldberg com a cabeça. — Vão procurar descobrir testemunhas também. Mas não creio que um carro forneça muitas provas. Se um carro o atropelou, deve ter passado de raspão. Ele apresenta algumas contusões, mas não o tipo de lesão corporal que alguém apresentaria se tivesse realmente sido *atropelado* por um carro.

— Disse *se* um carro o tivesse atropelado?

— Esse caso está repleto de "se", reverendo Bacon. Se encontrarmos um carro e um dono, e se o dono disser: "Sim senhor, atropelei esse rapaz uma noite dessas, não parei e não comuniquei o fato", então temos um caso. Do contrário, temos um pacote de problemas.

— Hum, hum — disse o reverendo Bacon. — Então talvez não possa gastar muito tempo com este caso, uma vez que apresenta tantos problemas, não?

— Não, não é verdade. Este caso receberá tanta atenção quanto qualquer outro.

— O senhor disse "seja sincero". Bom, vou ser sincero. Henry Lamb não é um cidadão importante e não é filho de um cidadão importante, mas continua sendo um excelente rapaz... compreende... Está prestes a se formar no segundo grau. Não abandonou a escola. Estava... está pensando em entrar para a universidade. Nunca se meteu em encrencas. Mas é um produto do Conjunto Habitacional Edgar Allan Poe. O Conjunto Habitacional Edgar Allan Poe. É um rapaz negro dos conjuntos habitacionais. Agora, vamos mudar o nosso enfoque um instante. Suponhamos que Henry Lamb fosse um rapaz branco que morasse na Park Avenue e estivesse prestes a ingressar em Yale e fosse atropelado na Park Avenue por um homem e uma mulher negros num... num... Pontiac Firebird e não num Mercedes... compreende... e esse rapaz dissesse à mãe o que Henry Lamb disse à dele. O senhor quer me dizer que *não haveria um caso*? Em vez de falar em problemas, o senhor iria revirar essa informação pelo avesso e examinar todas as costuras.

Martin resolveu interferir.

— Faríamos a mesma coisa que estamos fazendo agora. Estivemos à procura da sra. Lamb aqui durante dois dias. Quando foi que descobrimos que havia uma placa de carro? Foi o senhor quem ouviu falar. Já trabalhei na Park Avenue e no Bruckner Boulevard. Não faz diferença alguma.

A voz de Martin era tão calma e positiva e seu olhar tão implacável, tão obstinado, tão irlandês, que pareceu assustar o reverendo Bacon por um momento. Tentou fazer o irlandesinho desviar os olhos, sem sucesso. Então armou um breve sorriso e disse:

— O senhor pode me dizer isso porque sou religioso e quero acreditar que a justiça seja cega... compreende... quero acreditar nisso. Mas é melhor não sair às ruas do Harlem e do Bronx tentando dizer isso ao povo. É melhor não informá-los dessas bênçãos, porque eles já conhecem a verdade. Descobrem-na apanhando.

— Estou nas ruas do Bronx diariamente — respondeu Martin — e vou dizê-la a todos os que quiserem saber.

— Hum — disse o reverendo Bacon. — Temos uma organização, Solidariedade dos Povos. Visitamos as comunidades, as pessoas nos procuram, e posso lhe informar que o povo não está recebendo a sua mensagem. Está recebendo outra mensagem.

— Estive em uma das suas visitas — disse Martin.

— Esteve em quê?

— Em uma de suas visitas. Lá na Estrada Gun Hill.

— É, bem, não sei do que está falando.

— Foi nas ruas do Bronx — acrescentou Martin.

— Em todo caso — disse Kramer, dirigindo-se à sra. Lamb —, muito obrigado pelas suas informações. E espero que tenha boas notícias de seu filho. Vamos verificar aquela placa. Nesse meio-tempo, se souber de alguém que tenha estado com o seu filho naquela noite, ou que tenha visto alguma coisa, por favor nos informe, está bem?

— Hã, hã — disse ela, no mesmo tom dúbio que usara no início. — Muito obrigada.

Martin continuava a encarar o reverendo Bacon com os seus olhos de dobermann pinscher. Então Kramer voltou-se para Goldberg e perguntou:

— Você tem um cartão com um número de telefone que possa dar à sra. Lamb?

Goldberg procurou no bolso interno e entregou-lhe um cartão. Ela o recebeu sem olhar.

O reverendo Bacon ergueu-se.

— Não precisa me dar o seu cartão — disse a Goldberg. — Conheço o senhor... compreende... Vou lhe *telefonar*. Vou ficar *em cima* do seu caso. Quero ver resultados.

A Solidariedade dos Povos quer resultados. E *haverá* resultados... compreende... Por isso há uma coisa com que pode contar: vai receber notícias *minhas*.

— Sempre que quiser — disse Martin. — Sempre que quiser.

Seus lábios estavam ligeiramente entreabertos, com uma sugestão de sorriso nos cantos. Lembrou a Kramer a expressão "cobra sorridente" que os meninos usavam antes de iniciar uma briga no recreio.

Kramer fez menção de se retirar, fazendo suas despedidas por cima do ombro, esperando persuadir o Guerreiro Martin e o Trevo Judeu a saírem também.

No caminho de volta à fortaleza, Martin comentou:

— Nossa, agora sei por que mandam vocês para a faculdade de direito, Kramer. Para aprender a ser cara de pau. — Mas disse isso de bom humor.

— Que diabo, Marty — disse Kramer, imaginando que, após lutar ombro a ombro com ele naquela escaramuça ridícula com o reverendo Bacon, podia tratar pelo apelido o destemido macaquinho irlandês —, a mãe do garoto estava sentada bem ali. Além do mais, talvez o número da placa revele alguma coisa.

— Quer apostar?

— É uma possibilidade.

— Uma porra que é uma possibilidade. Você é atropelado pela merda de um carro, vai para o hospital e nem menciona isso? Então volta para casa e nem menciona isso para a mãe? E na manhã seguinte não está se sentindo muito bem e então diz: "Por falar nisso, fui atropelado por um carro?" Ora, cai fora. Aquele filho da mãe levou uma surra, mas não foi por alguma razão que quisesse contar.

— Ah, disso não tenho dúvida. Veja se ele tem antecedentes criminais, sim?

— Sabe — disse Goldberg —, eu tenho pena dessa gente. Eles ficam ali dizendo que o garoto não é fichado como se isso fosse um grande feito. E nos conjuntos habitacionais, ainda por cima. Não ter antecedentes criminais! Isso é muito especial. Sinto pena dela.

"E um pouquinho de sangue judeu escorre do Trevo Judeu", pensou Kramer.

Mas Martin recomeça a cantilena:

— Uma mulher daquelas nem devia estar morando num conjunto habitacional, puxa vida. É uma pessoa legal. Uma pessoa séria. Agora me lembro de quando o marido dela morreu. O cara era um trabalhador que tinha bom coração. Enfrentou um desses marginais, e o miserável lhe deu um tiro na boca. Ela trabalha, não recebe pensão, manda o garoto à igreja, mantém ele na escola... ela é direita. Não se sabe no que o garoto andou se metendo, mas ela é direita. Com a metade dessa gente, sabe, acontece alguma coisa, e quando se fala com eles, passam tanto tempo culpando a porra do mundo pelo que aconteceu, que nem se consegue descobrir o que foi que aconteceu, para começar. Mas essa não, ela é direta. Que pena que esteja morando num conjunto, mas sabe — ele olhou para Kramer para dizer isso —, há muita gente decente nos conjuntos, gente que se apresenta para trabalhar.

Goldberg concordou sabiamente com a cabeça e disse:

— Não dá para reconhecer agora, mas foi para isso que a porra dos conjuntos foi construída, para gente que trabalha. E quando se encontra alguém de lá que trabalha e tenta viver decentemente, dá até um aperto no coração.

Então Kramer começou a perceber. Os tiras não eram muito diferentes dos promotores assistentes. Era o fator sujeira. Os tiras também se cansavam de mandar negros e latinos para a cadeia o dia inteiro. Era até pior no caso deles, porque tinham que mergulhar mais fundo na sujeira. A única coisa que tornava o seu trabalho "construtivo" era a ideia de que o faziam "por" alguém, pelas "pessoas decentes". Com isso abriam os olhos e agora estavam em harmonia com todas as pessoas boas de cor... que emergiam... durante todo o trabalho incessante de revolver a sujeira...

Não dava bem para chamar isso de revelação, pensou Kramer, mas, porra, era um começo.

9
UM INGLÊS CHAMADO FALLOW

Dessa vez a explosão do telefone levou seu coração à taquicardia, e cada contração fazia o sangue irrigar sua cabeça com tanta pressão — um enfarte!, ia ter um enfarte!, deitado ali sozinho num pardieiro suspenso americano! — um enfarte! O pânico cresceu em seu peito. O monstro subiu direto à tona e mostrou o focinho.

Fallow abriu um olho e viu o telefone jazendo em seu ninho de Streptolon. Sentia-se tonto e nem ao menos levantara a cabeça. Grandes placas de remela flutuavam diante do seu rosto. O sangue palpitante desmanchava a gema de mercúrio em placas, e as placas saíam pelo olho. O telefone explodiu de novo. Fechou um olho. O focinho do monstro estava logo atrás de sua pálpebra. Aquela história de *pedofilia*...

E a noite passada tinha começado como uma noite tão normal!

Dispondo de menos de quarenta dólares para viver nos próximos três dias, ele fizera o de sempre. Chamara um ianque. Telefonara para Gil Archer, o agente literário, que era casado com uma mulher cujo nome Fallow nunca conseguia lembrar. Tinha sugerido que se encontrassem no Leicester's para jantar, dando a impressão de que estaria acompanhado de uma moça. Archer chegara com a esposa enquanto ele chegara sozinho. Naturalmente, nas circunstâncias, Archer, o ianque afável e educado, pagara a conta. Uma noite tão calma; uma noite ainda tão no começo; uma noite tão rotineira para um inglês em Nova York, uma noite sem graça financiada por um ianque; estava realmente pensando em se despedir e ir para casa. E então Caroline Heftshank e aquele amigo artista, um italiano, Filippo Chirazzi, entraram, pararam à mesa, sentaram-se, e Archer perguntou se gostariam de beber alguma coisa, e o outro sugeriu por que não pediam mais uma garrafa de vinho, e Archer pedira outra garrafa de vinho, e beberam, e beberam mais uma, e mais uma, e agora o Leicester's estava apinhado e a pleno vapor com todos os rostos habituais, e Alex Britt-Withers mandou um de seus garçons oferecer uma rodada de bebida por conta da casa, o que fez Archer se sentir socialmente importante, reconhecido pelo proprietário, esse tipo de coisa — os ianques gostavam muito disso — e Caroline Heftshank não largava seu belo e jovem italiano, Chirazzi, que posava com o bonito perfil para o alto, como se as pessoas devessem se sentir privilegiadas só de estarem respirando o mesmo ar que ele. St. John veio de outra mesa para admirar o signor Chirazzi, para desagrado de Billy Cortez, e o tal Chirazzi disse a St. John que um pintor precisava pintar com "olhos de criança" e St. John disse que ele próprio tentava ver o mundo com olhos de criança, ao que Billy Cortez retorquira: "Ele disse de uma criança, St. John, não de um pedófilo." O signor Chirazzi posou mais um pouco, com o pescoço fino e o nariz de Valentino emergindo de uma ridícula camisa Punk azul-elétrico, com uma gola de 2 centímetros e uma gravata com cintilações cor-de-rosa, e então Fallow disse que era mais pós-moderno para um pintor ter os olhos de um pedófilo do que os olhos de uma criança, e que achava disso o signor Chirazzi? Caroline, que estava bem bêbada, disse a ele para deixar de ser burro, disse-o com bastante rispidez, e Fallow recuou, tencionando apenas fazer uma pose para caçoar do jovem pintor, mas perdeu o equilíbrio e caiu no chão. Muitas risadas. Quando se levantou estava tonto e se apoiou em Caroline só para se firmar, mas o jovem signor Chirazzi se ofendeu, das profundezas de sua máscula honra italiana, e tentou empurrar Fallow, e Fallow e Caroline caíram, e Chirazzi tentou saltar em cima de Fallow, e St. John, sabe-se lá por quê, atirou-se sobre o belo italiano, e Billy Cortez gritou, e Fallow lutou para se levantar, carregando um enorme peso, e Britt-Withers estava junto dele, berrando: "Pelo amor de Deus!", e então um monte de gente estava em cima dele, e saíram todos embolados pela porta de entrada que dava para a calçada da Lexington Avenue...

O telefone explodiu novamente, e Fallow ficou aterrorizado com o que poderia ouvir caso atendesse. Não se lembrava de nada desde a hora em que haviam saído embolados para a calçada. Pôs os pés para fora da cama, e aquilo tudo continuava a rugir e a fervilhar dentro de seu crânio, e todo o seu corpo doía. Engatinhou pelo tapete até o telefone que explodia e deitou-se ao lado dele. Sentia o tapete seco, metálico, empoeirado e sujo contra o rosto.

— Alô?

— Eeeeiii, Pete! Como vai?

Era uma voz alegre, uma voz de ianque, uma voz de Nova York, uma voz de Nova York particularmente inculta. Fallow achou essa voz ianque ainda mais irritante do que o "Pete". Bom, pelo menos não era *The City Light*. Ninguém de *The City Light* lhe telefonaria com uma voz tão animada.

— Quem é? — perguntou Fallow. Sua voz soava como a de um animal na toca.

— Nossa, Pete, que voz horrível! Ainda tem pulso? Ei! Aqui é Al Vogel.

A notícia o fez fechar de novo os olhos. Vogel era uma dessas celebridades ianques típicas que, para um inglês que lesse sobre elas em Londres, pareciam muito coloridas, irrefreáveis e moralmente admiráveis. Em pessoa, em Nova York, sempre acabavam sendo a mesma coisa. Eram ianques: ou seja, chatos e grossos. Vogel era muito conhecido na Inglaterra como um advogado americano cuja especialidade eram as causas políticas antipáticas. Defendia radicais e pacifistas de maneira bastante semelhante à de Charles Garry, William Kunstler e Mark Lane no passado. Antipática, é claro, queria dizer antipática apenas para as pessoas comuns. Os clientes de Vogel eram decerto bastante simpáticos à imprensa e aos intelectuais nas décadas de 1960 e 1970, especialmente na Europa, onde qualquer pessoa defendida por Albert Vogel ganhava asas, uma auréola, uma toga e uma tocha. Poucos desses santos dos últimos dias, porém, tinham dinheiro e Fallow muitas vezes se perguntava de que vivia Vogel, principalmente porque a década de 1980 não lhe fora muito propícia. Na década de 1980 nem mesmo a imprensa e os intelectuais tinham paciência com o tipo de clientela irascível, espumante, mal-humorada, amante da miséria, drogada, em que ele se especializara. Ultimamente Fallow andava esbarrando nesse grande defensor nas festas mais extraordinárias. Vogel ia à inauguração de um estacionamento (e Fallow dizia "oi" para ele).

— Ôô, hi-i-i-i — disse Fallow terminando num gemido.

— Liguei para o seu escritório primeiro, Pete, e disseram que não o tinham visto.

"Mau", pensou Fallow. Perguntou-se quando, se, por quê, onde dera seu telefone de casa a Vogel.

— Você ainda está aí, Pete?

— Hummmmmmmm. — Fallow conservava os olhos fechados. Não tinha noção de altura. —Tudo bem. Estou trabalhando em casa, hoje.

— Tem uma coisa que gostaria de conversar com você, Pete. Acho que dá uma reportagem incrível.

— Hummmm.

— É, só que preferia não entrar em detalhes pelo telefone. Vamos fazer o seguinte. Por que não vem almoçar comigo? Encontro-o no Regent's Park à uma hora.

— Hummmm. Não sei, Al. O Regent's Park... Onde fica?

— No Central Park South, perto do New York Athletic Club.

— Hummmmm.

Fallow se dilacerava entre dois instintos profundos. Por um lado, a ideia de se levantar do chão, de sacudir a gema de mercúrio uma segunda vez, sem nenhum outro motivo além de escutar um chato americano decadente durante uma ou duas horas... Por outro, um almoço gratuito num restaurante. O pterodátilo e o brontossauro estavam enlaçados num combate mortal no penhasco de onde se descortinava o Continente Perdido.

A boca-livre ganhou, como o fizera muitas vezes no passado.

— Tudo bem, Al. Vejo você à uma hora. Onde é mesmo o restaurante?

— No Central Park South, Pete, junto ao New York Athletic Club. É um lugar agradável. Você pode apreciar o parque. Pode admirar a estátua de José Martí a cavalo.

Fallow se despediu e fez força para se pôr de pé; a gema deu guinadas para lá e para cá, e ele meteu o pé na armação metálica da cama. A dor foi terrível, mas sintonizou o seu sistema nervoso central. Tomou um banho de chuveiro no escuro. A cortina de plástico do chuveiro o sufocava. Quando fechava os olhos tinha a sensação de que estava adernando. De tempos em tempos tinha que se segurar no crivo do chuveiro.

* * *

O Regent's Park era o tipo de restaurante nova-iorquino preferido pelos homens casados que tinham casos com mulheres jovens. Era imponente, lustroso, solene, com muito mármore por dentro e por fora, colossalmente pretensioso, com uma *hauteur* que atraía principalmente as pessoas que se hospedavam no Ritz-Carlton, Park Lane, St. Moritz e Plaza, hotéis que ficavam próximos. Na história de Nova York nenhuma conversa jamais começara assim: "Estava almoçando no Regent's Park no outro dia e..."

Cumprindo o prometido, Albert Vogel arranjara uma mesa junto à grande janela. Isso não era muito difícil no Regent's Park. Todavia, lá estava o parque, em toda a sua glória primaveril. E lá estava a estátua de José Martí, que Vogel prometera. O cavalo de Martí estava empinado e o grande revolucionário cubano curvava-se perigosamente para a direita da sela. Fallow desviou os olhos. Uma estátua instável no parque era demais para aguentar.

Vogel estava na sua habitual animação. Fallow observava seus lábios se moverem sem ouvir uma palavra. O sangue fugiu do rosto de Fallow, depois do peito e dos braços. Sua pele se tornou fria. Em seguida um milhão de peixinhos de fogo tentaram escapar de suas artérias e alcançar a superfície. O suor brotou-lhe na testa. Perguntou-se se estaria morrendo. Era assim que os ataques cardíacos começavam. Lera isso. Perguntou-se se Vogel entenderia de ressuscitação coronária. Vogel parecia uma avozinha. Seu cabelo era branco; não grisalho, mas de um branco puro e sedoso. Era baixo e gorducho. Nos seus dias de glória também fora gorducho mas tinha uma aparência combativa, como os ianques gostavam de dizer. Agora sua pele era rosada e delicada. As mãos eram minúsculas, e cordões de veias corriam até os nós dos dedos. Uma velhota alegre.

— Pete — perguntou Vogel —, o que vai beber?

— Nadinha — disse Fallow, exagerando na ênfase. Em seguida pediu ao garçom: — Poderia me trazer água?

— Quero margarita com gelo — disse Vogel. — Tem certeza de que não vai mudar de ideia, Pete?

Fallow sacudiu a cabeça. Isso foi um erro. Um martelo envenenado começou a malhar sua cabeça.

— Nem unzinho para virar o motor?

— Não, não.

Vogel descansou os cotovelos na mesa, curvou-se para a frente e começou a examinar o salão, e seus olhos se fixaram numa mesa ligeiramente recuada. A mesa havia um homem de terno cinzento e uma mocinha de uns dezoito anos com vistosos cabelos louros, longos e lisos.

— Está vendo aquela moça? — perguntou Vogel. — Seria capaz de jurar que estava nesse comitê, ou que nome tenha, na Universidade de Michigan.

— Que comitê?

— Esse grupo estudantil. Organizam programas de palestras. Dei uma palestra na Universidade de Michigan duas noites atrás.

"E daí?", pensou Fallow. Vogel tornou a espiar por cima do ombro.

— Não, não é ela. Mas, puxa vida, parece demais. Esse diabo dessas garotas universitárias — quer saber por que as pessoas aceitam entrar no circuito de palestras neste país?

"Não", pensou Fallow.

— Muito bem, pelo dinheiro. Mas, fora isso, quer saber por quê?

Os ianques constantemente repetiam perguntas introdutórias.

— O diabo dessas garotas. — Vogel balançou a cabeça e ficou olhando distraído por um momento, como se estivesse atordoado só de pensar. — Juro por Deus, Pete, a pessoa tem que se segurar. De outro modo, se sente desesperadamente culpado. Essas moças... hoje... bem, quando eu era rapazinho, o barato era que, ao se entrar para a universidade, podia-se beber quando se tinha vontade. Certo? Essas moças vão à universidade para poderem transar quando têm vontade. E quem é que elas querem? Essa é a parte realmente patética. Querem rapazes saudáveis e bonitões da idade delas? Não. Sabe quem? Querem... Autoridade... Poder... Fama... Prestígio... Querem transar com os professores! Os professores atualmente ficam malucos nas universidades. Sabe, quando o movimento estudantil estava no auge, uma das coisas que tentamos fazer no campus foi destruir as barreiras da formalidade entre o corpo docente e os alunos, porque ela não passava de um instrumento de controle. Mas agora, nossa mãe, eu fico pensando... Acho que todas querem transar com o pai, se acreditarmos em Freud, eu não acredito. Sabe, esse é um dos pontos em que o movimento feminista não fez progressos. Quando uma mulher chega aos quarenta, seus problemas são tão grandes então quanto eram antes... e um cara como eu nunca esteve numa posição tão boa. Não sou tão velho, mas, puxa vida, tenho cabelos grisalhos...

"Brancos", pensou Fallow, "como os de uma velha."

— ... e isso não faz diferença alguma. Um leve toque de celebridade e elas caem em cima. Simplesmente *caem em cima*. Não estou contando vantagem, porque é muito patético. E o diabo dessas moças, cada qual é mais espetacular que a outra. Gostaria de fazer uma palestra sobre *esse* assunto, mas elas provavelmente não entenderiam o que eu diria. Não têm referenciais de nada. A palestra que fiz anteontem foi sobre os compromissos estudantis na década de 1980.

— Eu estava doido para saber — disse Fallow guturalmente, sem mover os lábios.

— Perdão?

Os ianques diziam "perdão?" em vez de "o quê?"

— Nada.

— Falei-lhes como eram os campi há quinze anos. — Seu rosto se anuviou. — Mas não sei... quinze anos atrás, cinquenta anos, cem anos... elas não possuem referenciais. Tudo é muito remoto. Dez anos... *cinco* anos... Cinco anos atrás foi antes do surgimento do walkman. Não conseguem nem imaginar.

Fallow parou de ouvir. Não havia maneira de poder desviar Vogel de seu curso. Era à prova de ironia. Fallow olhou para a moça de cabelos longos e louros. Pancadaria no restaurante. Caroline Heftshank e o olhar assustado em seu rosto. Será que ele fizera alguma coisa pouco antes de todos saírem embolados pela porta? O que quer que tenha sido — ela mereceu —, mas o que fora? A boca de Vogel estava se movendo. Repassava a palestra inteira. As pálpebras de Fallow se fecharam. O monstro varou a superfície, se debateu e o espiou. Fallow encarou seu focinho nojento. Agora o monstro o tolhera. Ele não conseguia se mexer.

— ... Manágua? — perguntou Vogel.

— O quê?

— Já esteve lá? — perguntou Vogel.

Fallow sacudiu a cabeça. A oscilação o deixou nauseado.

— Devia ir. Todo jornalista devia ir. É do tamanho de... ah, não sei, East Hampton. Se é que chega a tanto. Gostaria de ir lá? Seria bem fácil conseguir.

Fallow não quis sacudir a cabeça de novo.

— É essa a história que queria me contar?

Vogel fez uma pausa momentânea, como se avaliasse o conteúdo sarcástico do comentário.

— Não — respondeu —, mas não é uma má ideia. Somente um cinquenta avos de tudo o que deveria ser dito sobre a Nicarágua é publicado pela imprensa deste país. Não, eu me referia a uma coisa que aconteceu no Bronx três dias atrás. Poderia ter sido na Nicarágua, se vivêssemos lá. Em todo o caso, sabe quem é o reverendo Bacon, não sabe?

— Acho que sim.

— Ele é um... bom, ele é um... você já leu sobre ele ou o viu na TV, não?

— Já.

Vogel riu.

— Quer saber onde o vi pela primeira vez? Num gigantesco apartamento dúplex na Park Avenue, o apartamento de Peggy Fryskamp, no tempo em que estava interessada na Irmandade dos Gerônimos. Deu uma festa beneficente. Deve ter sido no fim da década de 1960, início da década de 1970. Havia esse cara, o Flying Deer. Falava à alma, como costumávamos dizer. Havia sempre a conversa da alma, e a conversa do dinheiro. De qualquer modo, ele fazia a conversa da alma, a conversa espiritual. Ela não sabia que o filho da mãe estava bêbado. Achou que era só conversa de índio, aquele jeito amalucado de falar. Quinze minutos depois ele vomitou em cima do piano de Peggy, um Duncan Phyfe de 80 mil dólares — nas teclas, nas cordas, nos martelêtes. Sabe, aqueles martelêtes de feltro? Ah, foi um horror. Ela nunca conseguiu esquecer. Aquele panaca perdeu um bom negócio naquela noite.

E sabe quem foi que lhe passou uma descompostura? O reverendo Bacon. Foi. Ele estava se preparando para pedir o apoio de Peggy para alguns negócios que tinha em andamento e quando esse Flying Deer devolveu todos os salgadinhos por cima do Duncan Phyfe, ele percebeu que podia dizer adeus a Peggy Fryskamp. Começou a chamá-lo de Flying Beer. Flying *Deer?** Flying *Beer,* se é que sei das coisas! Nossa, foi engraçado. Mas ele não estava tentando fazer graça. Bacon nunca tenta fazer graça. Em todo o caso, há uma mulher que trabalha para ele de vez em quando: Annie Lamb, do Bronx. Annie Lamb mora no Conjunto Habitacional Edgar Allan Poe com o filho único, Henry.

— Ela é negra? — perguntou Fallow.

— É, é negra. Praticamente todo mundo no Edgar Allan Poe é negro ou porto-riquenho. Por falar nisso, por lei todos esses conjuntos deviam ser integrados. — Vogel arqueou as sobrancelhas. — Pois bem, essa Annie é uma mulher extraordinária. — Vogel contou a história de Annie Lamb e da família dela, culminando com o Mercedes-Benz que atropelara seu filho promissor, Henry, e fugira deixando-o às portas da morte.

"Que infelicidade", pensou Fallow, "mas onde está a reportagem?"

Como se se antecipasse a essa objeção, Vogel disse:

— Bom, há dois lados nessa história, e ambos têm a ver com o que acontece com um bom rapaz como esse quando tem a desgraça de ser negro e criado no Bronx. Quero dizer, temos aqui um garoto que fez tudo certo. Quando se fala de Henry Lamb, está se falando do 1 por cento que faz exatamente o que o sistema lhe diz que deve fazer, certo? E o que acontece? Primeiro, o hospital trata o garoto de... *fratura no pulso!* Se fosse um garoto branco de classe média, teriam feito radiografia, tomografia axial, teste de ressonância, tudo o que existe. Segundo, a polícia e a promotoria não estão dando andamento ao caso. Isso é o que realmente está enfurecendo a mãe do garoto. Temos um atropelamento com fuga, eles têm a marca e parte do número da placa do carro, e não estão se mexendo.

— Por quê?

— Bom, basicamente porque, no que lhes toca, é apenas um garoto de South Bronx que foi atropelado por um carro. Não querem se amolar. Mas o que estão dizendo é que não houve testemunhas, exceto a própria vítima, e ele está em coma terminal, e com isso não teriam um caso mesmo que encontrassem o carro e o motorista. Agora, suponha que fosse o seu filho. Ele deu informações, mas não vão usá-las porque tecnicamente são consideradas apenas boatos.

A coisa toda fez a cabeça de Fallow doer. Não conseguia se imaginar com um filho, e certamente não num conjunto da prefeitura do bairro do Bronx na cidade de Nova York nos Estados Unidos.

---

* Respectivamente, "Cereja Voadora" e "Veado Voador". Trocadilho intraduzível. (N.do E.)

— É uma situação lamentável — disse Fallow —, mas não tenho bem certeza se daria uma reportagem.

— Bem, muito em breve vai dar uma reportagem para *alguém,* Pete — disse Vogel. — A comunidade está revoltada. Prestes a explodir. O reverendo Bacon está organizando manifestações de protesto.

— E exatamente por que vão explodir?

— Estão cansados de serem tratados como se a vida humana no South Bronx não valesse nada! E vou lhe contar, quando Bacon põe o dedo em alguma coisa, ela vai pra frente. Ele não é Martin Luther King ou o bispo Tutu. Certo? Não vai ganhar nenhum prêmio Nobel. Tem um jeito pessoal de fazer as coisas e às vezes esse jeito talvez não resista a um exame atento. Mas essa é uma das razões da sua eficiência. Ele é aquilo que Hobsbawm chama de "revolucionário primitivo". Hobsbawm era inglês, certo?

— Ainda é.

— Achei que era. Ele tinha essa teoria sobre revolucionários primitivos. Existem certas lideranças naturais nas classes oprimidas, e a estrutura do poder interpreta o que elas fazem como crimes — podem até fazer essa interpretação de boa-fé —, mas elas são, na realidade, revolucionárias. E é isso o que Bacon é. Eu o admiro. E tenho pena dessa gente. De qualquer forma, acho que dá uma reportagem incrível, mesmo sem entrarmos em considerações filosóficas.

Fallow fechou os olhos. Viu o focinho do monstro iluminado pela claridade suave das luzes do bistrô. Então sobreveio um arrepio gelado. Abriu os olhos. Vogel estava olhando para ele com o seu sorriso de vovó rosada, velha e alegre. Eta país ridículo!

— Olhe, Pete, na pior das hipóteses você vai extrair disso uma reportagem com interesse humano. E se as coisas derem certo, estará na crista de algo bastante grande. Posso lhe arranjar uma entrevista com Annie Lamb. Posso lhe conseguir uma entrevista com o reverendo Bacon. Posso levá-lo à unidade de tratamento intensivo onde o garoto está. Quero dizer, ele está em coma, mas pode vê-lo.

Fallow tentou imaginar a transferência da sua gema de mercúrio e das suas entranhas biliosas para o Bronx. Mal conseguia visualizar se sobreviveria à viagem. Do seu ponto de vista o Bronx era como o Ártico. Ficava na direção do norte e ninguém ia lá.

— Não sei, Al. Supostamente sou especialista em alta sociedade. — Tentou sorrir.

— Supostamente, Peter, supostamente. Eles não vão despedi-lo se aparecer com uma reportagem excelente sobre a vida dos desprivilegiados.

O verbo "despedir" foi o que o fez se decidir. Fechou os olhos. O focinho não estava lá. O que viu foi a cara do Rato Morto. Podia ver o Rato Morto olhando da redação para o seu cubículo naquele exato momento e descobrindo que estava vazio. O medo invadiu todas as suas células, e ele levou o guardanapo à testa.

— Você se importa que eu lhe faça uma pergunta, Al?

— Pode fazer.

— Qual é o seu interesse nisso tudo?

— Nenhum, se está falando de interesse material. O reverendo Bacon me telefonou pedindo para aconselhá-lo, e eu lhe disse que procuraria ajudá-lo, e só. Gosto dele. Gosto do que está tentando fazer. Gosto da maneira como sacode esta porra desta cidade. Estou do lado dele. Disse-lhe que deveria tentar publicar o caso nos jornais antes de fazer a manifestação de protesto. Assim, teria uma cobertura maior da televisão e todo o resto. Estou lhe dizendo a pura verdade agora. Pensei em você porque calculei que talvez pudesse tirar proveito de uma oportunidade dessas. Isso poderia resultar numa vantagem para você e numa vantagem para uma porção de gente decente que nunca tem a porra de uma chance nesta cidade.

Fallow estremeceu. Exatamente o que Vogel teria ouvido sobre a sua situação? Na verdade, não queria saber. Sabia que estava sendo usado. Ao mesmo tempo, ali estava um naco de carne para atirar para o Rato.

— Bem, talvez tenha razão.

— Sei que tenho razão, Pete. Isso vai dar uma reportagem sensacional de um jeito ou de outro. Bem podia ser você a escrevê-la.

— Você pode me levar para ver essas pessoas?

— Claro. Não se preocupe com isso. A única exigência é você não ficar sentado em cima da reportagem. Bacon está pronto para agir.

— Hummmm. Deixe-me anotar alguns desses nomes. — Fallow meteu a mão no bolso lateral do paletó. Nossa, não tinha nem apanhado um caderninho ou um pedaço de papel antes de sair. Do bolso, tirou um aviso de Con Edison de que seu gás e sua luz iam ser cortados. Estava impresso dos dois lados. Vogel observou tudo isso e, sem comentário, apanhou um bloco e entregou-lhe. Em seguida estendeu-lhe uma esferográfica de prata. Repetiu os nomes e os detalhes.

— Vou lhe dizer o que vou fazer — adiantou Fallow. — Vou ligar para a redação imediatamente.

Levantou-se e ricocheteou em uma cadeira na mesa ao lado, onde uma velhota num tailleur Chanel estava tentando levar uma colher de sopa de azedinhas à boca. Ela olhou feio para ele.

— O que quer comer? — perguntou Vogel. — Vou fazer o pedido para você.

— Nada. Um prato de sopa de tomate. E um *paillard* de frango.

— Vinho?

— Não. Bem. Só um copo.

O telefone público ficava num vestíbulo do lado oposto à chapelaria, onde havia uma moça bonitinha, sentada num banquinho alto, lendo um livro. Seus olhos espiaram por uma sinistra elipse negra cuidadosamente desenhada em torno das pálpebras. Fallow ligou para Frank de Pietro, o editor-geral de *The City Light*. De Pietro era um dos poucos americanos que ocupavam uma posição editorial importante no jornal. Precisavam de um nova-iorquino como editor local. Os outros ingleses que trabalhavam lá, como o próprio Fallow, conheciam apenas um único trecho de Manhattan, dos restaurantes da moda em TriBeCa, ao sul, aos restaurantes da moda em Yorkville, nas imediações da 86th Street, ao norte. O resto de Nova York poderia estar em Damasco.

— Sim? — A voz de Frank de Pietro. Seu entusiasmo em receber um telefonema de Peter Fallow numa hora crítica do dia era imperceptível.

— Frank — disse Fallow —, você está familiarizado com um lugar chamado Conjunto Habitacional Edgar Allan Poe?

— Estou. Você está?

Fallow não sabia o que era mais desagradável, esse hábito ianque de falar de boca mole ou a incredulidade na voz do homem. Assim mesmo, continuou contando a história de Albert Vogel, enfeitando-a onde se fazia necessário, e sem mencionar Albert Vogel. Deixou a impressão de que já estivera em contato com o reverendo Bacon e com a mãe da vítima, e que a aparição dele no Bronx era aguardada por todos. De Pietro respondeu que fosse em frente e apurasse. Disse isso sem nenhum entusiasmo especial. Fallow, no entanto, sentiu o coração se encher de uma inesperada felicidade.

Quando voltou à mesa, Vogel perguntou:

— Ei, como correram as coisas? Sua sopa está esfriando. — As palavras mal saíam de sua boca atochada de comida.

Havia um grande prato de sopa de tomate e um copo de vinho branco para Fallow. Vogel estava ocupado com uma articulação de vitela de aspecto hediondo.

— Gostaram, hein?

— Hummmmmmm. — "Bem, não desprezaram a ideia", pensou Fallow. Sua náusea começou a desaparecer. A gema diminuiu de tamanho. Uma alegria revigorante, não muito diferente da que um atleta sente ao entrar numa competição, invadiu o seu sistema nervoso. Sentiu-se... quase limpo. Era a emoção, que os poetas nunca comentavam, experimentada por aqueles que sentem, ao menos uma vez, que estão fazendo jus ao que ganham.

Era a vez de Kramer usar na cintura o bipe durante doze horas. Na Delegacia de Homicídios da Promotoria Distrital do Bronx, alguém, algum promotor assistente, sempre tinha que estar de prontidão. A finalidade era ter alguém pronto para comparecer à cena dos crimes imediatamente, a fim de interrogar as testemunhas antes que desaparecessem ou perdessem a vontade de falar sobre o ocorrido. Nessas doze horas era provável que um promotor assistente se visse atrapalhado com todas as merdinhas no Bronx que envolvem um homicídio, e foi uma merdinha clássica do Bronx que levara Kramer ao distrito policial. Um sargento detetive negro, chamado Gordon, estava parado junto à mesa de registro de ocorrências fornecendo-lhe os dados.

— Eles chamam o cara de Cafetão — disse Gordon —, mas ele não é cafetão. É jogador, na maior parte do tempo, e provavelmente transa drogas, mas se veste como cafetão. Vai vê-lo num minuto. Está lá dentro do vestiário usando um daqueles ternos cheios de bolsos com um colete transpassado. — Gordon sacudiu a cabeça. — Está sentado na ponta de uma cadeira comendo costeletas e segurando-as assim — ele se curvou para a frente e ergueu a mão num gesto elegante — para que o molho não pingue no terno. Tinha uns quarenta ternos, e quando fala sobre aquelas porras dos ternos, faz pensar que foi um filho que desapareceu.

A coisa toda aconteceu porque alguém lhe roubara quarenta ternos. Ah, era uma merdinha daquelas. Ondas e ondas de infantilidade e violência gratuita, e Kramer ainda nem acabara de ouvir a história toda.

A sala principal do distrito estava saturada do cheiro úmido e estranhamente adocicado de madeira em decomposição, produzido por dezenas de anos de vazamentos em radiadores que escorriam para o chão. A maior parte do assoalho fora substituída por concreto. As paredes eram pintadas de verde-serviço público à exceção dos lambris velhos e maltratados tipo macho e fêmea, com 1 metro de altura, que corriam a toda a volta, na parte inferior das paredes. O prédio tinha paredes grossas e pés-direitos altos, agora sobrecarregados de conjuntos de lâmpadas fluorescentes. Do lado oposto Kramer via as costas de dois patrulheiros. Seus quadris eram deformados pelas armas e paranfernália, inclusive lanternas, blocos de intimações, walkie-talkies e algemas. Um deles não parava de erguer as mãos em gestos explicativos ao falar com duas mulheres e um homem, residentes locais, cujo rosto fazia transparecer que não acreditavam numa só palavra.

Gordon dizia a Kramer:

— Então ele está nesse apartamento, e há quatro caras lá, e um deles é esse André Potts, que ele acredita que saiba quem tirou os ternos, só que André diz que não sabe nada de nada, e estão nesse vaivém e finalmente André se enche, levanta e sai da sala. Então o que faria você se um otário malcriado se levantasse e lhe desse as costas enquanto você está perguntando sobre a droga dos quarenta ternos? Atiraria nele pelas costas, certo? Pois foi isso que o Cafetão fez. Deu três tiros nas costas do sr. André Potts com um 38.

— Tem testemunhas?

— Ah, um monte delas.

Nesse instante o bip soou na cintura de Kramer.

— Posso usar o telefone?

Gordon indicou uma porta aberta que levava à Delegacia de Investigações, um gabinete separado da sala principal. No interior, havia horríveis escrivaninhas de metal cinzento-serviço público. A cada escrivaninha estava sentado um negro com trinta a quarenta anos de idade. Cada um deles usava as roupas costumeiras no Bronx, um tanto funk demais para serem genuínas. Kramer pensou em como era extraordinário se deparar com uma delegacia inteira formada por detetives negros. O que se encontrava à escrivaninha mais próxima da porta usava uma jaqueta preta acolchoada e uma camiseta preta sem mangas, que ressaltava seus braços musculosos.

Kramer estendeu a mão para um telefone na mesa dele e perguntou:

— Posso usar seu telefone?

— Ei, que porra é essa, cara?

Kramer encolheu a mão.

— Quanto tempo tenho que ficar aqui acorrentado como um animal, porra?

Dizendo isso, o homem ergueu o musculoso braço esquerdo produzindo um tremendo retinir. Havia uma algema em seu pulso, e da algema pendia uma corrente. A outra extremidade da corrente estava presa à perna da escrivaninha. Agora os outros dois, às outras mesas, levantavam os braços, retinindo e reclamando. Os três estavam algemados às escrivaninhas.

— Eu só fiz foi *ver* o filho da mãe apagar aquele otário, e foi ele o filho da mãe que apagou aquele otário, e sou eu que fico acorrentado como um animal, e aquele filho da mãe — mais um tremendo retinir quando ele gesticulou na direção de uma sala ao fundo com a mão esquerda — está sentado lá atrás vendo televisão, porra, e comendo costeletas.

Kramer olhou para o fundo da sala. Não havia dúvidas, lá no vestiário se encontrava uma figura sentada na beirada de uma cadeira, iluminada pelos clarões intermitentes do aparelho de televisão, comendo uma porção de costeletas grelhadas. E se curvava para a frente com elegância. A manga do paletó era talhada para mostrar um bom pedaço do punho branco da camisa e reluzentes abotoaduras.

Agora, os três gritavam reclamando: "Costeletas, porra"... "Correntes, porra"... "TV, porra!"

Mas é claro! As testemunhas. Uma vez que Kramer compreendeu isso, tudo, correntes e o resto, se encaixou.

— Está bem, está bem — disse ao homem com impaciência. — Vou cuidar de vocês em um minuto. Tenho que dar um telefonema.

"Costeletas, porra!... correntes, porra!"

Kramer ligou para o gabinete, e Gloria, secretária de Bernie Fitzgibbon, disse que Milt Lubell queria falar com ele. Lubell era o assessor de imprensa de Abe Weiss. Kramer mal conhecia Lubell; não se lembrava de ter falado com ele mais de quatro ou cinco vezes. Gloria lhe deu o número de Lubell.

Milt Lubell trabalhara no velho *Mirror* de Nova York no tempo em que Walter Winchell ainda escrevia sua coluna. Conhecera o grande homem muito ligeiramente e perpetuara a sua maneira enérgica e apressada de falar até a última década do século XX.

— Kramer — disse —, Kramer, Kramer, deixe-me ver, Kramer. Ah, sim, tudo bem, já sei. O caso de Henry Lamb. É provável que morra. Qual é o caso?

— É uma merdinha — disse Kramer.

— Bem, fui procurado por *The City Ltght,* por um inglês chamado Fallow. O cara tem aquele sotaque. Pensei que estava ouvindo o Canal 13. Em todo o caso, ele me leu uma declaração do reverendo Bacon sobre o caso de Henry Lamb. Era só do que eu precisava. As palavras do reverendo Reginald Bacon lidas com sotaque britânico. Você conhece Bacon?

— Conheço — respondeu Kramer. — Interroguei a mãe de Henry Lamb no escritório de Bacon.

— Esse cara tem alguma coisa dela também, mas o principal é do Bacon. Deixe-me ver, deixe-me ver, deixe-me ver. Diz, um... blá-blá-blá... a vida humana no Bronx... criminoso... classe média branca... blá-blá-blá... teste de ressonância nuclear magnética... Discorre sobre o teste de ressonância nuclear magnética. Existem talvez duas dessas máquinas, porra, no país inteiro, acho... blá-blá-blá... Deixe-me ver, achei. Ele acusa a promotoria pública de inação. Que não queremos nos dar o trabalho de levar o caso adiante porque o garoto é negro e mora num conjunto habitacional e seria amolação demais.

— Isso é idiotice.

— Bem, eu sei disso, e você sabe disso, mas tenho que ligar de volta para esse inglês e dizer alguma coisa.

Um tremendo ruído de correntes.

— Quanto tempo vou ficar aqui acorrentado, cara? — O homem de braços musculosos entrava novamente em erupção. — Isto é contra a lei!

— Ei! — exclamou Kramer realmente aborrecido. — Se quer dar o fora daqui, pare com isso. Porra, nem consigo ouvir a minha voz. — E para Lubell: — Desculpe, estou no distrito. — Envolveu a boca e o fone com a mão e disse em voz baixa: — Estão com três testemunhas de homicídio aqui acorrentadas às pernas das mesas na Delegacia de Investigações, e elas estão ficando doidonas. — Ele gostou da sensação de prazer másculo que experimentou ao apresentar esse caso de guerra para Lubell, embora nem conhecesse o homem.

— Nas pernas das mesas! — exclamou Lubell em tom de admiração. — Nossa, nunca tinha ouvido falar nisso.

— Mas, então — continuou Kramer —, onde é que eu estava? Tudo bem, temos um Mercedes-Benz com uma placa cuja primeira letra é R. Para começar, nem mesmo sabemos se estamos falando de uma placa de Nova York. Certo? Isto só para começar. Mas suponha que estejamos. Há 2.500 Mercedes registrados no estado de Nova York com placas começadas por R. Muito bem, agora, a segunda letra supostamente se parece com E ou F, ou talvez P ou B ou R, uma letra com um traço vertical à esquerda e alguma coisa horizontal saindo dele. Suponha que aceitemos isso. Ainda estamos falando de quase quinhentos carros. Que fazemos então? Investigamos quinhentos carros? Se tivermos uma testemunha que possa dizer que o garoto foi atropelado por um carro, talvez façamos isso. Mas não há testemunhas, exceto o garoto, e ele está em coma e não vai sair dela. Não temos nenhuma informação sobre o motorista. Só sabemos que havia duas pessoas no carro, dois brancos, um homem e uma mulher, e ainda por cima a história do garoto não bate.

— Bem, e que digo a ele? Que continuamos investigando?

— É. *Continuamos* investigando. Mas a não ser que Martin encontre uma testemunha, não teremos um caso. Mesmo que o garoto tenha sido atropelado por um carro, provavelmente não foi o tipo de colisão em que se obtém evidência judicial com o veículo, porque o garoto não apresenta as lesões corporais compatíveis com uma tal colisão... quero dizer, ora essa, há tantos "se" nessa embrulhada, porra. Se quer saber minha opinião, temos uma merdinha. O garoto parece ser decente, e a mãe dele também, mas, aqui entre nós, acho que se meteu em alguma enrascada e inventou essa história sem pé nem cabeça para contar à mãe.

— Bom, por que iria inventar o detalhe do número da placa? Por que não diria que não viu o número?

— Como vou saber? Por que alguém faria qualquer das coisas que se faz nesse município? Acha que esse sujeito, esse repórter, vai mesmo escrever alguma coisa?

— Não sei. Naturalmente vou dizer que estamos, é claro, acompanhando as investigações atentamente.

— Mais alguém lhe telefonou?

— Não. Parece que Bacon conseguiu entrar em contato com esse cara de algum jeito.

— Que é que Bacon ganha com isso?

— Ah, esse é um dos cavalos de batalha que ele faz por prazer. Os critérios ambíguos, a justiça dos brancos, blá-blá-blá. Está sempre empenhado em constranger o prefeito.

— Bom — disse Kramer —, se ele conseguir transformar essa merdinha em um caso, então ele é mágico.

Quando Kramer desligou, as três testemunhas acorrentadas estavam de novo sacudindo as correntes e reclamando. Acabrunhado, ele percebeu que teria de sentar e conversar com esses três micróbios e extrair alguma coisa coerente deles sobre um homem chamado Cafetão, que matara um homem, que conhecia um homem, que talvez soubesse ou não soubesse o paradeiro de quarenta ternos. Toda a sua noite de sexta-feira estava indo para o brejo, e ele teria que arriscar um jogo de dados com o Destino e tomar o metrô de volta para Manhattan. Deu mais uma espiada no vestiário. A visão em si, aquela personagem de capa de *Gentleman's Quarterly*, aquele homem chamado Cafetão, ainda estava lá comendo costeletas e se divertindo a valer com um programa de televisão, que iluminava seu rosto em tons de rosa--queimadura-de-primeiro-grau e azul-terapia-de-cobalto.

Kramer saiu um instante da Delegacia de Investigações e disse a Gordon:

— As suas testemunhas estão ficando meio agitadas lá dentro. Um dos caras quer passar a corrente no meu pescoço.

— Tive de acorrentá-lo.

— Sei disso. Mas deixe-me perguntar-lhe uma coisa. O Cafetão está sentado calmamente, comendo costeletas. Ele não está acorrentado a nada.

— Ah, não estou preocupado com o Cafetão. Ele não vai a lugar algum. Está se acalmando. Está satisfeito. Só conhece este bairro. Aposto que nem sabe que Nova York fica no oceano Atlântico. É de casa. Não, ele não vai a parte alguma. É apenas o autor do crime. Mas as *testemunhas,* nossa mãe, se eu não acorrentasse as testemunhas, você não teria n-i-i-in-guém para interrogar. Nunca mais veria os cornos delas. As porras das testemunhas iriam se mandar para São Domingos antes que se pudesse dizer que a tarifa foi reduzida.

Kramer voltou para a Delegacia de Investigações para cumprir o seu dever e interrogar os três cidadãos irados e acorrentados em busca de alguma coerência nessa última merdinha.

Uma vez que *The City Light* não saía aos domingos, havia apenas uma equipe de plantão na redação nos sábados à tarde. O grosso dos plantonistas era formado por editores de notícias, que examinavam o material que continuamente saía gaguejando e tremelicando dos telexes da Associated Press e da United Press International, à procura de notícias que pudessem ser usadas na edição de segunda-feira. Havia três repórteres na redação, e mais um na Central de Polícia de Manhattan, para a eventualidade de ocorrer alguma catástrofe ou um crime tão macabro que os leitores de *The City Light* ainda pudessem querer degustar na segunda-feira. Havia um único editor local, que passava a maior parte da tarde ao telefone, fazendo ligações comerciais pela linha especial de *The City Light,* ligações de interesse particular, pois vendia bijuterias com emblemas de fraternidades universitárias, no atacado, para os gerentes dos clubes, que revendiam o material —prendedores de gravata, anéis e insígnias e o que fosse — no varejo, aos membros das irmandades, e guardava a diferença para si. O tédio e a lassidão dessas sentinelas da imprensa não eram exagero.

E precisamente nessa tarde de sábado havia também Peter Fallow.

Por contraste, Fallow era o fervor personificado. Dos diversos cubículos que circundavam a redação o seu era o único em atividade. Ele estava encarapitado na ponta da cadeira com o fone ao ouvido e uma Biro na mão. Estava tão ligado que a sua excitação cruzava a ressaca do dia com uma intensidade próxima à claridade.

Sobre a escrivaninha havia um catálogo de telefones do município de Nassau, que ficava em Long Island. Um objeto massudo, o tal catálogo. Nunca ouvira falar do município de Nassau, embora agora se desse conta de que devia ter passado por ali no fim de semana em que conseguira inspirar o chefe de St. John no museu,

Virgil Gooch III — os ianques adoravam enfileirar algarismos romanos depois dos nomes dos filhos —, a convidá-los à sua casa, de cômica imponência, no litoral de East Hampton, Long Island. Não houve um segundo convite, mas... bom, bom... Quanto a Hewlett, situado no município de Nassau, sua existência na face da terra era novidade para ele, mas em algum ponto de Hewlett um telefone estava tocando e ele desejava desesperadamente que alguém o atendesse. Finalmente, após sete toques, aconteceu.

— Alô? — Sem fôlego.

— Sr. Rifkind?

— É... — Sem fôlego e preocupado.

— Aqui é Peter Fallow do *City Light* de Nova York.

— Não quero jornais.

— Perdão. Espero que me desculpe por estar lhe telefonando num sábado à tarde.

— Uma esperança vã. Já fui assinante do *Times*. Na verdade só o recebia uma vez por semana.

— Não, não, não, não estou...

— Ou alguém o roubava da porta da entrada antes que eu saísse de casa ou estava empapado de água ou nunca era entregue.

— Não, eu sou jornalista, sr. Rifkind. Eu *escrevo* para The City Light.

Finalmente conseguiu estabelecer esse fato para satisfação do sr. Rifkind.

— Bem, tudo bem — disse o sr. Rifkind —, prossiga. Eu estava lá fora na entrada da garagem tomando umas cervejinhas e pintando num cartaz VENDE-SE para colar na janela do meu carro. O senhor por acaso não está procurando um Thunderbird 1981 para comprar?

— Receio que não — respondeu Fallow com uma risada, como se o sr. Rifkind fosse um dos maiores piadistas de sábado à tarde de sua vida. — Na verdade estou telefonando para lhe fazer umas perguntas sobre um de seus alunos, o jovem sr. Henry Lamb.

— Henry Lamb. Não estou bem lembrado. Que foi que ele fez?

— Ah, ele não *fez* nada. Sofreu um acidente grave. — E começou a apresentar os fatos do caso, pendendo para a teoria Albert Vogel-reverendo Bacon do incidente.

— Disseram-me que ele era aluno de sua turma de inglês.

— Quem lhe disse isso?

— A mãe dele. Tive uma longa conversa com ela. É uma mulher muito correta e está muito perturbada, como bem pode imaginar.

— Henry Lamb... Ah, sim, sei a quem se refere. Bem, é uma pena.

— O que eu gostaria de descobrir, sr. Rifkind, é que tipo de estudante Henry Lamb era.

— Que *tipo*?

— Bem, o senhor diria que ele era um aluno *excepcional*?

— De onde é o senhor, sr... desculpe, como é mesmo o seu nome?

— Fallow.

— Sr. Fallow. Imagino que não seja de Nova York.

— Tem razão.

— Então não há nenhuma razão por que devesse saber alguma coisa sobre a Colonel Jacob Ruppert High School, no Bronx. Na Ruppert usamos termos comparativos, mas "excepcional" não é um deles. A classificação vai de "cooperativo" a "ameaça à vida". — O sr. Rifkind começou a rir. — Pelo amor de Deus, não diga que eu disse isso.

— Bem, e como descreveria Henry Lamb?

— Cooperativo. É um bom rapaz. Nunca *me* criou problemas.

— O senhor o descreveria como um bom aluno?

— "Bom" também não se aplica muito bem à Ruppert. É mais "ele comparece ou não às aulas?".

— Henry Lamb comparecia às aulas?

— Que me lembre, sim. Em geral, está presente. É bastante confiável. É um bom rapaz, tão bom quanto é possível.

— Havia alguma parte do currículo em que se destacasse mais... ou, digamos, pela qual se interessasse mais, alguma coisa que fizesse melhor que as outras?

— Nada em especial.

— Não?

— É difícil explicar, sr. Fallow. Como diz o provérbio, *"Ex nihilo nihil fit"*. Não há uma gama muito ampla de atividades nessas turmas, por isso é difícil comparar desempenhos. Esses rapazes e moças... muitas vezes estão com a cabeça na aula e outras não estão.

— E Henry Lamb?

— É um bom rapaz. É educado, presta atenção, não me cria problemas. Procura aprender.

— Bem, ele deve ter algumas habilidades. A mãe dele me disse que estava pensando em ingressar na universidade.

— Pode ser verdade. Ela provavelmente está se referindo ao ccny. É o City College of New York.

— Creio que foi esse que a sra. Lamb mencionou.

— O City College adota uma política de admissão franca. Se a pessoa mora na cidade de Nova York e terminou o segundo grau e quer entrar para o City College, entra.

— Henry Lamb vai se formar, ou iria?

— Pelo que sei, vai. Como disse, ele tem uma boa frequência.

— Como acha que ele se sairia como aluno em uma universidade?

Um suspiro.

— Não sei. Não consigo imaginar o que acontece com esses garotos quando entram no City College.

— Bem, sr. Rifkind, será que poderia me dizer *qualquer* coisa sobre o desempenho ou as aptidões de Henry Lamb, *qualquer* coisa que seja?

— O senhor precisa compreender que me entregam uns 65 alunos em cada turma quando o ano começa, porque sabem que se reduzirão a quarenta no meio do ano, e trinta até o final. Trinta alunos já seria demais, mas é o que recebo. Não é o que se poderia chamar de sistema preceptorial. Henry Lamb é um bom rapaz, que se aplica e quer estudar. Que mais posso lhe dizer?

— Deixe-me perguntar uma coisa. Como é que ele se sai nos trabalhos escritos?

O sr. Rifkind deixou escapar uma exclamação de espanto.

— Trabalhos *escritos*? Isso não existe na Ruppert High School há quinze anos! Talvez vinte! Fazemos testes de múltipla escolha. Compreensão de textos é que é importante. É só com o que o Conselho de Educação se preocupa.

— E como era a compreensão de textos de Henry Lamb?

— Eu teria que verificar. Provavelmente era boa.

— Melhor do que a da maioria? Mediana? Como a classificaria?

— Bem... Sei que deve ser difícil para o senhor compreender, sr. Fallow, sendo inglês. Estou certo, o senhor é inglês?

— Sou.

— Naturalmente, ou imagino que seja natural, o senhor está acostumado a níveis de excelência e coisas do gênero. Mas esses garotos não atingiram o nível em que valha a pena enfatizar o tipo de comparações de que o senhor está falando. Só estamos tentando levá-los até um certo nível e a partir daí impedir que regridam. O senhor está pensando em alunos dignos de louvor e de capacidade excepcional e tudo mais, o que é bastante natural, como disse. Mas na Colonel Jacob Ruppert, um estudante digno de louvor é alguém que comparece às aulas, não é dispersivo, procura aprender e tem um aproveitamento razoável em leitura e aritmética.

— Bem, vamos usar esse padrão. Por esse padrão, Henry Lamb é ou não é um aluno digno de louvor?

— Por esse padrão, é.

— Muito obrigado, sr. Rifkind.

— Foi um prazer. Sinto muito saber o que aconteceu. Ele parece um bom menino. Não devemos chamá-los de meninos, mas é o que são, pobres e infelizes meninos cheios de problemas. Não cite o que eu disse, por favor, ou *eu* terei uma porção de problemas. Ei, ouça. Tem certeza de que não gostaria de um Thunderbird 1981?

10
O ALMOÇO SATURNINO DE SÁBADO

Naquele instante, também em Long Island, mas a 100 quilômetros a leste, no litoral sul, o clube praieiro acabara de abrir para a temporada. O clube era proprietário de uma construção transversal nas dunas, baixa e irregular, feita de estuque, e com uns 100 metros de praia pela frente demarcados por duas cordas suspensas por postes de metal. As dependências do clube eram espaçosas e confortáveis, mas eram mantidas, devotamente, no estilo brâmane-ascético ou colégio interno, que estivera em moda por volta da década de 1920 ou 1930. Sherman McCoy encontrava-se agora sentado num deque a uma mesa de madeira absolutamente simples, sob um grande guarda-sol desbotado. Com ele estavam o pai, a mãe, Judy, e, intermitentemente, Campbell.

Dava para descer ou, no caso de Campbell, correr diretamente do deque para a praia que se estendia entre as duas cordas, e Campbell estava nesse minuto na areia com a menininha de Rewlie Thorpe, Eliza, e a filhinha de Garland Reed, Mackenzie. Sherman fazia questão de não escutar o pai, que contava a Judy como Talbot, o garçom do bar do clube, preparara o seu martíni, que era da cor de chá fraco.

— ... sei por quê, mas sempre preferi martínis feitos com vermute doce. Batidos até espumar. Talbot sempre me dá razão...

Os lábios finos do pai se abriam e se fechavam, e seu aristocrático queixo subia e descia, e seu sorriso charmoso de contador de histórias lhe enrugava as bochechas.

Certa vez, quando Sherman era da idade de Campbell, o pai e a mãe o levaram para fazer um piquenique na praia além das cordas. Havia um clima de aventura nessa excursão. Estavam se arriscando. Os estranhos lá na areia, o punhado que ficava na praia até o fim da tarde, mostraram-se inofensivos.

Agora Sherman deixava os olhos se afastarem do rosto do pai para explorar novamente a praia além das cordas. Isto fez seus olhos se apertarem, porque onde terminava o grupo de mesas e guarda-sóis, a praia era pura luz ofuscante. Então encurtou o campo de visão e se viu focalizando uma cabeça logo atrás do pai. Era a inconfundível cabeça redonda de Pollard Browning. Pollard estava sentado ali com Lewis Sanderson, o velho, que sempre fora o embaixador Sanderson quando Sherman era criança, a sra. Sanderson e Coker Channing e a mulher. De que jeito Channing se tornara sócio fugia à compreensão de Sherman, exceto pelo fato de que fizera carreira insinuando-se nas boas graças de gente como Pollard. Pollard era presidente do clube. Nossa, ele era presidente do condomínio de Sherman, também. Aquela cabeça redonda e densa... Mas dada a sua presente disposição mental, Sherman se tranquilizou com essa visão... densa como uma rocha, sólida como uma rocha, rica como Creso, irremovível.

Os lábios do pai pararam de se mover um instante, e ele ouviu a mãe dizer:

— Querido, não aborreça Judy com martínis. Isto o faz parecer tão velho! Ninguém mais toma martínis a não ser você.

— Aqui na praia se bebe. Se não acredita em mim...

— E como falar de bancos traseiros, de baratinhas ou vagões-restaurante, ou...

— Se não acredita em mim...

— ... rações de guerra ou paradas de sucesso.

— Se você não acredita em mim...

— Você alguma vez ouviu falar de uma cantora chamada Bonnie Baker? — Ela dirigiu a pergunta a Judy, não fazendo caso do pai de Sherman. — Bonnie Baker era a rainha das paradas de sucesso no rádio. Wee Bonnie Baker, as pessoas a chamavam. Inteiramente esquecida agora, imagino.

"Sessenta e cinco anos de idade e ainda bonita", pensou Sherman. Alta, esguia, ereta, fartos cabelos brancos — recusa-se a pintá-los —, uma aristocrata, muito mais do que o pai, com todo o seu empenho em sê-lo — e ainda descascando o pedestal da estátua do grande Leão da Dunning Sponget.

— Ah, não é preciso ir tão longe — disse Judy. — Eu estava conversando com o filho de Garland, Landrum. Ele é um funcionário júnior, acho que foi o que me disse, na Brown...

— Garland Reed tem um filho na universidade?

— O filho de Sally.

— Meu Deus, tinha me esquecido completamente de Sally. Não é horrível?

— Não é horrível. É moderno — disse Judy sem sequer sorrir.

— Se não acredita em mim, pergunte a Talbot — disse o pai de Sherman.

— Moderno! — exclamou a mãe, rindo e desconsiderando o Leão e seus martínis e seu Talbot.

— De qualquer modo — disse Judy —, por acaso mencionei os hippies numa conversa, e ele ficou me olhando. Nunca ouviu falar deles. História antiga.

— Aqui na praia...

— Como os martínis — disse a mãe de Sherman a Judy.

— Aqui na praia ainda nos permitem gozar os prazeres simples da vida — disse o pai de Sherman —, ou permitiam, até há poucos instantes.

— Papai e eu fomos àquele restaurantezinho em Wainscott ontem à noite, Sherman, aquele de que papai gosta tanto, com Inez e Herbert Clark, e sabe o que a proprietária me disse — você conhece a senhora miúda e bonita que é a dona?

Sherman assentiu com a cabeça.

— Eu a acho muito jovial — disse a mãe. — Quando estávamos saindo ela me disse — bem, primeiro preciso esclarecer que Inez e Herbert tomaram dois gins-tônicas cada, papai tomou três martínis, *e* serviram vinho, e ela me disse...

— Celeste, seu nariz está crescendo. Eu só tomei *um*.

— Bem, talvez não tenham sido três. Dois.

— Celeste.

— Bem, ela achou que foi muito, a proprietária. Ela me disse: "Gosto mais dos meus velhos clientes. São os únicos que ainda bebem." *Meus velhos clientes!* Não imagino o que supôs que eu acharia disso.

— Ela pensou que você tivesse 25 anos — disse o pai de Sherman. E em seguida para Judy: — De repente estou casado com uma ativista da liga de temperança.

— Ativista da liga de temperança?

— Mais história antiga — murmurou ele. — Ou então estou casado com a srta. Moderninha. Você sempre foi muito moderna, Celeste.

— Só se for comparada a você, querido. — Ela sorriu e pousou a mão no braço dele. — Eu não tiraria os seus martínis por nada neste mundo. Nem aqueles que Talbot prepara.

— Não estou preocupado com Talbot — retrucou o Leão. Sherman já ouvira o pai falar de como gostava que preparassem seus martínis no mínimo cem vezes, e Judy já devia ter ouvido vinte, mas não fazia mal. Isso dava nos nervos de sua mãe, não nos dele. Era confortável; tudo continuava o mesmo de sempre. Era assim que queria as coisas nesse fim de semana; o mesmo, o mesmo, o mesmo, cuidadosamente contido pelas duas cordas.

Só sair do apartamento, onde "Posso falar com Maria?" ainda envenenava o ar, já era uma grande ajuda. Judy viera ontem no início da tarde, na caminhonete, com Campbell, Bonita e a srta. Lyons, a enfermeira. Ele viera no Mercedes, à noite. Essa manhã, no caminho pavimentado que saía da garagem e passava por trás da grande e velha casa em Old Drover's Mooring Lane, examinara o carro à luz do sol. Não havia evidência alguma do entrevero... tudo estava mais alegre essa manhã, inclusive Judy. Ela conversara amavelmente à mesa do café. Agora mesmo estava sorrindo para seu pai e sua mãe. Parecia descontraída... e bem bonita, de fato, bem chique... numa camisa polo, um suéter Shetland amarelo-claro e calça branca... Não era jovem, mas tinha o tipo de feições finas que envelheciam bem... Um lindo cabelo... A dieta e os abomináveis exercícios físicos... e a idade... tinham enfeado seus seios, mas ainda tinha um corpinho bem-feito... firme... Sentiu uma ligeira excitação... Talvez esta noite... ou no meio da tarde!... Por que não?... Isso talvez iniciasse o degelo, o renascimento da primavera, o retorno do sol... uma base mais sólida... Se ela concordasse, então o... problema desagradável... terminaria... Talvez *todo* o problema terminasse. Quatro dias tinham agora se passado e não aparecera nem uma nota sobre algo terrível que tivesse acontecido com um rapaz alto e magriço na rampa de uma rodovia no Bronx. Ninguém viera bater à sua porta. Além do mais, era *ela* quem dirigia. Ela mesma pusera a coisa nesses termos. E o que quer que houvesse, ele estava *moralmente certo*. (Nada a temer de Deus.) Lutara por sua vida e pela dela...

Talvez o episódio todo fosse um aviso de Deus. Por que ele, Judy e Campbell não saíam dessa loucura de Nova York... e da megalomania da Wall Street? Quem mais a não ser um tolo arrogante iria querer ser Senhor do Universo — e correr os riscos insensatos que andara correndo? Por um triz!... Meu bom Deus, juro que de hoje em diante... Por que não vendiam o apartamento e se mudavam para cá —, morar em Southampton o ano todo — ou para o Tennessee... Tennessee... Seu avô William Sherman McCoy saíra de Knoxville para Nova York quando tinha 31 anos... um caipira aos olhos dos Brownings... Bem, que mal havia em ser um bom caipira americano?... O pai de Sherman o levara a Knoxville. Ele vira a casa absolutamente decente em que seu avô se criara... Uma cidadezinha encantadora, uma cidadezinha sóbria e razoável, Knoxville... Por que não se mudava para lá e arranjava um emprego em uma corretora, um emprego regular, sensato e responsável, sem tentar fazer o mundo virar de cabeça para baixo, um emprego das 9 às 5, ou qualquer que fosse o horário, em lugares como Knoxville; 90 mil dólares ou 100 mil dólares por ano, um décimo ou menos do que ele tão tolamente achava que precisava agora, e seria suficiente... uma casa estilo georgiano com uma varanda telada numa ponta... de 4 a 8 mil metros quadrados de bom gramado, um cortador de grama que ele próprio podia operar de vez em quando, uma garagem em que a porta se abre com um dispositivo que se mantém preso ao espelho retrovisor do carro, uma cozinha com um quadro de avisos magnético onde se deixam recados um para o outro, uma vida aconchegante, uma vida de amor. Nossa Cidade...

Judy agora sorria de alguma coisa que seu pai dissera, e o Leão sorria de prazer por ela ter apreciado a sua finura de espírito, e a mãe sorria para ambos, e nas mesas adiante, Pollard sorria, e Rawfie sorria, e o embaixador Sanderson, com suas pernas velhas e flácidas, e tudo mais estava sorrindo, e o sol cálido do início de junho à beira-mar aquecia os ossos de Sherman, e pela primeira vez em duas semanas ele se descontraiu, e sorriu para Judy e para a mãe, como se na realidade estivesse prestando atenção às brincadeiras deles.

— Papai!

Campbell veio correndo em sua direção dos lados da areia e da luminosidade ofuscante, subiu no deque e passou por entre as mesas.

— Papai!

Ela parecia absolutamente radiosa. Agora, com quase sete anos, perdera as feições de bebê e se tornara uma menininha de pernas e braços finos e músculos firmes, sem nenhum defeito. Estava usando um maiô rosa com uma estamparia de letras do alfabeto em preto e branco. Sua pele brilhava com o sol e a agitação. Só o fato de vê-la, de estar diante dessa... visão... trouxe sorrisos ao rosto de seu pai, sua mãe e Judy. Ele girou o corpo tirando as pernas de baixo da mesa e abriu os braços. Queria que corresse direto para abraçá-lo.

Mas ela parou antes. Não viera pedir carinho.

— Papai. — Ofegava. Tinha uma pergunta importante. — Papai.

— Que é, querida?

— Papai. — Mal conseguia recuperar o fôlego.

— Calma, queridinha. Que foi?

— Papai... o que é que você faz?

O que é *que ele fazia*?

— Faz? Que quer dizer, queridinha?

— Bom, o pai de MacKenzie faz livros e tem oitenta pessoas trabalhando para ele.

— Foi isso que MacKenzie lhe disse?

— Foi.

— Ah, ah! Oitenta pessoas! — exclamou o pai de Sherman, num tom que usava para falar com crianças. — Ora, ora, ora!

Sherman podia imaginar o que o Leão pensava de Garland Reed. Garland herdara a gráfica do pai e há dez anos não fizera nada a não ser mantê-la viva. Os "livros" que "fazia" eram serviços gráficos que as pessoas que realmente os editavam lhe encomendavam, e o produto final era muito provavelmente manuais, listas de clubes, contratos de empresas e relatórios anuais, nada, nem remotamente, ligado à literatura. Quanto aos oitenta empregados — oitenta pobres-diabos sujos de tinta estaria mais próximo da verdade — eram linotipistas, impressores, e assim por diante. No auge de sua carreira, o Leão tivera *duzentos advogados da Wall Street* sob seu chicote, a maioria deles de famílias ricas e tradicionais.

— Mas, o que é que você *faz*? — perguntou Campbell, agora se impacientando. Queria voltar para MacKenzie com a informação e obviamente exigia algo impressionante.

— Bem, Sherman, o que você diz? — perguntou o pai com um largo sorriso. — Quero mesmo ouvir a sua resposta. Muitas vezes me perguntei o que é que gente como você faz, exatamente. Campbell, esta é uma *excelente* pergunta.

Campbell sorriu, recebendo o elogio do avô literalmente.

Mais ironia; e dessa vez pouco bem-vinda. O Leão jamais aprovara sua escolha do negócio de obrigações em vez da escolha do consultoria jurídica, e o fato de que prosperara só tornara as coisas piores. Sherman começou a sentir raiva. Não podia se sentar ali e apresentar uma imagem de si como Senhor do Universo, não com o pai, a mãe e Judy atentos a cada palavra que dissesse. Ao mesmo tempo não podia dar a Campbell uma modesta descrição de si como vendedor, um entre muitos, ou mesmo como o principal operador de obrigações, o que soaria pomposo sem contudo impressionar e, de qualquer modo, não significaria nada para Campbell — Campbell, que estava parada ali, ofegante, pronta para correr de volta para a amiguinha que tinha um pai que *fazia* livros e tinha *oitenta pessoas* trabalhando para ele.

— Bom, eu opero com *obrigações,* queridinha. Eu as compro, eu as vendo, eu...
— O que são obrigações? O que é operar?
Então, a mãe dele começou a rir.
— Tem que se esforçar mais, Sherman!
— Bom, fofinha, obrigações são... uma obrigação é... bem, deixe-me ver qual é a melhor maneira de lhe explicar.
— Explique para mim também, Sherman — disse o pai. — Devo ter preparado 5 mil contratos de compra, e sempre caí no sono antes de conseguir descobrir por que alguém queria as obrigações.

"É porque você e seus duzentos advogados da Wall Street não passavam de funcionários dos Senhores do Universo", pensou Sherman, aborrecendo-se mais a cada segundo. Viu Campbell olhar para o avô, penalizada.

— Seu avô só está brincando, fofinha. — Lançou um olhar de censura ao pai. — Uma obrigação é uma forma de emprestar dinheiro às pessoas. Vamos dizer que você queira construir uma estrada, e não uma estradinha, mas uma grande rodovia, como aquela em que viajamos no verão passado para Maine. Ou quer construir um grande hospital. Bom, isso exige muito dinheiro, muito mais dinheiro do que se poderia jamais conseguir pedindo aos bancos. Então o que se faz é lançar o que chamamos de obrigações.

— Você constrói estradas e hospitais, papai? É isso que você faz?
Agora o pai e a mãe começaram a rir. Ele lançou aos dois olhares de franca reprovação, o que os fez rir ainda mais. Judy sorria com o que parecia ser uma certa solidariedade.

— Não, na realidade não as construo, queridinha. Eu opero as obrigações, e as obrigações são o que torna possível...
— Você *ajuda* a construí-los?
— Sim, de certa forma.
— Quais?
— *Quais?*
— Você disse estradas e hospitais.
— Bem, nada em particular.
— A estrada para Maine?
Agora tanto o pai quanto a mãe sufocavam o riso, com o ruído enfurecedor de quem está fazendo o possível para não cair na gargalhada na cara da pessoa.

— Não, não a...

— Acho que você perdeu o pé, Sherman! — disse a mãe. A palavra "pé" saiu quase como uma exclamação sonora.

— Não a estrada para Maine — disse Sherman, fingindo não ter ouvido o comentário. — Deixe-me explicar com outras palavras.

Judy o interrompeu.

— Deixe-me tentar.

— Bem... está bem.

— Querida — disse Judy —, papai não constrói estradas nem hospitais, e não ajuda a construí-los, mas opera as *obrigações* para as pessoas que levantam o dinheiro.

— Obrigações?

— É. Imagine que uma obrigação é uma fatia de bolo, e você não fez o bolo, mas, todas as vezes que serve a alguém um pedaço do bolo, cai um pedacinho, como uma migalhinha, e você pode ficar com o pedacinho para você.

Judy estava sorrindo e também Campbell, que parecia perceber que isso era uma brincadeira, uma espécie de conto de fadas baseado no que o pai fazia.

— Migalhinhas? — disse animando a mãe.

— É — disse Judy. — Imagine migalhinhas, mas uma *grande* quantidade de migalhinhas. Se você servir muitas fatias de bolo, logo terá suficientes migalhinhas para fazer um bolo *gigante*.

— Na vida real? — perguntou Campbell.

— Não, não é na vida real. É só para imaginar. — Judy procurou com o olhar a aprovação da mãe e do pai de Sherman para a sua espirituosa descrição da operação de obrigações. Eles sorriram incertos.

— Não tenho muita certeza de que esteja esclarecendo as coisas para Campbell — disse Sherman. — Nossa mãe... *migalhinhas.* — Sorriu para demonstrar que sabia que isso era apenas uma brincadeira à mesa do almoço. Na verdade... estava acostumado com a atitude superior de Judy com relação à Wall Street, mas não estava muito feliz com "migalhinhas".

— Não acho que seja uma metáfora muito ruim — disse Judy, também sorrindo. Então voltou-se para o pai dele: — Deixe-me dar um exemplo real, John, e seja você o juiz.

John. Embora houvesse alguma coisa... anormal... na história das *migalhinhas,* essa era a primeira indicação real de que as coisas talvez não andassem muito bem. *John.* Seu pai e sua mãe sempre tinham estimulado Judy a chamá-los de John e Celeste, mas ela não se sentia à vontade. Por isso evitava chamá-los do que quer que fosse. Esse *John,* displicente e confiante, não era muito dela. Até o pai pareceu um pouco na defensiva.

Judy se lançou numa descrição do esquema Giscard. Então comentou para o pai:

— A Pierce & Pierce não emite as obrigações para o governo francês e não as compra do governo francês, mas de alguém que já as comprou do governo francês. Então as transações da Pierce & Pierce não têm nada a ver com nada que a França tenha esperanças de construir ou de desenvolver ou de... realizar. Foi tudo feito muito antes da Pierce & Pierce entrar em cena. Então elas são apenas uma espécie de... fatias de bolo. Bolo de ouro. E a Pierce & Pierce recolhe milhões de maravilhosas — sacudiu os ombros — migalhas de ouro.

— Pode chamá-las de migalhas, se quiser — retrucou Sherman, procurando sem sucesso não parecer rabugento.

— Bom, essa foi a melhor forma que consegui para explicar — disse Judy animada. E, dirigindo-se aos sogros: — A atividade de um banco de investimentos é fora do comum. Não sei se *existe* alguma maneira de explicá-la a alguém com menos de vinte anos. Ou talvez *trinta*.

Sherman então reparou que Campbell continuava parada com uma expressão aflita no rosto.

— Campbell — disse ele —, sabe de uma coisa? Acho que mamãe quer que eu mude de profissão. — Sorriu, como se aquela fosse a discussão mais divertida dos últimos anos.

— De modo algum — disse Judy rindo. — Não estou reclamando das suas migalhas de ouro!

"Migalhas — *basta!*" Sentiu a raiva crescer. Mas continuou a sorrir.

— Talvez eu devesse experimentar ser decorador. Perdão, arquiteto de interiores.

— Não creio que seja talhado para isso.

— Ah, não sei. Deve ser divertido procurar cortinas franzidas e chintz para... quem eram aquelas pessoas?... aqueles italianos para quem decorou o apartamento?... os Di Ducci?

— Não acho que seja particularmente divertido.

— Bom, então é *criativo*. Certo?

— Bom, pelo menos pode-se apontar para alguma coisa que *se fez,* alguma coisa tangível, alguma coisa definida...

— Para os Di Ducci.

— Mesmo que seja para pessoas fúteis e superficiais, é algo real, algo descritível, algo que contribui para a simples satisfação humana, por mais espúrio e temporário que seja, algo que pelo menos se pode explicar para os filhos. Quero dizer, na Pierce & Pierce, que diabo vocês dizem um ao outro que fazem todos os dias?

De repente, um grito de dor. Campbell. Lágrimas rolavam pelo seu rosto. Sherman a abraçou, mas seu corpo estava rígido.

— Está tudo bem, querida!

Judy se levantou, aproximou-se e a abraçou também.

— Ah, Campbell, Campbell, Campbell, meu amor! Papai e eu só estávamos caçoando um do outro.

Pollard Browning estava olhando na direção deles. Rawlie também. Rostos nas mesas à volta olhavam para a criança magoada.

Como ambos estavam tentando abraçar Campbell, Sherman se descobriu com o rosto junto ao de Judy. Sentiu ganas de estrangulá-la. Olhou para seus pais. Estavam perplexos.

Seu pai levantou-se.

— Vou buscar um martíni — anunciou. — Vocês são modernos demais para mim.

Sábado! No SoHo! Depois de uma espera de menos de vinte minutos, Larry Kramer e a esposa, Rhoda, Greg Rosenwald e a namorada-amante, Mary Lou Ama-Greg, Herman Rappaport e a esposa, Susan, agora ocupavam uma mesa de janela no restaurante Haiphong Harbor. Do lado de fora, na West Broadway, fazia um dia tão claro e radiante de fim de primavera que nem mesmo a fuligem do SoHo conseguiu empaná-lo. Nem mesmo a inveja que Kramer tinha de Greg Rosenwald conseguia empaná-lo. Ele e Greg tinham sido colegas de turma na Universidade de Nova York. Tinham trabalhado juntos no Conselho de Atividades Estudantis. Herman agora era editor, um entre muitos, na Putnam, a editora, e fora em grande parte graças a ele que Rhoda conseguira seu emprego na Waverly Place Books. Kramer era promotor distrital assistente, um entre 245, no Bronx. Mas Greg, Greg com suas roupas elegantes e a linda Mary Lou Loura do lado, era colaborador de *The Village Voice*. Até aqui, Greg era a única estrela daquele grupinho de grã-finos rurais que brilhara. Isso se tornara aparente no momento em que se sentaram. Sempre que os outros tinham um comentário a fazer, olhavam para Greg ao fazê-lo.

Herman estava olhando para Greg quando disse:

— Já esteve nessa loja Dean and DeLuca? Viu os preços? Salmão... escocês... defumado... a 35 dólares meio quilo? Susan e eu estivemos lá recentemente.

Greg sorriu com conhecimento de causa.

— É para o círculo dos Sevilles de Short Hills.

— O círculo dos Sevilles de Short Hills? — perguntou Rhoda. Minha mulher, o espelho perfeito. Não era só isso, tinha o tipo de sorriso no rosto que se dá quando se *sabe* que vem aí uma resposta espirituosa.

— É — respondeu Greg —, dê um'olhada lá fora. — Sua pronúncia era tão atroz quanto a de Rhoda. — Em cada dois carrozum Cadillac Seville com placa de Nova Jersey. Mas dê uma espiada no que eles *usam*. — Não era só o sotaque atroz, ele tinha o pique de 300 watts de David Brenner, o comediante. — Eles saem de suas casas georgianas de seis quartoz em Short Hills com jaqueta de bombardeiroz e blue jeans, entram nos Cadillacs Seville e rumam para SoHo todozus sábados.

Um horror a pronúncia. Mas Rhoda e Herman e Susan abriam-se em sorrisos e riam de prazer. Achavam que isso era o máximo. Só Mary Lou Faróis Louros parecia menos arrebatada pela deliciosa blague. Kramer resolveu que se conseguisse dizer alguma coisa, dirigir-se-ia a ela.

Greg saiu dissertando sobre todos os elementos burgueses que eram agora atraídos para o bairro dos artistas. Por que não começava por ele mesmo? Era só olhar para ele. Uma barba vermelha ondulada tão comprida quanto a do rei de copas, que escondia a sua falta de queixo... um paletó de *tweed* verde-sujo com ombros enormes e lapelas com recortes até as costelas... uma camiseta preta com o logotipo do Pus Casserole, a faixa chapada no peito... calça preta de boca justa... e ar Preto Seboso que era tão... pós-punk, tão elegante, tão... na onda... Mas na verdade ele era um bom rapazinho judeu de Riverdale, que era a Short Hills da periferia urbana de Nova York, e seus pais tinham uma grande e agradável casa colonial, ou Tudor, ou o que quer que fosse... Um joão-ninguém de classe média... um colaborador de *The Village Voice*, um sabe-tudo, o dono de Mary Lou Coxas Macias... Greg começara a viver com Mary Lou quando ela se matriculara no seminário de Jornalismo de Investigação que ele estava conduzindo na UNY, seios *proeminentes*, aparência clássica de branca, anglo-saxã, protestante. Atraía as atenções no campus da UNY como alguém de outro planeta. Kramer a chamava de Mary Lou Ama-Greg, que era uma maneira de dizer que abrira mão de sua verdadeira identidade para viver com Greg. Ela os incomodava. Incomodava Kramer mais que todos. Achava-a densa, distante, intensamente desejável. Ela o fazia lembrar da moça de batom cor de terra. E, por isso, invejava Greg mais que tudo. Ele se apossara dessa criatura encantadora e a possuía, sem assumir quaisquer obrigações, sem ficar encalhado num formigueiro de West Side, sem ter uma enfermeira inglesa sentada no pescoço, sem ter uma esposa e ser obrigado a vê-la se transformar num tipo *shtetl* como a mãe dela... Kramer arriscou um olhar para Rhoda e seu rosto inchado e sorridente e se sentiu imediatamente culpado. *Amava* o filho recém-nascido, estava *preso* a Rhoda para sempre, de uma forma sagrada... porém... *Isto é Nova York! E eu sou jovem!*

As palavras de Greg resvalavam por ele. Seus olhos vagavam. Por um instante encontraram os de Mary Lou. Ela sustentou seu olhar. *Seria possível...* Mas não poderia ficar olhando para sempre. Espiou pela janela as pessoas que caminhavam pela West Broadway. A maioria era jovem ou com um ar jovem — tão bem-vestidas! tão elegantes! — cintilantes, mesmo de Preto Seboso, num perfeito sábado de fim de primavera.

Ali e então, sentado à mesa no Haiphong Harbor, Kramer jurou que se tornaria *parte daquilo*. A moça de batom cor de terra...

... sustentara o olhar dele, e ele sustentara o dela, quando chegou o veredicto. Ele ganhara. Arrebatara o júri e condenara Herbert, que recebia uma sentença de três a seis anos, no mínimo, uma vez que já tinha uma condenação por delito grave em sua ficha. Ele fora durão, destemido, astuto — e conquistara o júri. Conquistara-a. Quando o presidente do júri, um negro chamado Forester, anunciara o veredicto, ele olhara nos olhos dela, e ela olhara nos dele, e tinham ficado assim pelo que parecia um longo espaço de tempo. Não havia dúvida.

Kramer tentou atrair o olhar de Mary Lou outra vez, mas falhou. Rhoda consultava o menu. Ouvia-a perguntar a Susan Rappaport num inglês quase ininteligível alguma coisa que significava:

— Você comeu antes de vim para cá?

Susan respondeu na mesma algaravia:

— Não, e você?

— Não, mal pude esperá pra dá o fora de casa. Não vou podê fazê isso outra vez nos próximos dezesseizanos.

— Fazêuquê?

— Ora, vim até o SoHo só porque tô com vontade de vim até o SoHo. I a qualqué lugá. A enfermeira do bebê tá indo embora na quarta-fêra.

— Por que não arranja outra?

— Tá brincando? Qué sabê quanto tamo pagando?

— Quanto?

— Quinhentuzi vinte e cinco dólares por semana. Minha mãe bancô a despesa nessas quatro semana.

Muito obrigado. Vá em frente. Diga a todas essas fofoqueiras que seu marido nem mesmo é capaz de pagar a maldita enfermeira. Ele reparou que os olhos de Susan se afastaram do rosto de Rhoda e se dirigiram para o alto. Na calçada, bem em frente à vidraça, estava parado um rapaz que tentava enxergar lá dentro. Se não fosse o vidro de um quarto de polegada, estaria debruçado na mesa deles. Continuou a olhar, olhar, olhar até que a ponta do seu nariz estava quase colada ao vidro. Agora todos os seis encaravam o sujeito, mas aparentemente ele não podia vê-los. Tinha um rosto magro, liso, bonito e jovem e cabelos castanho-claros, ondulados e macios. Com a camisa aberta ao pescoço e a gola da jaqueta da marinha virada para cima, ele parecia um jovem aviador de antigamente.

Mary Lou Carícias voltou-se para Susan com um ar travesso no rosto.

— Acho que devíamos perguntar-lhe se já almoçou.

— Hummmm — disse Susan, que, a exemplo de Rhoda, já formara sua primeira camada subcutânea de Matrona.

— Ele me parece faminto — acrescentou Mary Lou.

— Parece mais é retardado — disse Greg. Greg estava a menos de 30 centímetros de distância do rapaz, e o contraste entre a aparência doentia, Preto Seboso Elegante de fuinha hippie e o rosto saudável e corado do rapaz era esmagador. Kramer se perguntava se os outros notavam. Mary Lou devia ter notado. Esse joão-ninguém de barbas ruivas de Riverdale não a merecia.

O olhar de Kramer encontrou o dela por um momento mas ela observava o rapaz, que, desconcertado com os reflexos, agora se afastava da janela e começava a subir a West Broadway. Nas costas de sua jaqueta havia um raio bordado em ouro, e acima os dizeres RADARTRONIC SECURITY.

— Radartronic Security — disse Greg de maneira a indicar que zero, que nulidade era essa figura por quem Mary Lou resolvera endoidar.

— Podem ter certeza de que não trabalha para nenhuma empresa de segurança — disse Kramer. Estava decidido a atrair a atenção de Mary Lou.

— Por quê? — perguntou Greg.

— Porque por acaso conheço quem trabalha. Vejo-os todos os dias. Eu não contrataria um segurança nesta cidade nem que minha vida dependesse disso: principalmente se minha vida dependesse disso. São todos delinquentes violentos e confessos.

— São o quê? — perguntou Mary Lou.

— Delinquentes violentos e confessos. Têm no mínimo uma condenação por algum crime envolvendo violência contra alguém.

— Ah, corta essa! — exclamou Herman. — Isso não pode ser verdade. — Captara a atenção deles, agora. Estava jogando a sua cartada forte, a do Machão Entendido em Bronx.

— Bem, não são todos, mas aposto que 60 por cento deles. Vocês deviam assistir às sessões das câmaras criminais na Grand Concourse uma dessas manhãs. Uma das maneiras de justificar um recurso é o juiz perguntar ao acusado se ele tem emprego e, se tem, isso supostamente demonstra que possui raízes na comunidade, e assim por diante. Então o juiz pergunta a esses garotos se têm emprego, e, devo dizer, esses garotos estão detidos por assalto à mão armada, agressão, estupro, homicídio, tentativa de homicídio, é só escolher, e cada um deles, se tem algum emprego, dirá: "Segurança." Ou seja, quem vocês acham que aceita esses empregos? Pagam salário mínimo, são tediosos, e, quando não são tediosos, são desagradáveis.

— Talvez eles sejam bons nisso — disse Greg. — Gostem de se enturmar. Saibam manejar armas.

Rhoda e Susan riram. Tão espirituoso, tão espirituoso.

Mary Lou não riu. Continuava a olhar para Kramer.

— Sem dúvida que sabem — disse ele. Não queria perder o controle da conversa e daqueles olhos azuis de seios enormes. — Todos no Bronx andam armados. Deixem-me contar um caso que acabei de encerrar. — Ahhhhh! Essa era a sua oportunidade de falar da vitória do Povo sobre o bandido Herbert 92X, e ele começou a discorrer sobre a história com prazer. Mas, desde o início, Greg criou problemas. Assim que ouviu falar no nome de Herbert 92X, se intrometeu com um artigo que fizera sobre prisões para *The Village Voice*.

— Não fossem os muçulmanos, as prisões desta cidade seriam realmente incontroláveis.

Isso era tolice, mas Kramer não queria que a conversa descambasse para os muçulmanos e o maldito artigo de Greg. Então disse:

— Herbert não é muçulmano de verdade. Quero dizer, os muçulmanos não frequentam bares.

A coisa se arrastava. Greg entendia de tudo. Sabia tudo sobre muçulmanos, prisões, crime, vida nas ruas da cidade bilipédica.

Ele começou a virar a história contra Kramer. Por que viviam tão ansiosos para processar um homem que *não* fizera nada mais que seguir o instinto natural de proteger a própria vida?

— Mas ele *matou* um homem, Greg! Com uma arma não licenciada que ele portava todos os dias, como um hábito rotineiro.

— É, mas veja só o emprego que ele tinha! Obviamente é uma ocupação perigosa. Você mesmo disse que todo mundo anda armado, lá.

— Veja o *emprego* dele? Muito bem, vamos ver. Ele trabalha para um cara que vende bebidas roubadas!

— Que qué que ele faça, trabalhe pra IBM?

— Você fala como se isso fosse impossível. Aposto como a IBM tem uma porção de programas de emprego para minorias, mas Herbert não iria querer um emprego deles mesmo que lhe dessem um. Herbert é jogador. Ele é um ladrão que tenta se encobrir com o manto da religião e continuar a ser infantil, egocêntrico, irresponsável, inútil...

De repente Kramer percebeu que estavam todos olhando para ele de um jeito estranho, todos eles. Rhoda... Mary Lou... Estavam olhando para ele com o olhar que se lança a alguém que revela ser um reacionário enrustido. Ele tinha ido longe demais nas informações sobre a justiça criminal... Estava reproduzindo o tom reacionário do sistema... Era como se estivesse numa daquelas discussões estéreis que a turma costumava ter quando estavam na UNY, só que agora estavam na casa dos trinta e o olhavam como se tivesse se transformado em algo horrível. E compreendeu instantaneamente que não havia maneira de explicar o que vira nos últimos seis anos. Eles não entenderiam, e menos ainda o Greg, que estava agarrando aquela vitória sobre Herbert 92X e metendo por sua goela abaixo.

A coisa estava indo tão mal que Rhoda se sentiu compelida a ir em seu socorro.

— Você não entende, Greg — disse ela. — Não faz ideia da carga de trabalho do Larry. Há 7 mil indiciamentos por crime a cada ano no Bronx, e eles só têm capacidade — esta última palavra foi devidamente truncada — para quinhentos julgamentos. Não há possibilidade de estudar cada ângulo de cada caso e levar tudo isso em consideração.

— Posso bem imaginar alguém tentando dizer isso para esse Herbert 92X.

Kramer olhou para o teto do Haiphong Harbor. Fora pintado de preto fosco, juntamente com uma variedade de dutos, canos e luminárias. Pareciam intestinos. Sua própria mulher. Sua ideia de procurar defendê-lo era dizer: "Larry tem tantos negros para mandar para a cadeia, que não tem tempo de tratá-los como indivíduos. Por isso não seja severo demais com ele." Quebrara as costas trabalhando no caso Herbert 92X, cuidara dele de forma brilhante, encarara Herbert 92X nos olhos, vingara o pai de cinco filhos, Nestor Cabrillo — e o que ganhava com isso? Agora tinha que se defender contra um bando de intelectuais que acompanhavam a moda, num bistrô da moda, no SoHo em moda, porra.

Correu os olhos pela mesa. Até Mary Lou estava lhe lançando um olhar ambíguo. A bela burguesa cabeça de vento se tornara uma seguidora da moda como todo o resto.

Bom, havia uma pessoa que compreendia o caso Herbert 92X, que compreendia como fora brilhante, que compreendia a correção da justiça que ele defendera, e ela fazia com que Mary Lou parecesse... parecesse... insignificante.

Por um momento seus olhos tornaram a encontrar os de Mary Lou, mas a luz se extinguira.

11
AS PALAVRAS NO CHÃO

A Bolsa de Paris, *la Bourse,* só abria duas horas por dia, das 13 às 15 horas, o que correspondia ao horário de 7 às 9 em Nova York. Assim sendo, na segunda-feira Sherman chegou à sala de operações de obrigações da Pierce & Pierce às 6 e meia. Agora eram 7 e meia, e ele se encontrava à sua escrivaninha com o telefone colado à orelha esquerda e o pé direito apoiado na caixa de engraxate de Félix.

O ruído dos rapazes caçando dinheiro no mercado de obrigações já se elevara na sala, porque o mercado agora era uma questão internacional. Do lado oposto estava o jovem senhor dos pampas, Arguello, com o telefone ao ouvido direito e a mão esquerda cobrindo a orelha esquerda, provavelmente falando com Tóquio. Já estava no escritório no mínimo há umas doze horas, quando Sherman chegara, trabalhando numa grande venda de obrigações do Tesouro americano para o serviço postal japonês. Como esse garoto conseguira meter o dedo numa transação dessas, Sherman não conseguia imaginar, mas ali estava ele. A Bolsa de Tóquio abria das 19 horas e 30 minutos às 4, hora de Nova York. Arguello estava usando um tipo de suspensórios estou-me-lixando com desenhos do Piu-Piu, o personagem de um cartum, mas tudo bem. Estava trabalhando, e Sherman se sentia tranquilo.

Félix, o engraxate, estava curvado, dando brilho com uma flanela especial no sapato direito de Sherman, um calçado pesado de couro cru, da New & Lingwood. Sherman gostava da maneira com que a elevação do pé flexionava sua perna e fazia engrossar pressionando o interior da coxa. Isso o fazia se sentir atlético. Gostava da maneira como Félix se curvava, corcunda, como se envolvesse seu sapato com o corpo e a alma. Via o topo da cabeça do preto, que se encontrava a menos de 50 centímetros do nível de seus olhos. Félix tinha uma falha perfeitamente redonda, cor de caramelo, no alto do crânio, o que era estranho, porque o cabelo que a circundava era bem farto. Sherman gostava dessa falha de cabelo perfeitamente redonda. Félix era confiável e engraçado, e não jovem, rancoroso e ferino.

Félix tinha um exemplar de *The City Light* no chão ao lado da caixa, e lia enquanto trabalhava. Estava aberto na segunda página e dobrado ao meio. A página 2 continha a maior parte das notícias internacionais de *The City Light*. A manchete no alto dizia: "Bebê mergulha 60 metros — e sobrevive". O local era Elaiochori, Grécia. Mas estava tudo bem. Os tabloides já não inspiravam terror em Sherman. Haviam se passado cinco dias e não aparecera uma única palavra nos jornais sobre nenhum incidente pavoroso numa rampa da via expressa do Bronx. Era como Maria dissera. Foram atraídos para uma luta na selva, lutaram e venceram, e a selva não lamentava os seus feridos. Essa manhã Sherman comprara apenas o *Times* na lojinha da Lexington. Chegara a ler sobre os soviéticos e os cingaleses e a luta interna cruenta no Federal Reserve durante a viagem de táxi para o centro, em vez de virar logo para a Seção B, Notícias Locais.

Depois de uma semana inteira de medo, agora conseguia se concentrar nos números verde-rádio que deslizavam pelas telas negras. Podia se concentrar na transação em pauta... a Giscard...

Bernard Levy, o francês com quem negociava na Traders' Trust Co., estava agora na França fazendo as últimas pesquisas sobre a Giscard antes de a Trader T empenhar seus 300 milhões de dólares, fechar o negócio e imprimir o contrato... *as migalhas...* a frase desdenhosa de Judy passou por sua cabeça e saiu em seguida... migalhas... E daí?... Eram migalhas de ouro... Concentrou-se na voz de Levy na outra extremidade da ligação por satélite:

— Então ouça, Sherman, o problema é o seguinte. Os números da dívida que o governo acabou de anunciar deixaram todo mundo nervoso, aqui. O franco está caindo, e a tendência é continuar a cair, e ao mesmo tempo, como você sabe, o ouro está caindo, embora por outras razões. A pergunta é até onde, e...

Sherman deixou-o falar. Não era anormal as pessoas ficarem um pouco desatinadas às vésperas de investir uma soma como 300 milhões de dólares. Conversara com Bernard — chamava-o pelo nome de batismo — quase todos os dias, fazia seis semanas agora, e mal conseguia lembrar que aparência tinha. "Minha rosquinha francesa", pensou — e imediatamente se deu conta de que isso era uma piada de Rawlie, do cinismo, do sarcasmo, do pessimismo, do niilismo de Rawlie, o que eram apenas formas de dizer da "fraqueza" de Rawlie, e com isso baniu "rosquinha" e "migalhas" de seu pensamento. Esta manhã estava de novo do lado da força e do Destino. Estava quase disposto, mais uma vez, a considerar a ideia do... domínio do universo... os gritos dos jovens titãs acuando o dinheiro soavam à sua volta...

— Estou em dezesseis, dezessete. Que é que ele quer fazer?

— Venda a 25 as de dez anos!

— Quero vender!

... e mais uma vez parecia música. Félix esfregava a flanela de polimento para frente e para trás. Sherman sentiu prazer na pressão da flanela sobre os metatarsos. Era uma massagenzinha no ego, pensando bem... esse homem forte e grande, cor de chocolate, com uma falha no alto da cabeça, ali a seus pés, puxando o brilho, indiferente às alavancas com que Sherman era capaz de mover outra nação, outro continente, apenas fazendo quicar umas palavrinhas no satélite.

— O franco não é problema — disse a Bernard. — Podemos vender a descoberto até janeiro, ou até o prazo, ou ambos.

Sentiu Félix bater na sola do sapato direito. Tirou o pé da caixa, e Félix o segurou e transferiu para o outro lado da cadeira; Sherman ergueu a perna esquerda forte e atlética e encaixou o pé esquerdo no estribo de metal da caixa. Félix virou o jornal, dobrou-o ao meio, descansou-o no chão junto à caixa e começou a trabalhar no sapato esquerdo da New & Lingwood.

— Sei, mas teremos que cobrir isso — disse Bernard —, e até agora falamos o tempo todo em operar em condições favoráveis e...

Sherman tentou imaginar sua rosquinha, Bernard, sentada numa sala de um desses edifícios modernos e alinhados que os franceses construíam, com centenas de carros minúsculos passando e tocando buzinas de brinquedo na rua embaixo... embaixo... e seu olhar pousou por acaso no jornal que estava no chão, embaixo...

Os pelos dos seus braços se eriçaram. No alto da página, a terceira de *The City Light*, havia uma manchete que dizia:

"MÃE DE ALUNO BRILHANTE:
TIRAS NÃO INVESTIGAM ATROPELAMENTO"

Acima, em letras brancas menores, numa tarja preta, vinha: "Rapaz à beira da morte." Abaixo havia uma segunda tarja preta, onde se lia: "Entrevista exclusiva a CITY LIGHT." E abaixo: "Peter Fallow." E mais abaixo, em uma coluna, havia uma foto meio busto — de um rapaz negro sorridente, bem-vestido, de paletó escuro, camisa branca e gravata listrada. Seu rosto fino e delicado sorria.

— Acho que o mais sensato é descobrir onde isso vai parar — disse Bernard.

— Bom... acho que está exagerando o... ah... o... ah... — "Aquele rosto!" — ... o... ah... — "Aquele rosto fino e delicado, agora de camisa e gravata! Um jovem senhor!" — ... o... ah... problema.

— Espero que sim — disse Bernard. — Mas, de qualquer forma, não fará mal algum esperar.

— Esperar? — "Eh! Precisa de ajuda?" Aquele rosto delicado e temeroso! "Uma boa pessoa!" Será que Bernard disse "esperar"? — Não entendo, Bernard. Tudo está se *encaixando*! — Não pretendera parecer tão enfático, tão ansioso, mas seus olhos estavam presos às palavras que estavam ali embaixo, no chão.

"Contendo as lágrimas, uma viúva do Bronx contou ontem a *The City Light* de que maneira seu filho, um aluno brilhante, foi atropelado por um carro de luxo, em alta velocidade — e acusou a polícia e a Promotoria Distrital do Bronx de ficarem de braços cruzados.

A sra. Annie Lamb, funcionária da Pretoria Municipal, revelou que o filho, Henry, de dezoito anos, prestes a se formar com distinção na Colonel Jacob Ruppert High School na próxima semana, disse-lhe parte do número da placa do carro — um Mercedes-Benz — antes de entrar em coma.

'Mas o homem da Promotoria Distrital considerou a informação inútil', disse-nos ela, argumentando que a própria vítima era a única testemunha conhecida.

Os médicos do Lincoln Hospital qualificaram o coma de 'provavelmente irreversível' e informaram que o estado de Lamb era 'grave'. Lamb e a mãe moram no Edgar Allan Poe Towers, um conjunto habitacional do Bronx. Descrito por vizinhos e professores como 'um jovem exemplar', estava planejando entrar para a universidade no outono.

O professor de Lamb em redação e literatura avançada, na Ruppert, Zane J. Rifkind, declarou a *The City Light:* 'É uma situação trágica. Henry faz parte daquela parcela excepcional de alunos capazes de superar os muitos obstáculos que a vida no South Bronx coloca em seu caminho e de se concentrar nos estudos, em seu potencial e em seu futuro. Agora só nos resta imaginar o que poderia ter realizado na universidade.'

A sra. Lamb contou que o filho saíra do apartamento no início da noite de terça-feira, aparentemente para comprar comida. Ao atravessar o Bruckner Boulevard foi atropelado por um Mercedes-Benz em que viajavam um homem e uma mulher, ambos brancos. O carro não parou. O bairro é predominantemente negro e hispânico.

Lamb conseguiu chegar ao hospital, onde trataram seu pulso fraturado e o dispensaram. Na manhã seguinte queixou-se de forte dor de cabeça e tonteira. Perdeu os sentidos no setor de urgência do hospital. Constatou-se que sofrera uma concussão subdural.

Milton Lubell, porta-voz do promotor distrital do Bronx, Abe Weiss, disse que dois detetives e um promotor distrital assistente haviam entrevistado a sra. Lamb e que 'a investigação estava em andamento', mas que existem 2.500 Mercedes-Benz registrados no estado de Nova York com placas que se iniciam com R, a letra que a sra. Lamb indicara. Ela disse que o filho achava que a segunda letra era E, F, B, P ou R. 'Mesmo presumindo que uma dessas seja a segunda letra', declarou Lubell, 'estamos falando de quase quinhentos carros...'"

RF — Mercedes-Benz — a informação nas páginas de milhões de exemplares do jornal — atravessou o plexo solar de Sherman com uma tremenda vibração. Sua placa começava com RFH. Com uma fome aterrorizante de notícias sobre a própria condenação, ele continuou a ler:

"... e não temos descrição do motorista, não temos testemunhas e"

Foi só o que pôde ler. Félix dobrara o jornal naquele trecho. O restante estava na parte de baixo da página. Seu cérebro estava em fogo. Morria de vontade de se abaixar e virar o jornal — e morria de vontade de nunca precisar saber o que revelaria. Entrementes, a voz de Bernard Levy continuava monotonamente do outro lado do oceano, retransmitida por um satélite de comunicações da A T &T.

— ... falando de 96, se é isso que você quer dizer com as coisas estarem "se encaixando". Mas isto está começando a parecer muito caro, porque...

Caro? Noventa e seis? "Nenhuma menção de um segundo rapaz! Nenhuma menção de uma rampa, uma barricada, uma tentativa de assalto!" O preço sempre estivera ajustado! Como é que trazia isso à baila agora? "Será que, afinal, não tinha sido uma tentativa de assalto?" Pagará em média 94 por elas. Um *spread* de apenas dois pontos! Não podia fazer por menos! "Esse rapaz de boa aparência morrendo! Meu carro!" Preciso me concentrar... na Giscard! Não posso fracassar, não depois de todo esse tempo e o tabloide coriscava no chão.

— Bernard... — Sua boca estava seca. — Ouça... Bernard...

— Que foi?

Mas talvez se retirasse o pé do estribo da caixa...

— Félix? Félix? — Félix não pareceu ouvi-lo. A falha perfeita cor de caramelo no alto da cabeça continuou a se agitar para a frente e para trás enquanto ele engraxava o sapato de couro cru da New & Lingwood.

— Félix!

— Oi, Sherman! Que foi que disse? — No ouvido, a voz da rosquinha francesa, sentada em cima de 300 milhões de obrigações garantidas em ouro — nos olhos, o cocuruto da cabeça de um negro sentado em cima de uma caixa de engraxate e abraçando o seu pé esquerdo.

— Um instantinho, Bernard!... Só um momento... Félix?

— Você disse Félix?

— Não, Bernard! Quero dizer, um instantinho... Félix!

Félix parou de trabalhar no sapato e ergueu os olhos.

— Desculpe, Félix, preciso esticar a perna um instante.

A rosquinha francesa:

— Alô, Sherman, não estou entendendo!

Sherman tirou o pé do estribo e esticou-o exageradamente, como se estivesse dormente.

— Sherman, você está aí?

— Estou! Com licença um instante, Bernard.

Conforme esperava, Félix aproveitou a oportunidade para virar *The City Light* de modo a ler a metade inferior da página. Sherman tornou a colocar o pé na caixa, Félix se curvou de novo sobre o sapato e Sherman abaixou a cabeça, tentando focalizar as palavras no chão. Baixou a cabeça aproximando-a tanto da de Félix que o negro olhou para cima. Sherman recuou e sorriu sem graça.

— Desculpe, Bernard, eu estava falando com outra pessoa.

Félix abanou a cabeça em sinal de censura, então abaixou-a e voltou a trabalhar.

— Desculpe? — repetiu a rosquinha francesa, ainda intrigada.

— Esqueça, Bernard. Eu estava falando com outra pessoa. — Lentamente Sherman foi baixando de novo a cabeça e fixou os olhos nos dizeres do jornal no chão.

"... nem ninguém que possa nos dizer o que aconteceu, nem mesmo o rapaz."

— Sherman, você está aí? Sherman...

— Estou, Bernard. Desculpe. Ah... pode me repetir o que estava dizendo sobre preços? Porque, na verdade, isso já ficou resolvido. Ficou resolvido há *semanas*!

— Outra vez?

— Se não se importar. Fui interrompido aqui.

Um grande suspiro vindo da Europa via satélite.

— Eu estava dizendo que passamos de uma situação estável para uma situação instável, aqui. Não podemos mais extrapolar os números de que falamos quando fez a sua apresentação...

Sherman tentou prestar atenção às duas coisas ao mesmo tempo, mas as palavras do francês não demoraram a se transformar num chuvisco, um chuvisco via satélite, à medida que ele devorava os caracteres impressos visíveis sob o crânio do engraxate:

"Mas o rev. Reginald Bacon, presidente da Solidariedade de Todos os Povos, uma organização com sede no Harlem, afirmou que é 'a mesma história de sempre'. A vida humana, quando se trata da vida humana de negros e da vida humana de hispânicos, não tem grande valor para a estrutura do poder. Se tivesse sido um estudante brilhante e branco, atropelado na Park Avenue por um motorista negro, eles não estariam perdendo tempo com estatísticas e obstáculos legais.

Classificou a negligência do hospital em diagnosticar imediatamente a concussão de Lamb de 'revoltante' e exigiu uma investigação.

Entrementes, os vizinhos têm acorrido ao apartamento pequeno e bem-cuidado da sra. Lamb no conjunto Poe Towers para reconfortá-la enquanto reflete sobre os últimos acontecimentos na história trágica de sua família. O pai de Henry foi assassinado ali mesmo há seis anos — contou ela a *The City Light*, apontando por uma janela, que se abre para a entrada do conjunto. Monroe Lamb, com 36 anos à época, foi morto a tiros por um assaltante uma noite em que voltava do trabalho como técnico de ar-condicionado.

'Se eu perder Henry, será o meu fim também, e ninguém se importará com isso', disse ela. 'A polícia nunca descobriu quem matou o meu marido e nem mesmo quer procurar quem fez isso a Henry.'

Mas o rev. Bacon jurou pressionar as autoridades até que façam alguma coisa: 'Se a estrutura do poder está querendo nos dizer que não faz a menor diferença o que acontece com os nossos melhores jovens, que são a esperança destas ruas miseráveis, então está na hora de mandarmos uma mensagem para a estrutura do poder: Os seus nomes não estão gravados nas Tábuas da Lei que vieram do monte Sinai. Haverá uma eleição em breve e podemos substituí-los.'"

Abe Weiss, promotor distrital do Bronx, irá enfrentar um duro desafio nas eleições democráticas primárias em setembro. O deputado estadual Robert Santiago tem o apoio de Bacon, do deputado Joseph Leonard e de outros líderes negros, bem como das lideranças do South e Central Bronx, maciçamente porto-riquenhos.

— ... e por isso eu aconselharia a aguardar algumas semanas, a deixar a poeira assentar. Até lá saberemos onde estão os limites mínimos. Saberemos se estamos falando de preços realistas. Saberemos...

Subitamente Sherman percebeu o que aquela bicha assustada estava dizendo. Mas *não podia esperar* — não com *essa coisa* desabando em cima dele — precisava mandar imprimir o contrato — já!

— Bernard, agora ouça. *Não podemos* esperar. Gastamos todo esse tempo encaixando tudo nos lugares. Não é preciso sentar e esperar a poeira assentar. Está *assentada*. Temos que *nos mexer agora*! Você está levantando problemas imaginários. Temos que nos acalmar e *agir*! Já esclarecemos todas essas coisas há muito tempo!

Não faz *diferença* o que acontece com o ouro e o franco em termos diários!

Mesmo enquanto falava, reconheceu a urgência fatal em sua voz. Na Wall Street, um vendedor nervoso era um vendedor morto. Sabia disso! Mas não conseguia se controlar...

— Não posso simplesmente fechar os olhos, Sherman.

— Ninguém está pedindo que o faça. — "Toque. Uma pancadinha." Um rapaz alto e delicado, um aluno brilhante! O pensamento terrível se apossou de todo o seu consciente: "Eram realmente apenas dois rapazes bem-intencionados que queriam ajudar"... Eh!... A rampa, a escuridão... E o outro — o grandalhão? Não havia nenhuma menção de um segundo garoto... Nenhuma menção de uma rampa... Não tinha sentido... "Talvez uma simples coincidência! — outro Mercedes! — R — 2 500 Mercedes..."

Mas no Bronx, naquela mesma noite?

O horror da situação tornou a sufocá-lo.

— Sinto muito, mas não podemos fazer essa transação pelo método do arqueiro zen, Sherman. Temos que chocar os ovos mais algum tempo.

— De que está falando? Quanto tempo é "mais algum tempo", pelo amor de Deus? — "Seria concebível verificarem 2.500 automóveis?"

— Bem, na próxima semana ou na outra. Eu diria umas três semanas, por alto.

— Três semanas!

— Temos uma série de grandes apresentações programadas. Não há nada que possamos fazer.

— Não posso esperar três semanas, Bernard! Agora veja, você levantou alguns probleminhas — droga, não chegam a ser *problemas*. Examinei cada uma dessas eventualidades vinte vezes! Você *tem* que agir agora! Três semanas não vão resolver nada!

Na Wall Street, os vendedores não diziam "tem que", tampouco.

Silêncio. Então a voz paciente e educada da rosquinha de Paris, via satélite:

— Sherman. Por favor. Por 300 milhões de obrigações ninguém *tem que* fazer nada de afogadilho.

— Claro que não, claro que não. Só que eu sei que expliquei... Sei que... Sei...

Sabia que tinha que se acalmar e sair desse platô de irreflexão e ansiedade o mais depressa possível e voltar a ser a figura suave e calma do quinquagésimo andar da Pierce & Pierce, que a rosquinha da Trader T sempre conhecera, uma figura confiável e de inabalável *poderio,* mas... "não podia deixar de ser o seu carro. Não havia como fugir! Mercedes, RF, um homem e uma mulher brancos!".

O fogo rugia dentro de seu crânio. O negro continuava a puxar o brilho do sapato. Os ruídos da sala de operação de obrigações o acuavam como o rugido de feras:

— Ele está querendo seis! Sua oferta é cinco!

— Não compre! Os federais estão fazendo reversões!

— Os federais estão comprando todos os cupons! Dependendo do mercado!

— Puta que pariu! Estou fora!

A Câmara 62 era só confusão, sob a presidência do juiz Jerome Meldnick. Por detrás da mesa do escrevente, Kramer contemplava a perplexidade de Meldnick com divertido desdém. Na cadeira do juiz, a cabeça grande e pálida da Meldnick parecia um queijo gouda. Estava curvada próxima à de seu secretário, Jonathan Steadman. Na medida em que o cargo de juiz que Meldnick ocupava tinha qualquer respaldo legal útil, este estava contido na cabeça de Steadman. Meldnick era secretário executivo do sindicato de professores, um dos maiores sindicatos democráticos e mais sólidos do estado, quando o governador o nomeara juiz na Divisão Criminal do Supremo Tribunal Estadual, em reconhecimento ao seu potencial de jurisprudência e às décadas de trabalho árduo para o partido. Não advogava desde o tempo em que prestava pequenos serviços para o tio logo depois de ter sido aceito como defensor, um tio advogado que cuidava de testamentos e contratos imobiliários e vendia seguros de propriedades em um prédio de dois andares, no Queens Boulevard.

Irving Bietelberg, o advogado de um delinquente chamado Willie Francisco, estava na ponta dos pés do outro lado da cadeira do juiz, espreitando e tentando dizer alguma coisa. O próprio acusado, Francisco, gordo, 22 anos, bigode fininho e uma camisa esporte listrada de vermelho e branco, estava em pé gritando para Bietelberg:

— Eh! Eh! Eh!

Três guardas judiciários estavam postados dos lados e às costas de Willie, para o caso de ele se excitar demais. Teriam ficado felizes em lhe estourar os miolos, já que matara um tira sem piscar os olhos. O tira o detivera quando saía correndo de uma ótica com um par de óculos escuros Porsche na mão. Os óculos escuros Porsche eram muito apreciados no bairro de Morrisania, no Bronx, porque custavam 250 dólares e tinham o nome Porsche gravado em branco na parte superior da lente esquerda. Willie entrara na ótica com uma receita falsificada do seguro de saúde e anunciara que queria os Porsche. O vendedor informou que não poderia levá-los, porque o seguro não reembolsaria a loja por óculos daquele preço. Ouvindo isso, Willie agarrara os óculos, fugira da loja e matara o tira.

Era uma verdadeira merdinha esse caso, uma merdinha inconteste, e Jimmy Caughey nem precisara gastar fôlego para ganhá-la. Mas então aconteceu uma coisa estranha. O júri se retirara no dia anterior, à tarde, e retornara seis horas depois, sem ter chegado a um veredicto. Nesta manhã, Meldnick dirigia a custo a sessão diária quando o júri mandou avisar que chegara a um veredicto. Então os jurados entraram um a um, e o veredicto foi que o acusado era culpado. Bietelberg, como normalmente fazia, pediu que o júri fizesse uma declaração de voto. "Culpado", "culpado", "culpado" foram dizendo todos até que o escrevente chegou a um senhor branco e obeso, Lester McGuigan, que também disse:

— Culpado. — Mas em seguida olhou para os olhos de Willie Francisco, sem os óculos Porsche, e acrescentou: — Não me sinto absolutamente convencido disso, mas creio que tenho de votar, e esse é o meu voto.

Willie Francisco deu um salto e gritou:

— Julgamento nulo! — Antes mesmo que Bietelberg pudesse dizê-lo e depois disso instaurou-se a confusão. Meldnick cobriu a cabeça com os braços e chamou Steadman, e a coisa estava nesse pé. Jimmy Caughey não conseguia acreditar no que via. Os júris do Bronx eram famosos por sua imprevisibilidade, mas Caughey calculara que McGuigan era um de seus sólidos esteios. Não só era branco, mas também irlandês, um velho irlandês do Bronx, que certamente reconheceria nele um jovem e valoroso irlandês. Mas McGuigan provara ser um velho com tempo de sobra, que pensava demais e adotava uma atitude filosófica demais sobre as coisas, até mesmo sobre gente como Willie Francisco.

Kramer divertia-se com a confusão de Meldnick, mas Jimmy Caughey não. Kramer encontrava-se na Câmara 62 devido a uma merdinha semelhante e tinha catástrofes ridículas semelhantes a temer. Estava presente para ouvir um recurso do advogado Gerard Scalio, que pedia audiência para apresentar novas evidências do caso de Jorge e Juan Terzio, dois irmãos que eram "um par de verdadeiros patetas". Tinham tentado assaltar uma mercearia coreana na Rodovia Fordham, mas não foram capazes de descobrir que botões apertar na caixa registradora e acabaram arrancando dois anéis dos dedos de uma freguesa. Isso enfureceu um outro freguês, Charlie Esposito, que correu atrás deles, conseguiu alcançar Jorge, agarrou-o, imobilizou-o no chão e lhe disse:

— Sabe de uma coisa? Vocês são dois patetas.

Jorge mete a mão na camisa, puxa uma arma, dá-lhe um tiro na cara e o mata. Uma verdadeira merdinha.

Enquanto a tempestade de merda rugia e Jimmy Caughey girava os olhos em arcos cada vez mais desalentados, Kramer pensava num futuro mais glorioso. Naquela noite iria finalmente conhecer... a Moça de Batom Cor de Terra.

Muldowny's, aquele restaurante no East Side, na esquina da Third Avenue com a 78th Street... tijolos aparentes, madeira clara, latão, vidro fosco, plantas penduradas... aspirantes a atrizes servindo as mesas... celebridades... mas informal, com preços módicos, ou pelo menos fora o que ouvira dizer... o burburinho dos jovens em Manhattan que gozavam... a Vida... uma mesa para dois... Ele está admirando o rosto incomparável da srta. Shelly Thomas...

Uma vozinha tímida aconselhou-o a não fazer isso, ainda não. O caso se encerrara, quanto ao julgamento, e Herbert 92X fora devidamente condenado, e o júri dispensado. Então que mal havia em se encontrar com uma jurada e perguntar-lhe sobre a natureza das deliberações no caso? Nenhum... exceto que a sentença ainda não fora despachada, e tecnicamente o caso não estava encerrado. O mais prudente seria esperar. Mas nesse meio-tempo a srta. Shelly Thomas poderia... se descomprimir... se curar da embriaguez do crime... se libertar da mágica do jovem e destemido promotor distrital com a língua de ouro e os musculosos esternoclidomastóideos...

Uma voz máscula e forte perguntou-lhe se ia continuar a jogar no certo e a se conformar com pouco o resto da vida. Ele aprumou os ombros. Não desmarcaria o encontro. Tinha toda a razão! A excitação na voz dela! Era quase como se estivesse *esperando* que telefonasse. Estava lá naquele escritório de tijolos de vidro e balaústres de canos brancos da MVT, na Prischker & Bolka, no centro da Vida, ainda pulsando com o ritmo maroto da existência crua do Bronx, ainda eletrizada com a força daqueles que eram suficientemente másculos para enfrentar os predadores... Chegava a vê-la, chegava a vê-la... Apertou os olhos com força... Os cabelos castanhos fartos, o rosto de alabastro, o batom...

— Ei, Kramer! — Abriu os olhos. Era o escrevente. — Telefone para você.

Apanhou o telefone, que se encontrava na mesa do escrivão. Na cadeira do juiz, Meldnick, imerso numa consternação de queijo gouda, continuava debruçado com Steadman. Willie Francisco continuava a gritar:

— Eh! Eh! Eh!

— Kramer — disse Kramer.

— Larry, aqui é o Bernie. Viu *The City Light* hoje?

— Não.

— Há uma grande reportagem na página 3 sobre esse caso do Henry Lamb. Dizem que os tiras agem muito devagar. Dizem que nós, também. Dizem que você declarou à sra. Lamb que a informação dada por ela era inútil. É uma reportagem enorme.

— *Quê!*

— Não mencionam seu nome. Dizem apenas "o homem da Promotoria Distrital".

— Isso é uma absoluta inverdade, Bernie! Disse-lhe exatamente o contrário! Disse que nos tinha dado uma boa pista! Só que não era suficiente para transformarmos isso em um caso.

— Bom, Weiss está doidão. Está subindo pelas paredes. Milt Lubell está vindo aqui a cada três minutos. O que está fazendo neste instante?

— Estou aguardando a audiência para apresentação de novas evidências no tal caso dos irmãos Terzio, os dois patetas. O caso Lamb? Essa não. Outro dia Milt disse ainda que havia um cara, uma porra de um inglês telefonando de *The City Light* — mas isso é ultrajante. Esse caso só tem furos. Espero que compreenda isso, Bernie.

— Eu compreendo. Bem, ouça aqui, peça um adiamento do caso dos dois patetas e venha para cá.

— Não posso. Para variar, Meldnick está sentado na cadeira com as mãos na cabeça. Um jurado acabou de se arrepender do voto de culpado no caso de Willie Francisco. Jimmy está aqui botando fumaça pelas orelhas. Não vai acontecer nada aqui até que Meldnick encontre alguém que lhe diga o que fazer.

— Francisco? Essa não. Quem é escrivão aí, Eisenberg?

— É.

— Deixe-me falar com ele.

— Ei, Phil — disse Kramer. — Bernie Fitzgibbon quer falar com você.

Enquanto Bernie Fitzgibbon falava com Phil Eisenberg ao telefone, Kramer passou para o outro lado da mesa do escrivão para recolher os papéis do caso Terzio. Não conseguia acreditar. A pobrezinha da viúva Lamb, a mulher de quem até Martin e Goldberg tinham sentido tanta pena — se transformara numa cascavel! Onde havia um jornal? Estava doido para pôr as mãos nele. Viu que estava perto do estenógrafo, ou escrivão, como era na realidade chamada essa raça, o irlandês alto, Sullivan. Sullivan se levantara da máquina de estenografar, logo abaixo da cadeira do juiz, e se espreguiçava. Sullivan era um homem bonitão, de cabelo espesso, quarentão, famoso ou notório na Gibraltar por suas roupas alinhadas. No momento vestia um paletó de *tweed* tão macio e luxuoso, tão cheio de evocações irlandesas, que Kramer sabia que nunca teria dinheiro para comprar um igual. Por trás de Kramer entrou um velho funcionário do tribunal chamado Joe Hyman, supervisor dos escrivães. Foi até Sullivan e perguntou:

— Vai entrar um assassinato nesta câmara. Na sessão diária. Que me diz?

Sullivan respondeu:

— Quê? Essa não, Joe. Acabamos de julgar um assassinato. Para que quero outro? Terei que ficar depois do anoitecer. Comprei entradas para o teatro. Custaram-me 35 dólares cada.

Hyman retorquiu:

— Está bem, está bem. E que tal um estupro? Há um estupro para ser julgado.

— Que merda, Joe! — exclamou Sullivan —, estupro... também estica depois do anoitecer. Por que eu? Por que tem que ser sempre eu? Sheila Polsky não trabalha com um júri há meses. Que tal ela?

— Ela tem problema de coluna. Não pode ficar sentada tanto tempo.

— Problema de coluna? — retorquiu Sullivan. — Ela só tem 28 anos, porra. Embromação. Esse é que é o problema dela.

— Mesmo assim...

— Olha, temos que fazer uma reunião. Estou cansado de ser sempre escolhido. Temos que discutir as designações de tarefa. Temos que desmascarar os embromadores.

— Está bem — disse Hyman. — Vamos fazer assim. Você fica com o estupro e ponho você em meio expediente na semana que vem. Certo?

— Não sei — disse Sullivan. Franziu as sobrancelhas contra o nariz, como se estivesse diante de uma das decisões mais angustiantes da vida. — Acha que vai haver transcrições diárias sobre o estupro?

— Não sei. Provavelmente.

"Transcrições diárias." Agora Kramer percebia por que tinha raiva de Sullivan e de suas roupas luxuosas. Depois de trabalhar como estenógrafo do tribunal durante catorze anos, Sullivan atingira o teto salarial do serviço público, 51 mil dólares por ano — 14.500 mais do que Kramer —, e isso era apenas o básico. Além disso, os estenógrafos *vendiam* as transcrições página por página a um mínimo de quatro dólares e meio a página. "Transcrições diárias" significava que cada advogado de defesa e o promotor distrital assistente, além do tribunal, quer dizer, o juiz, iriam querer transcrições dos trâmites de cada dia, um trabalho de urgência que dava a Sullivan direito a um abono de seis dólares ou mais. Se houvesse "diversos acusados" — e em casos de estupro em geral havia — poderia chegar a catorze ou quinze dólares por página. Corria no tribunal que no ano anterior, no julgamento de um assassinato envolvendo uma quadrilha de traficantes albaneses, Sullivan e outro estenógrafo tinham rachado 30 mil dólares em duas semanas e meia de trabalho. Era mole esses caras ganharem 75 mil dólares por ano, 10 mil a mais do que o juiz e *duas vezes* mais do que ele. Um estenógrafo! Um autômato com uma máquina de estenografar! Alguém que nem pode abrir a boca em um tribunal a não ser para pedir ao juiz que mande alguém repetir uma palavra ou uma frase!

E ali estava ele, Larry Kramer, formado em direito pela Universidade de Colúmbia, promotor distrital assistente — se perguntando se realmente teria dinheiro para levar uma moça de batom cor de terra a um restaurante no Upper East Side!

— Ei, Kramer. — Era Eisenberg, o escrivão, erguendo o telefone na direção dele.

— Diga, Bernie.

— Resolvi tudo com Eisenberg, Larry. Ele vai pôr os irmãos Terzio no fim da fila. Venha para cá. Temos que dar um jeito na porra desse caso Lamb.

— Da maneira com que os ianques constroem seus conjuntos habitacionais, os elevadores param em andares alternados — disse Fallow — e cheiram a urina. Os elevadores, quero dizer. Assim que a pessoa entra, sobem vapores de urina humana!

— Por que andares alternados? — perguntou Sir Gerald Steiner, devorando esse conto das esferas inferiores. Seu editor executivo, Brian Highridge, estava postado a um lado, igualmente enlevado. A um canto do cubículo de Fallow, a capa suja continuava pendurada no cabide de plástico, e o cantil de vodca continuava escondido no bolso duplo. Mas ele contava com a atenção, os elogios e a euforia para curar a ressaca dessa manhã.

— Para poupar dinheiro com a construção, imagino — respondeu. — Ou para lembrar aos pobres coitados que estão desempregados. Está tudo muito bem e muito bom para os que têm apartamentos nos andares em que o elevador para, mas a outra metade tem que tomá-lo para o andar de cima e descer as escadas. No conjunto residencial do Bronx parece que isso é determinado pelo acaso. A mãe do rapaz, sra. Lamb, me contou que perdeu metade da mobília quando se mudou. — A lembrança trouxe um sorriso aos lábios de Fallow, o tipo de sorriso irônico que diz que a história é triste, mas não se pode deixar de admitir que é engraçada. Ela levou a mobília de elevador até o andar acima do apartamento. Tiveram que carregar peça por peça escada abaixo, e cada vez que voltavam ao andar de cima, alguma coisa tinha desaparecido. É o costume! Quando gente nova se muda para um andar sem elevador, os antigos furtam seus pertences da porta do elevador!

O Rato Morto e Highridge tentaram sufocar o riso, já que afinal estavam falando de um grande número de pessoas pobres e infelizes. O Rato Morto estava sentado na ponta da escrivaninha de Fallow, o que indicava que se sentia satisfeito demais com tudo isso para conseguir se sentar, por ora. A alma de Fallow crescia. O que via diante de si não era mais... o Rato Morto... mas Sir Gerald Steiner, o esclarecido barão da imprensa britânica que o convidara para vir ao Novo Mundo.

— Aparentemente a pessoa joga com a vida só em descer as escadas — continuou. — A sra. Lamb me preveniu que *eu* não deveria usá-las em circunstância alguma.

— Por que não? — perguntou Steiner.

— Parece que as escadas são as ruelas dos conjuntos residenciais, por assim dizer. Os apartamentos são empilhados formando aquelas torres altas, compreende, e as torres se espalham para lá e para cá — ele gesticulou com as mãos para indicar a planta irregular — prevendo parques. Naturalmente nem uma única gramínea sobreviveu, mas de todo modo não há ruas, nem becos nem atalhos nem bares entre os edifícios, apenas umas horríveis charnecas ao ar livre. Não há lugar para os moradores *pecarem*. Então usam os patamares das escadas. Fazem... de tudo... nos patamares das escadas.

Os olhos arregalados de Sir Gerald e seu editor executivo foram demais para Fallow. Eles provocaram um afluxo de licença poética nos nervos de seu cérebro.

— Devo confessar que não pude resistir a dar uma espiada. Então decidi refazer a rota que a sra. Lamb e o filho tinham percorrido quando se mudaram para o Edgar Allan Poe Towers.

Na realidade, depois do aviso, Fallow não ousara se aproximar da escada. Mas agora as mentiras, mentiras pitorescas, borbulhavam no seu cérebro a uma velocidade embriagante. Na sua intrépida excursão pelas escadas deparara com todo tipo de vício: fornicação, gente fumando crack, injeções de cocaína, jogos de dados e cartas, e mais fornicação.

Steiner e Highridge olhavam-no boquiabertos, de olhos arregalados.

— Está falando sério? — perguntou Highridge. — Que foi que eles fizeram quando o viram?

— Nada, continuaram na deles. No estado sublime em que se encontravam, que diferença fazia a passagem de um mero jornalista?

— É bem aquela miséria de Hogarth — disse Steiner. — Gin Lane. Só que é vertical.

Fallow e Highridge riram aprovando entusiasticamente a comparação.

— A Gin Lane Vertical — disse Highridge. — Sabe, Jerry, isso daria uma série em dois capítulos bem boazinha. No gênero a-vida-em-um-cortiço-financiado-pelo-governo.

— Hogarth de Alto a Baixo — disse Steiner curtindo um pouco o seu novo papel de fazedor de frases. — Será que os americanos farão alguma ideia do que sejam Hogarth e Gin Lane?

— Ah, não acho que isso seja problema — atalhou Highridge. — Lembra-se da nossa reportagem sobre o Barba-Azul de Howard Beach? Tenho certeza de que não faziam a mínima ideia de quem foi o Barba-Azul, mas isso pode ser explicado em um parágrafo, e eles ficam satisfeitos com o que acabaram de aprender. E o Peter, aqui, pode ser o nosso Hogarth.

Fallow sentiu uma ligeira apreensão.

— Pensando melhor — disse Steiner —, não tenho muita certeza de que seja uma boa ideia.

Fallow sentiu-se imensamente aliviado.

— Por que não, Jerry? — perguntou Highridge. — Acho que realmente acertou em cheio.

— Ah, acho que intrinsecamente é uma boa reportagem. Mas, sabe, eles são muito sensíveis nessas coisas. Se fizéssemos uma reportagem sobre a vida nos conjuntos habitacionais dos brancos, estaria tudo bem, mas acho que não há nenhum conjunto habitacional para brancos em Nova York. Isto é uma questão muito delicada, que está me causando uma certa preocupação no momento. Já estamos recebendo protestos dessas organizações, acusando *The City Light* de ser um jornal antiminorias, para usar a expressão deles. Ora, não há crime em *ser* um jornal branco — que jornal pode ser mais absolutamente branco do que o *Times*? —, mas granjear a reputação de ser branco já é diferente. Isto faz muita gente influente ficar intranquila, inclusive, poderíamos dizer, os anunciantes. Recebi uma carta horrorosa ainda outro dia de uma organização que se autodenomina Liga Contra a Difamação do Terceiro Mundo. — Sublinhou o termo "contra a difamação" como se fosse a invenção mais absurda que alguém pudesse imaginar. — Por que foi mesmo, Brian?

— "Os vândalos sorridentes" — respondeu Highridge. — Publicamos na primeira página, na semana passada, uma foto de três rapazes negros num distrito policial, rindo. Tinham sido presos por destruir uma sala de fisioterapia numa escola para crianças excepcionais. Espalharam gasolina e acenderam fósforos. Umas gracinhas. A polícia disse que estavam rindo do que tinham feito depois de serem levados para o distrito, então mandei um dos nossos fotógrafos lá, Silverstein, um americano, um homenzinho atrevido, para tirar uma foto dos rapazes rindo. — Ele deu de ombros, como se tivesse tomado apenas uma decisão de rotina jornalística.

— A polícia ajudou bastante. Trouxe-os do xadrez para a recepção, de modo que o nosso homem pudesse fotografá-los rindo, mas quando viram Silverstein com a máquina não queriam rir. Então Silverstein contou uma piada suja. *Uma piada suja!* — Highridge começou a rir antes de terminar. — Era a piada de uma judia que vai fazer um safári na África e é raptada por um gorila, e ele a leva para cima de uma árvore e a estupra, e a mantém presa durante um mês, estuprando-a dia e noite até que ela finalmente consegue fugir e volta para os Estados Unidos e quando está contando tudo isso para outra mulher, sua melhor amiga, cai no choro. A amiga diz: "Calma, calma, calma, agora está tudo bem." A mulher responde: "Para você é muito fácil dizer isso. Não sabe como estou me sentindo. Ele não me *escreve*... não me telefona..." Os três rapazes começam a rir, provavelmente de constrangimento com uma piada tão infame, e Silverstein tira a fotografia, e nós a publicamos: "Os vândalos sorridentes".

Steiner explodiu:

— Ah, essa é ótima! Eu não devia rir. Ah, meu Deus! Como foi que disse que era o nome do sujeito? Silverstein?

— Silverstein — confirmou Highridge. — Não pode deixar de reconhecê-lo. Anda sempre com cortes na cara. Aplica *pedacinhos de papel higiênico* nos cortes para parar de sangrar. Tem sempre papel higiênico colado no rosto.

— Cortes? Que tipo de cortes?

— De navalha. Parece que o pai lhe deixou uma navalha quando morreu. E ele insiste em usá-la. Não consegue pegar o jeito. Corta-se todos os dias. Felizmente, tem *jeito* para tirar fotografias.

Steiner estava sem fôlego de tanto rir.

— Os ianques! Deus do céu, eu os amo! Contou uma piada. Deus do céu, Deus do céu... gosto de um sujeito peitudo. Anote aí, Brian. Dê-lhe um aumento de salário. Vinte e cinco dólares por semana. Mas, pelo amor de Deus, não diga a ele nem a ninguém por quê. Contou uma *piada*! Estuprada por um *gorila*!

O amor de Steiner pelo jornalismo sensacionalista, sua admiração pelo "peito" que dava aos jornalistas a coragem de experimentar esses expedientes, eram sinceros, e Fallow e Highridge não puderam deixar de rir com ele. O rosto miúdo de Steiner estava longe de ser o de um Rato Morto naquele momento. O pique absurdo desse fotógrafo americano, Silverstein, emprestava-lhe vida e até mesmo radiosidade.

— Em todo caso — disse Steiner, já sério — temos esse problema.

— Acho que estávamos plenamente justificados — disse Highridge. — A polícia nos garantiu que estavam rindo do que tinham feito. Foi o advogado deles, um desses sujeitos da justiça assistencial, acho que é assim que os chamam, que criou um caso, e provavelmente se comunicou com essa tal de Contra a Difamação ou que nome tenha.

— Infelizmente não são os fatos que contam — disse Steiner. — Temos que mudar certas imagens, e creio que esse caso do atropelamento com fuga é um bom começo. — Vamos ver o que podemos fazer por essa pobre família Lamb. Parece que já tem algum apoio. Esse tal de Bacon.

— Pobres carneirinhos — disse Brian Highridge.

— É. — Steiner parecia intrigado; o trocadilho fora involuntário.*

— Agora, deixe-me perguntar, Peter — disse Steiner —, a mãe, essa sra. Lamb, parece uma pessoa digna de crédito?

— Ah, parece — respondeu Fallow. — Tem uma boa aparência, fala bem, muito sincera. Tem emprego, parece muito cuidadosa em seus hábitos... quero dizer, esses apartamentos de conjuntos são apertados e miseráveis, mas o dela é muito arrumado... quadros nas paredes... sofá com mesinhas do lado... até mesmo uma espécie de consolezinho junto à porta.

— E o rapaz... não vai explodir na nossa cara, vai? Creio que entendi que é uma espécie de aluno brilhante, é isso?

— Pelos padrões da escola que frequenta. Não tenho muita certeza de qual seria o seu aproveitamento na Holland Park Comprehensive. — Sorriu Fallow. Era uma escola em Londres. — Nunca se meteu em encrencas com a polícia. Isso é tão extraordinário nesses conjuntos habitacionais, que falam disso como se as pessoas não pudessem deixar de se impressionar com esse fato notável.

— Que dizem os vizinhos?

— Ah... que é simpático... bem-comportado — disse Fallow. De fato, Fallow fora diretamente ao apartamento de Annie Lamb com Albert Vogel e um dos homens do reverendo Bacon, um homem alto com um brinco de ouro em uma orelha, entrevistara Annie Lamb e saíra. Mas agora sua condição de intrépido explorador das profundezas da miséria, versão Bronx, era tão digna de elogios aos olhos de seu nobre patrão, que ele por ora não fazia questão de recuar.

— Muito bem — disse Steiner. — Que teremos a seguir?

— O reverendo Bacon: é assim que todos o chamam, reverendo Bacon; ele está organizando uma grande manifestação para amanhã. E para protestar...

Nesse instante, o telefone de Fallow tocou.

— Alô?

— Eiiii, Pete! — Era a voz inconfundível de Albert Vogel. — As coisas estão esquentando. Um garoto acabou de ligar para Bacon, um garoto do Registro de Veículos. — Fallow começou a tomar notas. — Esse garoto leu a sua reportagem, e se dispôs a passar a listagem de carros no computador de lá, e diz que conseguiu reduzir os carros prováveis para 124.

— Cento e vinte e quatro? A polícia pode investigar isso?

— Será fácil... se quiserem. Podem verificá-los em poucos dias, se quiserem pôr homens para trabalhar nisso.

---

* "Lamb", em inglês, significa "carneiro". (N. do E.)

— Quem é esse... sujeito? — Fallow detestava o hábito americano de usar, para designar "garoto",* uma palavra que na Inglaterra se aplicava aos cabritos.

— Apenas um garoto que trabalha lá, um garoto que acha que os Lamb estão recebendo o mesmo tratamento injusto de sempre. Eu disse que era disso que eu gostava no Bacon. Ele polariza as pessoas que querem questionar a estrutura do poder.

— Como posso me comunicar com esse... sujeito?

Vogel lhe deu todos os dados, e em seguida acrescentou:

— Agora, Pete, me ouça só um instante. Bacon acabou de ler a sua reportagem e gostou muito. Todos os jornais e estações de TV da cidade estão ligando para ele, mas ele está guardando essa dica do Registro de Veículos para você. É sua, com exclusividade. Certo? Mas terá que se mexer depressa. Tem que fazer a bola rolar. Compreende o que estou dizendo?

— Compreendo.

Quando desligou, Fallow sorriu para Steiner e Highridge, que tinham os olhos nele; sacudiu a cabeça como quem sabe das coisas e disse:

— Sim, senhores... acho que estamos progredindo. Agora foi um informante do Registro de Veículos, que mantém o registro de todas as placas licenciadas.

Foi exatamente da maneira que ele sonhara que seria. Foi tão exatamente, que ele teve vontade de prender a respiração com medo de que alguma coisa quebrasse o encanto. Ela o olhava nos olhos, os dois separados apenas pela largura da mesa minúscula. Absorta em suas palavras, atraída ao seu campo magnético, tão próxima, que sentira vontade de deslizar as mãos pela mesa e meter os dedos por baixo dos dela... já... vinte minutos apenas depois de tê-la encontrado, tal a eletricidade! Mas não devia se apressar, não devia destruir o equilíbrio requintado do momento.

Ao fundo estavam os tijolos aparentes, os reflexos suaves do latão, as cataratas desenhadas nos vidros, as vozes aeróbias dos jovens e elegantes. Em primeiro plano, seus cabelos escuros e abundantes, fulgor intenso e outonal de seu rosto — na verdade, ele sabia, mesmo em meio ao encantamento, que o fulgor outonal era provavelmente maquiagem. Sem dúvida alguma o arco-íris lilás e roxo nas pálpebras superiores e órbitas occipitais eram efeitos de maquiagem — mas essa era a natureza da perfeição contemporânea. De seus lábios, túmidos de desejo, cintilantes com o batom cor de terra, saíam as palavras:

— Mas você estava tão *perto* e praticamente *gritava* com ele, e ele lhe lançava olhares *assassinos*... quero dizer, não teve medo de que *pulasse* e... não sei... quero dizer, ele não parecia ser uma pessoa decente!

---

* "Kid", no original inglês. (N. do E.)

— Eiiiiiiii! — exclamou Kramer, rejeitando a ideia de perigo mortal com um sacudir de ombros e uma distensão de seus poderosos esternoclidomastóideos. — Essas figuras são 90 por cento exibicionismo, embora seja uma boa ideia manter os olhos abertos para os 10 por cento restantes. Ha, ha, sem dúvida. O principal era que eu precisava revelar o lado violento de Herbert de alguma maneira, para que as pessoas pudessem vê-lo. O advogado dele, Al Teskowitz, bom, não preciso lhe dizer, não é o maior orador do mundo, mas isso não faz necessariamente nenhuma diferença num julgamento criminal. O Código Penal é algo único, porque não se está jogando com dinheiro, mas com a vida e a liberdade humanas, e posso lhe afirmar, isso desencadeia um grande número de emoções incontroláveis. Teskowitz, acredite se quiser, pode ser um gênio em confundir as pessoas, manipular um júri. Ele parece digno de pena, mas isso é calculado, pode estar certa. Sabe como despertar compaixão pelo seu cliente. Metade disso é... como é mesmo o nome?... interpretação, acho que é assim que chamam. Talvez seja apenas canastrice, mas ele sabe fazer isso muitíssimo bem, e eu não podia deixar que essa ideia de que Herbert era um bom homem de família — um homem de *família*! — ficasse pairando ali no ar como uma espécie de balão vistoso, sabe. Então o que calculei foi...

As palavras jorravam em torrentes, descrevendo todas as maravilhas de sua coragem e seu talento, com medo de que não tivesse para quem contar. Não podia falar assim com Jimmy Caughey ou Ray Andriutti, ou mesmo sua mulher, cuja receptividade para crimes a essa altura era igual à de uma parede de pedra. Mas a srta. Shelly Thomas — precisava mantê-la inebriada! E ela engolia tudo. Aqueles olhos! Aqueles lábios cor de terra cintilantes! A sede de suas palavras era infinita, o que era uma boa coisa, porque ela não estava bebendo nada além de água. Kramer pedira um copo de vinho branco da casa e tentava se controlar para não bebê-lo de um gole, porque já percebera que esse restaurante não era tão barato quanto pensara. Nossa! A droga da sua cabeça estava pensando em planos paralelos a 100 quilômetros por hora! Era como um gravador com duas fitas. Em uma, ele deitava falação sobre a maneira como conduzira o julgamento...

— ... pelo canto do olho vi que ele estava prestes a se descontrolar. A corda estava retesada! Eu nem sabia se conseguiria chegar ao fim da minha peroração, mas estava disposto...

... e na segunda fita ele pensava *nela,* na conta (e ainda nem tinham encomendado o jantar), e onde poderia levá-la (se!), e nos frequentadores do Muldowny's. Nossa! Aquele não era John Rector, comentarista do noticiário do canal 9, ali naquela mesa mais à frente, junto à parede de tijolos aparentes? Não! Ele não iria mencionar isso. Só havia espaço para uma celebridade ali — ele — o vencedor do violento Herbert 92X e do astuto Al Teskowitz. Gente jovem, gente de aparência elegante — o restaurante estava apinhado — perfeito —, não poderia ser melhor.

Shelly Thomas, afinal, era grega. Um certo desapontamento. Tinha querido... não sabia bem o quê. Thomas era o sobrenome do padrasto; ele fabricava vasilhames de plástico na cidade de Long Island. O nome do pai verdadeiro era Choudras. Morava em Riverdale com o padrasto e a mãe, trabalhava para a Prischker & Bolka, não tinha dinheiro para um apartamento em Manhattan, e queria desesperadamente ter um — não era possível encontrar mais nenhum "cantinho em Manhattan" (não precisava dizer isso a ele)...

— ... o fato é que os júris do Bronx são muito imprevisíveis. Poderia lhe contar o que aconteceu com um dos rapazes do meu gabinete hoje de manhã no tribunal! — mas você provavelmente percebeu a que estou me referindo. Quero dizer, há pessoas que já chegam à bancada dos jurados com a cabeça... como posso dizer, com uma certa atitude. Há muitos de Nós contra Eles. Eles, sendo a polícia e a promotoria... mas você provavelmente sentiu um pouco isso.

— Não, na realidade não senti. Todos eram muito sensatos, e pareciam querer fazer o que era certo. Eu não sabia o que esperar, mas fui agradavelmente surpreendida.

"Será que pensa que tenho prevenção?"

— Não, não quero dizer... há muita gente boa no Bronx, só que há certas pessoas que assumem uma atitude agressiva, e aí acontecem coisas muito estranhas. — Vamos evitar esse terreno. — Considerando que estamos falando francamente, se importa se eu lhe disser uma coisa? Eu estava preocupado com *você* enquanto jurada.

— Comigo! — Ela sorriu e pareceu ruborizar a tal ponto que transpareceu através do colorido da maquiagem, deliciada por ter sido objeto de avaliação estratégica no Supremo Tribunal do Bronx.

— Isso mesmo! É verdade! Você entende, num julgamento criminal aprende-se a ver as coisas de uma perspectiva diferente. Talvez seja uma perspectiva deformada, mas essa é a natureza do animal. Num caso como esse... você era... bom, passava a imagem de ser inteligente *demais*, culta *demais*, distanciada *demais* do mundo de uma figura como Herbert 92X, e portanto... e aí reside a ironia... demasiado capaz de compreender os problemas dele, e como dizem os franceses: "Compreender tudo é tudo perdoar."

— Bem, na verdade...

— Não estou dizendo que isso seja correto ou preciso, mas é assim que a pessoa aprende a encarar os dados em casos desse tipo. Não você... mas alguém como você... pode ser *demasiado* sensível.

— Mas você não me protestou. É esse o termo?

— É. Não, não protestei. Bom, primeiro, não acho direito protestar um jurado só porque ele é — ela é inteligente e culta. Quero dizer, tenho certeza de que reparou que não havia mais ninguém de Riverdale no seu júri. Nem mesmo havia alguém de Riverdale no painel durante a escolha. Todo mundo está sempre se queixando de que não conseguimos jurados mais instruídos no Bronx, e aí aparece um... bom, é quase um desperdício de recursos ou coisa parecida protestar alguém só porque se acha que talvez seja *sensível*. Além disso... — Teria coragem de tentar? Teve. — Eu... para ser honesto... eu queria que você estivesse naquele júri.

Ele fixou o olhar mais penetrante que pôde naqueles grandes olhos com arco-íris lilás e assumiu a expressão mais honesta e franca que conhecia, e ergueu o queixo, de modo que ela pudesse ver a perfeição de seus esternoclidomastóideos.

Ela baixou os olhos e tornou a enrubescer tanto, que o rubor permeou a maquiagem. Então ergueu os olhos e olhou bem no fundo dos olhos dele.

— Eu percebi que me olhava muito.

"Eu e todos os outros funcionários no tribunal!" — mas não era bom deixá-la saber disso.

— Percebeu? Tinha esperanças de que não fosse tão óbvio! Nossa, espero que outras pessoas não tenham notado.

— Ha, ha! Acho que notaram. Sabe a senhora que estava sentada ao meu lado, uma senhora negra? Era uma pessoa muito simpática. Trabalha para um ginecologista, é muito meiga, muito inteligente. Pedi o número do telefone dela e prometi telefonar. Não quer saber o que ela me disse?

— O quê?

— Disse: "Acho que o promotor distrital está a fim de você, Shelly." Ela me chamava de Shelly. Nós nos dávamos muito bem. "Não consegue tirar os olhos de você."

— Ela disse isso? — Ele começou a sorrir.

— Disse!

— Ficou aborrecida com isso? Quero dizer, ah nossa, não pensei que estivesse sendo *tão* óbvio!

— Não, ela achou graça. As mulheres gostam dessas coisas.

— Fui tão óbvio assim, hein?

— Para ela foi!

Kramer balançou a cabeça, como se estivesse encabulado, mantendo o tempo todo os olhos mergulhados nos dela, que retribuía o olhar. Já tinham transposto o fosso, e sem muito esforço. Ele sabia — sabia! — que podia escorregar as mãos pela mesa e segurar a ponta dos dedos dela, e ela deixaria, e tudo aconteceria sem que seus olhos se desviassem um do outro, mas se conteve. Estava tudo perfeito e indo bem demais para correr o menor risco.

Ele continuava a sacudir a cabeça e a sorrir... cada vez mais sugestivamente... Na realidade, estava preocupado, não com o fato de outros terem reparado na sua obsessão por ela no tribunal. Onde *ir* — era isso que o preocupava. Ela não tinha apartamento, e naturalmente não haveria jeito nesse mundo de Deus de levá-la para o seu formigueiro. Um hotel? — grosseiro demais, e além disso, com que dinheiro iria pagá-lo? Até um hotel de segunda cobrava quase cem dólares por quarto. Só Deus sabia quanto ia custar esse jantar. O menu tinha um ar despojado de manuscrito que disparava um alarme no sistema nervoso central de Kramer: *dinheiro*. Por alguma razão sabia, baseado em muito pouca experiência, que essa falsa displicência significava *dinheiro*.

Nesse momento, a garçonete voltou.

— Já decidiram?

Ela também era um perfeito doce. Jovem, loura, cabelos crespos, radiosos olhos azuis, o tipo perfeito da atriz aspirante, com covinhas e um sorriso que dizia: "Bom! Vejo que vocês dois já decidiram *alguma* coisa!" Ou talvez dissesse: "Sou jovem, bonita, encantadora, devo esperar uma generosa gorjeta quando pagarem a conta?"

Kramer examinou o seu rosto sorridente e em seguida examinou o da srta. Shelly Thomas. Consumia-se com sensações de desejo e pobreza.

— Bom, Shelly — disse —, já escolheu?

Era a primeira vez que a chamava pelo nome de batismo.

Sherman sentara-se na ponta de uma das cadeiras torneadas. Estava curvado, com as mãos entrelaçadas entre os joelhos e a cabeça baixa. O exemplar nocivo e incriminador de *The City Light* jazia sobre a mesa de base de carvalho, como algo radiativo. Maria estava sentada na outra cadeira, mais composta, mas não aparentava a despreocupação de sempre.

— Eu sabia — disse Sherman, sem a olhar. — Eu soube no momento em que aconteceu. Devíamos ter comunicado à polícia imediatamente. Não acredito que esteja..., não acredito que estejamos nesta situação.

— Bom, agora é tarde demais, Sherman. O caldo já entornou.

Ele se endireitou e a encarou.

— Talvez não seja tarde demais. O que se pode dizer é que não se sabia que se tinha atropelado alguém até ler os jornais.

— Ah, claro — respondeu Maria. — E como é que vou dizer que aconteceu, essa coisa que, para começar, eu nem sabia que tinha acontecido?

— Conte... Conte exatamente como aconteceu.

— Vai ser uma beleza. Os dois rapazes nos fizeram parar e tentaram nos assaltar, mas você atirou um pneu em um deles, e eu saí de lá como... um... corredor de carro envenenado, mas não sabia que tinha atropelado alguém.

— Bom, foi exatamente isso o que aconteceu, Maria.

— E quem vai acreditar nisso? Você leu a reportagem. Estão chamando aquele garoto de uma espécie de aluno *brilhante*, uma espécie de santo. Não falam nada do outro. Nem ao menos mencionam a rampa. Estão falando de um santinho que saiu para comprar comida para a família.

A possibilidade terrível tornou a lampejar. E se os dois garotos *estivessem* apenas tentando ajudar?

Ali estava Maria com uma malha de gola rulê que ressaltava seus seios perfeitos, mesmo naquele momento. Usava uma saia curta xadrez, as pernas sedosas estavam cruzadas, e um dos sapatos balançava na ponta do pé.

Atrás dela encontrava-se a cama, e acima da cama havia agora uma segunda pintura pequena a óleo, de uma mulher nua segurando um bichinho. As pinceladas eram tão barbaramente grosseiras, que não era possível identificar que bicho era aquele. Tanto podia ser um rato quanto um cachorro. A infelicidade fez seus olhos se demorarem nela por alguns instantes.

— Você notou — disse Maria, tentando sorrir. — Está melhorando. Foi Filippo quem me deu.

— Fantástico. — O problema das razões que levariam um artista seboso a se sentir tão generoso com relação a Maria já não interessava nem um pouco a Sherman. O mundo encolhera. — Então o que acha que devemos fazer?

— Acho que devemos respirar fundo dez vezes e nos descontrair. É o que acho.

— E depois?

— Depois, talvez nada. Sherman, se contarmos a eles a verdade, vão nos *matar*. Será que compreende? Vão nos cortar em pedacinhos. No momento não sabem de quem era o carro, não sabem quem estava dirigindo, não têm testemunhas, e o garoto está em coma e não parece que vá… que vá sair dele.

"*Você* é que estava dirigindo", pensou Sherman. "Não se esqueça desse detalhe." Tranquilizava-o ouvi-la dizer isso. Então uma pontada de medo: suponha que negasse e dissesse que ele é quem estava dirigindo? Mas o outro garoto sabia, onde quer que pudesse estar.

Só o que comentou, no entanto, foi:

— E o outro rapaz? Suponha que ele apareça.

— Se fosse aparecer, já teria aparecido a essa altura. Não vai aparecer, porque é um criminoso.

Sherman se curvou para a frente e tornou a baixar a cabeça. Descobriu-se olhando para a superfície reluzente dos sapatos New & Lingwood. A colossal futilidade de seus sapatos ingleses feitos à mão o enauseou. De que valia um homem… Não conseguia se lembrar da citação. Via a deplorável lua castanha no topo do crânio de Félix… Knoxville… Por que não se mudara para Knoxville há muito tempo?... uma casa simples georgiana com uma varanda telada de um lado…

— Não sei, Maria — disse sem erguer a cabeça. — Não acho que possamos adivinhar o que vão fazer. Acho que talvez devêssemos consultar um advogado…

— *dois* advogados, sussurrou uma vozinha no fundo de sua cabeça, uma vez que não conheço essa mulher e talvez não fiquemos do mesmo lado para sempre... — e... contar o que sabemos.

— E meter a cabeça na boca do tigre, é o que quer dizer. — O sotaque sulista de Maria começava a dar nos nervos de Sherman. — Era eu quem estava dirigindo o carro, Sherman, e acho que cabe a mim decidir.

Era eu quem estava dirigindo o carro! Ela o dissera de viva voz. Seu ânimo melhorou um pouquinho.

— Não estou tentando convencê-la a fazer nada — disse. — Só estou pensando em voz alta.

A expressão de Maria se abrandou. Sorriu para ele de um jeito afetuoso, quase maternal.

— Sherman, deixe-me dizer uma coisa. Existem dois tipos de selva. Wall Street é uma selva. Já ouviu dizer isso, não ouviu? Você sabe como se cuidar naquela selva. — Uma brisa sulista soprava em seus ouvidos, mas era verdade, não era? Seu ânimo melhorou mais um pouco. — E existe o outro tipo de selva. Foi nesse que nos perdemos na outra noite, no Bronx. E você *lutou,* Sherman! Foi maravilhoso! — Ele teve que resistir para não se congratular com um sorriso. — Mas você não mora naquela selva, Sherman, e nunca morou. Sabe o que é que existe naquela selva? Pessoas que estão o tempo todo atravessando para lá e para cá, para lá e para cá, para lá e para cá, deste lado da lei para o outro lado, deste lado para o outro lado. Você não tem ideia do que seja isso. Você recebeu uma *boa* educação. As leis não representavam nenhuma ameaça para você. Elas eram as *suas leis,* Sherman, de gente como você e sua família. Bom, eu não fui criada assim. Estávamos sempre oscilando entre um lado da linha e o outro, como um bando de bêbados; conheço isso e a coisa não me assusta. E deixe-me dizer mais uma coisa. Do lado de lá todos são animais: a polícia, os juízes, os criminosos, todos.

Ela continuava a sorrir afetuosamente para ele, como uma mãe que revelou uma grande verdade para um filho. Pôs-se a imaginar se ela realmente sabia o que estava falando ou se estava apenas se deixando levar por um esnobismozinho sentimental às avessas.

— Então, que é que está querendo dizer? — perguntou ele.

— Estou querendo dizer que acho que deve confiar nos meus instintos.

Nesse momento, ouviu-se uma batida na porta.

— Quem é? — perguntou Sherman entrando em alerta vermelho.

— Não se preocupe — disse Maria. — É Germaine. Avisei que você estaria aqui. — Levantou-se e se encaminhou para a porta.

— Você não contou a ela o que aconteceu...

— Claro que não.

Abriu a porta. Mas não era Germaine. Era um homem gigantesco numa roupa exótica e preta. Entrou como se fosse o dono do apartamento, deu uma espiada pela sala, em Sherman, nas paredes, no teto, no chão e por último em Maria.

— Você é Germaine Boll — estava um pouco sem fôlego, aparentemente porque acabara de subir as escadas — ou Bowl?

Maria estava muda. E Sherman também. O gigante era jovem, branco, com uma barba negra e crespa, uma enorme cara vermelho-apoplexia, reluzindo de suor, um chapéu preto com aba absolutamente reta, um chapéu demasiado pequeno encarapitado no alto da cabeçorra como um brinquedo, uma camisa branca amarrotada e abotoada até o pescoço, mas sem gravata, um terno preto brilhante com paletó tipo jaquetão, com o lado direito transpassado sobre o esquerdo, como costumam ser os casacos das mulheres. Um judeu *hasid*. Sherman já vira muitos judeus *hasidim* no bairro de Diamond, que compreendia a 46th e a 47th Street entre a Fifth e a Sixth Avenue, mas nunca vira um tão enorme. Tinha provavelmente mais de 1,90 metro pesava mais de 120 quilos, imensamente gordo, mas de físico musculoso, a pele amarelada estufada como um salsichão. Tirou o chapéu. O cabelo estava empastado no crânio. Bateu em um lado da cabeçorra com a palma da mão, como se quisesse fazê-la retomar a forma original. Então tornou a pôr o chapéu preto na cabeça. Estava encarapitado tão no alto, que parecia que ia cair a qualquer momento. O suor escorria de sua testa de gigante.

— Germaine Boll? Bowl? Buli?

— Não sou eu — disse Maria. Recuperara-se. Falou com impertinência, já no ataque. — Ela não está. Que quer aqui?

— A senhora mora aqui? — Para um homem tão grande, tinha uma voz estranhamente aguda.

— A srta. Boll não está no momento — disse Maria fingindo não ouvir a pergunta.

— A senhora mora aqui ou ela mora aqui?

— Olhe aqui, estamos meio ocupados. — Exagerando a paciência. — Por que não aparece mais tarde? — Desafiando: — Como foi que entrou neste prédio?

O gigante meteu a mão no bolso direito do paletó e tirou um enorme molho de chaves. Parecia haver dezenas delas. Correu o gordo indicador pelas chaves, parou ao tocar uma delas, e delicadamente a separou com o indicador e o polegar.

— Com isso. Imobiliária Winter. — Tinha um ligeiro sotaque judeu.

— Bom, terá que voltar mais tarde e falar com a srta. Boll.

O gigante nem se mexeu. Tornou a passar os olhos pelo apartamento.

— A senhora não mora aqui?

— Ouça aqui...

— Está bem, está bem. Vamos pintar isso aqui. — Dizendo isso o gigante abriu os braços, como asas, como se fosse dar um salto ornamental, caminhou até uma parede e parou diante dela. Então comprimiu a parede com a mão esquerda, deu uns passos para o lado, ergueu a mão esquerda e comprimiu o mesmo ponto com a mão direita, deu mais uns passos para a esquerda até voltar a abrir os braços na posição de voo de pássaro.

Maria olhou para Sherman. Ele sabia que iria ter que fazer alguma coisa, mas não conseguia imaginar o quê. Encaminhou-se para o gigante. No tom mais gélido e autoritário que conseguiu produzir, como o Leão da Dunning Sponget teria feito, perguntou:

— Um momento. O que está fazendo?

— Medindo — disse o gigante no seu voo de pássaro, deslizando ao longo da parede. — Temos que pintar isso aqui.

— Bom, sinto muito, mas não temos tempo para isso agora. Terá que tomar as suas providências uma outra hora.

O enorme rapaz virou-se lentamente e levou as mãos aos quadris. Inspirou profundamente, e pareceu ter inchado até chegar a uns 250 quilos. No rosto tinha um ar de quem é forçado a lidar com uma praga. Sherman teve a sensação esmorecedora de que esse monstro estava acostumado a tais confrontos e, na realidade, até os apreciava. Mas a batalha dos machos já estava em curso.

— Mora aqui? — perguntou o gigante.

— Eu disse que não temos tempo para isso agora — disse Sherman, tentando manter o tom calmo e autoritário do Leão. — Agora seja bonzinho, saia e volte para fazer suas pinturas uma outra hora.

— Mora aqui?

— Para ser exato, *não* moro, mas estou hospedado aqui e não...

— O senhor não mora aqui e *ela* também não. Que estão fazendo aqui?

— Não é da sua conta! — exclamou Sherman, incapaz de controlar a raiva, mas se sentindo cada vez mais desamparado. Apontou para a porta. — Agora seja bonzinho e saia!

— O senhor não é daqui, certo? Temos um problema sério — disse naquele seu sotaque. — Temos as pessoas erradas morando neste prédio. Este é um prédio de aluguel tabelado, e as pessoas dão as costas e alugam os apartamentos para outras por mil, dois mil dólares por mês. O aluguel deste apartamento é somente 331 dólares por mês. Entendem? Germaine Boll... mas nunca a encontramos aqui. Quanto é que pagam, hein?

Que insolência! A batalha dos machos! Que poderia fazer? Na maioria das situações, Sherman se sentia um grande homem, fisicamente. Ao lado dessa criatura exótica... Nem tinha possibilidade de tocá-lo. Não poderia intimidá-lo. As ordens peremptórias do Leão não surtiram efeito. E por baixo de tudo isso as próprias bases estavam abaladas. Encontrava-se em completa desvantagem moral. *Não era* dali...

e tinha o mundo a esconder. E se o monstro inacreditável não fosse realmente da Companhia Imobiliária Winter? Suponha...

Felizmente Maria interveio.

— Acontece que a srta. Boll vai chegar daqui a pouco. Nesse meio-tempo...

— Está bem! Ótimo! Vou esperar por ela.

O gigante começou a caminhar pela sala como um druida balouçante. Parou à mesa de base de carvalho e, com gloriosa displicência, afundou seu tremendo peso em uma das cadeiras torneadas. — Muito bem! — disse Maria. — Agora chega!

A resposta que o gigante deu a isso foi cruzar os braços, fechar os olhos e se recostar, como se estivesse se acomodando para esperar. Naquele instante, Sherman percebeu que realmente teria que fazer alguma coisa, o que quer que fosse, ou então ser despojado de toda a sua macheza. A batalha dos machos! Começou a avançar.

Treeeqqquuueee! Inesperadamente, o monstro estava no chão, caído de costas, e a pala dura do chapéu estava rolando loucamente pelo tapete. Uma das pernas da cadeira partira-se quase em duas, junto ao assento, fazendo aparecer a madeira clara sob o verniz exterior. A cadeira desabara sob o seu peso.

Maria gritava:

— Agora veja o que fez, seu pica-pau! Seu porcalhão! Sua barrica de banha!

Com muitos bufos e resmungos, o gigante se endireitou e começou a se pôr de pé com dificuldade. Sua pose insolente se esfrangalhara. Seu rosto estava vermelho, e o suor recomeçava a escorrer. Abaixou-se para apanhar o chapéu e quase perdeu o equilíbrio.

Maria continuou a atacar. Apontou para os restos da cadeira.

— Espero que perceba que vai ter de *pagar* por isso!

— Que quer... que quer... — disse o gigante. — Isso não é seu! — Mas estava recuando. A censura de Maria e o próprio constrangimento eram demais para ele.

— Isso vai lhe custar quinhentos dólares e uma... e uma ação na justiça! — disse Maria. — Isso é invasão e destruição e destruição e invasão.

O gigante parou à porta e fez cara feia, mas era demais para ele. Saiu cambaleando pela porta, completamente atordoado.

Assim que o ouviu descer pesadamente a escada, Maria fechou a porta e passou a chave. Virou-se, olhou para Sherman e deu uma gostosa gargalhada.

— Você... viu... como... ficou... caído... no... chão! — Ria tanto que mal conseguia falar.

Sherman a observava. Era verdade, a moça tinha razão. Eles eram animais de espécies diferentes. Maria tinha estômago para... para o que quer que lhes acontecesse. Lutava... com prazer! A Vida era uma batalha naquela linha que mencionara, e daí? Ele *queria* rir. Queria partilhar de sua alegria animal com a cena absurda que tinham acabado de presenciar. Mas não conseguia. Não conseguia nem sorrir. Sentia como se o próprio isolamento de sua posição no mundo estivesse se esgarçando. Essas... pessoas inacreditáveis... podiam agora penetrar em sua vida.

— Tibuuummm! — exclamou Maria chorando de rir. — Puxa vida, queria ter um videoteipe dessa cena! — Então percebeu a expressão no rosto de Sherman. — O que houve?

— O que é que você acha que ele queria?

— O que quer dizer com "ele queria"?

— Que acha que ele estava fazendo aqui?

— O *proprietário* o mandou aqui. Lembra daquela carta que lhe mostrei?

— Mas não é meio estranho que...

— Germaine paga só 331 dólares por mês, e eu pago a ela 750 dólares. O aluguel é tabelado. Adorariam pô-la para fora daqui.

— Não lhe parece curioso que tenham decidido entrar aqui... logo agora?

— Logo agora?

— Bom, talvez eu esteja maluco, mas hoje... depois disso que saiu no jornal?

— No *jornal*? — Então começou a compreender o que ele estava dizendo e se abriu num sorriso.

— Sherman, você *é* maluco. É paranoico. Sabe disso?

— Talvez seja. Só que me parece uma estranha coincidência.

— Quem você acha que o mandou aqui senão o senhorio? A polícia?

— Bom... — Percebendo que parecia mesmo muita paranoia, ele deu um sorriso frouxo.

— A polícia ia mandar um *hasid* colossal, um retardado balofo e lunático para *espionar* você?

Sherman deixou cair o poderoso queixo Yale no colarinho.

— Tem razão.

Maria se aproximou e levantou o queixo dele com o indicador, olhou-o nos olhos e sorriu, o sorriso mais amoroso que já vira na vida.

— Sherman. — Châââmân. — O mundo inteiro não está parado pensando em você. O mundo inteiro não está a fim de *pegar* você. Só eu estou.

Ela tomou o rosto nas duas mãos e o beijou. Terminaram na cama, mas desta vez ele precisou se esforçar. Não era a mesma coisa quando se estava meio morto de medo.

12
O ÚLTIMO GRANDE FUMANTE

Depois de um sono irrequieto, Sherman chegou à Pierce & Pierce às 8 horas. Sentia-se exausto e o dia ainda não começara. A sala de operação de obrigações tinha um ar alucinatório. A claridade espantosa que entrava pelo lado do porto... as silhuetas que se contorciam... os algarismos verde-rádio que deslizavam pela superfície de um número infinito de terminais de computação... os jovens Senhores do Universo, tão absolutamente alienados, gritando com as rosquinhas elétricas.

— Pago dois!
— É, mas e a ressalva da data de lançamento?
— Caiu dois *ticks*!
— Uma ova! Não se pode apagar um estopim!

Até Rawlie, o pobre e deprimido Rawlie, estava em ação, com o telefone ao ouvido, os lábios se mexendo a um quilômetro por minuto, tamborilando no tampo da escrivaninha com um lápis. O jovem Arguello, senhor dos pampas, estava com a cadeira deitada para trás, as coxas abertas, o telefone ao ouvido, os suspensórios de *moiré* resplandecendo e um largo sorriso naquele rosto jovem de gigolô. No dia anterior fechara no Japão uma transação fantástica com obrigações do Tesouro. A sala inteira comentava. Sorrindo, sorrindo, sorrindo, sorrindo, o seboso sentava-se em triunfo.

Sherman sentiu muita vontade de ir ao Yale Club tomar um banho turco, deitar numa daquelas mesas de tampo de couro, fazer uma boa massagem, enérgica e quente, e ir dormir.

Sobre a mesa encontrou um recado, urgente, para chamar Bernard Levy em Paris.

A quatro terminais de distância, Félix trabalhava no sapato direito de um jovem ás, antipático, chamado Ahlstrom, recém-saído de Wharton. Ahlstrom estava ao telefone. Só marcando tentos, hein, sr. Ahlstrom? Félix — *The City Light*. Estaria nas bancas a essa altura. Queria ver o jornal, mas temia vê-lo.

Mal se dando conta do que fazia, Sherman levou o telefone ao ouvido e discou o número da Trader T em Paris. Debruçou-se na mesa e apoiou-se nos dois cotovelos. Assim que Félix terminasse com o jovem Ahlstrom, ele o chamaria. Uma parte da sua mente estava ouvindo quando a rosquinha francesa, Bernard Levy, disse:

— Sherman, depois que falamos ontem, conversei com Nova York, e todos concordaram que você tem razão. Não tem sentido esperar.

Graças a Deus.

— Mas — continuou Bernard —, não podemos chegar a 96.

— Não podemos chegar a 96?

Estava ouvindo palavras prodigiosas... porém não conseguia se concentrar... Os jornais matutinos, o *Times*, o *Post*, o *News*, que lera durante a corrida de táxi até o centro, continham repetições da reportagem de *The City Light,* acrescidas de mais declarações do tal negro, reverendo Bacon. Violentas denúncias contra o hospital onde o garoto continuava em coma. Por um momento Sherman se animara. *Estavam culpando o hospital de tudo!* Então percebeu que isso era apenas a racionalização do seu desejo. Iriam culpar... Era *ela* quem estava dirigindo. Se eles finalmente apertassem o cerco, se tudo mais falhasse, era *ela* quem estava dirigindo. Era *ela.* Aferrou-se a isso.

— Não, 96 não está mais em cogitação — disse. — Mas estamos prontos a fechar a 93.

— Noventa e três!

Sherman se aprumou na cadeira. Isso não podia ser verdade. Com certeza, em seguida Bernard ia lhe dizer que se enganara. Diria 95 na pior das hipóteses. Sherman pagara 94. Seiscentos milhões de obrigações a 94! A 93, a Pierce & Pierce iria perder 6 milhões de dólares.

— Seguramente você não disse 93!

— Noventa e três, Sherman. Achamos que é um preço justo. De qualquer forma, essa é a oferta.

— Deus do céu... Tenho que pensar um instante. Ouça, volto a ligar. Você vai estar aí?

— Claro.

— Tudo bem. Volto a ligar daqui a pouco.

Desligou e esfregou os olhos. Nossa! Devia haver um jeito de corrigir isso. Deixara-se assustar por Bernard no dia anterior. Fora fatal! Bernard percebera o pânico em sua voz e recuara. Controle-se! Reorganize-se! Pense bem! Não pode deixar a transação ir por água abaixo depois de tudo isso! Ligue para ele de novo e seja você mesmo, o melhor operador da Pierce & Pierce! — Senhor do... Perdeu o pique. Quanto mais se animava, mais nervoso ficava. Consultou o relógio. Olhou para Félix. Félix estava justamente se levantando. Fez-lhe sinal para se aproximar. Tirou o clipe de notas do bolso da calça, sentou-se, colocou-o sobre os joelhos para escondê-lo, puxou uma nota de cinco dólares e a meteu em um envelope pardo, em seguida se pôs de pé enquanto Félix se aproximava.

— Félix, há cinco dólares aí dentro. Será que pode descer e comprar o *City Light* para mim? O troco é seu.

Félix olhou para ele, lançou-lhe um sorriso estranho e disse:

— Tudo bem, mas sabe, da última vez me deixaram esperando na banca, o elevador não vinha e perdi um tempão. São cinquenta andares para descer. Leva um tempão. — Ele não se mexeu.

Era um absurdo! Estava alegando que cinco dólares para ir buscar um jornal de 35 *cents* estava reduzindo sua margem de lucro como engraxate! Tinha a coragem de extorqui-lo — ahhhh... era isso. Alguma espécie de radar primitivo lhe dizia que se Sherman estava escondendo o jornal em um envelope, então é porque era contrabando. Era ilegal. Era desespero, e as pessoas desesperadas pagam mais.

Mal conseguindo conter a fúria, Sherman meteu a mão no bolso e retirou mais uma nota de cinco dólares e empurrou-a para o negro, que a apanhou, lançou-lhe um olhar impertinentemente entediado e saiu com o envelope.

Ele tornou a ligar para Paris.

— Bernard?

— Eu.

— Sherman. Ainda estou examinando a questão. Dê-me mais uns quinze ou vinte minutos.

Pausa.

— Tudo bem.

Sherman desligou e olhou na direção da grande janela de fundos. As silhuetas subiam e desciam e se contorciam em movimentos rápidos, formando imagens delirantes. Se estivesse disposto a chegar a 95... Não demorou nada e o negro voltou. Entregou-lhe o envelope sem dizer palavra ou exprimir algo inteligível.

O envelope estava estufado com o tabloide. Era como se tivesse dentro alguma coisa viva. Guardou-o *debaixo* da mesa, onde a coisa se debateu.

Se jogasse parte de seu lucro na transação... Começou a anotar os números num pedaço de papel. A visão dos números — sem significação! Não se ligavam com nada! Ouvia a própria respiração. Apanhou o envelope e rumou para o banheiro masculino.

No interior do cubículo, a calça do seu terno de 2 mil dólares da Saville Row adornando a tampa do vaso sem proteção, seus sapatos New & Lingwood apoiados contra o vaso de porcelana, Sherman abriu o envelope e retirou o jornal. Cada estrépito do jornal o acusava. A primeira página... "Escândalo dos eleitores--fantasmas de Chinatown"... que interesse tinha isso... Abriu o jornal... Página 2... Página 3... a foto de um chinês dono de restaurante... Estava na segunda metade da página.

"Resultados secretos
no atropelamento do Bronx"

Acima da manchete, em letras brancas numa tarja preta: "Nova bomba no caso Lamb". Abaixo da manchete, mais uma tarja preta: "Exclusiva de City Light". A reportagem era do mesmo Peter Fallow:

"Declarando estar [cheio dessa embromação], uma fonte do Registro de Veículos forneceu ontem a *The City Light* uma listagem de computador que reduz para 124 o número de veículos que poderiam estar envolvidos no atropelamento e fuga que incapacitou Henry Lamb, o aluno brilhante.

A fonte, que no passado já trabalhou com a polícia em casos semelhantes, disse: 'Eles podem investigar 124 veículos em poucos dias. Mas precisam querer destacar os policiais necessários à tarefa. Quando a vítima mora em um conjunto habitacional, eles nem sempre querem.'

Lamb, que vive com a mãe viúva no Edgar Allan Poe Towers, um conjunto habitacional do Bronx, encontra-se aparentemente em coma irreversível. Antes de perder a consciência, conseguiu dizer à mãe a primeira letra — R — e cinco possibilidades para a segunda letra — E, F, B, R, P — da placa do luxuoso Mercedes-Benz que o atropelou no Bruckner Boulevard e fugiu.

A polícia e a Promotoria Distrital do Bronx levantaram a objeção de que aproximadamente quinhentos Mercedes-Benz registrados no estado de Nova York têm placas que começam com essas letras, um número alto demais para justificar uma verificação veículo por veículo, em um caso em que a única testemunha conhecida, o próprio Lamb, talvez nunca recobre a consciência.

Mas a fonte de *The City Light* no Registro de Veículos informou: 'Claro, há quinhentas possibilidades, mas apenas 124 são prováveis. O Bruckner Boulevard, onde o rapaz foi atropelado, não é exatamente uma atração turística. Seria lógico presumir que o veículo pertença a alguém da cidade de Nova York ou de Westchester. Se nos basearmos nesse pressuposto — e já vimos os tiras fazerem isso em outros casos — o número ficará reduzido a 124.'

A revelação induziu o líder negro Reginald Bacon a fazer novas exigências no sentido de que sejam feitas investigações completas sobre o incidente.

'Se a polícia e o promotor distrital não quiserem fazê-la, nós as faremos por conta própria', disse Bacon. 'A estrutura do poder permite que destruam a vida desse jovem brilhante e, como única reação, boceja. Mas não vamos tolerar isso. Temos a listagem, agora, e procuraremos os carros nós mesmos se tivermos que fazê-lo.'"

O coração de Sherman saltou dentro do peito.

"Diz-se que o bairro de Lamb, South Bronx, está 'revoltado' e 'espumando de fúria' com o tratamento que os ferimentos do rapaz receberam e a suposta relutância das autoridades em ampliar as investigações do caso.

Um porta-voz da Secretaria de Saúde declarou que estava em curso uma 'investigação interna'. A polícia e o promotor distrital do Bronx, Abe Weiss, informaram que as investigações 'prosseguem'. Recusaram-se a comentar sobre a redução do número de veículos, mas a porta-voz do Registro de Veículos, Ruth Berkowitz, referindo-se às informações obtidas por *The City Light*, disse: 'A liberação não autorizada de dados do cadastro de proprietários de veículos, em um caso delicado como esse, é uma desobediência séria e muito irresponsável aos regulamentos deste departamento.'"

Era só. Sherman continuou sentado no vaso sanitário olhando fixamente para o texto impresso. Apertando o cerco! Mas a polícia não estava prestando atenção ao caso... Sim, mas suponha que esse... esse *Bacon*... e um bando de negros raivosos, revoltados, começassem a investigar os carros por conta própria... Tentou visualizar... Era grosseiro demais para sua imaginação... Ergueu os olhos para a porta bege-acinzentada do cubículo... A dobradiça pneumática da porta do banheiro masculino estava girando. Então uma porta se abriu uns dois cubículos mais adiante. Devagarinho Sherman fechou o jornal, dobrou-o e meteu-o de volta no envelope. Muito devagarinho levantou-se do vaso sanitário; muito silenciosamente abriu a porta do cubículo; muito furtivamente atravessou o banheiro masculino, enquanto seu coração disparava.

De volta à sala de operação de obrigações, ergueu o telefone. Preciso ligar para Bernard. *Preciso ligar para Maria.* Tentou assumir uma expressão facial de quem trata de negócios. Ligações pessoais da sala de operação de obrigações da Pierce & Pierce não eram nada bem-vindas. Ligou para o apartamento na Fifth Avenue. Uma mulher com um sotaque espanhol atendeu. A sra. Ruskin não estava. Ligou para o esconderijo, discando os números com grande determinação. Não atendia. Tornou a se recostar na cadeira. Seus olhos perderam-se na distância... a claridade, as silhuetas se agitando, o ruído...

O som de alguém estalando os dedos acima de sua cabeça... Olhou para cima. Era Rawlie estalando os dedos.

— Acorde. Não é permitido pensar por aqui.

— Eu só estava... — Não se deu ao trabalho de terminar porque Rawlie já se fora.

Curvou-se sobre a mesa e examinou os algarismos verde-rádio deslizando pelas telas.

Num impulso decidiu procurar Freddy Button.

Que diria a Muriel, a assistente de vendas? Diria que ia ver Mel Troutman na Polsek & Fragner para conversar sobre o lançamento da Medicart Fleet... Isso é o que diria a ela... e a ideia deixou-o com náuseas. Uma das máximas do Leão era "uma mentira pode enganar os outros, mas lhe grita a verdade: você é fraco".

Não conseguia se lembrar do número de telefone de Freddy Button. Fazia muito tempo que não lhe telefonava. Procurou-o no caderninho de telefones.

— Aqui é Sherman McCoy. Gostaria de falar com o sr. Button.

— Sinto muito, sr. McCoy, ele está com um cliente. Será que pode ligar depois?

Sherman fez uma pausa.

— Diga-lhe que é urgente.

A secretária fez uma pausa.

— Um momento.

Sherman estava curvado sobre a escrivaninha. Olhou para os pés no chão... o envelope com o jornal. Não! Suponha que chamasse Freddy pelo interfone, e outro advogado, alguém que conhecesse seu pai, a ouvisse dizer... "Sherman McCoy, urgente"...

— Desculpe! Espere um instante! Não faz mal... ainda está aí? — ele gritava ao telefone. A moça se fora.

Olhou fixamente para o envelope. Rabiscou uns números num pedaço de papel, para parecer ocupado e profissional. A próxima coisa que ouviu foi a voz sempre suave e sempre anasalada de Freddy Button.

— Sherman, como vai? Que foi que houve?

Na saída, Sherman pregou a sua mentira a Muriel e se sentiu ordinário, sórdido e fraco.

A exemplo de muitas famílias protestantes conservadoras e há muito radicadas em Manhattan, os McCoys sempre tinham feito questão de que outros protestantes cuidassem de seus negócios particulares e de seus corpos. Atualmente isso custava algum esforço. Dentistas e contadores protestantes eram bichos raros e médicos protestantes não eram nada fáceis de se encontrar.

Advogados protestantes, porém, havia em quantidade, ao menos na Wall Street, e Sherman se tornara cliente de Freddy Button, da mesma maneira que se alistara nos Knickerbocker Greys, o corpo de cadetes infantis, quando criança. Seu pai providenciara tudo. Quando Sherman estava nos últimos anos de Yale, o Leão achou que estava na hora de fazer um testamento, algo prudente e metódico que fazia parte de seu crescimento. Então encaminhou-o a Freddy, que era nessa época um sócio novo e recente de Dunning Sponget. Sherman nunca tivera que se preocupar se Freddy era ou não um bom advogado. Procurara-o para ser organizado: para preparar testamentos, refeitos quando se casara com Judy e quando Campbell nascera, contratos, quando comprara o apartamento na Park Avenue e a casa em Southampton. A compra do apartamento fizera Sherman pensar duas vezes. Freddy soube que ele pedira 1,8 milhão de dólares emprestados para comprá-lo, e isso era mais do que queria que o pai (tecnicamente sócio de Freddy) soubesse. Freddy guardara segredo. Mas num assunto obsceno como esse, com os jornais alardeando, haveria alguma razão — alguma diretriz — alguma prática da firma — alguma coisa que obrigasse a história a circular entre os outros sócios — até chegar ao velho Leão?

Dunning Sponget & Leach ocupava quatro andares de um arranha-céu na Wall Street, a três quarteirões da Pierce & Pierce. Quando fora construído, era a última palavra no estilo moderno da década de 1920, mas agora tinha a aparência fuliginosa e triste, típica da Wall Street. Os escritórios de Dunning Sponget lembravam os da Pierce & Pierce. Em ambos os casos, os interiores modernos tinham sido revestidos com painéis ingleses do século XVIII e recheados de mobília inglesa do século XVIII. Isso porém não afetava Sherman. Para ele, tudo o que dizia respeito a Dunning Sponget era tão venerável quanto seu pai.

Para seu alívio, a recepcionista não reconheceu sua pessoa nem seu nome. Naturalmente, a essa altura o Leão não passava de um dos velhos e enrugados sócios que infestavam os corredores durante algumas horas por dia. Sherman acabara de se acomodar em uma poltrona quando a secretária de Freddy Button, srta. Zilitsky, apareceu. Conduziu-o por um corredor silencioso.

Freddy, alto, magro, elegante, charmoso, fumando, aguardava-o de pé à porta de sua sala.

— Al-ô, Sherman! — Uma espiral de fumaça de cigarro, um magnífico sorriso, um aperto de mão caloroso, uma encantadora demonstração de prazer ao ver Sherman McCoy.

— Puxa vida, puxa vida, como vai? Sente-se. Que tal uma xícara de café? Srta. Zilitsky!

— Não, obrigado. Para mim, não.

— Como vai Judy?

— Ótima.

— E Campbell? — Ele sempre se lembrava do nome de Campbell, o que agradava a Sherman, mesmo na presente situação.

— Ah, está crescendo que é uma beleza.

— Está na Taliaferro agora, não está?

— Está. Como soube disso? Foi meu pai quem disse?

— Não, minha filha Sally. Formou-se na Taliaferro há dois anos. E simplesmente adorava a escola. Elas são atualizadas em tudo. Está na Brown agora.

— E está gostando da Brown? — Essa não, por que estou me dando ao trabalho de perguntar? Mas sabia a razão. A torrente fútil, rápida e volumosa de charme produzida por Freddy envolvia a pessoa. Indefesa, ela respondia o esperado.

Foi um erro. Freddy imediatamente emendou com uma anedota sobre a Brown e os dormitórios mistos. Sherman nem se importou em prestar atenção. Para explicar, Freddy virava as mãos longas para cima num gesto lânguido e efeminado. Estava sempre falando sobre famílias, a família dele, a sua família, a família de outras pessoas, e era homossexual. Não havia dúvida. Freddy tinha uns cinquenta anos, 1,90 metro ou mais, desajeitadamente estruturado, mas elegantemente vestido ao estilo inglês. O cabelo louro e muito liso, agora embotado por uma crescente mecha grisalha, estava alisado para trás à moda dos anos 1930. Languidamente, acomodou-se na cadeira à escrivaninha diante de Sherman, continuando a falar e a fumar. Deu uma longa tragada no cigarro e deixou a fumaça espiralar da boca e inalou-a pelas narinas em duas grossas colunas. Isso antigamente era conhecido como inalação à francesa e era muito familiar a Freddy Button, o último Grande Fumante. Soprou anéis de fumaça. Inalou à francesa e soprou outros grandes anéis de fumaça e em seguida rápidos aneizinhos, que passavam por dentro dos grandes. De tempos em tempos, em vez de segurar o cigarro entre os primeiros dois dedos, segurava-o entre o polegar e o indicador, aprumado, como uma vela. Por que seria que os homossexuais fumavam tanto? Talvez porque fossem autodestrutivos. Mas a palavra autodestrutivo era o limite máximo da familiaridade de Sherman com o pensamento psicanalítico, e então seus olhos começaram a vagar. O escritório de Freddy estava "produzido", a julgar pela maneira de Judy falar em "produzir" apartamentos. Parecia algo saído das páginas de uma dessas abomináveis revistas... veludo borgonha, couro sangue de boi, madeira envernizada, latão e bibelôs de prata... De repente Freddy, seu charme, seu gosto se tornaram supremamente enfadonhos.

Freddy deve ter percebido sua irritação, porque interrompeu a história e disse:

— Bem... disse-me que aconteceu alguma coisa com você e seu carro.

— Infelizmente, você pode ler o que foi, Freddy. — Sherman abriu a pasta, tirou um envelope da Pierce & Pierce e puxou o exemplar de *The City Light*, dobrou-o na página 3 e estendeu-o por sobre a mesa. — A notícia na parte inferior da página.

Freddy apanhou o jornal com a mão esquerda, e com a direita apagou o cigarro num cinzeiro Lalique com a cabeça de um leão esculpida na borda. Puxou um lenço de seda branca que saiu displicentemente, voluptuosamente, do bolso do peito do paletó e retirou um par de óculos de aros de tartaruga. Então pousou o jornal e colocou os óculos com as duas mãos. Do bolso superior interno do paletó tirou uma cigarreira de prata e marfim, abriu-a e apanhou um cigarro preso por um clipe de prata. Bateu-o na tampa da cigarreira, acendeu-o com um isqueiro de prata fino e canelado, apanhou o jornal e começou a ler; ou a ler e a fumar. Com os olhos fixos no jornal, levou o cigarro aos lábios naquela posição de vela, entre o polegar e o indicador, deu uma longa tragada, girou os dedos e — bingo! — o cigarro saltou, colocando-se entre os nós dos dedos indicador e médio. Sherman ficou maravilhado. Como fizera aquilo? Então se enfureceu. Banca o acrobata do fumo — *no meio da minha crise.*

Freddy terminou de ler a notícia, pousou o cigarro no cinzeiro Lalique com todo o cuidado, tirou os óculos, tornou a guardá-los entre as dobras acetinadas do lenço de seda, apanhou o cigarro outra vez e deu mais uma profunda tragada.

Sherman disse quase cuspindo as palavras:

— Foi sobre o meu carro que você acabou de ler.

A raiva em sua voz assustou Freddy. Com extrema cautela, como se estivesse pisando em ovos, perguntou:

— Você tem um Mercedes com um número de placa que começa com R? R alguma coisa?

— Exatamente. — Sibilando.

Freddy, desnorteado:

— Bom... por que não me conta o que aconteceu?

Só quando Freddy pronunciou essas palavras é que Sherman se deu conta de que... estava doido para contar! Estava doido para confessar... a alguém! A qualquer um! Até mesmo a esse *Turnvereiner,* esse ginasta da nicotina, esse homossexual almofadinha que era sócio de seu pai! Nunca encarara Freddy com tal clareza antes. *Via-o* agora. Freddy era uma espécie de varinha mágica de charme para cujo escritório uma firma da Wall Street, do porte da Dunning Sponget, desviava todas as viúvas e herdeiros, como ele, que presumivelmente possuíam mais dinheiro do que problemas. Era, porém, o único confessor disponível.

— Tenho uma amiga chamada Maria Ruskin — disse. — É mulher de um homem chamado Arthur Ruskin, que ganhou montes de dinheiro Deus sabe fazendo o quê.

— Já ouvi falar dele — disse Freddy, acenando com a cabeça.

— Andei... — Sherman parou. Não sabia muito bem como se expressar. — Andei vendo bastante a sra. Ruskin. — Comprimiu os lábios e olhou para Freddy. — A mensagem silenciosa era: "É, exatamente; um caso sórdido e banal de luxúria."

Freddy assentiu.

Sherman tornou a hesitar, então mergulhou nos detalhes do passeio de automóvel no Bronx. Estudava o rosto de Freddy à procura de sinais de censura — ou ainda pior! — prazer! Não constatou nada, exceto uma preocupação amistosa pontuada por anéis de fumaça. Sherman, porém, já não sentia raiva dele. Que alívio! A peçonha estava sendo expelida! Meu confessor!

À medida que contava a história, tomava consciência de algo mais: uma alegria irracional. Ele era a personagem principal dessa história excitante. Mais uma vez sentiu orgulho — um orgulho imbecil! — de ter lutado na selva e vencido. Estava no palco. Era o astro! A expressão de Freddy passara de amistosa e preocupada... para a de pura fascinação...

— E aqui estou — disse Sherman finalmente. — Não consigo imaginar o que fazer. Gostaria de ter ido diretamente à polícia quando aconteceu.

Freddy recostou a cabeça, olhou para longe, deu uma tragada no cigarro, e então tornou a se virar para Sherman e lhe deu um sorriso tranquilizador.

— Bom, pelo que me disse, você não é responsável pelas lesões do rapaz. — Ao falar, a fumaça inalada saía de sua boca em jatos suaves. Sherman não via alguém fazer isso há anos. — Você talvez tenha alguma responsabilidade; como proprietário do veículo teria que comunicar o ocorrido, e talvez haja a questão da fuga da cena do acidente. Eu precisaria consultar o Código. Suponho que possam fundamentar uma acusação de agressão, por atirar o pneu, mas não creio que se sustentasse, uma vez que, sem dúvida alguma, você tinha razões para acreditar que sua vida estivesse em perigo. De fato, as circunstâncias não são tão extraordinárias quanto você poderia pensar. Conhece Clinton Danforth?

— Não.

— Ele é presidente da Danco. Representei-o numa ação contra a Triple A. Na realidade, creio que a firma era o Automóvel Clube de Nova York. Ele e a esposa... você nunca viu Clinton?

— *Vi Clinton?* Não.

— Muito respeitável. Lembra um desses capitalistas que os cartunistas costumavam desenhar, de cartola. Em todo caso, uma noite Clinton e a mulher estavam voltando para casa de carro... — Agora ele desfiava uma história sobre o carro de seu ilustre cliente, que enguiçou no Ozone Park, em Queens. Sherman peneirou as palavras procurando uma pepita de esperança. Então percebeu que isso era apenas o charme reflexo de Freddy em ação. A essência do indivíduo socialmente encantador era ter uma história, de preferência com nomes altissonantes, que cobrisse qualquer assunto. Em um quarto de século de advocacia, esse provavelmente era o único caso defendido por Freddy que tinha alguma ligação com as ruas de Nova York.

— ... um negro com um cão pastor na coleira...

— Freddy. — Sherman estava sibilando outra vez. — Não estou interessado no seu amigo gordo, Danforth.

— O quê? — Freddy, desconcertado e chocado.

— Não tenho tempo para isso. Tenho um problema.

— Ah, ouça. Por favor, desculpe-me. — Freddy falou baixinho, cautelosamente; mas também com tristeza, como se falasse com um doido que estivesse se enfurecendo. — Sinceramente, estava apenas tentando lhe mostrar...

— Não se preocupe em me mostrar. Apague o cigarro e me diga o que pensa.

Sem despregar os olhos do rosto de Sherman, Freddy apagou o cigarro no cinzeiro Lalique.

— Muito bem, vou lhe dizer exatamente o que penso.

— Não quis ser ríspido, Freddy, mas puxa vida...

— Eu sei, Sherman.

— Por favor, fume se quiser, mas vamos nos ater ao problema.

As mãos dele adejaram para indicar que fumar não era importante.

— Tudo bem — disse Freddy —, é assim que vejo a coisa. Acho que você não tem culpa na principal acusação, que é a lesão corporal. Poderia possivelmente correr o risco de uma acusação de crime doloso por ter fugido da cena do acidente e não notificar a polícia. Como disse, vou verificar isso. Mas creio que não é um caso muito difícil, presumindo que possamos estabelecer a sequência de acontecimentos que você resumir para mim.

— Que quer dizer com "estabelecer"?

— Bom, o que me preocupa nessa reportagem é que está muito distanciada dos fatos que me descreveu.

— Ah, sei disso! — disse Sherman. — Não há menção do outro... do outro sujeito, o que veio na minha direção primeiro. Não há uma única palavra sobre a barricada e nem mesmo sobre a rampa. Estão dizendo que aconteceu no Bruckner Boulevard. Não aconteceu no Bruckner Boulevard nem em nenhum outro bulevar. Estão inventando que esse garoto, esse... aluno brilhante... esse santo negro... estava atravessando a rua, cuidando de sua vida, quando um racista branco num carro de luxo passou, atropelou-o e seguiu caminho. É uma loucura! Não param de dizer que é um "carro de luxo" e é só um Mercedes. Nossa, um Mercedes é o que um Buick costumava ser.

O arquear de sobrancelhas de Freddy disse: "Não é bem assim." Mas Sherman prosseguiu:

— Deixe-me perguntar-lhe uma coisa, Freddy. O fato de que... — começou a dizer "Maria Ruskin" mas não quis parecer ansioso por se livrar da responsabilidade — o fato de que eu não estava guiando quando o garoto foi atropelado me deixa legalmente isento de culpa?

— Parece-me que sim, no que concerne às lesões infligidas ao rapaz. Mais uma vez, gostaria de examinar o Código. Mas deixe-me perguntar uma coisa. Qual é a versão de sua amiga, a sra. Ruskin, sobre os acontecimentos?

— A versão dela?

— É. Como ela diz que esse sujeito foi atropelado? Diz que estava dirigindo o carro?

— Se *diz* que estava dirigindo? Ela *estava dirigindo*.

— Sei, mas vamos supor que veja uma possibilidade de ser acusada de um crime doloso se disser que estava dirigindo.

Sherman ficou sem fala por um instante.

— Bom, não posso imaginar que fosse... — Mentir foi o que quis dizer, mas não disse, porque na verdade isso não estava inteiramente fora do domínio da imaginação. A ideia o chocou. — Bom... só posso lhe afirmar que todas as vezes que conversamos, ela disse a mesma coisa. Sempre usou a expressão "Afinal era eu que estava dirigindo". Quando sugeri pela primeira vez que fôssemos à polícia, logo depois do acidente, foi isso que me disse: "Era eu que estava dirigindo. Portanto, cabe a mim decidir." Quero dizer, acho que tudo pode acontecer, mas... Deus do céu!

— Não estou tentando semear dúvida, Sherman. Só quero ter certeza de que sabe que ela talvez seja a única pessoa que pode corroborar a sua versão... e correndo algum risco pessoal.

Sherman afundou na cadeira. A guerreira voluptuosa que combatera a seu lado na selva e depois, esplendorosa, fizera amor com ele no chão...

— Então se eu for à polícia agora — disse — e contar o que aconteceu, e ela não confirmar minhas declarações, estarei numa situação pior do que estou agora.

— É uma possibilidade. Olhe, não estou sugerindo que não vá confirmar. Só quero que esteja consciente... de sua posição.

— Que acha que devo fazer, Freddy?

— Com quem conversou sobre isso?

— Com ninguém. Só você.

— E Judy?

— Não. Muito menos com Judy, se quer saber a verdade.

— Bom, por ora não deve tocar nesse assunto com ninguém, provavelmente nem com Judy, a não ser que se sinta obrigado a fazê-lo. Mesmo assim, deve convencê-la da necessidade de ficar absolutamente calada. Ficaria surpreso se soubesse como as coisas que se diz podem ser apanhadas e distorcidas contra a pessoa, se alguém quiser. Já vi isso acontecer com demasiada frequência.

Sherman duvidou, mas meramente assentiu.

— Entrementes, com a sua permissão, vou discutir essa situação com outro advogado que conheço, um sujeito que trabalha nessa área em tempo integral.

— Não é alguém daqui da Dunning Sponget...

— Não.

— Porque detestaria ver esse caso ricocheteando pelos corredores deste maldito lugar.

— Não se preocupe, é outro escritório completamente diferente.

— Qual?

— Chama-se Dershkin, Bellavita, Fishbein & Schlossel.

A torrente de sílabas era como um mau cheiro.

— Que tipo de escritório é esse?

— Ah, advogam em todas as áreas, mas são mais conhecidos pelo trabalho em direito penal.

— Direito *penal*?

Freddy fez um ar de riso.

— Não se preocupe. Advogados penalistas assistem a pessoas que não são criminosas também. Já usamos esse sujeito antes. O nome dele é Thomas Killian. É muito inteligente. Tem mais ou menos a sua idade. Frequentou Yale, por falar nisso, ou pelo menos a faculdade de direito. É o único irlandês que se formou em direito por Yale, e é o único aluno de Yale que se tornou penalista. Estou exagerando, é claro.

Sherman tornou a afundar na cadeira e procurou absorver o termo "direito penal". Vendo que mais uma vez era o advogado quem dava as cartas, Freddy puxou a cigarreira de prata e marfim, soltou um Senior Service do clipe de prata, bateu-o, acendeu-o e inalou com profunda satisfação.

— Quero saber a opinião dele — disse Freddy —, principalmente porque, a julgar pela reportagem desse jornal, o caso está assumindo conotações políticas. Tommy Killian pode avaliar isso muito melhor do que eu.

— Dershkin, Mais Alguma Coisa & Schloffel?

— Dershkin, Bellavita, Fishbein & Schlossel — disse Freddy. — Três judeus, um italiano e Tommy Killian, que é irlandês. Deixe-me dizer uma coisa, Sherman. A advocacia está se tornando muito especializada em Nova York. É como se houvesse uma porção de pequenos... *clãs... anõezinhos...* Vou lhe dar um exemplo. Se eu estivesse sendo processado por negligência na direção de um carro, não iria querer que ninguém na Dunning Sponget me defendesse. Procuraria um desses advogados na Broadway que não fazem outra coisa. São o fundo do tacho da profissão legal. São todos Bellavitas e Schlossels. São mal-educados, grosseiros, maleáveis, pouco atraentes: não dá nem para você imaginar o que são. Mas é quem eu procuraria. Conhecem todos os juízes, todos os escrivães, os outros advogados, sabem fazer acordos. Se alguém chamado Bradshaw ou Farnsworth aparecesse lá representando a Dunning Sponget, dariam o gelo nele. Sabotariam. O mesmo acontece no direito penal. Os advogados penalistas não são bem o *bout en train*, tampouco, mas em alguns casos há que usá-los. Dadas as circunstâncias, Tommy Killian é uma excelente escolha.

— Essa não — disse Sherman. De tudo o que Freddy dissera, apenas as palavras "direito penal" não lhe saíam da cabeça.

— Não fique tão deprimido, Sherman!

Direito penal.

Quando regressou à sala de operação de obrigações na Pierce & Pierce, a assistente de vendas, Muriel, lançou-lhe um olhar severo.

— Onde estava, Sherman? Andei tentando encontrá-lo.

— Estava... — Começou a repetir a mentira, com acréscimos, mas a expressão no rosto da moça lhe dizia que isso só iria piorar as coisas.

— Está bem, qual foi o problema?

— Apareceu um lançamento assim que você saiu, 200 milhões de Fidelity Mutuals. Então liguei para a Polsek & Fragner, mas você não estava lá e me disseram que sequer era esperado. Arnold não está satisfeito, Sherman. E quer vê-lo.

— Vou vê-lo. — Deu as costas e começou a andar em direção à escrivaninha.

— Um instantinho — pediu Muriel. — Um sujeito em Paris está tentando falar com você, também. Telefonou umas quatro vezes. Sr. Levy. Disse que você prometeu telefonar. Pediu-me para dizer que o preço é 93. Final. Disse que você saberia a que se referia.

13
A ENGUIA LUMINOSA

Kramer e os dois detetives, Martin e Goldberg, chegaram ao Edgar Allan Poe Towers num Dodge sedã standard por volta de 16 horas e 15 minutos. A manifestação estava programada para as 17 horas. O conjunto habitacional fora projetado durante a fase ecológica de erradicação de cortiços. A ideia fora construir edifícios de apartamentos numa área ajardinada onde as crianças pudessem dar cambalhotas e os velhos pudessem se sentar à sombra das árvores ao longo de aleias sinuosas. Na verdade, as brincadeiras infantis tinham partido, cortado ou arrancado as mudas de árvores frondosas, logo no primeiro mês, e qualquer velho que fosse suficientemente tolo para se sentar ao longo das aleias sinuosas ia receber o mesmo tratamento. O conjunto era agora um enorme aglomerado de torres de tijolos fuliginosos assentados numa placa de cinzas e terra batida. Com as ripas de madeira pintadas de verde há muito destruídas, os pés de concreto dos bancos lembravam ruínas antigas. A inchação e o esvaziamento da cidade, causados pelas marés de mão de obra, não produziam sequer uma marola no Edgar Allan Poe Towers, onde a taxa de desemprego era no mínimo de 75 por cento. O lugar não tinha mais vida às 16 horas e 15 minutos do que ao meio-dia. Kramer não divisava vivalma, exceto um pequeno grupo de adolescentes do sexo masculino que passava correndo pelas pichações na base dos edifícios. As pichações pareciam feitas de má vontade. O tijolo fuliginoso, com todas aquelas valetas de argamassa, deprimia até os pichadores juvenis.

    Martin reduziu a marcha do carro a um mínimo. Estavam na rua principal, diante do Building A, onde a manifestação supostamente iria se realizar. O quarteirão estava vazio, exceto por um adolescente desengonçado, no meio da rua, que trabalhava na roda de um carro. O carro, um Camaro vermelho, estava embicado numa vaga ao longo da calçada. A traseira do carro avançava pela rua. O garoto usava jeans preto, camiseta preta e tênis listrados. Estava acocorado com uma chave de boca na mão.

    Martin parou o carro a menos de três metros dele e desligou o motor. O garoto, ainda acocorado, olhou para o Dodge. Martin e Goldberg estavam no banco dianteiro e Kramer, atrás. Martin e Goldberg ficaram sentados ali, olhando em frente. Kramer não conseguia imaginar o que estavam fazendo. Então Martin desceu do carro. Usava um casaco esporte bege, camisa polo e calça cinza de aparência barata. Caminhou até o rapaz, parou e perguntou:

— O que está fazendo? — E não perguntou educadamente.

Confuso, o garoto respondeu:

— Nada. Ajustando uma calota.

— *Ajustando* uma calota — retorquiu Martin, com a voz impregnada de insinuações.

— Éééééééé...

— Você sempre estaciona assim, no meio da porra da rua?

O garoto se levantou. Tinha bem mais de 1,80 metro de altura. E braços longos e musculosos, mãos fortes, segurando numa delas a chave de boca. Boquiaberto, observou Martin, que repentinamente parecia um anão. Os ombros estreitos de Martin pareciam inexistir sob o casaco esporte. Ele não usava distintivo nem qualquer outra insígnia da polícia. Kramer não conseguia acreditar no que presenciava. Estavam ali no South Bronx, a menos de trinta minutos de uma manifestação de protesto contra as falhas da Justiça Branca, e Martin atirava a luva duas vezes desafiando um rapaz negro com uma chave de boca na mão.

Martin inclinou a cabeça para um lado e contemplou o rosto incrédulo sem nem piscar. Aparentemente o rapaz também achou isso muitíssimo estranho porque não se moveu nem fez nenhum gesto. Agora olhava para o Dodge e se descobria vendo a cara grande e carnuda de Goldberg, com fendas no lugar dos olhos e um bigode preto e caído. Então tornou a olhar para Martin e fez uma cara corajosa e zangada.

— Só estou ajustando uma calota, chefe. Não é nada que lhe interesse.

Antes que chegasse à palavra "interesse", já estava se afastando de Martin a passos que supunha serem descontraídos. Abriu a porta do Camaro, jogou a chave de boca no assento traseiro e no mesmo passo contornou o carro até o lugar do motorista, entrou, deu partida, manobrou para sair da vaga e foi-se embora. O Camaro soltou um ronco. Martin voltou ao Dodge e se sentou atrás do volante.

— Vou recomendá-lo para uma menção por boas relações comunitárias, Marty — comentou Goldberg.

— A sorte do garoto é que não o revistei — disse Martin. Além disso essa era a única vaga na porra do quarteirão.

"E ainda se perguntam por que são odiados no gueto", pensou Kramer. Todavia, naquele instante ele se admirara... admirara! Ele, Kramer, era suficientemente grande e suficientemente forte para ter lutado com o garoto armado de uma chave de boca e possivelmente poderia tê-lo vencido. Mas teria sido *obrigado* a fazer *isso*. Se tivesse confrontado o garoto, a coisa teria chegado na mesma hora à briga. Mas Martin sabia desde o começo que isso não aconteceria. Sabia que alguma coisa em seus olhos faria com que o garoto pressentisse o Tira Irlandês Que Não Recua. Naturalmente não fazia mal algum ter Goldberg sentado ali parecendo o Protótipo do Capanga Cruel, e não fazia mal algum ter um 38 sob o paletó. Mesmo assim, Kramer sabia que não poderia ter feito o que esse absurdo pesinho-pluma da turma fizera, e pela quingentésima vez em sua carreira de promotor distrital assistente no Bronx, ele prestou homenagem silenciosa ao mais misterioso e invejado dos atributos masculinos, o machismo irlandês.

Martin estacionou o Dodge na vaga que o rapaz desocupara, e os três se recostaram e aguardaram.

— A babaquice impera — disse Martin.

— Ei, Martin — chamou Kramer, orgulhoso de poder chamar pelo nome esse modelo de perfeição —, vocês descobriram quem forneceu a listagem a *The City Light*?

Sem se virar, Martin respondeu:

— Um dos *irmãos* — fazendo uma imitação irlandesa do sotaque dos negros. Girou a cabeça ligeiramente e torceu a boca para indicar que era o que se poderia esperar e não havia nada que se pudesse fazer.

— Vocês vão verificar os 124 carros ou o que quer que seja?

— Vamos. Weiss esteve tratando do caso o dia todo.

— Quanto tempo vai levar?

— Três ou quatro dias. Ele designou seis homens. A babaquice impera.

Goldberg se virou e perguntou a Kramer:

— Qual é a do Weiss? Ele realmente acredita nessa merda que lê nos jornais ou o quê?

— Ele só acredita nisso — disse Kramer. — E qualquer coisa que tenha um ângulo racial o deixa doido. Como já expliquei, ele vai se candidatar à reeleição.

— Tudo bem, mas o que o faz pensar que vai encontrar testemunhas nessa manifestação, que é *pura* babaquice?

— Não sei. Mas foi o que disse a Bernie.

Goldberg sacudiu a cabeça.

— Não sabemos nem o lugar em que a maldita coisa aconteceu. Percebe isso? Marty e eu já corremos o Bruckner Boulevard de uma ponta a outra, e o diabo me carregue se conseguirmos estabelecer onde aconteceu o acidente. Essa foi mais uma coisa que o garoto esqueceu de contar à mãe, quando falou da placa de araque: onde foi que a porra aconteceu.

— Por falar nisso — disse Kramer —, como é que um garoto do conjunto Poe sabe que cara tem um Mercedes?

— Ah, isso eles sabem — disse Martin sem virar a cabeça. — Os cafetões e os vigaristas dirigem Mercedes.

— É — confirmou Goldberg. — Eles nem olham mais para Cadillacs. A gente vê esses garotos com essas coisas, esses enfeites dos capôs de Mercedes pendurados no pescoço.

— Se um garoto daqui quiser inventar um carro de araque para uma história de araque — disse Martin —, Mercedes é o primeiro em que vai pensar. E Bernie sabe disso.

— Bom, Weiss está se dedicando ao caso de Bernie, também — disse Kramer. Deu mais uma espiada lá fora. O gigantesco conjunto habitacional estava tão silencioso que chegava a ser esquisito. — Tem certeza de que esse é o lugar certo, Marty? Não há ninguém aqui.

— Não se preocupe — respondeu Martin. — Eles virão. A babaquice impera.

Não demorou muito, e um furgão de passageiros, cor de bronze, entrou no quarteirão e parou na frente deles. Uns doze homens desceram. Eram todos negros. A maioria usava camisas azuis de operário e calça de trabalho. Pareciam estar na casa dos vinte, talvez trinta. Um deles se destacava por ser muito alto. Tinha um perfil anguloso, um grande pomo de adão e usava um brinco de ouro em uma orelha. Disse alguma coisa para os outros, e começaram a tirar barras de madeira do furgão. Eram os paus para prender os cartazes. Empilharam os cartazes na calçada. Metade dos homens se encostou no furgão e começou a conversar, fumando cigarros.

— Já vi aquele veado alto em algum lugar — comentou Martin.

— Também acho que já o vi — confirmou Goldberg. — Ora, merda, é claro. É um dos veados do Bacon, o que chamam de Buck. Estava naquela manifestação em Gun Hill também.

Martin se endireitou no assento.

— Tem razão, Davey. É o mesmo veado. — Observou o homem do outro lado da rua. — Eu realmente gostaria de... — Falava como se sonhasse. — Por favor, veado, por favor, faça só uma besteirinha, veado... Estou saindo.

Martin desceu do Dodge, parou na calçada e muito ostensivamente começou a girar os braços e os ombros, como um lutador descontraindo os músculos. Então Goldberg saltou. Kramer saltou também. Os manifestantes do outro lado da rua começaram a observá-los.

Agora um deles, um rapaz de físico musculoso, camisa azul de operário e jeans azul, começou a atravessar a rua, gingando, e se acercou de Martin.

— Eh! — chamou. — Você é da TV?

Martin baixou o queixo e sacudiu a cabeça dizendo não, muito lentamente, de um jeito que era pura ameaça.

O negro mediu-o com os olhos e perguntou:

— Então de onde é, Jack?

— Jump City, Agnes — respondeu Martin.

O rapaz tentou franzir o cenho, depois tentou sorrir, mas não conseguiu nada com isso, a não ser um rosto cheio de desprezo irlandês. Ele deu as costas, atravessou de volta a rua e disse alguma coisa para os outros, e o que se chama Buck encarou

Martin. Martin o encarou de volta com um par de lasers irlandeses. Buck virou a cabeça e reuniu quatro ou cinco dos outros em volta dele para conferenciar. De tempos em tempos davam uma olhada em Martin.

O impasse já durava alguns minutos, quando mais um furgão chegou. Desceram alguns jovens brancos, sete homens e três mulheres. Pareciam estudantes universitários, com a exceção de uma mulher de longos e crespos cabelos louro-cinza.

— Eh, Buck! — gritou. Caminhou até onde estava o homem alto de brinco de ouro e estendeu as duas mãos sorrindo francamente. Ele tomou as mãos dela, embora sem muito entusiasmo, e disse:

— Ei, como vai, Reva? — A mulher o puxou para perto, beijou-o em uma face e em seguida na outra.

— Ah, tem dó, porra — disse Goldberg. — Aquela galinha.

— Você a conhece? — perguntou Kramer.

— Sei quem é. É uma porra de uma comunista.

Então a mulher branca, Reva, se virou e disse alguma coisa, e um branco e uma branca voltaram ao furgão e retiraram mais cartazes.

Pouco depois um terceiro furgão chegou. Mais nove ou dez brancos desceram, homens e mulheres, a maioria jovens. Tiraram um grande rolo de tecido do furgão e o abriram. Era uma faixa. Kramer conseguiu discernir os dizeres: O PUNHO GAY GOLPEIA O RACISMO.

— Que diabo é aquilo?! — exclamou.

— São as *lesbos* e os *gaybos* — informou Goldberg.

— Que estão fazendo aqui?

— Estão em todas. Devem gostar do ar fresco. Eles realmente agitam as coisas.

— Mas qual é o interesse deles nesse caso?

— Não me pergunte. A unidade dos oprimidos, é como chamam. Se qualquer desses grupos precisa de gente para fazer número, eles se apresentam.

Com isso, agora havia umas duas dúzias de manifestantes brancos e uma dúzia de negros à vontade, batendo papo e armando cartazes e faixas.

Agora chegava um carro. Dois homens desceram. Um deles carregava duas máquinas fotográficas com as correias passadas pelo pescoço e uma mochila com o logotipo THE CITY LIGHT. O outro era um homem alto, lá pelos trinta anos, o nariz comprido e cabelos louros que brotavam de um bico de viúva. Sua pele clara estava manchada de vermelho. Usava um blazer azul de corte incomum, e aos olhos de Kramer, estrangeiro. Aparentemente sem razão, ele de repente se jogou para a esquerda. Parecia estar em agonia. Ficou paralisado na calçada, meteu um caderno de espiral sob o braço esquerdo, fechou os olhos e apertou as têmporas com as duas mãos, massageou-as durante muito tempo, em seguida abriu os olhos, contraiu-os, piscou e olhou em volta.

Martin começou a rir.

— Olhe só para aquela cara. Parece um tonel de polpa de centeio. O sujeito está com uma ressaca tão braba que parece que está cozinhando no próprio molho.

Fallow tornou a se jogar para a esquerda. Continuava adernando para bombordo. Alguma coisa estava seriamente errada com o seu sistema vestibular. Estava completamente envenenado, como se o cérebro estivesse envolto em cordas membranosas, como se fiapos das membranas de uma laranja, e cada contração do coração, apertassem as cordas, e o veneno fosse espremido para dentro do seu sistema. Sua cabeça já latejara antes, mas essa era uma dor de cabeça *tóxica,* extremamente peçonhenta...

Onde estava a multidão? Teriam vindo para o lugar errado? Parecia haver um punhado de negros e uns vinte estudantes brancos parados ali. Uma enorme faixa dizia O PUNHO GAY. *O Punho Gay?* Temera a ideia de barulho e confusão, mas agora se preocupava com o silêncio.

Na calçada, um pouco adiante, encontrava-se o mesmo negro alto com um brinco de ouro que levara ele e Vogel ali dois dias antes. Fechou os olhos. Vogel o levara para jantar no Leicester's, na noite anterior, como uma espécie de comemoração (pagamento?) pela publicação da reportagem... Tomara uma vodca *southside*... e mais outra... *O focinho do monstro! — iluminado por um lampejo azul-rádio!* Tony Stalk e Caroline Heftshank chegaram e se sentaram, e Fallow tentou se desculpar pelo que acontecera com o jovem amigo dela, Chirazzi, o artista, e Caroline lhe deu um sorriso estranho e disse que ele não devia se preocupar com isso, e tomara outra vodca *southside,* e Caroline não parava de beber Frascati e de dar gritinhos agudos para Britt-Withers de um jeito muito tolo, e finalmente ele se aproximou, e ela desabotoou sua camisa e puxou o cabelo do peito dele com tanta força que ele praguejou, e então Fallow e Caroline estavam no escritório de Britt-Withers no andar de cima, onde Britt-Withers mantinha um bull terrier de olhos aguados numa coleira, e Caroline continuava a olhar para Fallow com aquele sorriso estranho, e ele tentou desabotoar-lhe a blusa, e ela riu dele e lhe deu palmadinhas no traseiro, desdenhosamente, mas isso o deixou doido, e *— uma marola! — o monstro mexeu-se nas profundezas geladas! —* e ela curvou o dedo chamando-o, e ele sabia que estava caçoando dele, mas mesmo assim atravessou o escritório, e havia uma máquina — alguma coisa sobre uma máquina e um lampejo azul-rádio — *debatendo-se! buscando a superfície! —* uma nadadeira de borracha — podia quase ver agora — *quase! —,* e ela caçoava dele, mas ele não se importava, e ela não parava de apertar alguma coisa, e o azul-rádio lampejou de dentro para fora, e ouvia-se um zumbido esmerilhante e ela se abaixou e o apanhou — mostrou — ele quase podia ver — não havia como impedir — o monstro rompeu a superfície e o encarou em cheio com o focinho nojento — e era como uma tábua emoldurada por uma aura de rádio contra um fundo negro, e o monstro continuava a encará-lo, e ele queria abrir os olhos e ir embora, mas não conseguia, e o bull terrier começou a rosnar, e Caroline já não olhava para ele, nem para mostrar seu desprezo, e então ele a tocou no ombro, mas ela de repente estava ocupada, e a máquina não parava de esmerilhar e zumbir e esmerilhar e zumbir e soltar lampejos azul-rádio, e então ela segurava uma pilha de fotografias na mão e correu escada abaixo para o restaurante, e ele continuava a adernar para um lado, e então um pensamento terrível lhe ocorreu. Ele desceu correndo a escada, que era uma espiral fechada, e isso o deixou ainda mais tonto. No salão do restaurante, tantos rostos calorosos e dentes agitados! — e Caroline Heftshank estava parada junto ao bar mostrando as fotografias a Cecil Smallwood e Billy Cortez, e então havia fotografias por todo lado, e ele estava abrindo caminho por entre as mesas e as pessoas agarravam as fotografias...

Ele abriu os olhos e tentou mantê-los abertos. O Bronx, o Bronx, estava no Bronx. Encaminhou-se para o homem com o brinco de ouro, Buck. Continuava a adernar para bombordo. Sentia-se tonto. Ficou imaginando se sofrera um enfarte.

— Alô — disse a Buck. Pretendera ter sido animado, mas o cumprimento saiu num arquejo. Buck olhou-o sem esboçar qualquer indicação de conhecê-lo. Então ele disse: — Peter Fallow, de *The City Light*.

— Ah, ei, como vai, irmão! — O tom do negro era agradável, mas não entusiástico. O autor dos furos brilhantes de *The City Light* esperava entusiasmo. O negro retomou a conversa com a mulher.

— Quando começa a manifestação? — perguntou Fallow.

Buck ergueu os olhos distraidamente.

— Assim que o Canal 1 chegar. — Mal pronunciou a palavra "chegar" e já estava de novo olhando para a mulher.

— Mas onde estão as pessoas?

Ele encarou Fallow e parou de falar, como se tentasse avaliá-lo.

— Estarão aqui... assim que o Canal 1 chegar. — Usou o tom de voz que se usa com alguém que não tem culpa de ser burro.

— Compreendo — disse Fallow, que não conseguia compreender nada. — Quando, hum, como disse, o Canal 1 chegar, hum... o que vai acontecer?

— Dê a nota para o homem, Reva — disse Buck. Uma mulher veemente, de aspecto alucinado, escarafunchou uma grande sacola de vinil a seus pés, na calçada, e lhe entregou duas folhas de papel grampeadas. A folha que era xerocopiada — *xerocopiada! Azul-rádio! O focinho!* — tinha o timbre da Aliança dos Povos Americanos. Um título, datilografado em maiúsculas, dizia: "O POVO EXIGE AÇÃO NO CASO LAMB".

Fallow começou a ler, mas as palavras se juntavam como um picadinho de carne diante do rosto dele. Nesse momento um rapaz branco e sacudido se materializou. Estava usando um paletó de *tweed* espantosamente deselegante.

— Neil Flannagan, do *Daily News* — disse o rapaz sacudido. — O que está acontecendo?

A mulher chamada Reva desencavou mais uma nota. O sr. Neil Flannagan, a exemplo do próprio Fallow, estava acompanhado de um fotógrafo. O sacudido sr. Flannagan nada tinha a dizer a Fallow, mas os dois fotógrafos se enturmaram na mesma hora. Fallow podia ouvi-los reclamar da tarefa. O fotógrafo de Fallow, um homenzinho odioso que usava um boné, não parava de usar a expressão "bosta". Era só isso que os fotógrafos dos jornais americanos pareciam falar com algum prazer, do seu desagrado ao serem mandados sair da redação para tirar fotos. A dúzia de manifestantes, entrementes, mantinha-se claramente insensível à presença dos representantes de dois dos tabloides da cidade, *The City Light* e *Daily News*. Continuavam a perambular em torno do furgão, e sua ira, se é que havia alguma, contra as injustiças sofridas por Henry Lamb, estava bem contida.

Fallow tentou ler mais uma vez a nota à imprensa mas não tardou a desistir. Olhou à volta. O conjunto Poe Towers permanecia tranquilo; anormalmente tranquilo, considerando-se o seu tamanho. Do outro lado da rua estavam parados três homens brancos. Havia um homenzinho de casaco esporte bege, um grandalhão de aparência porcina com um bigode caído, usando um blusão de aquecimento, e um homem que começava a ficar careca, de feições angulosas, usando um terno cinza mal talhado e uma gravata de listras. Fallow ficou imaginando quem eram. Mas queria principalmente dormir. Perguntou-se se seria capaz de dormir em pé, como um cavalo.

Dali a pouco ouviu a mulher, Reva, dizer a Buck:

— Acho que são eles. — Os dois olharam rua abaixo. Os manifestantes se animaram.

Subindo a rua surgiu um grande caminhão branco. Na lateral, em letras garrafais, havia a inscrição CANAL 1 AO VIVO. Buck, Reva e os manifestantes começaram a andar em direção ao caminhão. O sr. Neil Flannagan, os dois fotógrafos e, finalmente, o próprio Fallow saíram atrás deles. O Canal 1 chegara.

O caminhão parou, e do lado do passageiro do banco dianteiro saiu um rapaz com os cabelos escuros bem fofos e crespos, blazer azul-marinho e calça bege.

— Robert Corso — disse Reva, com reverência.

As portas laterais se abriram e dois rapazes de jeans, suéteres e tênis de corrida saltaram. O motorista permaneceu ao volante. Buck apressou-se a recebê-los.

— Eh-h-h-h-h! Robert Corso! Como vai, cara! — Inesperadamente Buck se abriu num sorriso que iluminava a rua.

— Otimo! — respondeu Robert Corso, procurando retribuir o cumprimento com entusiasmo. — Ótimo! — Obviamente não tinha a menor ideia de quem fosse esse negro de brinco de ouro.

— Que quer que a gente faça? — perguntou Buck.

O rapaz sacudido interrompeu-os:

— Ei, Corso, Neil Flannagan, *Daily News*.

— Ah, oi.

— O que quer que a gente...

— Onde é que vocês têm andado?

— O que quer que a gente...

Robert Corso consultou o relógio.

— São apenas 17 horas e 10 minutos. Só vamos entrar no ar ao vivo às 18 horas. Temos bastante tempo.

— É, mas tenho que terminar até as 19 horas.

— O que quer que a gente faça? — insistiu Buck.

— Bom... ei! — disse Robert Corso. — Não sei. O que fariam se eu não estivesse aqui?

Buck e Reva o olharam com sorrisinhos sem graça, como se ele estivesse brincando.

— Onde estão o reverendo Bacon e a sra. Lamb? — perguntou Robert Corso.

— No apartamento da sra. Lamb — informou Reva. Fallow não gostou. Ninguém se preocupara em lhe dar essa informação.

— Ei, quando você disser — disse Buck.

Robert Corso sacudiu a cabeça fofa. Resmungou:

— Ora, bolas, não posso organizar a coisa para você. — E para Buck: — Vai demorar um pouquinho até montarmos o equipamento. Acho que a calçada é o melhor lugar. Quero pegar os prédios ao fundo.

Buck e Reva puseram-se a trabalhar. Desandaram a gesticular e a dar instruções aos manifestantes, que agora voltavam até os furgões e começavam a apanhar os cartazes empilhados na calçada. Algumas pessoas começaram a acorrer à cena, vindas do Poe Towers.

Fallow desistiu de Buck e Reva e se aproximou de Robert Corso.

— Com licença — disse. — Sou Peter Fallow, de *The City Light*. Será que o ouvi dizer que o reverendo Bacon e a sra. Lamb estão aqui?

— Fallow? — exclamou Robert Corso. — Foi você quem escreveu as reportagens? — Estendeu a mão e apertou a de Fallow com entusiasmo.

— Receio que sim.

— Você é a razão de estarmos neste maldito lugar? — disse com um sorriso de reconhecimento.

— Sinto muito. — Fallow sentiu um calorzinho por dentro. Essa era a espécie de homenagem que ele aguardara o tempo todo, mas não esperava recebê-la de alguém da TV.

Robert Corso ficou sério.

— Você acha que Bacon está sendo realmente honesto neste caso? Bom, obviamente acha.

— Você não? — perguntou Fallow.

— Diabos, nunca se sabe, com o Bacon. Ele é abominável. Mas, para dizer a verdade, quando entrevistei a sra. Lamb, fiquei impressionado. Ela me pareceu uma boa pessoa: é inteligente, tem emprego certo, um apartamentinho limpo e arrumado. Fiquei impressionado. Não sei... acredito nela. O que você acha?

— Você já a entrevistou? Pensei que estava se preparando para entrevistá-la aqui.

— Bem, estou, mas é só para dar o toque final. Vamos dar o toque final ao vivo às 18 horas.

— Dar o toque final ao vivo... Creio que não entendo de toques finais ao vivo.

O americano porém não percebeu a ironia.

— Bom, o que fazemos é o seguinte: vim aqui com uma equipe hoje à tarde, depois que a sua reportagem saiu. Muito obrigado por isso! Realmente adoro trabalhar no Bronx. Em todo caso, entrevistamos a sra. Lamb, entrevistamos alguns vizinhos, gastamos alguns metros de filme no Bruckner Boulevard e no local em que o pai do rapaz foi assassinado e todo o resto, e em algumas cenas estáticas do rapaz. Com isso já temos a maior parte da reportagem em teipe. Vamos transmiti-la durante uns dois minutos, e o que vamos fazer agora é o seguinte: vamos entrar ao vivo durante a manifestação, passamos o teipe, voltamos a entrar ao vivo e terminamos com um segmento ao vivo. Isso é que é o toque final ao vivo.

— Mas o que é que vai mostrar? Não há ninguém aqui a não ser esses gatos-pingados. A maioria é branca. — Fallow fez um gesto indicando Buck e Reva.

— Ah, não se preocupe. Haverá bastante gente aqui assim que o nosso telescópio subir.

— Seu telescópio...

— Nosso transmissor a distância. — Robert Corso olhou na direção do caminhão. Fallow acompanhou-o com os olhos. Dava para ver dois homens da equipe, de jeans, lá dentro.

— Seu transmissor a distância. Por falar nisso, onde estão os seus concorrentes?

— Nossos concorrentes?

— As outras estações de televisão.

— Ah, nos prometeram uma exclusiva.

— Verdade? Quem?

— Bacon, imagino. Isso é o que não me agrada nessa história. Bacon está sempre manipulando. Ele tem um canal de comunicação direta com o meu produtor, Irv Stone. Conhece Irv?

— Receio que não.

— Já ouviu falar dele.

— Hummm, na verdade, não.
— Ele ganhou uma porção de prêmios.
— Hummmm.
— Irv... bom, Irv é gente fina, mas é um desses velhos filhos da mãe que foi radical universitário na década de 1960, quando se faziam manifestações antibélicas e coisas do gênero. Ele acha que Bacon é um líder romântico do povo. Ele é uma porra de um vigarista, isso é o que eu acho. Mas, em todo caso, ele prometeu a Irv uma exclusiva se fizesse a reportagem ao vivo às 18 horas.
— Isto é muito conveniente. Mas por que faria isso? Por que não iria querer que todas as estações estivessem aqui?
— Porque dessa maneira talvez não conseguisse tirar proveito algum. Aposto com você que todos os dias há vinte ou trinta manifestações ocorrendo em Nova York e estão todos brigando para ganhar uma cobertura. Desse jeito ele sabe que terá um grande destaque. Se nos damos ao trabalho de mandar um caminhão, e transmitimos ao vivo, e se pensarmos que temos exclusividade, então será uma das notícias de maior importância. Será ao vivo, terá destaque e amanhã os canais 5, 7, 2 e todos os outros sacarão que é melhor cobrirem o caso também.
— Compreendo — disse Fallow. — Hummmm... Mas como é que ele pode garantir, como diz, uma exclusiva? O que impedirá os outros, hum, canais de aparecerem aqui?
— Nada, exceto que ele não informará a hora nem o lugar.
— Ele não teve tanta consideração assim comigo, teve? — disse Fallow. — Notei que o *Daily News* sabia da hora e do lugar.
— É — retorquiu Robert Corso —, mas você teve exclusivas durante dois dias. Agora ele tem que deixar os outros jornais entrarem também. — Calou-se. Seu rosto americano de cabelos fofos, jovem e simpático, se entristeceu de repente. — Mas acha mesmo que a história é genuína?
— Ah, perfeitamente — disse Fallow.
Corso continuou:
— Esse Henry Lamb é... era... um bom garoto. Um aluno brilhante, sem ficha na polícia, sossegado, os vizinhos parecem gostar dele — não é assim que lhe parece?
— Ah, sem dúvida alguma — respondeu o inventor do aluno brilhante.
Reva se aproximou deles.
— Estamos prontos. Quando quiser é só avisar.
Robert Corso e Fallow olharam para a calçada onde três dúzias de manifestantes estavam agora alinhados informalmente. Seguravam os paus dos cartazes nos ombros, como espingardas de brinquedo.
Robert Corso perguntou:
— Bacon está pronto? E a sra. Lamb?

Reva disse:

— Bom, você avisa ao Buck ou a mim. O reverendo Bacon não quer descer com a sra. Lamb e ficar aqui à toa. Mas está pronto.

— Tudo bem — disse Robert Corso. Virou-se para o caminhão CANAL 1 AO VIVO: — Ei, Frank! Vocês estão prontos?

De dentro do furgão responderam:

— Quase!

Ouviu-se um zunido arrastado. Do teto do furgão saiu uma haste prateada, um cilindro. Presa à extremidade do cilindro havia uma bandeira ou uma faixa luminosa. Não, era um cabo, um cabo com um grosso isolamento, largo, mas achatado, como uma enguia elétrica. A enguia laranja e barulhenta estava enrolada em torno do cilindro em espiral. A haste prateada e a espiral laranja continuavam a subir, subir, subir. A haste era composta de seções, como um telescópio, e subia, subia, subia, e o furgão zunia, zunia, zunia.

As pessoas começaram a surgir das torres silenciosas do conjunto, que já não estavam silenciosas. Um ruído borbulhante, borbulhas produzidas por muitas vozes, subiu da porcaria da charneca. Ali vinham eles, homens, mulheres, bandos de garotos, criancinhas, os olhos presos na haste ascendente prata e laranja e na bandeira laranja-radiação.

Agora a haste estava dois andares e meio acima do nível da rua, com a sua enguia laranja enroscada. A rua e a calçada não estavam mais vazias. Um povaréu bem-humorado reunia-se para a festa. Uma mulher gritou: "Robert Corso." Canal 1! O homem de cabelos fofos que aparecia na TV!

Robert Corso olhou na direção dos piquetes, que tinham se agrupado numa oval serpenteante na calçada e começavam a marchar. Buck e Reva assistiam. Buck tinha um megafone na mão. Conservava os olhos fixos em Robert Corso. Então Robert Corso olhou na direção da equipe de TV. Seus câmeras estavam a uns dois metros de distância. A câmera parecia minúscula ao lado do furgão e da fantástica haste, mas a turba estava fascinada por aquele olho muito fundo de catarata. Ela nem estava ligada, mas toda vez que o câmera se virava para falar com o técnico de som, e o grande olho girava, uma agitação perpassava a turba, como se a máquina possuísse um impulso cinetico próprio e invisível.

Buck olhou para Robert Corso e ergueu a mão, com a palma para cima, a perguntar "Quando?". Robert Corso encolheu os ombros e, enfadado, apontou o dedo para Buck. Buck levou o megafone à boca e gritou:

— Que é que queremos?

— Justiça! — responderam as três dúzias de piquetes. Suas vozes pareciam extremamente fracas contra o pano de fundo formado pela multidão, as torres do conjunto e a esplêndida lança de prata do CANAL 1 AO VIVO.

— Que é que recebemos?
— Ra-cismo!
— Que é que queremos?
— Jus-tiça! — Um pouco mais alto, mas não muito.
— Que é que recebemos?
— Ra-cismo!

Seis ou oito adolescentes empurravam e davam encontrões uns nos outros e riam, brigando para chegar ao campo de filmagem da câmera. Fallow estava parado a uma pequena distância do astro Robert Corso, que segurava um microfone, mas permanecia calado. O homem com o megafone potente chegou mais perto da linha oval de piquetes, e a multidão cresceu em resposta. Os cartazes e faixas subiram. A justiça de Weiss é uma justiça branca... Lamb: sacrificado pela indiferença... Libertem Johanne ⇄ Bronx... O pulso gay golpeia o racismo... O povo brada: vinguem Henry!... Descruze os braços, Abe! Gays e lésbicas de Nova York exigem justiça para nosso irmão Henry Lamb: capitalismo + racismo = homicídio legal... A mentira do atropelamento e fuga!... Ação agora!...

— *O que queremos?*
— Jus-tiça!
— *O que recebemos?*
— Ra-cismo!

Buck dirigiu o megafone para a multidão. Queria que as vozes entrassem em cena.

— O que queremos?

Não houve resposta. Com a maior satisfação, eles apreciavam o espetáculo.

Buck respondeu à própria pergunta:
— Jus-tiça.
— O que recebemos?
Nada.
— Ra-cismo!
— Muito bem! O que queremos?
Nada.
— Irmãos e irmãs — disse Buck, com o megafone vermelho diante do rosto. — *Nosso irmão, nosso vizinho, Henry Lamb, foi atropelado... por um motorista irresponsável... e no hospital... não fazem nada por ele... e os tiras e o promotor público... não querem se incomodar... Henry está às portas da morte... e não estão ligando... Henry é um aluno brilhante... e eles dizem "E daí?"... porque ele é pobre, mora num conjunto habitacional... porque é negro... Então por que estamos aqui, irmãos e irmãs?... Para obrigar Chuck a cumprir sua obrigação!*

Isto provocou alguns risos de compreensão na multidão.

— *Para fazer justiça ao nosso irmão, Henry Lamb!* — continuou Buck. — *Muito bem.* ENTÃO, O QUE QUEREMOS?

— Justiça — disseram vozes no meio do povo.

— E O QUE RECEBEMOS?

Risos e olhares.

Os risos vinham de seis ou oito adolescentes que estavam empurrando e dando encontrões uns nos outros, brigando para ocupar uma posição logo atrás de Buck. Isto os poria em linha reta com a lente da câmera, cuja hipnotizante luz vermelha agora brilhava.

— Quem é Chuck? — perguntou Kramer.

— Chuck é Charlie — disse Martin —, e Charlie é O Homem, e falando em nome d'O Homem, gostaria de botar as mãos naquele monte de merda.

— Está vendo aqueles cartazes? — perguntou Kramer. — A JUSTIÇA DE WEISS É UMA JUSTIÇA BRANCA e DESCRUZE OS BRAÇOS, ABE!?

— Estou.

— Se mostrarem isso na TV, Weiss vai endoidar.

— Ele já está doidão, se quer saber minha opinião — disse Goldberg. — Olhe só essa bosta.

De onde Kramer, Goldberg e Martin estavam parados, a cena do lado oposto da rua parecia um curioso teatrinho de arena. A peça era sobre a mídia. Sob a torre altaneira de um caminhão de TV, três dúzias de pessoas, duas dúzias delas brancas, marchavam agrupadas num círculo, levando cartazes. Onze pessoas, duas delas negras, nove brancas, acompanhavam-nas para levar suas vozes fracas e mensagens escritas a Pilot a uma cidade de 7 milhões de habitantes: um homem com um megafone, uma mulher com uma mochila, um apresentador de TV, um câmera e um técnico de som presos ao caminhão por cordões umbilicais, dois técnicos visíveis pelas portas abertas do caminhão, o motorista, dois fotógrafos e dois repórteres de jornais com blocos nas mãos, um deles ainda adernando para bombordo de vez em quando. Uma plateia de duzentas ou trezentas almas comprimia-se em torno deles, apreciando o espetáculo.

— Muito bem — disse Martin —, está na hora de começar a falar com as testemunhas. — Começou a atravessar a rua, em direção à aglomeração.

— Ei, Marty — disse Goldberg. — Fique calmo, está bem?

Tirou as palavras da boca de Kramer. Esse não era o cenário ideal para fazer uma demonstração de machismo irlandês para o mundo. Teve uma visão horrível de Martin tirando o megafone do homem de branco e tentando metê-lo goela abaixo, diante dos moradores do Poe Towers.

Os três, Kramer, Martin e Goldberg, estavam a meio caminho quando os piquetes e a multidão de repente se manifestaram. Começaram uma barulheira infernal. Buck gritava alguma coisa pelo megafone. A tromba *high tech* do câmera oscilava para cá e para lá. De algum lugar surgira uma figura alta, um homem de terno preto e um fantástico colarinho branco engomado, e uma gravata preta com listras brancas. Com ele vinha uma negra miúda, usando um vestido preto brilhante de seda ou cetim. Eram o reverendo Bacon e a sra. Lamb.

Sherman estava de pé na metade do piso de mármore do saguão de entrada quando viu Judy na biblioteca. Estava sentada na *bergère,* com uma revista ao colo, assistindo à televisão. Ergueu os olhos para ele. Que olhar era aquele? Era de surpresa e não de carinho. Se lhe desse uma pontinha ao menos de carinho, ele entraria direto e... *contaria a ela!* Ah, é? Contaria o quê? Contaria... pelo menos a debacle no escritório, o jeito com que Arnold Parch falara com ele, e pior, *olhara* para ele! Os outros, também! Como se... Evitou formar as palavras do que deviam estar pensando dele. Seu desaparecimento, o colapso do esquema das obrigações garantidas em ouro... e então contaria o resto também? Será que a essa altura já teria visto um artigo sobre um Mercedes... RF... Mas não havia nem uma pontinha de carinho. Havia apenas surpresa. Eram seis horas da tarde. Não chegava em casa cedo assim há muito tempo... Havia apenas surpresa naquele rosto triste e magro com a corola de cabelos castanhos e macios.

Continuou caminhando para ela. Em todo caso entraria na biblioteca. Sentaria na outra poltrona e assistiria à televisão, também. Isso ficaria implícito entre eles. Os dois poderiam se sentar juntos na biblioteca e ler ou assistir à televisão. Dessa maneira poderiam fazer os gestos maquinais de uma família, para o bem de Campbell, tanto quanto para o dos outros, sem precisar conversar.

— Papai!

Ele se virou. Campbell corria para ele da porta que levava à cozinha. Tinha um sorriso glorioso no rosto. Quase partiu seu coração.

— Oi, gatinha! — Segurou-a por baixo das axilas, ergueu-a do chão e a abraçou. Ela passou os braços pelo pescoço dele e as pernas pela cintura e disse:

— Papai! Adivinhe o que eu fiz!

— O quê?

— Um coelho.

— Fez mesmo? Um coelho?

— Vou lhe mostrar. — Começou a se contorcer para descer.

— Vai me mostrar? — Não queria ver o coelho, não naquele momento, mas a obrigação de parecer entusiasmado o dominou. Deixou-a escorregar para o chão.

— Venha! — Ela o tomou pela mão e começou a puxá-lo com uma força fantástica. Desequilibrou-o.

— Ei! Para onde estamos indo?

— Vamos! É na cozinha! — Rebocando-o em direção à cozinha, curvava-se tanto para a frente que quase todo o peso do seu corpo pendia da mão que segurava a dela.

— Ei! Cuidado. Você vai cair, queridinha.

— Va... mos! — Ele saiu atrás dela, dividido entre os temores e o amor pela criança de seis anos que queria lhe mostrar um coelho.

A porta abria para um pequeno corredor, coberto de armários, e em seguida para uma copa, cheia de armários com portas de vidro contendo fileiras e mais fileiras de cristais faiscantes e pias de aço inoxidável. Os armários com suas molduras, pilaretes, cornijas — nunca conseguia se lembrar de todos os nomes — tinham custado milhares... *milhares de dólares*... A *paixão* que Judy pusera nessas... coisas... A maneira como tinham gastado dinheiro... Uma hemorragia de dinheiro...

E agora estavam na cozinha. Mais armários, cornijas, aço inoxidável, azulejos, spots, congelador Sub-Zero, fogão Vulcan — tudo do melhor que as pesquisas infinitas de Judy conseguiram encontrar, tudo infinitamente caro, numa hemorragia que não tinha fim... Bonita estava parada junto ao fogão Vulcan.

— Oi, sr. McCoy.

— Alô, Bonita.

Lucille, a criada, estava sentada em um banquinho junto a uma mesa, tomando café.

— Sr. McCoy.

— Ah, alô, Lucy. — Não a via há uma eternidade; não chegava em casa suficientemente cedo. Deveria ter alguma coisa para lhe dizer, uma vez que tanto tempo se passara, mas não conseguia pensar em nada, exceto como tudo era tão triste. Elas continuavam a cumprir suas tarefas rotineiras, seguras em sua crença de que tudo estava como sempre fora.

— Aqui, papai. — Campbell continuava a puxá-lo. Não queria que se distraísse falando com Bonita e Lucille.

— Campbell! — disse Bonita. — Não puxe seu papai assim!

Sherman sorriu e se sentiu incompetente. Campbell não deu atenção. Depois parou de puxar.

— Bonita vai assá-lo para mim. Para ficar duro.

Lá estava o coelho. Na mesa com tampo de fórmica branca. Sherman olhou. Mal conseguia acreditar. Era um coelho excepcionalmente bom, feito de barro. A execução era primitiva, mas a cabeça estava inclinada para um lado e as orelhas colocadas em ângulos expressivos, as pernas abertas numa pose pouco convencional em matéria de coelhinhos, o volume e a proporção do lombo eram excelentes. O animal parecia assustado.

— Meu amor! Você fez isso?

Muito orgulhosa:

— Fiz.

— Onde?

— Na escola.

— Sozinha?

— Foi. De verdade.

— Bom, Campbell... este é um lindo coelho! Estou muito orgulhoso de você! Você é muito talentosa!

Muito tímida:

— Eu sei.

De repente teve vontade de chorar. Um coelhinho assustado. Pensar no que significava ser capaz de *desejar,* neste mundo, fazer um coelhinho e em seguida fazê-lo com toda a inocência, toda a confiança de que o mundo o veria com amor, carinho e admiração... pensar no que ela *imaginava* aos seis anos de idade, ou seja, que essa era a natureza do mundo e que a mamãe e o papai — seu *papai*! — faziam o mundo ser assim e naturalmente nunca o deixariam ser diferente.

— Deixe-me mostrá-lo à mamãe — disse.

— Ela já viu.

— Aposto que adorou.

A vozinha tímida:

— Eu sei disso.

— Vamos mostrar nós dois juntos.

— Bonita precisa assá-lo. Para ficar duro.

— Bom, eu quero ir dizer à mamãe o quanto gostei do coelho. — E, demonstrando sua satisfação, apanhou Campbell no colo e atirou-a sobre o ombro. Ela tomou isso como uma grande brincadeira.

— Papai!

— Campbell, você está ficando tão *grande*! Não vou poder mais carregá-la como um saco de ração. Abaixar! Vamos passar pela porta.

Em meio a muitas risadinhas e contorções, ele a carregou pelo piso de mármore até a biblioteca. Judy ergueu os olhos, severa.

— Campbell, não faça seu pai carregá-la. Você está muito grande para isso.

Com uma pontinha de desafio:

— Não fui eu que *fiz* ele me carregar.

— Estávamos só brincando — disse Sherman. — Você viu o coelho de Campbell? Não é uma beleza?

— É. É lindo. — E voltou a cabeça para a televisão.

— Estou *realmente impressionado*. Acho que temos uma garotinha extremamente talentosa nas mãos.

Sem resposta.

Sherman baixou Campbell do ombro para os braços, como se ela fosse um bebê, e então sentou-se na poltrona e acomodou-a no colo. Campbell se remexeu para encontrar uma posição mais confortável e se aninhou contra ele, e o pai passou os braços em volta dela. Olharam para a tela da televisão.

Estava passando o noticiário. A voz do comentarista. Um borrão de rostos negros. Um cartaz de piquete: AÇÃO... AGORA!

— O que estão fazendo, papai?

— Parece uma manifestação, querida.

Outro cartaz: A JUSTIÇA DE WEISS É UMA JUSTIÇA BRANCA.

Weiss?

— O que é uma manifestação? — Campbell estava sentada em seu colo e olhou para ele ao fazer a pergunta, atrapalhando a visão da tela. Ele procurou ver pelos lados.

— O que é uma manifestação?

Distraidamente, tentando manter um olho na televisão:

— Hum... é uma... às vezes, quando as pessoas ficam zangadas com alguma coisa, elas preparam cartazes e saem andando com eles pelas ruas.

A MENTIRA DO ATROPELAMENTO E FUGA!

Atropelamento e fuga!

— Com o que ficam zangadas?

— Um instantinho, querida.

— Com o que ficam zangadas, papai?

— Com quase tudo. — Sherman agora se inclinava todo para a esquerda para ver a tela. Tinha que segurar Campbell com firmeza pela cintura para evitar empurrá-la para fora do colo.

— Com o quê?

— Bom, vamos ver.

Campbell voltou-se para a tela, mas imediatamente tornou a virar a cabeça. Só havia um homem falando, um negro, muito alto, trajando um paletó preto, camisa branca e uma gravata listrada, parado junto a uma negra magra de roupa preta. Havia uma enorme aglomeração de rostos negros atrás deles. Garotos com sorriso no rosto apareciam a toda hora por detrás, olhando para a câmera.

— Quando um rapaz como Henry Lamb — dizia o homem —, um estudante brilhante, um rapaz excepcional, quando um rapaz como Henry Lamb entra em um hospital com uma concussão cerebral aguda e tratam apenas do seu pulso fraturado... compreendem... quando a mãe dele fornece ao Departamento de Polícia e ao promotor público uma descrição do carro que o atropelou, uma descrição daquele carro... compreendem... e eles nada fazem, não se mexem...

— Papai, vamos voltar para a cozinha. Bonita vai assar meu coelho.

— Em um segundo...

— ... para o nosso povo é "Pouco nos importamos. Os seus jovens, os seus alunos aplicados, as suas esperanças não contam, não têm a menor importância"... compreendem... Essa é a mensagem. Mas nós nos importamos muito, e não vamos ficar parados, e não vamos nos calar. Se a estrutura de poder não quer fazer nada...

Campbell escorregou do colo de Sherman, agarrou-o pelo pulso direito com as mãos e começou a puxá-lo.

— Vamos, papai.

O rosto da negra magra encheu a tela. Lágrimas lhe rolavam pelas faces. Um rapaz branco de cabelos fofos estava na tela com um microfone junto à boca. Havia todo um universo de rostos negros por trás dele e mais meninos brigando para serem filmados pela câmera.

— ... pelo Mercedes-Benz sedã ainda não identificado com a placa começando com RE, RF, RB ou RP. E assim como o reverendo Bacon afirma que esta comunidade está recebendo uma mensagem das autoridades, estes manifestantes têm uma mensagem para elas: "Se vocês não iniciarem uma investigação ampla, nós próprios a faremos." Robert Corso, CANAL 1 AO VIVO, do Bronx.

— Papai! — Ela o puxava com tanta força que a cadeira começou a virar.

— RF? — Judy se voltou para olhar para Sherman. — O *nosso começa* com RF, não começa?

Agora! Conte-lhe!

— Papai! Vamos! Quero assar o coelho!

Não havia preocupação no rosto de Judy. Estava apenas surpresa com a coincidência; tão surpresa que iniciara uma conversa.

Agora!

— Papai, vamos!

Assar o coelho.

14
NÃO SEI MENTIR

Sherman acordou de um sonho de que não conseguia se lembrar, com o coração malhando as paredes do tórax. Era a hora dos bêbados, aquela hora na calada da noite, quando os bêbados e os insones repentinamente acordam e descobrem que terminou o sono furtado. Ele resistiu ao impulso de consultar o relógio luminoso no rádio à mesa de cabeceira. Não queria saber quantas horas teria que permanecer ali deitado lutando com esse estranho, seu coração, que estava desesperado para fugir para um Canadá muito muito muito muito muito distante.

As janelas se abriam para a Park Avenue e para uma rua lateral. Entre os parapeitos e a parte inferior das persianas havia uma faixa de claridade arroxeada. Ele ouviu um automóvel, um automóvel solitário, dar partida em um sinal de tráfego. Então ouviu um avião. Não era um jato, mas um avião de hélice. O motor parou. Ia bater! Então tornou a ouvi-lo, zumbindo e gemendo nos céus de Nova York. Como era estranho...

... na calada da noite. Sua mulher dormia, a meio metro de distância, do outro lado do Muro de Berlim, respirando ritmadamente... alheia... Estava de costas para ele, deitada de lado, os joelhos dobrados. Como seria bom rolar para junto dela, encaixar os joelhos por trás dos dela e apertar o peito contra as suas costas. Um dia isso fora possível... um dia, quando eram tão íntimos... podiam fazer isso sem acordar um ao outro... na calada da noite.

Isso não podia ser verdade! Não havia possibilidade de irromperem por essas paredes e invadirem sua vida! O rapaz alto e magricela, os jornais, a polícia... na hora dos bêbados.

Sua filha meiga e querida dormia no quarto mais adiante. Querida Campbell. Uma menininha feliz — alheia! Uma névoa passou por seus olhos bem abertos.

Fixou o olhar no teto e tentou se enganar para voltar a dormir. Pensou em... outras coisas... A moça que encontrara no salão de jantar do hotel em Cleveland aquela vez... a maneira profissional com que se despira diante dele... contrastando com Maria... que fazia isso e aquilo, intumescida de... *luxúria!*... A *luxúria* o levara às... entranhas do Bronx, ao rapaz magricela... Lá foi ele para o chão...

Não havia *outras* coisas. Todas estavam ligadas a essas, e ele estava deitado ali com elas relampejando pela mente em imagens medonhas... Os rostos medonhos na tela de televisão, o rosto melancólico de Arnold Parch, naquela medonha tentativa de severidade... a voz evasiva de Bernard Levy... a expressão no rosto de Muriel, como se soubesse que ele agora possuía uma marca infamante e já não era uma personagem olímpica na Pierce & Pierce... A hemorragia de dinheiro... Claro que isso eram sonhos! Seus olhos estavam arregalados, fixos na claridade arroxeada que penetrava pelo ponto em que as persianas terminavam aquém do parapeito... na calada da noite, temendo a luz da alvorada.

Levantou-se cedo, acompanhou Campbell ao ponto do ônibus, comprou os jornais na Lexington Avenue e tomou um táxi para a Pierce & Pierce. No *Times*... nada. No *Posto*... nada. No *Daily News,* apenas uma foto e uma legenda. A foto mostrava os piquetes e os manifestantes. Um cartaz em primeiro plano dizia A JUSTIÇA DE WEISS É UMA JUSTIÇA BRANCA. Dentro de mais duas horas... *The City Light* estaria nas bancas.

Era um dia tranquilo na Pierce & Pierce, ao menos para ele. Fez as ligações rotineiras para a Prudential, Morgan Guaranty, Allen & Company... *The City Light*... Félix estava do outro lado da sala. Até pensar em usá-lo novamente seria demasiado humilhante... Nem uma palavra de Arnold Parch ou de qualquer outro. *Estão me dando* o gelo?... *The City Light*... Telefonaria para Freddy e pediria para mandar buscar o jornal. Freddy poderia lê-lo pelo telefone. Então ligou para ele, mas Freddy saíra para atender a um compromisso. Ligou para Maria; não se encontrava em parte alguma... *The City Light*... Não conseguia aguentar mais. Iria lá embaixo, compraria o jornal, leria no saguão e voltaria. No dia anterior estivera ausente sem licença quando aparecera um lançamento de obrigações. Estourara milhões — *milhões!* — nas obrigações garantidas em ouro. Em que medida mais uma transgressão poderia piorar as coisas? O mais calmamente possível começou a atravessar a sala de operação de obrigações em direção aos elevadores. Ninguém pareceu notar. (Ninguém mais se importa!)

Lá embaixo, na banca do saguão, olhou para a direita e para a esquerda e então comprou *The City Light.* Dirigiu-se para trás de uma grande coluna de mármore rosado. Seu coração batia com força. Que sinistro! que estranho! — viver *amedrontado*, todos os dias, com jornais de Nova York! Nada na primeira página... nem na página 2... nem na página 3... Estava na página 5, uma foto e uma notícia desse tal de Peter Fallow. A foto mostrava uma negra magra chorando, enquanto um negro alto de terno a consolava. Bacon. Havia cartazes dos piquetes ao fundo. A notícia não era longa. Leu-a rapidamente... "fúria da comunidade"... "carro de luxo"... "motorista branco"... Nenhuma indicação clara do que a polícia estava fazendo. No fim da notícia havia uma chamada que dizia "Editorial, página 36". Seu coração disparou de novo. Os dedos tremiam enquanto folheava até a página 36... Ali, no alto da coluna de editoriais, o título "JUSTIÇA INEFICAZ".

* * *

"Na segunda-feira, Peter Fallow de *The City Light* noticiou a trágica história de Henry Lamb, o excepcional estudante do Bronx que foi gravemente ferido num acidente de carro com fuga do responsável — e abandonado como mais um detrito nesta cidade emporcalhada.

É verdade que, do ponto de vista legal, o caso de Henry Lamb não é um caso bem estruturado. Nem ele, tampouco, teve uma vida bem estruturada. Conseguiu superar os piores obstáculos que a vida em um conjunto habitacional poderia opor ao seu caminho — inclusive o assassinato do pai por um assaltante — e obteve um excelente desempenho escolar na Ruppert High School. Foi atropelado no limiar de um brilhante futuro.

Não basta termos pena de Henry Lamb e de muitas outras pessoas de bem que estão decididas a enfrentar as desvantagens existentes nas zonas menos ricas de nossa cidade. Elas precisam saber que suas esperanças e sonhos são importantes para o futuro de toda Nova York. Exigimos uma investigação irrestrita de todos os ângulos do caso Lamb."

Sentiu-se abalado. A coisa estava se transformando numa cruzada. Olhou para o jornal. Deveria guardá-lo? Não; era melhor não ser visto com ele. Procurou uma cesta de lixo ou um banco. Nada. Fechou o jornal, dobrou-o ao meio, deixou-o cair no chão atrás da coluna e voltou depressa para os elevadores.

Almoçou à escrivaninha, um sanduíche e um suco de laranja, procurando parecer diligente. Sentia-se nervoso e terrivelmente cansado. Não conseguiu terminar o sanduíche. No início da tarde teve um desejo incontido de fechar os olhos. Sua cabeça estava tão pesada... o início de uma dor de cabeça se aferrara à sua testa. Ficou imaginando se estaria pegando uma gripe. Precisava ligar para Freddy Button. Mas estava muito cansado. Nesse instante, o telefone tocou. Era Freddy Button.

— Engraçado, estava justamente pensando em telefonar para você. Saiu um maldito editorial hoje, Freddy.

— Eu sei. Já li.

— Leu?

— Li os quatro jornais. Ouça, Sherman, tomei a liberdade de ligar para Tommy Killian. Por que não vai vê-lo? O escritório dele é na Reade Street. Não é muito longe de onde você está, junto à Prefeitura. Ligue para ele. — Na sua voz oclusiva de fumante, recitou um número de telefone.

— Acho que a coisa não parece muito boa.

— Não é isso. Não há nada de concreto no que li. É só porque o caso está assumindo uma feição mais política, e Tommy terá uma ideia melhor da coisa.

— Está bem. Obrigado, Freddy. Vou ligar.

Um irlandês na Reade Street chamado Tommy Killian.

Não telefonou. Tinha uma dor de cabeça tão forte, fechou os olhos e massageou as têmporas com a ponta dos dedos. Às 17 horas em ponto, o fim oficial do dia, ele saiu. Isto não era a praxe. O fim do dia de operações era o começo da segunda parte do dia para um Senhor do Universo.

O fim do dia de operações era como o fim de uma batalha. Depois das 17 horas, os Senhores do Universo cuidavam de todas as coisas que as pessoas em outros ramos de negócio passavam o dia inteiro fazendo. Calculavam o "líquido líquido", ou seja, os lucros e as perdas reais naquele dia de trabalho. Reexaminavam os mercados, reexaminavam as estratégias, discutiam problemas pessoais, pesquisavam novos lançamentos e liam todas as notícias financeiras, coisa proibida durante a batalha diária. Contavam casos de guerra, batiam no peito e cantavam vitória, se a mereciam. A única coisa que a pessoa *nunca* fazia era simplesmente voltar para casa, a mulher e as crianças.

Sherman mandou Muriel chamar um carro do serviço de aluguel para ele. Observou-lhe o rosto procurando sinais de sua queda em desgraça. Nada.

Diante do prédio, na rua, havia filas quádruplas e quíntuplas de carros do serviço de aluguel e homens brancos de terno passando entre eles, de cabeça baixa, apertando os olhos, procurando o número de seu carro. O nome do serviço e o número do carro estavam sempre afixados a uma janela lateral. A Pierce & Pierce utilizava uma companhia chamada Tango. Só sedãs Buick ou Oldsmobile. A Pierce & Pierce fazia de trezentas a quatrocentas corridas por dia a uma tarifa média de quinze dólares. Algum espertalhão na Tango, quem quer que fosse o dono, provavelmente estava faturando 1 milhão de dólares líquidos por ano só com a Pierce & Pierce. Sherman estava procurando o Tango 278. Perambulava naquele mar de sedãs, ocasionalmente se desviando de homens que se pareciam muito com ele, a cabeça baixa, apertando os olhos... ternos escuros... "Licença"... "Licença"... A nova hora de pico! Nos filmes antigos, a hora de pico na Wall Street passava-se toda no metrô... Metrô?... Lá embaixo com... *eles*?... Isola!... Hoje... vagando, vagando... entre os sedãs... apertando e apertando os olhos... Licença, licença... Finalmente encontrou o Tango 278.

Bonita e Lucille se surpreenderam ao vê-lo entrar no apartamento às 17 horas e 30 minutos. Ele não se sentia suficientemente bem para se fazer simpático. Judy e Campbell não estavam em casa. Judy levara a filha a uma festa de aniversário no West Side.

Sherman subiu com esforço a grande escadaria curva. Entrou no quarto, tirou o paletó e a gravata. Sem descalçar os sapatos, estirou-se na cama. Fechou os olhos. Sentiu a consciência se esvaindo, esvaindo. Era insuportavelmente pesada, a consciência.

Sr. McCoy. Sr. McCoy.

Bonita estava ao lado dele. Não conseguia imaginar por quê.

— Não quero incomodar — disse. — O porteiro, ele disse que tem dois homens da polícia lá embaixo.

— O quê?

— O porteiro, ele diz...

— Lá embaixo?

— É. Diz que são da polícia.

Sherman se ergueu apoiando-se no cotovelo. Lá estavam suas pernas, estendidas na cama. Não conseguia imaginar por quê. Devia ser de manhã, mas estava de sapatos. Bonita se encontrava parada a seu lado. Esfregou o rosto.

— Bom... diga-lhes que não estou.

— O porteiro, ele já disse que o senhor está.

— O que querem?

— Não sei, sr. McCoy.

Uma claridade suave e fraca. Seria o amanhecer? Estava em estado hipnótico. Sentia como se as ligações neurais estivessem bloqueadas. Não formavam um padrão ordenado: Bonita; a polícia. O pânico se instalou nele mesmo antes de conseguir colocar em foco as razões para isso.

— Que horas são?

— Seis horas.

Tornou a olhar para as pernas, para os sapatos. Deviam ser seis horas da tarde. Chegara em casa às 17 horas e 30 minutos. Caíra no sono. Ainda estava estendido... diante de Bonita. Um senso de dignidade, mais do que qualquer outra coisa, fê-lo escorregar as pernas para fora da cama e se sentar na beirada.

— O que digo a ele, sr. McCoy?

Devia estar se referindo ao porteiro. Não conseguia entender direito. Estavam lá embaixo. Dois policiais. Ele estava sentado na beira da cama, tentando acordar. Havia dois policiais lá embaixo com o porteiro. O que deveria dizer?

— Diga a ele... a eles... que terão de esperar um pouco, Bonita.

Levantou-se e começou a caminhar em direção ao banheiro. Tão tonto, tão estremunhado; a cabeça doía; havia um som de cascata em seus ouvidos. O rosto no espelho do banheiro mantinha o queixo aristocrata, mas estava vincado, turvo e decrépito. A camisa estava amarrotada e para fora da calça. Jogou água no rosto. Uma gotinha oscilava na ponta do nariz. Enxugou o rosto com uma toalha de mão. Se ao menos conseguisse pensar! Mas estava tudo bloqueado. Era só nevoeiro. Caso se recusasse a atendê-los, e soubessem que estava lá em cima, e sabiam, então ficariam desconfiados, não ficariam? Mas se conversasse com eles e lhe perguntassem — o quê? Tentou imaginar... não conseguia se concentrar. O que quer que perguntem... não sabe... Não! Não pode se arriscar! Não deve vê-los! Mas que dissera a Bonita?

— "Terão que esperar um pouco" — como se dissesse: *"Vou* recebê-los, mas terão que esperar um minuto."

— Bonita! — Voltou ao quarto, mas ela não estava lá. Saiu para o corredor. — Bonita!

— Aqui embaixo, sr. McCoy.

Da balaustrada do corredor podia vê-la parada ao pé da escada.

— Você ainda não ligou para o porteiro, não?

— Já, já liguei. Disse a ele que eles têm de esperar.

Merda. Isto significava que os receberia. Tarde demais para recuar. Freddy! Ligaria para Freddy! Voltou para o quarto, o telefone, a cama. Telefonou para o escritório de Freddy. Ninguém respondeu. Ligou para a mesa da Dunning Sponget e perguntou por ele; decorrido o que lhe pareceu uma espera interminável, informaram-lhe que já saíra. Chamá-lo em casa. Qual era o número? No catálogo telefônico, lá embaixo na biblioteca.

Correu escada abaixo — percebeu que Bonita ainda se encontrava no saguão de entrada. Não devia parecer atordoado diante dela. Dois policiais lá embaixo com o porteiro. Atravessou o piso de mármore com o que talvez passasse por um andar calmo.

Guardava o catálogo numa prateleira atrás da escrivaninha. Seus dedos tremiam enquanto folheavam as páginas. B. O telefone não estava sobre a escrivaninha. Alguém o deixara na mesinha auxiliar junto à *bergère*. Um *abuso*. Saiu correndo da mesa para a poltrona. O tempo corria. Discou o número de Freddy. Uma criada atendeu. Button saiu para jantar. Merda. E agora? O tempo estava correndo, correndo, correndo. Que faria o Leão? O tipo de família em que a cooperação com as autoridades era automática. Só poderia haver uma razão para não cooperar. Quando havia realmente o que esconder. Naturalmente perceberiam isso imediatamente, o fato de alguém não cooperar. Se ao menos...

Saiu da biblioteca e voltou para o vestíbulo. Bonita ainda estava lá. Olhava para ele muito atenta — e foi isso que o levou a se decidir. Não queria parecer assustado ou indeciso diante dos criados. Não queria parecer uma pessoa em apuros.

— Muito bem, Bonita. — Tentou falar como alguém que já estava incomodado e sabia que ainda ia perder mais tempo. — Quem é o porteiro de serviço esta noite? Eddie?

— Eddie.

— Diga-lhe para deixá-los subir. Mande-os esperar aqui. Desço em um minuto.

Subiu muito estudadamente a escada. Quando chegou ao hall de cima, correu para o quarto. O que viu no espelho foi algo embaçado e amarrotado. Ergueu o queixo. Isso ajudava. Seria forte. Não perderia a cabeça. Seria... permitiu-se a frase... — um Senhor do Universo.

Que aparência deveria ter? Deveria vestir de novo o paletó e a gravata? Estava de camisa branca, calça do terno de lã penteada cinzenta e sapatos pretos. Com a gravata e o paletó iria parecer demasiadamente Wall Street, demasiadamente conservador. Poderiam não gostar disso. Correu para o outro quarto, que transformara em quarto de vestir, e tirou um paletó de *tweed* xadrez do armário e o vestiu. O tempo corria, corria. Muito mais displicente, descontraído; um homem em casa, inteiramente tranquilo. Mas o paletó de *tweed* macio não combinava com a calça de textura áspera. Além do mais... um paletó esporte... um esportista... um jovem dissoluto que vivia correndo em seu carro esporte... Despiu o paletó de *tweed*, atirou-o no divã e voltou correndo para o quarto de dormir. O paletó e a gravata estavam jogados numa cadeira estofada.

Colocou a gravata e ajeitou-a com um nó apertado. O tempo correndo, o tempo correndo. Vestiu o paletó e o abotoou. Ergueu o queixo e aprumou os ombros. Wall Street. Entrou no banheiro e escovou os cabelos para trás. Tornou a erguer o queixo. Seja forte. Um Senhor do Universo.

Correu de volta para o hall e foi diminuindo o passo ao se aproximar das escadas. Desceu a passos lentos e tentou se lembrar de manter uma postura correta.

Eles estavam parados no meio do vestíbulo de mármore, dois homens e Bonita. Como tudo parecia estranho! Os dois homens estavam de pé com as pernas ligeiramente afastadas, e Bonita estava postada a uns dois metros de distância, como se eles fossem o seu pequeno rebanho. Seu coração batia a um bom ritmo.

O maior dos dois parecia um grande flanco de carne vestido. O paletó do terno se empinava como um papelão na altura da barriga de lutador. Tinha um rosto moreno, um rosto mediterrâneo, na concepção de Sherman. Tinha um bigode que não combinava com o cabelo. O bigode se enroscava para baixo nos cantos da boca, um estilo que para um operador de obrigações da Pierce & Pierce imediatamente o enquadrava na Classe Baixa. O tal detetive observava enquanto Sherman descia as escadas, mas o outro, o menor, não. Usava um paletó esporte e o tipo de calça marrom que uma mulher escolheria para combinar. Apreciava a entrada como um turista... o mármore, o porta-chapéus de teixo, a seda damasco nas paredes, as cadeiras Thomas Hope, os detalhezinhos perfeitos em que Judy sangrara dezenas de milhares de dólares... O nariz do homem era grande, mas o queixo e os maxilares eram delicados. Mantinha a cabeça virada em ângulo. Parecia que alguma força portentosa o atingira de um lado da cabeça. Então voltou o olhar enviesado para ele. Sherman tinha consciência das batidas de seu coração e do ruído que os sapatos faziam enquanto atravessava o vestíbulo de mármore. Mantinha o queixo erguido e forçava-se a rir amavelmente.

— Senhores, em que posso servi-los? — Olhou para o maior ao dizer isso, mas foi o menor, o vesgo, que respondeu:

— Sr. McCoy? Sou o detetive Martin, e esse é o detetive Goldberg.

Deveria apertar as mãos? Era melhor. Estendeu a mão, o menor a apertou e em seguida o maior o imitou. Isso parecia embaraçá-los. Não apertavam as mãos com muita firmeza.

— Estamos investigando um acidente de automóvel que causou lesões em alguém. Talvez tenha lido sobre o caso ou visto alguma coisa na televisão. — Meteu a mão no bolso do paletó e tirou um pedaço de papel, dobrado ao meio. Entregou-o a Sherman. Nele havia um recorte de jornal, a primeira notícia de *The City Light*. A foto do rapaz alto e magricela. Trechos da notícia estavam sublinhados em amarelo. Bruckner Boulevard. Mercedes-Benz. R. Seus dedos tremeriam? Se segurasse o papel o tempo suficiente para ler o artigo inteiro, tremeriam. Ergueu os olhos para os dois detetives.

— Vimos alguma coisa sobre isso na televisão ontem à noite, minha esposa e eu. — Deveria dizer que estava surpreso? Ou "que coincidência, não?". Tais pensamentos se resumiram na frase: "Não sei mentir." — Pensamos, nossa, *temos um Mercedes*, e o número da placa começa com R. — Tornou a abaixar os olhos para o recorte e o devolveu logo para o menor, Martin.

— O senhor e muito mais gente — disse Martin com um sorriso tranquilizador. — Estamos tentando verificar todos.

— Quantos são?

— Um monte. Temos um monte de detetives trabalhando nisso. Meu companheiro e eu temos uma lista aqui de uns vinte.

Bonita continuava parada ali, assistindo, observando tudo.

— Bom, vamos entrar — disse Sherman para o homem chamado Martin. Indicou a biblioteca. — Bonita, faça-me um favor. Se a sra. McCoy e Campbell voltarem, diga-lhes que estou ocupado com estes senhores na biblioteca.

Bonita assentiu e se retirou na direção da cozinha.

Na biblioteca, Sherman encaminhou-se para a escrivaninha e fez um gesto convidando-os a sentar na *bergère* e na cadeira de braços Sheraton. O menor, Martin, olhou a toda a volta. Sherman se sentiu agudamente consciente de quanta... coisa... obviamente cara estava metida naquela salinha... os trastes fabulosos... os enfeites... e quando os olhos do pequeno detetive chegaram ao friso entalhado, permaneceram pregados ali. Virou-se para Sherman com uma expressão franca e juvenil no rosto, como se dissesse "Nada mau!". Então sentou-se na cadeira de braços, e o maior, Goldberg, na *bergère*. Sherman sentou-se à escrivaninha.

— Bem, vejamos — começou Martin. — Pode nos dizer se seu carro foi usado na noite em que isso aconteceu?

— Quando foi exatamente? — "Bom... agora vou ter que mentir."

— Terça-feira passada — respondeu Martin.

— Não sei — disse Sherman. — Preciso tentar calcular.

— Quantas pessoas usam seu carro?

— A maior parte do tempo eu, às vezes minha mulher.

— Tem filhos?

— Tenho uma filha, mas só tem seis anos.

— Mais alguém tem acesso ao carro?

— Não, imagino que não, exceto o pessoal da garagem.

— Garagem? — perguntou Martin. — Estacionamento?

— É. — Por que mencionara a garagem?

— O senhor deixa o carro lá com as chaves, e eles o estacionam?

— É.

— Onde fica a garagem?

— É... perto daqui. — A cabeça de Sherman começou a girar a uma velocidade vertiginosa. Eles suspeitam dos empregados! Não, isso é loucura. Dan! Via o anãozinho ruivo e gorducho. Ele terá satisfação em contar que saí com o carro naquela noite! Talvez não se lembrasse ou não soubesse que noite fora. *Ah, ele saberá!* Do jeito que dei o gelo nele...

— Poderíamos ir lá dar uma olhada?

A boca de Sherman secara. Sentia os lábios se contraírem.

— No carro?

— É.

— Quando?

— Assim que acabarmos aqui, seria o ideal para nós.

— Está querendo dizer *agora*? Bom, não sei... — Sherman sentiu como se os músculos dos lábios estivessem sendo apertados pelos cordões de um saco.

— Há determinadas marcas que são compatíveis com um incidente como esse. Se o carro não apresenta essas marcas então continuamos verificando a lista. No momento estamos procurando um carro. Não temos a descrição do motorista. Portanto... concorda?

— Bom... não sei... — Não! Deixe-os olhar! Não há nada para eles! Ou há? Alguma coisa que não sei, de que nunca ouvi falar! Mas se eu disser não, ficarão desconfiados! Diga sim! Mas suponha que o empregadinho ruivo esteja de serviço!

— É a rotina. Examinamos todos os carros.

— Eu sei, mas, hum, se isso, hum, é a rotina, então acho que devo... seguir a rotina que eu... que é esperada de mim, de alguém com um carro nessa situação. — Sua boca não parava de se contrair. Viu os dois homens se entreolharem.

O menor, Martin, tinha um ar de grande desapontamento no rosto.

— Quer cooperar, não quer?

— Claro que quero.

— Bom, isso não é nenhuma complicação. Faz parte da rotina. Verificamos os carros.

— Eu sei, há uma rotina... então é isso que devo fazer também, seguir a rotina. Ou pelo menos isso seria o mais lógico, me parece.

Sherman estava extremamente consciente de estar dizendo bobagens, mas aferrou-se a essa palavra "rotina" como se dela dependesse a sua vida. Se ao menos conseguisse controlar os músculos que contornavam a boca...

— Desculpe-me, mas não entendo — disse Martin. — Que rotina?

— Bom, o senhor mencionou uma rotina, a sua rotina, para investigar casos como esse. Não sei como funcionam essas coisas, mas deve haver uma rotina para o dono de um carro nessa situação... quero dizer, por acaso sou proprietário de um carro de uma marca e com uma placa... com uma placa... e sei que deve haver uma rotina. É isso que estou tentando dizer. Acho que é isso que preciso considerar. A rotina.

Martin se levantou e começou a olhar mais uma vez para o friso entalhado. Seus olhos o acompanharam até a metade da sala. Então voltaram-se para Sherman, a cabeça enviesada. Havia um sorrisinho em seus lábios. Impertinente! Enregelante!

— Muito bem, a rotina é... não é nada complicada. Se o senhor quer cooperar conosco, e não se importa de cooperar conosco, então coopera conosco e damos uma olhada no seu carro, e continuamos a verificação. Nada complicado. Certo? Se o senhor não quer cooperar, se tem suas razões para não cooperar, então não coopera, e então temos que passar pelos canais competentes, e no final dá no mesmo, portanto o senhor é quem decide.

— Bom, é que... — Ele não sabia como ia terminar a frase.

— Quando foi a última vez que o senhor saiu com o seu carro, sr. McCoy? — Era o outro, o maior, Goldberg, que continuava sentado na *bergère*. Por um instante Sherman se sentiu grato com a mudança de assunto.

— Deixe-me ver... no fim de semana, acho, a não ser que... deixe-me ver se voltei a dirigi-lo desde então...

— Quantas vezes o dirigiu nas últimas duas semanas?

— Não sei bem... Deixe-me ver...

Estava olhando para o grande flanco de carne na *bergère*, tentando desesperadamente calcular de que maneira mentir em resposta a essas perguntas... e pelo canto do olho via o menor vindo em sua direção, pelo lado da escrivaninha.

— Com que frequência o senhor normalmente o dirige? — perguntou Goldberg.

— Varia.

— Quantas vezes por semana?

— Como disse, varia.

— Varia. O senhor o dirige quando vai trabalhar?

Sherman encarou o grande flanco de carne com o bigode. Algo muitíssimo insolente nesse interrogatório. Hora de cortá-lo, de se afirmar. Mas que tom usar? Esses dois estavam ligados por um fio invisível a um perigoso... Poder... que ele não compreendia. O quê?...

O menor, Martin, agora contornara a mesa até o lado em que ele estava. De baixo, sentado à cadeira, Sherman ergueu os olhos para Martin, e Martin olhou para ele de cima com a sua expressão enviesada. A princípio parecia triste. Depois deu um sorriso corajoso.

— Olhe, sr. McCoy — disse sorrindo em meio à sua tristeza. — Tenho certeza de que quer cooperar, e não quero vê-lo dependente da rotina. Só que temos de verificar tudo nesse caso com muito cuidado, porque a vítima, esse sr. Lamb, está muito mal. Na melhor das hipóteses, vai morrer. Então estamos pedindo a todos para cooperar, mas isso não quer dizer que o senhor tenha que fazê-lo. Se quiser, não precisa dizer nada. Tem esse direito. Compreende?

Quando disse "Compreende?" enviesou a cabeça num ângulo acentuado e deu um sorriso incrédulo, a indicar que Sherman teria que ser um grande ingrato, criador de casos, um cidadão insensível mesmo, se não cooperasse.

Então apoiou as duas mãos no tampo da escrivaninha de Sherman e se curvou para a frente até que o peso do tronco ficasse apoiado nos braços. Isso fez com que seu rosto se aproximasse do de Sherman, embora continuasse a olhá-lo do alto.

— Quero dizer, o senhor sabe — continuou —, o senhor tem direito a um *advogado.*

A maneira como disse *advogado,* foi como se estivesse tentando pensar em todas as escolhas malucas e ridículas que um homem — menor e muito mais astuto que Sherman McCoy — pudesse fazer.

— Compreende, não compreende?

Sherman viu-se assentindo com a cabeça involuntariamente. Um tremor gelado começou a se espalhar pelo seu corpo.

— Quero dizer, a propósito, que se o senhor não tivesse recursos para pagar um advogado — disse isso com um sorriso tão cúmplice e tão bem-humorado, que era como se ele e Sherman fossem companheiros há anos e fizessem piadinhas que só eles conhecessem — e quisesse um advogado, o Estado providenciaria um para o senhor gratuitamente. Se houvesse razão para o senhor querer um.

Sherman assentiu de novo. Olhou para o rosto inclinado do homem. Sentia-se impotente para agir ou para resistir. A mensagem do homem parecia ser: "Não preciso lhe dizer tudo isso. O senhor é um cidadão abastado, e está acima disso. Mas se não estiver... então deve ser o tipo de micróbio que temos de exterminar."

— Só o que estou dizendo é que precisamos da sua cooperação. — Então deu meia-volta e sentou-se na ponta da escrivaninha e olhou em cheio no rosto de Sherman. *Ele está sentado em cima da minha escrivaninha!*

O detetive deu o sorriso mais caloroso que se pode imaginar e perguntou baixinho:

— Bem, então, sr. McCoy? Meu companheiro estava perguntando se vai trabalhar de carro. — Continuava a sorrir.

A desfaçatez! *A ameaça! Sentado na minha escrivaninha!* A insolência atroz!

— Bom, vai? — Sorrindo aquele sorriso enviesado. — Vai trabalhar de carro?

Medo e indignação cresciam juntos. Mas o medo falou mais alto.

— Não... não vou.

— Então quando o usa?

— Nos fins de semana... Ou... sempre que me convém... durante o dia ou talvez às vezes de noite. Quero dizer que não o uso muito de dia, exceto quando minha mulher precisa, o que significa, quero dizer, é difícil dizer.

— Sua mulher poderia tê-lo usado na terça-feira passada à noite?

— Não! Quero dizer, creio que não.

— Então o senhor talvez o tivesse usado a qualquer momento, mas não se lembra.

— Não é isso. É que... eu simplesmente uso o carro, não tomo nota disso, não mantenho um registro, não penso muito no assunto, creio.

— Com que frequência o usa de noite?

Desesperadamente Sherman procurou calcular a resposta correta. Se dissesse "muita", isso tornaria mais provável que estivesse dirigindo "naquela noite". Mas se dissesse "pouca" — então não teria uma certeza maior se estaria ou não dirigindo naquela determinada noite?

— Não sei — disse. — Não com *muita frequência*... mas acho que com razoável frequência, comparativamente.

— Não com muita frequência mas com razoável frequência, comparativamente — repetiu o detetive menor em tom monocórdico. Quando chegou a *comparativamente* estava olhando para o companheiro. Virou-se de novo e olhou mais uma vez para Sherman do alto do seu poleiro, na ponta da escrivaninha.

— Bom, vamos voltar ao carro. Por que não vamos dar uma olhada nele? Que diz a isso?

— Agora?

— Claro.

— Não é uma boa hora.

— Tem um compromisso ou alguma coisa assim?

— Estou... esperando por minha mulher.

— Vão sair?

— Eu... hummmm. — A primeira pessoa do singular degenerou num suspiro.

— Vão sair de carro? — perguntou Goldberg. — Poderíamos dar uma olhada. Não demora nem um segundo.

Por um instante Sherman pensou em tirar o carro da garagem e deixar que o examinassem diante do edifício. Mas suponha que não ficassem quietos, esperando? Suponha que o acompanhassem — e conversassem com Dan?

— Eu o ouvi dizer que sua mulher não tardará a voltar — disse o menor. — Talvez devêssemos esperar e falar com ela também. Talvez se lembre se alguém estava usando o carro na terça-feira passada à noite.

— Bom, ela... a hora não é muito boa, senhores.

— Quando é uma boa hora? — perguntou o menor.

— Não sei. Se puderem me dar um instante para pensar...

— Pensar no quê? Quando é uma boa hora? O senhor vai cooperar?

— Não é bem essa a questão. Estou... bem, estou preocupado com o procedimento.

— O procedimento?

— De que maneira isso deve ser feito. Corretamente.

— O procedimento é o mesmo que a rotina? — O detetive espiou-o do alto com um sorrisinho ofensivo.

— Procedimento... rotina... Não estou familiarizado com a terminologia. Suponho que no fim dê no mesmo.

— Também não estou familiarizado, sr. McCoy, porque tal terminologia não existe, tal procedimento não existe, tal rotina não existe. Pensei que quisesse cooperar.

— Quero, mas o senhor reduziu minhas opções.

— Que opções?

— Bom... olhe. Acho que o que deveria fazer é, eu deveria... deveria discutir isso com um advogado.

Assim que as palavras saíram de sua boca, sentiu que fizera uma terrível admissão.

— Conforme lhe disse — retorquiu o detetive menor —, esse é o seu direito. Mas por que iria querer falar com um advogado? Por que iria querer ter esse trabalho e essa despesa?

— Só quero ter certeza de que estou procedendo — imediatamente receou que fosse se meter em apuros por pronunciar a forma verbal de "procedimento" — corretamente.

O gordo, sentado na *bergère,* disse:

— Deixe-me perguntar uma coisa, sr. McCoy. Há algo que queira desabafar?

Sherman esfriou.

— Desabafar?

— Porque se há — um sorriso paternal: *insolência!* —, agora é a hora de fazê-lo, antes que as coisas cheguem mais longe e se compliquem.

— O que teria eu para desabafar? — Pretendera dar às palavras um tom firme, mas elas saíram com um tom de... atordoamento.

— Isso é o que estou lhe perguntando.

Sherman ergueu-se e sacudiu a cabeça.

— Creio que não adianta continuarmos essa conversa agora. Terei que falar...

O menor, ainda sentado na escrivaninha, terminou a frase para ele:

— ... com um advogado.

— Isso.

O menor sacudiu a cabeça daquele jeito que se sacode quando alguém a quem se está aconselhando parece decidido a perseguir um curso tolo de ação.

— Esse é o seu privilégio. Mas se tiver alguma coisa concreta para falar com um advogado, será melhor para o senhor se a desembuchar agora. E vai se *sentir* melhor. O que quer que seja, provavelmente não é tão mau quanto está pensando. Todos nós cometemos erros.

— Eu não disse que havia nada de concreto. Não há. — Sentia-se preso em uma arapuca. *Estou tentando fazer o jogo deles,* quando deveria estar me recusando a entrar nele!

— Tem certeza? — perguntou o gordo com o que obviamente pensava ser um sorriso paternal no rosto. Na verdade, era... horrível... obsceno... Que *impertinência.*

Sherman esgueirou-se pelo menor, que permanecia sentado na escrivaninha e o seguia com olhinhos ameaçadores. Perto da porta Sherman virou-se e olhou para os dois.

— Sinto muito — disse —, mas não vejo sentido em entrar nesse assunto... Acho que não devo continuar a discuti-lo.

Finalmente o menor levantou-se — *finalmente se retira de seu insolente poleiro na minha escrivaninha!* Deu de ombros e olhou para o gordo, que também se ergueu.

— Muito bem, sr. McCoy — disse o menor —, voltaremos a vê-lo com o seu advogado. — Pela maneira com que falou isso, parecia querer dizer: "Voltaremos a vê-lo... *no tribunal."*

Sherman abriu a porta da biblioteca e acenou com a cabeça, convidando-os a sair para o vestíbulo. Pareceu-lhe extremamente importante fazê-los sair e deixar a sala por último — para provar que essa, afinal, era a sua casa e que ali ele era o senhor.

Quando chegaram à porta que dava para o hall do elevador, o menor disse para o gordo:

— Davey, você tem um cartão? Dê ao sr. McCoy um cartão.

O gordo tirou um cartão do bolso lateral do paletó e entregou-o a Sherman. O cartão estava amarrotado.

— Se mudar de ideia — disse o menor —, nos telefone.

— É, pense no assunto — disse o gordo, com aquele sorriso hediondo. — O que quer que esteja pensando, quanto mais cedo nos disser, melhor será para o senhor. As coisas são assim. No momento o senhor ainda está em posição de cooperar. O senhor espera... a máquina entra em funcionamento... — Ele virou a palma das mãos para cima, como se quisesse dizer: "E aí vai se meter numa encrenca dos diabos."

Sherman abriu a porta. O menor disse:

— Pense bem.

Quando saíram, o gordo lançou uma horrível piscadela.

Sherman fechou a porta. Haviam saído. Longe de se sentir aliviado, foi invadido por um desânimo avassalador. Todo o seu sistema nervoso central lhe dizia que acabara de sofrer uma derrota catastrófica — e no entanto não sabia o que acontecera. Não conseguia analisar suas feridas. Fora indignamente violado — mas como acontecera isso? Como é que esses dois... *animais*... insolentes... de cortiço... tinham invadido sua vida?

Quando se virou, Bonita saíra da cozinha e estava parada no batente do piso de mármore. Precisava dizer alguma coisa. Ela sabia que eram da polícia.

— Estão investigando um acidente de automóvel, Bonita. Atarantado demais.

— Ah, um *acidente*. — Seus olhos arregalados diziam: "Conte mais."

— Bem... não sei. Um dos carros envolvidos tinha uma placa parecida com a nossa. Ou uma coisa assim. — Suspirou e fez um gesto de desalento. — Não consegui entender tudo.

— Não se preocupe, sr. McCoy. Eles sabem que não foi o senhor. — Pela maneira com que disse isso, ele percebeu que deveria estar parecendo mesmo muito preocupado.

Sherman entrou na biblioteca, fechou a porta e esperou três ou quatro minutos. Sabia que era irracional, mas tinha a impressão de que se não esperasse até que os policiais estivessem fora do edifício, eles iriam reaparecer de alguma forma, materializar-se de repente, assim, sorrindo e piscando daquele jeito horrível como tinham feito. Então telefonou para a casa de Freddy Button e deixou recado para que ligasse quando chegasse.

Maria. Tinha que falar com ela. Ousaria ligar? Nem ao menos sabia onde estaria... no esconderijo, no apartamento da Fifth Avenue... *Telefone grampeado!*... Será que havia maneira de grampear seu telefone imediatamente? Teriam deixado um dispositivo de escuta na sala?... Acalme-se... Isso é loucura... Mas suponha que Judy já tivesse voltado e não a ouvisse chegar!

Levantou-se da cadeira e foi até o imponente vestíbulo... Ninguém por ali... Ouviu um *tilim tilim*... A plaquinha de licença de Marshall... O triste bassê saiu bamboleando da sala de visitas... As unhas do bicho faziam ruído no mármore... O pedacinho de salame ambulante... a causa de metade dos meus problemas... E quando é que você se preocupa com a polícia?... Comida e passeios, comida e passeios... Então Bonita meteu a cabeça pelo portal... Não quer perder nada, hein? Quer devorar toda a história dos tiras, certo?... Sherman olhou-a acusadoramente.

— Ah, achei que a sra. McCoy tinha voltado — disse.

— Não se preocupe — respondeu-lhe —, quando a sra. McCoy e Campbell entrarem, você as ouvirá. — "E até lá não meta o nariz nos meus assuntos."

Entendendo perfeitamente o tom de voz, Bonita se retirou para a cozinha. Sherman rumou de volta para a biblioteca. Vou arriscar um telefonema. Naquele instante a porta do hall do elevador se abriu.

Judy e Campbell.

E agora? Como poderia ligar para Maria? Teria que contar a Judy sobre a polícia primeiro? Se não contasse, Bonita o faria.

Judy olhou-o intrigada. Que diabos ela estava usando? Calça de flanela branca, um suéter branco de cashmere, e uma espécie de jaqueta punk preta com ombreiras... até aqui... mangas arregaçadas quase até os cotovelos, uma gola com um recorte ridiculamente largo até... aqui embaixo... Comparativamente Campbell parecia infinitamente senhoril na sainha cor de vinho e blazer da Taliaferro e blusa branca de gola amarela... Por que seria que ultimamente todas as menininhas se vestiam como senhoras e as mães se vestiam como pirralhas adolescentes?

— Sherman — disse Judy parecendo preocupada —, algum problema?

Deveria contar sobre a polícia imediatamente? Não! Saia e ligue para Maria!

— Ah, não — respondeu —, só que eu...

— Papai! — exclamou Campbell, vindo em sua direção. — Está vendo estas cartas?

— *Vendo estas cartas?*

Ela lhe estendeu três cartas de um baralho em miniatura, o ás de copas, o ás de espadas e o ás de ouros.

— O que elas são? — perguntou a menina. — *O que elas são?*

— Não sei, queridinha. Cartas de jogar.

— Mas o que é que elas são?

— Espere um instante, meu anjo. Judy, tenho que sair um minuto.

— *Papai!* O que é que elas *são?*

— O mágico deu-lhe as cartas — explicou Judy. — Diga quais são. — Um ligeiro aceno de cabeça que dizia: "Faça a vontade dela. Ela quer lhe mostrar um truque."

— Quando eu voltar — disse a Campbell. — Tenho que sair só um segundinho.

— *Papai!* — Ela saltava para cima e para baixo, tentando colocar as cartas bem diante de seu rosto.

— Um segundo, queridinha!

— Você vai sair? — perguntou Judy. — Aonde vai?

— Tenho que ir até...

— Papai! me-diga-o-que-elas-são!

— ... a casa de Freddy Button.

— Papai!

— Psssiiiuu — disse Judy. — Quietinha.

— *Papai... olhe!* — As três cartas estavam dançando no ar diante de seu rosto.

— Casa de Freddy Button? Sabe que horas são? Temos que nos arrumar para sair!

— Me diga o que elas *são*, papai!

Nossa! Esquecera completamente! Tinham que ir jantar na casa daquela gente horrível, os Bavardages! A turma de Judy... as radiografias ambulantes... Hoje à noite? Impossível!

— Não sei, Judy. Eu... não sei quanto tempo precisarei demorar na casa de Freddy. Sinto muito, eu...

— O que quer dizer com *não sei*?

— Papai! — Prestes a chorar de tanta frustração.

— Pelo amor de Deus, Sherman, olhe para as cartas.

— Não diga "Deus", mamãe.

— Tem toda a razão, Campbell. Não deveria ter dito isso.

Ele se virou e espiou as cartas.

— Bom... o ás de copas... o ás de espadas... e o ás de ouros.

— Tem *certeza*?

— Tenho.

Um grande sorriso. Triunfante.

— Só vou *sacudi-las* assim. — E começou a abanar as cartas numa velocidade incrível, até que se tornaram apenas um borrão no ar.

— Sherman, você não tem *tempo* para ir à casa de Freddy Button. — Uma expressão severa de "e está encerrado o assunto".

— Judy, tenho que ir. — Girando os olhos na direção da biblioteca, como se dissesse: "Explico lá dentro."

— Bibidi, babadi bu! — exclamou Campbell. — Agora olhe, papai!

Judy, numa voz tensíssima:

— Nós vamos... a... esse... jantar.

Ele se curvou outra vez.

— O ás de ouros... o ás de copas... o ás de... *paus!* Puxa... Campbell! Como foi que o ás de *paus* foi parar aí?

Com prazer.

— Simplesmente... *foi!*

— Ora... isso é *mágica!*

— Sherman...

— Como foi que *fez* isso? Não posso acreditar!

— Sherman, você me ouviu?

Campbell, com grande modéstia:

— Foi o mágico que me ensinou.

— Ah! O mágico. Que mágico?

— Na festa de aniversário de MacKenzie.

— Fantástico!

— Sherman, olhe para mim.

Ele olhou para a mulher.

— Papai! Quer ver como foi que fiz?

— Sherman. — Mais daquele "e está encerrado o assunto".

— Olhe, papai, vou lhe mostrar.

Judy, com furiosa doçura:

— Campbell, sabe quem *adora* truques de mágica?

— Quem?

— Bonita. Ela é doida por truques. Por que não vai mostrar a ela antes que comece a preparar o seu jantar? Depois pode voltar e mostrar ao papai como foi que fez.

— Ah, está bem. — Ela saiu arrastando os pés, desconsolada, até a cozinha. Sherman se sentiu culpado.

— Vamos para a biblioteca — disse a Judy num tom de voz agourento.

Entraram na biblioteca, ele fechou a porta e disse a Judy para se sentar. "Isto será demais para você ouvir de pé." Ela se sentou na *bergère*, e ele, na cadeira de braços.

— Judy, lembra daquela notícia na televisão ontem à noite sobre um acidente com atropelamento e fuga do responsável no Bronx, e que estão procurando um Mercedes com placa de licença começando por R?

— Lembro.

— Bom, dois policiais vieram aqui, pouco antes de você e Campbell voltarem para casa. Dois detetives, e me fizeram uma porção de perguntas.

— Foi?

Ele descreveu o interrogatório, querendo que parecesse ameaçador — *Preciso ir ver Freddy Button!* — mas evitando falar de seus próprios sentimentos de incompetência, medo e culpa.

— Então telefonei para Freddy, mas ele não estava, embora o estejam aguardando. Então vou até o apartamento dele deixar este bilhete — apertou o peito do paletó, como se houvesse uma carta no bolso interno —, e se tiver voltado quando eu chegar lá, falarei com ele. Por isso é melhor eu ir.

Judy só fez olhá-lo por alguns instantes.

— Sherman, isso não tem sentido algum. — Falou quase com cordialidade, como se fala com alguém que precisa ser persuadido a sair da beira do telhado. —

Não vão pô-lo na cadeia só porque tem metade de um número de placa. Li alguma coisa sobre isso no *Times* desta manhã. Aparentemente existem 2.500 Mercedes com placas de licenciamento que começam com R. Estive caçoando com Kate di Ducci no almoço. Almoçamos no La Boue d' Argent. Afinal, com que está se preocupando? Com certeza você nem esteve dirigindo aquela noite no Bronx, ou onde quer que seja.

Agora!... Conte-lhe!... Livre-se desse terrível peso de uma vez por todas! Confesse! Com uma sensação próxima à euforia ele escalou os últimos centímetros da grande muralha de impostura que erigira entre ele e a família, e...

— Bom... Eu sei que não estava. Mas eles agiram como se não acreditassem em mim.

... e imediatamente tornou a escorregar.

— Tenho certeza de que está imaginando coisas, Sherman. Provavelmente esse é apenas o jeito *deles*. Tenha dó. Se quer falar com Freddy, terá muito tempo para isso amanhã.

— Não! De modo algum! Tenho que ir até lá.

— E ter uma longa conversa, se necessário.

— Bom, é, se necessário.

Sorriu de um jeito que ele não gostou. Então sacudiu a cabeça. Continuou a sorrir.

— Sherman, aceitamos esse convite há cinco semanas. Temos que estar lá dentro de uma hora e meia. E eu vou. E *você vai*. Se quiser deixar o número dos Bavardages para Freddy ligar para você, muito bem. Estou certa de que Inez e Leon não se importarão. Mas nós vamos.

Ela continuava a sorrir cordialmente... para o cara no telhado e... *está encerrado o assunto.*

A calma... o sorriso... a pretensa cordialidade... O rosto impunha o seu ponto de vista com mais firmeza do que qualquer explicação que jamais pudesse dar. As palavras talvez pudessem deixar vazas por onde escapar. Aquela expressão não oferecia vaza alguma. Jantar na casa de Inez e Leon Bavardage era tão importante para Judy como foram as Giscards para ele. Este ano os Bavardages eram o anfitrião e anfitriã do século, os arrivistas mais intrometidos e ruidosos. Leon Bavardage era um vendedor de chicória de Nova Orleans que fizera uma fortuna em imóveis. A mulher, Inez, talvez pertencesse realmente a uma família tradicional da Louisiana, os Belairs. Para Sherman (o nova-iorquino de velha cepa), eram ridículos.

Judy sorriu: e nunca estivera mais séria na vida.

Mas precisava falar com Maria!

Ele se pôs de pé num salto.

— Muito bem, nós vamos... mas preciso dar uma corrida até a casa de Freddy! Não me demoro!

— Sherman!
— Prometo! Volto logo!

Ele só faltou correr pelo mármore verde-escuro do vestíbulo. E de certa forma esperou que ela corresse atrás e o puxasse do hall do elevador de volta para dentro.

Embaixo, Eddie, o porteiro, disse:

— Boa noite, sr. McCoy — e fixou um olhar nele que parecia dizer: "Por que foi que os tiras vieram vê-lo?"

— Alô, Eddie — disse sem se deter para olhá-lo. Começou a subir a Park Avenue. Quando alcançou a esquina, correu para a fatídica cabine de telefone.

Com muito, muito cuidado, discou o número de Maria. Primeiro o do esconderijo. Não atendia. Então ligou para o apartamento na Fifth Avenue. Uma voz espanhola disse que a sra. Ruskin não poderia atender o telefone. Droga! Deveria dizer que era urgente? Deveria deixar seu nome? Mas o velho, o marido, Arthur, poderia muito bem estar lá. Então disse que tornaria a ligar.

Tinha que matar algum tempo para tornar plausível que tivesse ido ao edifício de Freddy Button deixar o bilhete e voltar. Caminhou até a Madison Avenue... o Whitney Museum... o Carlyle Hotel... Três homens saíram pela porta do Café Carlyle. Tinham aproximadamente a sua idade. Conversavam e riam, atirando para trás as cabeças beatificamente embriagadas... Os três carregavam pastas, e dois usavam ternos escuros, camisas brancas e gravatas amarelo-claras com estamparia miúda. Essas gravatas amarelo-claras tinham se tornado o emblema das abelhinhas obreiras do mundo de negócios... Que diabo teriam para rir e folgar, a não ser o zumbido alcoólico em seus cérebros, os pobres iludidos...

Experimentava o rancor daqueles que descobrem que, apesar de sua grave situação, o mundo continua a girar, insensível, sem nem ao menos fazer cara triste.

Quando voltou ao apartamento, Judy estava no andar de cima, na suíte do casal.

— Bom... está vendo? Não demorei tanto — disse. Parecia esperar uma estrelinha por manter sua palavra.

Diversos comentários possíveis tiveram tempo de passar pela cabeça dela. Mas o que disse finalmente foi:

— Temos menos de uma hora, Sherman. Agora, faça-me um favor. Use o terno azul-marinho que comprou no ano passado, o azul-marinho *bem* escuro. Azul-meia-noite, acho que se chama. E uma gravata lisa, e não dessas estampadas. A azul-marinho de crepe da china. Ou uma de xadrez miúdo; também pode ser. Você sempre fica muito bem com elas.

Uma de xadrez miúdo também pode ser... Foi tomado de desespero e culpa. Estavam lá fora, circulando, e não tivera coragem de lhe dizer. Ela pensava que ainda podia usufruir do luxo incalculável de se preocupar com a gravata certa.

15
A MÁSCARA DA MORTE ESCARLATE

Sherman e Judy chegaram ao edifício dos Bavardages, na Fifth Avenue, num Buick sedã preto, com um motorista de cabeça branca, alugado por aquela noite da Mayfair Town Car, Inc. Moravam a apenas seis quarteirões dos Bavardages, mas caminhar estava fora de questão. Para começar, havia o vestido de Judy. Deixava os ombros nus, mas tinha mangas curtas e bufantes do tamanho de lanternas chinesas cobrindo os braços. Era justo na cintura, mas abria-se numa saia rodada que lembrava a Sherman um balão. O convite para jantar na casa dos Bavardages pedia "traje informal". Mas nessa temporada, como *tout le monde* sabia, as mulheres se vestiam muito mais extravagantemente para os jantares informais em apartamentos elegantes do que para os bailes formais em grandes salões. Em todo caso, era impossível a Judy andar pela rua com esse vestido. Um vento de frente de 8 quilômetros por hora a teria enregelado.

Mas havia ainda uma razão mais imperiosa para um carro de aluguel e um motorista. Seria perfeitamente *normal* os dois chegarem de táxi para jantar num Bom Edifício (o termo corrente) na Fifth Avenue, e isso custaria menos de três dólares. Mas o que fariam *depois* da festa? Como poderiam sair andando do edifício dos Bavardages e deixar que o mundo, *tout le monde,* os visse parados na rua, os McCoys, aquele casal divertido, com as mãos levantadas, corajosamente, desesperadamente, pateticamente tentando fazer parar um táxi? Os porteiros não os ajudariam em nada, porque estariam ocupados em conduzir *tout le monde* às limusines. Por isso tinha contratado esse carro com motorista, esse motorista de cabeça branca, que os conduziria por seis quarteirões, esperaria de três e meia a quatro horas para reconduzi-los por seis quarteirões e iria embora. Incluindo uma gorjeta de 15 por cento e o imposto de vendas, o custo seria de 197 dólares e 20 *cents* ou 246 dólares e 50 *cents*, dependendo se cobrasse quatro ou cinco horas totais.

Hemorragia de dinheiro! Será que ainda tinha emprego? Remoendo o medo... Lopwitz... Decerto Lopwitz não iria *despedi-lo*... por causa de três dias infelizes... *e 6 milhões de dólares, seu panaca!* Precisava começar a mudar de vida... amanhã... Hoje à noite, naturalmente, era imperativo ter um carro e um motorista.

Para piorar as coisas, o motorista não conseguiu parar no meio-fio junto à entrada porque havia limusines demais atrapalhando. Teve que estacionar em fila dupla. Sherman e Judy tiveram que passar por entre as limusines... Inveja... inveja... Pelas placas de licença Sherman via que as limusines não eram alugadas. Eram de propriedade daqueles bonecos elegantes que se faziam transportar nelas. Um motorista, um bom motorista disposto a trabalhar muitas horas, e à noite, custava 36 mil dólares por ano, no mínimo; garagem, manutenção, seguro custariam mais uns 14 mil dólares, no mínimo; um total de 50 mil dólares, não dedutíveis do imposto de renda. "Produzo 1 milhão de dólares anuais — e no entanto não tenho dinheiro para isso!"

Chegaram à calçada. Hein? Para a esquerda, na claridade, uma figura — *um fotógrafo* — logo ali...

Puro terror!

Meu retrato no jornal!

O outro garoto, o grandalhão, o bruto, vê e vai à polícia!

A polícia! Os dois detetives! O gordo! O tal da cara enviesada! McCoy — vai a festas na casa dos Bavardages, é! Agora é que vão sentir cheiro de sangue!

Horrorizado, olha para o fotógrafo...

... e descobre que é apenas um rapaz passeando com o cachorro.

Parou junto ao toldo que conduz à entrada... Nem está olhando para Sherman... está observando um casal que se aproxima da porta... um velho de terno escuro e uma jovem, uma loura, de vestido curto.

"Acalme-se, pelo amor de Deus! Não seja maluco! Não seja paranoico!"

Mas uma voz sorridente e ofensiva diz: "Tem algo que queira desabafar?"

Agora Sherman e Judy estavam sob o toldo, a apenas três ou quatro passos atrás do velho e da loura, rumando para a entrada. Um porteiro de peitilho branco e engomado abriu a porta. Usava luvas brancas. A loura entrou primeiro. O velho, que não era muito mais alto que ela, parecia sonolento e taciturno. Seu cabelo grisalho e ralo estava penteado para trás. Tinha um narigão e pálpebras pesadas, como um índio de cinema. "Espere um minuto — eu o conheço..." Não, *vira-o* em algum lugar... Mas onde?... Bingo... Em uma foto, é claro... Era o barão Hochswald, o financista alemão.

Era só o que faltava a Sherman, logo nessa noite... Depois das catástrofes dos últimos três dias, nesse ponto baixo e perigoso de sua carreira na Wall Street, dar de cara com esse homem, cujo sucesso era tão completo, tão permanente, cuja riqueza era tão vasta e inexpugnável — ter que olhar para esse velho alemão inabalavelmente sólido...

Talvez o barão simplesmente *morasse* no edifício... "Por favor, meu Deus, não deixe que ele esteja indo para a mesma festa..."

Naquele mesmo instante ouviu o barão dizer para o porteiro no seu forte sotaque europeu: "Bavardage." A luva branca do porteiro apontou para o fundo do saguão.

Sherman desesperou. Desesperou dessa noite e dessa vida. Por que não se mudara para Knoxville seis meses atrás? Uma casinha georgiana, um cortador de grama, uma rede de badminton no quintal para Campbell... Mas não! Tinha que continuar seguindo o alemão de olhos amendoados, na direção da casa de umas pessoas soberbamente vulgares chamadas Bavardage, um caixeiro-viajante festejado e sua mulher.

Sherman disse ao porteiro:

— Os Bavardages, por favor.

Enfatizou a sílaba acentuada, para que ninguém pensasse que ele prestara a menor atenção ao fato de que o nobre, o barão Hochswald, dissera a mesma coisa. O barão, a loura, Judy e Sherman se encaminharam para o elevador. O elevador era revestido de mogno envelhecido. Reluzia. Os veios eram aparentes mas harmoniosos e suaves. Ao entrar, Sherman entreouviu o barão Hochswald dizendo o nome "Bavardage" para o ascensorista. Então Sherman o repetiu como antes, "os Bavardages" — para evitar que o barão tivesse a impressão de que ele, Sherman, tomara conhecimento de sua existência.

Agora os quatro sabiam que iam ao mesmo jantar e tinham que tomar uma decisão. Faziam aquela coisa bem americana, simpática, cordial — o tipo de coisa que teriam feito sem hesitar num elevador de um prédio semelhante em Beacon Hill ou Rittenhouse Square — ou melhor, em qualquer outro edifício de Nova York, se a festa estivesse sendo oferecida por alguém de sangue e tradição, tal como Rawlie ou Pollard (na presente companhia, Pollard de repente parecia muito aceitável, um velho nova-iorquino muito recomendável) — mostravam boa disposição, sorriam e se apresentavam... ou bancavam os esnobes vulgares e ficavam parados ali, fingindo que não tinham conhecimento de que se dirigiam ao mesmo lugar e olhavam empertigados para a nuca do ascensorista enquanto esse táxi de mogno subia pelo poço?

Sherman lançou um olhar exploratório a Hochswald e à loura. O vestido dela era um tubo preto que terminava muitos centímetros acima dos joelhos e abraçava suas coxas exuberantes e a curva do abdômen inferior e se abria no alto em um babado que lembrava pétalas de flores. Nossa, como ela era sexy! Os ombros brancos e aveludados e a curva dos seios se avolumavam como se ela estivesse morrendo de vontade de despir o tubo e correr nua por entre begônias... O cabelo louro penteado para trás revelava um par de enormes brincos de rubi... Não tinha mais que 25 anos... Um petisco! Um animal ofegante!... O velho filho da mãe agarrara o que queria, não agarrara?... Hochswald vestia um terno preto de sarja, camisa branca de colarinho convencional e gravata de seda preta com um nó largo e quase folgazão... tudo exatamente como convinha... Sherman ficou satisfeito de que Judy o tivesse obrigado a usar o terno azul-marinho e a gravata escura... mesmo assim, a roupa do barão parecia incrivelmente mais elegante, por comparação.

Agora surpreendeu o velho alemão medindo Judy e ele de alto a baixo. Seus olhares se encontraram por uma fração de segundo. Então ambos voltaram a se fixar nos frisos do colarinho do ascensorista.

Assim subiram, o ascensorista e quatro mudos sociais para algum lugar no alto. A resposta era: bancavam os esnobes vulgares.

O elevador parou, e os quatro mudos desembarcaram no hall do elevador dos Bavardages. A peça estava iluminada por grupos de minúsculas arandelas, com cúpulas de seda, de cada lado de um espelho de moldura dourada. A porta estava aberta... uma claridade agradável e rosada... o ruído de uma colmeia de vozes excitadas...

Entraram no hall de entrada do apartamento. Quantas vozes! Quanta alegria! Quantos risos! Sherman enfrentava uma catástrofe em sua carreira, uma catástrofe em seu casamento — e a polícia estava rondando — e no entanto a colmeia... a colmeia!... a colmeia!... as ondas sonoras da colmeia faziam as suas entranhas vibrarem. Rostos sorridentes, reluzentes, dentes em ebulição! Como éramos fabulosos e felizes, nós poucos, por estarmos nesses salões aqui no alto com o nosso brilho radioso e rosado!

O hall de entrada era menor que o de Sherman, mas enquanto o seu (decorado por Judy, a decoradora de interiores) era magnífico e solene, este era ofuscante, efervescente. As paredes eram forradas de uma reluzente seda vermelha chinesa, a seda emoldurada por frisos dourados, e os frisos emoldurados por uma fita castanho-avermelhada, e a fita emoldurada por mais frisos dourados, e a luz de uma fileira de apliques de latão faziam a douração reluzir, e o brilho da douração e da seda vermelha chinesa tornavam todos os rostos sorridentes e os vestidos resplandecentes ainda mais gloriosos.

Ele examinou os presentes e imediatamente percebeu um padrão... *presque vu! presque vu!* quase já visto!... contudo não poderia tê-lo expressado em palavras. Estava fora de seu alcance. Todos os homens e mulheres nesse salão reuniam-se em grupos, buquês de conversa, por assim dizer. Não havia figuras solitárias, ninguém disperso. Todos os rostos eram brancos. (Rostos negros poderiam aparecer, ocasionalmente, em jantares de caridade elegantes, mas não em casas particulares e elegantes.) Não havia homens com menos de 35 anos e pouquíssimos com menos de quarenta. As mulheres apresentavam-se em duas variedades. Primeiro, havia as trintonas, quarentonas e mais velhas (mulheres "de uma certa idade"), todas elas pele e ossos (quase definhadas à perfeição). Para compensar a concupiscência que lhes faltava nas costelas secas e nos traseiros atrofiados, apelavam para os grandes costureiros. Nessa temporada, nenhum franzido, babado, prega, rufo, peitilho, laço, enchimento, festão, renda, pence ou viés franzido eram extravagantes demais. Elas eram as radiografias ambulantes, para usar a frase que viera à tona no cérebro do próprio Sherman. Depois, havia as chamadas tortinhas de limão. Essas eram as mulheres na casa dos vinte ou trinta, a maioria loura (o limão nas tortinhas), e eram as segundas, terceiras ou quartas esposas ou amigas dos homens com mais de quarenta, ou cinquenta, ou sessenta (ou setenta) anos, o tipo de mulheres a que os homens se referiam, quase sem pensar, como "garotas". Nessa temporada, a tortinha podia ostentar as vantagens naturais da juventude mostrando as pernas bem acima dos joelhos e acentuando o traseiro redondo (algo que nenhuma radiografia possuía). O que estava completamente ausente *chez* Bavardage era aquele gênero de mulher que não é nem muito jovem nem muito velha, que acumulou uma camada de gordura subcutânea, que fulge com um corpo cheinho e um rosto rosado e fala, sem dizer palavra, de um lar, uma lareira, comida quentinha às seis horas, histórias lidas em voz alta à noite e conversas entretidas à beira da cama, pouco antes de o sono chegar. Em suma, ninguém nunca convidava... a Mãe.

A atenção de Sherman foi atraída por um buquê de rostos extáticos e fervilhantes em primeiro plano. Dois homens e uma mulher impecavelmente emaciada riam para um rapaz de cabelos louro-claros e uma mecha penteada obliquamente sobre a testa... "Já o encontrei antes... mas quem é?... Bingo!..." Mais um rosto da imprensa... O Caipira de Ouro, o Tenor Louro... Era assim que o chamavam... Seu nome era Bobby Shaflett. Era o novo tenor em cartaz no Metropolitan Opera, um indivíduo adiposamente gordo que de algum modo surgira dos altiplanos dos montes Apalaches. Quase não se podia ler uma revista ou um jornal sem ver o seu retrato. Enquanto Sherman o observava, a boca do rapaz se abriu desmesuradamente. *Ha ha ha ha ha ha ha!*, desatou numa imensa gargalhada de curral, e os rostos sorridentes à sua volta se tornaram ainda mais radiantes, mais arrebatados do que antes.

Sherman ergueu o queixo de Yale, endireitou os ombros, aprumou as costas, esticou-se a toda altura, e assumiu a Presença, a presença de uma Nova York mais antiga e mais fina, a Nova York de seu pai, o Leão da Dunning Sponget.

Um garçom se materializou e perguntou a Judy e Sherman o que desejavam beber. Judy pediu "água gasosa". (Dizer "Perrier" ou qualquer outra marca se tornara demasiado banal.) Sherman não pretendia beber nada. Pretendia se manter distante de tudo que se relacionasse a essa gente, esses Bavardages, a começar pela bebida. Mas a comédia avançava, e a cabeça loura do Caipira de Ouro com a sua mecha oblíqua continuava a reboar.

— Um gim-tônica — disse Sherman McCoy do alto do queixo.

Uma mulher miúda, ossuda e rutilante surgiu entre os grupos na galeria e veio em direção a eles. Era uma radiografia com os cabelos curtos e louros em pajem e muitos dentinhos sorridentes. O corpo emaciado estava metido em um vestido preto e vermelho com agressivos ombros acolchoados, cintura muito fina e saia longa. O rosto era largo e redondo — mas sem um grama de carne. O pescoço era muito mais chupado que o de Judy. A clavícula era tão saliente que Sherman tinha a impressão de que podia estender a mão e segurar os dois grandes ossos. Dava para ver a luz das lâmpadas através de sua caixa torácica.

— Judy querida!

— Inez! — exclamou Judy, e as duas se beijaram, ou melhor, roçaram as faces, primeiro de um lado, depois do outro, à moda dos europeus que Sherman, agora o filho daquele sólido nova-iorquino, daquele velho patriarca, daquele flagelo da vida prazerosa da Igreja Episcopal, John Campbell McCoy, achava pretensiosa e vulgar.

— Inez! Acho que não conhece Sherman! — Forçou a voz para transformar a frase em uma exclamação, de modo que pudessem ouvi-la, apesar do zumbido da colmeia. — Sherman, esta é Inez Bavardage!

— Como está — disse o descendente do Leão.

— Sem dúvida, sinto-me como se já o conhecesse! — disse a mulher encarando-o nos olhos, mostrando os dentinhos e estendendo a mão. Assoberbado, ele a segurou. — Deveria ouvir Gene Lopwitz discorrendo sobre você! — Lopwitz! Quando? Sherman viu-se agarrando essa tábua de salvação. (Talvez tivesse acumulado tantos pontos positivos no passado, que o colapso das Giscards não acabaria com ele!) — E conheço seu pai também. Morro de medo dele! — Dizendo isso a mulher agarrou o antebraço de Sherman, pespegou os olhos nos olhos dele e se abriu numa extraordinária gargalhada, uma verdadeira gaitada, não um *ha ha ha,* mas um *quiá quiá quiá quiá quiá quiá quiá quiá,* uma gargalhada tão cheia de jovialidade e arrebatamento que Sherman deu por si rindo como um tolo e dizendo:

— Não me diga!

— É sim! *Quiá quiá quiá quiá quiá quiá quiá.* Nunca lhe contei isso, Judy! — Ela estendeu os braços e enganchou um deles no de Judy e o outro no de Sherman e puxou os dois para perto de si, como se fossem os dois amigos mais queridos que já tivera. — Havia um homem horroroso chamado Derderian que estava processando Leon. Vivia tentando *anexar* coisas. Pura apoquentação. Então um fim de semana estávamos na ilha de Santa Catalina, na casa de Angie Civelli. — Ela escorregou o nome do famoso comediante sem nem alterar o tom. — E estávamos jantando, e Leon começa a conversar sobre toda a maçada que estava tendo com esse tal de Derderian, e Angie diz, e me acredite, falava absolutamente sério, ele diz: "Quer que eu me encarregue disso?" — Ao dizer isso, Inez Bavardage empurrou o nariz para um lado com o indicador para caracterizar os traficantes. — Bom, quero dizer, já tinha *ouvido* falar de Angie e dos Rapazes, mas não acreditei, ele falava *sério! Quiá quiá quiá quiá quiá quiá quiá quiá.* — Puxou Sherman mais para perto e fixou os olhos bem no rosto dele. —Quando Leon regressou a Nova York foi ver seu pai e contou-lhe o que Angie dissera e em seguida comentou com seu pai: "Talvez seja a maneira mais simples de cuidar do caso." Nunca me esquecerei do que seu pai respondeu. Ele disse: "Não, sr. Bavardage, deixe que *eu* cuido disso. Não vai ser simples, não vai ser rápido, e vai lhe custar um *dinheirão.* Mas a minha conta o senhor pode pagar. A outra — ninguém é suficientemente rico pra pagar. Não vão parar de cobrá-la até o dia em que o senhor morrer."

Inez Bavardage continuou juntinho ao rosto de Sherman e lançou-lhe um olhar de infindável profundidade. Ele se sentiu obrigado a dizer alguma coisa.

— Bom... qual das duas o seu marido escolheu?

— A que seu pai aconselhou, é claro. Quando ele falava, as pessoas pulavam! — Uma torrente de *quiás quiás quiás quiás*.

— E quanto à conta? — perguntou Judy, como se estivesse deliciada em ouvir essa história sobre o pai incomparável de Sherman.

— Foi sensacional! Foi espantosa, aquela conta! — *Quiá quiá quiá quiá quiá.* Vesúvio, Cracatoa e Mauna Loa irrompiam em risadas, e Sherman se sentiu arrebatado pela explosão, sem querer. Era irresistível. — Gene Lopwitz o adora! — seu incomparável pai! — sua linhagem aristocrática! — que euforia você despertou no meu peito ossudo!

Ele sabia que era irracional, mas se sentia excitado, afogueado, alto, no Sétimo Céu. Recolheu o revólver do seu Rancor de volta à cintura e disse ao seu Esnobismo para se deitar ao pé da lareira. Uma mulher realmente encantadora! Quem teria pensado isso, depois de tudo o que se ouvia dizer dos Bavardages! Uma radiografia ambulante, sem dúvida alguma, mas não se pode culpá-la! Realmente muito cordial — e bastante divertida!

Como a maioria dos homens, Sherman era inocente em relação às técnicas rotineiras de boas-vindas das anfitriãs elegantes. Durante 45 segundos, no mínimo, todo convidado era o amigo mais íntimo, mais querido, mais alegre, mais espirituosamente cúmplice que uma mulher já teve. Tocava no braço de todos os convidados masculinos (qualquer outra parte do corpo apresentava problemas) e aplicava uma pressãozinha sincera. Olhava para todos os convidados, masculinos e femininos, com um engate-radar nos olhos, como se estivesse cativada (pelo brilho, espírito, pela beleza e pelas lembranças incomparáveis).

O garçom voltou com as bebidas para Judy e Sherman, Sherman tomou um longo gole do gim-tônica, o gim bateu no estômago, o vapor perfumado subiu, e ele se descontraiu e deixou o zumbido alegre da colmeia invadir sua cabeça.

Quiá quiá quiá quiá quiá quiá quiá, ria Inez Bavardage.

Ho ho ho ho ho ho ho ho, ria Bobby Shaflett.

Ha ha ha ha ha ha ha ha, ria Judy.

He he he he he he he he, ria Sherman.

A colmeia zumbia e zumbia.

Num abrir e fechar de olhos, Inez Bavardage conduzira-os para um buquê em que o Caipira de Ouro se exibia. Acenos, alôs, apertos de mão, sob a égide da recente melhor amiga de Sherman, Inez. Antes que se desse conta do que acontecera, Inez conduzira Judy para fora da galeria passando a algum salão interno, e Sherman foi abandonado com o festejado rapaz gordo dos montes Apalaches, dois homens e uma radiografia. Olhou um por um, a começar por Shaflett. Nenhum deles retribuiu seu olhar. Os dois homens e a mulher, extasiados, tinham os olhos fixos na enorme cabeça clara do tenor enquanto ele narrava uma história que se passara em um avião:

— ... então estou me arrumando e esperando por Barbara... ela devia voltar comigo para Nova York? — Ele tinha um jeito de terminar uma frase afirmativa com uma interrogação que lembrava o Sherman de Maria... Maria... e o enorme judeu *hasid*! A grande bola de sebo loura diante dele parecia aquele porco da imobiliária — se é que era da imobiliária. Um tremor frio... Eles estavam lá fora rondando, rondando... — E estou na minha poltrona... consegui uma junto à janela? E lá detrás vem um homem inacreditavelmente, absurdamente negro. Pela maneira como enfatizou o *in* e o *ab* e esvoaçava as mãos no ar, Sherman se perguntou se esse caipira gigantesco não seria, na realidade, homossexual. — Ele estava usando um casaco de arminho?... até aqui?... e um chapéu de arminho combinando?... e mais anéis do que Barbara, e tinha três empregados com ele?... saindo de *Shaft*?

O gigante continuava a borbulhar, e os dois homens e a mulher mantinham os olhos postos em sua enorme cara de lua, sorrindo fixamente; e, o gigante, por sua vez, só olhava para eles, nunca para Sherman. À medida que os segundos se passavam, tornava-se cada vez mais consciente de que os quatro estavam agindo como se ele não existisse. "Um fresco gigantesco com sotaque caipira", pensou Sherman, e eles penduravam-se em cada palavra que dizia. Sherman tomou três longos goles de seu gim-tônica.

A história parecia girar em torno do fato de que o régio crioulo, que se sentara ao lado de Shaflett no avião, era o campeão mundial de peso meio-pesado, Sam (Matador) Assinare. Shaflett achava o termo "peso meio-pesado" incrivelmente engraçado — *ho ho ho ho ho ho ho* — e os dois homens davam risadinhas excitadas. Sherman rotulou-os imediatamente de homossexuais. Sam Matador não sabia quem Shaflett era, e Shaflett não sabia quem Sam Matador era. A graça de toda a história parecia ser que as únicas duas pessoas na primeira classe do avião que não sabiam que os dois eram celebridades eram... eram os próprios Shaflett e Assinare! *Ho ho ho ho ho ho ho ho* — hi hi hi hi hi — e — *aha!* — um dado interessante sobre Sam Matador Assinare pipocou no cérebro de Sherman. Oscar Suder — *Oscar Suder!* — estremeceu à lembrança, mas não desistiu —, Oscar Suder fazia parte de um sindicato de investidores do meio-oeste que financiavam Assinare e controlavam o seu dinheiro. Uma pérola! Um dado interessante! Um meio de entrar nesse grupinho festivo!

Assim que as risadas esmoreceram, Sherman disse a Bobby Shaflett:

— Você sabia que o contrato de Assinare e o casaco de arminho, pelo que sei, são propriedade de um sindicato de investidores em Ohio, principalmente em Cleveland e Columbus?

O Caipira de Ouro olhou-o como se ele fosse um mendigo.

— Hummmmmmmm — respondeu. Era o hummmmmmmm que sugere: "Compreendo, mas não estou nem um pouco interessado" — e voltou-se para os outros três e disse: — Então perguntei a ele se poderia autografar o meu cardápio. Sabem, dão à pessoa um cardápio?... e...

E estava encerrado para Sherman McCoy. Ele tornou a sacar o revólver do Rancor da cintura. Afastou-se daquele grupo e lhes deu as costas. Nenhum deles notou. A colmeia zumbia em sua cabeça.

Agora o que faria? De repente estava sozinho nessa colmeia ruidosa sem ter onde pousar. Sozinho! Sentia-se agudamente consciente de que toda a festa agora se compunha desses buquês e que não estar em nenhum deles significava ser socialmente um fracassado incompetente e abjeto. Olhou para um lado e para o outro. Quem era aquele, logo ali? Um homem alto, simpático, de expressão confiante... rostos embevecidos o admiravam... Ah!... Lembrava-se... um autor... O nome era Nunnally Voyd... um romancista... vira-o num programa de entrevistas da televisão... falso, cáustico... Veja só como aqueles tolos o adulam... Não ousava experimentar aquele buquê... Seria uma repetição do Caipira de Ouro, sem dúvida... Mais adiante, alguém que conhecia... Não! Mais um rosto famoso... o bailarino... Bóris Korolev... Mais um círculo de rostos em adoração... brilhando de arrebatamento... Os idiotas! Partículas humanas! Que história é essa de se prostrar aos pés de bailarinos, romancistas e cantores de ópera gigantescos e frescos? Eles não passam de bobos da corte, não passam de divertimento leve para... os Senhores do Universo, aqueles que empurram as alavancas que movem o mundo... e no entanto esses idiotas os adoram como se eles fossem os portais para a divindade... Nem ao menos queriam saber quem ele era... e nem seriam capazes de compreender, mesmo que quisessem.

Encontrou-se parado junto a outro grupo... Bom, pelo menos não havia ninguém famoso nesse, nenhum bobo da corte sorridente... Um homem gordo e avermelhado estava falando com um forte sotaque britânico:

— Ele estava estirado na estrada, entendem, com a perna partida, entendem, com a perna partida... — "O rapaz magricela e delicado! Henry Lamb! Ele estava comentando a história no jornal!" Mas espere aí... a perna partida... — e não parava de dizer: "Que chateação, que chateação." — Não, estava falando de algum inglês. — "Não é nada comigo..." Os outros no grupo riam... uma mulher, de uns cinquenta anos, com pó de arroz por todo o rosto. Que grotesco... Espere!... Conhecia aquele rosto. A filha do escultor, agora cenógrafo. Não conseguia lembrar o nome... Mas então lembrou... Barbara Cornagglia... Passou adiante... Sozinho!... Apesar de tudo, apesar de *eles* estarem rondando — a polícia! —, sentia a pressão do fracasso social... Que poderia fazer para parecer que *queria* ficar sozinho, que estava passeando pela colmeia sozinho por livre escolha? A colmeia zumbia e zumbia.

Junto à porta pela qual Judy e Inez Bavardage tinham desaparecido havia um console antigo com um par de pequenos cavaletes chineses. Em cada cavalete havia um disco de veludo vinho do tamanho de uma torta e, em ranhuras no veludo, havia cartões com nomes. Eram maquetes da disposição dos convidados à mesa do jantar, de modo que cada convidado pudesse saber quem seriam os seus companheiros à mesa. Pareceu a Sherman, o homem leonino de Yale, mais uma vulgaridade. Todavia, olhou. Era uma maneira de parecer ocupado, como se estivesse sozinho apenas para estudar a disposição dos convidados à mesa.

Havia evidentemente duas mesas. Logo encontrou um cartão com o nome do sr. McCoy. Iria se sentar ao lado de, vejamos, uma sra. Rawthrote, quem quer que fosse, e uma sra. Ruskin. *Ruskin!* Seu coração pulou. Não poderia ser... não Maria!

Mas é claro que poderia ser. Esse era exatamente o tipo de acontecimento social ao qual ela e seu marido rico, mas um tanto irreal, seriam convidados. Ele virou o resto do gim-tônica e atravessou apressado o portal para a outra sala. Maria! Tinha que falar com ela! — mas tinha também que manter Judy afastada! *Não precisava de mais essa complicação!*

Encontrava-se agora na sala de estar do apartamento, ou salão, pois obviamente era uma peça destinada a recepções. Era imensa e parecia... atulhada... de sofás, almofadas, cadeiras, almofadões, todos eles guarnecidos de trancelins, borlas, orlas, fitas e... *estofados...* Até as paredes; as paredes eram revestidas com um tipo de tecido acolchoado em listras vermelhas, roxas e cor-de-rosa. As janelas que se abriam para a Fifth Avenue tinham cortinas de pregas fartas do mesmo material, e eram repuxadas para revelar o forro rosa, orlado de um trancelim listrado. Não havia um único sinal de século XX na decoração, nem mesmo na iluminação, que vinha de um abajur de cúpula rosada, de modo que a superfície desse planetinha gloriosamente atulhado estava mergulhada em sombras profundas e suaves claridades.

A colmeia zumbia de puro êxtase de estar nessa suave órbita estofada. *Quiá quiá quiá quiá quiá quiá,* a gargalhada equina de Inez Bavardage erguia-se em algum ponto. Tantos buquês de gente... faces sorridentes... dentes em ebulição... Um garçom apareceu e perguntou se ele queria uma bebida. Pediu mais um gim-tônica. Ficou parado ali. Seus olhos saltavam pelas sombras profundas e estofadas.

Maria.

Ela estava parada junto a uma das janelas de canto. Os ombros nus... um tubinho vermelho... Seus olhos surpreenderam os dele, e ela sorriu. Só isso, um sorriso. Ele respondeu com o menor sorriso imaginável. Onde estava Judy?

No grupo de Maria havia uma mulher que ele não reconhecia, um homem que não reconhecia, e um homem calvo que conhecia de algum lugar, mais um dos... *rostos famosos* em que esse zoo se especializava... algum tipo de escritor, um inglês...

Não conseguia lembrar o nome. *Completamente* calvo; nem um fio de cabelo na cabeça comprida e magra; ossudo; um crânio.

Sherman esquadrinhou a sala, procurando desesperadamente por Judy. Bom, que diferença faria se Judy se encontrasse com alguém chamado Maria nessa sala? Não era um nome tão fora do comum. Mas será que Maria saberia ser discreta? Ela não era nenhum gênio e tinha uma veia travessa — e ele deveria se sentar junto dela!

Sentia o coração chutando o peito. Nossa! Seria possível que Inez Bavardage soubesse a respeito dos dois e os pusesse juntos de propósito? "Espere um pouco! Isso é muita paranoia!" Ela nunca se arriscaria a uma cena desagradável. Ainda assim...

Judy.

Lá estava ela, parada junto à lareira, rindo com vontade — "sua nova risada de festa? — quer ser uma Inez Bavardage" — rindo tanto que seu cabelo sacudia. Estava produzindo um som novo, *quó quó quó quó quó quó quó*. Não chegava ao *quiá quiá quiá quiá* de Inez Bavardage, apenas um *quó quó quó quó* intermediário. Escutava um velho de peito de barrica, com uma calva incipiente e grisalha e sem pescoço. O terceiro membro do buquê, uma mulher elegante, esguia e quarentona, não parecia achar tanta graça. Parecia um anjo de mármore. Sherman atravessou pelo meio da colmeia evitando os joelhos de algumas pessoas sentadas num imenso e redondo almofadão oriental, em direção à lareira. Teve que abrir caminho por entre uma densa flotilha de vestidos bufantes e rostos em ebulição...

O rosto de Judy era uma máscara de hilaridade. Estava tão fascinada pela conversa do homem de peito de barrica, que demorou a reparar em Sherman. *Então* o viu. Surpresa! Mas, naturalmente! — era um indício de fracasso social um cônjuge chegar ao ponto de procurar o outro em um grupo de conversa. "Mas e daí! Mantenha-a longe de Maria!" Isso era o mais importante. Judy não olhou para ele. Tornou a irradiar seu sorriso entusiasmado para o velho.

— ... então na semana passada — dizia ele — minha mulher volta da Itália e me informa que temos uma casa de veraneio em Como. "Como", diz ela. É o tal lago de Como. Então tudo bem! Teremos essa casa de veraneio em Como. É melhor do que em Hammamet. Isso foi há dois anos. — Tinha uma voz rouca, uma voz das ruas nova-iorquinas com algum polimento. Segurava um copo de soda e olhava para um lado e para outro, de Judy para o anjo de mármore, enquanto contava sua história, recebendo grandes efusões de aprovação de Judy e uma ocasional torção do lábio superior, quando olhava diretamente para o rosto do anjo. Uma torção; poderia ter sido o começo de um sorriso cortês. — Pelo menos sei onde fica Como. Nunca ouvi falar de Hammamet. Minha mulher está louca pela Itália. Pinturas italianas, roupas italianas e agora Como.

Judy disparou mais uma explosiva risada automática, *quó quó quó quó quó quó,* como se a maneira com que o velho pronunciava "Como", caçoando do amor que a mulher sentia pelas coisas da Itália, fosse a piada mais engraçada do mundo — Maria. Ocorreu-lhe *sem pensar*. Era de Maria que ele falava. Esse velho era o marido dela, Arthur Ruskin. Já teria mencionado seu nome, ou teria se referido apenas à "minha mulher"?

A outra mulher, o anjo de mármore, continuava parada ali. O velho inesperadamente estendeu a mão para a orelha esquerda dela e segurou seu brinco entre o polegar e o indicador. Estarrecida, a mulher enrijeceu. Ela teria afastado a cabeça num repelão, mas a orelha estava agora presa entre o polegar e o indicador dessa vetusta e apavorante criatura ursina.

— Muito bonito — disse Arthur Ruskin, ainda segurando o brinco. — Nadina D., certo? — Nadina Dulocci era uma criadora de joias muitíssimo apreciada.

— Creio que sim! — respondeu a mulher numa voz tímida, europeia. Rapidamente levou as mãos às orelhas, soltou os brincos e os entregou ao homem, num gesto muito enfático, como se dissesse: "Aqui, tome. Mas tenha a bondade de não me arrancar as orelhas."

Despreocupado, Ruskin tomou-os nas mãos peludas e os examinou melhor.

— São de Nadina D., sem dúvida. Muito bonitos. Onde os comprou?

— Foram um presente. — Fria como mármore. Ele os devolveu, e ela guardou-os depressa na bolsa.

— Muito bonitos, muito bonitos. Minha mulher...

Suponha que dissesse Maria! — Sherman interrompeu-o.

— Judy! — E para os outros: — Com licença. — Para Judy: — Estive pensando...

Judy instantaneamente transformou sua expressão de surpresa em uma de radiosidade. Nenhuma mulher em toda a história jamais ficara mais encantada de ver o marido aparecer num buquê de conversa.

— Sherman! Já conhece Mme. Prudhomme?

Sherman esticou o queixo de Yale e assumiu uma expressão do mais correto encanto nova-iorquino para cumprimentar a assustada francesa.

— Como está?

— E Arthur Ruskin — disse Judy. Sherman apertou a mão peluda com firmeza.

Arthur Ruskin não era um setentão jovial. Tinha orelhas grandes com as bordas grossas e pelos duros brotando dos ouvidos. E papadas grossas sob os maxilares avantajados. Mantinha-se empertigado, oscilando sobre os calcanhares, o que fazia ressaltar o peito e a pesada barriga. Sua corpulência estava devidamente coberta por um terno azul-escuro, camisa branca e gravata azul-marinho.

— Perdoem-me — disse Sherman. E para Judy, com um sorriso charmoso: — Venha até aqui um instante. — A Ruskin e à francesa ofereceu um sorriso, desculpando-se, e se afastou um pouco com Judy a reboque. O rosto de Mme. Prudhomme demonstrou desapontamento. Vira a chegada dele no buquê como a sua salvação de Ruskin.

Judy, ainda com um sorriso à prova de fogo no rosto:
— O que foi?
Sherman, uma máscara sorridente de charme Yale:
— Quero que você... ah... venha conhecer o barão Hochswald.
— Quem?
— O barão Hochswald. Sabe, o alemão... um dos Hochswalds.
Judy, com o sorriso ainda congelado:
— Mas por quê?
— Subimos com ele no elevador.
Isso obviamente não tinha nenhum sentido para Judy. Em tom de urgência:
— Bom, onde é que ele está? — em tom de urgência, porque já era bem ruim ser apanhada num grande grupo de conversa com o marido. Formar um grupinho com o marido, só os dois...
Sherman, olhando à volta:
— Ora, ele estava bem aqui um minuto atrás.
Judy, já sem sorrir:
— Sherman, afinal o que é que você está fazendo? Que quer dizer com esse "barão Hochswald"?
Nesse instante o garçom chegou com o gim-tônica de Sherman. Ele tomou um grande gole e deu mais uma olhada à volta. Sentia-se tonto. Por todo lado... radiografias ambulantes com vestidos volumosos refulgindo à claridade adamascada do abajur...
— Muito bem... vocês dois! O que estão tentando aprontar? *Quiá quiá quiá quiá quiá quiá.* — Inez Bavardage tomou os dois pelos braços. Por um momento, antes de conseguir repor o sorriso à prova de fogo no rosto, Judy pareceu abalada. Não só acabara num grupinho com o marido, mas a anfitriã reinante em Nova York, a atual rainha do picadeiro do século os surpreendera e se sentira compelida a fazer essa corrida de ambulância para salvá-los da ignomínia social.
— Sherman estava...
— Estava procurando vocês! Quero que conheçam Ronald Vine. Ele está redecorando a casa do vice-presidente em Washington.
Inez Bavardage saiu rebocando os dois através da colmeia de sorrisos e vestidos e os introduziu em um buquê dominado por um homem ainda jovem, simpático, alto e esguio, o já falado Ronald Vine. O sr. Vine estava dizendo:
— ... jabôs, jabôs, jabôs. Receio que a mulher do vice-presidente tenha descoberto os jabôs. — Um enfastiado giro nos olhos. Os outros no buquê, duas mulheres e um homem calvo, não paravam de rir. Judy mal conseguia exibir ao menos um sorriso... Arrasada... Tivera que ser resgatada da morte social pela anfitriã.

Que triste ironia! Sherman se odiou. Odiou-se por todas as catástrofes de que ela ainda não tinha conhecimento.

As paredes da sala de jantar dos Bavardages tinham recebido tantas demãos de laca damasco-queimado, catorze ao todo, que tinham o brilho vítreo de um lago refletindo uma fogueira à noite. A sala era um triunfo de reflexos noturnos, uma entre as muitas vitórias de Ronald Vine, cujo forte era a criação de fulgores sem usar espelhos. A Indigestão de Espelhos era agora considerada um dos grosseiros pecados da década de 1970. Por isso, no início da década de 1980, da Park Avenue à Fifth Avenue, da 62nd Street à 96th Street, ouvira-se o estrépito pavoroso de milhares de metros quadrados de espelhos, barbaramente caros, partindo-se, ao serem arrancados das paredes dos grandes apartamentos. Não, na sala de jantar dos Bavardages os olhos dos presentes esvoaçavam num universo de brilhos, cintilações, fulgores, esplendores, tremeluzires e incandescências obtidos de maneiras as mais sutis, usando-se laca, azulejos vitrificados em um friso estreito na emenda do teto, mobiliário dourado no estilo regência inglês, candelabros de prata, tigelas de cristal, vasos da School of Tiffany e talheres cinzelados tão maciços que as facas pesavam nos dedos como punhos de sabre.

Os 24 comensais estavam sentados a duas mesas redondas estilo regência. A mesa de banquete Sheraton, do tipo campo de pouso, que dava para acomodar 24 pessoas, com todas as tábuas encaixadas, desaparecera das salas de jantar mais elegantes. Não se devia ser tão formal, tão solene. Duas mesas menores; isso era muito melhor. E daí se essas duas mesas menores estavam cercadas e adornadas com uma profusão de *objetos,* tecidos, e bibelôs tão luxuosos que teriam feito o Rei Sol piscar? Anfitriãs do quilate de Inez Bavardage se orgulhavam de seu talento para a informalidade e o aconchego.

Para enfatizar a informalidade da ocasião, colocara-se, no centro de cada mesa, em meio à floresta de pratas e cristais, uma cesta tecida com cipós no estilo extremamente rústico do artesanato apalachiano. Envolvia os cipós, do lado externo da cesta, uma extravagância de flores silvestres. No centro da cesta, agrupavam-se três ou quatro dúzias de papoulas. Esse centro de mesa *faux naïf* era a marca registrada de Huck Thigg, o jovem florista, que apresentaria aos Bavardages uma conta de 3.300 dólares só por esse jantar.

Sherman observou os cipós trançados. Pareciam algo deixado por João e Maria ou pela pequena Heidi dos Alpes num banquete de Lúculo. Suspirou. Tudo... excessivo. Maria estava ao lado dele, sentada à direita, conversando sem parar com o inglês cadavérico, como quer que se chamasse, e que se encontrava à direita dela. Judy estava na outra mesa — mas tinha uma visão desimpedida dele e Maria. Precisava conversar com Maria sobre o interrogatório dos dois detetives — mas como poderia fazê-lo com Judy olhando direto para os dois? Conversaria com um inócuo sorriso de festa no rosto. Era isso! Sorriria durante toda a discussão! Ela nunca saberia a diferença... Ou saberia?... Arthur Ruskin estava à mesa de Judy... Mas, graças a Deus, encontrava-se a quatro cadeiras dela... não iria conversar com ela... Judy estava sentada entre o barão Hochswald e um homem meio jovem e de aparência um tanto pomposa... Inez Bavardage estava a duas cadeiras de Judy, e Bobby Shaflett, à direita de Inez. Judy sorria, aquele vasto sorriso social para o homem pomposo... *Quó quó quó quó quó quó quó quó quó quó!* Bem destacada do zumbido da colmeia, ele ouvia a sua nova risada... Inez conversava com Bobby Shaflett, mas também com a sorridente radiografia ambulante sentada à direita do Caipira de Ouro e com Nunnally Voyd, que estava à direita da radiografia ambulante. *Ho ho ho ho ho ho ho,* entoava o Tenor Louro... *Quiá quiá quiá quiá quiá quiá,* entoava Inez Bavardage... *Quó quó quó quó quó quó quó quó quó,* alardeava sua própria esposa...

Leon Bavardage estava sentado quatro cadeiras à direita de Sherman, mais além de Maria, do inglês cadavérico e da mulher de pó de arroz cor-de-rosa no rosto, Barbara Cornagglia. Em contraste com Inez Bavardage, Leon possuía a animação de um pingo d'água. Tinha um rosto plácido, passivo, sem rugas, cabelos crespos alourados, já rareando, nariz longo e delicado, e tez muito pálida, quase lívida. Em vez de um sorriso social de trezentos watts, tinha um sorriso tímido, recatado, com que nesse exato momento agraciava a srta. Cornagglia.

Com algum atraso ocorreu a Sherman que deveria estar falando com a mulher à sua esquerda, Rawthrote, sra. Rawthrote; quem, em nome de Deus, era ela? Que poderia lhe dizer? Voltou-se para a esquerda — *e ela estava aguardando*. Olhava diretamente para ele, os olhos de laser a menos de meio metro de seu rosto. Uma verdadeira radiografia ambulante com uma enorme juba de cabelos louros e um olhar tão intenso que ele pensou, a princípio, que devia *saber* de alguma coisa... Ele abriu a boca... sorriu... vasculhou o cérebro procurando o que dizer... esforçou-se o mais que pôde... e disse-lhe:

— Poderia me fazer um grande favor? Qual é o nome do cavalheiro à minha direita, o cavalheiro *magro*? Seu rosto me é tão familiar, mas não consigo, por nada no mundo, me lembrar do nome.

A sra. Rawthrote curvou-se ainda mais para perto, até que seus rostos estavam a escassos 20 centímetros de distância. Estava tão próxima que parecia ter três olhos.

— Aubrey Buffing — disse. Seus olhos continuavam a queimar os dele.

— Aubrey Buffing — repetiu Sherman pouco convincentemente. Era na realidade uma interrogação.

— O poeta — esclareceu a sra. Rawthrote. — Está na lista de indicações para o prêmio Nobel. Seu pai era o duque de Bray. — Seu tom de voz dizia: "Como pode ignorar isso?"

— É claro — disse Sherman, sentindo que além de outros pecados ainda carregava o de ser filisteu. — O poeta.

— O que acha da aparência dele? — Tinha olhos de cobra. Seu rosto continuava colado no dele. Ele queria se afastar, mas não conseguia. Sentia-se paralisado.

— Aparência? — perguntou.

— Lorde Buffing — disse. — O estado de saúde dele.

— Não... seria capaz de dizer. Não o conheço.

— Ele está se tratando no Vanderbilt Hospital. Tem aids. — Recuou alguns centímetros, para melhor ver o efeito dessa farpa em Sherman.

— Que horror! — disse Sherman. — Como sabe disso?

— Conheço seu namorado mais íntimo. — Fechou os olhos e tornou a abri-los como se dissesse: "Sei dessas coisas, mas não faça perguntas demais." Em seguida acrescentou: — Isto fica *entre nous*. — *Mas nunca o vi antes!* — Não comente com Leon ou com Inez — continuou. — Ele é hóspede da casa, tem sido nas últimas duas semanas e meia. Nunca convide um inglês para um fim de semana. Não se consegue pô-los para fora. — Disse isso sem sorrir, como se fosse o conselho mais sério que já oferecera gratuitamente. E prosseguiu em seu exame míope do rosto de Sherman.

A fim de interromper o contato olho a olho, Sherman deu uma espiada rápida no inglês descarnado, Lorde Buffing, o Poeta Candidato ao Nobel.

— Não se preocupe — disse a sra. Rawthrote. — Não se pega comendo à mesma mesa. Se pegasse, estaríamos todos contagiados a esta altura. Metade dos garçons de Nova York são gays. Aponte-me um homossexual feliz, e lhe apontarei um cadáver gay. — Ela repetiu esse *mot farouche* no mesmo tom *rá-tá-tá-tá* de todo o resto, sem o menor vestígio de sorriso.

Nesse instante, um garçom jovem e bem-apessoado, de traços latinos, começou a servir o primeiro prato, que parecia um ovo de Páscoa sob uma pesada camada de molho branco em um platô de caviar vermelho guarnecido de alface.

— Não me refiro a esses — esclareceu a sra. Rawthrote, na frente do rapaz. — Eles trabalham em tempo integral para Inez e Leon. Mexicanos de Nova Orleans. Moram em casas fora da cidade e vêm para servir nas festas. — Então, sem qualquer preâmbulo, perguntou: — O que o senhor faz, sr. McCoy?

Sherman foi pego de surpresa. Ficou sem fala. Estava tão embatucado quanto estivera quando Campbell fizera a mesma pergunta. Uma pessoa insignificante, uma radiografia de 35 anos, e no entanto... *Quero impressioná-la!* As possíveis respostas passaram ribombando pela sua cabeça... *Sou um funcionário graduado da divisão de obrigações da Pierce & Pierce...* Não... dá a impressão de que sou uma peça substituível da burocracia e tenho orgulho disso... *Sou o produtor número um...* Não... parece algo que um vendedor de aspiradores de pó diria... *Faço parte de um grupo que toma as principais decisões...* Não... não era exato, além de ser uma observação absolutamente *gauche*... *Ganhei 980 mil dólares no ano passado vendendo obrigações*... Esse era o verdadeiro cerne da questão, mas não havia maneira de transmitir essa informação sem parecer tolo... *Sou... um Senhor do Universo!* Continue a sonhar!... além do mais não é possível dizer isso!... Então disse:

— Ah, tento vender umas obrigações para a Pierce & Pierce. — Sorriu muito ligeiramente, esperando que a modéstia da afirmação fosse tomada como um sinal de confiança em sua capacidade, comprovada por tremendas e espetaculares realizações na Wall Street.

A sra. Rawthrote fixou os lasers nele de novo. A 15 centímetros de distância:

— Gene Lopwitz é um dos nossos clientes.

— Cliente?

— Da Benning e Sturtevant.

— Como? — Ficou parado olhando para ela.

— Você conhece Gene — disse a senhora.

— Ora, é claro, trabalho com ele.

Evidentemente a mulher não achou isso muito convincente. Para espanto de Sherman, ela virou-se noventa graus, sem dizer mais nada, para o lado em que um homem de cara vermelha, aparatoso e jovial, conversava com a tortinha de limão que chegara em companhia do barão Hochswald. Sherman agora reconhecia quem era... um executivo da televisão chamado Rale Brigham. Sherman observou as vértebras secas da sra. Rawthrote, no ponto em que saltavam do vestido... Talvez tivesse lhe dado as costas apenas por um instante e fosse tornar a se virar para retomar a conversa... Mas não... metera-se na conversa de Brigham e da tortinha... Ouvia seu *rá-tá-tá*... Estava curvada para Brigham... lançando seus lasers... Dedicara todo o tempo que lhe apetecera dedicar... a um mero vendedor de obrigações!

Estava abandonado de novo. A sua direita, Maria continuava absorta em conversa com Lorde Buffing. Enfrentava mais uma vez a morte social. Era um homem sentado absolutamente só a uma mesa de jantar. A colmeia zumbia à sua volta. Todos os outros se encontravam em estado de beatitude social. Só ele estava encalhado. Só ele não arranjava par, alguém para conversar, era uma lâmpada social sem wattagem alguma no Zoo de Celebridades dos Bavardages... *Minha vida está se desmoronando!* — e no entanto, sobrepujando todo o resto, no seu sistema nervoso central sobrecarregado, ardia a vergonha — a vergonha! — da incompetência social.

Fixou o olhar nos cipós endurecidos de Huck Thigg, ao centro da mesa, como se fosse um estudioso de arranjos florais. Depois pespegou um sorriso no rosto, como se estivesse se divertindo, confiante. Tomou um longo gole de vinho e olhou para a outra mesa, como se tivesse cruzado o olhar com alguém lá... Sorriu... Murmurou silenciosamente para espaços vazios na parede. Tomou um pouco mais de vinho e estudou um pouco mais os cipós endurecidos. Contou as vértebras na coluna da sra. Rawthrote. Sentiu-se contente quando um dos garçons, um dos *varones* vindos do campo, materializou-se e completou seu copo de vinho.

O prato principal consistia de fatias de rosbife rosado, servido em enormes travessas de porcelana, com rodelas de cebola, cenouras e batatas refogadas. Era um prato principal americano, substancioso e simples. Pratos principais americanos, substanciosos e simples, entre prólogos e epílogos exoticamente concebidos, *comme il faut*, atualmente, combinando com a tendência informal. Quando o garçom mexicano começou a levantar as imensas travessas sobre os ombros dos comensais, de modo que pudessem se servir, produziu o efeito de um sinal convencionado para a troca de parceiros de conversa. Lorde Buffing, o poeta inglês contagiado, *entre nous*, voltou-se para a empoada Mme. Cornagglia. E Maria, para Sherman. Ela sorriu e olhou-o no fundo dos olhos. Fundo demais! E se Judy os surpreendesse naquele instante! Ele afetou um gélido sorriso social.

— Ufa! — exclamou Maria. Girou os olhos na direção de Lorde Buffing. Sherman não queria falar de Lorde Buffing. Queria falar da visita dos dois detetives. *Mas era melhor começar devagarinho, caso Judy estivesse olhando.*

— Ah, tem razão! — disse ele. Um largo sorriso social. — Esqueci-me. Você não gosta de ingleses.

— Ah, não é isso. Ele parece um bom homem. É que mal consegui entender o que dizia. Você nunca ouviu um sotaque desses.

Sorriso social:

— De que foi que ele falou?

— A finalidade da vida. Não estou brincando.

Sorriso social:

— E por acaso mencionou qual é?

— De fato, mencionou. A reprodução.

Sorriso social:

— Reprodução?

— É. Disse que levou setenta anos para perceber que essa é a única finalidade da vida: reprodução. A natureza só se preocupa com uma coisa: a reprodução pela reprodução.

Sorriso social:

— Isso é muito interessante, partindo dele. Você sabe que ele é homossexual, não sabe?

— Ah, corta essa. Quem lhe disse isso?

— Essa aí. — Fez um gesto indicando as costas da sra. Rawthrote. — Quem é ela, afinal? Você a conhece?

— Claro. Sally Rawthrote. É corretora imobiliária.

Sorriso social:

— Corretora de imóveis! — Nossa mãe! Quem no mundo convidaria uma *corretora de imóveis* para jantar!

Como se lesse seus pensamentos, Maria disse:

— Você está desatualizado, Sherman. Corretores de imóveis são muito chiques, agora. Ela vai a toda parte com aquele barril de cara vermelha ali adiante, Lorde Gutt. — Acenou com a cabeça em direção à outra mesa.

— O gordo com sotaque britânico?

— É.

— Quem é ele?

— Um banqueiro desses.

Sorriso social:

— Tenho uma coisa para lhe dizer, Maria, mas... não quero que fique agitada. Minha mulher está na outra mesa de frente para nós. Portanto, fique calma.

— Quem diria. Ora, sr. McCoy, queridinho.

Mantendo o sorriso social atarraxado na cara o tempo todo, Sherman lhe fez um curto relato do confronto com os policiais.

Exatamente como temera, Maria perdeu a compostura. Sacudiu a cabeça e amarrou a cara.

— Ora, por que não os deixou ver a droga do carro, Sherman! Você disse que não tinha marcas!

Sorriso social:

— Ei! Calminha! Minha mulher pode estar olhando. Eu não estava preocupado com o carro. Só não queria que conversassem com o empregado. Podia muito bem ser aquele que estava de serviço naquela noite, quando levei o carro de volta.

— Nossa mãe, Sherman. Você me diz para ficar *calma,* e você não tem calma alguma. Tem certeza de que não lhes disse nada?

Sorriso social:

— Tenho certeza.

— Pelo amor de Deus, tire esse sorriso idiota do rosto. Você tem direito a ter uma conversa séria com uma moça à mesa do jantar, mesmo que sua mulher esteja olhando. Não sei por que concordou em falar com a maldita polícia, para começo de conversa.

— Pareceu-me a atitude correta naquele momento.

— Eu lhe *disse* que você não foi talhado para isso.

Atarraxando de novo o sorriso social, Sherman deu uma espiada em Judy. Estava ocupada sorrindo para a cara de índio do barão Hochswald. Voltou-se para Maria, ainda sorrindo.

— Ah, pelo amor de Deus, Sherman! — exclamou Maria.

Ele apagou o sorriso.

— Quando posso conversar com você? Quando posso vê-la?

— Ligue-me amanhã à noite.

— Está bem. Amanhã à noite. Deixe-me perguntar uma coisa. Ouviu alguém comentando a reportagem de *The City Light*? Alguém aqui hoje à noite?

Maria começou a rir. Sherman se sentiu contente. Se Judy estivesse observando, pareceria que estavam tendo uma conversa divertida.

— Está falando sério? — perguntou Maria. — A única coisa que essa gente lê em *The City Light* é a coluna *dela*. — Indicou uma mulher corpulenta do outro lado da mesa, uma mulher de uma certa idade com uma absurda gaforinha de cabelos louros e pestanas falsas tão compridas e espessas que mal conseguia erguer as pálpebras superiores.

Sorriso social.

— Quem é aquela?

— É "A Sombra".

O coração de Sherman deu um soco.

— Você está brincando! Eles convidam uma colunista para jantar?

— Claro. Não se preocupe. Ela não está interessada em você. E não está interessada em acidentes de automóvel no Bronx, tampouco. Se eu desse um tiro em Arthur, então se interessaria. E eu ficaria feliz em satisfazer-lhe a curiosidade.

Maria lançou-se numa denúncia contra o marido. Ele estava corroído de ciúmes e rancores. Estava transformando sua vida num inferno. Não parava de chamá-la de prostituta. Seu rosto ia se contraindo cada vez mais. Sherman se assustou — Judy talvez estivesse observando! Ele queria tornar a assumir o sorriso social, mas como poderia, diante das lamentações dela?

— Quero dizer, ele anda pelo apartamento me chamando de *prostituta*. "Sua prostituta! Sua prostituta!" — bem na cara dos criados! Como acha que me sinto? Se me chamar disso mais uma vez, vou bater na cabeça dele com alguma coisa, juro por Deus!

Pelo canto do olho, Sherman viu o rosto de Judy voltado na direção dos dois. Essa não! — e ele sem o sorriso no rosto! Rapidamente resgatou-o e atarraxou-o de novo e disse a Maria:

— Isso é horrível! Parece que ele está caducando!

Maria encarou aquela expressão social agradável por um momento, então sacudiu a cabeça.

— Vá para o inferno, Sherman. Você está tão ruim quanto ele.

Espantado, Sherman conservou o sorriso e deixou os sons da colmeia envolverem-no. Que êxtase a toda a volta! Que olhos radiantes e sorrisos à prova de fogo! Tantos dentes em movimento! *Quiá quiá quiá quiá quiá quiá quiá*, elevava-se a risada de Inez Bavardage em triunfo social. *Ho ho ho ho ho ho ho*, erguia-se o zurro do Caipira de Ouro em resposta. Sherman engoliu mais um copo de vinho.

A sobremesa era suflê de damascos, preparado individualmente, para cada comensal, em robustas tigelas de cerâmica da Normandia, com as bordas *au rustaud* pintadas à mão. As sobremesas finas tinham voltado à moda naquela temporada. O tipo de sobremesa que demonstrava que se estava preocupado com calorias e colesterol, os frutinhos e bolinhas de melão com sorvete de frutas tornaram-se um pouco classe média demais. E além disso ser capaz de servir 24 suflês individuais era um *tour de force*. Exigia uma cozinha anormal e uma equipe e tanto.

Uma vez que o *tour de force* se completara, Leon Bavardage pôs-se de pé e tamborilou no copo de vinho — um copo de *sauternes* de uma tonalidade rosa-escuro dourada — vinhos pesados à sobremesa também eram *comme il faut* — e foi respondido por uma alegre e ébria percussão de pessoas nas duas mesas, que batiam nos copos de vinho de maneira risível. *Ho ho ho ho*, ecoou a risada de Bobby Shaflett. Ele batia no copo com vontade. Os lábios vermelhos de Leon Bavardage abriam-se de fora a fora, seus olhos se semicerravam, como se a percussão dos cristais fosse um grande tributo à alegria que as celebridades reunidas encontravam em sua casa.

— Todos vocês são amigos tão queridos e especiais de Inez e meus que não precisamos de uma ocasião *especial* para querer reuni-los à nossa volta em casa — disse numa voz afável e ligeiramente feminina. Sotaque do litoral do golfo. Então se dirigiu à outra mesa, em que Bobby estava sentado. — Quero dizer, às vezes pedimos a Bobby que venha nos visitar só para podermos ouvir sua *risada*. A risada de Bobby é música, no meu entender: de mais a mais nunca conseguimos que cante para nós, mesmo quando Inez toca piano!

Quiá quiá quiá quiá quiá quiá quiá quiá, fez Inez Bavardage. *Ho ho ho ho ho ho ho ho*, o Caipira de Ouro abafou a risada dela com uma risada própria. Era uma risada espantosa, essa. Ho ho hoo hooo hoooo hoooo hooooo, e ia subindo, subindo, subindo, e aí começava a descer de uma forma curiosa e altamente estilizada e terminava num soluço. A sala se calou — um silêncio mortal — pelo tempo que os comensais, a maioria, levaram para compreender que tinham acabado de ouvir o famoso soluço ridente de "Vesti la giubba", a ária de *Pagliacci*.

Tremendos aplausos nas duas mesas, sorrisos largos, risadas e gritos de "Mais! Mais! Mais!".

— Ah, não! — disse o gigante louro. — Eu só canto para ganhar o meu jantar e já cantei o suficiente pelo jantar de hoje! Meu suflê não foi suficientemente grande, Leon!

Tempestades de risos, mais aplausos. Leon Bavardage fez um sinal lânguido para um dos garçons mexicanos.

— Mais suflê para o sr. Shaflett. Traga-o na banheira! — O garçom o encarou petrificado.

Sorrindo, de olhos brilhantes, arrebatado por esse dueto de gente espirituosa, Rale Brigham gritou:

— Suflê obtido ilegalmente! — A piada foi tão fraca, que Sherman teve prazer em notar que ninguém lhe deu atenção, nem mesmo a sra. Rawthrote de olhos laser.

— Mas de todo modo essa *é* uma ocasião especial — disse Leon Bavardage —, porque temos um amigo muito especial hospedado conosco durante sua visita aos Estados Unidos, Aubrey Buffing. — Ele sorriu radiante para o grande homem, que voltou o rosto descarnado para Leon Bavardage com um sorrisinho contraído e preocupado. — Agora, no ano passado, o nosso amigo Jacques Prudhomme — ele sorriu para o ministro da Cultura francês, que estava à sua direita — contou a Inez e a mim que soubera de fonte segura — e espero que não esteja sendo inconveniente, Jacques...

— Eu também — disse o ministro da Cultura com a voz grave, sacudindo os ombros com exagero para obter um efeito cômico. Risos de apreciação.

— Bom, você *realmente disse* a Inez e a mim que sabia de fonte segura que Aubrey ganhara o prêmio Nobel. Sinto muito, Jacques, mas o seu serviço secreto não é tão bom assim em Estocolmo!

Mais um magnífico sacudir de ombros, mais acordes de sua elegante voz sepulcral:

— Felizmente, não estamos prevendo hostilidades com a Suécia, Leon. — Grandes risadas.

— Mas, Aubrey, em todo caso, chegou *pertinho assim* — disse Leon, juntando o polegar e o indicador —, e o próximo ano talvez seja o dele. — O sorrisinho contraído do velho inglês não se alterou. — Mas, naturalmente, isso não faz grande diferença, porque o que Aubrey significa para a nossa... nossa cultura... ultrapassa de muito os prêmios, e sei que o que Aubrey significa para Inez e para mim como *amigo*... bom, ultrapassa os prêmios e a cultura... e — ele manquejou, procurando uma maneira de encerrar a alocução, e então disse: — ... e tudo mais. Em todo caso, quero propor um brinde a Aubrey, com os nossos melhores votos para a sua visita aos Estados Unidos...

— Ele acabou de arranjar hóspede para mais um mês — disse a sra. Rawthrote a Rale Brigham num cochicho teatral.

Leon ergueu o copo de *sauternes*.

— A Lorde Buffing!

Copos erguidos, aplausos, vivas ao estilo britânico.

O inglês se pôs de pé vagarosamente. Estava horrivelmente desfigurado. O nariz parecia ter um quilômetro de comprimento. Ele não era alto, contudo, por alguma razão, o enorme crânio calvo fazia-o parecer imponente.

— Você é demasiadamente bondoso, Leon — disse, olhando para Leon e em seguida baixando os olhos modestamente. — Como todos sabem... aconselha-se a todo aquele que brinca com a ideia de um prêmio Nobel que aja como se não desse conta de sua existência, e de qualquer modo estou velho demais para me preocupar com isso... Assim sendo, tenho certeza de que não sei a que se referem. — Risos leves e intrigados. — Mas não é possível desconhecer sua maravilhosa hospitalidade e a de Inez, e graças a Deus, não preciso fingir um só momento que ela não existe. — Os litotes se sucediam tão rapidamente que os circunstantes estavam desconcertados. Mas murmuravam encorajamentos. — Tanto assim — continuou — que eu, de minha parte, me sentiria muito feliz de cantar para ganhar o meu jantar...

— Seria de esperar — cochichou a sra. Rawthrote.

— ... mas não vejo como alguém poderia se atrever a fazê-lo depois da notável alusão do sr. Shaflett à tristeza de Canio em *Pagliacci*.

Como só os ingleses são capazes de fazer, ele pronunciou "sr. Shaflett" muito maliciosamente, ressaltando o ridículo de se dar o digno título de "senhor" àquele palhaço rústico.

Inesperadamente parou, ergueu a cabeça e olhou para a frente, como se estivesse olhando através das paredes do edifício para a metrópole que se estendia além. Riu secamente.

— Perdoem-me. De repente, fiquei ouvindo o som da minha própria voz, e me ocorreu que agora tenho aquele tipo de voz inglesa, que se tivesse ouvido meio século atrás, quando era rapaz — um rapaz estouvado, ao que me lembre —, teria abandonado esta sala.

As pessoas se entreolhavam.

— Mas sei que não irão se retirar — continuou Buffing. — Sempre achei maravilhoso ser inglês nos Estados Unidos. Lorde Gutt talvez discorde de mim — ele pronunciou Gutt com um latido tão gutural, que foi como se dissesse "Lorde Babaca" —, mas duvido que o faça. Quando vim pela primeira vez aos Estados Unidos, ainda jovem, depois da Segunda Guerra Mundial, e as pessoas ouviam minha voz, diziam "Ah, você é inglês!", e eu sempre conseguia o que queria, porque elas ficavam impressionadíssimas. Hoje em dia, quando venho aos Estados Unidos e as pessoas ouvem a minha voz, dizem: "Ah, você é inglês — coitadinho!" — e ainda consigo o que quero, porque os seus conterrâneos nunca deixam de se apiedar de nós.

Muitos risos apreciativos e alívio. O velho estava explorando um veio mais leve. Fez uma nova pausa, como se procurasse decidir se deveria prosseguir ou não. Sua conclusão, evidentemente, foi positiva.

— Por que nunca escrevi um poema sobre os Estados Unidos, realmente não sei. Bem, retiro o que disse. Eu *sei*, é claro. Vivi em um século em que não se espera que os poetas escrevam poemas *sobre* nada, pelo menos nada a que se possa dar um nome geográfico. Mas os Estados Unidos merecem um poema épico. Em diversos pontos de minha carreira considerei escrever um épico, mas tampouco o fiz. Já não se espera que os poetas escrevam épicos, apesar de os únicos poetas que sobreviveram — e sobreviverão — terem sido aqueles que escreveram épicos. Homero, Virgílio, Dante, Shakespeare, Milton, Spencer: onde estarão o sr. Eliot ou o sr. Rimbaud — pronunciado como o fizera com Shaflett — por mérito próprio, daqui a 25 anos? Nas sombras, receio, nos pés de página, ocultos nos ibidem, nos matagais... juntamente com Aubrey Buffing e muitos outros poetas que episodicamente tive em alta conta. Não, nós, poetas, nem temos mais a vitalidade para escrever épicos. Nem temos coragem para compor rimas, e o épico americano deveria ter rimas, rimas sobre rimas numa cascata despudorada, rimas do tipo com que Edgar Allan Poe nos brindou... Sim... Poe, que viveu seus últimos anos um pouco ao norte daqui, creio, numa parte de Nova York chamada Bronx... num chalezinho com lilases e uma cerejeira... e a esposa morrendo de tuberculose. Sem dúvida ele era um bêbado, talvez um psicótico, mas dotado da loucura da visão profética. Ele escreveu um conto que nos diz tudo que precisamos saber sobre o momento em que vivemos agora... "A máscara da morte escarlate"... uma peste misteriosa, a Morte Escarlate, está devastando a terra. O príncipe Próspero... Príncipe *Próspero*... até o nome é perfeito... o príncipe Próspero reúne os melhores cidadãos em seu castelo, estoca provisões de comida e bebida para dois anos, fecha os portões ao mundo exterior, contra a virulência das almas inferiores, e começa um baile de máscaras que deverá durar até que a peste tenha se extinguido no exterior das muralhas. A festa é infindável e ininterrupta, e tem lugar em sete grandes salões, e em cada um deles a folia é mais intensa do que no anterior, e os foliões são atraídos para o salão seguinte, e para o seguinte, até o sétimo salão, que é decorado inteiramente em negro. Uma noite, nesse último salão, aparece um convidado disfarçado com a fantasia mais criativa e mais abominavelmente bela que esse grupo de mascarados resplandecentes já viu. O convidado está fantasiado de morte, mas tão convincentemente que Próspero se ofende e ordena que seja expulso. Mas ninguém ousa tocá-lo, de modo que a tarefa é deixada ao próprio príncipe, e no instante em que este toca a fantasia medonha, cai morto, pois a Morte Escarlate penetrara na casa de Próspero... *Próspero,* meus amigos... Agora, a parte primorosa da história é que, de alguma forma, os convidados sabiam o tempo todo o que os aguardava naquele salão, e no entanto se sentiam irresistivelmente atraídos para ele, porque o arrebatamento era tão intenso e o prazer tão desenfreado e os trajes, a comida, a bebida, e a carne tão magníficos... e é só o que têm. Famílias, lares, filhos, a grande cadeia do ser, a eterna maré de cromossomas já não significa nada para eles. Estão presos uns aos outros, e rodopiam em volta uns dos outros, sem cessar, partículas de um átomo condensado... e que mais poderia a Morte Escarlate ser senão uma espécie de estímulo final, o *ne plus ultra*?

Assim Poe foi muito gentil em escrever o nosso fim há mais de cem anos. Sabendo disso, quem seria capaz de escrever todas as passagens mais amenas que deveriam vir antes? Não eu, não eu. A doença... a náusea... a dor impiedosa... se extinguiram com a febre que me enlouquecia o cérebro... com a febre chamada "viver" que ardia em meu cérebro. A febre chamada "viver": essas foram algumas das últimas palavras que ele escreveu... Não... Eu não posso ser o poeta épico que vocês merecem. Estou velho demais e cansado demais, exaurido demais pela febre chamada "viver", e prezo demais a sua companhia e o turbilhão da roda-viva. Muito obrigado, Leon. Muito obrigado, Inez.

E dizendo isso, o inglês espectral foi se sentando lentamente.

O intruso que os Bavardages mais temiam, o silêncio, agora dominava a sala. Os comensais se entreolhavam num constrangimento tríplice. Estavam constrangidos por aquele velho que cometera a gafe de introduzir uma nota sombria em uma noitada dos Bavardages. Estavam constrangidos porque sentiam a necessidade de exprimir a sua cínica superioridade em resposta à solenidade dele, mas não sabiam como fazê-lo. Ousariam rir? Afinal, ele era Lorde Buffing, que participava da lista de indicações para o prêmio Nobel e era hóspede do anfitrião. E estavam constrangidos porque sempre havia a possibilidade de que o velho tivesse dito alguma coisa profunda que não tivessem logrado captar. Sally Rawthrote girou os olhos, fez uma cara zombeteiramente compungida e lançou um olhar à sua volta para ver se alguém lhe seguia o exemplo. Lorde Gutt pôs um sorriso deprimido na caraça gorda e olhou para Bobby Shaflett, que por sua vez olhou para Inez Bavardage, procurando uma deixa. Ela não ofereceu nenhuma. Tinha o olhar fixo, apalermado. Judy sorria, um sorriso absolutamente tolo, pareceu a Sherman, como se pensasse que algo muito agradável tivesse acabado de ser expresso pelo destacado cavalheiro da Grã-Bretanha.

Inez Bavardage se ergueu e anunciou:

— O café será servido na outra sala.

Gradualmente, sem muita convicção, a colmeia recomeçou a zumbir.

Na corrida de volta para casa, a corrida de seis quarteirões de 123 dólares e 25 *cents*, ou seja, metade de 246 dólares e 50 *cents*, com o motorista de cabeça branca da Mayfair Town Car Inc. ao volante, Judy não parava de tagarelar. Estava borbulhante. Sherman não a via tão animada há mais de duas semanas, desde a noite em que o apanhara em um "flagrante telefônico" com Maria. Essa noite, obviamente, ela não percebera nada com relação a Maria, nem mesmo sabia que a moça bonita sentada ao lado do marido durante o jantar se *chamava* Maria. Não, estava de excelente humor. Ébria, não de álcool — álcool engordava —, mas de Sociedade.

Fingindo um distanciamento divertido, comentava a sagacidade de Inez na escolha de suas celebridades: três aristocratas (barão Hochswald, Lorde Gutt e Lorde

Buffing), um político importante de projeção internacional (Jacques Prudhomme), quatro gigantes das artes e letras (Boby Shaflett, Nunnally Voyd, Boris Korolev e Lorde Buffing), dois designers (Ronald Vine e Barbara Cornagglia), três VIF's...
— VIF's? — perguntou Sherman.
— *Very important fags:* veados muito importantes — explicou Judy —, é assim que todo mundo os chama.

(O único nome que Sherman ouviu direito foi o do inglês que se sentara à direita dela, St. John Thomas, e o de três titãs do mundo dos negócios, Hochswald, Rale Brigham e Arthur Ruskin.) Então passou a discorrer sobre Ruskin. A mulher à esquerda dele, Mme. Prudhomme, não queria falar com ele, e a mulher à direita, a esposa de Rale Brigham, não estava interessada, e por isso Ruskin se debruçara e começara a falar ao barão Hochswald sobre o seu serviço de fretamento de aviões no Oriente Médio.

— Sherman, você tem ideia de como esse homem ganha dinheiro? Ele transporta árabes a Meca de avião... Boeings 747... dezenas de milhares de árabes... e ele é judeu!

Era a primeira vez, nem se lembrava em quanto tempo, que ela lhe contava uma fofoca, na veia alegre de antigamente. Mas ele deixara de se interessar pela vida e as aventuras de Arthur Ruskin. Só conseguia pensar no inglês descarnado e atormentado, Aubrey Buffing.

E então Judy perguntou:
— Na sua opinião, que foi que deu em Lorde Buffing, afinal? Aquela história toda foi tão... mortificante.

"Mortificante" é a palavra certa, pensou Sherman. Ele começou a responder que Lorde Buffing estava morrendo de aids, mas também já deixara de se interessar pelos prazeres da fofoca.
— Não faço ideia.

Mas era claro que fazia. Sabia exatamente. Aquela voz inglesa, educada e fantasmagórica, fora a voz de um oráculo. Aubrey Buffing estivera se dirigindo a ele, como se fosse um médium enviado pessoalmente por Deus. Edgar Allan Poe! — Poe! — a ruína dos dissolutos — no Bronx — *o Bronx!* O turbilhão sem sentido, a luxúria desenfreada, a obliteração da família e do lar — e, aguardando no último salão, a Morte Escarlate.

Eddie já abrira a porta para eles, quando desceram do sedã da Mayfair Town Car para a entrada do edifício. Judy exclamou: "Oi, Eddie!" Sherman mal a olhou e nada disse. Sentia-se tonto. Além de estar consumido de medo, estava bêbado. Seus olhos percorreram o saguão... A Rua dos Sonhos... Ele quase esperava ver a mortalha.

16
FALANDO IRLANDÊS

O machismo irlandês de Martin era tão frio que Kramer não conseguia imaginá-lo animado, exceto quando bêbado. Mas essa manhã ele estava de excelente humor. Seus olhos sinistros de dobermann estavam aumentados e brilhantes. Parecia uma criança feliz.

— Então estamos parados no saguão com esses dois porteiros — contava ele —, ouve-se uma cigarra e esse botão acende, e nossa mãe!, um desses caras sai correndo pela porta como se tivessem ligado um fio no rabo dele e começa a tocar um apito e a acenar os braços para fazer parar um táxi.

Ele olhava diretamente para Bernie Fitzgibbon enquanto contava a história. Os quatro, Martin, Fitzgibbon, Goldberg e Kramer estavam no gabinete de Fitzgibbon. Este, como condizia a um chefe da Delegacia de Homicídios da Promotoria Distrital, era um irlandês de quatro costados, de queixo quadrado, cabelos bastos e negros, olhos escuros e aquilo que Kramer chamava de "sorriso de vestiário". Um sorriso de vestiário era fácil, mas nunca insinuante. Fitzgibbon sem dúvida sorria prontamente ao relato de Martin com seus detalhes grosseiros porque Martin era aquele tipo peculiar de irlandesinho valente, e Fitzgibbon compreendia e prezava a raça.

Havia dois irlandeses na sala, Martin e Fitzgibbon, e dois judeus, Goldberg e Kramer, mas para todos os efeitos havia quatro irlandeses. Ainda sou judeu, pensava Kramer, mas não nesta sala. Todos os tiras viravam irlandeses, os tiras judeus como Goldberg, e também os tiras italianos, os tiras latinos e os tiras negros. Até os tiras negros; ninguém compreendia os comissários de polícia, que em geral eram negros, porque sua pele escondia o fato de terem se tornado irlandeses. O mesmo se aplicava aos promotores assistentes na Delegacia de Homicídios. Esperava-se que o indivíduo se tornasse irlandês. Os irlandeses estavam desaparecendo de Nova York, em termos populacionais. Na política, os irlandeses, que vinte anos antes ainda dominavam o Bronx, Queens, Brooklyn e grande parte de Manhattan, estavam reduzidos a um mísero distrito no West Side de Manhattan, na área do rio Hudson, em que todos os cais em desuso se enferrujavam. Todo policial irlandês que Kramer encontrava, incluindo Martin, morava fora, em Long Island ou algum lugar como Dobbs Ferry, e vinha de trem para a cidade. Bernie Fitzgibbon e Jimmy Caughey eram dinossauros. Todos os transferidos para a Promotoria Distrital do Bronx eram ou judeus ou italianos. Todavia, o selo irlandês estava estampado no Departamento de Polícia e na Delegacia de Homicídios da Promotoria Distrital, e provavelmente continuaria ali para sempre. O machismo irlandês — essa era a loucura obstinada que a todos possuía. Os irlandeses se chamavam, entre si, de "gaitas" e "jumentos". Jumentos! Usavam a palavra com orgulho, mas também como uma confissão. Compreendiam a palavra. A coragem irlandesa não era a coragem do leão, mas a do jumento. Fosse como tira, ou como promotor assistente da Delegacia de Homicídios, não importa a situação idiota em que se metessem, nunca se recuava. Aguentava-se firme. Isso é que era tão assustador mesmo no menor e mais insignificante representante daquela raça. Uma vez que tomavam uma posição, estavam dispostos a brigar. Para lidar com eles era preciso estar disposto a brigar também, e não havia nesse pobre globo terrestre muita gente que estivesse disposta a lutar. O reverso dessa medalha era a lealdade. Quando um deles se metia em apuros, os outros nunca debandavam. Bem, isso não era bem verdade, mas o jogo precisava estar praticamente perdido para que os irlandeses começassem a procurar o responsável. Os tiras eram assim, esperava-se que os promotores assistentes da Delegacia de Homicídios fossem assim. Lealdade era lealdade, e a lealdade irlandesa era um monolito, indivisível. O código do jumento! E todo judeu, todo italiano, todo negro, todo porto-riquenho internalizava esse código e se tornava um jumento de pedra também. Os irlandeses gostavam de divertir uns aos outros com casos de guerra irlandeses, de modo que quando o jumento Fitzgibbon e o jumento Goldberg escutavam o jumento Martin, só faltava a bebida para que eles pudessem completar o quadro, se embebedando e se tornando sentimentais, ou se embebedando e se enfurecendo como loucos. Não, pensava Kramer, eles não precisam de álcool. Eles já estão altos só de pensar nos filhos da mãe valentões e inegáveis que são.

— Pedi a um dos porteiros para me explicar — continuou Martin. — Quero dizer, tínhamos muito tempo. Esse desgraçado desse McCoy nos faz esperar no saguão uns quinze minutos. Em todo caso, em cada andar, junto do elevador, há dois botões. Um é para o elevador e o outro, para o táxi. Você aperta o botão, e esse merdinha sai correndo para a rua apitando e sacudindo os braços. De qualquer forma, finalmente entramos no elevador, e de repente me lembro que não sei em que andar o filho da mãe do cara mora. Então meto a cabeça para fora do elevador e pergunto ao porteiro que botão eu aperto e ele responde: "nós mandamos vocês para cima." *Nós mandamos vocês para cima.* A gente pode apertar os botões que quiser dentro do elevador e não adianta porra nenhuma. Um dos porteiros tem que apertar o botão no painel junto à porta. Mesmo se a gente morar na porra do edifício e quiser visitar alguém, não se pode entrar no elevador e apertar o botão do andar da pessoa. Não que o lugar me pareça o tipo de edifício em que se aparece para fazer visitinhas. Em todo caso, esse tal de McCoy mora no décimo andar. A porta se abre, e se entra nessa salinha. Não abre para um corredor, abre para essa salinha, e só tem uma porta. Naquele andar, o elevador é só para esse apartamento.

— Você viveu uma vida protegida, Marty — disse Bernie Fitzgibbon.

— Protegida uma porra, se quer saber minha opinião — disse Martin. — Aperta-se a campainha, e uma criada de uniforme abre a porta. Ela é porto-riquenha ou sul-americana, uma coisa assim. Esse saguão em que se entra é todo de mármore e tem painéis de madeira e uma dessas escadas enormes que se sobe assim, como uma dessas porras de cinema. Então, esfriamos os calcanhares no chão de mármore por algum tempo, até que o cara imagina que já nos fez esperar tempo suficiente, e aí ele desce as escadas, muito devagarinho, com a porra do queixo, juro por Deus, com a porra do queixo lá no alto. Reparou bem nisso, Davey?

— Reparei — confirmou Goldberg. Riu divertido.

— Que aparência ele tem? — perguntou Fitzgibbon.

— É alto, usa o tal terno cinzento, tem o queixo lá em cima: o veado típico de Wall Street. Não é nada feio. Quarentão.

— Qual foi a reação dele à visita de vocês?

— Estava muito senhor de si com a coisa toda, a princípio — disse Martin. — Convidou-nos para entrar na biblioteca, acho que era isso. Não era muito grande, mas você devia ter visto a merda que tinha em volta do teto. — Ele ergueu o braço num gesto abrangente. — Toda essa gente, esculpida em madeira, como uma multidão numa calçada, e essas lojas e merdas no segundo plano. Você nunca viu nada igual. Então estamos sentados lá, e estou explicando a ele que isso é uma verificação rotineira de carros dessa marca, com essa placa de licença e todo o resto, e ele está dizendo é, ouvi falar do caso pela televisão e é, ele tem um Mercedes com uma placa que começa com R, e não há dúvida é uma porra de uma coincidência... e quero dizer, eu calculo, bom, esse é mais um nome para riscar da merda dessa lista que nos deram. Quero dizer, se você quiser pensar no cara menos provável que você conseguir imaginar, andando de carro pelo Bruckner Boulevard no Bronx à noite, esse é o cara. Quero dizer, estou praticamente me *desculpando* ao cara por estar gastando o tempo dele. E então pergunto se podemos dar uma olhada no carro, e ele pergunta: "Quando?" E eu digo "Agora", e foi só o que precisei dizer. Quero dizer, se ele respondesse: "Está na oficina" ou "Minha mulher está com o carro", ou qualquer merda, eu não sei nem se voltaria para investigar, a coisa toda era muito improvável. Mas ele aparece com essa expressão no rosto, e a boca começa a tremer, e começa a enrolar dizendo que *"não sabe"*... e qual é *"a rotina"*... mas é principalmente a expressão no rosto dele. Eu olhei para Davey, e ele olhou para mim, e nós dois vimos a mesma porra. Não é verdade, Davey?

— É. De repente aparece o covarde nele. Dava até para ver.

— Já vi gente assim antes — disse Martin. — Ele não gosta nada dessa merda. Não é um mau sujeito. Parece meio besta, mas provavelmente é até um bom sujeito. Tem mulher e filha. Tem esse puta apartamento. Não tem peito para a coisa. Não tem peito para ficar do lado errado da lei. Não importa quem seja, algum dia na vida a pessoa vai estar do lado errado da lei, e há gente que tem peito para isso e há gente que não tem.

— Ele não tem peito para ver você sentado na porra da escrivaninha dele — disse Goldberg rindo.

— Na escrivaninha dele? — perguntou Fitzgibbon.

— Ah, é — disse Martin, rindo da lembrança. — Bom, o caso é o seguinte, eu vejo o cara começar a desmoronar, e digo a mim mesmo "Ora, merda, ainda não li a porra dos direitos dele, então é melhor fazer isso logo". Então estou tentando parecer bem tranquilo e digo que apreciamos a cooperação e tudo mais, mas que ele não é obrigado a dizer nada que não queira, e tem direito a um advogado, e assim por diante, e agora estou pensando mais adiante. Como é que vou dizer "Se não puder contratar um advogado, o Estado providenciará um gratuitamente", e fazer isso parecer casual, quando a porra dos entalhes na parede custam mais do que a porra de um advogado contratado pelo Estado em um ano? Então calculo que vou apelar para a velha manobra do "chega pra lá" por precaução, e fico em pé olhando para ele de cima: ele está sentado nessa grande escrivaninha, e olho para ele com aquela expressão de "Você não vai me fazer a putaria de ficar de boca calada, só porque estou lendo os seus direitos, vai?".

— Foi pior que isso — disse Goldberg. — Marty começa sentando na ponta da mesa do cara, porra!

— E que foi que ele fez? — perguntou Fitzgibbon.

— A princípio, nada — esclareceu Martin. — Ele sabia que vinha coisa. Não há maneira de se dizer simplesmente "Por falar nisso", e ler para alguém uma lista de direitos como se estivesse passando o tempo. Mas ele está confuso. Posso ver que seus olhos estão cada vez maiores. Ele se enrola como um filho da mãe. Então se levanta, e diz que quer conversar com um advogado. O engraçado é que ele começa a desmoronar quando lhe perguntamos pelo carro, e então vamos ver o carro, e não há nada. Não há uma única marca no carro.

— Como foi que acharam o carro dele?

— Foi muito simples. Ele nos disse que guardava em uma garagem. Então calculei, quando se tem tanto dinheiro como esse filho da mãe, guarda-se o carro na garagem mais próxima. Então perguntei ao porteiro onde ficava a garagem mais próxima. E foi só. Nem mencionei o McCoy.

— E na garagem, eles lhe mostraram o carro sem mais nem menos?

— Foi, eu mostrei o distintivo, e Davey se postou do outro lado do homem e perfurou a cabeça dele com os olhos. Você sabe, um judeu mal-encarado parece muito mais mal-encarado do que um irlandês mal-encarado.

Goldberg abriu um largo sorriso. Considerou isso um elogio.

— O cara diz "Que carro?" — conta Goldberg. — Conclusão: eles guardam dois carros na garagem, o Mercedes e uma caminhonete Mercury, e custa 410 dólares por mês guardar um carro lá. Está afixado na parede. Oitocentos e vinte dólares por mês por dois carros. São duzentos dólares a mais do que pago por toda a porra da minha casa em Dix Hills!

— Então o sujeito mostra o carro? — perguntou Fitzgibbon.

— Ele revela onde está e diz "Sirvam-se" — disse Goldberg. — Fico com a impressão de que ele não morre de amores por McCoy.

— Bom, ele não sai do caminho para protegê-lo — acrescentou Martin. — Pergunto-lhe se o carro foi usado na terça-feira passada, à noite, e ele diz, ah claro, lembra-se muito bem. McCoy tira o carro, aí pelas seis, e volta às dez, todo amarrotado.

— É bom ter quem cuide dos interesses da gente — comentou Goldberg.

— Sozinho? — perguntou Fitzgibbon.

— Foi o que ele disse — informou Martin.

— Então tem certeza que ele é o cara.

— Ah, tenho.

— Muito bem — diz Fitzgibbon —, e onde é que está o caso?

— Temos o começo de um caso agora — disse Martin. — Sabemos que ele estava dirigindo o carro naquela noite.

— Nos dê mais vinte minutos com o veado e extraímos o resto — disse Goldberg. — Ele já está meio acovardado.

— Eu não contaria com isso — disse Fitzgibbon —, embora vocês possam tentar. Sabe, na realidade não temos porra nenhuma. Não temos testemunhas. O garoto não conta. Nem sabemos onde foi que a coisa aconteceu. E não é só isso, o garoto dá entrada no hospital na noite do acidente e não diz uma palavra sobre o atropelamento.

Uma ideia começou a surgir. Kramer interrompeu-os:

— Talvez ele já estivesse meio desconexo. — Um clarão surgia desse caso antes considerado uma merdinha. — Sabemos que ele levou uma boa pancada na cabeça.

— Talvez — disse Fitzgibbon —, mas isso não me dá elementos para agir, e, estou lhes dizendo, Abe vai querer ação. Ele não gostou nada daquela manifestação de ontem. "A JUSTIÇA DE WEISS É UMA JUSTIÇA BRANCA." Isso estava estampado em todos os jornais, e apareceu na TV.

— E era uma encenação — comentou Goldberg. — Nós estávamos lá. Umas duas dúzias de piquetes, metade deles os malucos de sempre, essa tal de Reva-Sei--Lá-o-Quê e seus anõezinhos, e o resto eram curiosos.

— Experimente dizer isso ao Abe. Ele viu pela TV, como todo mundo.

— Bem, você sabe — interpôs Kramer —, esse McCoy parece alguém que talvez possamos desentocar.

— Desentocar?

— É. Só estou pensando alto agora... mas talvez se tornássemos isso público...

— Tornássemos isso público? — exclamou Fitzgibbon. — Você está brincando? A troco de quê? Só porque o sujeito fica nervoso quando dois tiras aparecem em seu apartamento para interrogá-lo, significa que ele estava dirigindo o carro na noite em que o garoto foi atropelado? Sabe o que se pode concluir disso? Nada.

— Eu disse que só estava pensando em voz alta.

— E, muito bem, faça-me um favor. Não pense alto essas coisas na frente do Abe. Ele é bem capaz de levar a sério.

A Reade Street era uma dessas ruas antigas próximas aos tribunais e à prefeitura. Era uma rua estreita, e os prédios de cada lado, edifícios de escritórios e águas-furtadas ocupadas por indústrias leves com colunas de ferro e arquitraves, mantinham-na num lusco-fusco desolador, mesmo num dia claro de primavera como esse. Gradualmente os prédios nessa área, conhecida como TriBeCa, "triângulo abaixo da Canal Street", estavam sendo reformados para abrigar escritórios e apartamentos, mas a área conservava uma fuligem irredutível. No quarto andar de um velho edifício de ferro, Sherman caminhava por um corredor com um piso de ladrilhos encardidos.

Na metade do corredor havia uma placa de plástico com os nomes DERSHKIN, BELLAVITA, FISHBEIN & SCHLOSSEL. Sherman abriu a porta e se encontrou num minúsculo vestíbulo fechado por uma divisória de vidro, excessivamente iluminado e guardado por uma moça latina sentada atrás da divisória. Ele deu o nome e pediu para ver o sr. Killian, e a moça apertou uma campainha. Uma porta de vidro levou-o a um espaço maior e ainda mais iluminado, de paredes brancas. As luzes no teto eram tão fortes que Sherman mantinha a cabeça baixa. Um tapete de barbante industrial laranja cobria o chão. Sherman apertava os olhos, tentando evitar a tremenda wattagem. Um pouco adiante, no chão, ele conseguiu distinguir a base de um divã. Era feita de fórmica branca. Havia almofadas de couro cru em cima. Sherman sentou-se, e o seu cóccix imediatamente escorregou para a frente. O assento parecia se inclinar para o lado errado. As suas omoplatas bateram nas almofadas traseiras, que estavam apoiadas numa placa de fórmica presa perpendicularmente à base. Desajeitado, ele ergueu a cabeça. Havia mais um divã *vis-à-vis*. Nele encontravam-se dois homens e uma mulher. Um dos homens vestia um conjunto de corrida azul e branco com duas grandes faixas de couro azul-elétrico no peito. O outro usava um casacão esporte feito de um tipo de couro granuloso, empoeirado, opaco, talvez de elefante, com os ombros tão largos que o faziam parecer gigantesco. A mulher usava um casaco curto de couro preto, também de corte muito avantajado, calça de couro preta e botas pretas que dobravam abaixo do joelho como as de um pirata. Os três estavam apertando os olhos, como Sherman. Também não paravam de escorregar para a frente e de se contorcer para se endireitar, e as roupas de couro farfalhavam e rangiam. O Povo do Couro. Espremidos no divã, eles lembravam um elefante atormentado pelas moscas.

Um homem vindo de um corredor interno apareceu na recepção, alto, magro e careca, de sobrancelhas espessas. Usava camisa e gravata, sem paletó, e trazia um revólver num coldre alto sobre o quadril esquerdo. Lançou um sorriso inexpressivo a Sherman do tipo que um médico daria numa sala de espera se não quisesse ser importunado. Então tornou a entrar.

Vozes no corredor interno: um homem e uma mulher. O homem parecia estar empurrando a mulher para diante. A mulher dava passinhos e olhava para ele por cima do ombro. O homem era alto e esguio, provavelmente quase quarentão. Usava calça e jaquetão azul-marinho, axadrezado de azul-claro, camisa listrada com colarinho duro, branco. O colarinho tinha um tamanho exagerado, um colarinho de vigarista, na opinião de Sherman. Tinha um rosto magro, delicado, poder-se-ia dizer, não fosse pelo nariz, que parecia fraturado. A mulher era jovem, não tinha mais que 25 anos, toda seios — lábios vermelhos brilhantes, cabelos flamejantes e maquiagem pesada —, que saltavam de um suéter preto de gola rulê. Usava calça preta e se equilibrava no alto de sapatos pretos de salto fino.

A princípio as vozes eram abafadas. Então a voz da mulher se elevou e a do homem se abaixou. Era um caso clássico. O homem quer confinar as questões a argumentos em voz baixa e em particular, mas a mulher resolve jogar um de seus trunfos, que é Fazer uma Cena. Há o Fazer uma Cena e há As Lágrimas. Esse era o Fazer uma Cena. A voz da mulher se elevava cada vez mais e por fim a do homem se elevou, também.

— Mas você tem que — dizia a mulher.

— Mas não tenho que, Irene.

— O que você espera que eu faça? Apodreça?

— Você espera que eu pague as suas contas como todo mundo — dizia ele, imitando-a. — Você já me roubou metade dos honorários. E não para de me pedir para fazer coisas que podem custar a minha licença.

— Você não se importa.

— Não é que eu não me incomode, Irene. É que eu não me incomodo mais. Você não paga as suas contas. Não olhe para mim assim. Você agora está por conta própria.

— Mas você tem quê! O que vai acontecer se eles tornarem a me prender?

— Deveria ter pensado nisso antes, Irene. Que foi que eu lhe disse quando entrou pela primeira vez neste escritório? Disse-lhe duas coisas. Primeiro: "Irene, não vou ser seu amigo. Vou ser seu advogado. Mas vou fazer mais por você do que seus amigos." Segundo: "Irene, sabe por que faço isso? Faço por dinheiro." E disse ainda: "Irene, lembre-se dessas duas coisas." Não foi assim? Não foi o que lhe disse?

— Não posso voltar lá — disse a moça. Ela baixou as pálpebras pesadas de Tropical Twilight e em seguida a cabeça. Seu lábio inferior tremeu; a cabeça e o cabelo flamejante sacudiram e os ombros também.

As Lágrimas.

— Ah, pelo amor de Deus, Irene. Corta essa!

As Lágrimas.

— Está bem. Olhe... Vou descobrir se vão enquadrá-la no artigo 220-31, e irei defendê-la na releitura do libelo, se o fizerem, mas é só.

As Lágrimas! — vitoriosas ainda depois de tantos milênios. A mulher assentiu como uma criança penitente. Saiu pela sala de espera, que flamejava. Seu traseiro balançava com um brilho espesso e negro. Um dos Homens de Couro olhou para Sherman e sorriu, de homem para homem, e exclamou:

— *Ay, caramba.*

Nesse território alienígena, Sherman se sentiu compelido a retribuir o sorriso.

O vigarista entrou na sala de espera e disse:

— Sr. McCoy? Sou Tom Killian.

Sherman se levantou e apertou a mão dele. Killian não apertava a mão com muita firmeza; Sherman pensou nos dois detetives. Acompanhou Killian por um corredor com mais spots.

A sala de Killian era pequena, moderna e lúgubre. Não tinha janelas. Mas pelo menos não era exageradamente clara. Sherman examinou o teto. Dos nove spots embutidos, sete tinham sido desenroscados ou estavam queimados.

Sherman comentou:

— As luzes lá fora... — Sacudiu a cabeça e não se deu o trabalho de terminar a frase.

— É, eu sei — disse Killian. — É isso que se arranja quando se fode a decoradora. O cara que arrendou este lugar trouxe essa figurinha, e ela achou que o edifício era sombrio. Ela meteu, quero dizer, *luzes*. A mulher tinha febre de watts. O lugar deveria lembrar a Key Biscayne. Foi o que ela disse.

Sherman não ouviu mais nada depois de "fode a decoradora". No papel de Senhor do Universo, ele sentia um certo orgulho masculino em pensar que era capaz de enfrentar todas as facetas da vida. Mas agora, como muitos respeitáveis machos americanos antes dele, estava descobrindo que Todas as Facetas da Vida eram coloridas quando se estava na plateia. "Fode a decoradora." Como poderia permitir que esse tipo de pessoa tomasse qualquer decisão que afetasse sua vida, nesse tipo de ambiente? Avisara na Pierce & Pierce que estava doente — a mentirinha mais capenga, fraca e covarde da vida —, para vir a esse cortiço do mundo legal.

Killian indicou uma cadeira, uma cadeira moderna com uma estrutura curva cromada e estofamento vermelho, e Sherman se sentou. O espaldar era baixo demais. Não havia maneira de se sentir confortável. A cadeira de Killian, à escrivaninha, não parecia muito melhor.

Killian soltou um suspiro e tornou a girar os olhos.

— O senhor me ouviu falando com a minha cliente, srta... — Ele fez uma curva no ar com a mão em concha.

— Ouvi, sim.

— Bom, ali temos a lei penal em sua forma elementar, com todos os elementos. — A princípio Sherman pensou que o homem falava com aquele sotaque estranho, continuando a imitar a mulher que acabara de sair. Então percebeu que não era o sotaque da mulher. Era o do próprio Killian. O almofadinha engomado que estava sentado diante dele tinha o sotaque das ruas nova-iorquinas, suprimindo consoantes e torturando vogais. Contudo, dera uma injeção de ânimo em Sherman ao indicar que sabia que ele era novo no mundo da lei penal e que se situava em um platô bem acima.

— Que tipo de caso? — perguntou Sherman.

— Tóxicos. Quem mais pode pagar a um advogado penalista durante oito semanas? — Então, sem fazer qualquer transição, continuou: — Freddy me contou o seu problema. Também andei lendo sobre o caso nos tabloides. Freddy é um grande homem, mas tem classe demais para ler tabloides. Eu os leio. Por que não me conta o que realmente aconteceu?

Para sua surpresa, uma vez que começou, Sherman não teve dificuldade em contar sua história naquele lugar e para aquele homem. Como um padre, um confessor, aquele almofadinha de nariz de boxeador pertencia a uma outra ordem.

De quando em quando um interfone de plástico na mesa de Killian produzia um sinal eletrônico, e a voz ligeiramente latina da recepcionista dizia "Sr. Killian... o sr. Scannesi na 3-0", ou "Sr. Rothblatt na 3-1", e Killian respondia "Diga-lhe que ligarei depois", e Sherman retomava o relato. Mas então o aparelho tocou, e a voz disse:

— Sr. Leong na 3-0.

— Diga-lhe... vou atender. — Killian fez um gesto suplicante com a mão como se dissesse: "Isso não é nada comparado ao assunto de que estamos tratando, mas terei que falar com essa pessoa um instantinho."

— Eiiii, Lee — disse Killian. — Que foi, que foi?... Não brinca... Ei, Lee, estava mesmo lendo um livro sobre você... Bom, não era sobre você mas sobre vocês, Leongs... E eu brincaria com você? O que é que você acha, que quero um machado nas costas?

Sherman sentiu sua irritação crescer. Ao mesmo tempo estava impressionado. Aparentemente Killian estava defendendo um dos acusados no escândalo eleitoral de Chinatown.

Finalmente Killian desligou, voltou-se para Sherman e disse:

— Então levou o carro de volta à garagem, trocou algumas palavras com o empregado e foi para casa a pé. — Isso sem dúvida para mostrar que não se deixara distrair pela interrupção.

Sherman prosseguiu, concluindo com a visita dos dois detetives, Martin e Goldberg, ao seu apartamento.

Killian se curvou para a frente e comentou:

— Muito bem. A primeira coisa que precisa compreender é o seguinte: de agora em diante, tem que manter a boca fechada. Compreende? Não tem nada a ganhar, *nada*, falando nisso com ninguém, seja quem for. Só o que pode lhe acontecer é o seguinte: ser empurrado para lá e para cá como aconteceu com os dois tiras.

— Que *deveria* ter feito? Eles estavam no edifício. Sabiam que eu estava em casa. Se me recusasse a falar com eles, seria uma clara indicação de que tinha alguma coisa para esconder.

— Só o que precisava dizer a eles era: "Senhores, muito prazer em conhecê-los, os senhores estão conduzindo uma investigação, não tenho a mínima experiência nessa área, por isso vou encaminhá-los ao meu advogado, boa noite, não deixem a maçaneta bater nas suas costas quando saírem."

— Mas, mesmo isso...

— Seria melhor do que o que aconteceu, certo? Na verdade, eles provavelmente teriam pensado: "Bom, aqui está esse grã-fino da Park Avenue que é ocupado demais ou superior demais para falar com tipos como nós. Ele tem gente que faz essas coisas por ele." Não teria prejudicado o seu caso em nada, provavelmente. Daqui para a frente, pode estar certo que não vai. — Ele começou a dar risadinhas. — O sujeito chegou a ler os seus direitos, hein? Gostaria de ter visto. O panaca provavelmente mora numa casa para duas famílias em Massapequa, e está sentado ali num apartamento da Park Avenue na altura da 70th Street, e tem que lhe informar que, se não puder pagar um advogado, o Estado providenciará um. Ele tem que ler a coisa toda.

Sherman gelou com a capacidade do homem de se distanciar e achar graça.

— Muito bem — disse ele —, mas o que significa isso?

— Significa que estão procurando descobrir evidências para uma acusação criminal.

— Que tipo?

— Que tipo de evidência ou que tipo de acusação?

— Que tipo de acusação.

— Eles têm diversas possibilidades. Presumindo que Lamb não morria... — (mal conjugado) — há irresponsabilidade criminosa.

— Isso é o mesmo que direção irresponsável?

— Não, é um crime. E um delito grave. Ou se quiserem endurecer o jogo, poderiam trabalhar na teoria de agressão com uma arma perigosa, o carro. Se Lamb morre, isso cria mais duas possibilidades. Homicídio culposo é uma delas, homicídio por negligência criminosa é outra, embora durante todo o tempo em que trabalhei na Promotoria Distrital nunca ouvi falar de acusarem ninguém de homicídio por negligência criminosa a não ser que a pessoa estivesse bêbada ao volante. Além disso ainda têm o abandono da cena do acidente e a omissão em comunicar um acidente. Ambos crimes.

— Mas, uma vez que eu não estava dirigindo o carro na hora que o rapaz foi atropelado, eles podem fazer essas acusações contra *mim*?

— Antes de chegarmos lá, deixe-me explicar uma coisa ao senhor. Talvez não possam fazer acusações contra *ninguém*.

— Não? — Sherman sentiu todo o seu sistema nervoso se acelerar com esse primeiro sinal de esperança.

— O senhor examinou o carro com todo o cuidado, certo? Nenhuma mossa? Nenhum sangue? Nenhum fragmento de tecido? Nenhum vidro partido? Certo?

— Certo.

— Isso torna bastante óbvio que o garoto não foi atingido com muita força. O setor de urgências do hospital cuidou do pulso fraturado dele e o dispensou. Certo?

— Certo.

— O cerne da questão é o seguinte: o senhor nem ao menos *sabe* se o seu carro o atropelou, sabe?

— Bom, eu ouvi alguma coisa.

— Com toda a merda que estava acontecendo naquele momento, poderia ter sido qualquer coisa. O senhor *ouviu* alguma coisa. Não viu nada. O senhor não *sabe* realmente, sabe?

— Bom... isso é verdade.

— Está começando a perceber por que não quero que fale com ninguém?

— Estou.

— E estou me referindo a qualquer um, certo? Agora, mais uma coisa. Talvez não tenha sido o seu carro que o atropelou. Já lhe ocorreu essa possibilidade? Talvez não tenha sido carro *algum*. O senhor não *sabe*. E *eles* não sabem — os tiras não sabem. Essas notícias no jornal são muito estranhas. Supostamente temos um grande caso, mas ninguém sabe onde foi que esse atropelamento confuso ocorreu. *Bruckner Boulevard*. O Bruckner Boulevard tem 8 quilômetros de extensão! Não têm testemunhas. O que o garoto contou à mãe é considerado boato. Não significa nada. Não têm a descrição do motorista. Mesmo que conseguissem estabelecer que foi o seu carro que o atropelou... não podem prender um carro. Um dos empregados da garagem poderia tê-lo emprestado para o sobrinho da cunhada para ir a Fordham Road dar um beijinho de boa noite na namorada. Eles não sabem. E o senhor não sabe. Na realidade aconteceram coisas mais estranhas.

— Mas suponha que o outro garoto se apresente. Juro que havia um segundo rapaz, um sujeito grande e forte.

— Acredito. Era uma armação. Eles iam assaltá-lo. É, ele poderia se apresentar, mas me parece que tem suas razões para não fazê-lo. A julgar pela história que a mãe conta, o garoto também não mencionou o companheiro.

— É — disse Sherman —, mas poderia. Juro, estou começando a achar que deveria me antecipar, tomar a iniciativa e ir à polícia com Maria, a sra. Ruskin, e contar-lhes exatamente o que aconteceu. Quero dizer, não entendo de leis, mas sinto-me moralmente certo de que agi corretamente e que ela agiu corretamente na situação em que nos encontrávamos.

— Eiiiii! — exclamou Killian. — Os chefões da Wall Street são realmente *jogadores*! Eiiiiii! Que é isso, que é isso! — Killian sorria. Sherman olhou-o, espantado. Killian deve ter reparado, porque asssumiu uma expressão absolutamente séria. — Tem ideia do que o promotor público faria se o senhor simplesmente entrasse e dissesse: "É, fui eu e minha namorada, que mora na Fifth Avenue, no meu carro"? Eles o devorariam: de-vo-ra-ri-am.

— Por quê?

— O caso já se transformou num futebol político, e eles não têm nada em que se basear. O reverendo Bacon está aos gritos, o caso está na TV, *The City Light* endoidou e está pressionando Abe Weiss, e ele vai enfrentar uma eleição. Conheço Abe Weiss muito bem. O mundo real não existe para Abe Weiss. Só existe o que aparece na TV e nos jornais. Mas vou lhe dizer mais uma coisa. Eles não lhe dariam uma chance mesmo que não houvesse ninguém de olho.

— Por que não?

— O senhor sabe o que se faz o dia inteiro quando se trabalha na Promotoria Distrital? Processa-se gente chamada Tiffany Latour, LeBaron Courtney, Mestaffalah Shabazz, Camilio Rodriguez. Chega-se a tal ponto que se fica *morrendo* de vontade de pôr as mãos em alguém com mais peso. E se alguém lhe oferece um casal como o senhor e sua amiguinha, sra. Ruskin, eiiiiii, é uma festa!

O homem parecia sentir uma horrível nostalgia por uma presa daquelas.

— O que aconteceria?

— Para começo de conversa, não há nada no mundo que os impeça de prendê-lo e, se conheço Weiss, ele iria transformar isso num espetáculo. Talvez não conseguissem detê-lo por muito tempo, mas seria extremamente desagradável. Isso eu posso garantir.

Sherman tentou imaginar. Não conseguiu. Seu ânimo bateu no fundo do poço. Deixou escapar um suspiro.

— *Agora* está entendendo por que não quero que fale com ninguém? Deu para sacar?

— Deu.

— Mas, olhe, não estou tentando deprimi-lo. Minha tarefa no momento não é defendê-lo, mas evitar que precise ser defendido. Quero dizer, presumindo que me escolha para representá-lo. Nem vou falar de honorários a essa altura, porque não sei o que isso vai exigir. Se tiver sorte, vou descobrir que este caso não se sustenta.

— Como pode descobrir isso?

— O chefe da Delegacia de Homicídios na Promotoria Distrital do Bronx é um cara que começou comigo lá, Bernie Fitzgibbon.

— E ele lhe dirá?

— Acho que sim. Somos amigos. Ele é um "jumento" como eu.

— Um jumento?

— Um irlandês.

— Mas isso é sensato, deixar que eles saibam que contratei um advogado e estou preocupado? Será que isso não vai pôr ideias na cabeça deles?

— Nossa, eles já estão com ideias na cabeça e sabem que você está preocupado. Se não tivesse ficado preocupado depois que aqueles dois panacas foram procurá-lo, teria que haver alguma coisa errada com o senhor. Mas posso cuidar disso. O que precisa é começar a pensar na sua amiga, sra. Ruskin.

— Foi isso que Freddy disse.

— Freddy tinha razão. Se eu for cuidar desse caso, quero conversar com ela, e quanto mais cedo melhor. Acha que estaria disposta a fazer uma declaração?

— Uma declaração?

— Uma declaração juramentada na presença de testemunhas?

— Antes de conversar com Freddy, eu teria respondido que sim. Agora não sei. Se eu tentar convencê-la a fazer uma declaração juramentada, num ambiente legal, não sei o que fará.

— Bom, de um jeito ou de outro, quero falar com a sra. Ruskin. Pode se comunicar com ela? Não me importo de ligar eu mesmo, se for o caso.

— Não, seria melhor que eu o fizesse.

— E uma coisa: o senhor não quer que ela saia por aí falando, tampouco.

— Freddy me disse que o senhor frequentou a Yale Law School. Quando foi isso?

— No fim da década de 1970 — respondeu Killian.

— Que tal achou?

— Foi boa. Ninguém lá sabia que merda de língua eu estava falando. Tanto fazia eu ter vindo do Afeganistão, quanto de Sunnyside, no Queens. Mas gostei. É um belo lugar. E fácil, em termos de escolas de direito. Não tentam afogá-lo em detalhes. Dão-lhe uma visão acadêmica, uma visão global. Ensinam-lhe o padrão geral. São muito bons nisso. Yale é fantástica para qualquer coisa que se queira fazer, desde que não envolva gente com tênis, armas, drogas, luxúria ou malandragem.

17
O BANCO DE FAVORES

Pelo interfone ouviu-se a voz da secretária:
— Irv Stone do Canal 1 está na linha.
Sem dizer qualquer palavra a Bernie Fitzgibbon, Milt Lubell ou Kramer, Abe Weiss parou no meio da frase e ergueu o fone. Sem um alô ou qualquer comentário preliminar, ele disse:
— O que eu vou fazer com vocês? — Era a voz de um pai cansado e desapontado. — Supostamente vocês são uma empresa de notícias da cidade mais importante do país. Certo? E qual é o problema mais sério da cidade mais importante do país? Tóxicos. E qual é o pior tóxico? Crack. Estou certo? E conseguimos indiciar no tribunal do júri três dos maiores traficantes de crack no Bronx, e o que é que vocês fazem? Nada... Deixe-me terminar. Trazemos os três para a central de polícia às 10 da manhã, e onde é que vocês estão? Em parte alguma... Espere um minuto, uma porra! — Deixara de ser o pai triste. Agora era o vizinho colérico do andar de baixo. — Você não tem desculpa, Irv! Vocês são preguiçosos. Têm medo de perder uma refeição no Côte Basque. Um dia desses vocês vão acordar... O quê?... Não me venha com essa, Irv! A única coisa errada com esses traficantes de crack é que são negros e são do Bronx! Que é que você queria, Vanderbilt, Astor e... e... e... Wriston? — Ele não parecia ter muita certeza sobre Wriston. — Um dia desses vocês vão acordar e descobrir que estão fora da jogada. Os Estados Unidos são isso aqui no Bronx, Irv, os Estados Unidos de hoje! E há gente negra nos Estados Unidos de hoje, quer você saiba ou não! Manhattan é uma butique ao largo da costa! Isso é que são os Estados Unidos! Isso é que é o laboratório de relações humanas! Isso é que é uma experiência de vida urbana!... Que quer dizer com "e o caso Lamb"? Que tem isso a ver com o que estou falando? Grande coisa, você fez a cobertura de um caso no Bronx. Que é que você tem, uma cota?

Desligou. Nem um até logo. Voltou-se para Fitzgibbon, que estava sentado a um lado da enorme escrivaninha do promotor público. Kramer e Lubell estavam sentados, ladeando Fitzgibbon.

Weiss ergueu as mãos para o alto como se estivesse segurando uma *medicine ball* acima da cabeça.

— Eles fazem um alvoroço sobre o crack todas as noites, e conseguimos indiciar os três maiores traficantes, e ele me diz que isso não dá uma reportagem, que é coisa de rotina.

Kramer viu-se sacudindo a cabeça para indicar sua tristeza com a obstinação dos repórteres de televisão. O secretário de imprensa de Weiss, Milt Lubell, um homenzinho magrelo com uma barba crespa e grisalha e olhos grandes, girava a cabeça num estado de descrença avançada. Somente Bernie Fitzgibbon recebeu essas notícias sem a menor reação física.

— Estão vendo? — disse Weiss. Ele virou o polegar na direção do telefone sem ao menos olhá-lo. — Tento falar com esse sujeito sobre o indiciamento dos traficantes, e ele atira o caso Lamb na minha cara.

O promotor público estava extremamente zangado. Mas, por outro lado, todas as vezes que Kramer pusera os olhos nele, parecia zangado. Weiss tinha uns 48 anos, uma soberba cabeleira castanho-clara, rosto estreito e um queixo ossudo e forte com uma cicatriz de um lado. Não havia nada de anormal naquilo. Abe Weiss pertencia a uma longa linhagem de promotores públicos em Nova York cujas carreiras se baseavam em aparições na televisão e no anúncio da última estocada paralisante que o crime recebera no plexo solar, nessa metrópole fervilhante. Weiss, o bom capitão Ahab, podia ser alvo de piadas. Mas estava ligado ao Poder, e o Poder fluía dele e seu gabinete, com paredes revestidas de madeira, a mobília velha e desproporcional, a bandeira dos Estados Unidos num suporte, era o posto de comando do Poder, e Kramer vibrava de excitação por ter sido convocado para uma reunião de cúpula como essa.

— De algum modo — disse Weiss — temos que tomar a dianteira nesse caso. Por ora, estou amarrado numa posição em que só posso reagir. Você devia ter previsto que isso iria acontecer, Bernie, e não me preveniu. Kramer falou com Bacon há uma semana, mais ou menos.

— Essa é justamente a questão, Abe — disse Fitzgibbon. — É...

Weiss apertou um botão na escrivaninha, e Fitzgibbon parou de falar, porque obviamente os pensamentos do promotor público tinham se desviado para algo além. Estava olhando para a tela de televisão do outro lado do gabinete. Destacando-se dos imponentes painéis das paredes, como um bócio *high tech,* havia um conjunto de quatro aparelhos de televisão, pilhas de caixas de aço com puxadores de aço e discos de vidro negro e luzes verde-diodo num ninho de fios elétricos. Fileiras de videocassetes se estendiam pelas prateleiras atrás das televisões, onde antes houvera livros. Se Weiss ou qualquer coisa que dissesse respeito a Abe Weiss, ou qualquer coisa que dissesse respeito ao crime e castigo no Bronx aparecesse na televisão, Weiss queria tê-la gravada. Um dos aparelhos se iluminou. Só a imagem; sem o som. Uma bandeira de pano tomou a tela... JOHANNE ⚛ BRONX: A JUSTIÇA DE WEISS É A JUSTIÇA DO APARTHEID... Surgiu então um punhado de rostos enfurecidos, brancos e negros, filmados de baixo para cima de modo que pareciam uma multidão avassaladora.

— Essa não, que diabo é isso? — perguntou Weiss.

— É o Canal 7 — respondeu Milt Lubell.

Kramer olhou para Lubell.

— Mas eles não estavam lá, o Canal 7. Só havia o Canal 1. — Disse isso em voz baixa, para indicar que só estava se atrevendo a falar com o secretário de imprensa do promotor público. Não estava pretendendo entrar na conversa principal.

— Você não viu isso? — perguntou Lubell. — Isso foi ontem à noite. Depois que o Canal 1 filmou ao vivo, os outros se interessaram pela notícia. Então armaram mais uma manifestação ontem à noite.

— Está brincando! — exclamou Kramer.

— Apareceu em cinco ou seis canais. Uma jogada inteligente.

Weiss apertou outro botão na escrivaninha e uma segunda tela se iluminou. Na primeira tela as cabeças continuavam a aparecer e a desaparecer, aparecer e desaparecer. Na segunda, três músicos de rosto ossudo e enorme pomo de adão e uma mulher... num beco escuro e fumacento... MTV... Um chiado... Os músicos se separaram em faixas vibrantes. O videocassete entrou. Um rapaz com cara de lua e um microfone sob o queixo... na frente do conjunto Poe... o bando costumeiro de adolescentes se diverte ao fundo.

— Mort Selden, Canal 5 — disse Weiss.

— Certo — confirmou Milt Lubell.

Weiss apertou mais um botão. Uma terceira tela se iluminou. Os músicos estavam de volta na rua enfumaçada. A mulher tinha lábios escuros... como os de Shelly Thomas... um desejo muito intenso invadiu Kramer... Os músicos se dissolveram de novo em faixas coriscantes. Um homem de feições latinas...

— Roberto Olvidado — disse Lubell.

O homem segurava um microfone junto ao rosto de uma negra encolerizada. Num instante, surgiram três grupos de cabeças aparecendo e desaparecendo, aparecendo e desaparecendo, lançando os seus lampejos tóxicos na madeira entalhada.

Weiss comentou com Fitzgibbon:

— Você percebe que só deu isso no noticiário de ontem à noite: o caso Lamb? E só o que Milt fez a manhã inteira foi atender telefonemas de repórteres e desses malditos querendo saber o que estamos fazendo.

— Mas isso é ridículo, Abe — disse Fitzgibbon. — Que esperam que façamos? Somos promotores, e os tiras não conseguiram fazer uma única prisão ainda.

— Bacon é uma gracinha — disse Lubell. — É uma gracinha. Ah, mas é engraçadinho demais. Ele diz que os tiras interrogaram a mãe do garoto e que nós conversamos com ela, e por alguma razão idiota estamos todos conspirando para não nos mexermos. Não ligamos para os negros que moram em conjuntos habitacionais.

Inesperadamente, Weiss pousou um olhar maléfico em Kramer, e este se preparou.

— Kramer, quero que me diga uma coisa. Você disse realmente à mãe do garoto que a informação dela era inútil?

— Não, senhor, claro que não disse! — Kramer percebeu que sua resposta soava um pouco nervosa demais. — A única coisa que disse foi que a declaração do filho era um testemunho indireto, em termos de acusação, e o que realmente precisávamos era de uma testemunha, e que ela deveria nos informar imediatamente se soubesse de alguém que tivesse presenciado o fato. Foi só o que eu disse. Não disse que as informações dela eram inúteis, de modo algum. Pelo contrário. Agradeci-lhe pelas informações. Não sei como alguém poderia distorcer tudo assim.

O tempo todo ele pensava: "Por que é que tive que agir com tanta frieza com a mulher? Para impressionar Martin e Goldberg, para que não pensassem que eu estava sendo frouxo! Para que me considerassem um verdadeiro irlandês! Por que não poderia ter agido como um bom e simpático judeu? Agora veja a enrascada em que estou metido..." Pôs-se a imaginar se Weiss o tiraria do caso.

Mas Weiss apenas assentiu pesaroso e disse:

— É, eu sei... Mas é bom lembrar, nem sempre se pode usar de lógica com... — Decidiu não terminar a frase. Voltou a olhar para Fitzgibbon. — Bacon pode dizer todas as besteiras que quiser, e eu tenho que ficar sentado aqui e dizer: "Estou com as mãos atadas."

— Espero que você compreenda, Abe, que essas manifestações são pura farsa. Uma dúzia de rapazes de Bacon e mais uma dúzia dos birutas de sempre, o Partido Monolítico dos Trabalhadores Socialistas ou que nome tenha. Certo, Larry?

— A noite que estive lá, sim — disse Kramer. Mas alguma coisa lhe disse para não minimizar a importância das manifestações. Então apontou para as telas de televisão e disse: — Mas vou lhe dizer, parece que havia muito mais gente, ontem à noite.

— Ora, claro — respondeu Lubell. — É a velha profecia se cumprindo. Uma vez que uma coisa aparece na televisão e em todos os jornais, as pessoas presumem que é importante. Presumem que têm que se mexer. É a velha profecia se cumprindo.

— Em todo caso — perguntou Weiss —, qual é a situação? E esse tal de McCoy? Que temos contra ele? Esses dois tiras, como é mesmo o nome deles?

— Martin e Goldberg — informou Fitzgibbon.

— Eles dizem que é esse o cara, certo?

— É.

— Eles são bons?

— Martin tem bastante experiência — disse Fitzgibbon. — Mas não é infalível. Só porque o sujeito ficou todo nervoso, isso não significa necessariamente que tenha feito alguma coisa.

— Park Avenue — disse Weiss. — Seu velho dirige a Dunning Sponget & Leach. Milt encontrou o nome dele numas colunas sociais, e a mulher é decoradora de interiores. — Weiss se recostou na cadeira e sorriu, do jeito que se ri dos sonhos impossíveis. Sem dúvida isso poria um fim nessa merda sobre a justiça branca.

— Abe — disse Fitzgibbon, o irlandês balde de água fria —, temos que ficar calados sobre o cara, por enquanto.

— Há alguma maneira de trazê-lo para um interrogatório? Sabemos que estava dirigindo o carro na noite em que a coisa aconteceu.

— Ele tem um advogado agora, Abe. Tommy Killian.

— Tommy? Não imagino como foi que ele descobriu o Tommy. Como sabe disso?

— Tommy me ligou. Disse que representava o cara. Queria saber por que os tiras estavam fazendo perguntas ao seu cliente.

— O que foi que você respondeu?

— Disse que o carro do cara se enquadra na descrição do carro que estão procurando. Por isso estão querendo verificar.

— E o que foi que ele respondeu a isso?

— Disse que tinham uma descrição de araque baseada em testemunho indireto.

— E você?

— Respondi que também tínhamos um garoto no hospital que provavelmente ia morrer, e que os tiras estavam investigando com a informação de que dispunham.

— Qual é a situação do garoto? Alguma mudança em seu estado?

— Não... Continua em coma, na unidade de tratamento intensivo. Está vivo graças aos tubos.

— Alguma chance de recuperar a consciência?

— Pelo que me informaram, isso pode acontecer, mas não significa nada. O paciente pode começar a voltar a si, mas tornar a perder a consciência. Além disso, ele não pode falar. Está respirando por um tubo que desce pela garganta.

— Mas talvez possa apontar — sugeriu Weiss.

— Apontar?

— É. Tive uma ideia. Um vislumbre; uma visão distante e imaginária. Levamos uma fotografia de McCoy até o hospital. Milt a encontrou em uma dessas revistas.

Weiss entregou a Bernie Fitzgibbon uma página destacada de um semanário da alta sociedade chamado *W*. A página quase que só continha fotografias de gente sorrindo. Os homens usavam smoking. As mulheres eram só dentes e rostos descarnados. Kramer se curvou para espiar. Uma das fotos fora marcada com um círculo vermelho. Um homem e uma mulher, ambos sorridentes, em trajes de noite. Olhe para eles. Os brancos, anglo-saxões, protestantes. O homem tinha um nariz fino e pontudo. A cabeça estava bem para trás, o que ressaltava seu enorme queixo aristocrático. Um sorriso tão confiante... arrogante?... A mulher parecia branca, anglo-saxã, protestante também, mas de uma maneira diferente. Tinha aquele ar contraído, asseado, correto, composto, que faz a pessoa imediatamente se perguntar o que há de errado com o que está usando ou com o que acabou de dizer. A legenda informava: *Sherman e Judy McCoy.* Encontravam-se em alguma festa de caridade. Aqui no andar 6M da ilha-fortaleza, quando se ouvia um nome como Sherman McCoy, naturalmente se presumia que a pessoa fosse negra. Mas esses eram os originais, os brancos, anglo-saxões e protestantes. Kramer raramente os via, exceto dessa forma, em fotografias, e as fotografias lhe mostravam alienígenas insípidos e empertigados, de nariz pontudo a quem Deus, em sua perversidade, favorecera tanto. Isso já não era mais um pensamento consciente, expresso em palavras, porém; a essa altura era apenas um reflexo.

Weiss estava dizendo:

— Levamos essa foto de McCoy e de mais três ou quatro pessoas, outros três ou quatro caras brancos, e as colocamos junto à cama dele. Ele recobra os sentidos e aponta para a foto de McCoy... Aponta com insistência...

Bernie Fitzgibbon olhava para Weiss como se estivesse esperando por uma deixa, uma sugestão de que isso era apenas uma piada.

— Talvez valha a pena experimentar — concluiu Weiss.

— E quem vai testemunhar tudo isso? — perguntou Fitzgibbon.

— Uma enfermeira, um médico, quem quer que esteja presente. Então vamos até lá e extraímos uma declaração legal no leito de morte.

Fitzgibbon exclamou:

— *Legal?!* Como? Não acredito no que estou ouvindo, Abe. Um pobre retardado com um tubo metido pela garganta apontando para uma foto? Isso nunca se sustentaria.

— Sei disso, Bernie. Só quero trazer o sujeito aqui. Então podemos nos tranquilizar e fazer a coisa direito.

— Abe!... Tenha dó! Vamos deixar o aspecto legal de lado um minuto. Você vai pôr a foto de um banqueiro de investimentos da Wall Street e um bando de outros brancos junto à cama do garoto enquanto o cara está *morrendo,* porra! Suponha que ele recobre os sentidos... e olhe para a porra da mesa... e encontre meia dúzia de homens brancos de meia-idade de terno e gravata olhando para ele! O desgraçado do garoto com certeza vai ter um troço! Vai dizer "Puta que pariu", e vai entregar a porra da alma a Deus! Quero dizer, tenha dó, Abe!

Weiss soltou um grande suspiro e pareceu se encolher diante dos olhos de Kramer.

— É. Tem razão. É muita loucura.

Fitzgibbon deu uma espiadela em Kramer.

Kramer nem piscava o olho. Não queria lançar um borrifo de dúvida sobre a sensatez do promotor público do município do Bronx. O capitão Ahab estava obcecado com o caso Lamb, e ele, Kramer, ainda estava encarregado do caso. Ainda tinha uma chance de conseguir aquela muito cobiçada, sempre fugaz, e, no Bronx, quase mítica criatura, o Grande Réu Branco.

Às sextas-feiras, a Taliaferro dispensava suas alunas ao meio-dia e meia. Isso porque muitas meninas pertenciam a famílias que tinham casas de campo e queriam sair da cidade por volta das 14 horas, antes da hora do rush nas tardes de sexta-feira. Assim, como de costume, Judy ia partir de carro para Long Island com Campbell, Bonita e a srta. Lyons, a babá, na caminhonete Mercury. Como de costume, Sherman iria no Mercedes esporte à noite ou na manhã seguinte, dependendo da hora que conseguisse sair da Pierce & Pierce. Essa combinação se provara muito conveniente nos últimos meses. Uma visita tranquila a Maria em seu esconderijozinho tornara-se prática regular nas noites de sexta-feira.

A manhã inteira, de sua escrivaninha na Pierce & Pierce, tentara se comunicar com Maria por telefone, em seu apartamento da Fifth Avenue e no esconderijo. Lá ninguém atendia. No apartamento, uma empregada jurava não saber de seu paradeiro, nem mesmo o estado ou nação em que se encontrava. Finalmente ele se desesperou o suficiente para deixar o nome e o número do telefone. Ela não ligou de volta.

Estava evitando-o! Na casa dos Bavardages dissera-lhe para ligar na noite anterior. Ele telefonara repetidamente; ninguém atendera. Estava interrompendo o contato! Mas, exatamente, por quê? Medo? Não era do tipo medroso... O fato crucial que o salvaria: *era ela que estava dirigindo...* Mas e se desaparecesse! Isso era loucura. Não poderia desaparecer. Itália! Podia desaparecer na Itália! Ahhh... isso era um despropósito. Ele prendeu a respiração e abriu a boca. Conseguia realmente ouvir o coração batendo... *tum, tum, tum, tum...* sob o esterno. Desviou os olhos dos terminais de computação. Não poderia ficar sentado ali; tinha que fazer alguma coisa. O diabo era que só havia uma pessoa com quem poderia se aconselhar, e era alguém que ele mal conhecia, Killian.

Por volta do meio-dia ele telefonou para Killian. A recepcionista informou que ele se encontrava no tribunal. Vinte minutos mais tarde, Killian ligou de um barulhento telefone público e disse que o encontraria às 13 horas no saguão principal do Edifício dos Tribunais Criminais na Centre Street, 100.

Na saída, Sherman disse a Muriel apenas uma meia mentira. Disse que ia ver um advogado chamado Thomas Killian e deu-lhe o número do telefone de Killian. A meia mentira residia na maneira displicente com que dissera isso, o que implicava que Thomas Killian, Esq., estava ligado aos negócios da Pierce & Pierce.

Nesse aromático dia de junho, a Centre Street, 100, ficava a uma gostosa caminhada da Wall Street. Em todos os anos em que vivera em Nova York e trabalhara no centro, Sherman nunca reparara no Edifício dos Tribunais Criminais, embora fosse um dos maiores e mais imponentes edifícios da área da prefeitura. Um arquiteto chamado Harvey Wiley Corbett projetara-o em estilo moderno, que hoje se chama art déco. Corbett, famoso à época, fora esquecido, exceto por um punhadinho de historiadores da arquitetura; o mesmo se dera com o alvoroço em torno do Edifício dos Tribunais Criminais quando o concluíram, em 1933. As formas em pedra, latão e vidro na entrada ainda impressionavam, mas quando Sherman chegou ao grande saguão, alguma coisa disparou o seu alerta vermelho. Ele não saberia dizer o quê. Talvez as caras escuras, os tênis e os agasalhos e as gingas de cafetão. Para ele, lembrava o terminal rodoviário do porto. Era um território alienígena. Por toda a vastidão do saguão, que tinha os tetos altíssimos de uma velha estação ferroviária, havia grupos de gente escura, e suas vozes criavam um ribombar nervoso, e em volta dos negros andavam homens brancos de ternos baratos ou paletós esportivos, que os vigiavam como lobos rondando carneiros. Mais gente escura, jovens, atravessavam o saguão em pares ou em trios com um desconcertante jeito de andar. A um lado, na penumbra, meia dúzia de vultos, brancos e negros, debruçavam-se numa fileira de telefones públicos. Do outro lado, elevadores engoliam e vomitavam mais negros, e os grupos de negros se dissolviam, e outros se formavam, e o ronco nervoso aumentava e diminuía, aumentava e diminuía, e os tênis rangiam no piso de mármore.

Não foi difícil descobrir Killian. Esperava-o junto aos elevadores em outro de seus ternos de vigarista, um conjunto cinzento com riscas de giz largas e uma camisa de colarinho achatado de listrinhas marrons. Estava conversando com um homenzinho branco de meia-idade com um agasalho. Ao se aproximar, Sherman ouviu Killian dizer:

— Um desconto pelo pagamento à vista. Cai fora, Dennis. Qual é, qual é? — O homenzinho disse alguma coisa.

— Não é muita coisa, Dennis. Só recebo em dinheiro. Metade dos meus clientes não controlam suas contas correntes. Além disso, eu pago impostos, porra. É uma coisa a menos para se preocupar. — Viu Sherman se aproximando, acenou com a cabeça e disse para o homenzinho: — Que posso lhe dizer? É como já disse. Mande me entregar até segunda-feira. De outra forma, não posso começar nada. — O homenzinho acompanhou o olhar de Killian para Sherman, falou alguma coisa em voz baixa, e em seguida se afastou, sacudindo a cabeça.

Killian cumprimentou Sherman:

— Como vai?

— Ótimo.

— Já esteve aqui antes?

— Não.

— O maior escritório de advocacia de Nova York. Está vendo aqueles dois sujeitos lá? — Indicou dois homens brancos de terno e gravata vagando entre os grupos de negros. — São advogados. Estão procurando clientes.

— Não compreendo.

— É simples. Eles se aproximam e perguntam: "Ei, você precisa de um advogado?"

— Isso não é o mesmo que correr atrás de uma ambulância?

— É. Está vendo aquele sujeito lá adiante? — Apontou para um homem baixo, metido num espalhafatoso paletó esporte xadrez, diante de uma carreira de elevadores. — O nome dele é Miguel Escalero. Chamam-no de Mickey Elevador. É advogado. Fica ali parado metade da manhã, e toda vez que alguém que pareça hispânico e infeliz se aproxima, ele pergunta: *"Necesita usted un abogado?"* Se o cara responde: "Não tenho dinheiro para pagar um advogado", ele diz: "Quanto tem no bolso?" Se o cara tiver cinquenta dólares, já arranjou um advogado.

Sherman perguntou:

— O que é que se consegue por cinquenta dólares?

— Ele acompanhará o cara para entrar com uma petição ou uma leitura de libelo. Se isso envolver trabalhar realmente para o cliente, ele não se interessa. Um especialista. Então, como é que está indo?

Sherman contou-lhe sobre as inúteis tentativas de se comunicar com Maria.

— Está me parecendo que ela arranjou um advogado — comentou Killian. Enquanto falava, girou a cabeça com os olhos semicerrados, como um boxeador descontraindo-se para entrar numa luta. Sherman achou isso pouco educado, mas não disse nada.

— E o advogado a está aconselhando a não falar comigo.

— É o que eu aconselharia se ela fosse minha cliente. Não repare. Fiz uma série complicada ontem. Acho que dei um mau jeito no pescoço.

Sherman olhou-o de frente.

— Eu gostava de correr — disse Killian —, mas todos aqueles pulinhos para cima e para baixo me arrebentaram a coluna. Então agora vou ao New York Athletic Club e levanto pesos. Vejo todos aqueles garotos fazendo halterofilismo. Acho que estou muito velho para isso. Vou tentar encontrá-la pessoalmente. — Ele parou de girar a cabeça.

— Como?

— Pensarei em um jeito. Metade do meu trabalho consiste em falar com gente que não está ansiosa para falar.

— Para dizer a verdade — disse Sherman —, isso realmente me surpreende. Maria... Maria não é do tipo cauteloso. Ela é uma aventureira. E uma jogadora. Uma mocinha sulista que vem do nada e chega à Fifth Avenue, 962... Não sei... E isso pode lhe parecer ingênuo, mas acho que... sente sinceramente alguma coisa por mim. Acho que me ama.

— Aposto que ama a Fifth Avenue, 962, também — retorquiu Killian. — Talvez tenha calculado que já está na hora de parar de arriscar.

— Talvez — respondeu Sherman —, mas simplesmente não consigo acreditar que fugiria de mim. É claro que só se passaram dois dias.

— Se o caso for esse — disse Killian —, temos um investigador que trabalha no nosso escritório. Era detetive na Delegacia de Delitos Graves no Departamento de Polícia. Mas não tem sentido fazer gastos a não ser que sejam realmente necessários. E acho que não vamos precisar. No momento, eles não têm nada contra o senhor. Conversei com Bernie Fitzgibbon. Lembra-se do sujeito da Delegacia de Homicídios da Promotoria Distrital do Bronx de que lhe falei?

— Já conversou com ele?

— Já. A imprensa fez pressão, por isso estão verificando o carro. É só o que está acontecendo. Não têm mais nada.

— Como pode ter certeza?

— Que quer dizer?

— Como pode ter certeza de que ele vai lhe dizer a verdade?

— Bom, talvez ele não me diga tudo que sabe, mas não vai mentir para mim. Não vai me desorientar.

— Por que não?

Killian estendeu o olhar sobre o saguão da Centre Street, 100. Então tornou a olhar para Sherman.

— Já ouviu falar do Banco de Favores?

— Banco de Favores? Não.

— Bom, tudo nesse edifício, tudo no sistema da justiça penal em Nova York funciona na base dos favores. Todo mundo faz favores para todo mundo. Toda vez que têm oportunidade fazem depósitos no Banco de Favores. Uma vez, quando eu estava começando a carreira de promotor assistente, apresentei um caso no tribunal e tive que enfrentar esse advogado, um sujeito mais velho, que estava simplesmente me amarrando os pés e as mãos. O sujeito era judeu. Eu não sabia como lidar com ele. Então conversei com o meu supervisor, que era irlandês como eu. Quando dei por mim, ele estava me levando para ver o juiz no seu gabinete. O juiz também era irlandês, um homem velho, de cabeça branca. Nunca vou me esquecer. Entramos; ele estava parado junto à escrivaninha se distraindo com um desses jogos de golfe que se usa dentro de casa. Dá-se a tacada na bola de golfe que corre pelo tapete e, em lugar de um buraco, há um copo com a borda caída. Ele nem levantou os olhos. Está alinhando a tacada. O chefe da minha delegacia se retira da sala, eu fico parado ali, e o juiz diz: "Tommy..." E continua olhando para a bola de golfe. Tommy, ele me chama, e nunca o vi antes a não ser no tribunal. "Tommy", diz, "você parece um bom rapaz. Ouvi dizer que há um certo filho da mãe judeu que o está fazendo suar." Fico assombrado. isso é muito irregular, sabe, desonesto. Não consigo nem pensar em uma resposta. Então ele diz: "Eu não me preocuparia mais com isso, Tommy."

Continuava de olhos baixos. Então eu disse apenas: "Muito obrigado, juiz", e saí da sala. Depois disso, foi o juiz quem começou a amarrar os pés e as mãos desse advogado. Quando eu dizia "Protesto", nem conseguia chegar à segunda sílaba e ele já dizia "Concedido". De uma hora para outra eu parecia um gênio. Ora, isso foi um depósito típico do Banco de Favores. Não havia absolutamente nada que eu pudesse fazer por aquele juiz, não à época. Um depósito no Banco de Favores não é *quid pro quo*. É uma poupança para um dia de necessidade. Na lei penal, há muitas áreas indefinidas, e é nelas que se tem que trabalhar, mas, quando se erra, a pessoa pode se meter em sérios apuros, e vai precisar de muita ajuda com urgência. Quero dizer, olhe para esses sujeitos. — Ele fez um gesto indicando os advogados que rondavam entre as pessoas no saguão e em seguida Mickey Elevador. — Eles poderiam ser presos. Se não existisse o Banco de Favores, estariam fritos. Mas se você fez depósitos regulares no Banco de Favores, então está em posição de fazer contratos. Isso é o que chamam de grandes favores, contratos. Você tem que cumprir os contratos.

— Tem? Por quê?

— Porque todo mundo no tribunal acredita num ditado: "O mundo é redondo." Isso significa que se a pessoa não cuida de mim hoje, eu não cuidarei dela amanhã. Quando não se tem confiança nas próprias habilidades, a ideia é assustadora.

— Então pediu a seu amigo Fitzgibbon para fazer um contrato? É essa a expressão?

— Não, o que recebi dele foi apenas um favor rotineiro, só o protocolo padrão. Não é preciso desperdiçar um contrato, ainda. A minha estratégia é a seguinte: as coisas não devem chegar a esse ponto. No entanto, parece-me que o perigo é a sua amiga, sra. Ruskin.

— Ainda acho que ela vai se comunicar comigo.

— Se isso acontecer, vou lhe dizer o que fazer. Marque um encontro com ela e em seguida me telefone. Nunca estou longe do telefone por mais de uma hora, nem mesmo nos fins de semana. Acho que deve ir equipado.

— Equipado? — Sherman percebeu o que ele queria dizer e ficou estarrecido.

— É. Deve usar um gravador.

— *Um gravador?* — Por cima do ombro de Killian, Sherman se tornou mais uma vez consciente da penumbra vasta e biliosa do saguão, dos vultos escuros e desajeitados debruçados nos orelhões, vagando de um lado para o outro com aqueles enormes tênis e uma ginga curiosa, agrupando-se em seus infelizes *tête-à-têtes*, de Mickey Elevador deslizando pela periferia desse rebanho esfarrapado e miserável.

— Não é problema — disse Killian, aparentemente pensando que a preocupação de Sherman fosse tecnológica. — Prendemos o gravador nos seus rins. O microfone fica por baixo da camisa. Não é maior do que a junta do seu dedo mínimo.

— Olhe, sr. Killian...

— Chame-me de Tommy. Todos me chamam assim.

Sherman parou e olhou para o magro rosto irlandês que emergia do colarinho largo britânico. Subitamente sentiu que se encontrava em outro planeta. Não o chamaria nem de sr. Killian nem de Tommy.

— Estou preocupado com tudo isso — disse —, mas não estou tão preocupado a ponto de fazer uma gravação clandestina de uma conversa com alguém com quem tenho intimidade. Portanto, vamos esquecer isso.

— Isso é perfeitamente legal no estado de Nova York — informou Killian — e faz-se o tempo todo. A pessoa tem todo o direito de gravar as próprias conversas. Pode-se fazer isso por telefone, ou pessoalmente.

— Não é isso que está em questão — disse Sherman. Involuntariamente levou o queixo Yale para o alto.

Killian deu de ombros.

— Tudo bem. Eu só estou dizendo que não é desonesto e às vezes é a única maneira de fazer as pessoas se aterem à verdade.

— Eu... — Sherman começou a enunciar um grande princípio, mas receou que Killian pudesse receber isso como uma ofensa. Então se contentou em dizer: — Eu não conseguiria fazer isso.

— Tudo bem — disse Killian. — Vamos ver como ficam as coisas. De qualquer forma, tente se comunicar com ela e me telefone se conseguir. E de minha parte vou tentar também.

Ao deixar o edifício, Sherman notou grupos de gente mal-encarada nas escadarias. Tantos rapazes com os ombros curvados! Tantos rostos escuros! Por um instante reviu o rapaz magricela e alto e o bruto musculoso. Ficou imaginando se seria realmente seguro andar pelas vizinhanças de um edifício que diariamente, a todas as horas, reunia tantos acusados de crimes.

Onde Albert Vogel descobria esses lugares, Fallow não conseguia imaginar. O Huan Li era tão pomposo e metido a besta quanto o Regent's Park. Apesar de estarem na área da East 50th Street próximo à Madison Avenue, no pico da hora do almoço, o restaurante encontrava-se quase silencioso. Podia ou não estar dois terços vazio. Era difícil dizê-lo devido à penumbra e aos biombos. O restaurante era todo dividido em reservados e biombos de madeira escura entalhada com anzóis. A penumbra era tal que até Vogel, a menos de 60 centímetros no reservado, parecia um Rembrandt. Um rosto iluminado, um feixe de luz transformando sua cabeça de vovó num branco ofuscante, um lampejo de camisa seccionado ao meio por uma gravata, e todo o resto de seus contornos a se dissolverem na escuridão que o cercava. De tempos em tempos, garçons e ajudantes chineses se materializavam silenciosamente de paletó branco e gravata-borboleta preta. Contudo, almoçar com Vogel no Huan Li tinha um grande mérito. O americano pagaria a conta.

Vogel disse:

— Tem certeza de que não vai mudar de ideia, Pete? Eles têm um ótimo vinho chinês, aqui. Já experimentou vinho chinês?

— Vinho chinês tem gosto de rato morto — comentou Fallow.

— Tem gosto de quê?

"*Rato morto...*" Fallow nem sabia por que dissera aquilo. Não usava mais essa expressão. Nem estava pensando nela. Agora marchava ombro a ombro com Gerald Steiner pelo mundo do jornalismo em tabloide, graças em parte a Albert Vogel, embora isso se devesse principalmente à sua própria genialidade. Já começava a entrar num clima de esquecer a contribuição de Al Vogel para o furo do caso Lamb. Não gostava do homem, com o seu *Pete* isso e *Pete* aquilo, e tinha vontade de caçoar dele. Por outro lado, Vogel era o seu canal de comunicação com Bacon e aquela turma. Não gostaria de ter de lidar com eles inteiramente sozinho.

— Às vezes prefiro cerveja com comida chinesa, Al — disse Fallow.

— É... estou vendo — respondeu Vogel. — Ei, garçom. Garçom! Droga, onde estão os garçons? Não consigo ver nada, aqui.

Uma cerveja seria realmente ótimo. A cerveja era praticamente uma bebida natural, como o chá de camomila. Sua ressaca hoje não estava nada forte, nada além de um denso nevoeiro. Nenhuma dor; só o nevoeiro. Ontem, graças à sua destacada posição em *The City Light,* surgira o momento ideal para convidar uma das garotas mais sexies, uma loura de olhos grandes chamada Darcy Lastrega, para jantar. Foram ao Leicester's, onde fizera as pazes com Britt-Withers e até com Caroline Heftshank. Tinham ido parar na Mesa com Nick Stopping, Tony St. John, Billy Cortez e outros mais. A Mesa encontrara em pouco tempo um pato perfeito, um texano chamado Ned Perch, que ganhara uma espantosa quantidade de dinheiro com alguma coisa e comprara muita prata inglesa antiga, como não parava de lembrar. Fallow entreteve a Mesa durante um tempo enorme com relatos do conjunto habitacional do Bronx, como uma forma de informar a todos do seu recente sucesso. Sua convidada, a srta. Darcy Lastrega, porém, não se deixou cativar. Gente como Nick Stopping e St. John imediatamente a identificaram pelo que era, uma americana bobinha e sem senso de humor e ninguém se deu o trabalho de puxar conversa, e ela começou a afundar na cadeira cada vez mais acabrunhada. Para corrigir o embaraço, a cada vinte ou trinta minutos Fallow se virava, segurava-a pelo braço, encostava a cabeça na dela, e, pretendendo fazer parecer uma meia brincadeira, dizia: "Não sei o que está acontecendo comigo. Devo estar apaixonado. Você não é casada, é?" Da primeira vez, ela retribuiu com um sorriso. Da segunda e da terceira, não. Da quarta vez, ela não se encontrava mais lá. Retirara-se do restaurante, e ele nem ao menos notara. Billy

Cortez e St. John começaram a rir, e ele não gostou. Uma gatinha infantil americana — mas era uma humilhação. Depois de mais uns três ou quatro copos de vinho, foi ele quem se retirou do Leicester's sem se despedir de ninguém, foi para casa e, sem muita demora, pegou no sono.

Vogel conseguira encontrar um garçom e pedir a cerveja. Pediu também pauzinhos. O Huan Li era tão visivelmente comercial e despreocupado com a autenticidade, que arrumava as mesas com talheres normais. Era bem americano presumir que esses chineses sérios ficariam satisfeitos se alguém demonstrasse preferência por suas ferramentas nativas... Era bem americano sentir uma certa culpa se não se ficasse brigando com fios de macarrão e pedaços de carne com coisas que pareciam agulhas largas de tricotar. Enquanto caçava um pedacinho de comida escorregadio pelas beiradas de uma tigela, Vogel disse a Fallow:

— Bom, Pete, diga a verdade. Eu não lhe disse? Não lhe disse que essa era uma grande reportagem?

Não era isso que Fallow queria ouvir. Não queria saber se a reportagem, o caso Lamb em si, era fantástico. Por isso só fez assentir.

Vogel deve ter captado sua onda cerebral, porque em seguida disse:

— Você realmente deslanchou alguma coisa. Conseguiu fazer a cidade inteira se alvoroçar. O artigo que escreveu foi pura dinamite, Pete, dinamite.

Devidamente elogiado, Fallow teve um espasmo de gratidão.

— Devo admitir que da primeira vez que conversamos fiquei cético. Mas você estava certo. — E ergueu o copo de cerveja como se fizesse um brinde.

Vogel praticamente abaixou o queixo até a tigela para engolir o bocado antes que ele escorregasse por entre as extremidades dos pauzinhos.

— E a vantagem, Pete, é que não é apenas uma dessas sensações passageiras. É uma coisa que atinge em profundidade a própria estrutura da cidade, a estrutura de classes, a estrutura racial, a maneira como o sistema se estrutura. É por isso que significa tanto para o reverendo Bacon. Ele se sente realmente grato pelo que você fez.

Fallow não gostou dessas alusões aos interesses de Bacon na reportagem. Como a maioria dos jornalistas que recebem uma reportagem de bandeja, Fallow estava ansioso por se persuadir de que fora ele e mais ninguém que descobrira e soprara vida no pedaço de barro.

— Ele estava me contando — continuou Vogel — que está surpreso — você vem da Inglaterra, Pete, e chega aqui e põe o dedo numa questão fundamental, que é o valor da vida humana. A vida de um negro vale menos que a vida de um branco? É isso que torna a questão importante.

Fallow se deixou embalar por instantes, mas logo começou a se perguntar aonde aquele discurso iria chegar.

— Mas há um aspecto da questão que me parece que você poderia malhar um pouco mais, e estive conversando com o reverendo Bacon sobre isso.

— Ah?! — exclamou Fallow. — E qual é?

— O hospital, Pete. Até agora o hospital ficou relativamente de fora. Dizem que estão "investigando" como foi que esse garoto pôde dar entrada com uma concussão subdural e só receber tratamento pelo pulso fraturado, e você sabe o que eles vão fazer. Vão tentar escapar com evasivas.

— Pode ser que sim — disse Fallow —, mas eles continuam a afirmar que Lamb nunca lhes disse que foi atropelado por um carro.

— O garoto provavelmente já estava meio abobado, Pete! Isso é precisamente o que eles deviam ter constatado: as condições gerais! Mas é a isso que me refiro quando comparo a vida de um negro e a vida de um branco. Não, acho que está na hora de cair em cima do hospital. E agora é um bom momento. A história caiu um pouco no esquecimento porque os tiras não encontraram o carro e o motorista.

Fallow não disse nada. Não gostava de ser manobrado desse jeito. Então respondeu:

— Vou pensar. Parece-me que eles fizeram uma declaração bastante abrangente, mas vou pensar.

Vogel disse:

— Bem, agora, Pete, quero ser bem franco com você. Bacon já entrou em contato com o Canal 1 para tratar desse ângulo, mas você tem sido o nosso... o nosso ponta de lança, como se diz, e gostaríamos de vê-lo permanecer à frente desse caso.

O seu ponta de lança! Que presunção odiosa! Mas ele hesitou em deixar Vogel perceber como isso era ofensivo. Retorquiu:

— Que namoro é esse entre Bacon e o Canal 1?

— Que quer dizer com isso?

— Deu-lhes exclusividade na primeira manifestação.

— Bom... é verdade, Pete. Vou ser inteiramente franco com você. Como foi que soube disso?

— O sei lá como chamam, o comentarista, me contou. Corso.

— Ah, bom, a coisa é a seguinte: é preciso trabalhar assim. O noticiário da TV é todo feito por gente de relações públicas. Todos os dias a equipe do noticiário aguarda o setor de relações públicas apresentar a lista do que pode filmar e escolhe alguma coisa. O truque é saber como agradá-los. Não são muito criativos. Sentem-se muito melhor quando já viram alguma coisa impressa antes.

— Em *The City Light*, só para citar um exemplo possível — disse Fallow.

— Bem... é verdade. Vou me abrir completamente com você, Pete. Você é um jornalista de verdade. Quando esses canais de TV veem um jornalista de verdade dar atenção a alguma coisa, eles vão atrás.

Fallow se recostou e tomou um lento gole de cerveja na calmaria crepuscular do Huan Li. E, seu próximo furo seria uma reportagem mostrando o noticiário de televisão como realmente era. Mas por enquanto esqueceria isso. A maneira como o pessoal do noticiário da televisão acompanhava seus passos correndo no caso Lamb — nada o fizera parecer tão bem até agora.

Em poucos minutos já tinha resolvido mentalmente que uma reportagem sobre a negligência do hospital não era senão o próximo passo natural. Teria pensado nisso sozinho, inevitavelmente, com ou sem esse ridículo ianque e seu rosto gorducho, uma bundinha rosada.

Os sanduíches daquele dia foram mandados para Jimmy Caughey, Ray Andriutti e Larry Kramer pelo estado de Nova York, cortesia do caso Willie Francisco. Custara ao juiz Meldnick apenas quatro dias para fazer perguntas e descobrir qual era a sua opinião sobre o recurso impetrado por Willie para anular o julgamento, e naquela manhã ele a dera a conhecer. Declarou o julgamento nulo, baseado no acesso de dúvidas do velho e gordo jurado irlandês McGuigan. Mas, uma vez que o dia começara com o julgamento tecnicamente ainda em andamento, a secretária de Bernie Fitzgibbon, Gloria, fora devidamente autorizada a encomendar os sanduíches.

Ray mais uma vez se debruçava sobre a escrivaninha enquanto comia um supersubmarino e bebia seu caneco de café amarelo. Kramer comia um rosbife sem gosto. Jimmy mal tocava no sanduíche. Ainda se lamentava pelo desmoronamento de um caso tão simples. Tinha um recorde excepcional. A Delegacia de Homicídios mantinha uma tabela, como a de classificação de times, mostrando quantas admissões de culpa e quantos veredictos de culpa cada promotor distrital assistente obtinha, e Jimmy Caughey não perdera um só caso em dois anos. Sua raiva agora degenerara em um intenso ódio contra Willie Francisco e a infâmia do seu gesto, o que para Andriutti e Kramer parecia ser mais uma merdinha. Era estranho ver Jimmy nesse estado. Em geral possuía aquela tranquilidade de irlandês de quatro costados do próprio Fitzgibbon.

— Já vi isso acontecer antes — disse ele. — Levam-se esses vermes a julgamento, e eles pensam que são astros. Dá para vocês verem o Willie lá dentro pulando para cima e para baixo gritando "Julgamento nulo"?

Kramer assentiu com a cabeça.

— Agora ele é um especialista em leis. Na verdade, é um dos putos mais burros que já foram julgados no município do Bronx. Eu disse a Bietelberg há dois dias que se Meldnick decidisse pela anulação, quero dizer, ele *tinha* que decidir pela anulação, estávamos dispostos a fazer um acordo. Reduziríamos a acusação de homicídio sem premeditação para homicídio com atenuantes, só para evitar um novo julgamento. Mas não. Ele é esperto demais para isso, o Willie é. Considera isso uma admissão de derrota. Acha que tem poder sobre o júri ou qualquer coisa assim. Em um novo julgamento, ele vai afundar como uma pedra, porra. Ele vai conseguir de doze e meio a 25 anos em vez de três a seis ou quatro a oito.

Ray Andriutti parou de devorar o seu supersubmarino o tempo suficiente para dizer:

— Talvez ele seja esperto, Jimmy. Se ele aceitar o acordo, irá para a cadeia com certeza. Com a porra de um júri no Bronx, é um jogo de dados todas as vezes. Soube do que aconteceu ontem?

— O quê?

— Esse médico lá em Montauk?

— Não.

— Esse médico, quero dizer, ele é um médico local lá em Montauk, provavelmente nunca pôs os olhos no Bronx antes. Ele tem um paciente com uma dessas doenças tropicais esquisitas. O sujeito está muito doente, e o hospital de lá acha que não pode cuidar do caso, mas tem esse outro hospital em Westchester com uma espécie de unidade especial para a doença. Então o médico providencia uma ambulância para o sujeito e entra na ambulância com ele e roda todos esses quilômetros até Westchester com o sujeito, e o sujeito morre no setor de urgência de Westchester. Então a família processa o médico por imperícia médica. Mas onde é que entram com o processo? Em Montauk? Westchester? Nada disso. No Bronx.

— Como é que podem dar entrada num processo, aqui? — perguntou Kramer.

— A porra da ambulância teve que passar pela Major Deegan para chegar a Westchester. Então o advogado deles apresenta essa teoria de que a imperícia ocorreu no Bronx, onde o caso foi julgado. Receberam 8 milhões de dólares de indenização. O júri deu o veredicto ontem. Agora aí está um advogado que conhece bem geografia.

— Diabos — exclamou Jimmy Caughey —, aposto que todo advogado que trata de imperícia na América já ouviu falar no Bronx. Num caso cível um júri do Bronx é um instrumento para redistribuição de renda.

Um júri do Bronx... E de repente Kramer já não estava pensando no mesmo punhado de rostos escuros em que Ray e Jimmy estavam pensando... Estava pensando naqueles dentes perfeitos e sorridentes e naqueles lábios doces e carnudos brilhando com o batom cor de terra, e aqueles olhos tremeluzentes diante dele à mesa no próprio coração da... Vida... que só existia em Manhattan... Nossa... Ele ficara liso depois de pagar a conta no Muldowny's... mas quando fizera parar um táxi na calçada do restaurante, estendera a mão para lhe agradecer e dissera adeus, a mão dela permanecera na dele, e ele aumentara a pressão, e ela retribuíra o aperto, e tinham ficado assim, os olhos nos olhos um do outro e — Deus! — aquele momento fora mais doce, mais *sexy*, mais cheio de — diabos! — *amor, amor* verdadeiro, aquele amor que *chega e... explode o coração...* do que qualquer daquelas trepadas de primeiro encontro de que ele costumava se orgulhar quando andava caçando como um gato... Não, ele perdoaria muita coisa nos júris do Bronx. Um júri do Bronx trouxera à sua vida a mulher que estava fadado a encontrar desde que nascera... Amor, Destino, Como Meu Coração Transborda... Deixe que os outros evitem o significado desses termos... Ray devorando o seu supersubmarino, Jimmy resmungando rabugento contra Willie Francisco e Lester McGuigan... Larry Kramer pairava num plano mais espiritual.

O telefone de Ray tocou. Ele apanhou o fone e disse:

— Homicídios... Hummm-hummm... Bernie não está... O caso Lamb? Kramer... Larry. — Ray olhou para Kramer e fez uma careta. — Ele está bem aqui. Quer falar som ele?... Certo, só um instante. — Cobriu o bocal e disse: — É um cara da Assistência Jurídica chamado Cecil Hayden.

Kramer se levantou da escrivaninha, foi até a de Andriutti e apanhou o fone.

— Kramer.

— Larry, aqui é Cecil Hayden, da Assistência Jurídica. — Uma vozinha sussurrante, tinha o tal Cecil Hayden. — Você está cuidando do caso Lamb, certo?

— Certo.

— Larry, acho que chegou a hora de brincarmos de Vamos Fazer um Acordo — muito sussurrante.

— Que tipo de acordo?

— Eu represento um indivíduo chamado Roland Auburn, que foi indiciado há dois dias por um júri numa acusação de posse e venda de drogas. Weiss fez uma declaração à imprensa descrevendo-o como o rei do crack na Evergreen Avenue. Meu cliente se sentiu imensamente desvanecido. Se você algum dia visse a Evergreen Avenue, perguntaria por quê. O rei não tem como pagar uma fiança de 10 mil dólares e, no momento, se encontra em Rikers Island.

— Sei, bem, e qual é a ligação dele com o caso Lamb?

— Ele disse que estava em companhia de Henry Lamb quando ele foi atropelado pelo carro. Levou-o para o hospital. Pode lhe dar uma descrição do motorista. Quer fazer um acordo.

18
CHÂÂMÂN

Daniel Torres, o gordo promotor distrital assistente da Delegacia do Supremo Tribunal, chegou ao gabinete de Kramer trazendo o filho de dez anos a reboque e uma vala descendo pelo meio da testa. Estava furioso, à maneira mansa dos gordos, por ter que comparecer à ilha-fortaleza numa manhã de sábado. Parecia-se ainda mais com uma gota viscosa do que da última vez que Kramer o vira, e que tinha sido na câmara de Kovitsky. Usava uma camisa esportiva xadrez, um paletó que não tinha a mínima possibilidade de fechar por cima da grande barriga mole, e calça da Linebacker Shop, para homens corpulentos, em Fresh Meadow, que fazia a gordura saltar sob o cinto como a América do Sul. "Um caso glandular", pensou Kramer. O filho, por sua vez, era magro e moreno com feições finas, o tipo tímido e sensível, pelo jeito. Carregava uma brochura e uma luva de beisebol. Depois de uma rápida e entediada inspeção do gabinete, sentou-se na cadeira de Jimmy Caughey e começou a ler o livro.

Torres disse:

— Quem diria que os Yankees estariam viajando — fez um gesto com a cabeça indicando o Yankee Stadium, na descida da colina... — logo no sábado que tenho que vir aqui? Esse é o meu fim de semana com... — Moveu a cabeça na direção do filho. — ... e prometi que o levaria ao beisebol, e prometi à minha ex-esposa que iria até o Kiel's no Springfield Boulevard comprar alguns arbustos e levá-los até a casa dela, e como é que vou sair daqui para o Springfield Boulevard, ir a Maspeth e voltar a Shea em tempo para o jogo, eu não sei. E nem me pergunte por que foi que disse que levaria os arbustos até a casa dela. — Sacudiu a cabeça.

Kramer se sentiu constrangido pelo menino, que parecia estar absorto no livro. O título era *Woman in the dunes*. Pelo que Kramer conseguia distinguir na capa, o nome do autor era Kobo Abé. Sentindo-se curioso e compreensivo, ele se aproximou do menino e da maneira mais calorosa possível, como um tio o faria, perguntou:

— Que está lendo?

O menino ergueu os olhos como um animalzinho surpreendido pela luz de faróis.

— É uma história — respondeu. Ou foi isso o que sua boca disse. Seus olhos diziam: "Por favor, por favor, deixe-me voltar ao santuário do meu livro."

Kramer percebeu isso, mas se sentiu compelido a prolongar a hospitalidade.

— Sobre o quê?

— Japão. — Suplicante.

— Japão? O que no Japão?

— É sobre um homem que fica preso em umas dunas de areia. — Uma voz muito baixinha, suplicante, suplicante, suplicante.

A julgar pela capa abstrata e a impressão miúda, não era um livro de crianças. Kramer, estudioso do coração humano, teve a impressão de que era um menino inteligente e reservado, o produto da metade judia de Torres, que provavelmente se parecia com a mãe e já estava se distanciando do pai. Por um instante, pensou no filhinho. Tentou imaginar-se tendo que arrastá-lo até a Gibraltar em um sábado dali a nove ou dez anos. Isso o deprimiu profundamente.

— Bom, que é que sabe do sr. Auburn, Danny? — perguntou a Torres. — Que história é essa de rei do crack na Evergreen Avenue?

— É uma mer... — Torres parou abruptamente por causa do menino. — É uma piada, é isso que é. Auburn... você sabe, é o garoto típico das redondezas. Essa é a terceira prisão dele por tráfico de drogas. O detetive que o prendeu chamou-o de rei do crack na Evergreen Avenue. Estava sendo irônico. A Evergreen Avenue só tem uns cinco quarteirões de extensão. Nem sei bem como foi que Weiss soube disso. Quando vi aquela declaração à imprensa, eu quase... nem acreditei. Graças a Deus, ninguém prestou atenção a ela. — Torres consultou o relógio. — Quando é que eles vão chegar aqui?

— Não devem demorar — disse Kramer. — Tudo anda mais devagar em Rikers Island aos sábados. Como foi que eles o apanharam?

— Bem, isso é uma coisa meio maluca — disse Torres. — Na realidade, eles o apanharam duas vezes, mas esse garoto tem muito... sangue-frio, ou então é muito burro, não sei qual dos dois. Há mais ou menos um mês esse tira disfarçado fez uma compra com Auburn e outro garoto e anunciou que estavam presos, e assim por diante, e Auburn respondeu: "Se você me quiser, seu filho... vai ter que me matar", e começou a correr. Falei com o tira, detetive Iannucci. Ele disse que se o garoto não fosse negro, e não estivesse em um bairro de negros, ele o teria matado, ou pelo menos atirado nele. Há uma semana ele, o mesmo tira, o trouxe preso.

— Quais são as chances que ele teria caso fosse condenado por venda de drogas?

— De dois a quatro, talvez.

— Sabe alguma coisa do advogado dele, esse tal de Hayden?

— Sei. É um sujeito negro.

— Verdade? — Kramer começou a dizer "Ele não falava como negro", mas achou melhor se calar. — Não se veem muitos negros na Assistência Jurídica.

— Não é verdade. Há um número bem grande. Muitos precisam do emprego. Sabe, esses jovens advogados negros enfrentam uma barra-pesada. As faculdades de direito os formam, mas não há vagas. No centro... chega a ser patético. Estão sempre falando nisso, mas nunca contratam advogados negros, essa é que é a verdade. Então entram para a Assistência Jurídica ou para o grupo dos que são contratados pelo Estado! Alguns vão se virando com uma clientela chinfrim. Mas os grandes vigaristas negros, os traficantes, esses não querem ser representados por um advogado negro. A arraia-miúda também não. Uma vez eu estava na penitenciária, e entrou esse advogado negro contratado pelo Estado à procura do cliente que lhe fora designado, e começou a gritar seu nome. Você sabe como eles saem gritando os nomes no xadrez. Em todo caso, o cara que lhe fora designado era negro, e ele se encaminha para as grades, olha para o advogado nos olhos e diz: "Dá o fora, seu filho... eu quero um judeu." Juro! Ele disse: "Dá o fora, seu filho... eu quero um judeu." Hayden parece bem inteligente, mas não o tenho visto muito.

Torres tornou a consultar o relógio, e então olhou para um canto do piso. Num abrir e fechar de olhos seus pensamentos estavam longe da sala, longe da Gibraltar. Na chácara de plantas? No time de beisebol? No antigo casamento? O filho estava no Japão com o homem preso nas dunas. Só Kramer estava ali, na sala. Sintonizado. Consciente do silêncio da ilha-fortaleza nesse sábado ensolarado de junho. Se ao menos essa figura, esse Auburn, se revelasse um artigo genuíno, se ao menos não fosse o traficante calejado de sempre, tentando aplicar golpes em todos, tentando derrotar o mundo, gritando para o vazio por trás da tela de arame...

Não tardou muito e Kramer começou a ouvir gente descendo o corredor do lado de fora. Abriu a porta e lá estavam Martin, Goldberg e, entre os dois, um rapaz negro de físico impressionante, metido numa camisa de malha de gola rulê com as mãos presas atrás. Fechando a retaguarda vinha um negro atarracado e baixo de terno cinza-claro. Devia ser Cecil Hayden.

Mesmo com as mãos presas às costas Roland Auburn conseguia gingar. Não tinha mais que 1,70 metro, mas era bem musculoso. Os peitorais, os deltoides e os trapézios se estufavam compactos e bem definidos. Kramer, o atrofiado, sentiu uma pontada de inveja. Dizer que o sujeito tinha consciência de seu físico incrível era atenuar a verdade. A camisa de malha aderia a ele como uma pele. Trazia uma corrente de ouro ao pescoço. Usava calça preta justa e tênis Reebok brancos que pareciam ter acabado de sair da caixa. Seu rosto chocolate era quadrado, duro e impassível. Tinha cabelos curtos e um fino bigode acentuando o lábio superior.

Kramer se perguntou por que Martin o algemara com as mãos para trás. Era mais humilhante do que algemá-las à frente. Fazia um homem se sentir mais desamparado e vulnerável. Ele *sentia* o perigo de cair. Cairia como uma árvore abatida, sem poder proteger a cabeça. Uma vez que queriam a cooperação de Roland Auburn, Kramer achou que Martin facilitaria as coisas para o homem — ou será que pensava que havia um risco provável de esse brutamontes tentar escapar? Ou será que para Martin as coisas deviam ser sempre difíceis?

O grupo entrou, enchendo o pequeno gabinete. As apresentações se arrastaram, desajeitadas. Torres, como promotor distrital assistente encarregado do caso de drogas do prisioneiro, conhecia Cecil Hayden, mas não conhecia Martin, Goldberg nem o prisioneiro. Hayden não conhecia Kramer, e Kramer não conhecia o prisioneiro, e como deveriam chamá-lo afinal? Sua verdadeira posição era a de um vagabundo preso sob acusação de venda de drogas, mas, naquele momento, tecnicamente, ele era um cidadão que se apresentava para ajudar as autoridades na investigação de um crime. Martin resolveu o problema de nomenclatura referindo-se a Roland Auburn com frequência e de maneira entediada como "Roland".

— Muito bem, Roland, vamos ver. Onde vamos colocar você?

Correu os olhos pelo gabinete com o seu montão de velharias. Chamar um prisioneiro pelo nome de batismo era a maneira padrão de eliminar quaisquer pretensões à dignidade e ao isolamento social a que ele ainda pudesse querer se apegar. Martin ia colocar a carcaça de Roland Auburn onde bem quisesse. Parou, olhou para Kramer, e em seguida lançou um olhar dúbio para o filho de Torres. Era visível que achava que o menino não devia continuar na sala. O menino já não lia o livro. Assumira uma postura relaxada na cadeira com a cabeça caída para a frente, observando. Encolhera-se. Não restava nada além de um par de olhos desmesuradamente abertos que espiavam Roland Auburn.

Para todos ali na sala, talvez até para Auburn, isso era apenas um procedimento de rotina, um acusado negro sendo trazido ao gabinete de um promotor distrital assistente para negociar, um round de barganha. Mas esse menininho triste, sensível, livresco, jamais esqueceria o que estava vendo, um negro com as mãos algemadas às costas, no edifício do gabinete do pai, num sábado ensolarado antes de um jogo dos Mets.

Kramer disse a Torres:

— Dan, acho que talvez precisemos daquela cadeira. — Olhou para o filho de Torres. — Talvez ele queira se sentar lá dentro, no gabinete de Bernie Fitzgibbon. Não há ninguém lá.

— É, Ollie — disse Torres —, por que não vai para lá até terminarmos? — Kramer se perguntou se Torres realmente dera ao filho o nome de Oliver. Oliver Torres.

Sem dizer uma palavra o menino se levantou, apanhou o livro e a luva de beisebol e rumou para a outra sala, para o gabinete de Bernie Fitzgibbon, mas não pôde resistir a dar uma última espiada no negro algemado. Roland Auburn encarou-o de volta sem qualquer expressão. Estava mais próximo da idade do menino que da de Kramer. Com todos os seus músculos, não era muito mais que um menino.

— Muito bem, Roland — disse Martin —, vou tirar essas algemas e você vai se sentar naquela cadeira ali e se comportar, certo?

Roland Auburn não respondeu, apenas virou-se ligeiramente de costas para apresentar as mãos a Martin de modo que este pudesse abrir as algemas.

— Eiiii, não se preocupe, Marty — disse Cecil Hayden —, meu cliente está aqui porque quer sair *andando* deste lugar, sem precisar olhar por cima do ombro.

Kramer não conseguia acreditar. Hayden já estava chamando o dobermann irlandês pelo apelido, Marty, e acabara de conhecê-lo! Hayden era um desses sujeitinhos sacudidos cujos modos eram tão calorosos e confiantes que era preciso estar de péssimo humor para se ofender. Ele mantinha o difícil equilíbrio de mostrar ao cliente que estava defendendo os seus direitos e a sua dignidade sem enfurecer o contingente de tiras irlandeses.

Roland Auburn sentou-se e começou a esfregar os pulsos, mas parou. Não queria dar a Martin e Goldberg a satisfação de saber que as algemas tinham-no machucado. Goldberg dera a volta por trás da cadeira e estava acomodando o corpanzil na ponta da escrivaninha de Andriutti. Tinha um caderno e uma caneta esferográfica para tomar notas durante a entrevista. Martin se deslocou para o outro lado da escrivaninha de Jimmy Caughey e sentou-se na beirada. O prisioneiro estava agora entre os dois e teria que se virar para olhar qualquer um deles de frente. Torres se sentou na cadeira de Ray Andriutti, Hayden se sentou na de Kramer e Kramer, que estava comandando o espetáculo, permaneceu de pé. Roland Auburn estava agora recostado na cadeira de Jimmy Caughey com os joelhos abertos e os braços apoiados nos braços da cadeira, estalando as juntas, encarando Kramer de frente. Seu rosto era uma máscara. Nem ao menos piscava. Kramer se lembrou da frase que aparecia continuamente nos relatórios dos curadores desses jovens acusados negros de sexo masculino: "carentes de afeição." Aparentemente isso significava que eram deficientes em sentimentos normais. Não sentiam culpa, vergonha, remorso, medo ou simpatia pelos outros. Mas sempre que cabia a Kramer falar com eles, tinha a sensação de que era outra coisa. Eles cerravam uma cortina. Excluíam-no do que havia por trás da superfície imóvel de seus olhos. Não o deixavam ver três milímetros do que pensavam dele, do Poder e de suas próprias vidas. Questionara-se antes e se questionava agora: "Quem é essa gente?" (Essa gente, cujo destino eu decido todos os dias...)

Kramer olhou para Hayden e disse:

— Advogado... — *Advogado*. Não sabia exatamente como chamá-lo. Hayden o chamara de "Larry" pelo telefone, desde o início, mas ainda não o chamara de nada ali na sala, e Kramer não queria chamá-lo de "Cecil" com medo de parecer muito íntimo ou desrespeitoso diante de Roland. — Advogado, explicou ao seu cliente o que estamos fazendo aqui, certo?

— Claro — respondeu Hayden. — Ele compreende.

Então Kramer olhou para Roland.

— Sr. Auburn... — *Sr. Auburn*. Kramer calculou que Martin e Goldberg lhe perdoariam. O procedimento usual, quando um promotor distrital assistente interrogava um acusado, era iniciar com um respeitoso "senhor", só para dar o tom, e então passar para o nome de batismo depois que as coisas estivessem engrenadas. — Sr. Auburn, creio que já conhece aqui o sr. Torres. Ele é o promotor distrital assistente encarregado do caso em que foi preso e indiciado, por venda de tóxicos. Certo? E eu estou cuidando do caso Lamb. Agora, não podemos lhe prometer nada, mas, se nos ajudar, então nós o ajudaremos. É bem simples. Mas é preciso dizer a verdade. É preciso dizer toda a verdade. Caso contrário, estará só nos fazendo de tolos, e isso não vai ser bom para o senhor. Compreende?

Roland olhou para seu advogado, Cecil Hayden, e Hayden só fez assentir, como se dissesse: "Não se preocupe, está tudo certo."

Roland voltou-se; encarou Kramer e disse, muito inexpressivamente:

— Hum-hum.

— Muito bem — prosseguiu Kramer. — O que me interessa é o que aconteceu a Henry Lamb na noite em que se machucou. Quero que me conte o que sabe.

Ainda recostado na cadeira de Jimmy Caughey, Roland perguntou:

— Por onde quer que comece?

— Bom.... pelo começo. Como aconteceu de estar em companhia de Henry Lamb naquela noite?

Roland disse:

— Eu estava parado na calçada, me preparando para ir até a 161st Street, até o restaurante de comida para viagem, o Texas Fried Chicken, e vi Henry, que passava por mim. — Parou.

Kramer perguntou:

— Muito bem, e daí?

— Perguntei a ele: "Henry, onde é que você está indo?" E ele disse: "Estou indo até o restaurante de comida para viagem", e eu disse: "Também estou indo para lá." Então começamos a andar na direção do restaurante.

— Andar por que rua?

— O Bruckner Boulevard.

— Henry é seu amigo?

Pela primeira vez Roland demonstrou emoção. Parecia achar graça. Um sorrisinho torceu um canto de sua boca, e ele baixou os olhos, como se tivessem levantado um tópico embaraçoso.

— Não, é só conhecido. Moramos no mesmo conjunto.

— Vocês andam juntos por lá?

Mais graça.

— Não, Henry não anda muito por ali. Ele não sai muito.

— Em todo caso — disse Kramer —, os dois estão caminhando juntos pelo Bruckner Boulevard, a caminho do Texas Fried Chicken. Então o que aconteceu?

— Bom, descemos até a Hunts Point Avenue, e estamos nos preparando para atravessar a rua para ir ao Texas Fried Chicken.

— Atravessar que rua, a Hunts Point Avenue ou o Bruckner Boulevard?

— O Bruckner Boulevard.

— Só para acertarmos os ponteiros, em que lado do Bruckner Boulevard vocês estão, do lado leste atravessando para o lado oeste?

— Isso mesmo. Do lado leste atravessando para o lado oeste. Eu estava parado na rua um pouco avançado, esperando os carros passarem, e Henry está parado ali adiante. — Fez um gesto para a direita. — De modo que posso ver os carros melhor do que ele, porque estão vindo daquele lado. — Fez um gesto para a esquerda. — Os carros, a maioria anda pela pista do meio, para dentro, sabe, como uma fila, e de repente esse carro sai da fila, e quer passar todos esses outros carros à direita, e eu vejo que está chegando muito perto de onde eu estou parado. Então pulo para trás. Mas Henry, eu acho que não viu nada até me ver pular para trás, e então ouço um barulhinho e vejo Henry caindo, assim. — Ele fez um rodopio com o dedo indicador.

— Muito bem, então o que aconteceu?

— Então ouço os pneus cantando. Esse carro está freando. A primeira coisa que faço é ir olhar o Henry, e ele está deitado na rua, junto ao meio-fio, encolhido de um lado, como se estivesse segurando um braço, e eu digo: "Henry, você se machucou?" E ele diz: "Acho que quebrei o braço."

— Ele disse que machucou a cabeça?

— Disse isso mais tarde. Quando eu estava agachado ali com ele, ele só dizia que o braço estava doendo. E então eu o estava levando para o hospital, e ele me disse que, quando estava caindo, ele estendeu os braços e caiu em cima do braço e saiu rolando e bateu com a cabeça.

— Muito bem, vamos voltar ao ponto em que o acidente acabou de acontecer. Você está junto de Henry Lamb na rua, e esse carro que acabou de atropelá-lo freou. O carro parou?

— Parou. Vejo que parou na estrada.

— A que distância?

— Não sei. Talvez uns 30 metros. A porta abre e esse cara salta, um cara branco. E esse cara está olhando para trás. Está olhando bem para mim e para o Henry.

— Que foi que você fez?

— Bom, calculei que o cara parou porque atropelou o Henry e vai ver se pode ajudar. Calculei, ei, o cara pode levar o Henry para o hospital. Então me levanto e começo a andar na direção dele e digo: "Eh! Eh! Precisamos de ajuda!"

— E o que foi que ele fez?

— O homem olhou bem para mim, e então a porta do outro lado do carro abre, e tem essa mulher. Ela fica assim, sabe, meio para fora do carro, e está olhando para trás também. Os dois estão olhando para mim, e eu digo: "Eh! Meu amigo está machucado!"

— A que distância você estava deles nessa hora?

— Não muita. Uns 2 metros e meio, 3 metros.

— Podia vê-los bem?

— Estava olhando bem na cara deles.

— Que foi que fizeram?

— Essa mulher estava com um ar estranho. Parecia assustada. Ela disse: "Chââmân, cuidado!" Está falando com o cara.

— Chââmân, cuidado? Ela disse Chââmân? — Kramer lançou um olhar para Martin. Martin arregalou os olhos e estufou o lábio superior por dentro. Goldberg estava de cabeça baixa anotando tudo.

— Foi isso que me pareceu.

— Chââmân ou Sherman?

— Parecia Chââmân.

— Está bem, que aconteceu depois?

— A mulher, ela pula de volta para dentro do carro. O homem está atrás do carro olhando para mim. Então a mulher, ela diz: "Chââmân, entra!" Só que agora é ela que está no lugar do motorista. E o homem, ele corre para o outro lado, onde ela estava sentada antes, pula para dentro do carro e bate a porta.

— Então agora eles trocaram de lugar. E que foi que você fez? A que distância deles você estava, então?

— Quase tão perto quanto estou agora do senhor.

— Você ficou zangado? Gritou com eles?

— Só o que eu disse foi "Meu amigo está machucado".

— Você mostrou o punho fechado? Fez qualquer gesto ameaçador?

— Eu só queria arranjar ajuda para Henry. Eu não estava zangado. Eu estava assustado, por causa do Henry.

— Muito bem, então o que aconteceu?

— Corri para a frente do carro.

— De que lado?

— De que lado? Do lado direito, onde o cara estava. Eu estava olhando para eles pelo para-brisa. E estou dizendo: "Eh! Meu amigo está machucado!" Estou na frente do carro, olhando para a rua atrás, e lá está Henry. Ele está bem atrás do carro. Ele veio andando, assim meio tonto, sabe, segurando o braço assim. — Roland segurou o antebraço esquerdo com a mão direita e deixou a mão esquerda cair, como se ela estivesse partida. — Então isso quer dizer, esse cara, ele podia ver o Henry vindo o tempo todo, segurando o braço assim. Não tem jeito de ele não saber que o Henry está machucado. Eu estou olhando para o Henry, e quando dei por mim, a mulher, ela acelera o motor e corta para fora, deixando um rastro de borracha no chão. Ela corta tão rápido que eu vejo a cabeça do homem balançar para trás. Ele está olhando na minha cara, e a cabeça dele vai para trás, e eles saem de lá como foguetes. Tiraram uma fina de mim. — Ele juntou o polegar e o indicador. — Como se quisessem me machucar pior que o Henry.

— Você viu o número da placa?

— Não. Mas o Henry viu. Ou pelo menos parte dela.

— Ele lhe disse qual era?

— Não. Acho que disse à mãe. Vi isso na televisão.

— Que tipo de carro era?

— Era um Mercedes.

— Que cor?

— Preto.

— Que modelo?

— Não sei que modelo.

— Quantas portas?

— Duas. Era assim, sabe, baixo. Era um carro esporte.

Kramer tornou a olhar para Martin. Mais uma vez ele tinha os olhos arregalados e cara de quem acertou.

— Você reconheceria o homem se o visse?

— Reconheceria. — Roland disse isso com uma convicção amargurada que soava verdadeira.

— E a mulher?

— Ela também. Não havia mais nada a não ser o vidro entre mim e eles.

— Que aparência tinha a mulher? Que idade?

— Não sei. Era branca. Não sei que idade tinha.

— Bom, era velha ou moça? Estava mais próxima de 25, 35, 45 ou 55?

— Vinte e cinco, mais provavelmente.

— Cabelos claros, cabelos escuros, cabelos ruivos?

— Cabelos escuros.

— O que estava usando?

— Acho que um vestido. Estava toda de azul. Lembro porque era um azul bem vivo, e ela tinha esses ombros grandes no vestido. Lembro disso.

— Que aparência tinha o homem?

— Era alto. Estava de terno e gravata.

— Terno de que cor?

— Não sei. Era um terno escuro. É só o que me lembro.

— Que idade tinha? Você diria que era da minha idade, ou era mais velho? Ou mais novo?

— Um pouco mais velho.
— E você o reconheceria se o visse de novo?
— Eu o reconheceria.
— Bom, Roland, vou lhe mostrar algumas fotos, e quero que me diga se reconhece alguém nelas. Está bem?
— Hum-hum.
Kramer dirigiu-se à própria escrivaninha, onde Hayden estava sentado, e disse:
— Com licença, um segundo — e abriu a gaveta. Ao fazê-lo, olhou para Hayden por um instante e acenou ligeiramente, como se dissesse: "Está dando certo." Da gaveta retirou o conjunto de fotos que Milt Lubell organizara para Weiss. Espalhou as fotos na mesa de Jimmy Caughey, diante de Roland Auburn.
— Você reconhece alguma dessas pessoas?
Roland examinou as fotos, e seu dedo indicador foi direto na de Sherman McCoy, sorridente em seu smoking.
— É ele.
— Como sabe que é o mesmo cara?
— É *ele*. Reconheço ele. E o queixo. O homem tinha um queixo grande assim.
Kramer olhou para Martin e em seguida para Goldberg. Goldberg tinha um ligeiro sorriso.
— Está vendo a mulher na foto, a mulher com quem ele está? É essa a mulher que estava no carro?
— Não. A mulher no carro era mais jovem, tinha cabelos mais escuros e era mais... mais gostosa.
— Gostosa?
Roland começou a sorrir de novo, mas se controlou.
— Sabe, um tremendo mulherão.
Kramer se permitiu um sorriso e um muxoxo. Era uma chance de deixar transparecer um pouco do entusiasmo que estava começando a sentir.
— Mulherão, hein? Muito bem, mulherão. Tudo bem. Nisso eles saem de cena. Que foi que você fez, então?
— Não tinha muito o que fazer. Henry estava parado lá, segurando o braço. O pulso estava todo torcido. Então eu disse: "Henry, você tem que ir para o hospital", ele diz que não quer ir para nenhum hospital, que quer ir para casa. Então começamos a andar de volta pelo Bruckner Boulevard, de volta para o conjunto.
— Espere um instante — interrompeu Kramer. — Alguém viu tudo isso acontecer? Havia alguém na calçada?
— Não sei.
— Nenhum carro parou?

— Não. Acho que o Henry, se ele tivesse ficado deitado lá muito tempo, talvez alguém parasse. Mas ninguém parou.

— Então agora vocês estão subindo o Bruckner Boulevard, de volta ao conjunto.

— Isso mesmo. E Henry está gemendo e parecendo que vai desmaiar, então digo: "Henry, você tem que ir para o hospital." Então ando com ele de volta para a Hunts Point Avenue, e atravessamos para a 161st Street até a estação de metrô e lá eu vejo o táxi que pertence ao meu companheiro Brill.

— Brill?

— É um sujeito que tem dois táxis.

— E ele os levou ao Lincoln Hospital?

— Esse cara, Curly Kale, levou. Ele é um dos motoristas de Brill.

— Curly Kale. Esse é o verdadeiro nome dele ou é um apelido?

— Não sei. É assim que chamam ele, Curly Kale.

— E ele levou os dois de carro para o hospital.

— Foi isso mesmo.

— Que achou do estado de Henry durante o trajeto para o hospital? Foi então que lhe disse que batera com a cabeça?

— Foi, mas a maior parte do tempo falava do braço. O pulso dele estava com uma cara *horrível*.

— Ele estava coerente? Estava lúcido, pelo que você podia observar?

— Como disse, estava gemendo muito e dizendo que o braço doía. Mas ele sabia onde estava. Sabia o que estava acontecendo.

— Quando chegaram ao hospital, que foi que você fez?

— Bom, eu desci, acompanhei o Henry até a porta, até o setor de emergência, e ele entrou lá.

— Você entrou com ele?

— Não, eu voltei para o táxi com Curly Kale e fui embora.

— Você não ficou com o Henry?

— Eu saquei que não podia fazer mais nada por ele. — Roland lançou um olhar para Hayden.

— Como foi que Henry voltou do hospital para casa?

— Não sei.

Kramer fez uma pausa.

— Muito bem, Roland, há mais uma coisa que quero saber. Por que não se apresentou com essa informação antes? Quero dizer, ali está você com um amigo, ou de qualquer forma um vizinho — moram no mesmo conjunto —, e ele é vítima de um atropelamento em que o responsável foge bem diante de seus olhos, e o caso está na televisão e em todos os jornais, e não ouvimos nem um pio de você até agora. Que me diz a isso?

Roland olhou para Hayden, que apenas assentiu com a cabeça, e Roland respondeu:

— Os tiras estavam atrás de mim.

Hayden disse:

— Havia um mandado de captura por venda ilegal, posse ilegal, resistência à prisão, e mais algumas outras, as mesmas acusações pelas quais já fora indiciado.

Kramer dirigiu-se a Roland:

— Então você estava se protegendo. Você preferiu guardar essas informações a falar com os tiras.

— Isso mesmo.

Kramer estava tonto de alegria. Já conseguia visualizar a coisa tomando forma. Esse Roland não era nenhuma florzinha, mas era perfeitamente verossímil. Faça-o despir a malha colante e os tênis! Quebre o quadril dele para que não possa gingar! Enterre essa história de rei do crack na Evergreen Avenue! Não causava boa impressão aos júris se um criminoso viesse prestar testemunho em troca de uma sentença reduzida. Mas era só dar uma limpeza e uns acertos — era só do que esse caso precisava! De repente, Kramer via... *o desenho*...

Disse a Roland:

— E você está me dizendo toda a verdade.

— Hum-hum.

— Não está acrescentando nada nem suprimindo nada.

— Hum-hum.

Kramer foi até a escrivaninha de Jimmy Caughey, ao lado de Roland, e recolheu as fotos. Então virou-se para Cecil Hayden.

— Advogado — disse —, tenho que discutir o caso com os meus superiores. Mas, a não ser que esteja muito enganado, acho que poderemos fazer um acordo.

Ele o viu antes mesmo que as palavras saíssem de sua boca... *o desenho*... feito pelo artista do tribunal... Via-o como se a tela da televisão já estivesse bem diante dele... Promotor distrital assistente Lawrence N. Kramer... de pé... o dedo indicador erguido... seus maciços esternodidomastóideos se distendendo... Mas como será que o artista desenharia seu crânio, onde perdera tanto cabelo? Bom, se o desenho fizesse justiça ao seu físico, ninguém iria reparar. A coragem e a eloquência... isso é o que veriam. Toda a cidade de Nova York veria. A srta. Shelly Thomas veria.

19
LEALDADE DE JUMENTO

No início do expediente de segunda-feira de manhã, Kramer e Bernie Fitzgibbon foram chamados ao gabinete de Abe Weiss. Milt Lubell também estava presente. Kramer percebia que sua *posição* melhorara durante o fim de semana. Weiss agora o chamava de Larry e não de Kramer, e não dirigia todos os comentários sobre o caso Lamb a Bernie, como se ele, Kramer, não passasse de um soldado de Bernie.

Mas Weiss estava olhando para Bernie quando disse:

— Não quero perder tempo com esse caso se não tiver que fazê-lo. Temos suficiente evidência para intimar esse tal de McCoy ou não?

— Temos, Abe — respondeu Fitzgibbon —, mas não estou inteiramente satisfeito. Temos esse tipo Auburn que identifica McCoy como o cara que estava dirigindo o carro que atropelou Lamb, e temos o empregado da garagem que diz que o carro de McCoy estava fora da garagem quando a coisa aconteceu, e Martin e Goldberg encontraram o operador do táxi pirata, Brill, que confirmou que Auburn usou um de seus carros naquela noite. Mas não encontraram o motorista, esse Curly Kale — ele girou os olhos e inspirou como se dissesse: "Essa gente e os nomes que têm" —, e acho que devíamos falar com ele primeiro.

— Por quê? — perguntou Weiss.

— Porque há certos dados que não têm sentido e Auburn é um porra de um traficante nojento que não está se encaixando no quadro. Eu ainda gostaria de saber por que Lamb não mencionou que foi atropelado por um carro quando deu entrada no hospital. Gostaria de saber o que aconteceu naquele táxi, e gostaria de saber se Auburn realmente levou o garoto até o hospital. Gostaria de saber um pouco mais sobre Auburn, também. Você sabe, ele e Lamb não são sujeitos de irem juntos ao Texas Fried Chicken. Pelo que se sabe Lamb é um rapaz razoavelmente decente e Auburn é um traficante.

Kramer sentiu uma estranha paixão despontar em seu peito. Queria defender a honra de Roland Auburn. Isso! Defendê-lo!

Weiss acenou a mão num gesto de abandono.

— Muitas pontas soltas, Bernie, é o que isso me parece. Não sei por que não podemos trazer McCoy e fichá-lo e então reunir as pontas soltas. Todo mundo acha que essa história de "estarmos investigando" é uma manobra para ganhar tempo.

— Mais uns dias não vão fazer diferença, Abe. McCoy não vai a lugar algum, e Auburn certamente não vai a lugar algum.

Kramer viu uma brecha e, impelido pela sua nova posição, entrou na conversa:

— Poderíamos ter um problema aí, Bernie. É verdade, Auburn não vai a lugar algum, mas acho que devíamos usá-lo logo. Ele provavelmente pensa que vai sair sob fiança a qualquer momento. Temos que pôr o sujeito diante de um júri assim que pudermos, se pretendemos usá-lo.

— Não se preocupe com isso — disse Fitzgibbon. — Ele não é brilhante, mas sabe que pode escolher entre passar três anos na prisão e não ir para a prisão. Não vai ficar de boca fechada conosco.

— Foi esse o acordo que fizemos? — perguntou Weiss. — Auburn não cumpre pena alguma?

— É nisso que vai se resumir. Temos que dispensar o indiciamento e reduzir a acusação para um delito menor de posse, venda.

— Merda! — exclamou Weiss. — Gostaríamos que não tivéssemos andado tão rápido com o filho da mãe. Não gosto de dispensar indiciamentos feitos por um júri.

— Abe — disse Fitzgibbon, sorrindo —, é *você* mesmo quem está dizendo, e não eu! Só o que estou dizendo é que se deve ir mais devagar. Eu me sentiria muito melhor se tivéssemos mais alguma coisa para comprovar o que ele diz.

Kramer não conseguiu se conter:

— Não sei... o que ele diz é bastante plausível. Contou-me coisas que era preciso estar lá para saber. Sabia a cor do carro, o número de portas... sabia que era um modelo esporte. Sabia o nome de batismo de McCoy. Ele ouviu "Chââmân", mas, quero dizer, é bem próximo. Ele não poderia ter sonhado tudo isso.

— Eu não estou afirmando que ele não estava lá, Larry, e não estou afirmando que não vamos usá-lo. Vamos. Só estou afirmando que ele é escorregadio e que devemos ter cuidado.

— "Escorregadio?" Vocês estão falando da *minha testemunha*!

— Não sei, Bernie — retorquiu. — Pelo que pude apurar até o momento, ele não é um garoto assim tão mau. Consegui um relatório da condicional. Ele não é um gênio, mas nunca esteve perto de ninguém que o fizesse usar a cabeça. Pertence a uma terceira geração de gente que vive de pensão, a mãe tinha quinze anos quando ele nasceu, e teve mais dois garotos de pais diferentes, e agora está vivendo com um companheiro de Roland, um garoto de 21 anos, só um ano mais velho que o filho. Nossa, dá para imaginar? Eu acho que teria uma ficha pior do que a dele. Duvido que jamais tenha conhecido um parente que morasse fora do conjunto.

Bernie Fitzgibbon agora estava sorrindo para ele. Kramer se surpreendeu, mas continuou:

— Uma outra coisa que descobri é que ele tem algum talento. O curador da condicional me mostrou alguns quadros que pintou. São realmente interessantes. São o que se chama...

— Colagens? — perguntou Fitzgibbon.

— É! — disse Kramer. — Colagens com esse tipo de prata...

— Papel-alumínio amarrotado formando o céu?

— É! Você os viu! Onde foi que os viu?

— Não vi nenhum de Auburn, mas já vi muitos iguais. É arte de xadrez.

— Que quer dizer com isso?

— É o que sempre se vê. Eles fazem esses quadros na prisão. Essas figuras, uma espécie de figuras de quadrinhos, certo? E então enchem o fundo com papel--alumínio amarrotado?

— É...

— Vejo essa merda sempre. Uns dois ou três advogados entram aqui todo ano com essas colagens de alumínio, para me dizer que estou mantendo Michelangelo atrás das grades.

— Bem, pode ser — disse Kramer. — Mas eu diria que esse garoto realmente tem algum talento.

Fitzgibbon não respondeu. Apenas sorriu. E agora Kramer compreendeu aquele sorriso. Bernie achava que estava tentando melhorar a imagem de sua testemunha. Kramer conhecia todos esses truques — mas isso era diferente! Melhorar a imagem da testemunha era um fenômeno psicológico comum entre os promotores. Em um caso criminal, era provável que a testemunha-chave viesse do mesmo ambiente que o acusado e podia até ter antecedentes criminais. Era pouco provável que fosse conhecido como um pilar de probidade — e no entanto era a única testemunha--chave de que se dispunha. A essa altura, era muito provável que sentisse o impulso de melhorar a imagem dele à luz da verdade e da credibilidade. Mas isso não era meramente uma questão de melhorar sua reputação aos olhos de um juiz e de um júri. Sentia a necessidade de saneá-lo *perante si mesmo*. Precisava acreditar que o que se estava fazendo com esse indivíduo — ou seja, usando-o para despachar um outro para a prisão — não era apenas funcional, mas correto. Esse verme, esse micróbio, esse vagabundo, esse antigo veado era agora o seu camarada, a sua ponta de lança na batalha do bem contra o mal, e você próprio queria acreditar que uma luz se irradiava desse... organismo, desse antigo inseto nocivo entocado sob uma pedra, agora um jovem logrado e incompreendido.

Ele conhecia tudo isso — mas Roland Auburn era diferente!

— Muito bem — disse Abe Weiss, pondo um fim a esse debate estético com mais um aceno de mão. — Isso não importa. Preciso tomar uma decisão e já a tomei.

Temos o suficiente. Vamos prender McCoy. Vamos prendê-lo amanhã de manhã e anunciar sua prisão. Terça-feira é um bom dia?

Ele olhou para Milt Lubell ao perguntar isso. Lubell assentiu sabiamente.

— Terça e quarta são os melhores dias. Terça e quarta. — Voltou-se para Bernie Fitzgibbon. — As segundas são péssimas. As segundas-feiras as pessoas só fazem ler as páginas de esporte o dia todo e assistir aos jogos de beisebol à noite.

Mas Fitzgibbon estava olhando para Weiss. Finalmente deu de ombros e disse:

— Tudo bem, Abe. Posso conviver com isso. Mas se vamos fazer isso amanhã, é melhor eu telefonar para Tommy Killian agora mesmo, antes que saia para o tribunal, e me assegurar de que ele vai aparecer com o homem.

Weiss indicou uma mesinha com um telefone a um canto do gabinete, além da mesa de reuniões, e Fitzgibbon se dirigiu para lá. Enquanto Fitzgibbon estava ao telefone, Weiss perguntou:

— Onde estão aquelas fotos, Milt?

Milt Lubell procurou em uma pilha de papéis que tinha no colo e puxou diversas páginas de uma revista que entregou a Weiss.

— Qual é o nome dessa revista, Milt?

— *Architectural Digest*.

— Olhe só isso. — Quando Kramer deu por si, Weiss estava se debruçando sobre a mesa e passando as fotos para ele. Sentiu-se incrivelmente lisonjeado. Estudou as páginas... o papel mais acetinado possível... luxuriantes fotografias em cores com detalhes tão nítidos que faziam a pessoa piscar... o apartamento de McCoy... Um mar de mármore levava a uma larga escada em curva com balaustrada de madeira escura... Madeira escura por toda parte e uma mesa entalhada com um carregamento de flores saindo de um enorme vaso... Era o hall de que falara Martin. Parecia suficientemente espaçoso para conter três dos formigueiros de Kramer de 888 dólares por mês, e era apenas o hall. Ouvira falar que havia gente que vivia assim em Nova York... Outra sala... mais madeira escura... Devia ser a sala de estar... Tão grande que havia três ou quatro grupos de mobília pesada nela... o tipo de sala em que se entra e se baixa a voz até transformá-la em um sussurro... Mais outra foto... uma ampliação de um detalhe em madeira entalhada, uma madeira lustrosa e avermelhada, uma série de figuras de terno e gravata caminhando para um lado e para outro, formando ângulos curiosos diante de edifícios... E agora Weiss estava se debruçando sobre a mesa e apontando para uma foto.

— Dê só uma espiada nisso — disse. — "Chama-se Wall Street" e foi feito por Wing Wong ou alguém assim, "o melhor escultor de Hong Kong". Não é isso que diz aí? Está na parede da "biblioteca". Gostei.

Agora Kramer podia ver o que Martin estivera falando. "A biblioteca"... Os brancos, anglo-saxões, protestantes... Trinta e oito anos... apenas seis anos mais velho que ele... Herdavam todo esse dinheiro dos pais e viviam em um Mundo Encantado. Bom, esse estava entrando em rota de colisão com o mundo da realidade.

Fitzgibbon voltou do canto da sala.

— Falou com Tommy? — perguntou Weiss.

— Falei. Ele manterá o homem à mão.

— Dê uma olhada nisso — disse Weiss, indicando as páginas da revista. Kramer passou-as a Fitzgibbon. — O apartamento de McCoy — esclareceu Weiss.

Fitzgibbon passou os olhos pelas fotos e devolveu-as a Kramer.

— Já viu alguma coisa parecida antes? — perguntou Weiss. — Foi a mulher dele quem decorou. Estou certo, Milt?

— Está, ela é uma dessas decoradoras de sociedade — disse Lubell —, uma dessas mulheres ricas que decoram casas para outras mulheres ricas. Publicam artigos sobre elas na revista *New York*.

Weiss ficou olhando para Fitzgibbon, mas Fitzgibbon não disse nada. Então Weiss arregalou os olhos como se estivesse recebendo uma revelação.

— Você está conseguindo visualizar, Bernie?

— O quê?

— Bem, estou vendo a coisa assim — disse Weiss. — Acho que uma boa ideia, para acabar com esse falatório sobre justiça branca e Johannesbronx e toda essa merda, era prendê-lo no apartamento dele. Acho que seria um estrondo. Queremos dizer aos habitantes desse município que a lei não respeita ninguém, prende-se um sujeito da Park Avenue do mesmo jeito que se prende José García ou Tyrone Smith. Entrando-se na porra do apartamento deles, estou certo?

— É — comentou Fitzgibbon —, porque eles não viriam de nenhum outro modo.

— A questão não é essa. Temos uma obrigação para com o povo deste município. Este gabinete está sendo exposto a todos sob uma luz muito desfavorável, e isso porá um ponto final na coisa.

— Não é um pouco violento demais prender um sujeito na casa dele só para provar alguma coisa?

— Não há nenhuma maneira maravilhosa de se prender alguém, Bernie.

— Bom, não podemos fazer isso — disse Fitzgibbon.

— Por que não?

— Porque acabei de informar a Tommy que não agiríamos assim. Disse-lhe que poderia apresentar McCoy sozinho.

— Bom, sinto muito, mas não deveria ter feito isso, Bernie. Não podemos garantir a ninguém que daremos a seu cliente um tratamento especial. Você sabe disso.

— Eu não sei disso, Abe. Dei-lhe a minha palavra.

Kramer olhou para Weiss. Sabia que o "jumento" agora tinha empacado, mas e Weiss? Aparentemente, não.

— Olhe, Bernie, diga ao Tommy que eu passei por cima de você, está bem? Pode jogar a culpa em mim. Aguentarei o rolo que der. Compensaremos Tommy depois.

— Negativo — respondeu Fitzgibbon. — Você não vai precisar segurar rolo algum, Abe, porque isso não vai acontecer. Eu dei a Tommy minha palavra. É um contrato.

— É, bem, mas às vezes é preciso...

— Não tem *é preciso,* Abe, é um contrato.

Kramer não tirava os olhos de Weiss. A repetição da palavra "contrato" por Bernie atingira o alvo. Kramer percebia. Weiss parara abruptamente. Agora sabia que estava enfrentando aquele obstinado código de lealdade irlandês. Silenciosamente, Kramer suplicou a Weiss que não ligasse para o subordinado. Lealdade de jumento! Era obsceno! Por que *ele,* Kramer, deveria sofrer por causa da solidariedade fraternal entre irlandeses? A prisão de um banqueiro de investimentos da Wall Street em seu apartamento, acompanhada de muita publicidade — era uma ideia brilhante! Mostrar a imparcialidade da justiça no Bronx — perfeito! O promotor distrital assistente Lawrence Kramer... O *Times,* o *News,* o *Post, The City Light,* o Canal 1 e todos os outros conheceriam seu nome de cor em pouco tempo! Por que deveria Abe Weiss ceder ao código desses "gaiteiros"? E no entanto sabia que *ele* cederia. Via em seu rosto. Não era sequer pela valentia de irlandês de quatro costados de Bernie Fitzgibbon. Era a palavra "contrato". Isso falava diretamente à alma de todo sujeito nesse negócio. No Banco de Favores todas as contas devidas tinham que ser saldadas. Essa era a lei do sistema de justiça penal, e Abe Weiss não passava de uma criatura do sistema.

— Que merda, Bernie — disse Weiss —, para que fez isso? Droga...

O impasse terminara.

— Acredite-me, Abe, você vai parecer melhor assim. Eles não vão poder dizer que você cedeu à emoção do povo.

— Hummmmm. Bom, da próxima vez não assuma esses compromissos sem falar comigo antes.

Bernie só fez olhar para ele e lhe dar um desses sorrisinhos que eram o mesmo que dizer "é preciso".

20
CHAMADAS DAS ALTURAS

Gene Lopwitz não recebia visitantes à escrivaninha. Convidava-os a sentar a um grupo de enormes *bergères* inglesas estilo Chippendale e mesinhas Chippendale irlandesas diante da lareira. As peças Chippendale, bem como os outros grupos de móveis na ampla sala, eram criações de Ronald Vine, o decorador. Mas a lareira era de Lopwitz. A lareira funcionava. Os serventes da sala de operação de obrigações, que eram como velhos guardas bancários, podiam realmente acender um fogo de lenha nela — fato que dera ensejo a algumas semanas de caçoadas dos cínicos como Rawlie.

Como toda boa torre moderna de escritórios, o edifício não tinha dutos que resolvessem o problema da fumaça de lareiras. Mas Lopwitz, depois de um ano de estupendo sucesso, estava decidido a ter uma lareira que funcionasse, com um console de madeira entalhada em sua sala. E por quê? Porque Lorde Upland, dono do *Daily Courier*, possuía uma. O austero par do reino tinha oferecido um almoço a Lopwitz em seu grupo de salas em um imponente prédio de velhos tijolos aparentes na Fleet Street, na esperança de que ele vendesse um lote de ações "criativamente estruturadas" do *Daily Courier* para os ianques. Lopwitz nunca mais se esquecera do copeiro que entrava de tempos em tempos para pôr mais uma acha no fogo de cheiro agradável e acre da lareira. Era tão... como se poderia dizer?... tão *baronial*, era isso. Lopwitz se sentira como um garotinho sortudo convidado à casa de um grandç homem.

Um lar. Essa era a ideia. Os ingleses, com aquele inequívoco instinto de classe que possuíam, sabiam que se um homem ocupava uma posição de destaque nos negócios, não devia ter um escritório padrão, que fazia a pessoa parecer uma peça intercambiável de um grande mecanismo. Não, a pessoa devia ter um escritório que lembrasse a casa de um aristocrata, como se declarasse: "Eu, em pessoa, sou o senhor, o criador e o dono desta grande organização." Lopwitz acabara entrando numa tremenda briga com os proprietários da torre, a companhia administradora, o Departamento de Edificações, o Departamento de Incêndios, e a construção dos dutos e das saídas de fumaça custara 350 mil dólares, mas ele finalmente conseguira o que queria, e Sherman McCoy agora observava pensativo a boca da lareira baronial, cinquenta andares acima da Wall Street, ao lado da sala de operação de obrigações da Pierce & Pierce. Não havia fogo na lareira, porém. Há muito tempo que não era acesa.

Sherman sentia uma vibração elétrica, uma taquicardia no peito. Lopwitz e ele, os dois, estavam sentados nas monstruosas *bergères* Chippendale. Lopwitz não era muito bom em conversa trivial, mesmo nas ocasiões festivas, e essa reuniãozinha ia ser lúgubre. A lareira... os micuins... Droga... Bom, qualquer coisa era melhor do que parecer um cachorro que apanhou. Por isso, Sherman se aprumou na cadeira, ergueu o famoso queixo e até conseguiu olhar ligeiramente por cima para o dono e senhor dessa poderosa organização.

— Sherman — disse Gene Lopwitz —, não vou usar de rodeios com você. Respeito-o demais para isso.

A vibração elétrica no peito! Os pensamentos de Sherman galopavam no mesmo ritmo do coração, e ele se viu imaginando, ociosamente, se Lopwitz saberia ou não de onde vinha a frase "usar de rodeios". Provavelmente não.

— Tive uma longa conversa com Arnold na sexta-feira — estava dizendo Lopwitz. — Agora, o que vou lhe dizer... quero deixar uma coisa clara, não é o dinheiro, ou melhor, não é o dinheiro que se perdeu... não é essa a questão. — Essa expedição em terreno psicológico fez as bochechas já caídas de Lopwitz murcharem em rugas de perplexidade. Ele era um fanático da corrida (o tipo que corre às 5 horas da manhã). Tinha o aspecto descarnado e assombrado daqueles que diariamente contemplam as entranhas ossudas do grande deus Aeróbico.

Agora estava entrando no caso Oscar Suder e nas obrigações da United Fragrance, e Sherman sabia que devia prestar muita atenção. Obrigações da United Fragrance... Oscar Suder... e pensou em *The City Light*. Que queria dizer com "às vésperas de uma grande revelação no caso Henry Lamb"? A reportagem desse tal de Fallow era intrigantemente vaga, exceto no detalhe de que a "revelação" fora disparada pela reportagem de *The City Light* sobre os possíveis números da placa de licença. "Disparada!" Essa era a palavra que usaram! De alguma forma aquela palavra tinha iniciado a taquicardia quando se sentara escondido no banheiro. Nenhum dos outros jornais publicava nada parecido.

Agora Lopwitz discorria sobre a questão de sua ausência no dia em que ocorrera o grande lançamento de obrigações. Sherman via as mãos afetadas de Freddy Button esvoaçando em torno da cigarreira. Os lábios de Gene Lopwitz se mexiam. O telefone na mesinha Chippendale irlandesa ao lado da *bergère* de Lopwitz tocou com um discreto borbulhar. Lopwitz atendeu, dizendo:

— Sim?... Bem, ótimo. Ele ainda está na linha?

Inexplicavelmente, Lopwitz agora sorria para Sherman e dizia:

— Só vou demorar um segundo. Dei a Bobby Shaflett uma carona no avião para ele poder atender a um compromisso em Vancouver. Eles estão em Wisconsin ou Dakota do Sul ou num lugar desses.

Lopwitz então baixou os olhos, recostou-se na *bergère* e sorriu de prazer prevendo a conversa com o famoso Caipira de Ouro, cujos moles contornos e voz de tenor estavam agora acomodados no seu jatinho de oito lugares, equipado com motores Rolls-Royce. A rigor, o avião era da Pierce & Pierce, mas, para todas as finalidades práticas, era de Lopwitz, pessoalmente, baronialmente. Lopwitz baixou a cabeça, e uma grande animação surgiu em seu rosto, e ele disse:

— Bobby? Bobby? Está me ouvindo?... O que foi? Como estão as coisas?... Estão tratando bem de você aí em cima?... Quê?... Alô? Alô?... Bobby? Você ainda está aí? Alô? Está me ouvindo? Bobby?

Ainda segurando o telefone, Lopwitz olhou para Sherman com o cenho franzido, como se ele tivesse acabado de fazer algo muito pior do que se deixar embrulhar na transação da United Fragrance ou sair sem permissão.

— Merda! — exclamou. — Caiu a ligação. — Desligou o telefone. — Srta. Bayles?... A linha caiu. Veja se consegue se comunicar com o avião outra vez.

Ele desligou e pareceu infeliz. Perdera a oportunidade de ouvir o grande artista, a grande bola de gordura e fama, agradecer-lhe, e, portanto, prestar tributo à eminência de Lopwitz da altura de 12 mil metros, sobrevoando o coração dos Estados Unidos.

— Muito bem, onde estávamos? — perguntou Lopwitz, parecendo mais zangado do que Sherman jamais o vira. — Ah, sim, as Giscards. — Lopwitz começou a balançar a cabeça, como se algo verdadeiramente terrível tivesse ocorrido, e Sherman preparou-se, porque a debacle das obrigações garantidas em ouro era a parte pior. No instante seguinte, porém, Sherman teve a estranha sensação de que na realidade Lopwitz estava sacudindo a cabeça por causa da ligação interrompida.

O telefone tornou a tocar. Lopwitz agarrou-o.

— Sim?... A ligação para o avião?... Como?... Bem, está bem, complete a ligação.

Desta vez Lopwitz olhou para Sherman e sacudiu a cabeça de frustração e espanto, como se Sherman fosse um amigo compreensivo.

— É Ronald Vine. Chamando da Inglaterra. Está em Wiltshire. Encontrou painéis de dobras de linho para mim. São seis horas de diferença de lá para cá, de modo que tenho que atender.

Sua voz pedia compreensão e perdão. "Painéis de dobras de linho?" Sherman só conseguia olhar. Mas aparentemente receoso de que ele pudesse dizer alguma coisa numa conjuntura crítica dessas, Lopwitz ergueu um dedo e fechou os olhos um instante.

— Ronald? De onde está ligando?... Foi o que pensei... Não, conheço muito bem... Que quer dizer com "eles não querem vender"?

Lopwitz mergulhou em uma intensa discussão com o decorador, Ronald Vine, sobre algum impedimento à compra dos painéis de dobras de linho em Wiltshire. Sherman voltou a observar a lareira... Os micuins... Lopwitz só usara a lareira uns dois meses e depois nunca mais. Um dia, sentado à escrivaninha, fora acometido de uma sensação de intensa comichão e ardência na parte de baixo da nádega esquerda. Tinha bolhas vermelhas e ardidas... "Mordidas de micuins"... A única dedução plausível é que de algum modo os micuins tinham conseguido chegar ao quinquagésimo andar, ao poderoso andar da Pierce & Pierce, em um carregamento de lenha para a lareira e tinham mordido o traseiro do barão. Nos cães de lareira de latão, nesse momento, havia uma pilha de toras de madeira de lei de New Hampshire, cuidadosamente selecionadas, esculturalmente perfeitas, completamente limpas, absolutamente desinfetadas, pulverizadas com inseticida suficiente para fazer desaparecer de um bananal tudo o que se mexesse, permanentemente arrumadas, para nunca serem usadas.

A voz de Lopwitz se elevou:

— Que quer dizer com eles não vendem para "comércio"?... Sei, sei que disseram isso para você, mas eles sabem que está comprando para mim. Por que estão falando em "comércio"?... Hummm-hummm... Sei, bom, diga-lhes que tenho uma palavrinha para eles. *Trayf*... Deixe-os descobrir sozinhos. Se eu sou "comerciante" eles são *trayf*... O que significa? Significa algo como "impróprio para consumo", só que pior do que isso. Em bom vernáculo acho que a palavra é "merda". Há um ditado antigo "Quando se olha bem de perto, vê-se que tudo é *merda*", e isso é válido também para esses aristocratas carcomidos, Ronald. Diga-lhes para pegarem os seus painéis de dobras de linho e darem o fora.

Lopwitz desligou e olhou para Sherman irritadíssimo.

— Muito bem, Sherman, vamos ilustrar os fatos. — Falava como se Sherman tivesse estado a remanchar, a discutir, a fugir, a embrulhá-lo, e de um modo geral tentado enlouquecê-lo. — Não consigo imaginar o que aconteceu com as Giscards... Deixe-me perguntar uma coisa. — Ele enviesou a cabeça e assumiu uma expressão que dizia: "Sou um arguto observador da natureza humana."

— Não estou querendo ser indiscreto — acrescentou —, mas quero que me responda assim mesmo. Você está com problemas em casa ou alguma coisa do gênero?

Por um momento Sherman brincou com a ideia de apelar, de homem para homem, para a piedade dele e revelar um tantinho de sua infidelidade. Mas um sexto sentido lhe disse que "problemas em casa" só despertariam em Lopwitz o seu desprezo e seu apetite para as fofocas, que parecia ser desmesurado. Por isso sacudiu a cabeça e sorriu ligeiramente, para indicar que a pergunta nem mesmo o preocupava, e disse:

— Não, de modo algum.

— Bom, então está precisando de umas férias ou algo assim?

Sherman não soube o que responder a isso. Mas animou-se. Pelo menos não parecia que Lopwitz estivesse prestes a despedi-lo. De fato, não precisou responder nada, porque o telefone tornou a tocar. Lopwitz ergueu o fone, embora não tão avidamente dessa vez.

— Sim?... Como é, srta. Bayles?... Sherman? — Um grande suspiro. — Bem, ele está aqui, sim.

Lopwitz olhou de um jeito esquisito para Sherman. — Parece que é para você. — Estendeu o fone.

Muito estranho. Sherman levantou-se, apanhou o fone e ficou de pé junto à cadeira de Lopwitz.

— Alô?

— Sr. McCoy? — Era a srta. Bayles, secretária de Lopwitz. — Há um *sr.* Killian na linha. Diz que é "imperativo" falar com o senhor. O senhor quer falar com ele?

Sherman sentiu um soco de palpitação no peito. Então seu coração entrou numa taquicardia firme e galopante.

— Quero. Muito obrigado.

Uma voz disse:

— Sherman? — Era Killian. Ele nunca o chamara pelo nome de batismo antes. — Tinha que me comunicar com você.

— Estou na sala de Lopwitz — disse Sherman num tom formal.

— Sei disso — respondeu Killian. — Mas tinha que garantir que você não saísse do edifício ou fizesse qualquer outra coisa antes de eu falar com você. Acabei de receber um telefonema de Bernie Fitzgibbon. Eles dizem que têm uma testemunha que pode... entregar as pessoas que estavam na cena. Está entendendo?

— Entregar?

— Identificá-las.

— Compreendo... Deixe-me ligar para você quando estiver de volta à minha escrivaninha. — Composto.

— Tudo bem, estou no meu escritório, mas tenho que sair para o tribunal. Não demore. Tem uma coisa muito importante que você precisa saber. Vão querer vê-lo, oficialmente, amanhã. Oficialmente, certo? Ligue-me de volta imediatamente. — Pela maneira como Killian disse esse "oficialmente", Sherman percebeu que era um código, caso alguém no escritório de Lopwitz tivesse acesso à conversa.

— Está bem — disse. Composto. — Muito obrigado. — Pousou o fone de volta no gancho sobre a mesa Chippendale irlandesa e tornou a sentar-se na *bergère*, aturdido.

Lopwitz continuou a falar como se não tivesse havido nenhum telefonema.

— Como já lhe disse, Sherman, a questão não é você ter perdido o dinheiro da Pierce & Pierce. Não é a isso que estou me referindo. As Giscards foram sua ideia. Era uma grande estratégia, e foi você quem a imaginou. Mas, quero dizer, droga, você a preparou durante quatro meses, e você é o nosso vendedor de obrigações número um. Por isso não é pelo dinheiro que perdeu, é que aí está você, um cara que se supõe que funcione o melhor possível lá nas operações, e agora estamos numa situação em que temos toda essa série de coisas de que estive lhe falando...

Lopwitz parou de falar e o encarou perplexo, quando Sherman, sem dizer palavra, levantou-se. Sherman sabia o que estava fazendo, mas ao mesmo tempo parecia não ter controle sobre o que fazia. Ele não podia simplesmente levantar-se e deixar Gene Lopwitz falando no meio de uma conversa crucial sobre o seu desempenho na Pierce & Pierce, contudo não podia continuar ali sentado nem mais um segundo.

— Gene — disse —, você vai ter que me dar licença. Preciso sair. — Ouvia a própria voz como se ela viesse de fora. — Sinto muito, mas realmente tenho que sair.

Lopwitz permaneceu sentado, olhando, como se ele tivesse enlouquecido.

— Aquele telefonema — disse Sherman. — Sinto muito.

Começou a se retirar da sala. Pela visão periférica estava consciente de que Lopwitz o acompanhava com os olhos.

No andar da sala de operação de obrigações, a loucura matinal atingira o auge. Ao se encaminhar para a escrivaninha, Sherman se sentiu como se flutuasse num delírio.

— ... outubro 1992 a cem dólares...

— ... eu disse para vender as merdas!

Ahhhhh, as migalhas de ouro... Como pareciam sem sentido...

Quando Sherman se sentou à escrivaninha, Arguello se aproximou e perguntou:

— Sherman, você sabe alguma coisa sobre os 10 milhões de Joshua Tree?

Sherman fez-lhe sinal para que recuasse, da forma como se avisa a alguém para se afastar de um incêndio ou da beira de um precipício. Ele reparou que o seu dedo indicador tremia ao digitar o número de Killian no telefone. A recepcionista atendeu, e mentalmente Sherman visualizou a claridade escaldante da sala de recepção no prédio velho da Reade Street. Em um instante, Killian estava na linha.

— Está em um lugar de onde possa falar?

— Estou. Que quis *dizer* com eles querem me ver oficialmente?

— Querem intimá-lo. É aético, é desnecessário, é uma imbecilidade, mas é o que querem fazer.

— Intimar? — Só em dizê-lo teve a pavorosa sensação de que sabia o que Killian queria dizer. A pergunta foi uma prece involuntária, vinda de seu próprio sistema nervoso central, de que estivesse enganado.

— Vão prendê-lo. É um absurdo. Deviam apresentar o que descobriram diante de um júri, conseguir um indiciamento, e então proceder à leitura do libelo perante o acusado. Bernie sabe disso, mas Weiss precisa fazer uma prisão rapidamente para tirar a imprensa das costas dele.

A garganta de Sherman secou com o "prendê-lo". O restante foram apenas palavras.

— Prender? — Um lamento.

— Weiss é uma besta — disse Killian —, e uma puta quando se trata da imprensa.

— *Prender,* você não pode estar falando sério. — Por favor, não deixe que isso seja verdade. — Que é que podem... de que é que estão me acusando?

— Direção perigosa, abandono da cena de um acidente e omissão em comunicá-lo.

— Não posso acreditar. — Por favor, faça com que isso não seja real. — Direção perigosa? Mas pelo que você falou... quero dizer, como é que podem? Eu nem estava ao volante!

— Não pelo que diz a testemunha deles. Bernie disse que a testemunha apontou a sua foto em meio a uma série de outras.

— Mas eu não estava dirigindo!

— Só estou repetindo o que Bernie me disse. Ele afirma que a testemunha também sabia a cor e o modelo do seu carro.

Sherman tomou consciência de sua respiração acelerada e do ruído da sala de operação de obrigações.

Killian perguntou:

— Você está aí?

Sherman, rouco:

— Estou... quem *é* a testemunha?

— Isso ele não quis me dizer.

— É o outro rapaz?

— Ele não quis informar.

— Ou — Cristo! — Maria?

— Ele não vai me dizer isso.

— Ele falou *alguma* coisa de uma mulher no carro?

— Não. Vão guardar os detalhes em segredo, por ora. Mas, olhe, deixe-me dizer-lhe uma coisa. Isso não vai ser tão ruim quanto pensa. Tenho um compromisso com Bernie. Posso levá-lo lá e entregá-lo pessoalmente. Você vai entrar e sair. *Pingue-pongue.*

Entrar e sair de quê? Mas o que disse foi:

— Entregar-me?

— É. Se quisessem, poderiam vir até a cidade, prendê-lo e levá-lo para lá algemado.

— Lá onde?

— No Bronx. Mas isso não vai acontecer. Tenho um compromisso com Bernie. E quando chegarem a liberar a informação para a imprensa você já estará fora de lá. Pode agradecer por isso.

A imprensa... o Bronx... apresentar... direção perigosa... uma abstração grotesca atrás da outra. Repentinamente sentiu-se desesperado para visualizar o que estava para acontecer, não importava o que fosse, em vez de simplesmente sentir aquela força terrível prestes a se abater sobre ele.

Killian perguntou:

— Você está aí?

— Estou.

— Pode agradecer a Bernie Fitzgibbon. Lembra-se do que andei lhe dizendo sobre contratos? Isso é um contrato, entre mim e Bernie.

— Olhe — disse Sherman —, preciso passar aí e conversar com você.

— Tenho que ir ao tribunal, e agora. Já estou atrasado. Mas devo terminar lá pelas 13 horas. Venha em torno dessa hora. Provavelmente vai precisar de algum tempo.

Dessa vez Sherman entendeu exatamente o que Killian estava dizendo.

— Deus do céu! — exclamou numa voz rouca. — Tenho que falar com minha mulher. Ela não tem a menor ideia disso tudo. — Falava para si tanto quanto para Killian. — E minha filha e meus pais... e Lopwitz... Não sei... Nem sei lhe dizer: isso é absolutamente inacreditável.

— É como se o chão lhe fugisse debaixo dos pés, certo? Isso é a coisa mais normal do mundo. Você não é um criminoso. Mas não vai ser tão ruim quanto pensa. Isso não significa que tenham um caso. Apenas significa que acham que têm suficiente evidência para agir. Por isso vou lhe dizer uma coisa. Ou vou repetir uma coisa que já disse. Você vai precisar contar a algumas pessoas o que está acontecendo, mas não entre em detalhes sobre o que ocorreu naquela noite. Sua *mulher*... bom, o que disser a ela, isso é entre vocês dois, e não posso orientá-lo. Mas com qualquer outra pessoa... não entre em detalhes. Podem ser usados contra você.

Uma onda muito triste de sentimentos envolveu Sherman. Que poderia dizer a Campbell? E quanto iria depreender do que outras pessoas diriam dele? Seis anos de idade, tão inocente, uma menininha que adora flores e coelhinhos.

— Compreendo — disse com uma voz absolutamente deprimida. Como Campbell poderia deixar de ser esmagada por isso tudo?

Depois de se despedir de Killian, ficou sentado à escrivaninha e deixou que as letras e números verde-diodo nas telas do computador deslizassem diante de seus olhos. Logicamente, intelectualmente, sabia que Campbell, sua filhinha, seria a primeira pessoa a acreditar nele totalmente e a última a perder a fé, contudo não adiantava tentar pensar lógica e intelectualmente nisso. Via seu rostinho meigo e exótico.

Sua preocupação com Campbell produziu ao menos um efeito favorável. Ofuscou a primeira de suas tarefas difíceis, que era voltar e falar com Eugene Lopwitz.

Quando apareceu de novo no escritório de Lopwitz, a srta. Bayles lançou-lhe um olhar preocupado. Obviamente Lopwitz contara-lhe que ele saíra da sala como um doido. Ela o conduziu a uma bombástica cadeira francesa e ficou de olho nele durante os quinze minutos em que o manteve esperando até Lopwitz mandá-lo entrar de novo.

Lopwitz estava em pé quando Sherman entrou na sala e não lhe ofereceu uma cadeira. Em vez disso, interceptou-o no meio do imenso tapete oriental que havia no escritório, como se dissesse: "Muito bem, eu o deixei voltar. Mas seja rápido."

Sherman ergueu o queixo e procurou parecer digno. Mas se sentia tonto só de pensar no que estava prestes a revelar, prestes a confessar.

— Gene — disse —, não foi minha intenção me retirar daqui tão bruscamente, mas não tive outra escolha. Aquele telefonema que recebi quando estávamos conversando. Você me perguntou se eu tinha algum problema. Bem, a questão é que tenho. Vou ser preso pela manhã.

A princípio Lopwitz apenas ficou olhando para ele. Sherman reparou como as pálpebras dele eram espessas e enrugadas. Então disse:

— Vamos sentar ali — e indicou o grupo de *bergères*.

Sentaram-se mais uma vez. Sherman sentiu uma pontada de rancor contra a expressão absorta no rosto de morcego de Lopwitz, que tinha a palavra *voyeur* estampada de um canto ao outro. Então contou-lhe o caso Lamb conforme a primeira versão que aparecera na imprensa e a visita dos dois detetives à sua casa, embora sem os detalhes humilhantes. O tempo todo observava o rosto extasiado de Lopwitz e sentiu a exaltação enauseante do libertino incorrigível que troca dinheiro honesto por desonesto e uma vida honesta por uma sórdida. A tentação de *contar tudo,* de ser realmente devasso, de falar das nádegas moldáveis e doces de Maria Ruskin, da luta na selva e da vitória contra os dois brutos, dizer a Lopwitz que o que quer que tivesse feito, fizera-o *como um homem* — e que como homem ele fora impecável — e mais do que impecável, talvez até heroico — à tentação de desnudar todo o drama — "no qual não me portei como um vilão" — foi quase impossível de resistir. Mas controlou-se.

— Foi o meu advogado quem ligou quando eu estava aqui, Gene, e ele diz que por ora não devo entrar em detalhes sobre o que aconteceu ou não aconteceu com ninguém, mas quero que você saiba uma coisa, principalmente porque não sei o que vão dizer na imprensa sobre tudo isso. É que não atropelei ninguém com o meu carro, nem dirigi irresponsavelmente, nem fiz nada de que não tenha a consciência tranquila.

Assim que disse "consciência" percebeu que todo indivíduo culpado fala de sua consciência tranquila.

— Quem é o seu advogado? — perguntou Lopwitz.

— O nome dele é Thomas Killian.

— Não o conheço. Você devia contratar Roy Branner. É o maior advogado de Nova York. Fabuloso. Se eu algum dia estivesse em apuros, contrataria Roy. Se você quiser, ligo para ele.

Aturdido, Sherman escutou Lopwitz discorrer sobre a capacidade do fabuloso Roy Branner, os casos que tinha ganho, como o conhecera, como eram amigos, como as esposas se conheciam, e quanto Roy faria por ele, se ele, Gene, pedisse.

Então esse era o instinto primordial em Lopwitz ao saber da crise na vida de Sherman: mostrar que estava por dentro, as pessoas importantes que conhecia e o domínio que ele, o barão magnético, exercia sobre gente importante. O segundo instinto era de ordem mais prática. Foi estimulado pela palavra "imprensa". Lopwitz propunha, de uma maneira que não admitia discussão, que Sherman tirasse uma licença até esse caso lamentável ser resolvido.

Essa sugestão perfeitamente razoável, feita em voz calma, disparou um alarme nos centros nervosos de Sherman. Se tirasse uma licença, poderia — não estava inteiramente certo —, poderia ainda receber o salário-base de 10 mil dólares por mês, que era menos da metade do que precisava pagar mensalmente pelo empréstimo. Mas não receberia mais sua parte nas comissões e na divisão de lucros das operações de obrigações. Para todas as finalidades práticas, não teria mais renda.

O telefone na mesinha Chippendale irlandesa de Lopwitz tocou seu arrulho. Lopwitz apanhou o fone.

— Sim?... É mesmo? — Grande sorriso. — Maravilhoso... Alô?... Alô... Bobby? Está me ouvindo bem? — Olhou para Sherman, brindou-o com um sorriso descontraído e encheu a boca com o nome do homem, "Bobby Shaflett". Então baixou os olhos e se concentrou no telefonema. Seu rosto estava vincado e enrugado da mais pura alegria. — Você diz que está bem?... Maravilhoso! É um prazer para mim. Deram-lhe alguma coisa para comer, presumo... Ótimo, ótimo. Agora, ouça. Se precisar de algo, é só pedir. Eles são bons rapazes. Sabe que os dois voaram no Vietnã...? Claro. São incríveis. Se quiser uma bebida ou qualquer outra coisa é só pedir a eles. Tenho um Armagnac 1934 a bordo. Acho que está guardado aí atrás. Pergunte ao mais baixo, Tony. Ele sabe onde está... Bom, quando você voltar hoje à noite, então. É excelente. Foi o melhor ano da produção do Armagnac, 1934. É muito suave. Vai ajudá-lo a se descontrair... Então está tudo certo, hum?... Ótimo. Bem... Como?... De modo algum, Bobby. É um prazer, é um prazer.

Quando desligou, não poderia parecer mais contente. O mais famoso cantor de ópera dos Estados Unidos estava em seu avião, pegando uma carona para Vancouver, Canadá, com os dois ex-capitães da força aérea americana, empregados de Lopwitz, veteranos da guerra do Vietnã, bancando os motoristas e copeiros, servindo-lhe Armagnac com mais de meio século de idade, a 1.200 dólares por garrafa, e agora esse maravilhoso e famoso gordo estava lhe agradecendo, apresentando cumprimentos, a 12 mil metros de altitude, sobrevoando o estado de Montana.

Sherman olhou para o rosto sorridente de Lopwitz e ficou assustado. Lopwitz não estava zangado com ele. Não estava perturbado. Não estava nem desapontado. Não, a sorte de Sherman McCoy "não fazia diferença alguma". A vida de Lopwitz, uma reprodução inglesa, sobreviveria aos problemas de Sherman McCoy, a Pierce & Pierce sobreviveria também. Todos se divertiriam com a história picante por algum tempo, e as obrigações continuariam a ser vendidas em grandes quantidades, e o novo operador de obrigações número um — quem? — Rawlie? ou outro? — se apresentaria na sala de reuniões de Lopwitz, ao estilo de uma casa de chá elegante, para discutir a transferência dos bilhões da Pierce & Pierce dessa área do mercado para aquela. Mais um telefonema ar-terra de uma outra gorda celebridade, e Lopwitz nem ao menos lembraria quem Sherman era.

— Bobby Shaflett — disse Lopwitz, como se ele e Sherman estivessem sentados tomando um drinque antes do jantar. — Ele estava em Montana quando telefonou. — Balançou a cabeça e deu uma risadinha como se dissesse: "Um cara incrível."

21
O FABULOSO COALA

Nunca em sua vida vira as *coisas,* as coisas cotidianas, com mais clareza. E seus olhos envenenavam cada uma delas!

No banco da Nassau Street, em que entrara centenas de vezes, onde caixas, guardas, funcionários subalternos e o próprio gerente o conheciam como o estimável sr. McCoy da Pierce & Pierce, e o chamavam pelo nome, onde era de fato tão estimado, lhe tinham concedido um empréstimo pessoal de 1,8 milhão de dólares para pagar o apartamento — e aquele empréstimo lhe custava 21 mil dólares por mês! — e de onde é que isso iria sair! — *meu Deus!* ele agora reparava nas menores coisas... o friso trabalhado ao longo do teto no andar principal... as velhas cúpulas de bronze nas lâmpadas sobre as mesinhas no centro do saguão... a espiral canelada nos pilares que sustentavam a grade entre o saguão e a seção onde os funcionários se sentavam... Tudo tão sólido! tão preciso! tão ordeiro!... e agora tão ilusório! uma zombaria!... tão *inútil,* que não oferecia proteção alguma...

Todos *sorriam* para ele. Pessoas bondosas, respeitosas, confiantes... Hoje ainda era o sr. McCoy sr. McCoy sr. McCoy sr. McCoy... Como era triste pensar que esse lugar tão sólido e ordeiro... amanhã...

Dez mil dólares em notas... Killian dissera que a fiança deveria ser paga em espécie... a caixa era uma jovem negra, não tinha mais que 25 anos, usava uma blusa com uma gola alta e um broche de ouro... uma nuvem com um rosto soprando... de ouro... Seus olhos se fixaram na estranha tristeza do rosto de ouro... Se ele lhe apresentasse um cheque de 10 mil dólares, será que ela o poria em dúvida? Será que teria de procurar outro funcionário do banco para explicar? Que diria ele? Para *fiança?* O estimável sr. McCoy sr. McCoy sr. McCoy sr. McCoy...

Na realidade ela só fez dizer:

— O senhor sabe que temos de comunicar todas as transações acima de 10 mil dólares, não sabe, sr. McCoy?

— *Comunicar?* A um funcionário do banco?

Ela deve ter visto a perplexidade em seu rosto, porque explicou:

— Ao governo. Temos que preencher um formulário.

Então compreendeu. Era um regulamento destinado a revelar traficantes de drogas que negociavam grandes somas de dinheiro.

— Quanto tempo demora? É preciso preencher muitos papéis?

— Não, preenchemos apenas um formulário. Temos todas as informações necessárias em arquivo, o seu endereço e todo o resto.

— Bem... está bem, ótimo.

— Como gostaria de receber? Em notas de cem?

— Ah, sim, em notas de cem. — Não fazia a menor ideia do volume que fariam 10 mil dólares em notas de cem.

Ela deixou o caixa e logo voltou com o que parecia um pequeno tijolo de papel com uma cinta.

— Aqui tem. Dez mil dólares em notas de cem.

Ele sorriu nervoso.

— É só isso? Não parece muito, parece?

— Bom... depende. Todas as notas vêm em pacotes de cem, tanto as de um quanto as de cem dólares. Quando se vê o cem estampado na nota, impressiona bastante, creio.

Ele apoiou a pasta no parapeito de mármore da janela, abriu-a, recebeu da moça o tijolo de papel, colocou-o dentro da pasta, fechou-a e olhou de novo para o rosto dela. Ela sabia, não sabia? Sabia que havia algo de sórdido na necessidade de tirar uma soma tão desesperada de dinheiro. Tinha que saber!

De fato, seu rosto não traía aprovação nem desaprovação. Ela sorriu, educadamente, para mostrar sua boa vontade — e uma onda de medo perpassou por ele. *Boa vontade!* Que pensaria ela ou qualquer outro negro que olhasse para o rosto de Sherman McCoy amanhã — *um homem que atropelara um brilhante aluno negro e o abandonara à morte!*

Ao descer a Nassau Street, em direção à Wall Street, a caminho da Dunning Sponget & Leach, teve um ataque de ansiedade por causa do dinheiro. Os 10 mil dólares tinham praticamente zerado sua conta-corrente. Possuía mais uns 16 mil dólares numa conta de investimentos que podiam ser transferidos a qualquer momento para a conta-corrente. Era um dinheiro que conservava à mão para — despesas inesperadas! — as contas normais que apareciam todo mês! e que continuariam aparecendo! — como ondas numa praia — *e agora?* Muito breve estaria mexendo no principal — e não havia tanto capital assim. Tinha que parar de pensar nisso. Pensou no pai. Estaria com ele dentro de cinco minutos... Não conseguia imaginar. E isso não era nada comparado a Judy e Campbell.

Quando Sherman entrou na sala do pai, este ergueu-se da cadeira à escrivaninha... mas os olhos envenenados de Sherman percebiam o mínimo detalhe... o mais triste... Em frente à janela do pai, numa janela do novo edifício de vidro e alumínio do lado oposto da rua, uma jovem branca estava apreciando a rua embaixo e cutucava o ouvido esquerdo com um cotonete... uma jovem muito insossa de cabelos bem crespos, olhando para a rua e limpando os ouvidos... Que coisa mais triste...

A rua era tão estreita que tinha a sensação de poder estender o braço e bater na chapa de vidro em que ela se encontrava... O novo edifício lançara a salinha do pai em sombras perpétuas. Tinha que manter as luzes acesas o tempo todo. Na Dunning Sponget & Leach os velhos sócios, como John Campbell McCoy, não eram obrigados a se aposentar, mas esperava-se que agissem corretamente. Isso significava abrir mão das magníficas salas e magníficas vistas em favor dos sócios de meia-idade, advogados na casa dos quarenta e dos cinquenta, ainda inchados de ambições e visões de paisagens melhores e salas maiores.

— Entre, Sherman — convidou o pai... o antigo Leão... com um sorriso e também uma nota de preocupação. Sem dúvida fora capaz de perceber pelo tom de voz de Sherman ao telefone, que esta não seria uma visita normal. O Leão... Continuava uma figura impressionante com seu queixo aristocrático e o espesso cabelo branco penteado para trás, o terno inglês e a pesada corrente do relógio passando pela frente do colete. Mas sua pele parecia fina e delicada, como se a qualquer momento todo o seu couro leonino pudesse se desfazer em pó, dentro das formidáveis roupas de lã fina. Indicou uma cadeira junto à escrivaninha e disse com bastante afabilidade:

— O mercado de ações deve andar às moscas. De repente, mereço uma visita no meio do dia.

Uma visita no meio do dia — o antigo escritório do Leão não só abrangia um canto do edifício, mas também comandava uma vista do porto de Nova York. Que felicidade fora, em criança, visitar o escritório do papai! Do momento em que descia do elevador no décimo oitavo andar, ele era Sua Majestade a Criança. Todos, a recepcionista, os sócios mais novos, até os cabineiros, sabiam seu nome e o proclamavam como se nada pudesse trazer maior felicidade aos leais súditos da Dunning Sponget do que a visão do seu rostinho e do aristocrático queixo nascente. Todo o tráfego parecia parar quando Sua Majestade a Criança era acompanhada pelo corredor, pelo conjunto de salas, até o escritório do Leão propriamente, a um canto, onde a porta se abria e — que glória! — o sol inundava a sala dos lados do porto, que se descortinava para ele, lá embaixo. A Estátua da Liberdade, as barcas para Staten Island, os rebocadores, as lanchas da polícia, os cargueiros entrando pelo estreito ao longe... Que espetáculo — para ele! — Que felicidade!

Muitas vezes, naquela sala gloriosa, estiveram muito próximos de se sentar e ter uma conversa de verdade. Jovem como era, Sherman percebera que o pai estava tentando abrir uma porta em sua formalidade e convidá-lo a entrar. Mas nunca soubera muito bem como. Agora, num piscar de olhos, Sherman estava com 38 anos, e não havia porta alguma. Como pôr isso em palavras? Durante a vida inteira nunca se atrevera a constranger o pai com uma única confissão de fraqueza, muito menos de decadência moral e abjeta vulnerabilidade.

— Bom, como vão as coisas na Pierce & Pierce?

Sherman riu sem alegria.

— Não sei. Continua a funcionar sem *mim*. Isso é o que sei.

Seu pai se curvou para a frente.

— Você não está pedindo *demissão*, está?

— De certa forma, sim. — Continuava sem saber como falar.

Então, sentindo-se fraco, culpado, recorreu ao tratamento de choque, o brusco apelo à compreensão, que dera resultado com Gene Lopwitz.

— Pai, vou ser preso amanhã.

Seu pai o olhou fixamente por um tempo que lhe pareceu muito longo, então abriu a boca, tornou a fechá-la, deu um pequeno suspiro, como se rejeitasse todas as reações humanas normais de surpresa ou descrença quando alguém anuncia um desastre. O que finalmente disse, embora perfeitamente lógico, intrigou Sherman:

— Por quem?

— Pela... pela polícia. A polícia de Nova York.

— Sob que acusação? — Quanta perplexidade e dor em seu rosto. Ah! Aturdira-o, não havia dúvida, e provavelmente destruíra sua capacidade de se enfurecer... e como essa estratégia era desprezível...

— Direção perigosa, abandono da cena de um acidente, omissão em comunicar o fato à polícia.

— Automóvel — disse o pai, como se falasse de si para si. — E vão prendê-lo *amanhã*?

Sherman assentiu com a cabeça e começou a sua história sórdida, observando o rosto do pai o tempo todo e notando, com alívio e culpa, que ele continuava aturdido. Sherman tocou no assunto Maria com uma delicadeza vitoriana. Mal a conhecia. Só a vira umas três ou quatro vezes em situações inofensivas. Nunca deveria ter flertado com ela, naturalmente. Flertado.

— Quem é essa mulher, Sherman?

— Ela é casada com um homem chamado Arthur Ruskin.

— Ah... Acho que sei a quem se refere. Ele é judeu, não é?

"Que diferença faz isso, meu Deus?"

— É.

— E quem é ela?

— É de algum lugar da Carolina do Sul.

— Qual era o nome dela em solteira?

"O nome dela em solteira?"

— Dean. Não creio que pertença à galeria das damas coloniais, pai.

Quando chegou na altura das primeiras notícias dos jornais, Sherman percebeu que o pai não queria ouvir mais detalhes sórdidos. O velho o interrompeu de novo:

— Quem o está representando, Sherman? Presumo que tenha um *advogado*.

— Tenho. O nome dele é Thomas Killian.
— Nunca ouvi falar dele. Quem é ele?
Com um peso no coração:
— Trabalha para uma firma chamada Dershkin, Bellavita, Fishbein & Schlossel.

As narinas do Leão tremeram, os músculos do queixo se contraíram, como se estivesse tentando conter o vômito.

— Onde diabos os descobriu?
— São especialistas em direito penal. Freddy Button os recomendou.
— Freddy? Você deixou *Freddy*... — Sacudiu a cabeça. Não conseguia encontrar palavras.
— Ele é o *meu advogado*!
— Eu sei, Sherman, mas Freddy... — O Leão olhou rapidamente em direção à porta e então baixou a voz. — Freddy é uma pessoa ótima, Sherman, mas isso é um caso sério!
— *Você* me passou para Freddy, pai, há muito tempo!
— *Eu sei!* Mas não para coisas *importantes*! — Sacudiu a cabeça mais um pouco. Perplexidades atrás de perplexidades.
— Bom, em todo caso, estou sendo representado por um advogado chamado Thomas Killian.
— Ah, Sherman. — Um cansaço distante. Agora o mal está feito. — Gostaria que tivesse me procurado assim que isso aconteceu. Agora, neste estágio... bom, mas é nele que estamos, não é? Portanto vamos tentar pegar daí. De uma coisa tenho certeza. Você precisa arranjar o melhor advogado que existir. Precisa encontrar advogados em que possa *confiar*, implicitamente, porque está colocando muita coisa nas mãos deles. Você não pode simplesmente sair por aí e arranjar alguém com o nome de Dershbein ou que nome tenham. Vou ligar para Chester Whitman e Ed LaPrade e sondá-los.

"Chester Whitman e Ed LaPrade?" Dois velhos juízes federais que ou já estavam aposentados ou próximos disso. A possibilidade de conhecerem qualquer coisa das maquinações de um promotor distrital no Bronx ou um agitador do Harlem era tão remota... E de repente Sherman sentiu tristeza, não tanto por ele, mas por esse velho diante dele, apegando-se ao poder dos conhecimentos que significavam alguma coisa na década de 1950 e no início de 1960...

— Srta. Needleman? — O Leão já estava ao telefone. — Poderia fazer uma ligação para o juiz Chester Whitman para mim, por favor?... Como?... Ah... Entendo. Bom, então quando terminar. — E desligou. Como um velho sócio, já não contava com uma secretária própria. Dividia uma com meia dúzia de outros, e obviamente ela, a srta. Needleman, não pulava quando o Leão abria a boca. Esperando, o Leão olhava pela janela solitária, comprimia os lábios e parecia muito velho.

E naquele momento Sherman fez a terrível descoberta que os homens fazem a respeito dos pais, mais cedo ou mais tarde. Pela primeira vez percebeu que o homem que tinha diante de si não era um pai envelhecido mas um garoto, um garoto bem parecido com ele, um garoto que crescera e tivera um filho, o melhor que pudera, por um senso de dever e, talvez, por amor, assumira um papel chamado "ser pai" para que o filho tivesse algo mítico e infinitamente importante: um Protetor, que manteria afastadas todas as possibilidades caóticas e catastróficas da vida. E agora aquele garoto, aquele bom ator, tornara-se velho, frágil e cansado, mais fatigado que nunca, ao pensar em tentar erguer a armadura de Protetor de volta aos ombros, agora, tão tardiamente.

O Leão afastou o olhar da janela, encarou Sherman e sorriu, com o que Sherman interpretou como um constrangimento afetuoso.

— Sherman — disse —, prometa-me uma coisa: que não vai desanimar. Gostaria que tivesse me procurado antes, mas isso não importa. Você terá o meu inteiro apoio e vai ter o de sua mãe. Tudo o que pudermos fazer por você, faremos.

Por um instante, Sherman pensou que estivesse falando de dinheiro. Pensando melhor, percebeu que não estava. Pelos padrões do resto do mundo, o mundo fora de Nova York, seus pais eram ricos. Na realidade, tinham apenas o suficiente para gerar a renda que sustentaria a casa na 73rd Street e a casa em Long Island, os empregados alguns dias por semana nas duas casas, e o necessário para as despesas de rotina que preservariam a sua elegância. Mas mexer em seu capital principal seria cortar uma veia. Ele não poderia fazer isso com o homem encanecido e bem-intencionado que estava sentado ali naquela salinha mesquinha. E, pensando bem, não tinha certeza de que era isso que estava sendo oferecido.

— E Judy? — perguntou o pai.
— Judy?
— Como recebeu tudo isso?
— Ela ainda não sabe.
— *Não?*
— Nem desconfia.

Todos os vestígios de expressão desapareceram do rosto desse rapaz velho e grisalho.

Quando Sherman pediu a Judy que o acompanhasse até a biblioteca, tinha toda a intenção, toda a intenção consciente, de ser inteiramente sincero. Mas no momento em que abriu a boca tomou consciência de um segundo eu desajeitado e secreto, o dissimulador. Foi o dissimulador que pôs aquele prodigioso barítono em sua voz e que convidou Judy a sentar-se na *bergère* como faria um mestre de cerimônias de funerais e que fechou a porta da biblioteca com uma lentidão lúgubre, e depois se voltou e cerrou as sobrancelhas sobre o nariz de modo que Judy visse, antes de ouvir a primeira palavra, que a situação era grave.

O dissimulador não se sentou à escrivaninha — isso seria uma postura muito institucional — mas na cadeira de braços. E então disse:

— Judy, quero que se controle. Eu...

— Se você vai me falar do seu casinho ou que nome tenha, não se incomode. Você nem pode imaginar a minha falta de interesse.

— Meu o *quê*?

— O seu... caso... se é que é isso. Nem ao menos quero ouvir falar dele.

Ele a encarou com a boca ligeiramente aberta, vasculhando o cérebro à procura do que dizer:

— Isso é apenas uma parte... Se fosse só isso... Receio que vá ter que ouvir... É muito mais do que isso... — Tudo tão capenga, inexpressivo... então recorreu à bomba. Jogaria a bomba nela.

— Judy... vou ser preso pela manhã.

Isso a atingiu. Ela apagou o ar condescendente do rosto. Os ombros se encurvaram. Era uma mulher pequena numa enorme cadeira.

— *Preso?*

— Lembra-se da noite em que os dois detetives vieram aqui? Aquilo que aconteceu no Bronx?

— Foi *você*?

— Fui eu.

— Não acredito!

— Infelizmente é verdade. Fui eu.

Conseguira. Estava atordoada. Ele se sentiu mais uma vez ordinário e culpado. As dimensões de sua catástrofe avançavam pelo terreno moral.

Começou a contar sua história. Até as palavras saírem de sua boca, pretendia ser inteiramente honesto a respeito de Maria. Mas... que bem faria isso? Por que arrasar completamente a mulher? Por que reduzir-se diante dela em um marido completamente odioso? Então contou-lhe que fora apenas um flerte. Conhecera a mulher há umas três semanas.

— Disse-lhe que a apanharia no aeroporto. De repente, me ofereci para fazer isso. Provavelmente tinha... acho que tinha alguma coisa em mente... não vou tentar enganá-la ou me enganar... mas, Judy, juro a você, nem *beijei* a mulher, e muito menos tive um *caso*. Então essa *coisa* inacreditável aconteceu, esse pesadelo, e não tornei a vê-la a não ser naquela noite, quando, de repente, me vi sentado ao lado dela na casa dos Bavardages. Judy, juro a você, não houve nenhum *caso*.

Estudou seu rosto para ver se havia alguma chance de ela acreditar. Nada. Aturdimento. Ele continuou:

— Sei que deveria ter-lhe contado assim que a coisa aconteceu. Mas foi logo depois daquele telefonema idiota que dei. E então eu *sabia* que iria pensar que eu estava tendo um caso, o que não acontecia, Judy. Vi aquela mulher talvez umas cinco vezes na vida, sempre em público. Quero dizer, mesmo apanhar uma pessoa no aeroporto é uma situação pública.

Ele parou e procurou avaliá-la mais uma vez. Nada. Achou o seu silêncio opressivo. Sentiu-se obrigado a completar todas as lacunas.

Continuou falando sobre as notícias dos jornais, dos problemas no escritório, de Freddy Button, de Thomas Killian, de Gene Lopwitz. Mesmo enquanto discorria em monocórdio sobre uma coisa, seus pensamentos corriam à frente para a próxima. Deveria mencionar a conversa com o pai? Isso lhe granjearia a simpatia da mulher, porque perceberia a dor que isso lhe causara. Não! Poderia ficar zangada ao saber que contara ao pai primeiro... Mas, antes de chegar a esse ponto, percebeu que ela já não estava ouvindo. Uma expressão curiosa, quase sonhadora, surgira em seu rosto. Então começou a dar risadinhas. O único som que saiu foi um *cloc cloc cloc* gutural.

Chocado e ofendido:

— Isso lhe parece engraçado?

Com um leve ar de riso:

— Estou rindo de mim mesma. O fim de semana todo estive aborrecida porque você foi um... fracasso... na casa dos Bavardages. Receava que isso pudesse estragar minhas chances de ser presidente da comissão beneficente do museu.

Apesar de tudo, Sherman se sentiu magoado ao saber que fora um fracasso na casa dos Bavardages.

Judy disse:

— Isso é bem engraçado, não é? Eu me preocupando com a comissão beneficente do museu...

Sibilando:

— Desculpe ser um entrave para suas ambições.

— Sherman, agora eu quero que me escute. — Disse isso com uma bondade tranquila e maternal; soou lúgubre. — Não estou reagindo como uma boa esposa, estou? Eu quero. Mas como posso fazê-lo? Quero lhe oferecer meu amor ou, se não for amor, meu... o quê?... minha solidariedade, meu apoio, meu consolo. Mas não posso. Não posso nem fingir. Você não tem me deixado me aproximar de você. Compreende isso? Não tem me deixado me aproximar. Você me enganou, Sherman. Sabe o que isso significa, *enganar* alguém? — Disse isso com a mesma bondade maternal de antes.

— Enganei? Meu Deus, foi um flerte, se é que foi alguma coisa. Se você... olhar desejosa para alguém... pode chamar a isso de enganar se quiser, mas eu não o chamaria.

Ela tornou a sorrir ligeiramente e a balançar a cabeça.

— Sherman, Sherman, Sherman.

— Juro que é verdade.

— Ah, não sei o que fez com a sua Maria Ruskin e não estou interessada. Não estou. Isso foi o mínimo que fez, mas acho que não compreende.

— O mínimo que *fiz*?

— Que fez a mim, e não só a mim. A Campbell.

— Campbell!

— A sua família. *Somos* uma família. Essa coisa, essa coisa que nos afeta a todos, aconteceu há duas semanas, e você não disse nada. Escondeu-a de nós. Você se sentou aqui ao meu lado nesta mesma sala e assistiu ao noticiário, à manifestação, e não disse uma só palavra. A polícia veio à nossa casa... a *polícia*!... à *nossa casa*... e até lhe perguntei por que estava naquele estado, e você fingiu que era uma coincidência. E então... *naquela mesma noite*... você se sentou ao lado de sua... sua amiga... sua cúmplice... sua sócia... me diga como devo chamá-la... e ainda assim não disse nada. Deixou-me pensar que não havia problema algum. Deixou-me continuar com os meus sonhos tolos, e deixou Campbell continuar com seus sonhos infantis, ser uma criança normal em uma família normal, brincar com os amiguinhos, fazer coelhinhos, tartarugas e pinguins. Na noite em que o *mundo* estava tomando conhecimento da *sua escapada*, Campbell estava lhe mostrando um coelhinho que modelou em barro. Lembra-se disso? Lembra? E você simplesmente *olhou* para o coelho e disse *todas as coisas que se esperava que dissesse*! E agora chega em casa — subitamente seus olhos se marejaram de lágrimas — no fim do dia e me diz... que... vai... ser... preso... pela... manhã.

A frase foi engolida com os soluços. Sherman se levantou. Deveria tentar abraçá-la? Ou isso só pioraria as coisas? Deu um passo na direção dela.

Ela estava sentada muito aprumada e estendia as mãos para a frente num gesto delicado e hesitante.

— Não — disse-lhe baixinho. — Ouça apenas o que estou lhe dizendo. — Suas faces estavam riscadas de lágrimas. — Vou tentar ajudá-lo e vou tentar ajudar Campbell, de todas as formas que puder. Mas não posso lhe dar amor, e não posso lhe dar carinho. Não sou uma boa atriz. Gostaria de ser, porque você vai precisar de amor e de carinho, Sherman.

Sherman perguntou:

— Você não pode me perdoar?

— Acho que sim. Mas de que adiantaria?

Ele não soube responder.

* * *

Conversou com Campbell no quarto dela. Só entrar foi o suficiente para lhe partir o coração. Campbell estava sentada à mesa (uma mesa redonda com uns oitocentos dólares de tecido florido, criação de Laura Ashley, que ia até o chão, e um tampo de vidro lapidado de 280 dólares), ou melhor, estava meio deitada sobre a mesa, com a cabeça quase encostada à superfície, numa atitude de intensa concentração, desenhando algumas letras com um grande lápis rosa. Era um quarto perfeito para uma menininha. Bonecas e bichos de pano empoleirados por toda parte: nas prateleiras de laca branca com suportes canelados e num par de cadeiras em miniatura (mais tecidos floridos de Laura Ashley); empoleirados na cabeceira e nos pés da cama Chippendale com entalhes de guirlandas e sobre a pilha de almofadas rendadas estudadamente arrumadas e sobre o par de mesas de cabeceira com outra fortuna de tecido caindo até o chão. Sherman nunca regateara um centavo das fantásticas somas que Judy gastara nesse quarto, e certamente não regatearia agora. Seu coração estava dilacerado pelo pensamento de que agora tinha de encontrar as palavras para anunciar a Campbell que o mundo encantado desse quarto terminara, precocemente.

— Oi, queridinha, que está fazendo?

Sem erguer os olhos:

— Estou escrevendo um livro.

— Escrevendo um livro! Que beleza! Sobre o quê?

Silêncio; olhos baixos; concentrada no trabalho.

— Fofinha, quero conversar com você sobre uma coisa, uma coisa muito importante.

Ela ergueu os olhos.

— Papai, você sabe fazer um livro?

"Fazer um livro?" — Fazer um livro? Não tenho certeza de que entendi o que quer saber.

— Fazer um livro! — Um tanto exasperada com a burrice dele.

— Você quer dizer *imprimir* um? Não, eles fazem isso numa gráfica.

— MacKenzie está fazendo um. O pai dela está ajudando. Quero fazer um também.

Garland Reed e as porcarias dos seus pseudolivros. Evitando a questão:

— Bom, primeiro você tem que escrever o livro.

Um grande sorriso:

— Já *escrevo*! — Ela indicou a folha de papel sobre a mesa.

— Escreveu? — Ele nunca corrigia seus erros de gramática diretamente.

— Escrevi! Você me ajuda a fazer o livro?

Desalentado, triste:

— Vou tentar.

— Quer ler?

— Campbell, há uma coisa muito importante que quero conversar com você. Quero que preste muita atenção ao que lhe disser.

— Quer ler?

— Campbell. — Um suspiro; impotente diante da ideia fixa da filha. — Sim. Gostaria muito de ler.

Modestamente:

— Não é muito grande. — Ela recolheu as diversas folhas de papel e entregou-lhe. Em letras grandes e bem desenhadas:

"O coala
de Campbell McCoy

Era uma vez um coala. Seu nome era Kelly. Ele vivia na floresta. Kelly tinha muitos amigos. Um dia alguém foi passear na floresta e comeu a comida de Kelly.

Ele ficou muito triste. Ele queria ver a cidade. Kelly foi à cidade. Ele também queria visitar os edifícios. Quando ia pôr a pata numa maçaneta para abrir uma porta, um cachorro passou correndo! Mas ele não pegou Kelly. Kelly pulou numa janela. E por engano apertou o alarme. Os carros da polícia vieram correndo. Kelly se assustou. Kelly finalmente fugiu. Alguém prendeu Kelly e o levou para o zoo. Agora Kelly adora o zoo."

A cabeça de Sherman começou a se encher de vapor. Aquela história era sobre ele! Por um instante se perguntou se de alguma maneira inexplicável ela *adivinhara*... sentira as emanações sinistras... como se estivessem no próprio ar da casa... "por engano ele apertou o alarme. Os carros da polícia vieram correndo"!... Não poderia ser... contudo estava ali!

— Você gosta?

— Sim, hum... Eu, hum...

— Papai! Você gostou?

— É maravilhosa, querida. Você é muito talentosa... Não são muitas as crianças de sua idade... não são muitas... é maravilhosa...

— Agora você me ajuda a fazer o livro?

— Eu... há uma coisa que preciso lhe dizer, Campbell. Está bem?

— Está bem. Gosta de verdade?

— Gosto, é maravilhosa. Campbell, quero que me escute, está bem? Agora, Campbell, você sabe que as pessoas nem sempre falam a verdade sobre outras pessoas.

— A verdade?

— Às vezes, as pessoas dizem coisas ruins, coisas que não são verdadeiras.

— O quê?

— Às vezes as pessoas dizem coisas ruins sobre outras pessoas, coisas que não deveriam dizer, coisas que fazem a outra pessoa se sentir mal. Sabe o que quero dizer?

— Papai, será que eu deveria desenhar um retrato do Kelly para o livro?

"Kelly?"

— Por favor, preste atenção, Campbell. Isto é importante.

— Essstáááá-beeemmm. — Um suspiro cansado.

— Você se lembra uma vez em que MacKenzie disse uma coisa de você que não era bonita, uma coisa que não era verdade?

— MacKenzie? — Agora captara-lhe a atenção.

— É. Lembra de quando ela disse que você... — Por nada no mundo conseguia lembrar do que MacKenzie dissera. — Acho que disse que você não era amiga dela.

— MacKenzie é a minha melhor amiga, e eu sou a melhor amiga dela.

— Eu sei. Essa é justamente a questão. Ela disse uma coisa que não era verdade. Ela não quis fazer isso, mas fez, e às vezes as pessoas agem assim. Dizem coisas que magoam as outras pessoas, e talvez não tenham intenção, mas fazem assim mesmo, e isso magoa a outra pessoa, e isso não se faz.

— O quê?

Continuando:

— Não são só as crianças. Às vezes são os adultos. Os adultos podem ser maus assim, também. De fato, podem ser piores. Agora, Campbell, quero que me escute. Há pessoas que estão dizendo coisas muito ruins sobre mim, coisas que não são verdadeiras.

— Estão?

— Estão. Estão dizendo que atropelei um garoto com o meu carro e o machuquei muito. Por favor, olhe para mim, Campbell. Isso não é verdade. Não fiz nada disso, mas há gente má que está dizendo isso, e talvez você ouça alguém dizer isso, mas só o que você precisa saber é que não é verdade. Mesmo que digam que é verdade, você sabe que não é verdade.

— Por que você não diz a eles que não é verdade?

— Direi, mas essas pessoas podem não querer acreditar em mim. Há gente muito má que gosta de acreditar em coisas ruins sobre outras pessoas.

— Mas por que você não *diz* a elas?

— Direi. Mas essas pessoas más vão botar essas coisas ruins no jornal e na televisão, e então as pessoas vão acreditar nelas, porque vão ler nos jornais e ver na televisão. Mas não é verdade. E não me interessa o que elas pensem, mas me interessa o que você pensa, porque eu a amo, Campbell, amo você demais, e quero que saiba que seu pai é uma boa pessoa que não fez o que estão dizendo.

— Você vai aparecer nos jornais? Vai aparecer na televisão?

— Receio que sim, Campbell. Provavelmente amanhã. E suas amiguinhas na escola talvez lhe digam alguma coisa sobre isso. Mas voce não deve dar atenção a elas, porque sabe que o que aparece na televisão e no jornal não é verdade. Não sabe, queridinha?

— Isso quer dizer que você vai ficar famoso?

— Famoso?

— Você vai passar para a história, papai?

"História?"

— Não, não vou passar para a história, Campbell. Mas vou ser caluniado, aviltado, arrastado na lama.

Sabia que ela não entenderia uma palavra. Isso só saíra forçado pela frustração de ter que explicar a imprensa a uma criança de seis anos.

Uma coisa em seu rosto ela compreendeu bastante bem. Com grande seriedade e ternura olhou dentro de seus olhos e disse:

— Não se preocupe, papai. Eu gosto de você.

— Campbell...

Ele a tomou nos braços e enterrou a cabeça em seus ombros para esconder as lágrimas.

Era uma vez um coala e um quarto bonitinho onde bichos meigos e macios viviam e dormiam o sono confiante dos inocentes, e agora não havia mais nenhum.

22
BOLINHAS DE ISOPOR

Sherman virou-se para o lado esquerdo, mas logo o joelho esquerdo começou a doer, como se o peso da perna direita estivesse interrompendo a circulação. Seu coração estava batendo um pouco rápido demais. Tornou a virar para o lado direito. De algum modo o punho da mão direita foi parar debaixo da bochecha direita. Parecia que precisava dela para segurar a cabeça, porque o travesseiro não era suficiente, mas isso não tinha sentido, e afinal como seria possível adormecer com a mão sob a cabeça? Um pouquinho rápido demais, só isso... Não estava desembestando... Tornou a virar para o lado esquerdo e então deitou de bruços, mas isso forçava demais a coluna lombar, por isso rolou mais uma vez para o lado direito. Normalmente dormia sobre o lado direito. O coração estava mais acelerado, agora. Mas era uma batida regular. Continuava sob controle.

Resistiu à tentação de abrir os olhos e verificar a intensidade da luz sob as persianas. A fresta de luz aumentava gradualmente à medida que alvorecia, de modo que sempre se podia dizer quando fossem 5 e meia ou 6 horas nessa época do ano. Suponha que já estivesse alvorecendo! Mas não podia ser. Não poderia ser mais de 3, 3 e meia, na pior das hipóteses. Mas talvez tivesse dormido mais ou menos uma hora sem saber! — e suponha que as frestas de luz...

Não conseguiu mais resistir. Abriu os olhos. Graças a Deus; ainda estava escuro; continuava seguro.

Com isso... o coração disparou. Começou a martelar num ritmo assustador e com uma força assustadora, tentando escapar da caixa torácica. Isso fez todo o seu corpo sacudir. Que diferença fazia se dispunha de mais algumas horas para ficar rolando na cama ou se o calor da manhã já se armazenara sob as persianas e chegara a hora...

"Vou para a cadeia."

Com o coração batendo e os olhos abertos, tinha a aguda sensação de estar sozinho na vasta cama. Cortinados de seda pendiam do teto nos quatro cantos da cama. A seda custara mais de 125 dólares o metro. Era a ideia mais próxima que Judy, a decoradora, fazia de uma alcova real do século XVIII. *Real!* Que ironia para ele, um pedaço palpitante de carne e medo encolhido na cama na calada da noite!

"Vou para a cadeia."

Se Judy estivesse ali ao lado, se não tivesse ido deitar no quarto de hóspedes, teria passado os braços em torno dela e se agarrado a ela com todas as forças. Queria abraçá-la, sentia falta disso...

E no momento seguinte: "Que adiantaria?" Nadinha. Faria com que se sentisse ainda mais fraco e desamparado. Será que ela estava dormindo? E se entrasse no quarto de hóspedes? Muitas vezes ela dormia deitada de costas, como uma estátua jacente, como a estátua de... Não conseguia se lembrar de quem era a estátua. Chegava a ver o mármore ligeiramente amarelado e as dobras da mortalha que cobria o corpo — alguém famoso, querido e morto. Bom, mais adiante, no corredor, Campbell certamente estaria dormindo. Isso ele sabia. Dera uma espiada no quarto e a observara por um minuto, como se fosse a última vez que a veria. Dormia com os lábios ligeiramente entreabertos, entregue de corpo e alma à segurança e à paz de sua casa e sua família. Adormecera quase imediatamente. Nada do que lhe dissera era real... "prisão"... "jornais"... "Você vai entrar para a história"... Se ao menos soubesse o que ela pensava! Supunha-se que as crianças percebiam muito mais do que se imaginava, pelo tom de voz, a expressão do rosto... Mas Campbell parecia saber apenas que algo triste e excitante estava para acontecer, e que seu pai se sentia infeliz. Completamente protegida do mundo... no seio da família... os lábios ligeiramente entreabertos... ali adiante no corredor... Tinha que se controlar por causa dela. E por ora, pelo menos, foi o que fez. Seu coração desacelerou. Começou a retomar o domínio do corpo. Seria forte por causa dela, se não fosse por mais ninguém na terra. "Sou um homem." Quando precisara lutar, lutara. Lutara na selva e vencera. O instante de fúria em que atirara o pneu no... bruto... O bruto se estatelou na rua... "Henry!"... Se precisasse, tornaria a lutar. Seria tão ruim assim?

Na noite anterior, enquanto falava com Killian resolvera tudo em sua cabeça. Não ia ser tão ruim. Killian explicara cada passo. Era uma formalidade, não uma formalidade agradável, mas não era o mesmo que ir para a cadeia. Não seria uma prisão normal. Killian tomaria providências para tanto, Killian e seu amigo Fitzgibbon. Um contrato. Não era uma prisão normal, não era uma prisão normal; apegava-se a essa frase: "Não era uma prisão normal." Era o quê, então? Tentou visualizar como seria e, antes que desse por si, seu coração estava acelerando, disparando, em pânico, alucinado de medo.

Killian combinara de tal modo que os dois detetives, Martin e Goldberg, passariam e o apanhariam por volta das 7 e meia a caminho do trabalho, no turno das 8 horas no Bronx. Os dois moravam em Long Island e iam de carro para o Bronx todos os dias, e, com isso, fariam um desvio e passariam para apanhá-lo na Park Avenue. Killian estaria presente quando chegassem e seguiria com ele para o Bronx e estaria lá quando o *prendessem* — e isso era um *tratamento especial.*

Deitado ali na cama, com cascatas de seda de 125 dólares o metro em cada canto, fechou os olhos e tentou imaginar. Entraria no carro com os dois detetives, o baixo e o gordo. Killian estaria com ele. Seguiriam pela FDR até o Bronx. Os detetives o levariam imediatamente para o registro central, quando se iniciasse o novo turno, e ele passaria por todos os trâmites primeiro, antes que os casos do dia se acumulassem. Registro central de ocorrências — mas o que era isso? Na noite anterior, Killian usara esse nome displicentemente. Mas agora, deitado ali, percebia que não tinha a menor ideia do aspecto que teria. Os trâmites — que trâmites? "Ser preso?" Apesar de tudo o que Killian tentara explicar, era inimaginável. Tirariam suas impressões digitais. "Como?" E suas impressões seriam transmitidas para Albany por computador. "Por quê?" Para ter certeza de que não havia mandados de captura pendentes. "Mas será que não tinham certeza?" Até que a resposta de Albany voltasse pelo computador, teria que esperar no xadrez. "Xadrez!" Essa era a palavra que Killian não parava de usar. "Xadrez! — para que tipo de animais!" Como se lesse seus pensamentos, Killian dissera para não se preocupar com as coisas que lera sobre os xadrezes. O termo omitido fora "estupro homossexual". O xadrez era uma carceragem temporária para as pessoas que tinham sido presas e aguardavam a chamada a juízo. Uma vez que as prisões às primeiras horas da manhã eram raras, ele talvez ficasse na cela sozinho. Quando chegasse a resposta, subiria para comparecer à presença do juiz. "Subiria!" Mas o que significava isso? Subiria de onde para onde? Ele se declararia inocente e seria solto mediante uma fiança de 10 mil dólares — amanhã — dentro de poucas horas — quando a luz do amanhecer entrasse pela fresta da persiana...

"Vou para a cadeia — como o homem que atropelou o brilhante aluno negro e o abandonou à própria sorte!"

Seu coração agora batia violentamente. O pijama estava empapado de suor. Tinha que parar de pensar. Tinha que fechar os olhos. Tinha que dormir. Tentou se concentrar num ponto imaginário entre os olhos. No interior das pálpebras cineminhas... formas espiraladas... um par de mangas bufantes. Elas se transformaram numa camisa, sua própria camisa branca. "Nada de muito boa qualidade", dissera Killian, "porque o xadrez talvez esteja imundo. Mas mesmo assim, terno e gravata, naturalmente, já que essa não é uma prisão normal, não é uma prisão normal... " O velho terno de *tweed* cinza-azulado, aquele feito na Inglaterra... uma camisa branca, uma gravata lisa marinho ou talvez azul-médio com bolinhas miúdas... Não, a gravata marinho, que era digna e não chamava atenção — *para ir para a cadeia!*

Abriu os olhos. A seda descia em panejamentos do teto. "Controle-se!", disse alto. Certamente não era verdade que isso estivesse prestes a acontecer. "Vou para a cadeia."

Por volta das 5 e meia, quando a luz começou a amarelar sob as persianas, Sherman desistiu da ideia de dormir, ou mesmo de descansar, e se levantou. Para sua surpresa, isso o fez se sentir melhor. Suas pulsações eram rápidas, mas o pânico estava sob controle. Fazer alguma coisa ajudava, mesmo que fosse tomar um banho de chuveiro e vestir o terno de *tweed* cinza-azulado e a gravata marinho... "meu traje de cadeia". O rosto que viu no espelho não parecia tão cansado quanto se sentia. O queixo Yale; ele *parecia* forte.

Queria tomar o café da manhã e estar fora do apartamento antes que Campbell acordasse. Não tinha muita certeza de que seria suficientemente forte diante dela. Tampouco queria ter de conversar com Bonita. Seria constrangedor demais. Quanto a Judy, não sabia bem o que queria. Não desejava ver a expressão de seus olhos, que era a expressão parada de alguém traído, mas também chocado e assustado. No entanto, gostaria de ter *a esposa* com ele. De fato, mal acabara de tomar um copo de suco de laranja quando Judy chegou à cozinha, vestida e pronta para enfrentar o dia. Não dormira muito mais que ele. Pouco depois Bonita chegou da ala da criadagem e silenciosamente começou a preparar o café da manhã. Não tardou e Sherman se sentiu feliz com a presença de Bonita ali. Não sabia o que dizer a Judy. Com Bonita presente obviamente não conseguiria dizer muito. Mal conseguiu comer. Tomou três xícaras de café na esperança de clarear as ideias.

Às 7 horas e 15 minutos o porteiro ligou para dizer que o sr. Killian estava na portaria. Judy acompanhou Sherman até o vestíbulo. Ele parou e a olhou. Ela tentou sorrir para animá-lo, mas o esforço deu ao seu rosto uma expressão de terrível cansaço. Em voz baixa, mas firme, ela disse:

— Sherman, tenha coragem. Não esqueça quem você é. — Abriu a boca, como se fosse acrescentar alguma coisa, mas não disse nada.

E foi só! Foi o melhor que ela conseguiu fazer! "Procuro ver mais em você, Sherman, mas só restou a casca, a sua dignidade!"

Ele assentiu com a cabeça. Não conseguia dizer uma só palavra. Deu as costas e entrou no elevador.

Killian estava parado sob o toldo, bem junto à porta. Usava um terno cinzento riscado, sapatos de couro marrom e chapéu marrom. ("Como se atreve a parecer tão descontraído no dia do meu juízo final?") A Park Avenue estava um cinza borrascoso. O céu, escuro. Parecia que não ia tardar a chover... Sherman apertou a mão de Killian, então caminharam uns 6 metros pela calçada, para ficar fora do campo auditivo do porteiro.

— Como se sente? — perguntou Killian. Perguntou como quem pergunta a um doente.

— Ótimo — respondeu Sherman com um sorriso mal-humorado.

— Não vai ser tão ruim. Conversei com Bernie Fitzgibbon outra vez na noite passada, depois que nos falamos. Ele vai despachar você o mais rápido possível. O porra do Abe Weiss vive preocupado com a opinião pública. Toda essa publicidade o deixou aterrorizado. De outra forma nem um idiota como ele tomaria uma atitude dessas.

Sherman só fez sacudir a cabeça. Estava muito além das especulações sobre a mentalidade de Abe Weiss. "Vou para a cadeia."

Pelo canto do olho, Sherman viu um carro encostar na calçada junto deles e, em seguida, viu o detetive Martin, ao volante. O carro era um Oldsmobile Cutlass duas portas, razoavelmente novo, e Martin estava de paletó e gravata, e com isso o porteiro talvez não o percebesse. Ah, não tardariam a perceber, todos os porteiros e senhoras e administradores de recursos financeiros e empresários e operadores de obrigações e diretores-gerais e todos os seus filhos em escolas particulares e as babás e as governantas e todos os habitantes dessa fortaleza social. Mas que alguém visse que ele estava sendo *levado pela polícia* era mais do que conseguiria suportar.

O carro parara apenas suficientemente longe da porta para que o porteiro não saísse. Martin desceu, abriu a porta e dobrou o banco para a frente, para que Sherman e Killian pudessem entrar no banco traseiro. Martin sorriu para Sherman. "O sorriso do algoz!"

— Olá, advogado! — Martin cumprimentou Killian. E muito alegrinho. — Bill Martin — disse, estendeu a mão, e ele e Killian se cumprimentaram. — Bernie Fitzgibbon me contou que vocês trabalharam juntos.

— Foi — confirmou Killian.

— Bernie é gente fina.

— É mais do que isso. Eu poderia lhe contar umas histórias incríveis.

Martin riu, e Sherman sentiu um borrifo de esperança. Killian conhecia esse tal Fitzgibbon, que era o chefe da Delegacia de Homicídios na Promotoria Distrital do Bronx, e Fitzgibbon conhecia Martin, e agora Martin conhecia Killian... e Killian — Killian era seu protetor!... Um pouquinho antes de Sherman se abaixar para entrar no banco traseiro, Martin avisou:

— Cuidado com a sua roupa aí atrás. Tem umas porras, com perdão da palavra, de umas bolinhas de isopor aí no banco. Meu garoto abriu uma caixa, e essas bolinhas brancas que usam para acondicionar coisas se espalharam pelo banco todo, e grudam na roupa e em tudo o que é porcaria.

Uma vez curvado, Sherman viu o gordo de bigode, Goldberg, sentado no assento ao lado do motorista. Tinha um sorriso ainda maior.

— Sherman — disse como alguém diria alô ou bom dia. Muito cordialmente. E o mundo inteiro parou, congelado. "Meu nome de batismo!" Um criado... um escravo... um prisioneiro... Sherman não disse nada. Martin apresentou Killian a Goldberg. Mais amenidades.

Sherman sentou-se atrás de Goldberg. Havia de fato bolinhas brancas de isopor por todo o banco. Duas prenderam-se a uma perna da sua calça. Uma praticamente em cima da rótula. Ele a catou e não conseguia retirá-la do dedo. Sentia mais uma sob o traseiro e procurou pescá-la às apalpadelas.

Mal tinham saído, subindo a Park Avenue em direção à 96th Street e à entrada da FDR, quando Goldberg se virou e disse:

— Sabe, tenho uma filha na escola secundária, e ela adora ler, e estava lendo um livro, e essa firma em que você trabalha... a Pierce & Pierce, certo?... aparecia nele.

— É mesmo? — Sherman conseguiu dizer. — Que livro era?

— Acho que era *Mania assassina*. Uma coisa assim.

Mania assassina? O livro se intitulava *Mania associativa*. Estaria tentando atormentá-lo com uma piada horrorosa?

— *Mania assassina!* — exclamou Martin. — Pô, Goldberg, é *Mania associativa*. — E então, por cima do ombro, dirigindo-se a Killian e a Sherman: — É o máximo ter um companheiro intelectual. — E para o companheiro: — Que formato tem um livro, Goldberg? Circular ou triangular?

— Já lhe mostro — disse Goldberg, esticando o dedo médio da mão direita. Então tornou a se virar para Sherman: — Em todo caso, ela realmente gostou do livro, e só está na escola secundária. Diz que quer trabalhar na Wall Street quando terminar a universidade. Ou pelo menos esses são os planos desta semana.

Esse Goldberg, também! A mesma insolente e aterrorizante cordialidade senhor-escravo! Agora esperavam que *gostasse* dos dois! Agora que o jogo terminara, ele perdera, e pertencia aos dois, não devia guardar nenhum ressentimento. Devia admirá-los. Tinham posto as garras num banqueiro de investimentos da Wall Street, e que era ele agora? Sua presa! Sua vítima! Seu bichinho de estimação. Em um Oldsmobile Cutlass! Os *brutos* das municipalidades da periferia — o tipo de gente que se via passando pela 58th ou 59th Street em direção à Ponte de Queensboro — rapazes gordos de bigodes caídos, feito Goldberg... e agora pertencia a eles.

Na 9rd Street, um porteiro ajudava uma velhota a passar por uma porta e descer à calçada. Usava um casaco de astracã. Era o tipo de casaco de pele negra muito formal que já não se vê hoje em dia. Uma vida feliz e protegida na Park Avenue. Indiferente, a Park Avenue, *le tout* Nova York, continuaria a viver o seu cotidiano.

— Muito bem — disse Killian a Martin —, vamos acertar exatamente o que faremos lá. Entramos pela porta da 161st Street, certo? E dali descemos, e o Anjo leva Sherman... o sr. McCoy, direto para tirar as impressões. O Anjo ainda trabalha lá?

— Trabalha — disse Martin —, ainda está lá, mas temos que entrar pelo lado, pela porta externa do Registro de Ocorrências.

— Para quê?

— São as ordens que tenho. O capitão responsável pela área vai estar lá, e a imprensa vai estar lá.

— A *imprensa*?

— Isso mesmo. E temos que algemá-lo até chegarmos lá.

— Você está curtindo com a minha cara? Falei com Bernie na noite passada. Deu-me a palavra dele. Não vai haver nenhuma sacanagem.

— Não sei o que Bernie disse. Foi Abe Weiss. É assim que Weiss quer, e recebi minhas ordens diretamente do capitão. Esta prisão vai ser feita segundo o regulamento. E você está com sorte. Sabe o que é que estavam cogitando, não sabe? Queriam levar a porra da imprensa ao apartamento dele e algemá-lo lá.

Killian olhou carrancudo para Martin.

— Quem lhe disse para fazer isso?

— O capitão Crowther.

— Quando?

— Na noite passada. Ligou para minha casa. Ouça, você conhece o Weiss. Que mais posso dizer?

— Isso... não... está... direito — disse Killian. — Bernie me deu a palavra dele. Isso... está... muito... errado. Não se faz esse tipo de sacanagem. Isso... está... muito... errado.

Os dois, Martin e Goldberg, se viraram e olharam para ele.

— Não vou me esquecer disso — disse Killian —, e não estou nada satisfeito.

— Eiiii... que é isso, que é isso — disse Martin. — Não nos culpe, porque para nós tanto faz de um jeito como do outro. Seu problema é com Weiss.

Estavam agora rodando pela FDR, para o norte, em direção ao Bronx. Começara a chover. O tráfego matinal já estava engarrafando do outro lado da grade que dividia a rodovia, mas não havia nada que o detivesse desse lado da estrada. Aproximaram-se de uma ponte para pedestres que transpunha o rio de Manhattan até uma ilha fluvial. Os cavaletes tinham sido pintados de um roxo-heliotrópio vivo num assomo de euforia na década de 1970. A falsa esperança implícita deprimiu Sherman profundamente.

"Vou para a cadeia!"

Goldberg espichou outra vez o pescoço.

— Olhe — disse —, sinto muito, mas tenho que colocar as algemas. Não posso ficar me ocupando delas quando chegarmos lá.

— Isso é pura sacanagem — disse Killian. — Espero que saibam disso.

— É o advogado falando! — disse Goldberg, queixoso. — Quando se prende alguém por um delito grave, devem-se colocar algemas. Concordo que muitas vezes não fiz isso, mas o porra do capitão vai estar lá.

Goldberg levantou a mão direita. Segurava um par de algemas.

— Dê-me os seus pulsos — disse a Sherman. — Vamos acabar logo com isso.

Sherman olhou para Killian. Os músculos do queixo de Killian estavam contraídos.

— Pode dar! — disse a Sherman com o tipo de ênfase aguda que insinua "Alguém vai ter que *pagar* por isso!".

Martin disse:

— Vou dar uma ideia. Por que não tira o paletó? Ele o algema na frente e não atrás, e você pode segurar o paletó por cima dos pulsos, e nem mesmo vai ver as porras das algemas.

Pela maneira de falar, parecia que os quatro eram amigos, todos unidos para enfrentar uma sorte madrasta. Por um instante isso fez Sherman se sentir melhor. Tirou o paletó de *tweed* com dificuldade. Então se curvou para a frente e passou as mãos pelo vão entre os dois assentos dianteiros.

Estavam atravessando uma ponte... talvez a da Willis Avenue... não sabia realmente que ponte era. Só sabia que era uma ponte, e que cruzava o rio Harlem, saindo de Manhattan. Goldberg fechou as algemas nos pulsos dele. Sherman tornou a afundar no banco e baixou os olhos, e lá estava ele, manietado.

A chuva caía com mais força. Chegaram à outra extremidade da ponte. Muito bem, ali estavam, no Bronx. Parecia uma área velha e decrépita de Providence em Rhode Island. Havia alguns prédios maciços, mas baixos, fuliginosos e mofados, e ruas negras, sombrias e largas subindo e descendo colinas. Martin desceu uma rampa e saiu em outra rodovia.

Sherman esticou o braço para a direita para puxar o paletó e colocá-lo sobre os pulsos. Quando percebeu que precisava mover as duas mãos para apanhar o paletó, e quando o esforço fez as algemas cortarem seus pulsos, uma onda de humilhação... e *vergonha!*... o engolfou. Era ele mesmo, o eu que existia num cadinho impenetrável, sacrossanto e único no âmago de sua mente, que estava agora algemado... no Bronx... Decerto isso era uma alucinação, um pesadelo, uma ilusão, e ele puxaria uma camada translúcida... e... a chuva engrossou, os limpadores do para-brisa iam de um lado para o outro diante dos policiais.

Com as algemas, ele não conseguia pendurar o paletó sobre os pulsos. O paletó embolava. Killian precisou ajudá-lo. Havia três ou quatro bolinhas no paletó. Havia mais duas na perna da calça. Não seria possível pegá-las com os dedos. Talvez Killian... Mas que importava?

À frente, para a direita... o Yankee Stadium!... Uma âncora! Algo a que se apegar! Já estivera no Yankee Stadium! Para assistir a jogos internacionais, nada além... Mesmo assim, estivera lá! Isso fazia parte de um mundo são e decente! Não era esse... Congo!

O carro desceu uma rampa, deixando para trás a rodovia. A estrada contornava a base da enorme concha do estádio. Estava a menos de 12 metros de distância. Havia um homem gordo, de cabeça branca, usando um agasalho dos New York Yankees, parado do lado de fora do que parecia uma portinha de escritório. Sherman assistira aos jogos internacionais com Gordon Schoenburg, cuja companhia tinha cadeiras para a temporada, e Gordon servira uma ceia-piquenique entre o quinto e o sexto turno, acondicionada numa dessas cestas de vime próprias, cheias de compartimentos e utensílios de aço inoxidável, e oferecera pão caseiro, patê e caviar a todos, o que enfurecera alguns bêbados que observavam de uma passagem do lado de trás e começaram a dizer coisas muito ofensivas e a repetir uma palavra que ouviram Gordon dizer. A palavra era "realmente", que repetiam sem parar como "realmente". "Ah, re-almente" — diziam. "Ah, re-almente?" Era quase como se chamassem Gordon de fresco, e Sherman jamais esqueceu isso, embora ninguém comentasse depois. As ofensas! A hostilidade gratuita! O rancor! Martin e Goldberg! Eram todos Martins e Goldbergs.

Então Martin virou para uma rua muito larga, e passaram por baixo de uns trilhos de metrô e rumaram para uma colina. Havia muitos rostos escuros na calçada, andando apressados na chuva. Pareciam tão escuros e encharcados! Uma quantidade de lojinhas decrépitas e cinzentas, como nos centros decadentes de cidades por todos os Estados Unidos — o de Chicago, Akron, Allentown... O café, a delicatessen, a loja de malas, a agência de turismo...

Os limpadores do para-brisa empurravam lençóis de água para os lados. No alto da colina havia um imponente edifício de calcário que parecia ocupar um quarteirão inteiro, o tipo de monumento que se vê em Washington. Do lado oposto, junto a um prédio baixo de escritórios, havia um anúncio prodigioso onde se lia Angelo Colon, Congresso dos Estados Unidos. Ultrapassaram o topo da colina. O que viu na descida do outro lado chocou-o. Não era apenas uma área decrépita e encharcada, mas arruinada, como se tivesse sofrido alguma catástrofe. Para a direita, um quarteirão inteiro não passava de um enorme buraco no chão com uma cerca reforçada em toda a volta e árvores raquíticas aparecendo aqui e ali. A princípio pensou que fosse um ferro-velho. Então percebeu que era um estacionamento, uma enorme cratera para carros e caminhões, aparentemente sem pavimentação. Para a direita, havia um prédio novo, moderno no sentido vulgar da palavra, de aspecto bastante melancólico sob a chuva.

Martin parou e esperou o tráfego que vinha da direção oposta passar para que pudesse virar à esquerda.

— Que é isso? — Sherman perguntou a Killian, indicando o edifício com a cabeça.

— O Edifício dos Tribunais Criminais.

— É para onde estamos indo?

Killian assentiu com a cabeça e olhou fixamente em frente. Parecia tenso. Sherman sentiu o coração disparar. Palpitava de quando em quando.

Em vez de parar o carro diante do edifício, Martin desceu uma ladeirinha. Ali, próximo a uma portinha mesquinha de metal, havia uma fileira de homens e, atrás deles, um ajuntamento promíscuo de gente, trinta ou quarenta pessoas, a maioria branca, todas encolhidas na chuva, agasalhadas com ponchos, jaquetas acolchoadas, capas sujas. "Uma associação de caridade", pensou Sherman. "Não, a sopa dos pobres." Pareciam as pessoas que já vira nas filas de sopa dos pobres da igreja, na esquina da Madison Avenue com a 71st Street. Mas logo aqueles olhos cansados e desesperados viraram a um só tempo, como se houvesse um comando, na direção do carro — na direção *dele* —, e de repente Sherman tomou consciência das câmeras.

A turba pareceu se sacudir, como um enorme e imundo cão esparramado, e precipitou-se em direção ao carro. Alguns corriam, e ele via as câmeras de televisão sacolejarem para cima e para baixo.

— Nossa! — disse Martin a Goldberg. — Desça e abra aquela porta ou nunca chegaremos nem a tirá-lo da porra do carro.

Goldberg pulou para fora. Imediatamente as pessoas encharcadas e esfarrapadas surgiram de toda parte. Sherman já não conseguia ver o edifício. Só conseguia ver a turba avançando para o carro.

Killian disse a Sherman:

— Agora ouça. Não diga nada. Não demonstre nenhuma reação. Não cubra a cabeça, não abaixe a cabeça. Você nem sabe que eles estão presentes. Não se podem vencer esses veados, por isso nem tente. Deixe-me sair primeiro.

Zás! — Killian passou os pés por cima de Sherman e rolou por cima dele, num mesmo movimento. Seus cotovelos bateram nas mãos cruzadas de Sherman e empurraram as algemas contra seu abdômen. O paletó de *tweed* de Sherman estava embrulhado sobre suas mãos. Havia cinco ou seis bolinhas de isopor no paletó, mas não havia nada que pudesse fazer. A porta abriu, e Killian saiu do carro. Goldberg e Killian tinham os braços estendidos para ele. Sherman pôs os pés para fora. Killian, Goldberg e Martin tinham formado um bolsão em torno da porta com seus corpos. A multidão de repórteres, fotógrafos e câmeras estava em cima deles. Gente gritava. A princípio pensou que fosse uma briga. Estavam tentando *agarrá-lo*! Killian meteu a mão por baixo do paletó de Sherman e o pôs de pé pelas algemas. Alguém meteu uma câmera no rosto de Sherman, por cima do ombro de Killian. Ele se abaixou. Quando olhou para baixo, viu que cinco, seis, sete, Deus sabe quantas bolinhas de isopor estavam grudadas nas pernas da calça. Estavam por todo o paletó e a calça. A chuva escorria-lhe pela testa e pelas faces. Pensou em limpar o rosto, mas percebeu que teria de erguer as mãos e o paletó para fazê-lo, e não queria que vissem as algemas. Assim, a água simplesmente continuou a escorrer. Sentia-a escorrer pelo colarinho. Devido às algemas, tinha os ombros curvados para a frente. Tentou aprumá-los, mas de repente Goldberg puxou-o com força pelo cotovelo. Tentava fazê-lo atravessar a multidão.

— Sherman!

— Aqui, Sherman!

— Ei, Sherman!

Todos gritavam "Sherman!". Seu nome de batismo! Pertencia a *eles*, também! A expressão do rosto deles. Que intensidade cruel! Empurravam os microfones na sua direção. Alguém deu um encontrão em Goldberg, empurrando-o contra Sherman. Uma câmera apareceu sobre o ombro de Goldberg. Ele jogou o cotovelo e o antebraço para a frente com toda a força, ouviu-se uma pancada abafada, e a câmera caiu no chão. Goldberg ainda mantinha o outro braço enganchado no cotovelo de Sherman. A força de seu soco desequilibrou Sherman. Este deu um passo para o lado, e o pé desceu sobre a perna de um homem que se contorcia no chão. Era um homem franzino de cabelos escuros e crespos. Goldberg pisou na barriga dele por precaução. O homem gritou *Aaaaaiiiii*.

— Ei, Sherman! Ei, cara de penico!

Surpreso, Sherman olhou para o lado. Era um fotógrafo. A câmera cobria metade de seu rosto. O outro lado tinha um pedaço de papel higiênico colado. *Papel higiênico*. Sherman via os lábios do homem se mexerem.

— Isso mesmo, cara de penico, olhe bem aqui!

Martin estava um passo à frente de Sherman, tentando abrir caminho.

— Abram passagem! Abram passagem! Saiam do caminho!

Killian segurou o outro cotovelo de Sherman e tentou escudá-lo daquele lado. Mas agora seus dois cotovelos estavam sendo puxados para a frente, e ele estava consciente de ser arrastado, encharcado, com os ombros curvados. Não conseguia manter a cabeça erguida.

— Sherman! — Uma voz de mulher. Havia um microfone no seu rosto. — Você já foi preso antes?

— Ei, Sherman! Vai se declarar inocente ou culpado?

— Sherman! Quem é a morena?

— Sherman! Você teve intenção de atropelar o rapaz?

Metiam os microfones entre Killian e Martin e entre Martin e Goldberg. Sherman tentava manter a cabeça erguida, mas um dos microfones o atingiu no queixo. Retraía-se o tempo todo. Todas as vezes que olhava para baixo, via as bolinhas de isopor no paletó e na calça.

— Ei, Sherman! Babaca! Está gostando dessa festinha?

Tantos insultos! Vinham dos fotógrafos. Qualquer coisa para fazê-lo olhar na direção deles, mas — tantos insultos! tanta baixaria! Não havia nada infame demais para usar contra ele! Agora pertencia a eles! Era sua criatura! Fora atirado a eles! Poderiam fazer o que quisessem! Odiava-os — mas se sentia muito *envergonhado*. A chuva entrava nos seus olhos. Não podia fazer nada para evitar. A camisa estava ensopada. Já não avançavam como antes. A portinha metálica estava a menos de 8 metros de distância. Uma fileira de homens comprimia-se à frente deles. Não eram repórteres, nem fotógrafos, nem câmeras. Uns eram policiais fardados. Outros pareciam latinos, rapazes em sua maioria. Depois havia alguns brancos... vagabundos... bêbados... mas, não, usavam distintivos. Eram policiais. Estavam todos na chuva. Estavam encharcados. Martin e Goldberg agora avançavam contra os latinos e os policiais, com Killian e Sherman logo atrás. Goldberg e Killian ainda seguravam os cotovelos de Sherman. Os repórteres e os câmeras continuavam a investir pelos lados e por trás!

— Sherman! Ei! Faça uma declaração!

— Só uma foto!

— Ei, Sherman! Por que foi que você o atropelou?

— ... Park Avenue!...

— ... intencionalmente!...

Martin se voltou e disse a Goldberg:

— Nossa, eles estouraram aquele clube social na 167th Street. Há doze baratinados de merda na fila esperando para entrar no Registro de Ocorrências!

— Beleza! — exclamou Goldberg.

— Olhe — disse Killian —, você tem que levá-lo para dentro. Fale com Crowther, se precisar, mas ponha-o para dentro.

Martin se desvencilhou da multidão aos empurrões e em pouco tempo estava de volta.

— Nada feito — disse Martin, desculpando-se com um aceno de cabeça. — Ele diz que esse tem que ser dentro do regulamento. Tem que esperar na fila.

— Isso é muito errado — disse Killian.

Martin arqueou as sobrancelhas. "Eu sei, eu sei, mas que posso fazer?"

— Sherman! Que me diz de uma declaração?

— Sherman! Ei, seu filho da puta!

— *Muito bem!* — Era Killian quem gritava. — Querem uma declaração? O sr. McCoy não vai prestar declarações. Sou advogado dele, e vou fazer uma declaração.

Mais empurrões e acotovelamentos. Os microfones e as câmeras agora convergiam para Killian.

Sherman estava parado atrás dele. Killian largou o cotovelo de Sherman, mas Goldberg continuava a segurar o outro.

Alguém gritou:

— Como é o seu nome?

— Thomas Killian.

— Como se escreve?

— K-I-L-L-I-A-N. Certo? Isto é uma *prisão carnavalesca*! Meu cliente esteve todo o tempo à disposição para comparecer perante o júri e ouvir as acusações que lhe são feitas. No entanto, montaram este circo em completa violação ao acordo feito entre o promotor público do Bronx e o meu cliente.

— O que ele estava fazendo no Bronx?

— Essa é a declaração, é a declaração completa.

— Está dizendo que ele é inocente?

— O sr. McCoy nega inteiramente as acusações, e essa escandalosa prisão carnavalesca nunca deveria ter sido permitida.

Os ombros do terno de Killian estavam encharcados. A chuva permeara a camisa de Sherman, e ele sentia a água na pele.

— *Mira! Mira!** — Um dos latinos repetia seguidamente essa palavra: *mira!*

Sherman estava ali parado com os ombros encharcados e curvados. Sentia o paletó empapado pesando nos pulsos. Por sobre o ombro de Killian via um matagal de microfones. Ouvia as câmeras gemerem o tempo todo. O clarão horrível em seu rosto! Queria morrer. Jamais quisera realmente morrer antes, embora, como muitas outras pessoas, tivesse brincado com esse sentimento. Agora sinceramente queria que Deus ou a Morte o salvassem. Terrível era o sentimento, que, na realidade, era uma vergonha escaldante.

— Sherman!
— Sacana!
— *Mira! Mira!*

E então estava morto, tão morto que nem conseguiria morrer. Nem ao menos possuía a força de vontade para cair no chão. Os repórteres, os câmeras e fotógrafos — tantas ofensas! — ainda ali, a menos de um metro de distância — eram como gusanos e moscas, e ele era o animal morto que tinham encontrado para infestar e apodrecer.

A pseudodeclaração de Killian só os distraíra por um momento. Killian! — que supostamente possuía boas ligações e ia garantir que isso não seria uma prisão normal! *Não era* uma prisão normal. Era a *morte*. Qualquer resquício de honra, respeito, dignidade que ele, um indivíduo chamado Sherman McCoy, tivesse algum dia possuído fora anulado, *assim,* e era a sua alma morta que se encontrava agora parada ali na chuva, algemada, no Bronx, do lado de fora de uma mesquinha porta de metal, ao fim de uma fila de outros doze prisioneiros. Os gusanos o chamavam de "Sherman". Estavam bem em cima dele.

— Ei, Sherman!
— Vai se declarar culpado ou inocente, Sherman?

Sherman olhava duro para a frente. Killian e os dois detetives, Martin e Goldberg, continuavam a procurar escudar Sherman dos gusanos. Um câmera se aproximou, um gordo. A câmera vinha em seu ombro como uma bazuca.

Goldberg girou na direção do homem e gritou:

— Tire essa porra da minha cara!

O câmera recuou. Que estranho! Que coisa absurdamente desesperadora! Goldberg era agora seu protetor. Era uma criatura de Goldberg, um animal. Goldberg e

---

* "Olha! Olha!" Em espanhol no original. (N. do E.)

Martin tinham capturado o seu animal e agora estavam decididos a providenciar que fosse entregue.

Killian disse a Martin:

— Isso não é direito. Vocês têm que fazer alguma coisa. — Martin deu de ombros. Então Killian disse muito sério:

— Meus sapatos estão ficando completamente destruídos.

— Sr. McCoy.

Sr. McCoy. Sherman virou a cabeça. Um homem alto e pálido com longos cabelos louros estava na frente da matilha de repórteres e câmeras.

— Peter Fallow de *The City Light* — disse o homem. Tinha um sotaque inglês tão inglês que parecia uma paródia de um sotaque inglês. Seria provocação? — Telefonei-lhe diversas vezes. Gostaria muito de conhecer a sua versão de tudo isso.

Sherman deu-lhe as costas... Fallow, seu algoz obsessivo de *The City Light*... Nenhum escrúpulo em se aproximar e se apresentar... claro que não... sua presa estava morta... Deveria odiá-lo, contudo não conseguia, porque o desprezo por si mesmo era ainda maior. Estava morto até para si mesmo.

Finalmente todos os prisioneiros detidos na batida do clube social estavam do lado de dentro, e Sherman, Killian, Martin e Goldberg chegavam à porta.

— Muito bem, advogado — Martin disse a Killian —, assumiremos a partir daqui.

Sherman olhou suplicante para Killian. ("Com certeza você vai entrar comigo!") Killian disse:

— Estarei no andar de cima quando o levarem para a leitura da acusação. Não se preocupe com nada. Mas lembre-se: não faça declarações, não fale sobre o caso, nem mesmo com alguém no xadrez, *principalmente* com alguém no xadrez.

No *xadrez*! Mais gritos vindos do interior.

— Quanto tempo vai demorar? — perguntou Sherman.

— Não sei exatamente. Tem esses caras na sua frente. — Então, dirigindo-se a Martin: — Olhe. Faça as coisas direito. Veja se pode tirar as impressões digitais dele antes desse bando. Procure entender, porra.

— Vou tentar — prometeu Martin —, mas já lhe disse. Por alguma razão querem que ele cumpra todas as formalidades.

— Sei, mas nos devem isso — disse Killian. — Devem-nos muito... — Parou. — Façam as coisas direito.

Subitamente Goldberg estava puxando Sherman pelo cotovelo. Martin vinha logo atrás. Sherman se voltou para não perder Killian de vista. O chapéu de Killian estava tão molhado que parecia preto. A gravata e os ombros do terno estavam encharcados.

— Não se preocupe — disse Killian. — Vai dar tudo certo.

Pela maneira como Killian falou, Sherman percebeu que seu rosto devia ser uma máscara de puro desespero. Então a porta se fechou; não havia mais Killian. Sherman se encontrava isolado do mundo. Pensara que não lhe restava nenhum medo, apenas desespero. Mas sentia medo de novo. Seu coração começou a martelar. A porta se fechara, e ele fora tragado pelo mundo de Martin e Goldberg no Bronx. Bolinhas de isopor! As bolinhas de isopor que apanhara no banco traseiro do carro de Martin estavam por toda parte. Grudadas no paletó enrolado sobre os pulsos. Por toda a calça de *tweed*. A calça estava molhada, amarrotada, torcida a ponto de se deformar em torno dos joelhos e das coxas, e as bolinhas de isopor agarravam-se nela como vermes.

Goldberg disse a Sherman:

— Está vendo aquela sala?

Sherman olhou para o interior de uma sala, por uma grande janela de vidro. Havia arquivos e pilhas de papéis. Um enorme aparelho bege e cinza ocupava o centro da sala. Dois policiais estavam diante dele, examinando-o.

— Aquele é o computador Fax que manda as impressões para Albany — explicou Goldberg. Falou numa espécie de salmodia agradável, como se fala com uma criança amedrontada e confusa. Até o seu tom de voz aterrorizou Sherman. — Há uns dez anos — disse Goldberg — um cara inteligente teve essa ideia... foi há dez anos, Marty?

— Não sei — disse Martin. — Só sei que foi uma porra de uma ideia idiota.

— Em todo caso, alguém teve a ideia de armazenar todas as impressões da porra do estado de Nova York nesse único arquivo em Albany... compreende... e com isso todos os registros de ocorrências estão ligados a Albany, e mandam-se as impressões para lá pelo computador, e recebe-se um relatório de volta, e o suspeito sobe e ouve a acusação... compreende... Só que provoca um tremendo engarrafamento em Albany, especialmente quando o sistema cai, como agora.

Sherman não conseguia absorver nada do que Goldberg estava dizendo, exceto que alguma coisa enguiçara e Goldberg achava que estava sendo gentil com essas explicações.

Encontrava-se em uma ampla sala baixa seccionada por cubículos, alguns com janelas de vidro, como as janelas interiores de uma estação de rádio. Não havia janelas externas. Uma névoa ofuscante enchia a sala. Pessoas fardadas circulavam, mas nem todas usavam o mesmo tipo de farda. Dois homens com as mãos algemadas às costas estavam parados diante de uma mesa alta. Dois rapazes maltrapilhos estavam postados ao lado deles. Um dos prisioneiros olhou para Sherman por cima do ombro e cutucou o outro, que se virou e também olhou, e os dois riram. Vindo da lateral, Sherman ouviu o grito que ouvira lá fora: um homem berrava *Mira! Mira!* Seguiram-se risadas, e então o ruído alto e flatulento de alguém defecando. Uma voz grave exclamou:

— Uuhhh! Porco!

Outra voz disse:

— Muito bem, tire-os daqui. Limpe com a mangueira.

Os dois homens maltrapilhos estavam debruçados por trás dos dois prisioneiros. À mesa havia um enorme policial completamente careca, com um nariz grande e um queixo prógnato. Parecia ter no mínimo sessenta anos. Os homens maltrapilhos estavam retirando as algemas dos dois prisioneiros. Um dos rapazes rotos tinha um colete acolchoado sobre uma camiseta preta e rasgada. Usava tênis e calça de camuflagem suja, apertada nos tornozelos. Havia um distintivo, um escudo de polícia no colete acolchoado. Então Sherman viu que o outro também tinha um distintivo. Mais um policial idoso aproximou-se da mesa e disse:

— Ei, Anjo, Albany caiu.

— Beleza — disse o homem careca. — Temos esse bando, e o turno mal começou.

Goldberg olhou para Martin, girou os olhos, sorriu e depois olhou para Sherman. Ainda lhe segurava o cotovelo. Sherman baixou os olhos.

— É — comentou Martin para Sherman —, dê graças a Deus que são 8 e meia da manhã e não 4 e meia da tarde. Se já fosse de tarde, provavelmente teria que passar a noite na Casa de Detenção do Bronx ou até em Rikers.

— Rikers Island? — perguntou Sherman. Estava rouco. Mal conseguia falar.

— É — disse Martin —; quando Albany cai de tarde, esqueça. Não se pode passar a noite aqui, então levam a pessoa para Rikers. Estou lhe dizendo que tem muita sorte.

Estava lhe dizendo que tinha muita sorte. Esperavam que Sherman gostasse deles, agora! Ali dentro, eram seus únicos amigos! Sherman se sentiu intensamente amedrontado.

Alguém gritou:

— Quem morreu aqui, droga!

O cheiro chegou à mesa.

— Ora, *isso é* revoltante — disse o careca chamado Anjo. Olhou à volta. — Passe a mangueira!

Sherman acompanhou seu olhar. De um lado, descendo o corredor, conseguiu divisar duas celas. Azulejos brancos e grades; pareciam construídas de tijolos brancos, como um banheiro público. Dois policiais estavam postados diante de uma delas.

Um deles gritou pelas grades:

— Que é que há com você?

Sherman sentia a pressão da manzorra de Goldberg em seu cotovelo, empurrando-o para diante. Estava à frente da mesa, olhando para o Anjo. Martin tinha um maço de papéis na mão.

O Anjo perguntou:

— Nome?

Sherman tentou falar mas não conseguiu. A boca estava absolutamente seca. A língua parecia colada ao céu da boca.

— Nome?

— Sherman McCoy. — Era apenas um sussurro.

— Endereço?

— Park Avenue, 816. Nova York. — Acrescentou Nova York apenas para ser modesto e obediente. Não queria agir como se presumisse que as pessoas ali no Bronx soubessem onde ficava a Park Avenue.

— Park Avenue, Nova York. Idade?

— Trinta e oito anos.

— Já foi preso antes?

— Não.

— Ei, Anjo — disse Martin. — O sr. McCoy aqui tem sido muito cooperativo... e ah... por que não deixa ele ficar sentado por aqui em vez de pô-lo lá dentro com aquele bando de morcegos? Aquela porra lá fora que diz se chamar imprensa fez ele passar um mau pedaço.

Uma onda de gratidão profunda e emocionada invadiu Sherman. Mesmo enquanto a sentia, sabia que era irracional, mas sentia-a a despeito de tudo.

O Anjo estufou as bochechas e ficou parado olhando, como se ruminasse. Então disse:

— Não posso fazer isso, Marty. — Fechou os olhos e ergueu o enorme queixo para o alto, como se dissesse "Os homens lá em cima".

— Com o que estão se preocupando? Os porras dos vermes da TV fizeram-no ficar lá fora parado na chuva durante meia hora. Olhe para ele. Parece que chegou aqui rastejando por um cano de água.

Goldberg riu. Então, para não ofender Sherman, disse-lhe:

— Não está com a melhor das aparências. Você *sabe* disso.

Seus únicos amigos! Sherman teve vontade de chorar, ainda mais porque esse sentimento patético, terrível, era sincero.

— Não posso fazer isso — retorquiu o Anjo. — Tenho que seguir toda a rotina. — Fechou os olhos e tornou a levantar o queixo para o alto. — Pode tirar as algemas.

Martin olhou para Sherman e torceu a boca para um lado. ("Bom, amigo, nós tentamos.") Goldberg abriu as algemas e retirou-as dos pulsos de Sherman. Havia círculos brancos onde o metal estivera. As veias do dorso das mãos estavam intumescidas. "Minha pressão arterial deve ter varado o teto." Havia bolinhas de isopor por toda a calça. Martin devolveu-lhe o paletó empapado. As bolinhas de isopor estavam por todo o paletó, também.

— Esvazie os bolsos e me entregue o que tiver — disse o Anjo.

Aconselhado por Killian, Sherman não trouxera muita coisa. Quatro notas de cinco dólares, um dólar em trocados, uma chave do apartamento, um lenço, uma esferográfica, a licença de motorista; por alguma razão pensou que deveria levar uma identificação. À medida que entregava cada objeto, o Anjo o descrevia em voz alta:

— Vinte dólares em notas, uma esferográfica de prata... — e ia entregando para alguém que Sherman não via.

Sherman perguntou:

— Posso... ficar com o lenço?

— Deixe-me ver.

Sherman o entregou. Sua mão tremia que era um horror.

— Pode, pode guardá-lo. Mas tem que me entregar o relógio.

— É apenas... é apenas um relógio barato — disse Sherman. Ergueu a mão. O relógio tinha uma caixa de plástico e uma correia de náilon. — Não vou me importar se acontecer alguma coisa com ele.

— Nada feito.

Sherman soltou a correia e entregou-lhe o reloginho. Um novo espasmo de pânico atravessou-o.

— Por favor — pediu Sherman. Assim que a frase lhe saiu da boca percebeu que não deveria tê-la dito. Estava suplicando. — Como posso calcular... será que não posso ficar com o relógio?

— Tem hora marcada ou alguma coisa do gênero? — O Anjo tentou sorrir para demonstrar que não tinha outra intenção senão a de fazer um gracejo. Mas não devolveu o relógio. Em seguida disse: — Muito bem, preciso do seu cinto e dos cordões dos sapatos.

Sherman arregalou os olhos para ele. Percebeu que estava de boca aberta. Olhou para Martin. Martin estava olhando para o Anjo. Agora foi Martin que fechou os olhos e ergueu o queixo, como o Anjo fizera, e exclamou:

— Essa, agora. ("Eles realmente estão a fim do couro dele.")

Sherman desafivelou o cinto e puxou-o pelas presilhas. Assim que acabou de fazer isso, a calça caiu pelos quadris. Não usava o terno de *tweed* há muito tempo, e a cintura estava demasiado larga. Puxou a calça para cima e meteu a camisa de novo para dentro, mas ela tornou a escorregar. Teve que segurá-la na frente. Agachou-se para tirar os cordões dos sapatos. Agora era uma criatura abjeta acocorada aos pés de Martin e Goldberg. Seu rosto estava junto das bolinhas de isopor da calça. Podia até ver as rugas das bolinhas. Algum tipo de besouro ou parasita horrível! O calor de seu corpo e o bolor da lã desprendiam um odor desagradável. Estava consciente do cheiro úmido das axilas por baixo da camisa pegajosa. Uma ruína completa. Não havia dúvida alguma. Tinha a sensação de que um deles, Martin, Goldberg, o Anjo, iria simplesmente pisar nele, e, *pum,* seria o fim de tudo. Puxou os cordões e ficou de pé. Levantar-se de supetão fê-lo sentir a cabeça tonta. Por um instante pensou que talvez fosse desmaiar. A calça estava caindo de novo. Puxou-a com uma das mãos e entregou os cordões ao Anjo com a outra. Pareciam duas coisinhas mortas.

A voz à mesa disse:

— Dois cordões marrons de sapatos.

— Muito bem, Anjo — disse Martin —, ele é todo seu.

— Certo — confirmou o Anjo.

— Bom, boa sorte, Sherman — desejou Goldberg, sorrindo com bondade.

— Obrigado — disse Sherman. Era horrível. Ele realmente apreciara.

Ouviu a porta de uma cela abrir. Adiante, no pequeno corredor, achavam-se três policiais arrebanhando um grupo de latinos de uma cela para outra. Sherman reconheceu diversos dos homens que tinham estado na fila à frente dele.

— Muito bem, andem logo e entrem aí.

— *Mira! Mira!*

Um homem permaneceu no corredor. O policial o segurava pelo braço. Era alto, de pescoço comprido, e a cabeça girava, bamba. Parecia muito bêbado. Resmungava de si para si. Então lançava um olhar aos céus e gritava:

— *Mira!* — Segurava a calça do mesmo jeito que Sherman.

— Ei, Anjo, que é que eu faço com esse? Está com a *calça* toda borrada! — O policial disse "calça" com o maior nojo.

— Ora, merda! — exclamou o Anjo. — Tire a calça dele, *enterre-a,* lave-o e dê-lhe um daqueles uniformes verdes de faxina.

— Eu nem quero tocar nele, sargento. O senhor tem um daqueles ferros com que se tiram latas das prateleiras dos supermercados?

— Tenho um, sim — respondeu o Anjo —, e vou abrir a sua lata com ele.

O policial empurrou o homem alto de volta para a primeira cela. As pernas do homem eram como as de uma marionete.

O Anjo perguntou:

— Que é isso que tem espalhado por toda a calça?

Sherman olhou para baixo.

— Não sei — respondeu. — Estavam no banco traseiro do carro.

— O carro de quem?

— O carro do detetive Martin.

O Anjo balançou a cabeça como se agora já tivesse visto de tudo.

— Muito bem, Tanooch, leve-o até o Gabsie.

Um policial jovem tomou Sherman pelo cotovelo. A mão de Sherman apertava a calça, de modo que o cotovelo se erguia como a asa de um pássaro. A calça estava úmida até o cós. Carregava o paletó molhado pendurado no outro braço. Começou a andar. O pé direito saiu do sapato, porque já não havia cordões. Ele parou, mas o policial continuou andando, puxando seu cotovelo para a frente, num arco. Sherman meteu o pé de volta no sapato, e o policial indicou o pequeno corredor. Sherman começou a arrastar os pés, para que eles não saíssem dos sapatos. Estes faziam um ruído de esponja espremida, de tão molhados que estavam.

Sherman foi levado na direção do cubículo com as grandes janelas. Agora, do lado oposto do corredor, via o interior das duas celas. Em uma delas parecia haver uns doze vultos, doze massas cinzentas e pretas, contra as paredes. A porta da outra estava aberta. Havia apenas uma pessoa lá dentro, o homem alto, tombado num banco. Havia uma sujeira castanha no chão. O odor de excremento era insuportável.

O policial fez Sherman entrar no cubículo das janelas. No interior encontrava-se um enorme policial sardento com um rosto largo e cabelos louros e crespos, que o examinou de alto a baixo. O policial chamado Tanooch informou:

— McCoy — e entregou ao grandalhão uma folha de papel. A sala parecia cheia de tendas de metal. Uma delas se parecia com o portal para detectar metais que se vê nos aeroportos. Havia uma câmera num tripé. Havia uma coisa que parecia uma estante de música, exceto que no alto não tinha nada suficientemente grande para segurar uma partitura.

— Muito bem, McCoy — disse o policial grandalhão —, passe por aquele portal ali.

Chuí, chuí, chuí... segurando a calça com uma das mãos e o paletó molhado com a outra, Sherman arrastou os pés pelo portal. Um bipe alto e prolongado saiu da máquina.

— Opa, opa! — exclamou o policial. — Muito bem, dê-me o paletó.

Sherman entregou-lhe o paletó. O homem revistou os bolsos e então começou a apalpar o paletó de uma ponta a outra. Atirou-o na beira de uma mesa.

— Muito bem, afaste os pés e abra os braços retos para os lados, assim.

O policial abriu os braços como se fosse dar um mergulho de pássaro. Sherman arregalou os olhos para a mão direita do policial. Estava usando uma luva cirúrgica de borracha transparente. Vinha até a metade do antebraço!

Sherman afastou os pés. Quando abriu os braços, a calça escorregou. O homem se aproximou dele e começou a apalpar seus braços, o peito, as costelas, as costas e depois os quadris e as pernas. A mão com a luva de borracha produzia uma fricção seca e desagradável. Uma nova onda de pânico... Ele olhava fixamente para a luva, aterrorizado. O homem olhou-o e resmungou, aparentemente achando graça e, em seguida, ergueu a mão direita. A mão e o pulso eram enormes. A pavorosa luva de borracha estava bem diante do rosto de Sherman.

— Não se preocupe com a luva — disse. — É o seguinte: tenho que tirar suas impressões, e tenho que segurar os seus dedos um por um e colocá-los na almofada...

Entendeu?.. — Falava em tom de conversa, como se fosse um vizinho, e estivessem ali a sós, numa viela, e ele estivesse explicando como é que o motor de seu novo Mazda funcionava. — Faço isso o dia inteiro e sujo as mãos de tinta e, como a minha pele é áspera, às vezes não consigo remover completamente a tinta, e vou para casa e minha mulher tem toda a sala de estar decorada em branco, e ponho minha mão num sofá ou qualquer outro móvel, e quando me levanto veem-se três ou quatro dedos no sofá e minha mulher tem um ataque. — Sherman só fazia olhar. Não sabia o que dizer. O enorme homem de aspecto feroz pretendia ser querido. Era tudo muito estranho. Talvez todos quisessem ser queridos.

— Muito bem, torne a passar pelo portal.

Sherman voltou a atravessar o portal arrastando os pés, e o alarme disparou mais uma vez.

— Merda! — exclamou o homem. — Tente outra vez.

O alarme tocou uma terceira vez.

— Isso me deixa doido — comentou o homem. — Espere um instante. Venha aqui. Abra a boca.

Sherman abriu a boca.

— Mantenha-a aberta... Espere um minuto, vire para esse lado. Não consigo ver sem luz. — Queria virar a cabeça de Sherman num ângulo esquisito. Sherman sentia o cheiro de borracha da luva. — Filho da mãe. Você tem uma merda de uma mina de prata aí dentro. Vou lhe dizer o que vai fazer. Dobre-se pela cintura assim. Procure se abaixar o máximo possível.

Sherman se dobrou, segurando a calça com a mão. "Certamente ele não iria..."

— Agora volte a atravessar o portal, mas bem devagarinho.

Sherman começou a arrastar os pés para trás, dobrado quase num ângulo de 90 graus.

— Muito bem, bem devagarinho, bem devagarinho, bem devagarinho... isso... opa!

Sherman passara quase o corpo todo pelo portal. Só os ombros e a cabeça continuavam do outro lado.

— Muito bem, recue... mais um pouquinho, mais um pouquinho, mais um pouquinho, mais um pouquinho...

O alarme disparou outra vez.

— Opa! Opa! Aí! Fique bem aí! — O alarme continuou a tocar.

— Filho da mãe! — exclamou o grandalhão. Começou a nadar de um lado para o outro, suspirando. Deu uma palmada nas pernas. — Tive um caso desses no ano passado. Muito bem, pode ficar de pé.

Sherman se aprumou. Olhou para o grandalhão, espantado. O homem meteu a cabeça pela porta e berrou:

— Ei, Tanooch! Vem cá! Olhe só isso!

Do outro lado do corredor, havia um policial na cela aberta com uma mangueira, lavando o chão. O jorro de água ecoava nos ladrilhos.

— Ei, Tanooch!

O policial que trouxera Sherman àquela sala veio do corredor.

— Olhe só isso, Tanooch. — Então disse a Sherman: — Muito bem, curve-se e faça aquilo de novo. Passe pelo portal, bem devagar.

Sherman se dobrou e fez como lhe mandara.

— Muito bem, opa, opa, opa... Agora está vendo isso, Tanooch? Até aqui, nada. Muito bem, agora recue mais um pouquinho, mais um pouquinho, mais um pouquinho... — O alarme disparou. O homem estava de novo fora de si. Caminhava para lá e para cá e suspirava e juntava as mãos. — Viu isso, Tanooch? É a *cabeça* dele! Juro por Deus!... É a cabeça do cara!... Muito bem, pode se levantar. Abra a boca... Isso. Não, vire para esse lado. — Ele tornou a virar a cabeça de Sherman, para conseguir mais luz. — Olhe só aqui! Quer ver um bocado de metal?

O policial chamado Tanooch não disse uma palavra a Sherman. Olhou dentro da boca, como alguém que inspecionasse uma toca num porão.

— Nossa! — exclamou Tanooch. — Você tem razão. A dentadura parece uma máquina de contar moedas. — Então dirigiu-se a Sherman como se reparasse nele pela primeira vez: — Já deixaram você embarcar num avião?

O grandalhão aproveitou para se mostrar.

— Você não é o único — disse. — Tive outro caso desses no ano passado. Quase me deixou doido. Eu não conseguia descobrir... que porra... sabe? — De repente era o tom de conversa descontraída do sujeito ao sábado no quintal, de novo. — Esse aparelho é muito sensível, mas você tem a cabeça que é só metal, tenho que lhe dizer.

Sherman sentia-se mortificado, completamente humilhado. Mas que poderia fazer? Talvez esses dois, se fizesse o jogo deles, pudessem mantê-lo fora do... xadrez! Com *aquela gente*! Sherman continuou parado ali, segurando a calça.

— Que coisa é essa na sua calça? — perguntou Tanooch.

— Isopor — respondeu Sherman.

— Isopor — repetiu Tanooch, assentindo com a cabeça, mas de maneira a demonstrar a sua incompreensão. E saiu da sala.

Então o grandalhão pôs Sherman diante de um suporte de metal e tirou duas fotos dele, uma de frente e outra de perfil. Sherman de repente percebeu que isso era o que se conhecia como escrachar. Esse urso acabara de escrachá-lo, enquanto Sherman estava ali parado segurando a calça. Depois levou-o para um balcão e, segurando seus dedos um a um, comprimiu-os contra uma almofada de tinta e em seguida contra um formulário. Era operação surpreendentemente brusca. Ele agarrava cada um dos dedos de Sherman como se estivesse apanhando uma faca ou um martelo e os metia na almofada de tinta. Depois se desculpava.

— Tem-se que fazer o trabalho todo sozinho — explicou a Sherman. — Não se pode esperar que alguém venha aqui levantar um dedo por nós.

Do outro lado do corredor ouviu-se um furioso som de engulho. Três dos latinos estavam junto às grades do xadrez.

— Eiiiii! — gritava um deles. — O cara está vomitando! Vomitando à beça!

Tanooch foi o primeiro policial a acudir.

— Ah, droga. Ah, beleza. Ei, Anjo! Esse cara é uma barcaça de lixo. O que vai fazer?

— É aquele mesmo? — perguntou o Anjo.

Então o cheiro de vômito começou a se espalhar.

— Eiiiiiii, qual é, qual é! — exclamou o Anjo. — Dê uma mangueirada e deixe ele aí.

Abriram as grades, e dois policiais se postaram do lado de fora enquanto um terceiro entrava com a mangueira. Os prisioneiros pulavam de um lado para o outro, para evitar que se molhassem.

— Ei, sargento — chamou o policial. — O cara vomitou a calça toda.

— As de faxina?

— É.

— Porra. Dê uma mangueirada nelas. Isto aqui não é uma lavanderia.

Sherman via o homem alto sentado no banco, de cabeça baixa. Os joelhos estavam cobertos de vômito, e os cotovelos estavam apoiados neles.

O grandalhão observava tudo isso pela janela da sala de impressões. Balançava a cabeça. Sherman acercou-se dele.

— Olhe, oficial, não existe outro lugar onde eu possa esperar? Eu não posso entrar lá. Estou... simplesmente não posso.

O grandalhão meteu a cabeça para fora da sala de impressões e berrou:

— Ei, Anjo, que quer que eu faça com esse homem aqui, o McCoy?

O Anjo olhou lá da mesa, encarou Sherman e esfregou a careca com a mão.

— Bommm... — Em seguida apontou na direção da cela. — E isso aí.

Tanooch entrou e tomou Sherman de novo pelo braço. Alguém abriu as grades. Tanooch empurrou Sherman para dentro, e ele entrou arrastando os pés pelo chão de ladrilhos, segurando a calça. As grades se fecharam atrás dele. Sherman olhou para os latinos, que estavam sentados no banco. Eles o encararam de volta, todos, menos o homem alto, que continuava de cabeça baixa, rolando os cotovelos no vômito dos joelhos.

Todo o piso se inclinava para um ralo no centro. Ainda estava molhado. Sherman sentia a inclinação agora que pisava nele. Uns filetes de água ainda escorriam para o ralo. Era isso aí. Um cano de esgoto onde a humanidade procurava o seu nível, e a torneira de carne humana estava aberta.

Ele ouviu as grades se fecharem atrás dele e ficou parado na cela segurando a calça com a mão direita. O paletó estava pendurado no braço esquerdo. Não sabia o que fazer, nem mesmo para onde olhar, então escolheu um lugar vazio na parede e tentou dar uma olhada... *neles*... com a visão periférica. A roupa dele era um borrão cinza, preto e marrom, exceto pelos tênis, que criavam uma padronagem de listras e cores pelo chão. Sabia que o estavam observando. Olhou na direção das grades. Nem um único policial! Será que chegariam a mover um músculo se alguma coisa...

Os latinos tinham ocupado todos os lugares no banco. Ele escolheu um lugar a mais ou menos um metro do banco e encostou-se à parede; ela machucava sua coluna. Levantou o pé direito, e o sapato caiu. Meteu o pé de volta no sapato o mais descontraidamente possível. Olhar para o pé sobre o ladrilho brilhante o fez sentir como se fosse cair de vertigem. As bolinhas de isopor! Continuavam grudadas nas pernas da calça.

Sentiu-se presa de um medo horrível de que o tomassem por doido, o tipo de caso perdido que poderiam matar à vontade. Estava consciente do cheiro de vômito... vômito e fumaça de cigarro... Abaixou a cabeça, como se estivesse cochilando, e os espiou. Estavam de olhos fixos nele! Observavam-no e fumavam cigarros. O alto, que não parava de dizer *Mira! Mira!* continuava sentado no banco, de cabeça baixa e cotovelos nos joelhos cobertos de vômito.

Um dos latinos estava se levantando do banco e vindo em sua direção! Via-o pelo canto do olho. Agora ia começar! Não iam mais esperar!

O homem estava se colocando junto à parede, bem ao lado dele, recostando-se do mesmo jeito que Sherman o fizera. Tinha cabelos finos e crespos, um bigode que se curvava para baixo contornando os lábios, uma pele ligeiramente amarelada, ombros estreitos, uma barriguinha e uma expressão alucinada nos olhos. Devia ter uns trinta anos. Ele sorriu, e isso o fez parecer ainda mais alucinado.

— Ei, cara, eu vi você lá fora.

"Viu-me lá fora!"

— Com a TV, cara. Por que está aqui?

— Irresponsabilidade criminosa — disse Sherman. Sentiu como se arquejasse suas últimas palavras na terra.

— Irresponsabilidade criminosa?

— É... atropelar alguém com o carro.

— Com o carro? Você atropelou alguém com o carro, e a TV veio aqui?

Sherman sacudiu os ombros. Não queria dizer mais nada, mas o medo de parecer arredio levou a melhor.

— Por que está aqui?

— Ah, cara, 220, 265, 225. — O sujeito abanou a mão como se quisesse abarcar o mundo inteiro. — Drogas, armas, jogatina... eiiiiii, tudo quanto é merda, sabe?

O homem parecia sentir um certo orgulho dessa calamidade.

— Você atropelou alguém com o carro? — perguntou mais uma vez. Aparentemente achava isso banal e pouco masculino. Sherman ergueu as sobrancelhas e assentiu com ar de cansaço.

O homem voltou para o banco, e Sherman o viu conversar com três ou quatro de seus camaradas, que olharam para ele mais uma vez e então desviaram sua atenção, como se entediados com as notícias. Sherman tinha a sensação de que os desapontara. Muito curioso! Contudo, era isso que sentia.

O medo de Sherman foi rapidamente suplantado pelo tédio. Os minutos se arrastavam. A articulação do quadril esquerdo começou a doer. Mudou o peso do corpo para o direito, e as costas doeram. Em seguida doeu a articulação do quadril direito. O chão era ladrilhado. As paredes eram ladrilhadas. Enrolou o paletó para fazer uma almofada. Colocou-o no chão, junto à parede, sentou-se e se recostou. O paletó estava molhado, a calça também. A bexiga começava a encher, e sentia punhaladinhas de gás nos intestinos.

O homenzinho que se acercara para falar com ele, o homenzinho que conhecia tudo, foi até as grades. Tinha um cigarro na boca. Tirou o cigarro e gritou:

— Eiiiiii! Preciso de fogo! — Não houve resposta do policial postado além. — Eiiiiii, preciso de fogo!

Finalmente o que se chamava Tanooch apareceu.

— Qual é o problema?

— Eiii, preciso de fogo. — Estendeu o cigarro.

Tanooch tirou uma caixa de fósforos do bolso, acendeu um palito e segurou-o a pouco mais de um metro das grades. O homenzinho esperou, depois colocou o cigarro entre os lábios e comprimiu o rosto de encontro às grades de modo que o cigarro projetou-se para fora. Tanooch continuou imóvel, segurando o fósforo aceso. O fósforo se apagou.

— Eiiiiii! — exclamou o homenzinho.

Tanooch deu de ombros e deixou o fósforo cair no chão. — Eiiiiii! — O homenzinho se voltou para os camaradas e segurou o cigarro no ar. ("Viu o que ele fez?") Um dos homens sentados no banco riu. O homenzinho fez uma careta para essa traição. Então olhou para Sherman. Sherman não sabia se devia lamentar ou virar o rosto. Acabou olhando, apenas. O homem se aproximou e se acocorou junto dele. O cigarro apagado pendia-lhe da boca.

— Viu isso? — perguntou.

— Vi — respondeu Sherman.

— Quando se quer fogo, eles têm obrigação de dar fogo. Filho da puta. Eiii... você tem cigarro?

— Não, eles tiraram tudo de mim. Até meus cordões de sapato.

— Sério? — Olhou para os sapatos de Sherman. Ele mantivera os cordões, Sherman reparou.

Sherman ouviu uma voz de mulher. Estava zangada com alguma coisa. Ela apareceu no corredorzinho diante da cela. Tanooch a conduzia. Era uma mulher alta e magra, de cabelos castanhos e crespos e pele muito morena, que usava calça preta e uma jaqueta estranha com os ombros muito grandes. Tanooch a acompanhava à sala de impressões. De repente, ela se virou e disse para alguém que Sherman não conseguia ver:

— Seu saco de... — Mas não completou a frase. — Pelo menos eu não fico sentada aqui nesse esgoto o dia inteiro como você! Pense nisso, seu gordo!

Muitos risos de troça dos policiais ao fundo.

— Cuidado ou ele vai atirá-la no vaso e puxar a descarga, Mabel.

Tanooch a fez prosseguir.

— Anda, Mabel.

Ela se voltou contra Tanooch.

— Quando falar comigo, me chame pelo meu nome certo! Não tem nada que me chamar de Mabel!

Tanooch respondeu:

— Vou lhe chamar de coisa pior já, já — e continuou a empurrá-la na direção da sala de impressões.

— É o 220-31 — disse o homenzinho. — Venda de drogas.

— Como é que você sabe? — perguntou Sherman.

O homenzinho simplesmente arregalou os olhos e assumiu uma expressão de quem sabe das coisas. ("Há coisas que ninguém precisa dizer.") Então sacudiu a cabeça e disse:

— A porra do ônibus chegou.

— Ônibus?

Parecia que normalmente, quando as pessoas eram presas, primeiro as levavam para um distrito e as trancafiavam lá. Periodicamente, um ônibus da polícia passava pelos distritos e transportava os prisioneiros para o Registro Central para tirar as impressões e ouvir a acusação. Chegara uma nova batelada. Acabariam todos nesse xadrez, exceto as mulheres, que eram levadas para outro, mais adiante no corredor, dobrando uma quina. E nada andava porque "Albany caíra".

Mais três mulheres passaram. Eram mais jovens do que a primeira.

— Duzentos e trinta — disse o homenzinho. — Prostitutas.

O homenzinho que conhecia os números estava certo. O ônibus chegara. A procissão começou da mesa do Anjo para a sala de impressões, e dali para a cela. As pontadas de medo de Sherman começaram a recrudescer. Um a um, três rapazes negros de cabeça raspada, casacos impermeáveis e enormes tênis brancos entraram na cela. Todos os recém-chegados eram negros ou latinos. A maioria era jovem. Muitos pareciam estar bêbados. O homenzinho que conhecia os números levantou-se e foi se reunir a seus camaradas e garantir seu lugar no banco. Sherman estava decidido a não se mexer. Queria ser invisível. Por alguma razão... enquanto não movesse um único músculo... eles não o veriam.

Sherman pregou os olhos no chão e tentou não pensar nos intestinos e na bexiga que doíam. Uma das linhas negras entre os ladrilhos do piso começou a mexer. Uma barata! Então viu outra... e mais uma terceira. Fascinante! — e medonho. Sherman deu uma espiada à sua volta para ver se mais alguém notara. Ninguém parecia ter notado — mas seus olhos encontraram os dos três rapazes negros. Os três olhavam fixamente para ele! Que rostos magros e maus! Seu coração imediatamente disparou em palpitações. Via o pé sacudir com a força das pulsações. Observou as baratas para tentar se acalmar. Uma barata andara até o bêbado latino, que escorregara para o chão. A barata começou a subir pelo salto do sapato. Começou a andar pela perna. E desapareceu na perna da calça. Então reapareceu. Subiu pela bainha da calça. Começou a andar em direção ao joelho. Quando o atingiu, descansou entre as placas de vômito.

Sherman ergueu os olhos. Um dos rapazes negros vinha em sua direção. Tinha um sorrisinho no rosto. Parecia incrivelmente alto. Seus olhos eram muito juntos. Usava calça preta de pernas retas e grandes tênis brancos que fechavam com tiras de Velcro no lugar de cordões. Seu rosto era absolutamente inexpressivo. Tanto mais aterrorizante! Olhou direto no rosto de Sherman.

— Ei, cara, tem um cigarro?

Sherman respondeu que não. Mas não queria que pensasse que estava sendo grosseiro ou pouco comunicativo, por isso acrescentou:

— Desculpe. Mas me tiraram tudo.

Assim que acabou de dizer isso, percebeu que fora um erro. Era uma justificativa, um sinal de que era fraco.

— Tudo bem, cara. — O rapaz pareceu meio simpático. — Por que está aqui?

Sherman hesitou.

— Homicídio — disse. Irresponsabilidade criminosa apenas não era suficiente.

— Sei. Isso é *mau* — disse o rapaz num tom próximo à preocupação. — Que aconteceu?

— Nada — respondeu Sherman. — Não sei do que estão falando. Por que você está aqui?

— Pelo 160-15 — informou o rapaz. Então, acrescentou: — Roubo à mão armada.

O rapaz fez um bico. Sherman não soube dizer se isso significava "Roubo à mão armada não é nada de especial" ou "Isso é uma merdinha de acusação".

O rapaz sorriu para Sherman, ainda com os olhos presos ao seu rosto.

— Muito bem, sr. Homicídio — disse, levantou-se, girou nos calcanhares e voltou para o outro lado da cela.

"Sr. Homicídio! Ele logo percebeu que podia me tratar com arrogância!" Que poderiam fazer? Certamente não poderiam... Houvera um incidente — onde? — em que alguns prisioneiros em uma cela bloquearam a visão das grades com os corpos enquanto os outros... Mas será que os outros ali na cela fariam uma coisa dessas por esses três — será que os latinos...?

A boca de Sherman estava seca, absolutamente ressequida. A vontade de urinar era intensa. Seu coração batia nervosamente, embora não tão rápido quanto antes. Naquele momento as grades se abriram. Mais policiais. Um deles trazia duas bandejas de papelão, do tipo que as lojas de frios usam. Depositou-as no chão da cela. Em uma havia uma pilha de sanduíches; na outra, fileiras de copos plásticos.

Ele se ergueu e anunciou:

— Muito bem, hora do rango. Dividam tudo irmãmente, e não quero papo.

Não houve corrida para a comida. Em todo caso, Sherman se sentiu satisfeito de não estar muito longe das duas bandejas. Meteu o paletó imundo sob o braço esquerdo, arrastou-se até lá e apanhou um sanduíche embrulhado em plástico e um copo contendo um líquido rosado e transparente. Em seguida tornou a sentar-se sobre o paletó e experimentou a bebida. Tinha um gosto fraco e açucarado. Pousou o copo de lado no chão e arrancou o invólucro do sanduíche. Separou as duas metades do pão e espiou. Havia uma fatia de carne em pasta. Tinha uma cor amarelada e doentia. A luz fluorescente da cela chegava a parecer verde — *chartreuse*. A superfície era lisa e pegajosa. Levou o sanduíche ao nariz e cheirou. Um odor de produto químico se desprendia da carne. Separou as duas metades do pão, retirou a fatia de carne, enrolou-a no plástico e jogou a bolinha amarrotada no chão. Comeria o pão duro. Mas o pão desprendia um cheiro tão desagradável de carne que não conseguiu suportar. Cuidadosamente, desenrolou o plástico e enrolou o pão fazendo uma bola, e embrulhou a coisa toda, a carne e o pão. Percebeu que alguém estava parado junto dele. Tênis brancos com tiras de velcro.

Ergueu os olhos. O rapaz negro olhava para ele do alto com um sorrisinho curioso. O rapaz se acocorou até a cabeça ficar ligeiramente acima da de Sherman.

— Ei, cara — disse. — Estou com sede. Me dê a sua bebida.

"Me dê a sua bebida!" Sherman indicou com a cabeça as bandejas de papelão.

— Não sobrou nenhuma, cara. Me dê a sua.

Sherman vasculhou o cérebro à procura do que dizer. Sacudiu a cabeça.

— Você ouviu o que o homem disse. Dividam irmãmente. Pensei que eu e você fôssemos amigos.

Que tom desdenhoso de falso desapontamento! Sherman percebeu que estava na hora de traçar os limites, de parar essa... essa... Mais rápido do que os olhos de

Sherman conseguiram acompanhar, o braço do rapaz avançou e agarrou o copo plástico que estava no chão ao lado de Sherman. Ele se levantou, atirou a cabeça para trás e ostensivamente esvaziou a bebida; depois estendeu o copo para Sherman e disse:

— Eu lhe pedi com educação... Compreende? Aqui, é preciso usar a cabeça e fazer *amigos*.

Então abriu a mão, deixou o copo cair no colo de Sherman e se afastou. Sherman tinha consciência de que a cela inteira observava. *Eu deveria — eu deveria —* mas estava paralisado de medo e atordoamento. Do outro lado, um latino puxava a carne para fora do sanduíche e a atirava ao chão. Havia fatias de carne por todo lado. Aqui e ali havia bolas de plástico e sanduíches inteiros, desembrulhados e atirados ao chão. O latino começara a comer o pão duro — e mantinha os olhos em Sherman. Olhavam para ele... nesse chiqueiro humano... carne amarela, pão, invólucros de plástico, copos plásticos... baratas! Aqui... ali... Olhou para o latino bêbado. Continuava inconsciente no chão. Havia três baratas cavoucando as dobras da perna esquerda da calça dele, junto ao joelho. De repente Sherman viu uma coisa na beira do bolso da calça do homem. Outra barata — não, grande demais... cinzenta... um camundongo!... um camundongo saindo do bolso do homem... O camundongo se firmou no tecido por um instante, correu pelo piso ladrilhado e tornou a parar. Em seguida avançou e agarrou um pedaço da carne. Parou de novo como se avaliasse a sua sorte...

— *Mira!* — Um dos latinos vira o camundongo.

Um pé passou voando vindo do banco. O camundongo saiu escorregando pelo piso ladrilhado como um disco de hóquei. Mais uma perna avançou. O camundongo disparou de volta na direção do banco... uma risada, uma gargalhada... *Mira!*... mais um pé... O camundongo saiu deslizando de costas e passou por cima de um pedaço de carne, que o pôs de novo de pé... Risos, gritos... *Mira! Mira!*... mais um chute... O camundongo veio rodopiando de costas em direção a Sherman. Ficou deitado ali, a pouco mais de 5 centímetros de seu pé, atordoado, debatendo as perninhas. Depois tentou se aprumar, mal se mexendo. O pequeno roedor estava fora da jogada, acabado. Nem mesmo o medo era suficiente para fazê-lo se mexer. Atirou-se para diante uns dois passos. Mais risos... "Devo chutá-lo como sinal de solidariedade aos meus companheiros de cela?"... Era isso o que se perguntava... Sem pensar, levantou-se. Abaixou o braço e apanhou o camundongo. Segurou-o na mão direita e se encaminhou para as grades. A cela ficou silenciosa. O camundongo se contorcia debilmente em sua mão. Quase alcançara as grades... "Filho da puta!"... uma dor fantástica no dedo indicador... O camundongo o mordera!... Sherman pulou e sacudiu a mão para o alto. O camundongo se aferrava ao seu dedo com as mandíbulas. Sherman agitou o dedo para cima e para baixo como se agitasse um termômetro. O animalzinho não largava!... *Mira! Mira!*... gargalhadas, risadas...

Era um espetáculo incrível! Estavam se divertindo imensamente! Sherman bateu a quina da mão em uma das grades transversais. O camundongo saiu voando... bem diante de Tanooch, que trazia um maço de papéis na mão e se aproximava da cela. Tanooch saltou para trás.

— Puta que pariu! — exclamou. Então amarrou a cara para Sherman. — Ficou maluco?

O camundongo estava estendido no chão. Tanooch sapateou em cima dele com o salto. O animal ficou achatado no chão com a boca aberta.

A mão de Sherman doía horrivelmente, no ponto em que a batera nas grades. Segurou-a com a outra mão. "Quebrei-a!" Viu a marca dos dentes do camundongo no dedo indicador e uma gotinha de sangue. Com a mão esquerda, apalpou as costas e puxou o lenço do bolso traseiro direito. Isso exigiu uma tremenda contorção. Todos observavam. Ah, sim... todos observavam. Ele enxugou o sangue e amarrou o lenço na mão. Ouviu Tanooch dizer a outro policial:

— O sujeito da Park Avenue. Ele atirou um *camundongo.*

Sherman se arrastou de volta para onde estava o paletó dobrado no chão. Sentou-se outra vez nele. A mão já não doía tanto. Talvez não a tivesse quebrado. "Mas meu dedo pode estar infectado com a mordida!" Puxou um pouco o lenço para olhar o dedo. Não parecia tão ruim. O coágulo de sangue desaparecera.

O rapaz negro estava vindo em sua direção outra vez! Sherman levantou os olhos para ele e em seguida os desviou. O sujeito se acocorou diante dele, como fizera antes.

— Ei, cara — disse —, sabe de uma coisa? Estou com frio.

Sherman tentou fingir que não o via. Virou a cabeça. Estava consciente de ter uma expressão petulante no rosto. *A expressão errada! Fraca!*

— Eh! Olhe para mim quando falo com você!

Sherman voltou a cabeça para o rapaz. *Pura malevolência!*

— Pedi uma bebida, e você não foi gentil, mas vou lhe dar uma chance de compensar isso... sabe... estou sentindo frio, cara. Quero o seu paletó. Me dá o paletó.

"Meu paletó! Minhas roupas!"

Sherman não parava de pensar. Não conseguia falar. Sacudiu a cabeça negativamente.

— Que é que há com você, cara? Devia tentar ser simpático, sr. Homicídio. Meu amigo diz que conhece você. Viu você na TV. Você apagou alguém importante e mora na Park Avenue. Isso é ótimo, cara. Mas isto aqui não é a Park Avenue, entende? É melhor começar a fazer amigos, entende? Você andou me passando para trás bem feio, feio mesmo, mas vou lhe dar mais uma chance de consertar as coisas. Agora me dê a porra do paletó.

Sherman parou de pensar. Seu cérebro estava em fogo! Pousou a palma das mãos no chão, ergueu os quadris e oscilou para a frente até se pôr de joelhos. Então ficou de pé em um salto, segurando o paletó na mão direita. Fez isso tão repentinamente que o rapaz negro se assustou.

— Cale a boca! — ouviu-se dizendo. — Você e eu não temos nada para conversar!

O rapaz negro olhou para ele sem entender. Então sorriu.

— *Cale a boca?* — disse. — Cale *a boca*! — Sorriu e fez um ruído de desdém. — *Me faça* calar a boca.

— Ei! Seus vermes! Parem com isso! — Era Tanooch nas grades. Observava os dois. O rapaz negro deu um largo sorriso para Sherman e meteu a língua na bochecha. ("Divirta-se! Você vai continuar dono do seu couro mais uns sessenta segundos!") Voltou para o banco e sentou-se, sem tirar os olhos de Sherman.

Tanooch leu os nomes numa folha de papel:

— Solinas! Gutiérrez! McCoy!

"McCoy!" Sherman vestiu apressadamente o paletó, para evitar que o vingador se precipitasse e o arrancasse de suas mãos antes que ele deixasse a cela. O paletó estava frio, gorduroso, fétido, completamente disforme. A calça caiu pelos quadris quando ele o vestiu. Havia bolinhas de isopor por todo o paletó e... *moviam-se!*... duas baratas tinham se abrigado nas dobras. Furiosamente ele as varreu para o chão. Ainda respirava rápida e audivelmente.

Sherman deixou a cela enfileirado atrás dos latinos. Tanooch lhe disse em voz baixa:

— Está vendo? Não esquecemos você. O seu nome na realidade é o sexto da lista.

— Muito obrigado — disse Sherman. — Sou-lhe grato.

Tanooch encolheu os ombros.

— Prefiro tirar você daí andando a ter de varrê-lo para fora.

O salão principal agora estava cheio de policiais e prisioneiros. À mesa, a mesa do Anjo, Sherman foi entregue a um guarda penitenciário, que lhe algemou as mãos às costas e o pôs numa fila com os latinos. A calça caiu-lhe agora irremediavelmente pelos quadris. Não havia possibilidade de puxá-la para cima. Ele não parava de olhar sobre o ombro, temeroso de que o rapaz negro pudesse estar logo atrás dele. Sherman, a última pessoa da pequena fila. O guarda penitenciário o conduziu por uma escada estreita. No alto da escada havia outra sala sem janelas. Mais guardas penitenciários estavam sentados a mesas metálicas maltratadas. Para além das mesas — *mais celas!* Eram menores, mais cinzentas, mais encardidas que as de azulejos brancos no andar de baixo. Eram verdadeiras celas de prisão, essas. Na primeira havia um letreiro descascado que dizia: SÓ HOMENS — 21 e ACIMA — CAP. 8 a 10. O número 21 e a palavra ACIMA tinham sido riscados com uma espécie de hidrográfica. Toda a fila de prisioneiros foi conduzida a essa cela. As algemas continuavam nos pulsos. Sherman conservava os olhos fixos na porta por onde tinham entrado. Se o rapaz negro entrasse e fosse colocado na mesma celinha com ele — ele — ele — seu temor o fazia enlouquecer. Suava profusamente. Perdera a noção do tempo. Deixou a cabeça pender para a frente, tentando melhorar a circulação.

Não tardou e foram conduzidos para fora da cela em direção a uma porta de grades de aço. Do outro lado da porta Sherman via uma fila de prisioneiros sentados no chão de um corredor. O corredor não chegava a medir um metro de largura. Um dos prisioneiros era um rapaz branco com uma enorme bota de gesso na perna direita. Estava de calção, de modo que a bota inteira era visível. Estava sentado no chão. Tinha um par de muletas encostado na parede ao lado dele. No fim do corredor havia uma porta. Um oficial encontrava-se postado ao lado dela. Trazia um enorme revólver no quadril. Ocorreu a Sherman, que era a primeira arma que via desde que entrara nesse lugar. À medida que cada prisioneiro saía da área de carceragem e passava pela porta, as algemas eram removidas. Sherman se deixou cair junto à parede, como todos os outros. O corredor não tinha ventilação. Não havia janelas. Estava inundado de uma névoa fluorescente e o calor e o fedor de corpos em excesso. A torneira de carne! A calha para o abatedouro! Saía... onde?

A porta ao fim do corredor se abriu, e uma voz do outro lado chamou:

— Lantier.

O guarda penitenciário do lado do corredor repetiu:

— Muito bem, Lantier.

O rapaz de muletas levantou-se com dificuldade. O latino ao lado deu-lhe uma ajuda. Ele se equilibrou no pé bom até conseguir acomodar as muletas sob as axilas. "Que diabo teria feito naquele estado?" O policial abriu a porta para ele, e Sherman ouviu uma voz do outro lado dizendo uns números em voz alta e em seguida:

— Herbert Lantier?... o advogado que representa Herbert Lantier?

O tribunal! No fim da calha estava o tribunal!

Quando chegou sua vez, Sherman se sentia atordoado, fraco, febril. A voz do outro lado chamou:

— Sherman McCoy. — O policial do lado de dentro repetiu:

— McCoy.

Sherman se arrastou pela porta, segurando a calça, fazendo os pés escorregarem para manter os sapatos calçados. Tomou consciência de uma sala moderna bem iluminada e de muita gente passando de um lado para o outro. A cadeira do juiz, as mesas, os assentos eram todos de uma madeira clara de aspecto ordinário. De um lado as pessoas se moviam em ondas ao redor do poleiro alto do juiz em madeira clara, e do outro lado se moviam em ondas no que parecia ser uma seção para o público. Tanta gente... luzes tão fortes... tanta confusão... tanta agitação... Entre as duas seções havia um gradil, também de madeira clara. E ao pé do gradil encontrava--se Killian... Ele estava ali! Parecia muito limpo e elegante em suas roupas janotas. Sorria. Era o sorriso tranquilizador que se reserva para os inválidos. À medida que

Sherman se arrastava em direção ao advogado, sentiu-se agudamente consciente do aspecto que deveria ter o paletó sujo e empapado e a calça... as bolinhas de isopor... a camisa amarrotada, os sapatos molhados e sem cordões... Sentia o cheiro da própria imundície, desespero e terror.

Alguém estava lendo um número em voz alta, e então ouviu seu nome, e a seguir Killian dizendo o próprio nome e o juiz perguntando:

— Declara-se culpado ou inocente? — E Killian disse a Sherman à meia-voz:

— Diga: inocente. — Sherman repetiu a palavra muito rouco.

Parecia haver grande agitação na sala. A imprensa? Há quanto tempo estava nesse lugar? Então irrompeu uma discussão. Havia um rapaz forte, de cabelos ralos, veemente, diante do juiz. Parecia pertencer à Promotoria Distrital. O juiz *murmurou murmurou murmurou* e terminou com *sr. Kramer*. Sr. Kramer.

A Sherman, o juiz pareceu muito jovem. Era um branco gorducho com os cabelos crespos, recuados, e roupas longas que pareciam ter sido alugadas para uma formatura.

Sherman ouviu Killian resmungar:

— Filho da puta.

Kramer dizia:

— Sei, Meritíssimo, que o nosso gabinete concordou com uma fiança de apenas 10 mil dólares para esse caso. Mas os desdobramentos, questões que foram trazidas à nossa atenção desde então, tornaram impossível que o nosso gabinete concordasse com uma fiança tão baixa. Meritíssimo, este caso envolve uma lesão grave, muito possivelmente uma lesão fatal, e temos conhecimento definitivo e específico de que havia uma testemunha neste caso que não se apresentou e que essa testemunha estava de fato no carro que o acusado, sr. McCoy, dirigia, e temos razões para acreditar que fizeram ou se farão tentativas de impedir que essa testemunha se apresente, e acreditamos que não estaremos servindo aos interesses da justiça...

Killian interrompeu:

— Meritíssimo...

— ... se permitirmos ao acusado sair livre mediante uma fiança simbólica...

Um ruído surdo, resmungos, um murmúrio irado e volumoso se elevou da seção reservada ao público, e uma voz solitária e grave gritou:

— Nada de fiança!

E um poderoso coro de murmuradores:

— Nada de fiança!... Meta-o na cadeia!... Tranque a porta!

O juiz bateu o martelo. Os murmúrios foram cessando.

Killian disse:

— Meritíssimo, o sr. Kramer sabe muito bem...

O ruído surdo se elevou outra vez.

Kramer continuou, atropelando as palavras de Killian:

— Dadas as emoções nesta comunidade, despertadas muito justificadamente pelo caso, no qual parece que a justiça é uma palha...

Killian, no contra-ataque, gritava:

— Meritíssimo, isso é obviamente uma tolice!

Um ruído surdo e fortíssimo.

O ruído se alastrou num rugido; os murmúrios, em grandes apupos:

— Ooora, cara!... Uhhhhhh!... Ehhhhhh!... Cala essa boca imunda e deixa o cara falar!

O juiz bateu novamente o martelo.

— Silêncio! — O vozerio diminuiu. E dirigindo-se a Killian: — Deixe-o terminar a declaração. Poderá responder.

— Muito obrigado, Meritíssimo — disse Kramer. — Meritíssimo, gostaria de chamar a atenção do tribunal para o fato de que este caso, mesmo na etapa da leitura do libelo, num curto prazo, provocou pesadas críticas da comunidade e mais especificamente dos amigos e vizinhos da vítima, Henry Lamb, que continua em estado extremamente grave no hospital.

Kramer se virou e fez um gesto na direção dos espectadores. A seção estava repleta. Havia gente em pé. Sherman reparou num grupo de negros com camisas azuis de operário. Um deles era muito alto e usava um brinco de ouro.

— Tenho uma petição — disse Kramer, e ergueu um maço de papéis e agitou-os no alto. — Este documento foi assinado por mais de cem membros da comunidade e entregue à Promotoria Distrital do Bronx juntamente com um apelo de que o nosso gabinete os representasse, que se empenhasse para que se fizesse justiça neste caso, e naturalmente representá-los é tão somente a nossa obrigação.

— Nossa! — murmurou Killian.

— O bairro, a comunidade, o povo do Bronx pretendem acompanhar este caso, diligentemente, a cada fase do processo judicial.

Certo!... lhhhhhh!... Hum-hummmm!... É isso aí! Uma gritaria tremenda começou na seção dos espectadores.

O juiz gorducho bateu o martelo e gritou:

— Silêncio! Isto é uma leitura de acusação. Não é um rali. É só, sr. Kramer?

O ruído surdo, murmurações, "buuuuu!".

— Meritíssimo — continuou Kramer —, recebi instruções do meu gabinete, do sr. Weiss em pessoa, de solicitar uma fiança no valor de 250 mil dólares para este caso.

— *Certo!... lhhhhh!... É isso aí!...* — Vivas, aplausos, pateadas no chão.

Sherman olhou para Killian. "Diga-me — diga-me — diga-me que isso não pode estar acontecendo!" Mas Killian forçava a vista na direção do juiz. Tinha a mão levantada. Seus lábios já estavam se mexendo. O juiz batia o martelo.

— Mais uma manifestação dessas e mando evacuar a sala.

— Meritíssimo — disse Killian, quando o vozerio diminuiu —, o sr. Kramer não se contenta em violar um acordo entre o seu gabinete e o meu cliente. Ele deseja transformar isto num circo! Esta manhã, meu cliente foi submetido a uma prisão circense, apesar de ter estado todo o tempo pronto a comparecer voluntariamente perante um júri. E agora o sr. Kramer fabrica uma ameaça fictícia a uma testemunha anônima e solicita ao tribunal que estabeleça uma fiança absurda. Meu cliente é proprietário e morador de longa data nesta cidade, tem família e profundas raízes em sua comunidade, e concordamos em uma solicitação de fiança, como até mesmo o sr. Kramer admite, e nada houve que pudesse alterar as premissas desse acordo.

— Muita coisa mudou, Meritíssimo! — disse Kramer.

— É — respondeu Killian —, o gabinete do promotor distrital do Bronx é que mudou.

— Muito bem! — disse o juiz. — Sr. Kramer, se o seu gabinete tem informações pertinentes à fiança deste caso, eu ordeno que colete essas informações e faça um requerimento legal a este tribunal, e o assunto será revisto a seu tempo. Até lá, o tribunal vai libertar o acusado, Sherman McCoy, sob a fiança de 10 mil dólares, até a apresentação dessa queixa-crime perante o júri.

Berros e gritos! — *Buuuuuu!... Ihhhhhhhh!... Nããããooo!... Peguem ele!...* — Então começou uma cantoria: — *Cadeia sim: fiança não... Cadeia sim: fiança não.*

Killian o conduzia para longe da mesa. Para sair do tribunal teriam que passar pela seção de espectadores, direto pela massa de gente colérica que estava agora de pé. Sherman via punhos erguidos. Então viu policiais vindo em sua direção, meia dúzia deles pelo menos. Usavam camisas brancas e cintos de balas e coldres colossais que deixavam o cabo das pistolas à mostra. De fato, eram guardas judiciários. Cercaram-no. "Vão me pôr de volta na cela!" Então percebeu que estavam formando uma ponta de lança para fazê-lo atravessar a multidão. Tantos rostos enfurecidos, negros e brancos! "Assassino!.. Filho da puta... Você vai receber o mesmo que Henry Lamb!... Diga suas preces, Park Avenue!... McCoy, diga McMorto, coração!..." Ele caminhava aos tropeções entre seus protetores de camisa branca. Ouvia-os gemer e fazer força empurrando a turba.

— Abram passagem! Abram passagem!...

Aqui e ali outros rostos apareciam, lábios se moviam... O inglês alto de cabelos louros... Fallow... A imprensa... depois mais gritos... "Você é meu, seu bêbado! Meu!... Conte os seus minutos, gracinha!... Agarre-os!... Vou te apagar, otário!... Olhe só para ele: Park Avenue!"

Mesmo em meio à tormenta, Sherman se sentia estranhamente indiferente ao que estava acontecendo. Seus pensamentos lhe diziam que era algo pavoroso, mas ele não sentia. "Já estou morto."

A tempestade transbordou do tribunal para um saguão, que estava cheio de gente estática. Sherman viu as expressões mudarem de pena para medo. Começaram a correr para os lados, abrindo caminho para a galáxia errante de corpos que acabava de se projetar do tribunal. Agora Killian e os guardas judiciários o conduziam para uma escada rolante. Havia um mural pavoroso na parede. A escada rolante descia. Pressão por trás: mergulhou para a frente batendo nas costas de um guarda judiciário no degrau abaixo. Por um instante pareceu um avalanche de corpos — mas o guarda judiciário se firmou no corrimão. Agora a galáxia ululante irrompeu através dos portões de entrada e pelas escadarias da 161st Street. Uma parede humana barrava o caminho. Câmeras de televisão, seis ou oito delas, microfones, uns quinze ou vinte, gente gritando — a imprensa.

As duas massas humanas se encontraram, se confundiram, se imobilizaram. Killian se ergueu adiante de Sherman; os microfones estavam fixando o rosto dele, e Killian declamava num tom eloquente:

— Quero que mostrem a toda a cidade de Nova York o que acabaram de ver lá dentro. — Com um estranhíssimo alheamento, Sherman se viu prestando atenção a cada inflexão da fala das ruas na voz do almofadinha. — Vocês viram uma prisão carnavalesca, e viram uma leitura de acusação carnavalesca, depois viram a Promotoria Distrital se prostituir e perverter a lei para agradar às suas câmeras e obter a aprovação de uma turba facciosa!

— *Buuuu!... Ihhhhh!... Faccioso é você, seu filho da mãe!...* — Em algum ponto atrás dele, a pouco mais de um metro de distância, alguém entoava uma cantilena em falsete: — *Diga suas preces, McCoy... Seus dias estão contados... Diga suas preces, McCoy... Seus dias estão contados...*

Killian dizia:

— Chegamos a um acordo com o promotor distrital ontem...

A voz de falsete prosseguia:

— *Diga suas preces, McCoy... Conte seus segundos...*

Sherman olhou para o céu. A chuva parara. O sol aparecera. Era um belo e perfumado dia de junho. Uma abóbada macia e azul era visível sobre o Bronx.

Ele contemplou o céu e procurou ouvir os sons, apenas os sons, os tropos ressonantes e as sentenças, as cantilenas em falsete, os gritos inquisitivos, os murmúrios de hipopótamos e pensou: "Nunca mais hei de voltar lá. Não interessa o que precisarei para me manter do lado de fora, nem que tenha de meter uma espingarda na boca."

A única espingarda que possuía, na verdade, tinha dois canos. Era uma peça grande e antiga. Parado na 161st Street, a um quarteirão da Grand Concourse, no Bronx, ele se perguntava se conseguiria meter os dois canos na boca.

23
NO INTERIOR DA CAVERNA

— Bom, aí está você, Larry — disse Abe Weiss com um grande sorriso. — Sem dúvida alguma eles o brindaram com uma careca luzidia.

Já que Weiss não o convidara a fazê-lo, Kramer fez o que estava esperando nos últimos 45 segundos para fazer, ou seja, deu inteiramente as costas a Weiss para olhar o conjunto de televisores na parede.

E lá, de fato, estava ele.

O videocassete acabara de chegar à parte da transmissão do Canal 1, na noite anterior, em que a cena do tribunal era mostrada através de desenhos. O som estava baixo, mas Kramer conseguia ouvir a voz do comentarista, Robert Corso, como que reboando dentro do seu crânio: "O promotor distrital assistente Lawrence Kramer empurrou a petição para o juiz Samuel Auerbach e disse: Meritíssimo, o povo do Bronx..." No desenho, o alto de sua cabeça estava absolutamente calvo, o que era irrealista e injusto porque não era careca, seus cabelos apenas estavam rareando. Mesmo assim, *ali estava ele*. Não era uma Dessas Pessoas Que Se Vê na TV. Era ele mesmo, e se algum dia houve um valente guerreiro da causa da justiça, era ele ali naquela tela. O pescoço, os ombros, o peito, os braços — eram enormes, como se estivesse arremessando um peso de 8 quilos nas Olimpíadas, e não acenando com um maço de papéis para Sammy Auerbach. E verdade, uma das razões por que parecia tão grande era que o desenho estava um pouco fora de proporção, mas provavelmente fora assim que a artista o vira: Maior Que a Realidade. A artista... Que apetitosa italianinha... Lábios de nectarina... Bonitos seios sob o jérsei sedoso e brilhante... Lucy Dellafloria era seu nome... Se não tivesse havido tanta comoção e confusão, teria sido a coisa mais fácil do mundo. Afinal, sentara-se ali no tribunal concentrando-se nele, no meio do palco, absorta na sua aparência, no arrebatamento de sua apresentação, na confiança de seu desempenho no campo de batalha. Absorvera-se nele como artista e como mulher... com lábios carnudos de italianinha safada... nele.

Depressa demais, sem aviso, o desenho desapareceu, e Weiss ocupou a tela com uma floresta de microfones apontados para ele. Os microfones tinham sido postos em suportes metálicos sobre a sua escrivaninha para a entrevista coletiva que concedera logo depois da leitura da acusação. Dera outra pela manhã. Weiss sabia exatamente como manter o foco sobre si. Ah, isso sabia. O espectador médio de televisão presumiria que o espetáculo pertencia unicamente a Abe Weiss e que o promotor distrital assistente, que apresentara o caso no tribunal, esse tal de Larry Kramer, era meramente o instrumento da genialidade estratégica veiculada por Abe Weiss. Na realidade, Weiss nunca chegara a pôr os pés num tribunal desde que assumira o cargo de promotor público, o que já fazia quase quatro anos. Mas Kramer não se aborrecia com isso; ou pelo menos não muito. Essa era a premissa. Era assim que a coisa funcionava. Acontecia o mesmo em toda promotoria distrital, não era só na de Weiss. Não, nessa determinada manhã o capitão Ahab estava de bem com Kramer. Os noticiários de TV e os jornais tinham mencionado o nome de Lawrence Kramer muitas vezes, e *ela,* a deliciosa Lucy Dellafloria, a sexy Lucy Flor Delicada, desenhara o retrato e captara a possante forma de Kramer. Não, estava ótimo. E Weiss acabara de se incumbir de lhe mostrar isso, passando o videocassete. A mensagem implícita era a seguinte: "Muito bem, apresento-me como astro, porque dirijo este gabinete e sou quem tem de enfrentar uma reeleição. Mas, está vendo, não o deixei de fora. Você é o segundo nome nos letreiros luminosos do cinema."

Com isso os dois assistiram ao restante da reportagem no Canal 1 pelos televisores montados na parede. Lá estava Thomas Killian parado à porta do Edifício dos Tribunais Criminais com os microfones espetados no *rosto.*

— Dê uma espiada na porra dessas roupas — murmurou Weiss. — Completamente ridículas. — O que passou pela cabeça de Kramer foi o preço que tais roupas deviam custar.

Killian discorria sobre a "prisão carnavalesca" e a "leitura de acusação carnavalesca". Parecia extremamente zangado.

— Concluímos um acordo com o promotor distrital ontem, pelo qual o sr. McCoy se apresentaria para a leitura da acusação aqui no Bronx, pacificamente, voluntariamente, hoje pela manhã, e o promotor distrital preferiu violar esse acordo e trazer o sr. McCoy como um criminoso violento, como um animal... e para quê? Para conquistar suas câmeras e seus votos.

— Cai fora — disse Weiss à tela.

Killian dizia:

— O sr. McCoy não só nega essas acusações, mas está ansioso para que os fatos deste caso sejam revelados, e, quando o forem, verão que o roteiro que está sendo arquitetado para este caso carece por inteiro de fundamentos.

— *Blá-blá-blá* — disse Weiss à tela.

A câmera se deslocou para uma figura parada logo atrás de Killian. Era McCoy. A gravata estava frouxa e puxada para um lado. A camisa e o paletó estavam amarrotados. O cabelo, empastado. Parecia meio afogado. Seus olhos giraram, na direção do céu. Não parecia presente.

Agora o rosto de Robert Corso aparece na tela, e ele falava sobre McCoy, McCoy, McCoy. Já não era o caso Lamb. Era o caso McCoy. A eminência da Wall Street, o branco, anglo-saxão, protestante de perfil aristocrático tinha emprestado ao caso um certo atrativo. A imprensa não se cansava de falar nele.

A escrivaninha de Weiss estava coberta de jornais. Ainda tinha um exemplar de *The City Light* da tarde anterior em cima dos outros. Em letras garrafais a primeira página anunciava:

"GRÃ-FINO DA WALL STREET
ACUSADO DO ATROPELAMENTO"

As palavras estavam agrupadas ao lado de uma foto estreita e comprida de McCoy, encharcado, com os braços para a frente e o paletó cobrindo as mãos, obviamente para esconder as algemas. Tinha o belo e grande queixo erguido, e encarava com uma expressão feroz. Parecia estar dizendo: *"Sim, e daí?"* Até mesmo o *Times* noticiara o caso na primeira página dessa manhã, mas *The City Light* enlouquecera. A manchete dizia:

"PROCURA-SE MULHER MISTERIOSA
MORENA E TESUDA"

Uma manchete menor no alto dizia: "A gangue do Mercedes: ele atropela, ela foge." A fotografia era a da revista *W*, a que Roland Auburn identificara, aquela em que McCoy aparecia de smoking, sorrindo com a esposa correta e feiosa. A legenda dizia: "Testemunha ocular declarou que a companheira de McCoy era mais jovem, mais tesuda, mais desejável que a esposa quarentona, Judy, que aparece na foto com o maridinho numa festa de caridade." Uma linha branca sobre tarja preta ao pé da página dizia: "Manifestantes exigem 'Prisão sim, fiança não' para o cobra da Wall Street. Veja página 3." E: *"Chez* McCoy e *Chez* Lamb: conto de duas cidades. Fotos, páginas 4 e 5." Nas páginas 4 e 5 havia fotos do apartamento de McCoy na Park Avenue, aquelas da *Architectural Digest,* de um lado, e as do apartamentinho dos Lambs no conjunto habitacional, do outro. Uma longa legenda dizia: "Duas Novas Yorks imensamente diversas colidiram quando o banqueiro de investimentos da Wall Street, Sherman McCoy, num Mercedes-Benz esporte de 50 mil dólares, atropelou o brilhante estudante Henry Lamb. McCoy mora na Park Avenue, num apartamento de 3 milhões de dólares, catorze cômodos, dois andares. Lamb, num apartamento de 247 dólares mensais de aluguel, três cômodos, num conjunto habitacional do South Bronx."

Weiss adorou cada centímetro da reportagem. Explodira aquele papo de "justiça branca" e "Johannesbronx". Não tinham conseguido majorar a fiança de McCoy para 250 mil dólares, mas tinham tentado com muito empenho e agressividade. Agressividade? Kramer sorriu. Os olhos de Sammy Auerbach tinham se aberto desmesuradamente como um par de guarda-chuvas quando acenara com a petição para ele. Isso fora um tantinho afrontoso, mas conseguira o efeito desejado. O gabinete da Promotoria Distrital do Bronx estava em contato com o povo. E continuaria a requerer uma fiança maior.

Não, Weiss estava satisfeito. Isso era óbvio. Era a primeira vez na vida que Kramer fora chamado ao gabinete de Weiss sozinho, sem Bernie Fitzgibbon.

Weiss apertou um botão, e a imagem desapareceu do televisor. Disse a Kramer:

— Viu o estado de McCoy, parado ali? Parecia que tinha saído de uma puta farra. Milt comentou que tinha o mesmo aspecto quando entrou no tribunal ontem. Disse que estava um pavor. Que foi que aconteceu?

— Bom — respondeu Kramer —, a coisa toda foi que estava chovendo. Ele se molhou esperando na fila do lado de fora do Registro. Fizeram-no esperar na fila como todos os outros, que era o que queríamos. Não queríamos conceder a ele tratamento especial.

— Tudo bem — disse Weiss —, mas, droga, aqui estamos nós trazendo a Park Avenue ao tribunal, e Milt diz que o sujeito parecia ter sido pescado do rio. Bernie também me aborreceu bastante com isso. Para começar, não queria fazê-lo passar pelo Registro.

— Ele não estava *com* o aspecto tão ruim assim, sr. Weiss — disse Kramer.

— Pode me chamar de Abe.

Kramer assentiu, mas resolveu que esperaria um intervalo decente antes de experimentar o seu primeiro "Abe".

— Ele não parece muito diferente de qualquer outro que sai do xadrez para o tribunal.

— E tem Tommy Killian criando caso por causa disso também. — Fez um gesto na direção dos televisores.

Kramer pensou: "Você finalmente se levantou nas pernas traseiras contra os dois jumentos." Bernie ficara no mínimo descontente, quando Weiss o desautorizara e mandara Kramer solicitar que a fiança de McCoy fosse majorada de 10 mil para 250 mil dólares, depois de Bernie ter feito um acordo com Killian para o pagamento de 10 mil. Weiss disse a Bernie que era apenas para aplacar os enfurecidos moradores da comunidade, que achavam que McCoy receberia um tratamento especial, e que sabia que Auerbach nunca estabeleceria realmente uma fiança tão alta. Mas para Bernie isso era uma quebra de contrato, uma violação das regras do Banco de Favores, do sagrado código de lealdade de um gaiteiro para com o outro no sistema de justiça penal.

Kramer percebeu o rosto de Weiss se anuviar; em seguida, Weiss disse:

— Bom, deixe o Tommy chiar. A pessoa pode ficar doida se tentar agradar a todos. Tive que tomar uma decisão e tomei uma decisão. Bernie gosta de Tommy e está tudo bem. Eu mesmo gosto de Tommy. Mas Bernie quer lhe fazer todas as concessões! Pelas promessas que fez a Tommy, McCoy ia passar por aqui como se fosse o príncipe Charles. Quanto tempo McCoy ficou no xadrez?

— Ah, umas quatro horas.

— Ora, droga, isso é mais ou menos o normal, não é?

— Mais ou menos. Já vi acusados serem jogados de um distrito para o outro, depois para o Registro, Rikers Island, de volta ao distrito e só então ouvir a leitura de acusação. São presos na sexta-feira à noite, e chegam a passar o fim de semana todo quicando de um lugar para o outro. Aí então você veria alguém realmente sujo e amarrotado. McCoy nem ao menos precisou começar por um distrito e ser transportado de ônibus para o Registro.

— Bom, então não sei por que tanta reclamação. Aconteceu alguma coisa com ele no xadrez? Qual é o caso?

— Não aconteceu nada. O computador parou de funcionar, acho. Daí houve um atraso. Mas isso acontece o tempo todo. É normal.

— Quer saber minha opinião? Acho que Bernie, inconscientemente... não me interprete mal, gosto de Bernie e o respeito... mas acho que, inconscientemente, ele realmente pensa que alguém como McCoy deveria receber um tratamento especial, porque é branco e porque é conhecido. Ora, isso é muito sutil. Bernie é irlandês, da mesma forma que Tommy é irlandês, e os irlandeses têm uma certa *deferência,* como dizem os ingleses, inata, e nem se dão conta disso. Deixam-se impressionar por brancos, anglo-saxões, protestantes, como esse tal McCoy, embora conscientemente possam agir e pensar como se fossem membros do IRA. Não é realmente importante, mas um sujeito como Bernie tem que vencer essa deferência, esse elemento inconsciente irlandês, do qual ele nem ao menos se apercebe. Mas nós não representamos os brancos, anglo-saxões, protestantes, Larry. Chego a me perguntar se haverá algum branco, anglo-saxão, protestante morando no Bronx. Deve haver algum aí pelos lados de Riverdale.

Kramer riu.

— Não, estou falando sério. Isto aqui é o Bronx. Isto aqui é um Laboratório de Relações Humanas. É assim que o chamo, um Laboratório de Relações Humanas.

Era verdade; ele chamava o Bronx de Laboratório de Relações Humanas. Chamava-o todos os dias, como se esquecesse de que todas as pessoas que já tinham estado em seu gabinete tinham-no ouvido dizer aquilo antes. Mas Kramer estava disposto a perdoar o lado fátuo de Weiss. Mais do que perdoar... *compreender*... e de apreciar a verdade essencial que embasava a sua maneira bufa de definir as coisas. Weiss tinha razão. Não se podia dirigir o sistema de justiça penal no Bronx e fingir que se estava em uma espécie de Manhattan fora de lugar.

— Venha até aqui — convidou Weiss. Ele se levantou da grande cadeira, chegou até a janela atrás da mesa e chamou Kramer. Dali do sexto andar, no topo da colina, a vista era magnífica. Estavam suficientemente alto para que todos os detalhes sórdidos passassem ao segundo plano e a bela topologia ondulada do Bronx se destacasse. Contemplaram o Yankee Stadium e o John Mullaly Park, que do alto parecia realmente verdejante e bucólico. Ao longe, numa reta que cortava o rio Harlem, viam-se os contornos de Upper Manhattan, na altura do Columbia-Presbyterian Medical Center, e dali a vista parecia campestre, como numa daquelas pinturas de paisagens em que se colocam umas árvores esmaecidas e algumas nuvens fofas e cinzentas ao fundo.

Weiss perguntou:

— Olhe para aquelas ruas lá embaixo, Larry. O que você vê? *Quem* você vê?

De fato, só o que Kramer conseguia divisar eram umas figurinhas caminhando pela 161st Street e a Walton Avenue. Estavam tão distantes que pareciam insetos.

— São todos negros e porto-riquenhos — continuou Weiss. — Nem se vê mais um velho judeu andando por aí, nem italianos, tampouco, e isso é o centro cívico do Bronx. É como a Montague Street no Brooklyn ou City Hall Plaza em Manhattan. No verão, à noite, os judeus costumavam se sentar nas calçadas bem ali na Grand Concourse e ficar olhando os carros passarem. Não se conseguiria sentar Charles Bronson ali fora, agora. Estamos na era moderna e ninguém a compreende ainda. Quando eu era criança, os irlandeses mandavam no Bronx. Mandaram por muito tempo. Lembra-se de Charlie Buckley? Charlie Buckley, o deputado? Não, você é jovem demais. Charlie Buckley, o chefão do Bronx, irlandês até a medula dos ossos. Há uns trinta anos Charlie Buckley ainda mandava no Bronx. E agora estão acabados, e então quem é que manda? Judeus e italianos. Mas por quanto tempo? Não há mais nenhum lá na rua, e por quanto tempo vão estar aqui neste edifício? Mas isto é o Bronx, o Laboratório de Relações Humanas. É assim que o chamo, o Laboratório de Relações Humanas. Aquelas pessoas que estamos vendo lá embaixo, Larry, são pobres, e a pobreza gera o crime, e o crime nesta municipalidade... bom, não preciso lhe dizer. Parte de mim é idealista. Quero tratar de cada caso individualmente e cada pessoa *de per si*. Mas com o número de casos que temos? Eiiiiii... A outra parte de mim sabe o que estamos realmente fazendo: somos um bandinho de caubóis tocando uma manada. Com uma manada o máximo que se pode esperar é mantê-la sob controle *como um todo* — ele fez um gesto como se abarcasse a manada — e esperar que não se percam muitas reses pelo caminho. Ah, vai chegar o dia, e talvez muito breve, em que aquelas pessoas lá embaixo terão seus próprios líderes e suas próprias organizações, e serão o Partido Democratico do Bronx e tudo mais, e não estaremos mais ocupando este edifício. Mas no momento precisam de nós, e temos que agir corretamente com elas. Temos que deixar claro que não estamos distanciados delas e que fazem parte de Nova York tanto quanto nós. Temos que transmitir-lhes os sinais certos. Temos que deixar claro que agimos com severidade quando saem da linha, mas não é porque sejam negros, hispânicos ou pobres. Temos que deixar claro que a justiça é realmente cega. Temos que deixar claro que se a pessoa é branca e rica a nossa maneira de agir é a mesma. Esse é um sinal muito importante. É mais importante do que qualquer especificidade ou tecnicalidade da lei. É isso que fazemos neste gabinete, Larry. Não estamos aqui para cuidar de casos. Estamos aqui para criar esperanças. É isso que Bernie não compreende.

A conjugação correta dos verbos, no lugar da incorreta usada pelos irlandeses, assinalava a elevação dos pensamentos do promotor público naquele momento. — Bernie ainda está fazendo política irlandesa — disse Weiss —, da mesma maneira que Charlie Buckley costumava fazê-la, mas isso terminou. Acabou. Esta é a era moderna do Laboratório de Relações Humanas, e temos o dever de representar essa gente que você está vendo lá embaixo.

Kramer observou obedientemente os insetos. Quanto a Weiss, a elevação de seus sentimentos tinha permeado sua voz e seu rosto de emoção. Ele lançou a Kramer um olhar sincero e um sorriso cansado, do tipo que sugere: "A vida é assim, quando se removem as considerações mesquinhas."

— Nunca pensei nisso sob esse prisma, Abe — disse Kramer —, mas você está absolutamente certo. — Parecia uma boa ocasião para o primeiro "Abe".

— A princípio eu estava preocupado com esse caso McCoy — disse Weiss. — Parecia que Bacon e aquela gente estavam forçando o caso e que só estávamos conseguindo reagir. Mas, tudo bem. Acabou sendo uma boa coisa. Como é que *realmente* tratamos um grã-fino da Park Avenue? Como qualquer outro! Ele é preso, algemado, fichado, tiram suas impressões, espera no xadrez, como qualquer outra pessoa lá embaixo naquelas ruas! Ora, acho que isso transmite uma mensagem superlegal. Deixa claro para as pessoas que nós *as* representamos e que elas fazem parte de Nova York.

Weiss contemplou a 161st Street como um pastor contemplaria seu rebanho. Kramer se sentia satisfeito com o fato de que ninguém, a não ser ele, estivesse presenciando a cena. Se houvesse mais de uma testemunha ali, o cinismo teria predominado. Ninguém teria sido capaz de pensar em outra coisa além do fato de Abe Weiss ter de enfrentar uma eleição dentro de cinco meses, e que 70 por cento dos habitantes do Bronx eram negros e latinos. Mas, já que não havia nenhuma outra testemunha, Kramer podia chegar ao cerne da questão, que era: essa criatura maníaca diante dele, o capitão Ahab, tinha razão.

— Você fez um excelente trabalho ontem, Larry — disse Weiss —, e quero que continue a se esforçar ao máximo. Não se *sente bem* usando os seus talentos para uma coisa que tem um significado? Droga, você sabe quanto eu ganho. — Isso Kramer sabia. Eram 82 mil dólares por ano. — Muitas vezes eu poderia ter tomado outro rumo para ganhar três, cinco vezes mais que isso, advogando. Mas para quê? Só se vive no mundo uma vez, Larry. Como é que se quer ser lembrado? Como o cara que tinha a porra de uma mansão em Riverdale ou em Greenwich ou em Locust Valley? Ou o cara que *mudou alguma coisa*? Tenho *pena* de Tommy Killian. Ele era um bom promotor assistente, mas Tommy queria ganhar dinheiro, e agora está lá fora ganhando dinheiro, mas de que maneira? Está segurando a mão e assoando o nariz de um bando de vigaristas, psicóticos e viciados. Um cara como McCoy melhora a sua imagem. Não tem visto caras como esse em todos os anos que esteve fora daqui. Não, eu prefiro dirigir o Laboratório de Relações Humanas. É assim que penso. Prefiro ser um agente transformador. Você fez um excelente trabalho ontem. E quero que continue a se esforçar o máximo.

Fez uma pausa.

— Nossa, que horas são? — indagou Weiss. — Estou começando a sentir fome.

Kramer consultou o relógio, alegre.

— É quase meio-dia e quinze.

— Por que não fica por aqui e almoça? O juiz Tonneto vai passar por aqui, e esse cara do *Times,* Overton Não-Sei-de-Quê... sempre me esqueço, todos eles se chamam Overton, Clifton ou um nome desses... Bobby Vitello e Lew Weintraub. Conhece Lew Weintraub? Não? Fique. Vai aprender alguma coisa.

— Bom, se tem certeza...

— Claro! — Weiss indicou uma gigantesca mesa de reuniões, como se dissesse que havia bastante espaço. — Vou mandar trazer uns sanduíches.

Disse isso como se esse fosse, casualmente, um daqueles almoços decididos na hora, em que se encomenda alguma coisa em vez de sair, como se ele ou qualquer outro caubói na ilha-fortaleza se atrevesse a caminhar lá fora em meio à manada no centro cívico do Bronx.

Mas Kramer baniu todo o cinismo mesquinho de seus pensamentos. Almoçar com gente do gabarito do juiz Tonneto, Bobby Vitello, Lew Weintraub, do mercado imobiliário, Overton Que-Nome-Anglo-Saxão-Tivesse, do *New York Times,* e o próprio promotor público!

Estava saindo da lama do anonimato.

Graças a Deus pelo Grande Réu Branco. Obrigado, Senhor, pelo sr. Sherman McCoy.

Com um lampejo de curiosidade, refletiu sobre McCoy. McCoy não era muito mais velho que ele. Que pensaria desse mergulhinho nas águas geladas do mundo real um branco, anglo-saxão, protestante que sempre tivera tudo exatamente como queria durante toda a vida? Mas fora apenas isso, um lampejo.

Os índios bororos, uma tribo primitiva que vive às margens do rio Vermelho nas selvas amazônicas do Brasil, acreditam que não existe um *eu* individual. Os bororos veem a mente como uma cavidade aberta, uma caverna, um túnel ou uma arcada, se preferirem, na qual a aldeia inteira vive e a floresta cresce. Em 1969, José M. R. Delgado, o eminente fisiologista espanhol, declarou que os bororos estavam certos. Durante quase três milênios, os filósofos ocidentais tinham visto o *eu* como algo único, algo encerrado no crânio de cada indivíduo, por assim dizer. Esse *eu* interior tinha que enfrentar o mundo exterior e aprender com ele, é claro, e poderia provar-se incompetente ao fazê-lo. Contudo, no cerne do *eu* presumia-se que existisse algo irredutível e inviolável. "Não existe", afirmou Delgado. "Cada pessoa é um composto temporário de materiais extraídos do meio ambiente." O importante era a palavra "temporário", e ele não se referia a anos mas a horas. Citou experiências em que estudantes universitários saudáveis, deitados em camas colocadas em câmaras bem iluminadas à prova de som, usando luvas para reduzir o tato e óculos de proteção para bloquear determinadas visões, começavam a ter alucinações *dentro de poucas horas*. Sem a aldeia inteira, a floresta inteira, ocupando a cavidade, as mentes deixavam de existir.

Ele não citou, no entanto, pesquisas sobre o caso oposto. Não discutiu o que aconteceu quando o *eu* de uma pessoa — ou o que se imagina que seja o *eu* — não é apenas uma cavidade aberta para o mundo exterior, mas repentinamente se transforma num parque de diversões em que todo o mundo, *todo el mundo, tout le monde*, entra galopando, saltando e gritando, com os nervos à flor da pele, as entranhas em chamas, pronto para o que der e vier, tudo que o indivíduo tiver para oferecer, risos, lágrimas, gemidos, frêmitos, arquejos, horrores, qualquer coisa, quanto mais sangrento melhor. Ou, em outras palavras, ele não nos disse nada sobre a mente de uma pessoa que se torna pivô de um escândalo no último quartel do século XX.

A princípio, nas semanas que se seguiram ao incidente no Bronx, Sherman encarara a imprensa como um inimigo que o espreitava *lá fora*. Temia os jornais de cada dia e as transmissões de notícias, da mesma maneira que um homem temeria as armas de qualquer inimigo impessoal e invisível, da mesma maneira que temeria bombas caindo do céu ou balas de canhão. Mesmo no dia anterior, do lado de fora da seção de registro, na chuva e na lama, quando viu o branco dos olhos e o amarelo dos dentes deles, e o insultaram, atormentaram e provocaram, quando fizeram tudo, exceto pisar e cuspir nele, continuavam a ser o inimigo *lá fora*. Tinham acuado a caça, magoado e humilhado, mas não conseguiram atingir o seu *eu* inviolável, Sherman McCoy, no interior do cadinho de bronze de sua mente.

Tinham acuado a caça. E tinham-no matado.

Não conseguia lembrar se morrera enquanto ainda estava na fila do lado de fora, antes de a porta do Registro se abrir, ou se fora no xadrez. Mas quando deixara o edifício e Killian dera a sua entrevista improvisada na escadaria, ele morrera e renascera. Em sua nova encarnação, a imprensa deixara de ser um inimigo *lá fora*. Agora era uma doença, como um lupo eritematoso ou uma granulomatose. Todo o seu sistema nervoso central estava agora ligado nesse vasto e incalculável circuito de rádio, televisão e jornais, e seu corpo pulsava, ardia e zumbia com a energia da imprensa e a lascívia daqueles que eram influenciados pela mídia, ou seja, todos, desde o vizinho mais próximo até o estranho mais distante e indiferente excitavam-se por ora com a desgraça dele. Aos milhares, não, aos milhões, eles agora entravam galopando na cavidade que ele presumira ser seu *eu*, Sherman McCoy. Já não conseguia impedi-los de penetrar na própria pele da mesma forma que não conseguia manter o ar fora dos pulmões. (Ou, melhor dito, só poderia impedi-los de entrar na mesma medida em que poderia negar o ar aos pulmões, de uma vez por todas. Essa solução ocorreu-lhe mais de uma vez durante aquele longo dia, mas lutou contra a morbidez, lutou, lutou, lutou, ele, que já morrera uma vez.)

Começou minutos depois de ele e Killian terem conseguido se desvencilhar da turba de manifestantes, repórteres, fotógrafos e equipes de TV e entrar no sedã com motorista que Killian alugara. O motorista estava ouvindo música no rádio do carro, mas não tardou para que o noticiário que havia de meia em meia hora entrasse no ar, e imediatamente Sherman ouviu seu nome, seu nome e as palavras-chave que ouviria e veria sem cessar durante o restante do dia: Wall Street, grã-fino, atropelamento com fuga do responsável, estudante brilhante do Bronx, companhia feminina não identificada, e via os olhos do motorista no espelho retrovisor arregalados para a cavidade aberta conhecida como Sherman McCoy. Quando chegaram ao escritório de Killian, a edição do meio-dia de *The City Light* já estava lá, e seu rosto angustiado o encarava na primeira página, e todo mundo em Nova York gozava da liberdade de entrar por aqueles seus olhos cheios de horror. Naquela mesma tarde, quando voltou à Park Avenue, precisou suportar o suplício dos repórteres e equipes de televisão para entrar no próprio edifício em que morava. Eles o chamavam de "Sherman" tão alegre, desdenhosa e imperiosamente quanto queriam, e Eddie, o porteiro, olhou bem nos seus olhos e meteu a cabeça lá no fundo da cavidade. Para piorar a situação, teve que subir no elevador com os Morriseys, que moravam no apartamento de cobertura. Eles não disseram nada. Apenas espetaram o nariz comprido e cheiraram e cheiraram a sua vergonha, até que seus rostos se contraíram com o fedor. Contara com o número de telefone não listado como um refúgio, mas a imprensa já havia resolvido esse problema quando chegou em casa, e Bonita, a bondosa Bonita, que deu apenas uma espiada rápida na cavidade, teve que policiar as ligações. Todas as empresas de notícias imagináveis ligaram, e houve algumas chamadas para Judy. E para ele? Quem seria tão carente de dignidade, tão imune ao constrangimento, a ponto de fazer uma chamada pessoal para essa ululante galeria pública, essa concha de vergonha e depressão, que era o próprio Sherman McCoy? Só sua mãe, seu pai e

Rawlie Thorpe. Bom, pelo menos Rawlie tinha essa bondade. Judy — vagava pelo apartamento, chocada e distante. Campbell — desnorteada, mas não às lágrimas; ainda não. Pensara que não seria capaz de enfrentar a tela da televisão, porém ligou-a. A difamação jorrava de todos os canais. Proeminente banqueiro de investimentos da Wall Street, alto funcionário da Pierce & Pierce, grã-fino, escola preparatória, Yale, filho mimado de antigo sócio da Dunning Sponget & Leach, a firma de advocacia da Wall Street, em seu Mercedes esporte de 60 mil dólares (10 mil a mais, agora) com uma morena sexy que não era sua mulher, nem se parecia com sua mulher e faz sua mulher parecer desenxabida por comparação, atropela um filho exemplar de pobres dignos, um jovem e brilhante estudante que cresceu nos conjuntos habitacionais, e foge em seu carro de luxo sem se condoer da vítima um só instante, e muito menos ajudá-la, um rapaz que agora se encontra às portas da morte. O esquisito — e sentia isso ao sentar ali diante da televisão — é que não estava chocado nem zangado com essas cruas distorções e manifestas mentiras. Ao contrário, sentia-se *envergonhado*. Até o cair da noite, elas tinham sido repetidas com tanta frequência, pelo vasto circuito ao qual a sua própria pele parecia ligada, que tinham adquirido foros de verdade, pois milhões tinham agora *visto* esse Sherman McCoy, esse Sherman McCoy das telas, e sabiam que ele era o homem que cometera aquele ato de crueldade. As pessoas estavam ali, agora, em imensas turbas, cacarejando e espumando e provavelmente pensando em fazer coisas piores, dentro da galeria pública que ele antigamente pensara ser o *eu* individual de Sherman McCoy. Todas as pessoas, todos os seres vivos que pusessem os olhos nele, com a possível exceção de Maria, se algum dia voltasse a pôr os olhos nele, o identificariam como a pessoa na primeira página de 2 milhões, 3 milhões, 4 milhões de exemplares de jornais e nas telas de Deus sabe quantos milhões de aparelhos de televisão. A energia das acusações, transmitida pelo vasto circuito da imprensa, que estava ligado ao seu sistema nervoso central, zumbia e ardia na pele e fazia sua adrenalina fluir. Seu pulso mantinha-se constantemente acelerado. No entanto, ele já não estava em estado de pânico. Um torpor melancólico, melancólico se instalara. Não conseguia se concentrar em... nada, nem mesmo o tempo suficiente para se entristecer. Pensou em como isso devia estar afetando Campbell e Judy, mas já não sentia as terríveis pontadas que sentira antes... antes de morrer. Isso o assustou. Olhou para a filha e tentou sentir as pontadas, mas era um exercício intelectual. Era tudo tão melancólico e pesado, pesado, pesado.

A única coisa que realmente sentia era medo. Era o medo de *voltar para lá*.

Na noite anterior, exausto, tinha ido para a cama e pensara que não conseguiria dormir. Na verdade, dormiu quase imediatamente e teve um sonho. Era o anoitecer. Encontrava-se num ponto de ônibus na First Avenue. Era estranho, porque não tomava um ônibus em Nova York há pelo menos dez anos. Antes que se desse conta, o ônibus percorria a 110th Street, e estava escuro. Perdera o ponto do ônibus em que ia saltar, embora não conseguisse se lembrar em que ponto seria. Encontrava-se agora num bairro negro. Provavelmente era, na verdade, um bairro latino, ou seja, o Harlem Hispânico, mas no sonho era um bairro negro. Desceu do ônibus temendo que, se continuasse nele, a situação piorasse. Nos portais, nas sacadas, nas calçadas, via vultos ao lusco-fusco, mas eles ainda não o tinham visto. Caminhou apressado pelas ruas sombrias, tentando rumar para oeste. O bom senso lhe dizia para voltar direto para a First Avenue, mas parecia sumamente importante rumar para oeste. Agora percebia que os vultos andavam à sua roda. Não diziam nada, nem mesmo chegavam muito próximo... por ora. Dispunham de muito tempo. Ele caminhava apressado pela escuridão, procurando as sombras, e gradualmente os vultos se acercaram; gradualmente, porque dispunham do tempo que quisessem. Acordou sentindo um pânico terrível, suando; seu coração saltava na boca. Dormira menos de duas horas.

De manhã cedinho, quando o sol nasceu, sentiu-se mais forte. O zumbido e a ardência tinham cessado, e ele começou a se perguntar: "Estarei livre dessa situação pavorosa?" Evidentemente não compreendera. O vasto circuito apenas se desligara durante a noite. Os milhões de olhos acusadores haviam se fechado. De qualquer forma, resolveu: serei forte. Que outra escolha tinha? Nenhuma, a não ser tornar a morrer, lenta ou rapidamente; e de verdade. Foi nesse estado de ânimo que decidiu que não seria prisioneiro em sua própria casa. Levaria a vida o melhor que pudesse e enfrentaria a turba de queixo erguido. Começaria por acompanhar Campbell ao ponto do ônibus, como sempre.

Às 7 horas, Tony, o porteiro, ligou para cima, desculpando-os, para dizer que meia dúzia de repórteres e fotógrafos estavam acampados do lado de fora, na calçada e em carros. Bonita retransmitiu a mensagem, e Sherman cerrou os maxilares, ergueu o queixo e resolveu enfrentá-los do mesmo jeito que se enfrenta o mau tempo. Os dois, Sherman, no seu mais impecável terno de lã penteada inglesa, e Campbell, no uniforme da Taliaferro, desembarcaram do elevador e se aproximaram da porta do edifício, e Tony disse, com sinceridade:

— Boa sorte. Eles são um bando de grossos.

Na calçada, o primeiro a se aproximar foi um rapaz muito jovem, de aparência infantil, que se acercou com algo que se assemelhava a cortesia e disse:

— Sr. McCoy, gostaria de lhe perguntar...

Sherman segurou a mão de Campbell, ergueu o queixo Yale e disse:

— Não tenho declarações a fazer. Agora, se me der licença...

De repente cinco, seis, sete deles cercavam-nos e não havia mais sr. McCoy.

— Sherman! Um instante! Quem era a mulher?

— Sherman! Espere um segundo! Só uma foto!

— Ei, Sherman! Seu advogado diz...

— Espere aí! Ei! Ei! Qual é o seu nome, bonequinha?

Um deles estava chamando Campbell de "bonequinha"! Estarrecido e furioso, ele se voltou na direção da voz. O *mesmo* — com o emaranhado de cabelo pixaim grudado no crânio — e agora dois pedaços de papel higiênico no rosto.

Sherman tornou a se voltar para Campbell. Havia um sorriso confuso em seu rosto. As máquinas fotográficas! Fotografias até então tinham significado ocasiões felizes.

— Qual é o nome dela, Sherman!

— Oi, bonequinha, qual é o seu nome?

O nojento com papel higiênico no rosto curvava-se e falava com sua filhinha num tom untuoso e avuncular.

— Deixe-a em paz! — disse Sherman. Percebeu o medo que surgiu no rosto de Campbell com a rispidez de sua voz.

De repente um microfone estava bem diante do seu nariz, bloqueando-lhe a visão.

Uma mulher alta e forte com uma enorme queixada:

— Henry Lamb está agora quase morrendo no hospital, e você está passeando pela Park Avenue. Como se sente com relação a Henry...

Sherman fez um movimento brusco com o braço para empurrar o microfone do rosto. A mulher começou a gritar:

— Seu grandíssimo filho da mãe! — E para os colegas: — Vocês viram isso? Ele me bateu! O filho da puta me bateu! Vocês viram! Vou mandar prendê-lo por agressão, seu filho da puta!

A matilha avançava de todos os lados de Sherman e da filhinha. Ele baixou o braço e passou-o pelos ombros de Campbell, tentando puxá-la para mais perto e ao mesmo tempo aumentando o passo em direção à esquina.

— Vamos, Sherman! Só umas perguntinhas e o deixaremos em paz!

Lá atrás, a mulher continuava a berrar e a reclamar:

— Ei, tiraram uma foto daquilo? Quero ver o que tiraram! Isso é evidência! Têm que me mostrar! — E na direção dele: — Você não se incomoda com quem atinge, não é mesmo, seu veado racista!

Veado racista! A mulher era branca.

O rosto de Campbell era uma máscara de medo e consternação.

O sinal abriu, e a matilha acompanhou-os, amontoando-se em volta deles como porcos ou marimbondos, por todo o cruzamento da Park Avenue. Sherman e Campbell, de mãos dadas, continuavam a atravessar a rua em linha reta, enquanto os repórteres e fotógrafos que os rodeavam pulavam para diante e para trás e enviesado como caranguejos.

— Sherman!

— Sherman!

— Olhe para mim, bonequinha!

Os pais, babás e crianças que esperavam no ponto de ônibus da Taliaferro recuaram. Não queriam participar de maneira alguma dessa manifestação revoltante que viam se deslocar em sua direção, esse enxame ruidoso de vergonha, culpa, humilhação e tormento. Por outro lado, também não queriam que seus menininhos perdessem o ônibus, que se aproximava. Então estremeceram e recuaram formando um grupo como se o vento os tivesse juntado. Por um instante Sherman pensou que alguém interviesse para ajudar, não tanto por ele, mas por Campbell, mas se enganara. Alguns olhavam como se não soubessem quem ele era. Outros desviavam a vista. Sherman examinou aqueles rostos. A bela e miúda sra. Lueger! Tinha as mãos nos ombros da filhinha, que espiava com os olhos arregalados e fascinados. A sra. Lueger olhou-o como se ele fosse um vagabundo do arsenal da 67th Street.

Campbell, em seu uniformezinho cor de vinho, subiu penosamente os degraus que levavam ao interior do ônibus e então lançou um último olhar sobre o ombro. As lágrimas rolavam em seu rosto, silenciosas.

Então uma pontada atravessou o plexo solar de Sherman. Ainda não tornara a morrer. Ainda não morrera uma segunda vez; ainda não. O fotógrafo com o papel higiênico na bochecha estava logo atrás dele, a menos de cinquenta centímetros de distância, com o seu terrível instrumento aparafusado numa órbita.

Agarre-o! Meta-lhe a máquina pelo cérebro! "Ei, bonequinha!", você ousa dizer isso a alguém de minha carne e meu sangue...

Mas que adiantaria? Eles não eram mais o inimigo *lá fora,* eram? Eram parasitas debaixo de sua própria pele. O zumbido e a ardência recomeçaram.

Fallow saracoteava pela redação e deixava-os absorver sua figura imponente. Encolheu a barriga e aprumou as costas. No dia seguinte começaria um sério programa de exercícios. Não havia razão alguma para não ter um físico heroico. A caminho do centro parara na Herzfeld, uma camisaria na Madison Avenue que vendia roupas europeias e inglesas, e comprara uma gravata estampada de granadina de seda. As bolinhas minúsculas eram bordadas em branco. Colocara-a ali mesmo na loja, deixando o vendedor examinar o seu colarinho removível. Estava usando sua melhor camisa, que era da Bowring, Arundel & Co., na Savile Row. Era uma camisa autêntica e era uma gravata autêntica. Se ao menos pudesse comprar um blazer novo, com belas lapelas recortadas que não brilhassem... Ah, bom, bola pra frente — muito em breve! Ele parou junto à quina da mesa e apanhou um exemplar do *City Light* da pilha das primeiras edições deixadas ali para os repórteres. "Procura-se mulher misteriosa morena e tesuda." Mais uma reportagem de primeira página de Peter Fallow. O resto do texto baralhou-se na remela espessa, diante de seu rosto. Mas ele continuou a olhar fixamente, para dar a todos a oportunidade de absorverem a presença de... Peter Fallow... Olhem bem, seus escravos, curvados sobre esses editores de texto, matraqueando e resmungando e reclamando dos seus "100 mil dólares". Subitamente, sentiu-se tão magnífico que pensou no gesto grandioso que seria chegar para o coitado do Goldman e lhe devolver os seus cem dólares. Bom, arquivaria isso num cantinho da cabeça.

Quando chegou ao seu cubículo, já havia uns seis ou sete recados em cima da mesa. Deu uma olhada neles, meio esperançoso de que pelo menos um fosse de algum produtor de cinema.

Sir Gerald Steiner, o antigo Rato Morto, vinha em sua direção sem paletó, com um par de suspensórios de feltro vermelho-vivo sobre a camisa listrada e um sorriso no rosto, um sorriso encantador, um sorriso insinuante, no lugar da expressão lupina de algumas semanas atrás. O cantil de vodca continuava escondido no bolso da capa, que ainda se achava pendurada no cabide de plástico a um canto. Provavelmente poderia apanhá-la e virar um gole escaldante bem na cara do Rato, e que aconteceria? Nada, exceto um sorriso falsamente simpático, se é que conhecia o seu Rato.

— Peter — disse Steiner. *Peter;* não mais aquele *Fallow* de inspetor escolar. — Quer ver uma coisa para alegrar o seu dia?

Steiner jogou uma foto na escrivaninha de Fallow. Mostrava Sherman McCoy com uma cara terrível dando um tapa com as costas da mão no rosto de uma mulher alta que segurava uma espécie de bastão, que, ao exame mais atento, descobria-se ser um microfone. Com a outra mão Sherman segurava a mão de uma menininha de uniforme escolar. A menininha olhava para a máquina com uma expressão intrigada. Ao fundo, viam-se a marquise de um edifício residencial e um porteiro.

Steiner ria.

— A mulher, uma mulher horrível, por sinal, que trabalha em alguma estação de rádio, está ligando umas cinco vezes por hora. Diz que vai mandar prender McCoy por agressão. Quer a fotografia. Terá a fotografia, sim. Estará na primeira página da próxima edição.

Fallow apanhou a foto e examinou-a.

— Hummm. Menininha bonita. Deve ser difícil ter um pai que não para de agredir as minorias, rapazes negros, mulheres. Já reparou que os ianques se referem às mulheres como minoria?

— Pobre língua materna — comentou Steiner.

— Uma foto maravilhosa — disse Fallow, com sinceridade. — Quem a tirou?

— Silverstein. Aquele sujeito realmente tem peito. Tem mesmo.

— Silverstein está no velório?

— Ah, está — respondeu Steiner. — Ele adora essas coisas. Sabe, Peter — *Peter* — tenho respeito, talvez um respeito pervertido, mas um verdadeiro respeito por sujeitos como Silverstein. Eles são os agricultores do jornalismo. Eles adoram o campo bom e fértil em si, *por* si, e não pelo que ganham: gostam de meter as mãos no esterco. — Steiner parou, perplexo. Sempre se confundia com os próprios jogos de palavras.

Ah, como Sir Gerald, o garotinho do velho Steiner, adoraria poder se espojar naquela sujeira com dionisíaco abandono! — como um cara de coragem! Seus olhos marejaram de emoção: amor, talvez, ou saudades da lama.

— Os Vândalos Sorridentes — disse Steiner, com um largo sorriso e um sacudir de cabeça, a propósito das proezas do corajoso fotógrafo. Isso, por sua vez, o levou a uma fonte maior de satisfação.

— Quero dizer-lhe uma coisa, Peter. Não sei se é capaz de compreendê-la inteiramente ou não, mas você deu um furo muito importante com essa reportagem sobre esse tal de Lamb e o envolvimento do McCoy. Ah, é sensacional, mas é muito mais que isso. É uma peça moralista. Pense nisso um instante. Uma peça moralista. Você mencionou as minorias. Sei que estava brincando, mas já estamos recebendo notícias dessas minorias, dessas organizações negras e outras que tais, das mesmas organizações que andaram espalhando boatos de que somos racistas e todo esse gênero de tolices, e agora estão nos parabenizando e olhando para nós como uma espécie de... farol. Isso é uma grande reviravolta em poucos dias. Essa gente da Liga contra a Difamação do Terceiro Mundo, a mesma gente que ficou tão irritada com os Vândalos Sorridentes, acabou de me enviar o seu testemunho mais *fulgurante*. Agora somos os porta-estandartes do liberalismo e dos direitos civis! Acham que você é um gênio. Esse homem, o reverendo Bacon, como o chamam, parece ser o dirigente da liga. Daria o prêmio Nobel a você, se dependesse dele. Deveria pedir ao Brian para lhe mostrar a carta.

Fallow não fez comentários. Os idiotas poderiam ser um pouco mais sutis.

— O que estou tentando dizer, Peter, é que esse é um passo muito importante para o progresso do jornal. Os nossos leitores não têm o menor interesse pela respeitabilidade, nem contra nem a favor. Mas os anunciantes têm. Já pedi ao Brian para começar a ver se seria possível conseguir que alguns desses grupos negros formalizassem sua nova opinião sobre *The City Light* de alguma maneira, através de citações ou prêmios ou, sei lá, mas Brian descobrirá um jeito de fazer isso. Espero que possa separar um tempo para participar do que quer que ele arranje. Mas vamos ver em que vai dar a coisa.

— Ah, sem dúvida alguma — concordou Fallow. — É claro. Eu sei como essa gente é sensível. Sabia que o juiz que se recusou a majorar a fiança de McCoy ontem recebeu ameaças de morte?

— Ameaças de morte? Você não está falando sério. — O Rato se contorceu de excitação e horror.

— Verdade. E está levando a coisa a sério.

— Nossa! — exclamou Steiner. — Este país é surpreendente.

Fallow percebeu que esse era um momento propício para sugerir a Sir Gerald um passo importante em outra direção: um adiantamento de mil dólares, que por sua vez talvez sugerisse ao eminente Rato um aumento de salário também.

E estava correto em ambos os casos. Assim que o novo blazer estivesse pronto, iria *queimar* esse; com prazer.

Mal se passara um minuto desde que Steiner se retirara, e o telefone de Fallow tocou. Era Albert Vogel.

— Ei, Pete! Como vai? As coisas estão fervendo, as coisas estão fervendo, as coisas estão fervendo. Pete, você tem que me fazer um favor. Tem que me dar o número do telefone do McCoy. Não consta da lista.

Sem saber exatamente por quê, Fallow achou essa ideia assustadora.

— Para que iria querer o número do telefone dele, Al?

— Bom, é o seguinte, Pete: fui contratado por Annie Lamb, que quer impetrar uma ação em favor do filho. Duas ações, na realidade: uma contra o hospital por negligência flagrante e outra contra McCoy.

— E você quer o número da casa dele para quê?

— Para quê? Talvez tenhamos que negociar.

— Por que não liga para o advogado dele?

— Droga, Pete. — A voz de Vogel se alterou. — Não liguei para lhe pedir conselhos legais. Eu só quero a porra do número de telefone. Você tem o número dele ou não tem?

O bom senso de Fallow aconselhou-o a dizer não. Mas sua vaidade não o deixaria dizer a Vogel que *eu, Fallow,* proprietário do caso McCoy, não fui capaz de descobrir o número do telefone dele.

— Muito bem, Al. Proponho uma troca. Você me fornece os detalhes das ações e uma vantagem de um dia na posse da matéria, e lhe darei o número do telefone.

— Olhe, Pete, quero dar uma entrevista coletiva sobre as ações. Só estou lhe pedindo uma droga de um número de telefone.

— Você ainda pode convocar a entrevista coletiva. Terá uma plateia maior depois que eu escrever a matéria.

Pausa.

— Está bem, Pete. — Vogel riu, mas sem muita animação. — Acho que criei um monstro quando o pus na pista de Henry Lamb. Quem você acha que é, Lincoln Steffens?

— Lincoln de quê?

— Não importa. Não iria lhe interessar. Muito bem, terá a porra da reportagem. Será que não se cansa com todas essas exclusivas? Agora me dê o número.

E ele deu.

Pensando bem, que diferença faria ele ter ou não o número?

24
OS INFORMANTES

O pavoroso tapete laranja chamejava. Bem junto ao sofá de fórmica em que estava derreado, o tapete se soltara no encontro com a parede, e as fibras metálicas e crespas se esfiapavam. Sherman pôs-se a observar a ruptura do tapete como uma forma de desviar os olhos das figuras sinistras no sofá defronte ao seu. Temia que o estivessem olhando e soubessem quem era. O fato de que Killian o fizesse esperar assim selou, confirmou a correção do que estava prestes a fazer. Esta seria sua última visita a esse lugar, sua última descida à vulgaridade dos Bancos de Favores, contratos, almofadinhas da ralé e filosofias de esgoto.

Mas sua curiosidade não tardou a levar a melhor, e ele olhou para os pés deles... Dois homens... Um tinha um fino par de mocassins com correntes douradas atravessadas na gáspea. O outro usava um par de imaculados tênis Reebok brancos. Os sapatos arrastavam um pouco quando o traseiro dos homens escorregava pelo sofá e eles se aprumavam de volta com as pernas, tornavam a escorregar e a se aprumar e a escorregar e a se aprumar. Sherman escorregou e se aprumou. Eles escorregavam e se aprumavam. Sherman escorregava e se aprumava. Tudo nesse lugar, até a obscena inclinação dos sofás, proclamava a falta de gosto, a ambiguidade, a vulgaridade, e, no fundo, a pura ignorância. Os dois homens conversavam no que Sherman tomou por espanhol. *"Oy el miimo"*, um repetia o tempo todo. *"Oy el miimo."* Deixou os olhos deslizarem até a cintura deles. Os dois usavam camisa de malha e paletó de couro; mais Povo do Couro. *"Oy el miimo."* Arriscou-se: os rostos. Imediatamente tornou a baixar os olhos. Estavam olhando fixamente para ele. Que olhares cruéis! Os dois pareciam ter uns trinta e poucos anos. Cabelos pretos e grossos penteados e aparados, assim, em cortes vulgares, mas provavelmente caros. Os dois usavam o cabelo repartido ao meio e eriçado de tal maneira que parecia jorrar para o alto em perfeitas fontes rituais. Que expressões enviesadas quando olhavam para ele! *Será que sabiam?*

Agora ouvia a voz de Killian, abrindo as vogais. Consolou-se com o pensamento de que não teria de ouvi-la muito mais. O Leão estava certo. Como poderia ter confiado o seu destino a alguém metido naquele ambiente sórdido? Killian apareceu à porta do corredor interno. Tinha o braço passado pelos ombros de um homenzinho branco atarracado e completamente desanimado, que usava um terno patético com um colete particularmente patético que empinava para a frente na altura da barriga.

— Que posso lhe dizer, Donald? — falava Killian. — A lei é como todo o resto. Recebe-se de acordo com o preço. Certo? — O homenzinho saía desalentado sem nem mesmo olhar para ele. Não estivera uma só vez na presença de Killian em que o assunto não fosse dinheiro — o dinheiro devido a Thomas Killian.

— Eiiii — exclamou Killian, sorrindo para Sherman. — Não tive intenção de deixá-lo esperar. — Lançou um olhar significativo para o homenzinho que se retirava e ergueu as sobrancelhas.

Enquanto ele e Sherman caminhavam pelo corredor sob os spots faiscantes até o escritório, Killian comentou:

— Agora, *aquele ali* — sua cabeça acenou na direção do homenzinho — é um sujeito com problemas. Um diretor assistente de 57 anos, irlandês, católico, com mulher e família, e é apanhado sob a acusação de fazer propostas obscenas a uma menina de sete anos. O policial que o prendeu diz que ofereceu à menina uma banana e partiu daí.

Sherman não fez comentários. Será que aquele almofadinha esperto e insensível, com seu cinismo perene, pensava realmente que o faria se sentir melhor? Sentiu um arrepio pelo corpo todo. Era como se o destino do homenzinho atarracado fosse o dele.

— Reparou naqueles dois sujeitos sentados defronte a você?

Sherman se preparou. Em que inferno estavam encurralados?

— Vinte e oito, 29 anos, os dois, e estariam na relação Forbes dos quatrocentos mais ricos se as suas empresas publicassem relatórios anuais. *Têm dinheiro assim.* São cubanos, mas importam da Colômbia. São clientes de Mike Bellavita.

O rancor de Sherman aumentava a cada palavra do sabe-tudo. Será que o almofadinha realmente achava que a sua apreciação ligeira do cenário local, seu distanciamento, seu tom cínico o lisonjeariam, o fariam sentir-se superior aos detritos carregados pela maré de imundícies que passava por ali? Não sou superior, seu tolo ah-tão-onisciente, ah-tão-ignorante! Sou um deles! Meu coração se apieda deles! Um velho tarado irlandês... dois jovens traficantes cubanos com seu triste cabelo pomposo; em suma, estava aprendendo sozinho a verdade que existia no ditado "Um liberal é um conservador que foi preso!".

Na sala de Killian, Sherman sentou-se e observou o almofadinha irlandês recostar-se na cadeira à escrivaninha e girar os ombros sob o jaquetão, compondo-se. Sentiu um rancor ainda maior. Killian estava animadíssimo. Os jornais achavam-se empilhados sobre a escrivaninha. "Gangue Mercedes: ele atropela, ela foge." Mas é claro! O caso criminal mais quente de Nova York era *dele*.

Bom, estava prestes a perdê-lo. Como iria dizer-lhe? Sua vontade era simplesmente *dizer-lhe de chofre*. Mas as palavras saíram com um certo tato.

— Espero que compreenda — disse Sherman — que estou muito infeliz com o que aconteceu ontem.

— Eiiii, quem não estaria? Foi revoltante, até para o Weiss.

— Acho que não está entendendo. Não estou me referindo às coisas a que fui submetido em si, estou falando que você...

Foi interrompido pela voz da recepcionista no interfone sobre a escrivaninha de Killian.

— Neil Flannagan do *Daily News* no 3-0.

Killian se curvou na cadeira.

— Diga-lhe que ligarei para ele. Não, espere. Diga-lhe que ligarei dentro de trinta minutos. Se estiver fora do escritório, então peça que me ligue dentro de trinta minutos. — E para Sherman: — Desculpe-me.

Sherman parou, lançou um olhar malévolo ao almofadinha e disse:

— Estou me referindo a outra coisa. Estou me referindo a...

Killian interrompeu-o:

— Não quero dizer com isso que só vamos conversar trinta minutos. — As vogais abertas. — O dia é todo seu se quiser e se precisarmos. Mas quero falar com esse tal de Flannagan do *News*. Ele vai ser o nosso antídoto... contra o veneno.

— Bom, isso é ótimo — respondeu Sherman o mais secamente possível —, mas temos um problema. Você me garantiu que tinha os seus "contatos" especiais no gabinete do promotor distrital do Bronx. Você me disse que tinha um "contrato" com esse tal Fitzgibbon. Creio que me lembro de uma verdadeira dissertação sobre alguma coisa denominada "Banco de Favores". Agora não entenda mal o que estou lhe dizendo. Pelo que sei, você pode até ter uma aguda percepção das leis...

A voz no interfone:

— Peter Fallow de *The City Light* na 3-0.

— Anote o telefone. Diga-lhe que chamarei depois. — Para Sherman: — Falando em veneno, a cabeça da cascavel aparece.

O coração de Sherman estremeceu, palpitando, em seguida se acalmou.

— Continue. Você estava dizendo...

— Não estou duvidando do seu tirocínio legal, mas você me acenou com essas garantias, e eu ingenuamente acreditei e... — Parou para escolher a palavra certa.

Killian atalhou:

— Você foi traído, Sherman. *Eu* fui traído. Bernie Fitzgibbon foi traído. O que Weiss fez foi inescrupuloso. *Não... se faz...* o que ele fez. *Não se faz.*

— Contudo, ele fez, e depois de você me ter dito...

— Eu sei como se sente. É como ser atirado numa fossa. Mas Bernie não ficou inteiramente impotente. Weiss queria fazer pior. Precisa entender isso. O filho da puta queria prendê-lo *em casa!* Queria *uma prisão na Park Avenue!* Ele é maluco, maluco, maluco! E sabe o que teria feito se sua vontade tivesse prevalecido? Teria mandado os policiais algemarem-no em casa, depois levarem-no para um distrito e deixarem você experimentar um pouco o xadrez do distrito, em seguida colocarem-no num camburão com telas de arame nas janelas, com um bando daqueles animais, e *só então* apresentarem-no no Registro e deixarem-no passar tudo o que passou. Isso é o que ele queria.

— Contudo...

— Sr. Killian, Irv Stone do Canal 1 na 3-2. Essa é a terceira vez que ele liga.

— Peça o número do telefone e diga-lhe que ligarei depois. — E para Sherman: — Hoje terei que falar com essas pessoas mesmo que não tenha nada para lhes dizer. Só para manter as linhas abertas. Amanhã começaremos a dar uma virada na situação.

— Dar uma virada na situação — repetiu Sherman num tom que pretendia ser de amarga ironia. O almofadinha não notou. A excitação do almofadinha com as atenções da imprensa estava estampada em seu rosto. Na minha degradação, a sua glória mesquinha.

Então tentou mais uma vez:

— Dar uma virada na situação.

Killian sorriu.

— Sr. McCoy, acho que realmente duvida de mim. Bem, tenho notícias para o senhor. De fato, tenho muitas notícias para o senhor. — Apertou o botão do interfone. — Ei, Nina. Peça a Quigley para vir à minha sala. Diga que o sr. McCoy está aqui. — E para Sherman: — Ed Quigley é o nosso investigador, o sujeito de quem lhe falei, o sujeito que costumava trabalhar na Delegacia de Delitos Graves.

Um homem alto e careca apareceu à porta. Era o mesmo homem que Sherman vira na recepção ofuscante na primeira visita. Carregava um revólver num coldre alto sobre o quadril esquerdo. Usava uma camisa branca, mas sem gravata. As mangas estavam enroladas e revelavam um par de pulsos e mãos enormes. A mão esquerda segurava um envelope pardo. Era o tipo de homem alto e ossudo que parece mais forte e ameaçador aos cinquenta do que parecia aos 25. Os ombros eram largos, mas tinham uma curvatura causada pelo desleixo. Os olhos pareciam ter afundado na cavidade orbital.

— Ed — disse Killian —, este é o sr. McCoy.

Sherman acenou com a cabeça, mal-humorado.

— Prazer em conhecê-lo — disse o homem. Mimoseou Sherman com o mesmo sorriso inexpressivo que dera da primeira vez.

Killian perguntou:

— Conseguiu a fotografia?

Quigley tirou uma folha de papel do envelope e entregou-a a Killian, e este passou-a a Sherman.

— Isto é uma xerox, mas está razoável... nem vou lhe contar o que foi preciso para conseguir essa foto. Reconhece?

Uma fotografia de frente e de perfil de um negro, com um número. Traços quadrados, pescoço musculoso.

Sherman suspirou.

— Parece ele. O outro rapaz, o grandalhão, o que disse: "Eh! Precisa de ajuda?"

— Ele é um marginal chamado Roland Auburn. Mora no conjunto Poe. Neste momento está em Rikers Island aguardando julgamento do seu quarto indiciamento por tráfico de drogas. Obviamente, está fazendo um acordo com a Promotoria Distrital em troca de um testemunho contra você.

— E mentindo.

— Isso não viola de forma alguma os princípios que têm norteado a vida do sr. Roland Auburn até agora — disse Killian.

— Como foi que descobriu isso?

Killian sorriu e apontou para Quigley.

— Ed tem muitos amigos na polícia, e muitos entre os melhores devem-lhe favores.

Quigley apenas contraiu ligeiramente os lábios.

Sherman perguntou:

— Ele já foi preso por roubo... ou o tipo de coisa que tentou fazer comigo?

— Quer dizer assalto na estrada? — Killian riu do que acabara de dizer. — Nunca pensei nisso antes. É isso que é, assalto na estrada. Certo, Ed?

— Creio que sim.

— Não que saibamos — disse Killian —, mas pretendemos descobrir bem mais sobre o filho da puta. Os presidiários são famosos pelos testemunhos que prestam... e isso constitui toda a porra do caso de Weiss! Foi com esse testemunho que ele o prendeu!

Killian sacudiu a cabeça com aparente repugnância, e continuou a sacudi-la. Sherman percebeu que estava sentindo uma sincera gratidão. Era o primeiro indício de remissão que alguém lhe oferecia.

— Muito bem, isso é uma notícia — retomou Killian. E para Ed: — Agora conte-lhe sobre a sra. Ruskin.

Sherman ergueu os olhos para Quigley, e este informou:

— Ela embarcou para a Itália. Segui a pista até a casa que alugou no lago de Como. É uma espécie de estância de veraneio na Lombardia.

— É isso mesmo — disse Sherman. — Ela acabara de voltar de lá na noite em que tudo isso aconteceu.

— Bom, há alguns dias — continuou Quigley —, ela deixou a casa de carro com um cara novo chamado Filippo. É só o que sei — o nome "Filippo". Tem alguma ideia de quem possa ser? Vinte e poucos anos, magro, altura mediana. Cabeludo. Roupas punk. Boa-pinta, ou pelo menos foi o que meu homem disse.

Sherman suspirou.

— É um artista que ela conhece. Filippo Charazza ou Charizzi.

— Conhece algum outro lugar na Itália para onde ela possa ter ido?

Sherman sacudiu a cabeça.

— Como descobriu tudo isso?

Quigley olhou para Killian, e este disse:

— Conte a ele.

— Não foi muito difícil — disse Quigley. Orgulhoso por ser o centro das atenções, não conseguiu evitar um sorriso. — A maioria dessas pessoas tem o Globexpress. Sabe, o cartão de crédito. Há uma mulher... uma pessoa com quem lido num escritório de contabilidade na Duane Street. Eles possuem uma rede de computadores que recebe informações do mundo inteiro. Pago-lhe cem dólares por informação. Nada mau por cinco minutos de trabalho. Não deu outra, essa Maria Ruskin tinha duas despesas feitas há três dias nessa tal cidade de Como. Lojas de roupas. Então ligo para um sujeito que trabalha para nós em Roma, e ele telefona para uma das lojas, diz que é da Globexpress, dá o número da conta dela e diz que precisa mandar-lhe um telegrama para "esclarecer uma dúvida contábil". Eles pouco se importam. Fornecem o endereço onde entregaram a mercadoria, ele vai a Como e verifica tudo. — Quigley deu de ombros como se dissesse "moleza para um cara como eu".

Reparando que Sherman estava devidamente impressionado, Killian disse:

— Com isso, agora temos uma pista dos nossos dois artistas. Sabemos quem é a testemunha deles, e vamos encontrar a sua amiga, sra. Ruskin. E vamos trazê-la de volta, mesmo que Ed precise metê-la numa caixa com furinhos para respirar. Não fique chocado. Sei que dá à moça o benefício da dúvida, mas pelos meus padrões objetivos não posso aceitá-la como sua amiga. Você está metido na maior encrenca de sua vida, ela é a sua salvação, e parte para a Itália com um rapagão chamado Filippo. Eiiii, qual é, qual é?

Sherman não pôde deixar de rir. Sua vaidade era tal, porém, que imediatamente presumiu que deveria haver uma explicação inocente.

Depois que Quigley se retirou, Killian disse:

— Ed Quigley é o máximo. Não há melhor investigador no mercado. Ele... faz... *qualquer coisa*. É aquele irlandês confiável das ruas de Nova York. Os garotos com quem Ed brincava tornaram-se marginais ou policiais. Os que se tornaram policiais foram aqueles que a Igreja conseguiu fisgar, os que se preocupavam um pouquinho com o pecado. Mas todos eles gostam das mesmas coisas. Todos gostam de marretar cabeças e quebrar os dentes dos outros. A única diferença é que, quando se é policial, pode-se fazer isso legalmente com o padre aprovando o que se faz e olhando para o outro lado ao mesmo tempo. Ed foi um tremendo policial. Era um terror.

— Como *foi* que ele conseguiu essa fotografia? — Sherman olhava para a xerox. — Foi mais um dos seus... "contratos"?

— Uma coisa dessas? Ahhhh. Esqueça. Conseguir essa informação... com um *retrato*?... isso ultrapassa tanto os limites... quero dizer, isso está além do Banco de Favores. Eu não pergunto, mas a não ser que esteja enganado, isso é o Banco de Favores e mais o banco de verdade, como os seus ativos negociáveis. Esqueça. Falo sério. Pelo amor de Deus, não mencione isso. Não torne a pensar nisso.

Sherman se recostou na cadeira e olhou para Killian. Entrara ali para despedi-lo... e agora não tinha muita certeza.

Como se lesse seus pensamentos, Killian disse:

— Deixe-me explicar uma coisa. Não é que Abe Weiss esteja pouco ligando para a justiça — empregou a terceira pessoa do singular corretamente. "Que ideia elevada", perguntou-se Sherman, "teria passado por sua cabeça?" — Ele provavelmente liga. Mas esse caso não tem nada a ver com justiça. Isso é uma guerra. É o Abe Weiss preparando-se para a reeleição, e aquele emprego é toda a sua vida, e quando a imprensa se assanha com um caso como está fazendo agora ele não quer saber de justiça. Vai fazer qualquer coisa que precise fazer. Não quero assustá-lo, mas é isso que está ocorrendo, uma guerra. Não preciso preparar uma simples defesa para você, tenho que travar uma campanha. Não creio que tenha grampeado o seu telefone, mas tem poder para tanto e é perfeitamente capaz de fazê-lo. Por isso, se eu fosse você, não diria nada que fosse essencial a esse caso pelo telefone. De fato, não diga nada sobre o caso pelo telefone. Dessa maneira não precisa se preocupar com o que é importante e o que não é.

Sherman assentiu com a cabeça para indicar que compreendera.

— Agora vou ser muito direto com você, Sherman. Isso vai custar muito dinheiro. Sabe quanto custa o homem de Quigley na Lombardia? Dois mil dólares por semana, e isso é apenas uma etapa do que teremos de fazer. Vou lhe pedir um adiantamento bem vultoso logo de saída. E isso não inclui o julgamento, que espero não ser necessário.

— Quanto?

— Setenta e cinco mil dólares.

— *Setenta e cinco mil dólares?*

— Sherman, que posso lhe dizer? A lei é como qualquer outra coisa, certo? Você recebe pelo que paga.

— Mas, Deus do céu! Setenta e cinco mil!

— Você me obriga a ser imodesto. Nós somos o que existe de melhor. E lutarei por você. Adoro uma luta. Sou tão irlandês quanto Quigley.

Então Sherman, que viera dispensar o advogado, preencheu um cheque de 75 mil dólares.

Entregou-o a Killian.

— Você terá que me dar algum tempo para pôr todo esse dinheiro na minha conta.

— É justo. Que dia é hoje? Quarta? Não vou depositá-lo até sexta-feira de manhã.

O cardápio tinha pequenos anúncios em preto e branco ao pé da página, pequenos retângulos com bordas antiquadas e logotipos altamente estilizados, de coisas como chocolate Nehi, ovas de arenque Captain Henry, café bem torrado com chicória Café du Monde, pneus-balão para bicicletas Indian Chief, fumo para cachimbo Edgeworth, remédio para resfriados 666. Os anúncios eram apenas decorativos, lembranças do tempo das velhas estradas de terra batida na Louisiana. Um sexto sentido fez Kramer vacilar. Essa merda *faux*-Caseira era tão cara quanto a merda *faux*-Boêmia displicente. Ele nem queria pensar quanto isso tudo custaria, talvez uns cinquenta dólares. Mas não havia como recuar agora, havia? Shelly estava sentada diante dele no reservado observando cada gesto e expressão sua, e ele passara a última hora e meia projetando a imagem de um homem que assume e tem o comando, e além disso é um másculo *bon vivant,* que sugerira que passassem à sobremesa e ao café. Ademais, sentia uma necessidade premente de tomar sorvete. Sua boca e suas entranhas estavam em fogo. O Café Alexandria não tinha um único prato na lista que não fosse uma conflagração. O "quiabo crioulo com areia do banhado" — ele pensou que a palavra "areia" fosse uma metáfora usada para designar algum condimento saibroso, alguma raiz ou algo assim, mas havia mesmo areia na merda da sopa, aparentemente impregnada de tabasco. A "broa de milho Cayenne" — era um pão com formigas de fogo dentro. O "filé de bagre com quiabo tostado guarnecido de arroz amarelo com molho de maçã e mostarda chinesa" — a mostarda chinesa era uma bandeira vermelha, mas tinha que pedir o bagre porque era a única entrada meio barata do cardápio, dez dólares e meio. E Andriutti dissera que era um restaurantezinho crioulo barato na Beach Street "realmente sensacional". A Beach Street era suficientemente miserável para ter um restaurante barato, por isso acreditara.

Mas Shelly não parava de dizer como era maravilhoso. Estava radiante, uma radiosidade divina com batom cor de terra, embora ele não estivesse inteiramente seguro de que isso fosse amor. Talvez a maquiagem de outono em Berkshire ou fogo nas entranhas.

Sorvete, sorvete, sorvete... Ele esquadrinhou a prosa à beira da fogueira do cardápio, e por entre ondas caloríferas encontrou um único tipo de sorvete: "sorvete de baunilha batido à mão coberto com *chutney-chili* de nozes." *Chili?* Bom, rasparia a cobertura para o lado e se concentraria no sorvete. Não teve coragem de pedir à garçonete moderninha, com todos aqueles cachos cor de mel, para suprimir a cobertura. Não queria parecer um fracote sem coragem de arriscar diante de Shelly.

Shelly pediu "torta de lima com massa folhada", e os dois pediram "café de Nova Orleans com chicória moído na hora", ainda que alguma coisa lhe dissesse que a chicória significaria mais sofrimento para as suas entranhas ferventes.

Tendo encomendado a sobremesa e o café com uma voz firme e máscula determinação, pousou os antebraços na quina da mesa, curvou-se para a frente e mergulhou os olhos nos de Shelly, para lhe servir mais uma dose de crime bem como o restinho da garrafa de vinho Crockett Sunp White Zinfandel que estava lhe dando um prejuízo de doze dólares. Esse era o segundo vinho mais barato da carta de vinhos. Não teve coragem de pedir o mais barato, que era um *chablis* de 9,5 dólares. Só um estraga-prazeres inexperiente pedia *chablis*.

— Gostaria de poder levá-la comigo só para você ouvir esse tal de Roland Auburn. Já o entrevistei três vezes até agora. A princípio parecia tão machão, tão duro, tão... sabe... ameaçador. Ele é uma *pedra,* com aqueles olhos sem vida, o tipo de adolescente que aparece no pesadelo de qualquer um numa rua escura em Nova York. Mas se o escutar durante cinco minutos... só escutar... você começa a ouvir mais alguma coisa. Você ouve a mágoa. Ele é um *garoto,* pelo amor de Deus. Está assustado. Esses garotos crescem no gueto sem que ninguém lhes dê realmente atenção. São aterrorizados. Erguem essa muralha de machismo, pensando que vai protegê-los das vicissitudes, quando na realidade estão o tempo todo prontos para serem destruídos. É isso que os espera: serem destruídos. Não, não estou preocupado com Roland perante o júri. Vou fazer o seguinte, vou propor-lhe algumas perguntas inofensivas sobre sua vida pregressa no primeiro minuto e meio ou dois minutos, então ele começará a despir aquela casca grossa, sem mesmo perceber, e acreditarão nele. Não vai passar a imagem de um criminoso empedernido ou de qualquer outra coisa do gênero. Vai passar a imagem de um garoto amedrontado que sonha com um pouquinho de decência e um pouquinho de beleza na vida, porque isso é exatamente o que ele é. Gostaria de arranjar uma maneira de mostrar ao júri os desenhos e colagens que ele faz. Shelly, ele é brilhante. Brilhante! Bom, não há nenhuma possibilidade de isso acontecer, suponho. Já vai ser bastante espinhoso conseguir fazer o verdadeiro Roland sair daquela casca grossa. Vai ser o mesmo que retirar uma lesma de um caracol.

Kramer girou um dedo e riu da sua própria analogia. Os lábios brilhantes de Shelly sorriram de admiração. Eles refulgiam. *Ela* refulgia.

— Ah, eu adoraria assistir ao julgamento — disse. — Quando vai ser?

— Ainda não sabemos. ("Eu e o promotor público, que por acaso somos muito ligados.") Não vamos nem apresentar o caso perante o júri de instrução até a próxima semana. Poderíamos chegar ao julgamento em dois meses ou em seis. É difícil precisar a data em um caso que recebeu tanta publicidade quanto este. Quando a mídia enlouquece com alguma coisa, complica tudo. — Sacudiu a cabeça como se dissesse: "Há que se aprender a aguentar isso."

Shelly deu um sorriso radiante.

— Larry, quando cheguei em casa e liguei a televisão ontem à noite e vi você, aquele desenho... comecei a rir como uma criança. Disse "Larry!" em voz alta, como se fosse você quem tivesse acabado de entrar na sala. Não conseguia me refazer da surpresa.

— Também fiquei um pouco atordoado, para falar a verdade.

— Daria tudo para assistir ao julgamento. Posso?

— Claro.

— Prometo que não farei nenhuma tolice.

Kramer sentiu uma vibração. Sabia que *esse* era o momento. Estendeu as mãos e escorregou a ponta dos dedos por baixo da ponta dos dedos dela sem olhar. Ela também não olhou para baixo, tampouco retirou os dedos. Continuou a fitá-lo nos olhos e apertou a ponta dos dedos dele nos seus.

— Não me incomodo se fizer alguma tolice — disse. Surpreendeu-se com a própria voz. Estava tão rouca e tímida...

Fora do restaurante, depois de deixar praticamente todo o seu dinheiro na caixa registradora manual à antiga do Café Alexandria, tomou a mão da moça e entrelaçou seus grossos dedos de alavanca nos dedos macios e finos dela, e começaram a caminhar pela escuridão decrépita da Beach Street.

— Sabe, Shelly, você não pode imaginar o que significa para mim ter alguém como você para conversar. Quando se tenta chegar ao cerne de qualquer coisa, os sujeitos do meu gabinete pensam que a pessoa está amolecendo. E Deus a ajude se amolecer. E minha mulher... não sei, ela simplesmente não... não quer ouvir mais falar de nada. A esta altura só pensa que está casada com um cara que tem uma sombria tarefa a executar, mandando um bando de gente patética para a prisão. Mas esse caso não é patético. Sabe o que é esse caso? É um sinal, é um sinal muito importante para as pessoas desta cidade que pensam que estão à margem do contrato social. Sabe? É a história de um homem que pensa que a sua posição elevada na vida o dispensa da obrigação de tratar a vida de alguém no fim da escala da mesma maneira que trataria alguém como ele. Não duvido nem por um minuto que se tivesse atropelado alguém mesmo remotamente parecido com ele, McCoy teria cumprido o seu dever. Provavelmente ele é aquilo que conhecemos como um "cara decente". É isso que torna o caso fascinante. Ele não é de modo algum um mau sujeito... mas praticou uma má ação. Está me acompanhando?

— Acho que sim. A única coisa que não compreendo é por que Henry Lamb não disse que tinha sido atropelado por um carro quando deu entrada no hospital.

E agora que me falou da sua testemunha, Roland... não publicaram nada sobre ele nos jornais, publicaram?

— Não, e não vamos liberar nenhuma notícia sobre ele por algum tempo. Isso que lhe contei tem que ficar entre nós.

— Bom, em todo caso, agora se descobre que Roland não contou a ninguém que o amigo fora atropelado durante quase duas semanas depois do acidente. Isso não é um tanto estranho?

— Que é que isso tem de estranho? Nossa, Shelly, Lamb está sofrendo de uma lesão fatal na cabeça, ou provavelmente fatal, e Roland sabia que seria preso por um delito grave se falasse com a polícia! Eu não chamaria isso de *estranho*.

A srta. Shelly Thomas resolveu sair pela tangente.

— Não foi bem "estranho" o que quis dizer. Acho que quis dizer... não o invejo, o tipo de preparação e investigação que precisa fazer para documentar um caso desses.

— Ah! Se me pagassem hora extra por todas as horas que terei de gastar nesse caso... bom, eu poderia me mudar para a Park Avenue. Mas sabe de uma coisa? Isso não faz diferença. Realmente não faz. O que me interessa, qualquer que seja o tipo de vida que leve, é poder olhar para trás e dizer: Eu mudei alguma coisa. Esse caso é *muito* importante, em todos os níveis que se pode conceber, e não apenas em termos da minha carreira profissional. É... não sei como dizer... um capítulo inteiramente novo. Eu quero *mudar alguma coisa,* Shelly.

Ele parou e, ainda segurando a mão da moça, enlaçou-a pela cintura e puxou-a para si. Ela o olhava, radiante. Seus lábios se encontraram. Ele espiou só uma vez, para ver se ela mantinha os olhos fechados. Mantinha.

Kramer sentia o abdômen da moça esmagado contra o seu. Será que aquela elevação era o monte de Vênus dela? Chegara a esse ponto, tão depressa, tão docemente, tão lindamente — e merda! Não tinha para onde levá-la!

Imagine só! Ele! A estrela ascendente do caso McCoy... e não tinha um lugar... não tinha lugar algum! — nessa Babilônia do século XX!... onde levar uma linda moça complacente de batom cor de terra. Pôs-se a imaginar o que estaria passando pela cabeça dela nesse momento.

Na verdade, estava pensando sobre o jeito de ser dos homens nova-iorquinos. Sempre que se sai com um, primeiro se é obrigada a sentar e ouvi-lo discorrer duas ou três horas sobre a Minha Carreira.

Foi um Peter Fallow triunfante que entrou no Leicester's àquela noite. Todo mundo à Mesa, e dezenas de outros entre aqueles que lotavam o barulhento bistrô, mesmo aqueles que viravam o nariz para *The City Light,* sabiam que ele era o autor do furo de reportagem sobre o caso McCoy. Até mesmo St. John e Billy, que raramente falavam sério sobre alguma coisa que não fossem as mútuas infidelidades, deram-lhe os parabéns com aparente sinceridade. Sampson Reith, o correspondente político do *Daily Courier* de Londres, que se encontrava em Nova York por alguns dias, passou pela Mesa e contou o seu almoço com Irwin Gubner, editor executivo assistente de *The New York Times,* em que este lamentara que *The City Light* tivesse tido praticamente a exclusividade da notícia, o que naturalmente se aplicava a Peter Fallow, seu autor e mentor. Alex Britt-Withers ofereceu uma vodca *southside* por conta da casa, e estava tão boa que Fallow pediu mais uma. O maremoto de louvores era tão grande que Caroline deu o primeiro sorriso que ele recebia dela em muito tempo. A única nota dissonante foi Nick Stopping. Sua aprovação foi decididamente contida e tíbia. Então Fallow percebeu que Nick, o marxista-leninista, o espartaquista oxfordiano, o Rousseau do Terceiro Mundo, estava sem dúvida consumido de ciúmes. Esse era o tipo de matéria para *ele,* não para o palhaço frívolo do Fallow — agora Fallow podia encarar a opinião de Nick sobre ele com magnânima superioridade —, mas ali estava Fallow na vanguarda, andando no trem de carga da história, enquanto ele, Stopping, escrevia mais um artigo para *House & Garden* sobre a vila da mais recente sra. Grã-Fina em Hobe Sound, ou outro lugar qualquer.

Bom, por falar em grã-fina, Rachel Lampwick tinha caçoado bastante dele por usar essa palavra com tanta frequência.

— Peter, acho que você poderia ser um pouquinho mais *gallant* — pronunciou a palavra como os franceses — com essa sra. McCoy, não poderia? Quero dizer, você não para de falar sobre o grã-fino sr. McCoy e seu carro grã-fino e seu apartamento grã-fino e seu cargo grã-fino e sua namorada grã-fina, ou como foi mesmo que você a chamou?... Tesuda... Gosto disso... e a coitada da sra. McCoy é apenas "a esposa quarentona", o que na realidade quer dizer muito sem sal, não é isso? Não está sendo nada *gallant,* Peter.

Mas obviamente Rachel andara devorando cada palavra do que escrevera. De modo que não sentiu nada além do carinho de um vencedor por ela e por todos.

— *The City Light* não considera esposas glamourosas a não ser que sejam infiéis — disse Fallow. — Guardamos nosso entusiasmo para A Outra.

Então todos começaram a especular sobre a Morena Tesuda, e Billy Cortez, lançando um olhar para St. John, comentou que ouvira falar de homens que levavam suas tortinhas para lugares fora de mão para evitar serem flagrados, mas, francamente, o *Bronx* parecia ser indicativo de uma paranoia progressiva, e Fallow pediu outra vodca *southside.*

A algazarra era calorosa, alegre e inglesa, e os brilhos laranja e ocre do Leicester's eram suaves e ingleses, e Caroline estava olhando muito fixamente para ele, por vezes sorrindo, por vezes com uma expressão travessa, e isso espicaçava sua curiosidade, e ele tomou mais uma vodca *southside,* e Caroline se levantou do lugar e deu a volta na mesa até onde ele estava e debruçou-se e cochichou-lhe no ouvido.

— Vamos lá em cima um instante.

Seria possível? Era tão improvável, mas — seria? Subiram a escada em caracol ao fundo do escritório de Britt-Withers, e Caroline, assumindo subitamente uma expressão séria, disse:

— Peter, provavelmente eu não deveria contar-lhe o que vou contar. Você realmente não merece. Não tem sido muito bonzinho para mim.

— Eu! — exclamou Fallow com uma risada alegre. — Caroline! Você tentou fazer a minha *caveira* por toda Nova York!

— O quê? Sua *caveira*? — Caroline sorriu, corando. — Bom, não foi por toda Nova York. De qualquer forma, depois do presente que estou em vias de lhe dar, acho que podemos nos considerar quites.

— Presente?

— Acho que é um presente. Sei quem é a sua Morena Tesuda. Sei quem estava no carro com McCoy.

— Está brincando.

— Não estou brincando.

— Muito bem: quem?

— O nome dela é Maria Ruskin. Você a conheceu naquela noite na Limelight.

— Conheci?

— Peter, você fica tão bêbado... Ela é a esposa de um homem chamado Arthur Ruskin, que tem três vezes a idade dela. É judeu ou uma coisa assim. Muito rico.

— Como sabe disso?

— Lembra-se do meu amigo, o artista? O italiano? Filippo? Filippo Chirazzi?

— Ah, sei. Não dava muito bem para esquecer, dava?

— Bom, ele a conhece.

— Como é que a conhece?

— Da mesma maneira que outros tantos homens a conhecem. É uma piranha.

— E ela contou a ele?

— Contou.

— E ele contou a você?

— Foi.

— Nossa, Caroline. Onde posso encontrá-lo?

— Não sei. Eu mesma não consigo encontrá-lo, o filho da mãe.

25
NÓS, O JÚRI

— Isso é apenas o Sistema protegendo os seus — disse o reverendo Bacon. Ele estava recostado na cadeira à escrivaninha e falava ao telefone, mas seu tom era oficial, pois falava com a imprensa. — Isso é a Estrutura de Poder produzindo e disseminando mentiras com a conivência solícita de seus lacaios da mídia, e essas mentiras são transparentes.

Edward Fiske III, embora jovem, reconhecia a retórica do movimento de fins da década de 1960 e início da década de 1970. O reverendo Bacon olhava para o bocal do telefone com uma expressão de justificada cólera. Fiske afundou um pouco mais na cadeira. Seus olhos iam do rosto do reverendo Bacon para os sicômoros amarelo-pântano no quintal diante da janela, voltavam para o reverendo Bacon, e mais uma vez para os sicômoros. Não sabia se um contato visual com o homem era prudente a essa altura ou não, ainda que o fato que provocara a ira não tivesse relação com sua visita. Bacon estava furioso com a notícia publicada essa manhã no *Daily News* sugerindo que Sherman McCoy poderia estar fugindo de uma tentativa de assalto quando seu carro atropelou Henry Lamb. *The Daily News* dava a entender que o cúmplice de Lamb era um delinquente condenado chamado Roland Auburn e que todo o caso da promotoria contra Sherman McCoy baseava-se numa história inventada por esse indivíduo, que agora estava tentando uma redução de pena numa acusação de tráfico de drogas.

— Você duvida que tenham se rebaixado a tanto? — O reverendo Bacon declamou ao telefone. — Duvida que possam ser tão desprezíveis? Pois agora está vendo se rebaixarem ao ponto de tentar manchar a reputação de Henry Lamb. Agora está vendo difamarem a vítima, que está mortalmente ferida e não pode se defender. Dizerem que Henry Lamb é um ladrão... isso é que é crime. Mas isso é a mentalidade torta da Estrutura de Poder, a mentalidade racista subjacente. Uma vez que Henry Lamb é um jovem negro do sexo masculino, acham que podem estigmatizá-lo como criminoso... entende... Acham que podem manchar o seu nome assim. Mas estão enganados. A vida de Henry Lamb refuta as suas mentiras. Henry Lamb é tudo o que a Estrutura de Poder diz aos jovens negros de sexo masculino que devem ser, mas quando as necessidades de *um dos seus* exigem... então não acham errado virar tudo e tentar destruir o bom nome do rapaz... Como?... Dizer quem são *eles*?... Acha que Sherman McCoy está desassistido? Acha que está sozinho? Ele é um dos homens mais poderosos da Pierce & Pierce, e a Pierce & Pierce é uma das firmas mais poderosas da Wall Street. Eu *conheço* a Pierce & Pierce... entende... Sei o que são capazes de fazer. Você já ouviu falar de capitalistas. Você já ouviu falar de plutocratas. Dê uma olhada em Sherman McCoy e estará *olhando* para um capitalista, estará *olhando* para um plutocrata.

O reverendo Bacon tornou insignificante a ofensiva notícia do jornal. *The Daily News* era um notório bajulador dos interesses das corporações. O repórter que escrevera aquele amontoado de mentiras, Neil Flannagan, era um lacaio tão descarado que emprestava seu nome a uma campanha revoltante dessas. A sua pseudofonte de informações — a que se referia discretamente como "fontes ligadas ao caso" — era obviamente McCoy e sua cabala.

O caso McCoy não tinha interesse para Fiske, exceto como fofoca, embora conhecesse o inglês que denunciara a situação, um sujeito maravilhosamente espirituoso chamado Peter Fallow, um mestre na arte de conversar. Não, o único interesse de Fiske era saber em que medida o envolvimento de Bacon na questão iria complicar sua tarefa, que era recuperar os 350 mil dólares ou parte disso. Na meia hora em que estivera sentado ali, a secretária de Bacon passara ligações de dois jornais, da Associated Press, de um vereador do Bronx, de um deputado do Bronx e do secretário executivo do movimento gay, todos a respeito do caso McCoy. E o reverendo Bacon agora conversava com um homem chamado Irv Stone, do Canal 1. A princípio Fiske pensou que sua missão seria (mais uma vez) irrealizável. Mas por trás da grandiloquência perniciosa do reverendo Bacon ele começara a perceber uma vivacidade, uma *joie de combat*. O reverendo Bacon adorava o que estava acontecendo. Liderava a cruzada. Estava no seu enlevo. Em algum ponto em tudo isso, se escolhesse o momento exato, Edward Fiske talvez encontrasse uma brecha nas maquinações promíscuas desse Cruzado Celestial para recuperar os 350 mil dólares da Igreja Episcopal.

O reverendo Bacon dizia:

— Existe a causa e existe o efeito, Irv... entende... E tivemos uma manifestação no conjunto Poe, onde Henry Lamb mora. Isso foi o efeito... entende... O que aconteceu a Henry Lamb foi o efeito. Bom, hoje vamos levar esse efeito à causa. Vamos levá-lo à Park Avenue. À Park Avenue, entende, de onde partem as mentiras... de onde partem as mentiras... Como?... Certo. Henry Lamb não pode falar por si mesmo, mas vai ganhar uma voz potente. Vai ter a voz de seu povo, e essa voz vai ser ouvida na Park Avenue.

Fiske nunca vira o rosto do reverendo Bacon tão animado. Começou a fazer perguntas técnicas a Irv Stone. Naturalmente, não poderia garantir ao Canal 1 exclusividade desta vez, mas será que poderia contar com uma transmissão ao vivo? Qual era a hora ideal? A mesma de antes? E assim por diante. Finalmente desligou. Voltou-se para Fiske, observou-o com fantástica concentração e disse:

— O vapor.

— O vapor?

— O vapor... Lembra-se que lhe falei do vapor?

— Ah, sim, lembro.

— Bom, agora você vai ver a pressão da caldeira se tornar crítica. A cidade inteira vai ver. Bem na Park Avenue. As pessoas pensam que o fogo se apagou. Pensam que a violência é uma coisa do passado. Não sabem que está apenas represada. É quando o vapor está sob pressão que se descobre o que é capaz de fazer... entende... É quando se descobre que é um paiol de pólvora para você e toda a sua gente. A Pierce & Pierce só sabe lidar com um tipo de capital. Não conhece o vapor. Não são capazes de negociar com vapor.

Fiske descobriu uma brechinha.

— A propósito, reverendo Bacon, estive conversando com um homem da Pierce & Pierce a seu respeito outro dia. Linwood Talley, da divisão de subscrições.

— Eles me conhecem, lá — disse o reverendo Bacon. Sorriu, mas um tantinho ironicamente. — Conhecem a *mim*. Não conhecem o vapor.

— O sr. Talley esteve me falando dos Investimentos Urbanos Garantidos. Contou-me que têm apresentado muito bons resultados.

— Não posso me queixar.

— O sr. Talley não entrou em detalhes, mas entendi que têm apresentado — procurou o eufemismo adequado — lucros desde o início.

— Hummmmmmm. — O reverendo Bacon não parecia inclinado a se expandir.

Fiske se calou e procurou sustentar o olhar do reverendo, na esperança de criar um vácuo na conversa a que o grande cruzado não fosse capaz de resistir. A verdade sobre a Investimentos Urbanos Garantidos, que Fiske de fato soubera por Linwood Talley, era que o governo federal recentemente dera à firma 250 mil dólares na qualidade de subscritor "minoritário" das ações de um lançamento de 7 milhões de dólares de obrigações municipais garantidas pelo governo federal. A chamada lei de proteção exigia que houvesse uma participação minoritária na venda de tais obrigações e a Investimentos Urbanos Garantidos fora criada para ajudar a satisfazer esse quesito da lei. Não havia qualquer exigência de que a firma minoritária realmente vendesse as obrigações ou mesmo as recebesse. Os legisladores não tinham pretendido dificultar a tarefa com restrições burocráticas. Era necessário apenas que a firma participasse do lançamento. A participação tinha um sentido amplo. Na maioria dos casos — Investimentos Urbanos Garantidos era apenas uma entre muitas firmas do gênero em todo o país — a participação significava receber um cheque do governo federal no valor da comissão, depositá-lo e praticamente mais nada. Investimentos Urbanos Garantidos não possuía empregados, nem equipamentos, apenas um endereço (Fiske estava por dentro), um número de telefone e um presidente, Reginald Bacon.

— Ocorreu-me, portanto, reverendo Bacon, com relação às nossas conversas, às preocupações naturais da diocese e às pendências, que se pretendemos resolver o que tanto o senhor quanto o bispo querem resolver, e é preciso que lhe diga, ele vem me pressionando... — Fiske parou. Como ocorria muito frequentemente em suas conversas com o reverendo Bacon, não conseguia se lembrar como começara a frase. Não tinha a menor ideia do número e do tempo em que deveria ficar o predicado — ... pressionando, e, hum, hum, a coisa é que achamos que o senhor talvez estivesse em posição de transferir parte desses fundos para a conta sob custódia que mencionamos, a conta sob custódia destinada à Creche Pequeno Pastor, até que os nossos problemas de licenciamento estejam resolvidos.

— Não estou compreendendo — disse o reverendo Bacon.

Fiske teve a sensação deprimente de que teria de pensar em outra maneira de repetir tudo.

Mas o reverendo Bacon dispensou-o disso.

— Está me dizendo que devemos transferir dinheiro da Investimentos Urbanos Garantidos para a Creche Pequeno Pastor?

— Não foi bem isso que eu disse, reverendo Bacon, mas se os fundos estiverem disponíveis ou puderem ser emprestados...

— Mas isso é ilegal! Você está falando de confundir fundos! Não podemos transferir fundos de um empreendimento para o outro só porque parece que um está mais necessitado.

Fiske contemplou o rochedo de probidade fiscal, quase esperando uma piscadela, embora soubesse que o reverendo Bacon não era homem de piscadelas.

— Bom, a diocese sempre esteve pronta a ultrapassar os limites normais para atendê-lo, reverendo Bacon, pois há possibilidade de sermos flexíveis na leitura dos nossos regulamentos, como na ocasião em que o senhor e a diretoria da Sociedade de Reestruturação da Família fizeram uma viagem a Paris e a diocese cobriu a despesa com fundos da Sociedade Missionária... — Estava de novo se afogando no caldo sintático, mas não fazia mal.

— De jeito nenhum — disse o reverendo Bacon.

— Bom, que não seja desse jeito, então...

A voz da secretária do reverendo Bacon no interfone:

— O sr. Vogel está na linha.

O reverendo Bacon girou a cadeira para o lado do móvel com o telefone.

— Alô?... Vi, sim. Vão arrastar o nome daquele rapaz pela lama sem nem se incomodarem.

O reverendo Bacon e seu interlocutor, Vogel, conversaram durante algum tempo sobre a notícia do *Daily News*. Esse tal de sr. Vogel evidentemente lembrou ao reverendo Bacon que o promotor público, Weiss, declarara ao *Daily News* que não havia absolutamente evidência alguma para sustentar a teoria da tentativa de assalto.

— Não podemos confiar nele — disse o reverendo Bacon. — Ele é como o morcego. Conhece a fábula do morcego? Os pássaros e os animais de pelo estão travando uma guerra. Enquanto os pássaros estiverem ganhando, o morcego vai dizer que é pássaro, porque é capaz de voar. Quando os animais de pelo estiverem ganhando, o morcego vai dizer que é um mamífero porque tem dentes. É por isso que o morcego não sai durante o dia. Não quer que ninguém veja as suas duas máscaras.

O reverendo Bacon ouviu alguns minutos e então disse:

— Tenho sim, Al. Há um senhor da diocese episcopal de Nova York comigo agora. Quer que lhe telefone depois?... Humhum... Humhum... Você diz que o apartamento dele vale 3 milhões de dólares? — Sacudiu a cabeça. — Nunca tinha ouvido falar numa coisa dessas. Pois eu digo que já é hora da Park Avenue ouvir a voz das ruas... Humhum... Ligo depois para falar sobre isso. Vou conversar com Annie Lamb antes de telefonar. Quando está pensando em dar entrada na ação? ... Na mesma, quando falei com ela ontem. Está todo entubado. Não fala nada nem conhece ninguém. Quando se pensa naquele rapaz, não há dinheiro que pague, há?... Bom, volto a me comunicar com você assim que puder.

Após desligar, o reverendo Bacon balançou a cabeça tristemente, mas em seguida a ergueu com um brilho nos olhos e um ligeiro sorriso. Com agilidade atlética levantou-se da cadeira e deu a volta à escrivaninha com a mão estendida, como se Fiske tivesse acabado de anunciar que precisava se retirar.

— É sempre bom vê-lo!

Num ato reflexo, Fiske apertou-lhe a mão, dizendo ao mesmo tempo:

— Mas, reverendo Bacon, ainda não...

— Voltaremos ao assunto. Tenho muito que fazer... uma manifestação bem na Park Avenue; tenho que ajudar a sra. Lamb a entrar com uma ação de 100 milhões de dólares contra Sherman McCoy...

— Mas, reverendo Bacon, não posso sair sem uma resposta. A diocese realmente chegou ao fim... quer dizer, insiste que eu...

— Diga à diocese que está agindo muito bem. Disse-lhe da última vez que esse é o melhor investimento que já fizeram. Diga-lhes que estão fazendo uma opção. Estão comprando o futuro com desconto. Diga-lhes e verão ao que me refiro muito breve, não vai demorar nada. — Passou o braço pelos ombros de Fiske como se fossem camaradas e apressou sua saída, dizendo o tempo todo: Não se preocupe com nada. Você está agindo muito bem, entende? Muito bem. Eles vão dizer: "Aquele rapaz se arriscou, mas acertou em cheio."

Inteiramente desnorteado, Fiske foi envolvido externamente por uma onda de otimismo e pela pressão de um braço musculoso em suas costas.

O ruído do megafone e dos gritos de fúria elevava-se dez andares acima da Park Avenue no calor de junho — dez andares! nada disso — quase conseguia *tocá-lo!* — até que o tumulto embaixo parecia fazer parte do ar que ele respirava. O megafone berrava seu nome! O C duplo cortava o rugido da turba e pairava acima da vasta malha de ódio na avenida. Aproximou-se da janela da biblioteca e arriscou uma espiada. *Suponha que me vejam!* Os manifestantes haviam se espalhado pela rua, dos dois lados do canteiro central, paralisando o tráfego. A polícia tentava fazê-los recuar de volta às calçadas. Três policiais saíam no encalço de um outro grupo, quinze ou vinte no mínimo, pelas tulipas amarelas do canteiro central. Ao correrem, os manifestantes erguiam uma longa faixa: ACORDA, PARK AVENUE! VOCÊ NÃO PODE SE ESCONDER DO POVO! As tulipas amarelas caíam ao avanço dos manifestantes que deixaram uma enxurrada de flores amassadas que os policiais transpunham com as botas. Sherman olhava, estarrecido. A visão das tulipas primaveris, amarelas e perfeitas, da Park Avenue tombando aos pés da turba paralisava-o de medo. Uma equipe de televisão movia-se com dificuldade pela rua, tentando alcançá-los. O homem que transportava a câmera ao ombro tropeçou e foi ao chão, estatelando-se no asfalto com câmera e tudo. As faixas e os cartazes da turba oscilavam em todas as direções como velas numa enseada ventosa. Uma enorme faixa dizia, inexplicavelmente: O PUNHO "GAY" CONTRA A JUSTIÇA CLASSISTA. Os dois esses em CLASSISTA eram suásticas. Uma outra — nossa! Sherman prendeu o fôlego. As letras gigantescas diziam:

> SHERMAN MCCOY:
> NÓS, O JÚRI,
> QUEREMOS VOCÊ!

E havia uma grosseira imitação de um dedo apontando diretamente para todos como nos antigos cartazes de O TIO SAM QUER VOCÊ. Pareciam estar segurando o cartaz em ângulo, para que ele pudesse lê-lo ali de cima. Fugiu da biblioteca e sentou-se na parte dos fundos da sala de estar em uma poltrona, uma das *bergères* Luís-Alguma-Coisa de que Judy tanto gostava, ou seria uma *fauteuil*? Killian andava de um lado para o outro, ainda exultando com o artigo do *Daily News*, aparentemente visando melhorar o seu estado de ânimo, mas Sherman já não prestava atenção. Ouvia a voz grave e desagradável de um dos guarda-costas, que estava na biblioteca atendendo o telefone. "Engula." Todas as vezes que proferiam uma ameaça pelo telefone, o guarda-costas, um homem moreno e franzino chamado Occhioni, dizia: "Engula." Pela maneira como o dizia, fazia parecer pior do que qualquer das clássicas obscenidades. Como teriam obtido seu número de telefone? Provavelmente da imprensa — na caverna aberta. Estavam ali na Park Avenue *à sua porta*. Entravam pelo telefone. Quanto tempo mais até que *irrompessem* pelo vestíbulo, e surgissem gritando pelo piso solene de mármore verde! O outro guarda-costas, McCarthy, encontrava-se no vestíbulo, sentado em uma das estimadas cadeiras de Judy, estilo Thomas Hope, e de que adiantaria? Sherman recostou-se, os olhos baixos, fixos nas pernas delicadas de uma mesa Sheraton Pembroke, uma peça barbaramente cara que Judy encontrara em um desses antiquários da 57th Street... barbaramente cara... barbaramente... o sr. Occhioni, que dizia "Engula" a qualquer um que ligasse ameaçando sua vida... duzentos dólares por turno de oito horas... mais duzentos dólares pelo impassível sr. McCarthy... o dobro disso pelos dois guarda-costas na casa de seus pais, na East 73rd Street, onde Judy, Campbell, Bonita e a srta. Lyons se encontravam... oitocentos dólares por turno de oito horas... todos antigos policiais de Nova York em algum departamento que Killian conhecia... 2.400.000 dólares por dia... uma hemorragia de dinheiro... McCoy!... McCoy!... um tremendo alarido elevou-se da rua... E em pouco tempo ele já não pensava mais na mesa Pembroke nem nos guarda-costas... Tinha os olhos parados catatonicamente e pensava no cano da espingarda. Que tamanho tinha? Usara-a tantas vezes, a última fora na caçada do Leash Club no outono anterior, mas não se lembrava do tamanho! Era grande, por ser uma arma de cano duplo, calibre 12. Seria grande demais para meter na boca? Não, não poderia ser *tão* grande, mas que sensação produziria? Que sensação produziria ao tocar no céu da boca? Que *gosto* teria? Será que teria dificuldade de respirar o tempo suficiente para... para... Como puxaria o gatilho? Vejamos, manteria o cano firme na boca, com uma das mãos, a mão esquerda — mas que tamanho tinha o cano? Era comprido... Alcançaria o gatilho com a mão direita? Talvez não! O dedo do pé... Lera em algum lugar que alguém descalçara o sapato e apertara o gatilho com o dedão... Onde faria isso? A espingarda estava na casa de Long Island... presumindo que conseguisse chegar a Long Island sair desse edifício, fugir da Park Avenue sitiada, sair vivo do... nós, o júri... O canteiro para além do depósito de ferramentas... Judy sempre o chamara de canteiro de corte... Sentaria lá fora... Se fizesse uma bagunça, não importaria... *Suponha que Campbell descobrisse o corpo!...* O pensamento não o levou às lágrimas conforme pensara... *esperara* que levasse... Não estaria descobrindo o pai... Não era mais seu pai... não era mais ninguém que tivesse sido conhecido como Sherman McCoy... Era apenas uma caverna que se enchia rapidamente de ódio aviltante e intenso...

O telefone tocou na biblioteca. Sherman se preparou. *Engula?* Mas só o que ouviu foi o som grave da voz normal de Occhioni. Pouco depois o homenzinho meteu a cabeça na sala e disse:

— Ei, sr. McCoy, é alguém chamada Sally Rawthrote. Quer atender ou não?

"Sally Rawthrote?" Era a mulher ao lado de quem sentara na casa dos Bavardages, a mulher que perdera o interesse nele quase de imediato e em seguida lhe dera o gelo pelo resto do jantar. Por que iria querer falar com ele agora? Por que iria querer atendê-la agora? Não queria, mas uma centelhinha de curiosidade luziu na caverna, ele se ergueu, olhou para Killian, deu de ombros, dirigiu-se à biblioteca, sentou-se à escrivaninha e apanhou o fone.

— Alô?

— Sherman! Sally Rawthrote. — *Sherman.* Um velhíssimo amigo. — Espero que a hora não seja muito imprópria.

"Hora imprópria?" Lá de baixo chegou um tremendo rugido, o megafone berrava e estrondeava, e ouviu seu nome. McCOY!... McCOY!

— Bom, naturalmente a hora é imprópria — disse Sally Rawthrote. — Que bobagem! Mas pensei em arriscar um telefonema e saber se poderia ajudar de alguma maneira.

"Ajudar?" Enquanto falava, o rosto dela voltou-lhe à lembrança, aquele rosto tenso e míope que focalizava a pessoa a dez centímetros do nariz.

— Bom, muito obrigado — respondeu Sherman.

— Sabe, moro a poucos quarteirões de você. Do mesmo lado da rua.

— Ah, é?

— Na ponta noroeste. Se alguém vai morar na Park Avenue, não há ponto melhor que o noroeste. É tão *ensolarado*! Naturalmente o seu ponto também é bom. O seu edifício tem alguns dos apartamentos mais bonitos de Nova York. Não estive no seu desde que os McLeods o venderam. Foram donos antes dos Kittredges. Em todo caso, do meu quarto, que fica no canto, posso ver a Park até onde você mora. Estou espiando pela janela neste exato momento, e essa *turba* — é um absurdo inominável! Sinto tanto por você e por Judy... tive que telefonar para saber se posso ajudar em alguma coisa. Espero que não esteja sendo inoportuna.

— Não, é muita bondade. A propósito, como conseguiu meu número?

— Telefonei para Inez Bavardage. Fiz mal?

— Para lhe dizer a verdade, não faz a mínima diferença a essa altura, sra. Rawthrote.

— Sally.

— De qualquer modo, muito obrigado.

— Como disse, se puder ajudá-lo em alguma coisa, me diga. Com o apartamento, é o que quero dizer.

— Com o apartamento?

Mais um ronco surdo... um vozerio... McCOY! McCOY!

— Se decidir que quer fazer alguma coisa com o apartamento. Trabalho para Benning Sturtevant, como deve saber, e sei que muitas vezes em situações como essa as pessoas, por vezes, acham vantajoso liquefazer ao máximo o seu patrimônio. *Ha, ha,* isso bem que me conviria! Em todo caso, é uma ponderação, e posso lhe garantir — posso lhe *garantir* — que consigo 3 milhões e meio pelo seu apartamento. Num abrir e fechar de olhos. Posso lhe garantir.

O desplante da mulher era assombroso. Ultrapassava os limites da boa e da má educação, e até do bom gosto... Era surpreendente. Isso fez Sherman sorrir, e ele não sabia que ainda era capaz de sorrir.

— Ora, ora, ora, ora, Sally. Realmente admiro a sua visão. Você espiou pela sua janela que abre para noroeste e viu um apartamento à venda.

— De modo algum! Só pensei que...

— Bom, você chegou atrasada, Sally. Terá que falar com um homem chamado Albert Vogel.

— Quem é esse?

— É o advogado de Henry Lamb. Ele entrou com uma ação de indenização de 100 milhões de dólares contra mim, e não estou muito seguro se tenho ou não liberdade para vender até mesmo um tapete, a esta altura. Bom, talvez possa vender um tapete. Quer vender um tapete para mim?

— *Ha, ha*, não. Não entendo nada de tapetes. Não vejo como podem congelar os seus bens. Isso me parece totalmente injusto. Quero dizer, afinal a *vítima* foi você, não foi? Li a matéria no *Daily News* de hoje. Em geral leio apenas Bess Hill e Bill Hatcher, mas estava folheando o jornal... e lá estava a sua foto. Eu disse: "Meu Deus, é o Sherman!". Então li a matéria... e você estava apenas evitando uma tentativa de assalto. É tão injusto! — E continuou a tagarelar. Era à prova de fogo. Não adiantava ironizar.

Depois de desligar, Sherman voltou à sala de estar.

Killian perguntou:

— Quem era?

Sherman respondeu:

— Uma corretora de imóveis que conheci em um jantar. Queria vender o meu apartamento.

— Disse quanto poderia obter?

— Três milhões e meio de dólares.

— Bom, vejamos — disse Killian. — Se receber uma comissão de 6 por cento, dá... hummmm... 210 mil dólares. Vale a pena parecer uma oportunista insensível, imagino. Mas direi uma coisa em favor dela.

— E o que é?

— Ela o fez sorrir. Então, não é tão má assim.

Mais um ronco surdo, o mais alto até agora... McCOY!... McCOY!... Os dois estavam parados no meio da sala de estar e escutaram por instantes.

— Nossa, Tommy — começou Sherman. Era a primeira vez que o chamava pelo nome de batismo, mas não parou para pensar nisso. — Não consigo acreditar que estou parado aqui e que tudo isso está acontecendo. Estou encurralado no meu apartamento, e a Park Avenue está ocupada por uma turba à espera para me matar. Me *matar*!

— Ahhhhhhh, corta essa, isso é a última coisa que querem fazer. Morto, você não vale um caracol para Bacon, mas vivo ele acha que vai valer muitíssimo.

— Para Bacon! Que é que ele ganha com isso?

— Milhões é o que acha que vai ganhar com isso. Não posso provar, mas afirmo que isso tudo vai muito além das ações cíveis.

— Mas é só o Henry Lamb que está me acionando. Ou a mãe dele, acho, em nome dele. Como é que Bacon vai ganhar alguma coisa com isso?

— Muito bem. Quem é o advogado que está representando Henry Lamb? Albert Vogel. E como é que a mãe de Henry Lamb chegou a Albert Vogel? Por que admira a brilhante defesa que fez dos Quatro de Utica ou dos Oito de Waxahachie em 1969? Esqueça. Bacon levou-a a Vogel, porque os dois estão lisos. O que quer que Lamb receba de indenização, Vogel receberá pelo menos um terço, e pode ter certeza de que vai rachar com Bacon, ou terá um bando de desordeiros atrás dele que não vai ser fácil. Se há uma coisa neste mundo que conheço de A a Z são os advogados, de onde vem seu dinheiro e para onde vai.

— Mas Bacon começou essa campanha sobre Henry Lamb mesmo antes de saber que eu estava envolvido.

— Ah, no início estavam atrás do hospital, alegando negligência. Iam processar a cidade. Se Bacon conseguisse criar um grande caso na imprensa, então um júri poderia conceder o que queria. Um júri num caso cível... com uma coloração racista? Era uma sacada.

— O mesmo se aplica a mim — disse Sherman.

— Não vou tentar enganá-lo. E verdade. Mas se você ganhar o caso criminal, não haverá caso cível.

— E se não ganhar o caso criminal, pouco me importa o caso cível — comentou Sherman, parecendo muito mal-humorado.

— Bom, você tem que admitir uma coisa — disse Killian com a voz animada —, essa coisa o transformou em um gigante da Wall Street. Um gigante, pô. Viu o que foi que Flannagan disse de você no *Daily News*? O fabuloso operador número um da Pierce & Pierce. *Fabuloso*. Uma lenda em vida. Você é filho do aristocrático John Campbell McCoy, antigo dirigente da Dunning Sponget & Leach. Você é o fabuloso, genial e aristocrático banqueiro de investimentos. Bacon provavelmente pensa que possui metade do dinheiro do mundo.

— Se quer saber a verdade — disse Sherman —, nem mesmo sei onde vou arranjar dinheiro para pagar... — Acenou a cabeça na direção da biblioteca, onde Occhioni se encontrava. — Esse processo cível inclui *tudo*. Querem até mesmo a cota trimestral dos lucros que eu supostamente iria receber no fim deste mês. Não consigo imaginar como souberam disso. Até se referiram à cota pelo nome que usamos internamente, *"Pier B"*. Teriam que conhecer alguém na Pierce & Pierce.

— A Pierce & Pierce vai cuidar dos seus interesses, não vai?

— Hã. Eu nem existo mais para a Pierce & Pierce. Não há o que se chama de lealdade na Wall Street. Talvez tenha havido algum dia: meu pai costumava falar como se houvesse; mas hoje não há mais. Recebi um telefonema da Pierce & Pierce, e não foi de Lopwitz. Foi de Arnold Parch. Queria saber se havia alguma coisa que pudessem fazer, e em seguida fez tudo para desligar o mais depressa possível, com medo de que eu me lembrasse de pedir alguma coisa. Embora eu não saiba por que esteja mencionando a Pierce & Pierce. Todos os nossos amigos particulares têm agido assim. Minha mulher nem consegue arranjar amiguinhas para minha filha brincar fora da escola. E ela só tem seis anos...

Parou. Sentiu-se subitamente constrangido por estar desfilando suas mágoas pessoais diante de Killian. Aqueles desgraçados do Garland Reed e da esposa! Não quiseram nem deixar Campbell ir brincar com McKenzie! Uma desculpa tão absolutamente esfarrapada... Garland não telefonara uma única vez, e conhecera-o a vida inteira. Pelo menos Rawlie tivera a coragem de ligar. Ligara três vezes. Provavelmente até teria coragem de visitá-lo... se algum dia NÓS, O JÚRI esvaziassem a Park Avenue... Talvez viesse...

— A pessoa cai na real, com a rapidez com que a coisa acontece, quando acontece — disse a Killian. Não queria falar tanto, mas não conseguiu se conter. — Todos esses vínculos que se tem, todas essas pessoas com quem se frequentou a escola, que são sócios do seu clube, pessoas com quem se janta: são apenas um fio de linha, Tommy, todos esses vínculos que constituem a vida, e quando ele se parte... acabou... Acabou... Tenho tanta pena de minha filha, minha garotinha! Ela vai chorar por mim, vai chorar pelo papai, o papai de quem se lembra, sem saber que ele já morreu.

— De que diabo está falando? — interrompeu Killian.

— Você nunca passou por uma coisa dessas antes. Não duvido de que tenha visto muita coisa, mas nunca as experimentou pessoalmente. Não sei explicar a sensação. Só sei lhe dizer que já morri, ou que o Sherman McCoy da família McCoy, de Yale, da Park Avenue e da Wall Street morreu. O *eu*... não sei como explicar isso, mas se, Deus o livre, algo parecido um dia lhe acontecer, saberá o que quero dizer. O seu *eu*... são as *outras pessoas,* todas as pessoas a que está ligado, e são apenas um fio.

— Eiiiii, Sherman! — exclamou Killian. — Dê-me uma chance. Não faz bem nenhum sair filosofando no meio de uma guerra.

— E que guerra!

— Droga, qual é, qual é? Essa reportagem no *Daily News* é muito importante para você. Weiss deve estar louco de raiva. Revelamos a verdadeira identidade desse marginal drogado que ele arranjou para testemunhar. Auburn. Agora temos outra teoria para o caso todo. Agora temos base para as pessoas o apoiarem. Veiculamos a ideia de que você era a vítima de uma armação, num assalto. Isso muda todo o quadro para você, e não o comprometemos com absolutamente nada.

— É tarde demais.

— Que quer dizer com é tarde demais? Dê-me um tempinho, droga. Esse tal Flannagan do *News* vai fazer o nosso jogo o tempo que quisermos. O inglês, Fallow, em *The City Light,* está arrancando os cabelos com esse artigo. Com isso vai aceitar o que eu lhe der. Essa merda de notícia que ele acabou de escrever não poderia ter saído melhor se eu a tivesse ditado. Ele não só identifica Auburn, como usa a foto da polícia que Quigley conseguiu! — Killian estava imensamente satisfeito. — E incluiu o fato de que duas semanas atrás Weiss chamou Auburn de "rei do crack" na Evergreen Avenue.

— Que diferença faz isso?

— Não fica bem. Se você tem um cara na prisão acusado de um delito grave e de repente ele se apresenta para depor em troca do arquivamento da acusação ou de uma redução de pena, não fica bem. Não fica bem para o júri, e não fica bem para a imprensa. Se ele é acusado de um delito leve ou de uma contravenção, não faz muita diferença, porque presume-se que não faça tanta diferença para ele o tempo de prisão que terá de cumprir.

Sherman disse:

— Uma coisa sempre me deu o que pensar, Tommy. Por que Auburn, quando inventou a história dele... por que me pôs dirigindo o carro? Por que não Maria, que estava realmente dirigindo o carro quando Lamb foi atropelado? Que diferença fazia para Auburn?

— Tinha que contar assim. Não sabia que testemunhas poderiam ter visto o seu carro pouco antes de Lamb ser atropelado e logo depois de sê-lo, e precisava explicar por que você estava dirigindo até o ponto em que a coisa aconteceu e foi ela quem arrancou com o carro para irem embora. Se disser que você parou, e então vocês dois trocaram de lugar e ela arrancou e atropelou Lamb, então a pergunta lógica seria "Por que pararam", e a resposta lógica seria "Porque um marginalzinho como Roland Auburn armou uma barricada e tentou assaltá-los".

— Como é o nome dele?... Flannagan... não menciona nada disso.

— Certo. Você vai notar que não falei nada de uma mulher estar no carro de um jeito ou de outro. Quando chegar a hora, queremos Maria do seu lado. Também vai notar que Flannagan escreveu a porra da notícia sem nem dar muito destaque à "mulher misteriosa".

— Um sujeito muito amável. Por que isso?

— Ah, conheço o cara. É outro "jumento" como eu, tentando sobreviver nos Estados Unidos. Faz seus depósitos no Banco de Favores. Os Estados Unidos são um país maravilhoso.

Por um momento, o ânimo de Sherman melhorou um ou dois pontos, mas em seguida piorou como nunca. Foi a euforia óbvia de Killian que provocou isso. Killian estava exultando com a sua genialidade estratégica "na guerra". Conduzira uma surtida bem-sucedida de algum tipo. Para Killian isso era um jogo. Se ele vencesse, fantástico. Se perdesse... bom, na próxima guerra... Para Sherman, não havia nada a ser ganho. Já perdera quase tudo, irrecuperavelmente. Na melhor das hipóteses, só poderia evitar perder tudo.

O telefone tocou na biblioteca. Sherman se preparou mais uma vez, mas logo Occhioni estava de novo à porta.

— E um sujeito chamado Pollard Browning, sr. McCoy.

— Quem é ele? — perguntou Killian.

— Mora aqui no edifício. É o síndico.

Entrou na biblioteca e apanhou o fone. Na rua lá embaixo, mais um vozerio, mais gritos pelo megafone... McCOY!... McCOY!... Sem dúvida era igualmente audível *chez* Browning. Podia imaginar o que Pollard estaria pensando.

Mas sua voz era bastante simpática.

— Está aguentando firme, Sherman?

— Ah, mais ou menos, Pollard, suponho.

— Gostaria de dar uma passada para vê-lo, se não se incomoda.

— Você está em casa? — perguntou Sherman.

— Acabei de chegar. Não foi fácil entrar no edifício, mas consegui. Está bem para você?

— Claro. Suba.

— Vou subir pela escada de incêndio, se não se importar. Eddie está ocupadíssimo na portaria. Nem sei se consegue ouvir a campainha.

— Vou esperá-lo lá atrás.

Informou a Killian que iria lá atrás, na cozinha, para abrir a porta a Browning.

— Eiiii! — exclamou Killian. — Está vendo? Não o esqueceram.

— Veremos — respondeu Sherman. — Você está em vias de conhecer Wall Street em sua forma mais pura.

Nos fundos do apartamento, na cozinha silenciosa, com a porta aberta, Sherman ouvia Pollard fazendo ressoar os degraus de metal das escadas de incêndio. Não tardou a aparecer, bufando com a subida de dois lances inteiros, mas impecável. Pollard era o tipo de quarentão gorducho que parece mais saudável que qualquer atleta da mesma idade. Seus maxilares lisos transbordavam de uma camisa branca feita de algodão brilhante. Um terno cinzento de lã penteada, de belo corte, cobria cada centímetro de seu corpo fofo sem uma única ruga. Usava uma gravata marinho com o emblema do Yacht Club e um par de sapatos tão bem-feitos que faziam seus pés parecerem minúsculos. Estava elegantíssimo.

Sherman conduziu-o da cozinha para o vestíbulo, onde o irlandês, McCarthy, encontrava-se sentado na cadeira Thomas Hope. A porta da biblioteca estava aberta, e Occhioni estava bem à vista.

— Guarda-costas — Sherman sentiu-se compelido a explicar a Pollard, em voz baixa. — Aposto que nunca pensou que conheceria alguém que tivesse guarda-costas.

— Um dos meus clientes... você conhece Cleve Joyner da United Carborundum?

— Não, não conheço.

— Tem guarda-costas há uns seis ou sete anos. Vão com ele a toda parte.

Na sala de estar, Pollard deu uma olhada rápida e perfunctória nas roupas de Killian, e uma expressão aflita e contraída surgiu em seu rosto. Pollard cumprimentou-o.

— Como está? — A frase saiu quase ininteligível, e Killian respondeu também ininteligivelmente:

— Como vai? — As narinas de Pollard se contraíram ligeiramente, do mesmo jeito que as do pai de Sherman quando ele mencionara o nome Dershkin, Bellavita, Fishbein & Schlossel.

Sherman e Pollard sentaram-se em um dos grupos de estofados que Judy arranjara para encher a enorme sala. Killian retirou-se à biblioteca para falar com Occhioni.

— Bom, Sherman — disse Pollard —, estive em contato com todos os membros da nossa administração, exceto Jack Morrisey, e gostaria que soubesse que tem o nosso apoio, e que faremos tudo o que pudermos. Sei que deve ser uma situação terrível para você, Judy e Campbell. — Balançou a pequena cabeça redonda.

— Ora, muito obrigado, Pollard. Não tem sido exatamente uma festa.

— Agora, estive em contato com o inspetor do 19º Distrito pessoalmente, e ficaram de fornecer proteção para a porta do edifício, de modo que possamos entrar e sair, mas ele diz que não pode manter os manifestantes inteiramente afastados daqui. Pensei que pudessem mantê-los a uns 150 metros de distância, mas ele afirma que não pode fazer isso. Francamente, acho que é uma afronta. Aquele bando de... — Sherman via Pollard vasculhando a cabeça lisa e redonda à procura de uma maneira delicada de expressar um epíteto racial. Abandonou o esforço: — ... aquela ralé. — Balançou um pouco mais a cabeça.

— É um futebol político, Pollard. *Eu sou* um futebol político. É isso que se ganha quando a pessoa se mete no que não entende. — Sherman tentou sorrir. Contra todos os seus instintos, queria que Pollard gostasse dele e se solidarizasse com ele. — Espero que tenha lido o *Daily News* de hoje, Pollard.

— Não, raramente leio o *Daily News*. Li, no entanto, o *Times*.

— Bom, leia a reportagem do *Daily News,* se puder. É a primeira notícia que dá uma ideia do que realmente está se passando.

Pollard sacudiu a cabeça ainda mais pesarosamente.

— A imprensa é tão ruim quanto os manifestantes, Sherman. São positivamente desaforados. Atacam de surpresa. Atacam qualquer pessoa que tente entrar aqui. Tive que desafiá-los agora há pouco para entrar no meu próprio edifício. E então caíram em cima do meu motorista! São atrevidos! São um bando de selvagens. — "Selvagens?" — E naturalmente a polícia não toma providência alguma. É como se você fosse caça autorizada só porque tem a felicidade de morar num edifício destes.

— Não sei o que dizer. Sinto muito sobre o que está acontecendo, Pollard.

— Bom, infelizmente... — Interrompeu-se. — Nunca houve nada parecido na Park Avenue, Sherman. Quero dizer, uma manifestação contra a *Park Avenue* como área residencial. É intolerável. É como se pelo fato de *ser* a Park Avenue, nos seja negado o santuário de nossas casas. E o *nosso* edifício é o foco de tudo.

Sherman sentiu um alerta neural do que poderia estar por vir, mas não teve certeza. Começou a balançar a cabeça acompanhando o ritmo da de Pollard, para mostrar que seu coração se encontrava no lugar certo.

Pollard continuou:

— Aparentemente pretendem vir aqui todos os dias ou ficar noite e dia até... até não sei o quê. — Sua cabeça realmente balançava agora.

Sherman acelerou o ritmo da própria cabeça.

— Quem lhe informou isso?

— Eddie.

— Eddie, o porteiro?

— É. E Tony também, o que estava de serviço até Eddie entrar, às 4 horas. Disse a Eddie a mesma coisa.

— Não posso acreditar que façam isso, Pollard.

— Até hoje não se poderia acreditar que um bando de... que fariam uma manifestação diante do nosso edifício na Park Avenue, não é mesmo? Quero dizer, e aí está.

— Isso é verdade.

— Sherman, somos amigos há muito tempo. Frequentamos Buckley juntos. Era uma época de inocência, não era? — Sorriu, um sorrisinho frágil. — Meu pai conhecia seu pai. Por isso estou falando como um velho amigo que quer fazer o que pode por você. Mas também sou síndico de todos os moradores deste edifício, e tenho uma responsabilidade perante eles que leva precedência sobre as minhas preferências pessoais.

Sherman sentiu o rosto começar a enrubescer.

— E isso significa o quê, Pollard?

— Bom, só isso. Não posso imaginar que essa situação seja de forma alguma confortável para você, permanecer como prisioneiro virtual neste edifício. Já pensou em... mudar de residência? Até que as coisas se acalmem um pouco?

— Ah, pensei nisso sim. Judy, Campbell, nossa governanta e a babá estão hospedadas em casa dos meus pais, agora. Francamente, já estou aterrorizado com a possibilidade de aqueles filhos da mãe lá fora descobrirem e irem *lá* e fazerem alguma coisa, e um palacete é *inteiramente* vulnerável. Pensei em ir para Long Island, mas você conhece a nossa casa. É completamente aberta. Porta-janelas por toda parte. Não seguram nem os esquilos. Pensei num hotel, mas não existe segurança num hotel. Pensei em me hospedar no Leash, mas também é um palacete. Pollard, estou recebendo ameaças de morte. Ameaças de *morte*. Já houve no mínimo uns doze telefonemas, hoje.

Os olhinhos de Pollard correram rapidamente pela sala como se *eles* pudessem estar entrando pelas janelas.

— Bom, francamente, tanto mais razão, Sherman.

— Razão para quê?

— Bom, para que você refletisse... tomasse providência. Sabe, não é apenas você que está correndo riscos. Todos aqui no edifício estão correndo riscos, Sherman. Compreendo que não seja sua culpa, não diretamente, sem dúvida, mas isso não altera os fatos.

Sherman sabia que seu rosto estava vermelho, escaldante.

— Alterar os fatos! Os fatos são que a minha vida está sendo ameaçada, e este é o lugar mais seguro de que disponho, que acontece ser minha casa, se me permite lembrar-lhe *este fato*.

— Bom, deixe-me lembrar a você... e mais uma vez, só estou fazendo isso porque tenho uma responsabilidade maior... deixe-me lembrar que você tem sua casa aqui porque é coparticipante de um empreendimento residencial. Chama-se um condomínio por esta razão, e determinadas obrigações de sua parte e da parte da diretoria decorrem do contrato que você assinou quando comprou sua cota-parte. Não há maneira de se alterar *tais* fatos.

— Estou na conjuntura mais crítica de minha vida... e você me vem falar de contratos legais?

— Sherman... — Pollard baixou os olhos e acenou as mãos tristemente: — Tenho que pensar não só em você e sua família, mas em treze outras famílias deste edifício. E não estamos lhe pedindo para fazer nada em caráter permanente.

"*Nós!* Nós, o júri... no *interior* dessas paredes!"

— Bom, por que não se muda, Pollard, se está tão aterrorizado, pô? Por que você e toda a comissão administradora não se mudam? Tenho certeza de que o seu brilhante exemplo inspirará outros, e eles se mudarão, e ninguém correrá riscos no seu querido edifício, exceto os desgraçados dos McCoys, que criaram todos esses problemas para começar, certo?

Occhioni e Killian espiavam pela porta da biblioteca, e McCarthy observava do saguão de entrada. Mas ele não conseguia se conter.

— Sherman...

— Mudar?... Tem alguma ideia do *idiota* absurdo e pomposo que você é? Entrar aqui, morto de medo, e me dizer que a comissão em sua sabedoria acha conveniente que eu me *mude*?

— Sherman, sei que está agitado...

— *Mudar?...* A única pessoa que vai se mudar, Pollard, é você! Você vai se mudar deste apartamento... agora! E vai sair pelo lugar por onde entrou: a porta da cozinha! — Apontou um braço e um dedo rígidos na direção da cozinha.

— Sherman, subi aqui de boa-fé.

— Ahhhhhh, Pollard... Você era um fanfarrão gordo e ridículo em Buckley e é um fanfarrão gordo e ridículo agora. Já tenho bastante problemas na cabeça sem a sua *boa-fé*. Até logo, Pollard. — Tomou-o pelo cotovelo e tentou fazê-lo voltar-se para a cozinha.

— Não ponha a mão em mim!

Sherman retirou a mão. E sibilando:

— Então saia.

— Sherman, você não está nos deixando nenhuma alternativa, exceto executar as medidas previstas para as Situações Inaceitáveis.

Apontou o braço de aço para a cozinha e disse baixinho:

— Marche, Pollard. Se ouvir mais uma palavra sua entre aqui e aquela escada de incêndio, pode ter certeza de que vai haver uma situação inaceitável.

A cabeça de Pollard pareceu inchar apopleticamente. Então se virou e caminhou rapidamente pelo vestíbulo e entrou na cozinha. Sherman o acompanhou o mais ruidosamente possível.

Quando Pollard chegou ao santuário da escada de incêndio, voltou-se e, furioso, exclamou:

— Lembre-se de uma coisa, Sherman. Foi *você* quem deu o tom.

— Deu o tom. Fantástico. Você é um autêntico fazedor de frases, Pollard! — E bateu a velha porta corta-fogo da cozinha.

Quase imediatamente arrependeu-se de tudo. Ao caminhar de volta para a sala de estar, seu coração batia violentamente. Tremia. Os três homens, Killian, Occhioni e McCarthy, estavam parados ali com uma displicência de show de mímica.

Sherman forçou-se a sorrir, só para mostrar que estava tudo bem.

— Seu amigo? — perguntou Killian.

— É, um velho amigo. Frequentamos a escola juntos. Ele quer me expulsar do edifício.

— Não tem a mínima chance — disse Killian. — Podemos enrolá-lo pelos próximos dez anos.

— Sabe, tenho uma confissão a fazer — disse Sherman. Forçou-se de novo a sorrir. — Até esse filho da mãe subir aqui, eu estava pensando em estourar os miolos. Agora eu nem sonharia em fazê-lo. Isso resolveria todos os problemas dele, e ele jantaria fora durante um mês para comemorar e se sentiria muito justo e correto. Contaria a todos que crescemos juntos, e balançaria aquela grande bolha redonda que lhe serve de cabeça. Acho que vou convidar aqueles filhos da puta — indicou as ruas com a cabeça — para virem aqui dançar uma mazurca bem em cima desse cabeça de bolha.

— Eiiiiii! — exclamou Killian. — Assim está melhor. Agora você está virando *irlandês*, pô. Os irlandeses estão vivendo de sonhos de vingança nos últimos 1.200 anos. Agora você *falou*, irmão.

Mais um ronco surdo elevou-se da Park Avenue no calor de junho... McCOY!... McCOY!

26
MORTE ESTILO NOVA YORK

Foi o próprio Rato Morto, Sir Gerald Steiner, quem teve a brilhante ideia. Steiner, Brian Highridge e Fallow estavam reunidos na sala de Steiner. Só de estar ali, respirando o ar de eminência em si, produzia em Fallow uma sensação calorosa. Graças aos seus triunfos no caso McCoy, as salas superiores e os círculos mais íntimos de *The City Light* estavam abertos para ele. A sala de Steiner era um grande aposento de canto de onde se descortinava o rio Hudson. Havia uma grande escrivaninha de madeira, uma mesa de reuniões estilo missioneiro, seis cadeiras de braços, e aquela indispensável prova de um alto cargo na empresa, um sofá. Em outros sentidos, a decoração era a de um Profissional da Imprensa. Steiner mantinha pilhas desorganizadas de jornais, livros de consulta e laudas sobre a escrivaninha e a mesa de reuniões. Um terminal de computação e uma máquina de escrever manual em suportes de metal encontravam-se próximos à sua cadeira giratória. Um telex da Reuters matraqueava a um canto. Um rádio da polícia, em outro canto. Estava silencioso, agora, mas ele mantivera o aparelho ligado durante um ano até que os estalidos e explosões de estática finalmente o cansaram. Os painéis de vidro, que proporcionavam uma visão majestosa do rio e da praia cinzenta de Hoboken, não tinham cortinas, apenas persianas. As persianas emprestavam à vista um ar de Indústria Leve Profissional de Imprensa.

A finalidade dessa reunião de cúpula era decidir como aprofundar a pista quentíssima de Fallow: ou seja, que Maria Ruskin era a mulher misteriosa, a morena tesuda que assumira o volante do Mercedes esporte depois que McCoy atropelara Henry Lamb. Quatro repórteres — inclusive, Fallow sentiu-se satisfeito em constatar, Robert Goldman — tinham sido designados para investigar a notícia. Investigar para *ele*: eram seus peões. Até o momento haviam confirmado apenas que Maria Ruskin estava fora do país, provavelmente na Itália. Quanto ao jovem artista, Filippo Chirazzi, não tinham sido capazes de encontrar a menor pista.

Steiner estava sentado à escrivaninha sem paletó, de gravata frouxa, e os suspensórios de feltro vermelho resplandeciam sobre a camisa listrada, quando lhe ocorreu a ideia brilhante. A seção de negócios de *The City Light* estava publicando presentemente uma série de reportagens sobre "Os novos magnatas". O plano de Steiner era abordar Arthur Ruskin como tema para uma das reportagens da série. Isso não seria inteiramente desonesto, porque Ruskin era de fato um exemplo típico do "novo magnata" da Nova York atual, o homem de riqueza imensa, recente e inexplicável. O entrevistador do novo magnata seria Fallow. E, se conseguisse se aproximar do homem, agiria por intuição. No mínimo, talvez descobrisse onde se encontrava Maria Ruskin.

— Mas você acha que ele vai engolir essa, Jerry? — perguntou Brian Highridge.

— Ah, conheço esses sujeitos — disse Steiner —, e os velhos são piores. Ganharam seus 50 ou 100 milhões — isso é o que os texanos chamam de uma unidade. Acho uma delícia. Uma unidade, naturalmente, é um ponto *de partida.* Em todo caso, esses tipos fazem uma colossal montanha de dinheiro, vão a um jantar, sentam-se junto de uma dessas mocinhas bonitas, e sentem uma pontadinha da antiga excitação... mas ela não tem a menor ideia de quem seja. Cem milhões de dólares!... ela nunca ouviu seu nome e nem está interessada em quem seja quando tentam dizer. Que fazer? Não dá para sair andando com um letreiro pendurado no pescoço anunciando GIGANTE FINANCEIRO. A essa altura, acreditem, começam a perder um pouco de seus alegados escrúpulos a respeito da publicidade.

Fallow acreditou. Não era à toa que Steiner fundara *The City Light* e o mantinha apesar das perdas operacionais de 10 milhões de dólares por ano. Deixara de ser apenas mais um financista. Era o temível aventureiro do temível *City Light.*

O Rato provou ser um hábil psicólogo dos novos-ricos e anônimos. Dois telefonemas de Brian Highridge, e tudo ficou acertado. Ruskin disse que geralmente evitava publicidade, mas nesse caso faria uma exceção. Disse também a Brian Highridge que gostaria que o entrevistador... como era o nome dele? sr. Fallow?... fosse seu convidado para jantar no La Boue d'Argent.

Quando Fallow e Arthur Ruskin chegaram ao restaurante, Fallow empurrou a porta giratória de latão para o velho. Ruskin abaixou ligeiramente o queixo, em seguida baixou os olhos, e o sorriso mais profundamente sincero espalhou-se no seu rosto. Por um instante Fallow maravilhou-se de que esse velho de setenta anos, troncudo e ríspido, pudesse se sentir tão grato a um gesto de educação tão inócuo. No instante seguinte, percebeu que o sorriso não tinha qualquer relação com ele ou com o seu gesto de cortesia. Ruskin estava apenas sentindo as primeiras radiações ambrosíacas da recepção que o aguardava além do portal.

Assim que Ruskin entrou no vestíbulo e a luz da famosa escultura do restaurante, *O javali de prata,* incidiu sobre ele, a bajulação começou com força total. O maître, Raphael, chegou quase a saltar da escrivaninha e da agenda que consultava. Não foi um, foram dois garçons-chefes que se adiantaram. Sorriram, curvaram-se, encheram o ar de "Monsieur Ruskin". O grande financista baixou ainda mais o queixo até deixá-lo pairando sobre a papada, murmurou respostas, e seu sorriso tornou-se cada vez mais largo e, curiosamente, cada vez mais modesto. Era o sorriso de um garoto em sua festa de aniversário, do menino que sente ao mesmo tempo humildade e uma maravilhosa euforia com a percepção de que se encontra numa sala cheia de gente que está feliz, anormalmente feliz, por assim dizer, de vê-lo com vida e ali presente.

A Fallow, Raphael e os dois garçons deram rápidos "alô, senhor", e voltaram a festejar Ruskin com as doces atenções da profissão. Fallow notou duas personagens estranhas no vestíbulo, dois homens trintões, usando ternos escuros que pareciam ser meros disfarces para seus corpos de rijos músculos proletários. Um parecia americano, o outro, asiático. O último era tão corpulento e tinha uma cabeça tão grande, com feições tão chapadas e ameaçadoras, que Fallow se perguntou se seria samoano. Ruskin reparou nele, também, e Raphael disse com um sorriso delambido:

— Serviço secreto. *Dois* serviços secretos, o americano e o indonésio. Madame Tacaya virá jantar aqui hoje à noite. — Depois de transmitir essa notícia, tornou a sorrir.

Ruskin voltou-se para Fallow e fez uma careta, sem sorrir, talvez temendo que não pudesse competir com a mulher do ditador indonésio nas atenções e homenagens do restaurante. O homenzarrão asiático estudou os dois. Fallow reparou que tinha um fio saindo do ouvido.

Raphael sorriu de novo para Ruskin e convidou-os com um gesto a acompanhá-lo ao salão, e a procissão começou, encabeçada por Raphael em pessoa, seguido de Ruskin e Fallow, um chefe, e um garçom que fechava o cortejo. Dobraram à direita junto à forma luminosa do *Javali de prata* e se dirigiram para o salão. Ruskin tinha um sorriso no rosto. Adorava isso. Somente o fato de que mantinha os olhos baixos o impedia de parecer um arrematado tolo.

À noite, o salão de jantar era bem iluminado e parecia muito mais vistoso do que na hora do almoço. Os comensais noturnos raramente tinham a distinção social dos comensais diurnos, mas o lugar estava cheio assim mesmo e vibrava com o som das conversas. Fallow via grupos e mais grupos de homens calvos e mulheres de cabelos cor de abacaxi.

O cortejo parou junto a uma mesa redonda que era muito maior que qualquer outra, mas ainda estava vazia. Um garçom-chefe, dois garçons e dois ajudantes ocupavam-se dela, dispondo pratos e talheres diante de cada lugar. Essa era evidentemente a mesa de Madame Tacaya. Bem defronte havia uma longa banqueta estofada sob as janelas fronteiras. Fallow e Ruskin sentaram-se lado a lado nessa banqueta. Tinham uma visão de toda a parte da frente do restaurante, que era tudo a que um aspirante à eminência em La Boue d'Argent poderia desejar.

Ruskin disse:

— Sabe por que gosto deste restaurante?

— Por quê? — perguntou Fallow.

— Porque tem a melhor comida de Nova York e o melhor serviço. — Ruskin virou-se e encarou Fallow, que não conseguiu pensar em nenhum comentário para contrapor a essa revelação.

— Ah, claro, as pessoas falam muito da grã-finagem — continuou Ruskin —, e claro, muita gente conhecida vem aqui. Mas por quê? Porque tem uma excelente comida e um excelente serviço. — Sacudiu os ombros. ("Não há mistério algum.")

Raphael reapareceu e perguntou a Ruskin se gostaria de tomar uma bebida.

— Nossa! — exclamou Ruskin, sorrindo. — Não devia, mas bem que gostaria de um drinque. Tem Courvoisier V.S.O.P?

— Temos sim.

— Então, traga-me um coquetel de conhaque, suco de limão e licor de laranja com o V.S.O.P.

Fallow pediu um copo de vinho branco. Essa noite pretendia se manter sóbrio. Em poucos instantes, chegou um garçom com o copo de vinho e o coquetel de Ruskin. Ruskin ergueu o cálice.

— À sorte — disse. — Estou contente que minha esposa não esteja aqui.

— Por quê? — perguntou Fallow muito interessado.

— Não posso beber, especialmente uma bomba como esta. — Ergueu o cálice contra a luz. — Mas esta noite tenho vontade de beber. Foi Willi Nordhoff que me apresentou a este coquetel. Costumava pedi-lo o tempo todo no velho King Cole Bar do Hotel St. Regis. "Coquetel" — dizia — *"Mit* Fê, És, Ô, Pê." Algum dia esteve com Willi?

— Não, creio que não.

— Mas sabe quem é.

— É claro — respondeu Fallow, que nunca ouvira aquele nome na vida.

— Puxa vida — disse Ruskin. — Nunca pensei que algum dia seria um grande amigo de um boche, mas adoro o cara.

O pensamento mergulhou Ruskin num longo solilóquio sobre os muitos caminhos que percorrera em sua carreira e sobre as muitas encruzilhadas com que se deparara nesses caminhos, como os Estados Unidos eram um país maravilhoso e quem mais teria dado a um judeuzinho de Cleveland, Ohio, uma chance em mil de chegar aonde estava hoje. Começou a pintar para Fallow a paisagem do topo da montanha, pedindo um segundo coquetel enquanto falava. Pintou-a com pinceladas vigorosas mas pouco nítidas. Fallow ficou satisfeito de que estivessem sentados lado a lado. Assim seria difícil para Ruskin perceber o tédio em seu rosto. De quando em quando arriscava uma pergunta. Jogava verde para descobrir onde Maria Ruskin se hospedava quando visitava a Itália, como agora, mas Ruskin também não era preciso nisso. Estava ansioso para voltar ao relato de sua vida.

Serviram o primeiro prato. Fallow pedira um patê vegetal. O patê era um pequeno semicírculo rosado com tiras de ruibarbo dispostas em raios ao redor.

Estava colocado no quadrante superior esquerdo de um grande prato. O prato parecia vitrificado e era decorado com uma curiosa pintura art nouveau de um velho galeão espanhol num mar avermelhado, navegando em direção ao... pôr do sol... mas o sol poente era, na realidade, o patê, com seus raios de ruibarbo, e o navio espanhol não era vitrificado, mas formado por diferentes molhos coloridos. Era uma pintura com molhos. O prato de Ruskin continha um leito de talharim verde, cuidadosamente trançado para sugerir uma cesta, sobre o qual pousavam borboletas feitas de metades de cogumelos à guisa de asas; pimentões, rodelas de cebolas e alcaparras compunham o corpo, os olhos e as antenas. Ruskin não deu atenção à exótica colagem diante dele. Pedira uma garrafa de vinho e ia se tornando cada vez mais expansivo sobre os picos e vales de sua carreira. Vales, sim; tivera que superar muitos desapontamentos. O mais importante era ser decidido. Os homens decididos tomavam grandes decisões, não porque fossem necessariamente mais espertos que os outros, mas porque tomavam *um número maior* de decisões, e pela lei das probabilidades algumas teriam que ser ótimas. Será que Fallow compreendia? Fallow assentiu com a cabeça. Ruskin parou apenas para observar carrancudo a agitação de Raphael e de seus ajudantes em torno da grande mesa redonda fronteira a eles. *"Madame Tacaya está para chegar."* Ruskin parecia sentir-se preterido.

— Todos querem vir para Nova York — disse desolado, sem mencionar de quem estava falando, embora fosse bastante claro. — Esta cidade é o que Paris foi. A despeito do que possam ser no próprio país, começam a remoer a ideia de que em Nova York as pessoas não se importam com quem sejam. Sabe quem ela é, não sabe? É uma imperatriz, e Tacaya é o imperador. Ele se intitula presidente, mas isso é o que todos fazem. Todos fingem ser democratas. Já reparou nisso? Se Gengis Khan andasse pelo mundo hoje, seria o presidente Gengis, ou presidente perpétuo, como Duvalier costumava dizer. Ah, o mundo é ótimo. Há 10 ou 20 milhões de pobres-diabos que se prostram no chão de terra batida todas as vezes que a imperatriz mexe o dedinho, mas ela não consegue dormir à noite pensando que as pessoas em La Boue d'Argent em Nova York talvez ignorem quem ela seja.

O homem do serviço secreto de Madame Tacaya meteu a cabeça no salão e esquadrinhou a casa. Ruskin lançou-lhe um olhar maligno.

— Mas mesmo em Paris — disse — eles não viriam dos confins do maldito Pacífico. Já esteve alguma vez no Oriente Médio?

— Hummmm n-n-n-n-não — respondeu Fallow, que por meio segundo pensou em mentir.

— Deveria. Não se pode entender o que se passa no mundo, a não ser que se vá a lugares como Djidda, Kuwait, Dubai... Sabem o que querem fazer lá? Querem construir arranha-céus de vidro, para serem como Nova York. Os arquitetos dizem-lhes que são loucos. Em um edifício de vidro, com um clima daqueles, terão que manter os condicionadores de ar ligados 24 horas por dia. Custará uma fortuna. Eles apenas sacodem os ombros. E daí? Estão sentados em cima de todo o petróleo do mundo.

Ruskin deu uma risadinha.

— Vou exemplificar o que quero dizer quando falo de tomar decisões. Lembra-se da crise do petróleo, no início da década de 1970? Era assim que a chamavam, "crise do petróleo". Foi a melhor coisa que me aconteceu. De repente, todo o mundo estava falando do Oriente Médio e dos árabes. Uma noite eu estava jantando com Willi Nordhoff, e ele desatou a falar sobre a religião muçulmana, no Islã, e no desejo de todo muçulmano de ir a Meca antes de morrer. "Todo porra muçulmano quer ir lá", dizia no seu sotaque arrevesado. Sempre pontuava seu discurso com muitos porras, porque achava que isso o fazia parecer fluente em inglês. Bom, assim que acabou de dizer isso, acendeu-se uma luz em minha cabeça. Assim. Ora, eu estava com quase sessenta anos e completamente quebrado. O mercado de ações fora para o caralho àquela altura, e fora só o que eu fizera durante vinte anos, comprar e vender títulos. Tinha uma casa na Park Avenue, uma casa na Eaton Square em Londres, uma fazenda em Amenia, Nova York, mas estava falido e desesperado, e essa luz se acendeu em minha cabeça.

"Então disse a Willi: 'Willi, quantos muçulmanos existem?' E ele respondeu: 'Não sei. Milhões, dezenas de milhões, centenas de milhões.' Então tomei uma decisão ali, na hora: vou montar um negócio de fretamento de aviões. Todo porra árabe que quiser ir a Meca, eu o levarei para lá. Vendi minha casa em Londres e minha fazenda em Amenia para levantar dinheiro, e arrendei meus primeiros aviões, três Electras castigados. Só o que a desgraçada da minha mulher conseguia pensar, estou me referindo à minha ex-mulher, era aonde iríamos passar o verão, se não podíamos ir para Amenia nem para Londres. Esse era o seu único comentário a respeito de toda aquela maldita situação."

Ruskin agigantou-se com o relato. Pediu vinho tinto, um vinho pesado que provocou uma deliciosa quentura no estômago de Fallow. Fallow encomendou um prato chamado vitela Boogie Woogie, o que afinal não passava de retângulos de vitela, quadradinhos picantes de maçã vermelha e cordões de nozes em purê dispostos numa imitação do quadro de Piet Mondrian, *Broadway Boogie Woogie*. Ruskin pediu *médaillons de selle d'agneau Mikado* que eram ovais, perfeitamente rosados, de pernil de cordeiro com folhinhas minúsculas de espinafre e palitos de aipo tostado dispostos em forma de leque japonês. Ruskin conseguiu virar dois copos de caloroso vinho tinto com uma rapidez assustadora, considerando-se que não parava de falar.

Parecia que Ruskin fizera muitos dos primeiros voos para Meca pessoalmente, fingindo-se tripulante. Agentes de viagem árabes tinham percorrido as aldeias mais remotas, convencendo os nativos a espremerem o preço de uma passagem aérea de suas magras posses a fim de empreenderem a mágica peregrinação a Meca, que levaria umas poucas horas e não trinta ou quarenta dias. Muitos nunca tinham posto os olhos em um avião. Chegavam aos aeroportos com cordeiros, carneiros, cabras e galinhas vivos. Nenhum poder na terra conseguia fazê-los se separar de seus animais antes de entrarem na aeronave. Compreendiam que os voos eram curtos, mas como iriam arranjar comida uma vez que chegassem a Meca? Então os animais entravam direto na cabine com seus donos, balindo, cacarejando, urinando, defecando à vontade. Metros de plástico foram colocados nas cabines, forrando os assentos e o chão. Assim, homens e animais viajavam para Meca ombro a flanco, nômades voadores num deserto de plástico. Alguns dos passageiros imediatamente se dispunham a armar gravetos e capim seco nos corredores para acender fogueiras e preparar o jantar. Uma das tarefas mais prementes dos tripulantes era desencorajar essa prática.

— Mas o que gostaria de contar é sobre a vez em que saímos da pista, em Meca — lembrou Ruskin. — Era noite, e fazíamos a aproximação para o pouso; o piloto alongou demasiado o pouso, o maldito avião saiu da pista, e entramos na areia com um tremendo sacolejão. A ponta da asa direita afundou na areia, o avião derrapou fazendo uma volta de quase 360 graus, e finalmente paramos. Bom, nossa, calculamos que haveria pânico por atacado com todos aqueles árabes, os carneiros, as cabras e as galinhas. Calculamos que iam querer nos matar. Em vez disso, estavam todos conversando normalmente e espiando pela janela um pequeno incêndio que começara na ponta da asa. Bom, quero dizer, éramos nós que estávamos em pânico. E então eles começaram a se levantar, com todo o vagar, a apanhar as malas e os sacos e os animais e tudo mais, só esperando que abríssemos as portas. Eles tão calmos... e nós apavorados com a morte! Então compreendemos. Achavam que era normal. É! Achavam que era assim que se fazia um avião parar! Mete-se uma asa na areia e gira-se, o bicho para, e desce-se! A coisa era que nunca tinham andado de avião antes, e como é que iam saber que não era assim que se parava um avião! Achavam que era normal! Achavam que era assim que se fazia!

Esse pensamento fez Ruskin dar um grande sorriso pachorrento, que vinha do fundo da garganta, mas o sorriso se transformou num espasmo de tosse, e seu rosto ficou muito vermelho. Afastou-se da mesa com a ajuda das mãos até parecer que estava bem acomodado na banqueta e disse:

— Hummm! Hummm! Hummm, hummm, humm! — como se refletisse de uma forma indulgente sobre a cena que acabara de descrever. Sua cabeça pendeu para a frente, como se estivesse profundamente absorto na coisa toda. Depois a cabeça caiu para o lado, e saiu um ronco de sua boca, e ele apoiou o ombro de encontro a Fallow. Por um instante, Fallow pensou que o velho tivesse adormecido. Fallow se virou para ver o rosto de Ruskin e, ao fazê-lo, o corpo do velho tombou para o lado dele. Assustado, Fallow se ajeitou na banqueta, e a cabeça de Ruskin veio parar em seu colo. O rosto do velho já não estava vermelho. Agora estava cadavericamente cinzento. A boca, ligeiramente entreaberta. A respiração fazia-se em arquejos curtos, rápidos. Sem pensar, Fallow tentou aprumá-lo de volta na banqueta. Foi o mesmo que tentar levantar um saco de adubo. Ao segurá-lo para puxá-lo, Fallow percebeu que as duas mulheres e os dois homens à mesa ao lado, emparelhada com a banqueta, observavam com a curiosidade desdenhosa de pessoas que assistem a uma cena desagradável. Ninguém mexeu um dedo, naturalmente. Fallow agora conseguira recostar Ruskin contra a banqueta e corria os olhos pelo salão à procura de auxílio. Raphael, um garçom, dois chefes e um ajudante continuavam a se ocupar da grande mesa redonda que aguardava Madame Tacaya e seus convidados.

Fallow chamou:

— Com licença! — Ninguém o ouviu. Sentiu-se consciente do som tolo desse "com licença" britânico, quando o que queria dizer era "socorro!" Então acrescentou: — Garçom! — da forma mais beligerante que conseguiu. Um dos chefes à mesa de Madame Tacaya ergueu os olhos, franziu a testa, e em seguida se aproximou.

Com um braço Fallow mantinha Ruskin sentado. Com o outro gesticulava apontando seu rosto. A boca de Ruskin estava entreaberta, e os olhos entrefechados.

— O sr. Ruskin sofreu uma espécie de... não sei o quê! — Fallow disse ao chefe.

O chefe olhou para Ruskin do jeito que poderia ter olhado para um pombo que inexplicavelmente tivesse entrado no restaurante e se apoderado da melhor cadeira da casa. Deu meia-volta e foi buscar Raphael, e Raphael olhou para Ruskin.

— Que aconteceu? — perguntou a Fallow.

— Ele sofreu alguma espécie de ataque! — disse Fallow. — Há algum médico aqui?

Raphael correu os olhos pelo salão. Mas dava para perceber que não estava procurando ninguém em particular. Tentava calcular o que aconteceria se experimentasse silenciar o salão e pedir ajuda médica. Consultou o relógio e praguejou baixinho.

— Pelo amor de Deus, arranje um médico! — exclamou Fallow. — Chame a polícia! — Gesticulou com as mãos, e quando retirou a mão que sustentava Ruskin, o velho mergulhou a cara no prato, em cima do *selle d'agneau Mikado*. A mulher na mesa ao lado fez:

— Aaaooooh! — Foi quase um ganido, e levou o guardanapo ao rosto. O espaço entre as duas mesas era inferior a quinze centímetros, mas de alguma forma o braço de Ruskin conseguiu se entalar ali.

Raphael dirigiu-se rispidamente ao chefe e aos dois garçons à mesa de Madame Tacaya. Os garçons começaram a afastar a mesa da banqueta. O peso de Ruskin, porém, estava apoiado na mesa, e seu corpo começou a escorregar para a frente.

Fallow agarrou-o pela cintura para tentar impedi-lo de cair no chão. Mas o corpo maciço de Ruskin era um peso morto. O rosto escorregou pelo prato. Fallow não conseguia puxá-lo para trás. O velho deslizou para fora da mesa e mergulhou de cabeça no tapete aos seus pés. Agora estava deitado no chão, de lado, com as pernas abertas. Os garçons puxaram a mesa ainda mais para longe, até que ela bloqueou a passagem entre as mesas de banqueta e a mesa de Madame Tacaya. Raphael gritava com todos ao mesmo tempo. Fallow sabia alguma coisa de francês, mas não conseguia distinguir uma palavra do que Raphael dizia. Dois garçons carregando bandejas repletas de comida pararam ali, olharam para baixo e em seguida para Raphael. Era um congestionamento de tráfego. Assumindo o comando, Raphael se acocorou e tentou erguer Ruskin pelos ombros. Não conseguiu movê-lo. Fallow se levantou. O corpo de Ruskin impedia-o de sair de trás da mesa. Uma olhada para o rosto de Ruskin, e ficou patente que já se fora. Seu rosto estava cinza-pálido, melado de molho francês e pedacinhos de espinafre e aipo. A pele em torno do nariz e da boca estava azulando. Os olhos, imóveis e abertos, eram como duas esferas de vidro leitoso. As pessoas esticavam o pescoço para cá e para lá, mas o salão continuava conversando animadamente. Raphael não parava de olhar para a porta.

— Pelo amor de Deus — disse Fallow —, chame um médico.

Raphael lançou-lhe um olhar furioso e em seguida acenou com a mão como se o dispensasse. Fallow surpreendeu-se. Mas em seguida encolerizou-se. Também não queria ficar encalhado com esse velho moribundo, mas agora acabava de ser insultado pelo arrogante maîtrezinho. Tornara-se, portanto, aliado de Ruskin. Ajoelhou-se no chão, por cima das pernas de Ruskin. Afrouxou-lhe a gravata e puxou os lados da camisa para abri-la, fazendo saltar o botão de cima. Desafivelou o cinto, abriu a calça e tentou soltar a camisa de Ruskin, mas estava presa, aparentemente devido ao modo como ele caíra.

— Que aconteceu com ele? Está engasgado? Está engasgado? Deixe-me aplicar o método de Heimlich!

Fallow ergueu os olhos. Um homenzarrão jovial, um grande *percheron* ianque, olhava-o do alto. Era aparentemente um outro comensal.

— Acho que teve um ataque cardíaco — informou Fallow.

— É o que parece quando estão engasgados! — replicou o homem. — Nossa mãe, aplique o método de Heimlich!

Raphael tinha as mãos erguidas, tentando afastar o homem. Ele o repeliu e ajoelhou-se ao lado de Ruskin.

— O método de Heimlich, diabos! — disse a Fallow. — O método de Heimlich! — Soava como uma ordem militar. Firmou as mãos sob os braços de Ruskin e conseguiu trazê-lo para uma posição sentada, após o que seus braços escorregaram e ele atracou o peito do velho por trás. Apertou o corpo de Ruskin, então perdeu o equilíbrio, e os dois tombaram no chão. Parecia que estavam lutando. Fallow continuava de joelhos. O aplicador do método de Heimlich levantou-se, segurando o nariz que sangrava, e se afastou cambaleando. Seus esforços tinham conseguido principalmente soltar a camisa e a camiseta de Ruskin do corpo, de modo que agora uma larga extensão da barriga pesada do velho encontrava-se exposta à vista de todos.

Fallow começava a se erguer, quando sentiu uma forte pressão no ombro. Era a mulher da banqueta tentando passar pelo espaço exíguo. Olhou para o rosto dela. Era uma máscara de pânico. Empurrava Fallow como se estivesse tentando apanhar o último trem para sair de Barcelona. Acidentalmente pisou no braço de Ruskin. Olhou para baixo.

— *Aaaaaoooh!* — Mais um ganido. Deu mais dois passos além. Então olhou para o teto. E começou a se virar devagarinho. Surgiu alguém em movimento diante de Fallow. Era Raphael. Precipitou-se em direção à mesa de Madame Tacaya, agarrou uma cadeira e escorregou-a por baixo da mulher no exato momento em que ela desmaiou e desabou. De repente ela estava sentada, comatosa, com um braço pendurado no espaldar da cadeira.

Fallow levantou-se e passou por cima do corpo de Ruskin, postando-se entre ele e a mesa que aguardava Madame Tacaya. O corpo de Ruskin estava atravessado na passagem, como uma enorme baleia branca encalhada na praia. Raphael achava-se parado a meio metro de distância, conversando com o guarda-costas asiático de fio no ouvido. Ambos olhavam na direção da porta. Fallow podia ouvi-los dizer "Madame Tacaya Madame Tacaya Madame Tacaya".

O filho da puta!

— Que vai fazer? — perguntou Fallow.

— Monsieur — respondeu Raphael zangado —, chamamos a polícia. A ambulância vai chegar. Não há mais nada a fazer. Não há mais nada que o *senhor* possa fazer.

Fez sinal para um garçom, que passou por cima do corpo, carregando uma enorme bandeja, e começou a servir uma mesa a poucos centímetros de distância. Fallow examinou os rostos às mesas em toda a volta. Olhavam fixamente para o pavoroso espetáculo, mas nada faziam. Um velho corpulento estava caído no chão, passando muito mal. Talvez estivesse morrendo. Certamente qualquer deles que desse uma olhada em seu rosto poderia dizer isso. A princípio tinham sentido curiosidade. Será que vai morrer bem diante de nós? A princípio tinham sentido a excitação do Desastre com Outra Pessoa. Mas agora o drama estava se arrastando em demasia. A animação da conversa esmorecera. O velho parecia repulsivo, com a calça aberta e a grande barriga indecente saltando para fora. Tornara-se um problema de etiqueta. Se um velho estava morrendo no tapete a uns poucos passos de sua mesa, qual a atitude correta a tomar? Oferecer seus préstimos? Mas já havia um congestionamento de tráfego ali na passagem entre as fileiras de mesas.

Evacuar a área para deixá-lo respirar e voltar mais tarde para terminar a refeição? Mas de que maneira as mesas vazias ajudariam o homem? Parar de comer até que o drama tivesse se esgotado e o velho desaparecesse de vista? Mas os pedidos já tinham sido feitos e a comida começava a chegar, e não havia nenhum sinal de interrupção — e essa refeição estava custando uns 150 dólares por pessoa, somado o custo do vinho, e não era pouca porcaria arranjar lugar num restaurante como esse para início de conversa. Desviar os olhos? Bom, talvez essa fosse a única solução. Então desviavam a atenção e voltavam aos seus pratos pitorescos... mas havia alguma coisa barbaramente deprimente nisso tudo, porque era difícil impedir que os olhos vagassem de tantos em tantos segundos para verificar se, droga, não teriam removido o corpanzil jacente. Um moribundo! Ó mortalidade! E provavelmente de ataque cardíaco! Aquele receio profundo escondido no peito de praticamente todos os homens no salão. As velhas artérias iam se entupindo, de micromilímetro em micromilímetro, dia a dia, mês a mês, com todas as carnes e molhos suculentos, pães fofos, vinhos, suflês e café... E será que teriam essa aparência? Será que ficariam caídos no chão de algum lugar público com um círculo azulado em torno da boca e olhos enevoados que se manteriam semiabertos e 100 por cento sem vida? Era um espetáculo pouco apetitoso. Fazia a pessoa se sentir enjoada. Impedia-a de degustar essas iguarias caras dispostas em desenhos tão lindos no prato. Assim a curiosidade se transformara em inquietação, que agora se transformava em rancor — uma emoção que fora pressentida pelos .empregados do restaurante, multiplicada uma vez e de novo mais uma.

Raphael pôs as mãos nos quadris e contemplou o homem deitado com uma frustração que beirava a raiva. Fallow teve a impressão de que se Ruskin chegasse sequer a estremecer uma pálpebra, o pequeno maître teria disparado num sermão tecido com a polidez gélido-amargurada com que a sua raça velava os insultos. A animação voltava a crescer. Os comensais finalmente começavam a conseguir esquecer o cadáver. Mas não Raphael. "Madame Tacaya estava chegando." Os garçons agora estavam pulando sobre o corpo, indiferentes, como se fizessem aquilo todas as noites, como se todas as noites houvesse um corpo ou dois caídos naquele lugar, até que o ritmo dos pulos se incorporasse ao sistema nervoso da pessoa. Mas como fariam para conduzir a imperatriz da Indonésia por cima desse fardo? Ou sentá-la em presença dele? O que estava atrasando a polícia?

"Ianques infantis e macabros", pensou Fallow. Nem um só deles, além daquele ridículo defensor do método de Heimlich, movera um músculo para ajudar o pobre filho da puta. Finalmente, um policial e dois homens de uma equipe de urgência chegaram. O barulho diminuiu mais uma vez enquanto todos inspecionavam os homens, um dos quais era negro e o outro latino, e seu equipamento, que consistia numa maca portátil e num balão de oxigênio. Ajustaram uma máscara de oxigênio à boca de Ruskin. Fallow percebia, pela maneira como os homens falavam entre si, que não estavam obtendo nenhuma resposta. Abriram a maca, colocaram-na sob o corpo de Ruskin e amarraram-no.

Quando levaram a maca para a porta de entrada, surgiu um problema inquietante. Não havia maneira de passá-la pela porta giratória. Agora que ela já não estava dobrada, mas estendida com um corpo em cima, tornara-se comprida demais. Começaram por tentar fechar um dos painéis da porta, mas ninguém parecia saber como fazê-lo. Raphael não parava de repetir:

— Na vertical! Na vertical! Passem com ela na vertical!

Mas aparentemente isso era uma séria violação dos procedimentos médicos, transportar um corpo na vertical, no caso de uma vítima de ataque cardíaco, e os homens tinham que livrar a própria cara. Com isso todos ficaram ali parados no vestíbulo, diante da estátua do *Javali de prata,* discutindo.

Raphael começou a jogar as mãos para o alto e a bater os pés.

— Acham que vou permitir que *isso* — indicou o corpo de Ruskin com um gesto, parou, depois desistiu de encontrar um nome apropriado — permaneça aqui no restaurante, diante de *tout le monde?* Por favor! Vejam por si mesmos! Essa é a entrada principal! Isto é um negócio! As pessoas entram por aqui! Madame Tacaya estará aqui a qualquer momento!

O policial disse:

— Tudo bem, fique calmo. Existe outra saída?

Muita discussão. Um garçom mencionou que o toalete de senhoras tinha uma janela que abria para a rua. O policial e Raphael voltaram ao salão para verificar aquela possibilidade. Logo regressaram, e o policial disse:

— Muito bem, acho que conseguiremos. — Com isso, agora Raphael, o chefe, o policial, os padioleiros, um garçom, Fallow e o corpanzil inerte de Arthur Ruskin tornaram a adentrar o salão. Passaram pelo mesmíssimo corredor, entre as mesas de banqueta e a mesa de Madame Tacaya, por onde Ruskin entrara triunfante não fazia uma hora. Ele continuava a ser a estrela da procissão, embora inerte e frio. A animação do salão sofreu um baque. Os comensais não conseguiam acreditar no que viam. O rosto cadavérico e a barriga branca de Ruskin desfilavam agora por suas mesas... os tristes despojos dos prazeres da carne. Era como se alguma peste, que todos julgavam que tivesse sido erradicada finalmente, ressurgisse no meio deles mais virulenta que nunca.

O cortejo entrou por uma portinha na extremidade do salão de jantar. A porta levava a um pequeno vestíbulo em que havia mais duas portas, a do toalete dos homens e a do toalete das mulheres. O das mulheres dispunha de uma saleta de descanso e nela havia a janela para a rua. Após consideráveis esforços, um garçom e o policial conseguiram abrir a janela. Raphael apareceu com um molho de chaves e destrancou as grades que protegiam a janela. Uma aragem fria e fuliginosa entrou pela saleta. Foi bem-vinda. O amontoado de seres humanos, em movimento e estáticos, tornara a saleta insuportável.

O policial e um dos padioleiros pularam na calçada passando pela janela. O outro padioleiro e o garçom empurraram uma extremidade da maca, a extremidade em que estava o rosto de Ruskin, mais lúgubre e mais cinzento a cada minuto, pela janela, entregando-a aos dois homens do lado de fora. A última coisa que Fallow viu dos restos mortais de Arthur Ruskin, o capitão dos fretamentos de árabes para Meca, foi a sola dos sapatos ingleses feitos artesanalmente desaparecendo pela janela do toalete de senhoras do La Boue d'Argent.

No instante seguinte Raphael passou como uma flecha por Fallow, saiu do toalete e voltou ao salão de jantar. Fallow acompanhou-o. No meio do salão, Fallow foi interceptado pelo chefe responsável pelo serviço de sua mesa, que brindou-o com o tipo de sorriso solene que se dá a alguém numa hora de desolação.

— Monsieur — disse, ainda sorrindo do mesmo jeito triste mas bondoso, e entregou a Fallow um papelzinho. Parecia uma conta.

— O que é isso?

— *L'addition, monsieur*. A conta.

— A *conta*?

— *Oui, naturellement*. O senhor pediu o jantar, monsieur, e ele foi preparado e servido. Sentimos muito quanto à infelicidade do seu amigo... — Então deu de ombros, encaixou o queixo e assumiu uma expressão pesarosa. ("Mas isso não tem nada a ver conosco, a vida continua, e precisamos ganhar dinheiro do mesmo jeito.")

Fallow se sentiu chocado com a grosseria da exigência. Ainda mais chocante, porém, era a ideia de ter que pagar a conta de um restaurante como aquele.

— Se está tão preocupado com *l'addition* — disse —, imagino que deva conversar com o sr. Ruskin. — E, passando pelo chefe, dirigiu-se à porta.

— Não, isso é que não! — exclamou o chefe. Já não era a voz untuosa do garçom-chefe de um restaurante. — Raphael! — gritou e acrescentou alguma coisa em francês. No vestíbulo, Raphael deu meia-volta e enfrentou Fallow. Tinha uma expressão muito severa no rosto.

— Um momentinho, monsieur!

Fallow perdeu a fala. Mas naquele momento Raphael tornou a virar-se para a porta e abriu-se num sorriso profissional. Um enorme asiático de cara sombria e achatada, num terno de trabalho, entrou pela porta giratória, os olhos correndo de um lado para o outro. Atrás dele surgiu uma mulher miúda de pele oliva, cinquentona, lábios vermelho-escuros, uma volumosa carapaça de cabelos negros, um longo casaco de gola chinesa em seda vermelha e um vestido de seda vermelha que ia até o chão sob o casaco. Usava joias em número suficiente para iluminar a noite.

— Madame Tacaya! — exclamou Raphael. Ergueu as mãos como se aparasse um buquê.

No dia seguinte a primeira página de *The City Light* consistia quase toda em quatro palavras gigantescas, no maior tipo que Fallow já vira impresso em um jornal:

"MORTE ESTILO NOVA YORK"

E acima da manchete, em letras menores: "RESTAURANTE DE SOCIEDADE AO MAGNATA: — TENHA A BONDADE DE ACABAR DE MORRER ANTES DE MADAME TACAYA CHEGAR."

E ao pé da página: *"Exclusiva de* THE CITY LIGHT *pelo nosso repórter à mesa: Peter Fallow."*

Além da matéria principal, que contava a noitada com riqueza de detalhes, até mesmo os saltos dos garçons atarefados sobre o corpo de Arthur Ruskin, havia uma matéria secundária que atraiu quase tanta atenção quanto a primeira. A manchete dizia:

"SEGREDO DO MAGNATA MORTO:
747s DE JUDEUS PARA MECA"

Por volta do meio-dia a fúria do mundo muçulmano matraqueava pelo telex da Reuters ao canto da sala do Rato. Ele sorria e esfregava as mãos. A entrevista com Ruskin fora *ideia sua*.

Cantarolava de si para si com uma alegria que todo o dinheiro do mundo não poderia trazer-lhe.

— Ah, sou um profissional da imprensa, sou um profissional da imprensa, sou um prrrrrofissional da imprensa.

27
HERÓI DA COLMEIA

Os manifestantes desapareceram com a mesma rapidez com que tinham aparecido. As ameaças de morte cessaram. "Mas por quanto tempo?" Sherman agora só precisava pesar o medo da morte contra o horror de falir. Conciliou. Dois dias depois da manifestação baixou o número de guarda-costas para dois, um para o apartamento e um para a casa dos pais.

Mesmo assim — uma sangria de dinheiro! Dois guarda-costas de serviço durante 24 horas, a 25 dólares por hora-homem, um total de 1.200 dólares por dia — 438 mil dólares por ano — *uma sangria mortal!*

Dois dias depois, conseguiu reunir coragem para comparecer a um compromisso que Judy marcara quase um mês antes: jantar na casa dos Di Duccis.

Cumprindo sua promessa, Judy fazia o que podia para ajudá-lo. E cumprindo igualmente sua promessa, isso não incluía ser carinhosa. Agia como um fornecedor de asfalto forçado a se aliar a outro por algum capricho sórdido do destino... Melhor que nada, talvez... Foi nesse estado de ânimo que os dois planejaram o retorno ao convívio com a Sociedade.

Sua ideia (a de McCoy & McCoy Associados) era que a longa reportagem do *Daily News* escrita pelo homem de Killian, Flannagan, oferecia uma explicação inatacável do caso McCoy. Assim sendo, por que deveriam se esconder? Será que não deveriam aparentar uma vida normal, e quanto mais publicamente melhor?

Mas será que *le monde* — e, mais especificamente, os colunáveis Di Duccis — seriam da mesma opinião? Com os Di Duccis pelo menos tinham uma chance. Silvio di Ducci, que morava em Nova York desde os 21 anos, era filho de um fabricante italiano de sapatas de freio. A mulher, Kate, nascera e fora criada em San Marino, Califórnia; ele era seu terceiro marido rico. Judy fora a decoradora que *fizera* seu apartamento. E agora tomava a precaução de telefonar e se oferecer para desistir do jantar.

— Nem ouse! — disse Kate di Ducci. — Estou contando com a sua presença!

Isso deu a Judy um tremendo alívio. Sherman percebia em seu rosto. Não o afetara, porém. Sua depressão e seu ceticismo eram demasiado profundos para reagirem a uma educada injeção de ânimo de gente como Kate di Ducci. Só o que conseguiu dizer a Judy foi:

— Veremos, não?

O guarda-costas do apartamento, Occhioni, dirigiu a caminhonete Mercury até a casa dos pais dele, apanhou Judy, voltou à Park Avenue e apanhou Sherman. Rumaram para a casa dos Di Duccis na Fifth Avenue. Sherman puxou da cintura o revólver do rancor e se preparou para o pior. Os Di Duccis e os Bavardages conviviam exatamente com o mesmo grupo (o mesmo grupo vulgar e sem tradição em Nova York). Na casa dos Bavardages haviam lhe dado o gelo até quando sua respeitabilidade estava intata. Com a combinação de descortesia, crueza, esperteza e elegância que possuíam, que lhe infligiriam agora? Disse a si mesmo que já não ligava a mínima se o aprovavam ou não. Sua intenção — a dos dois (McCoy & McCoy) — era mostrar ao mundo que, sendo inocentes, podiam continuar a levar a vida normalmente. Seu grande receio era que acontecesse algo que provasse o contrário: ou seja, uma cena desagradável.

A galeria de entrada dos Di Duccis não possuía o deslumbramento da dos Bavardages. No lugar das talentosas combinações de materiais de Ronald Vine, madeira patinada, seda, cânhamo e tiras de reforço, a casa dos Di Duccis traía a fraqueza de Judy pelo solene e o grandioso: mármore, pilastras caneladas, grandes cornijas clássicas. Contudo, cada detalhe pertencia a outro século (o XVIII), e estava ocupado pelos mesmos grupos de radiografias ambulantes, tortinhas de limão e homens de gravatas escuras; os mesmos sorrisos, as mesmas risadas, os mesmos olhos de trezentos watts, o mesmo burburinho beatífico e conversas *rá-tá-tá-tá* estáticas. Em suma, a colmeia. A colmeia! — a colmeia! — o zum-zum familiar cercou Sherman, mas já não ressoava em seus ossos. Escutava-o, imaginando se sua presença maculada interromperia o zum-zum em si, as frases, os sorrisos, as gargalhadas.

Uma mulher macilenta emergiu entre os grupos e adiantou-se para eles, sorrindo... Macilenta mas absolutamente linda... Nunca vira um rosto mais belo... Os cabelos louro-claros puxados para trás. Tinha uma testa alta e um rosto branco e liso de porcelana, porém os olhos grandes e vivazes e a boca com um sorriso sensual — não, mais que isso — *provocante*. Muito provocante! Quando o tomou pelo braço, sentiu uma excitação nas entranhas.

— Judy! Sherman!

Judy abraçou e beijou a mulher. Com toda a sinceridade, disse:

— Ah, Kate, você é tão boa! Você é tão maravilhosa! — Kate di Ducci enganchou o braço no de Sherman e puxou-o para si, de modo que os três formaram um sanduíche: Kate di Ducci entre os dois McCoys.

— Você é mais que bondosa — disse Sherman. — E corajosa. — De repente percebeu que estava usando o tom de barítono íntimo que costumava empregar quando queria alimentar aquele velho jogo.

— Não seja bobo! — exclamou Kate di Ducci. — Se não tivessem vindo, os dois, eu teria ficado muito, muito aborrecida! Vamos até ali, quero que conheçam algumas pessoas.

Sherman reparou com apreensão que ela os conduzia a um buquê familiar dominado pela figura alta e aristocrática de Nunnally Voyd, o romancista que estivera na casa dos Bavardages. Uma radiografia ambulante e dois homens de terno marinho, camisa branca e gravata marinho abriram enormes sorrisos sociais para o grande autor. Kate di Ducci fez as apresentações e prosseguiu com Judy até o grande salão contíguo à galeria.

Sherman prendeu o fôlego, preparando-se para a afronta ou, na melhor das hipóteses, o ostracismo. Em lugar disso, os quatro continuaram a sorrir com vontade.

— Bom, sr. McCoy — disse Nunnally Voyd com um sotaque do meio-leste. — Devo confessar-lhe que pensei no senhor mais de uma vez nos últimos dias. Bem-vindo à legião dos malditos... agora que foi devidamente devorado pelas drosófilas.

— Drosófilas?

— A imprensa. Divirto-me com todo o questionamento subjetivo que esses... *insetos* fazem. "Somos demasiado agressivos, demasiado frios, demasiado cruéis?" — como se a imprensa fosse um animal predatório, um tigre. Acho que gostariam que nós os imaginássemos sedentos de sangue. Isso é o que eu chamo elogiar-se pela confissão da culpa menor. Escolheram o animal errado. Na verdade, são drosófilas. Uma vez que farejam o cheiro, pairam, enxameiam. Se os abanamos com a mão, não mordem, correm a se proteger e, assim que viramos a cabeça, reaparecem. São drosófilas. Mas tenho certeza de que não preciso *lhe* dizer isso.

Apesar do magnífico literato estar usando os seus apuros como pedestal para entronizar tal conceito entomológico, tal peça de colecionador um tanto desbotada pela longa exposição, Sherman sentiu-se grato. De certa maneira Voyd era, de fato, um irmão, um camarada legionário. Parecia lembrar — nunca prestara muita atenção às fofocas literárias — que Voyd fora estigmatizado como homossexual ou bissexual. Tinha havido algum tipo de bate-boca que recebera ampla publicidade... Que grande injustiça! Como é que esses... *insetos* se atreviam a atormentar esse homem que, ainda que talvez um pouco afetado, demonstrava tanta grandeza de espírito, tanta sensibilidade em relação à condição humana? E quem se importava com ele *ser*... gay? A própria palavra "gay" acorrera a Sherman espontaneamente. (E, era verdade. "Um liberal é um conservador que foi preso.")

Encorajado pelo novo irmão, Sherman contou de que maneira a mulher de cara de cavalo enfiara o microfone em seu rosto quando ele e Campbell saíam do edifício e ele virara o braço, apenas para afastar o objeto — e a mulher agora entrava na justiça contra ele! Estava chorando, fazendo beicinho, gemendo — e entrando com uma ação cível de 500 *mil* dólares!

Todos no buquê, até o próprio Voyd, olhavam atentos para ele, com um sorriso social.

— Sherman! Sherman! Nossa! — Uma voz retumbante... Virou a cabeça... Um rapagão vinha em sua direção... Bobby Shaflett... Destacara-se de outro buquê e vinha em sua direção com um largo sorriso de curral no rosto. Estendeu a mão, Sherman apertou-a, e o Caipira de Ouro exclamou:

— Sem dúvida anda provocando um grande estardalhaço desde a última vez que nos vimos! Não há dúvida alguma, nossa mãe!

Sherman não sabia o que responder. Mas não precisou dizer nada, afinal.

— Fui preso em Montreal no ano passado — disse o Tenor de Cabeça Loura com evidente satisfação. — Provavelmente leu alguma coisa sobre o incidente.

— Bom, não... não li.

— *Não leu?*

— Não. Ora, não me diga... por que foi preso?

— FAZENDO PIPI NUMA ÁRVORE! *Ho ho ho ho ho ho ho ho ho ho!* Eles não gostam muito quando se faz pipi nas árvores deles à meia-noite em Montreal, ou pelo menos não ali na porta do hotel! *Ho ho ho ho ho ho ho ho ho!*

Sherman olhava para aquele rosto sorridente, consternado.

— Meteram-me na cadeia! *Atentado ao pudor!* FAZENDO PIPI NUMA ÁRVORE! *Ho ho ho ho ho ho!* — Acalmou-se um pouco. — Sabe — disse —, nunca estive na cadeia antes. Que foi que *você* achou da cadeia?

— Não foi grande coisa — disse Sherman.

— Sei o que quer dizer — continuou Shaflett —, mas não foi tão ruim assim. Tinha ouvido falar dessas coisas que os outros prisioneiros fazem com a gente na cadeia? — Enunciou a afirmação como se fosse uma pergunta. Sherman assentiu. — Quer saber o que fizeram comigo?

— O que foi?

— Deram-me *maçãs!*

— Maçãs?

— Claro. A primeira refeição que recebi lá foi tão ruim que não consegui comer, e gosto de *comer*! Só o que consegui comer foi uma maçã que veio com a comida. Então sabe o que aconteceu? Espalhou-se a notícia de que eu só comia maçãs, e os outros prisioneiros me mandaram todas as maçãs deles. Foram passando as maçãs, de mão em mão, através das grades, até chegarem a mim. Na altura em que saí de lá, só a minha cabeça aparecia no alto de uma pilha de maçãs! *Ho ho ho ho ho ho ho ho ho ho!*

Animado por essa interpretação favorável do tempo passado na cadeia, Sherman contou a história do porto-riquenho no xadrez que vira as equipes de televisão filmando-o algemado e queria saber por que fora preso. Contou que a sua resposta "Negligência criminosa" obviamente desapontara o homem e, assim sendo, respondeu ao próximo que lhe perguntou: "Homicídio." (O rapaz negro de cabeça raspada... Sentiu uma pontada do terror original... Mas isso ele não mencionou.) Ansiosos, todos mantinham os olhos nele, o buquê inteiro — *seu* buquê — o famoso Bobby Shaflett e o famoso Nunnally Voyd, bem como outros três grã-finos. Suas expressões eram tão arrebatadas, tão delirantemente ansiosas! Sherman sentiu um impulso irresistível de aumentar o seu caso de guerra. Então inventou um terceiro companheiro de cela. Esse companheiro teria lhe perguntado por que estava preso, e ele respondera: "Homicídio de segundo grau."

— Eu já não sabia mais que delito inventar — disse o aventureiro Sherman McCoy.

— *Ho ho ho ho ho ho ho ho* — fazia Bobby Shaflett.

— *Ho ho ho ho ho ho ho ho ho* — fazia Nunnally Voyd.

— *Ha ha ha ha ha ha ha* — faziam a radiografia e os dois homens de terno marinho.

— *He he he he he he he he he* — fazia Sherman McCoy, como se o tempo passado num xadrez não fosse, na vida de um homem, mais que um caso de guerra.

A sala de jantar dos Di Duccis, como a dos Bavardages, apresentava um par de mesas redondas, e ao centro de cada mesa uma criação de Huck Thigg, o florista. Para essa noite, ele criara um par de árvores anãs, com menos de 40 centímetros, feitas com ramos de glicínias. Coladas aos galhinhos das árvores havia uma quantidade de centáureas secas cintilantes. Cada árvore era rodeada por um campo relvado, de uns 30 centímetros de largura, com botões-de-ouro plantados tão próximos que as pétalas se tocavam. Em torno de cada campo, uma cerquinha feita de teixo. Dessa vez, porém, Sherman não teve oportunidade de estudar a criatividade do jovem e famoso sr. Thigg. Longe de se sentir marginalizado, sem um interlocutor sequer, agora comandava toda uma ala da mesa. Imediatamente à esquerda encontrava-se a famosa radiografia da sociedade, Red Pitt, conhecida *sotto voce* como Poço sem Fundo, porque era tão soberbamente desnutrida que seus *glutei maximi* e o tecido circundante — em termos vulgares, seu rabo — pareciam ter desaparecido completamente. Podia-se pendurar um fio de prumo dos seus rins até o chão. À esquerda dela estava Nunnally Voyd, e à esquerda dele, uma radiografia da área imobiliária chamada Lily Bradshaw. Sentada à direita de Sherman achava-se a tortinha de limão chamada Jacqueline Balch, a loura terceira esposa de Knobby Balch, herdeiro da fortuna obtida graças a um remédio para indigestão, Colonaid. À direita dela, o barão Hochswald em pessoa, e à direita dele, Kate di Ducci. Durante a maior parte do jantar todos esses seis homens e mulheres tinham a atenção voltada unicamente para Sherman McCoy. Crime, Economia, Deus, Liberdade, Imortalidade — o tema sobre o qual McCoy, do caso McCoy, se dispusesse a falar, a mesa ouviria, até mesmo um tagarela incessante, egoísta e talentoso como Nunnally Voyd.

Voyd comentou que se surpreendera ao saber que se era possível ganhar somas tão vultosas operando obrigações — e Sherman percebeu que Killian tinha razão: a imprensa realmente criara a impressão de que ele era um titã do mundo financeiro.

— Francamente — disse Voyd —, sempre pensei no negócio de obrigações como... hummmm... algo meio *insignificante*.

Sherman viu-se sorrindo, o sorriso daqueles que conhecem um segredo apetitoso.

— Há dez anos — disse — você teria razão. Costumavam chamar-nos de "obrigachatos". — Tornou a sorrir. — Não ouço isso há muito tempo. Atualmente suponho que haja cinco vezes mais dinheiro circulando em obrigações do que em ações. — Virou-se para Hochswald, que se curvava à frente para acompanhar a conversa. — O senhor não concordaria, barão?

— Ah, sim, sim — disse o velho. — Imagino que seja verdade. — E em seguida o barão se calou para ouvir o que o sr. McCoy tinha a dizer.

— Todas as compras e vendas de controle acionário, as fusões, são feitas por meio de obrigações — disse Sherman. — A dívida nacional? Um trilhão de dólares? O que pensam que é? Tudo obrigações. Todas as vezes que a taxa de juros flutua — para cima ou para baixo, tanto faz — caem migalhinhas de obrigações que se alojam nas frestas das calçadas. — Fez uma pausa e sorriu confiante... e pôs-se a pensar... Por que usara aquela odiosa expressão de Judy?... Deu uma risadinha e continuou: — O importante é não torcer o nariz para essas migalhas, porque há bilhões e bilhões delas. Na Pierce & Pierce, acreditem, recolhemos todas diligentemente. — *Nós — na Pierce & Pierce!* Até mesmo a tortinha à direita, Jacqueline Balch, concordava com tudo isso como se o compreendesse.

Red Pitt, que se orgulhava de sua rudeza, perguntou:

— Diga-me, sr. McCoy, diga-me... bom, vou falar francamente e perguntar: o que foi que *realmente* aconteceu no Bronx?

Então todos se curvaram para a frente e olharam, fascinados, para Sherman. Sherman sorriu.

— Meu advogado me recomendou que não dissesse uma única palavra sobre o que aconteceu. — Então ele mesmo se curvou para a frente, olhou para a direita e em seguida para a esquerda, e respondeu: — Mas, absolutamente *entre nous*, foi uma tentativa de assalto. Fui literalmente atacado por um salteador de estradas.

Agora estavam todos tão curvados para a frente que formavam um ajuntamento em volta da glicínia em campo de botões-de-ouro de Huck Thigg.

Kate di Ducci perguntou:

— Por que você não pode ir a público e dizer isso, Sherman?

— Não posso entrar no assunto, Kate. Mas direi a vocês mais uma coisa: não atropelei *ninguém* com o meu carro.

Nenhum deles disse uma palavra. Estavam em transe. Sherman deu uma olhada para Judy na outra mesa. Quatro pessoas, duas de cada lado, incluindo o anfitriãozinho astuto, Silvio di Ducci, estavam ligados nela. McCoy & McCoy. Sherman continuou:

— Posso dar a vocês um conselho muito sensato. *Nunca... se deixem apanhar...* nas malhas do *sistema de justiça penal...* desta cidade. Assim que se é tragado pela máquina, só pela máquina, é a perdição. A única indagação que resta é *quanto* se vai perder. Uma vez que se entra numa cela — mesmo antes de se ter chance de declarar a própria inocência — a pessoa se transforma num número. A *pessoa* deixa de existir.

Silêncio a toda a volta... A *expressão* naqueles *olhos*! Suplicando casos de guerra!

Então contou-lhes sobre o porto-riquenhozinho que conhecia todos os números. Falou-lhes do jogo de hóquei com o camundongo vivo e de como ele (o herói) resgatou o camundongo e atirou-o para fora da cela, e em seguida um policial o esmagou com o salto. Confiante, voltou-se para Nunnally Voyd e disse: — Acho que isso se enquadra na sua definição de metáfora, sr. Voyd. — Sorriu sabiamente. — Uma metáfora para a coisa toda.

Então olhou para a direita. A linda tortinha de limão sorvia cada palavra que dizia. Sentiu de novo a excitação nas entranhas.

Depois do jantar um grupo bem grande se reuniu em torno de Sherman McCoy na biblioteca dos Di Duccis. Ele os entreteve com a história do policial que não parava de fazê-lo passar pelo detector de metais.

Silvio di Ducci perguntou:

— Eles podem *forçá-lo* a fazer isso?

Sherman percebeu que o relato o fazia parecer um pouquinho submisso e estava prejudicando a sua nova posição de alguém que afrontara o fogo dos infernos.

— Fiz um trato — esclareceu. — Disse: "Tudo bem, deixo-o mostrar ao seu amigo como disparo o alarme, mas você tem que me fazer uma coisa. Tem que me tirar daquela porra" — disse "porra" bem baixinho, para indicar que, sim, sabia que era de mau gosto mas que nas circunstâncias a citação literal se fazia necessária —, "daquela pocilga". — E apontou um dedo para ilustrar, como se estivesse apontando para o xadrez do Registro Central no Bronx. — E valeu a pena. Tiraram-me cedo. De outra forma eu teria que passar a noite em Rikers Island, e isso, pelo que sei, *não é... tão... fantástico assim.*

Todas as tortinhas do grupo estavam à sua disposição.

Quando o guarda-costas, Occhioni, levou-os até a casa dos pais, para deixar Judy, era Sherman que estava curtindo uma embriaguez de sociedade. Ao mesmo tempo, sentia-se confuso. Quem eram *exatamente* aquelas pessoas?

— É irônico — disse a Judy. — Jamais gostei desses seus amigos. Acho que você deduzia isso.

— Isso nunca exigiu tanta dedução assim — respondeu Judy. Não estava sorrindo.

— No entanto, são as únicas pessoas que foram decentes comigo desde que essa coisa toda começou. Meus pseudoamigos obviamente preferem que eu faça a coisa certa e desapareça. Essas pessoas, essas pessoas que eu nem conheço, me trataram como um ser humano.

Na mesma voz cautelosa, Judy comentou:

— Você é famoso. Segundo os jornais, é um rico aristocrata. É um magnata.

— Só nos jornais?

— Ah, está se sentindo rico de repente?

— Estou, um rico aristocrata com um fabuloso apartamento feito por uma famosa decoradora. Queria estar de bem com ela.

— Hã. — Séria, amargurada.

— É perverso, não é? Há duas semanas, quando estivemos nos Bavardages — essas mesmas pessoas me deram o gelo. Agora estou difamado — *difamado!* — por todos os jornais, e não se cansam de me ouvir.

Ela desviou os olhos para a janela.

— Você se contenta com pouco. — Sua voz estava tão distante quanto seu olhar.

McCoy & McCoy encerrara o expediente por aquela noite.

— Que temos esta manhã, Sheldon?

Assim que as palavras saíram de sua boca, o prefeito se arrependeu. *Sabia* o que o seu minúsculo assistente diria. Era inevitável, e sendo assim preparou-se para a frase abominável. Não deu outra, aí vinha.

— Distribuição de placas para negros — respondeu Sheldon. — O bispo Bottomley está aqui, aguardando para vê-lo, e recebemos uns doze pedidos mais ou menos para que comente o caso McCoy.

O prefeito queria protestar, como fizera muitas vezes antes, mas, em vez disso, deu as costas e espiou pela janela, na direção da Broadway. A sala do prefeito localizava-se no térreo, um cômodo pequeno, mas elegante, de canto, com um pé-direito alto e majestosas janelas paladianas. A vista do pequeno parque que cercava a prefeitura era empanada pela presença, logo no primeiro plano, praticamente ao pé da janela, de fileiras de barricadas azuis da polícia. Eram guardadas permanentemente ali, no gramado — ou melhor, nos trechos escalvados em que há tempos houvera grama —, para serem usadas sempre que irrompessem manifestações. Irrompiam o tempo todo. Quando isso ocorria, a polícia montava uma grande cerca azul com as barricadas e contemplava as grossas fileiras de policiais enquanto enfrentavam a horda estridente de manifestantes berrando do outro lado. Que espantosa coleção de apetrechos os policiais carregavam às costas! Cassetetes, maças, lanternas, algemas, balas, blocos de intimação, radiotransmissores. Surpreendia-se continuamente observando as costas carregadas dos policiais, enquanto vários descontentes gritavam e rosnavam, para benefício da televisão, é claro.

"Placas para negros, placas para negros, placas para negros, placas para negros." Agora, a frase abominável atravessava-lhe a cabeça. Placas para negros era uma modesta maneira de combater fogo com fogo. Toda manhã saía de sua sala para a Sala Azul, e entre retratos de políticos calvos de outras eras, entregava placas e menções a grupos cívicos, professores, estudantes premiados, cidadãos corajosos, nobres trabalhadores voluntários e vários outros lavradores e desbravadores do solo urbano. Nesses tempos conturbados, com as pesquisas apresentando aqueles resultados, era prudente, e provavelmente proveitoso, destacar o maior número possível de receptores desses troféus e flores retóricas, mas não era prudente nem proveitoso que Sheldon Lennert, esse homúnculo com uma cabeça absurdamente pequena, e camisa, paletó e calça xadrezes que não combinavam entre si, chamasse esse processo de "placas para negros". O prefeito já ouvira algumas pessoas na assessoria de imprensa usar a expressão. E se algum membro negro da equipe ouvisse isso? Talvez até risse. Mas não riria interiormente.

Mas não... Sheldon continuava a dizer "placas para negros". Sabia que o prefeito odiava isso. Sheldon tinha a veia maliciosa de um bobo da corte. Exteriormente era leal como um cão; interiormente parecia estar caçoando dele boa parte do tempo. A raiva do prefeito cresceu.

— Sheldon, já lhe disse que não quero mais ouvir essa expressão aqui na prefeitura!

— Tudo bem, tudo bem — respondeu Sheldon. — Agora, que é que vai dizer quando lhe perguntarem sobre o caso McCoy?

Sheldon sempre sabia exatamente como desviar sua atenção. Apresentava um problema qualquer, um que soubesse que iria confundir mais o prefeito, um que o tornasse o mais dependente possível de sua cabeça pequena, mas espantosamente ágil.

— Não sei — respondeu o prefeito. — A princípio o caso parecia ter contornos bem nítidos. Tínhamos um sujeito da Wall Street que atropelou um estudante brilhante e fugiu. Mas agora descobre-se que havia um segundo rapaz negro, um traficante, e que talvez tenha sido uma tentativa de assalto. Creio que prefiro a atitude imparcial. Exijo uma investigação completa e uma avaliação cuidadosa das evidências. Certo?

— Negativo — disse Sheldon.

— Negativo? — Era assombroso o número de vezes que Sheldon impugnava o óbvio, e ao final tinha absoluta razão.

— Negativo — repetiu Sheldon. — O caso McCoy tornou-se uma das pedras de toque da comunidade negra. É como a pobreza e a África do Sul. Não *existem* dois lados na questão. Você sugere que talvez haja dois lados, e não está sendo imparcial, está sendo preconceituoso. É a mesma coisa aqui. A única questão que existe é: a vida de um negro vale tanto quanto a vida de um branco? E a única resposta é: caras brancos como McCoy, que trabalham na Wall Street e guiam Mercedes-Benz, não podem sair por aí atropelando brilhantes estudantes negros e seguir caminho porque não lhes convém parar.

— Mas isso é besteira, Sheldon — contrapôs o prefeito. — Nem ao menos temos certeza do que aconteceu.

Sheldon sacudiu os ombros:

— Que outros dados temos? Essa é a única versão que Abe Weiss está a fim de apresentar. Está conduzindo esse caso como se fosse a porra de um Abraham Lincoln.

— Foi Weiss quem começou tudo isso? — A ideia preocupou o prefeito, porque sabia que Weiss sempre acalentara a ideia de se candidatar à prefeitura.

— Não, foi Bacon quem começou — disse Sheldon. — De algum jeito chegou a esse bêbado de *The City Light,* esse inglês, Fallow. Foi como começou. Mas agora a coisa pegou fogo. Já se tornou maior que Bacon e sua quadrilha. Conforme disse, é uma pedra de toque. Weiss tem uma eleição para breve. E você também.

O prefeito pensou um momento.

— Que tipo de nome é McCoy? Irlandês?

— Não, branco, anglo-saxão, protestante.

— Que tipo de pessoa é?

— Um cara rico, branco, anglo-saxão, protestante. Em todos os sentidos. As escolas certas, Park Avenue, Wall Street, Pierce & Pierce. O velho dele foi o número um da Dunning Sponget & Leach.

— Ele me apoiou? Sabe se me apoiou?

— Não que eu saiba, Você conhece essas figuras. Nem pensam nas eleições locais porque o voto republicano em Nova York não significa merda nenhuma. Votam para presidente. Votam para senador. Discutem o Federal Reserve, orçamentos e toda essa merda.

— Hummmm-hummmm. Bom, e o que é que *eu* digo?

— Exija uma investigação ampla e minuciosa do papel de McCoy nessa tragédia e, se necessário, a nomeação de um promotor especial. Pelo governador. "Se necessário", frise bem, "se todos os fatos não vierem à luz." Dessa maneira você dá uma cutucada no Abe, sem mencionar o nome dele. Diga que a lei não respeita pessoas. Diga que não se pode permitir que a riqueza e a posição de McCoy impeçam que esse caso seja tratado da mesma maneira que seria se Henry Lamb tivesse atropelado Sherman McCoy. Então dê apoio irrestrito à mãe do garoto no sentido de levar à justiça o autor dessa violência. Não há possibilidade de parecer exagerado demais.

— É meio injusto para com esse tal de McCoy, não é?

— A culpa não é nossa — disse Sheldon. — O cara atropelou o garoto errado num bairro errado dirigindo o carro da marca errada com a mulher errada, em vez da esposa, no assento ao lado dele. Não tem uma imagem tão maravilhosa assim.

A coisa toda fez o prefeito se sentir intranquilo, mas os instintos de Sheldon estavam sempre certos nessas situações enroladas. Pensou mais um pouco.

— Tudo bem — disse. — Concordo com tudo isso. Mas será que não estamos fazendo Bacon parecer bom demais? Detesto aquele filho da mãe.

— É, mas ele já marcou um tento com essa história. Não se pode mudar isso. Só o que se pode fazer agora é ir na onda. Não falta muito para novembro, e se você fizer uma jogada errada nesse caso McCoy, Bacon pode realmente dar-lhe motivos para chorar.

O prefeito balançou a cabeça.

— Acho que tem razão. Vamos pôr o branco, anglo-saxão, protestante no paredão.

Tornou a sacudir a cabeça e seu rosto se anuviou:

— O burro filho da puta... Que diabo pretendia dirigindo em alta velocidade pelo Bruckner Boulevard à noite num Mercedes-Benz? Algumas pessoas parecem decididas a fazer o teto desabar na cabeça delas, não é? Estava pedindo. Continuo a não gostar da coisa — mas você está certo. O que quer que lhe aconteça, foi ele quem provocou. Muito bem. Chega de McCoy. Agora, que é que esse bispo Sei-Lá-
-Como-Se-Chama quer?

— Bottomley. É sobre aquela igreja episcopal, a de São Timóteo. A propósito, o bispo é negro.

— Os episcopais têm um bispo negro?

— Ah, eles são muito liberais — disse Sheldon, girando os olhos. — Também poderia ser uma mulher ou um sandinista. Ou uma lésbica. Ou uma lésbica sandinista.

O prefeito balançou mais um pouco a cabeça. Achava as igrejas cristãs desconcertantes. Quando era jovem, os *goyim* eram todos católicos, a não ser que se incluíssem na contagem os *shvartze,* o que ninguém fazia. Nem mereciam ser chamados de *goyim*. Os católicos eram de dois tipos: irlandeses e italianos. Os irlandeses eram boçais e gostavam de brigar e de fazer maldades. Os italianos eram boçais e desleixados. Ambos eram desagradáveis, mas o quadro era bastante fácil de se compreender. Já estava na universidade quando descobriu que havia esse outro grupo de *goyim,* os protestantes. Nunca via nenhum. Só havia judeus, irlandeses e italianos na universidade, mas ouvia falar deles, e aprendeu que algumas das pessoas mais famosas de Nova York eram desse tipo de *goyim,* os protestantes, gente como os Rockefellers, os Vanderbilts, os Roosevelts, os Astors, os Morgans. O termo WASP — branco, anglo-saxão, protestante — foi inventado muito mais tarde. Os protestantes eram subdivididos numa tal diversidade de seitas malucas que ninguém conseguia acompanhar. Era tudo muito pagão e sobrenatural, quando não era ridículo. Todos cultuavam um judeuzinho obscuro que vinha lá do outro lado do mundo. Os Rockefellers cultuavam-no! Até os Roosevelts! Muito sobrenatural tudo isso, e no entanto esses protestantes dirigiam as maiores firmas de advocacia, os bancos, as financeiras, as grandes corporações. Nunca via essa gente em carne e osso, exceto em cerimônias. Mal apareciam nas pesquisas eleitorais. Em números absolutos eram uma nulidade — porém estavam lá. E agora uma dessas seitas, a dos episcopais, tinha um bispo negro. Podia-se caçoar dos WASPs, e muitas vezes fazia isso entre amigos, no entanto não eram tão engraçados quanto assustadores.

— E essa igreja — perguntou o prefeito — tem alguma coisa a ver com o patrimônio?

— Certo — disse Sheldon. — O bispo quer vender a São Timóteo para uma incorporadora alegando que o número de crentes está decrescendo e a igreja está perdendo muito dinheiro, o que é verdade. Mas a comunidade está fazendo um bocado de pressão sobre o patrimônio para tombar a igreja de forma que ninguém possa alterar o imóvel mesmo que o comprem.

— Esse sujeito é honesto? — perguntou o prefeito. — Quem recebe o dinheiro, se a igreja for vendida?

— Nunca ouvi dizer que fosse desonesto — disse Sheldon. — É um cavalheiro culto do clero. Frequentou Harvard. Mesmo assim podia ser ganancioso, suponho, mas não tenho razões para pensar que seja.

— Hummm-hummm. — O prefeito subitamente teve uma ideia. — Bom, mande-o entrar.

O bispo Warren Bottomley provou ser um desses negros muito instruídos e educados que imediatamente adquirem uma auréola aos olhos dos brancos que não sabem o que esperar. Por alguns instantes, o prefeito sentiu-se até intimidado, tal a energia do bispo. Era bonitão, esguio, de uns 45 anos e porte atlético. Tinha um sorriso fácil, olhos cintilantes, aperto de mão firme, e usava uma roupa semelhante à de um padre católico, mas de aparência cara. E era alto, muito mais alto que o prefeito, que era suscetível a respeito de sua baixa estatura. Uma vez sentados, o prefeito recuperou a pose e refletiu sobre a sua ideia. Sim, o bispo Warren Bottomley seria perfeitíssimo.

Após algumas amenidades bem dosadas sobre a ilustre carreira política do prefeito, o bispo começou a apresentar as dificuldades financeiras da São Timóteo.

— Naturalmente, posso compreender as preocupações da comunidade — disse o bispo. — Não querem olhar para um edifício maior ou de aspecto diferente.

"Não tem o mínimo sotaque de negro", pensou o prefeito. Parecia estar encontrando negros sem sotaque o tempo todo agora. O fato de que reparava nisso fê-lo sentir-se ligeiramente culpado, mas não conseguia deixar de reparar.

— Mas muito poucos cidadãos da comunidade frequentam a igreja de São Timóteo — continuou o bispo —, o que precisamente cria o problema. Há menos de 75 fiéis regulares num prédio muito grande, que além do mais não tem qualquer característica arquitetônica notável. O arquiteto foi um homem chamado Samuel D. Wiggins, um contemporâneo de Cass Gilbert, que não deixou uma única marca nas areias da história da arquitetura, pelo que pude averiguar.

Essa referência casual intimidou ainda mais o prefeito. Arte e arquitetura não eram os seus pontos fortes.

— Francamente, a igreja de São Timóteo já não serve mais à comunidade, senhor prefeito, porque não está mais em condições de fazê-lo, e achamos que seria muito mais proveitoso, não só para a Igreja Episcopal e suas manifestações vitais em nossa cidade, como para a própria cidade, uma vez que se construiria um imóvel maior e taxável no local, com o que mesmo a comunidade se beneficiaria, indiretamente, no sentido de que a cidade como um todo lucraria com um aumento em sua arrecadação de impostos. É por isso que gostaríamos de vender o prédio atual e solicitamos a sua consideração... para que o prédio não seja tombado, como quer a comissão do patrimônio histórico.

Graças a Deus! O prefeito sentiu-se aliviado ao ver que o bispo se enrolara na gramática e deixara uma frase incompleta no caminho. Sem dizer palavra, o prefeito sorriu para o bispo e apoiou o dedo sobre a lateral do nariz, a exemplo de Papai Noel no fIlme *A véspera do Natal*. Então apontou o dedo para o alto, como se dissesse "Atenção!" ou "Veja isto!". Abriu um largo sorriso para o bispo, apertou um botão do intertone sobre o móvel ao lado da mesa e disse:

— Ligue-me com o secretário do Patrimônio. — Não tardou e se ouviu um bipe abafado, e o prefeito ergueu o fone.

— Mort?... Sabe a igreja de São Timóteo?... Certo. Exatamente... Mort: ENGAVETE!

O prefeito desligou, recostou-se na cadeira e sorriu mais uma vez para o bispo.

— Quer dizer... está resolvido? — O bispo parecia genuinamente surpreso e satisfeito. — Essa é... a comissão... não vai...

O prefeito assentiu com a cabeça e sorriu.

— Senhor prefeito, nem sei como agradecer-lhe. Acredite-me... Disseram-me que consegue fazer coisas incríveis, mas... bom! Sou-lhe muito grato! E posso assegurar-lhe que me esforçarei para que todos na diocese e todos os nossos amigos saibam do grande serviço que nos prestou. Realmente farei isso!

— Não é necessário, bispo — disse o prefeito. — Não há necessidade de considerar isso um favor e nem mesmo um serviço. Os fatos que o senhor me apresentou tão habilmente foram muito persuasivos, e creio que toda a cidade se beneficiará.

Fico satisfeito de poder fazer alguma coisa pelo senhooor que ao mesmo tempo seja bom para o senhooor e para a cidade de Nova York.

— E certamente fez! E sou-lhe muito grato.

— Agora, no mesmo espírito — disse o prefeito, adotando seu melhor tom professoral, que já o servira tão bem tantas vezes —, gostaria que o senhooor fizesse alguma coisa por miiim... que é igualmente bom para o senhooor e para a cidade de Nova York.

O prefeito enviesou a cabeça e sorriu ainda mais efusivamente que antes. Parecia um papo-roxo observando uma minhoca.

— Bispo, gostaria que servisse numa comissão de alto nível que estarei formando em breve para investigar o crime na cidade de Nova York. Gostaria de anunciar a sua nomeação ao mesmo tempo que a formação da comissão. Não preciso dizer-lhe como a questão é crucial, e um dos nossos maiores problemas são seus reflexos raciais, as percepções e a falta delas quando se trata dos autores dos crimes e a maneira como os nossos policiais tratam os crimes. Não existe serviço mais importante que o senhor pudesse prestar à cidade de Nova York neste momento do que participar dessa comissão. Que me diz?

O prefeito viu a imediata consternação no rosto do bispo.

— Sinto-me imensamente honrado, senhor prefeito — disse o bispo. Contudo, não parecia imensamente honrado. Acabaram-se os sorrisos. — E naturalmente concordo com o senhor. Mas devo explicar-lhe que na medida em que as minhas atividades como bispo dessa diocese interagem com o setor público ou, digamos, com o setor oficial, minhas mãos estão um tanto atadas, e...

Mas as mãos não estavam atadas naquele instante. Ele começou a torcê-las como se tentasse abrir um pote de pêssegos em conserva, procurando explicar ao prefeito a estrutura da Igreja Episcopal e a teologia subjacente à estrutura e a teologia da teologia e o que podia ou não podia ser dado a César.

O prefeito se desligou passados dez ou doze segundos, mas deixou o bispo continuar a falar, sentindo um amargo prazer na aflição do homem. Ora, estava muito claro. O filho da puta estava enchendo o ar de baboseiras tentando encobrir o fato de que nenhum Líder Negro em Ascensão como ele poderia se filiar ao prefeito de nenhuma forma, nem mesmo para servir na porra de uma comissão sobre a porra do crime. E fora uma ideia tão brilhante! Uma comissão birracial para investigação do crime, com meia dúzia de simpáticos e dinâmicos líderes negros como o bispo. O bispo Warren Bottomley ressoaria em uníssono com o coração de todas as pessoas negras decentes de Nova York, os próprios constituintes com que o prefeito precisava contar se pretendesse ganhar em novembro. E essa suave cascavel educada em Harvard já estava escorregando de suas mãos! Muito antes de o bispo ter completado as suas exegeses e desculpas, o prefeito já abandonara a ideia da comissão de alto nível para investigar o crime na cidade de Nova York.

— Sinto realmente — disse o bispo —, mas as diretrizes da Igreja não me deixam escolha.

— Ah, compreendo — retrucou o prefeito. — O que não se pode fazer, não se pode fazer. Não consigo pensar em ninguém que eu gostasse mais de ver servindo na comissão, mas compreendo perfeitamente a sua situação.

— Estou duplamente pesaroso, senhor prefeito, em vista do que acabou de fazer por nossa igreja. — O bispo se perguntava se o trato ainda estaria de pé.

— Ah, não se preocupe com isso — tranquilizou-o o prefeito. — Não se preocupe nem um pouquinho. Como disse antes, não fiz pelo senhor, nem fiz pela sua Igreja. Fiz porque achei que estava atendendo aos interesses da cidade. E foi só.

— Bom, de qualquer modo, *sou-lhe* grato — retorquiu o bispo, levantando-se —, e pode ter certeza de que toda a diocese lhe será grata. Verei que assim seja.

— Não é necessário — disse o prefeito. — De vez em quando é bom nos depararmos com uma proposta que apresenta uma lógica irresistível e própria.

O prefeito lançou ao bispo o seu melhor sorriso, olhou-o diretamente no rosto, apertou-lhe a mão e continuou a sorrir até o bispo se retirar da sala. Quando o prefeito voltou à mesa de trabalho, apertou um botão e disse:

— Ligue para o secretário do Patrimônio.

Logo em seguida ouviu-se um bipe-bipe abafado; o prefeito ergueu o fone e falou:

— Mort? Sabe aquela igreja, a de São Timóteo?... Certo... TOMBE A MERDA!

28
DE PARTIDA PARA UM LUGAR MELHOR

— Ouça, Sherman. Acha que ela honestamente se importa se você é um cavalheiro ou qualquer outra coisa a essa altura? Acha que vai prejudicar voluntariamente os interesses dela para ajudá-lo? Ela nem mesmo fala com você, droga.
— Não sei.
— Eu *sei*. Ainda não percebeu o quadro? Ela se casou com Ruskin, droga, e o que é que acha que sentia por ele? Aposto como estudou as tabelas de seguros. Certo? Aposto como estudou mesmo as porras das tabelas de seguros.
— Talvez tenha razão. Mas isso não desculpa nada que eu faça. É de um *funeral* que estamos falando, o *funeral* do marido dela!
Killian riu.
— Pode chamar de funeral se quiser. Mas para ela é noite de Natal.
— Mas fazer isso a uma *viúva* no dia do funeral do marido, praticamente em cima do cadáver dele!
— Tudo bem. Vamos colocar a coisa de outro modo. O que é que você quer, uma medalha de ouro por ética... ou o seu próprio funeral?
Killian estava com os cotovelos apoiados nos braços da cadeira, à escrivaninha. Curvou-se para a frente e enviesou a cabeça como se dissesse: "O que você disse, Sherman? Não estou ouvindo."
E, naquele instante, Sherman teve uma visão *daquele lugar e deles*. Se tinha que ir para a prisão, mesmo por alguns meses — para não falar de *anos*...
— Essa é a única vez que você sabe que vai vê-la — disse Killian. — Ela *tem* que aparecer na porra do funeral do cara. Vai se defrontar com você e com dez como você para o acerto de contas ao final.
Sherman baixou os olhos e disse:
— Tudo bem. Farei o que quer.
— Acredite-me — continuou Killian —, é perfeitamente legal e, nas circunstâncias, perfeitamente justo. Você não está fazendo nada contra Maria Ruskin. Está se protegendo. Tem todo o direito.
Sherman ergueu os olhos para Killian e assentiu com a cabeça, como se estivesse concordando com o fim do mundo.
— É melhor começarmos — disse Killian — antes que Quigley saia para almoçar. Ele faz todas as nossas instalações.

— Faz isso tantas vezes assim?

— Estou lhe dizendo, é o procedimento padrão, atualmente. Não anunciamos publicamente, mas fazemos isso o tempo todo. Vou chamar Quigley.

Killian se levantou e saiu pelo corredor. O olhar de Sherman vagou pelo horroroso interior fechado da salinha. Que lugar indizivelmente intimidador! No entanto, ali se encontrava. Era o seu último reduto. Estava sentado ali, de livre e espontânea vontade, esperando que *instalassem fios elétricos* para roubar, por meio do mais indecente ardil, o testemunho de alguém a quem amava. Acenou com a cabeça, como se houvesse mais alguém na sala, e esse aceno dizia: "É, mas isso é o que vou fazer."

Killian voltou com Quigley. Acima da cintura de Quigley havia um coldre e do lado esquerdo um revólver calibre 38 com o punho voltado para a frente. Entrou trazendo uma espécie de malinha de executivo. Sorriu para Sherman de uma maneira inesperada e profissional.

— Muito bem — disse Quigley a Sherman —, terá que tirar a camisa.

Sherman fez o que ele mandou. A vaidade física de um macho não conhece limites. A preocupação imediata de Sherman foi que os contornos de seus músculos peitorais, abdominais e tríceps saltassem o suficiente para que esses dois homens se impressionassem com o seu físico. Por um instante isso se sobrepôs a todo o resto. Sabia que se esticasse os braços para baixo como se estivesse apenas mantendo-os retos ao longo do corpo, os tríceps se flexionariam.

Quigley anunciou:

— Vou instalar o gravador na curva lombar. Você vai usar um paletó por cima, certo?

— Certo.

— Muito bem. Então não haverá problema.

Quigley se abaixou sobre um joelho, abriu a malinha, retirou a fiação e o gravador, que tinha o tamanho aproximado de um baralho. O microfone era um cilindro cinzento do tamanho de uma borracha, dessas com cinta de metal na ponta de um lápis comum. Primeiro, ele prendeu o gravador nas costas de Sherman com esparadrapo. Em seguida prendeu o fio em torno da cintura, das costas para a frente, subindo pelo abdômen até a depressão entre os músculos peitorais, logo acima do esterno, onde conectou o microfone.

— Está ótimo — disse. — Ficou bem escondido. Não vai aparecer nada, principalmente se você usar uma gravata.

Sherman aceitou isso como um elogio. "Bem escondido... entre os cômoros maciços dos meus viris músculos peitorais."

— Muito bem — disse Quigley —, pode vestir a camisa; vamos testar.

Sherman tornou a vestir a camisa, a gravata e o paletó.

Bom... agora estava com a fiação pronta. Contatos frios de metal na curva da coluna lombar e sobre o esterno... Tinha se tornado aquele animal asqueroso... o... o... Mas "asqueroso" era apenas uma palavra, não era? Agora que se transformara de fato naquele bicho, já não *sentia* realmente nem uma pontada de culpa. O medo remapeara sua geografia moral muito depressa.

— Muito bem — disse Killian. — Agora vamos repassar o que vai dizer. Só vai precisar de algumas afirmações dela, mas tem que saber exatamente como vai extraí-las. Certo? Então vamos começar.

Ele indicou uma cadeira de plástico branco, e Sherman se sentou para aprender a máscula arte de armar uma arapuca. "Não é arapuca", disse de si para si. "É a verdade."

Harold A. Burns, na Madison Avenue, era a casa funerária mais elegante de Nova York há muitos anos, mas Peter Fallow nunca pusera os pés naquele lugar. As portas duplas verde-escuras eram ladeadas por um par de imponentes pilastras. O vestíbulo não tinha mais que 4 metros de largura. Contudo, no momento em que entrou, Fallow tomou consciência de uma sensação esmagadora. A iluminação do espaço exíguo era intensíssima, tão intensa que nem quis procurar de onde vinha, com medo de ficar cego. Um senhor calvo de terno cinza-escuro estava parado no vestíbulo. Entregou a Fallow um programa e disse:

— Por favor, assine o livro.

Havia uma estante, em que se encontravam um grande livro e uma caneta esferográfica presa a uma corrente de latão. Fallow acrescentou seu nome à lista.

À medida que seus olhos se acostumavam à luz, percebeu que havia um grande portal ao fundo do vestíbulo e que alguém o observava. Não alguém, diversas pessoas... não diversas, mas... dezenas delas! O portal se abria para um pequeno lance de escadas. Tantos olhos fixos nele! Os acompanhantes estavam sentados no que parecia o santuário de uma capelinha, e todos o observavam. Os bancos estavam voltados para um palco, onde se realizaria o serviço religioso e ao pé do qual descansava o caixão do falecido. O vestíbulo era um segundo palco, lateral, e virando a cabeça os acompanhantes podiam ver cada pessoa que chegava. E todos viravam a cabeça. Mas, claro! Isso era Manhattan. O Upper East Side! O querido morto, que repousa naquela urna ali à frente? Ai de nós, o pobre-diabo se finou, morreu e partiu. Mas os que estão vivos e bem-dispostos — ah! — aí sim, temos alguma coisa. Eles ainda ardem com a bela wattagem social da cidade! Não quem parte, mas quem chega! Vamos a todo custo iluminá-los e medir sua luminosidade!

E não paravam de chegar, o barão Hochswald, Nunnally Voyd, Bobby Shaflett, Red Pitt, Jackie Balch, os Bavardages, todos sem faltar um, toda a população que aparece em negrito nas colunas sociais, pisando no vestíbulo ofuscante de luz com rosto tão apropriadamente circunspecto que faziam Fallow ter vontade de rir. Solenemente registravam os nomes no livro. Iria dar uma boa olhada naquela lista de autógrafos antes de sair.

Logo a casa estava apinhada. Um sussurrar perpassou os acompanhantes. A porta a um lado do palco se abriu. As pessoas começaram a se erguer das cadeiras para ver melhor. Fallow semiergueu-se.

Bom, ali estava ela — ou pelo menos Fallow presumia que fosse ela. À frente do cortejo vinha... a Morena Misteriosa, a Viúva de Ruskin. Era uma mulher elegante e usava um *tailleur* de seda preta de mangas compridas com ombros enormes, uma blusa de seda preta, e um chapéu preto no estilo de um fez, de onde saía um farto véu preto. Aquele traje ia custar ao espólio o preço de algumas passagens para Meca. Acompanhavam-na meia dúzia de pessoas. Duas eram os filhos do primeiro casamento de Ruskin, um par de homens de meia-idade, cada um deles suficientemente idoso para ser pai de Maria Ruskin. Havia uma senhora quarentona que Fallow presumiu ser a filha de Ruskin com a segunda esposa. E uma velha, talvez a irmã de Ruskin, e mais duas mulheres e dois homens que Fallow não conseguia imaginar quem fossem. Sentaram-se no primeiro banco, junto ao caixão.

Fallow sentara-se do lado da sala oposto à porta por onde Maria Ruskin entrara e por onde poderia desaparecer ao fim do serviço religioso. Talvez isso exigisse um pouco de grosseira agressividade jornalística. Pôs-se a imaginar se a Viúva Ruskin teria contratado algum tipo de guarda-costas para a ocasião.

Uma figura alta, magra, muito buliçosa subiu os quatro ou cinco degraus até o palco principal e se encaminhou para a estante. Estava elegantemente vestido para o funeral, com um jaquetão marinho, gravata preta, camisa branca e sapatos pretos de bico fino. Fallow consultou o programa. Era aparentemente um homem chamado B. Monte Griswold, diretor do Metropolitan Museum. Ele tirou do bolso interno um par de óculos para perto, espalhou algumas folhas de papel na estante, baixou os olhos, ergueu-os, tirou os óculos, parou, e disse numa voz um tanto aflautada:

— Estamos aqui reunidos não para chorar Arthur Ruskin, mas para comemorar a sua vida... cheia e generosa.

Isso fez Fallow se arrepiar — a propensão que os americanos tinham para os discursos pessoais e sentimentais. Os ianques não conseguiam deixar nem os mortos partirem com dignidade. Todos na capela podiam ir se preparando. Dava para sentir a coisa vindo, o *pathos* desproposital, as colheradas transbordantes de alma. Era suficiente para fazer um inglês voltar para o seio da Igreja Anglicana, onde a morte e todas as contingências importantes da vida eram tratadas no terreno elevado do Divino, uma eminência invariável e admiravelmente formal.

Os oradores que se encarregaram do elogio fúnebre de Ruskin não foram menos imbecis e deselegantes do que Fallow imaginara que seriam. O primeiro foi um senador dos Estados Unidos por Nova York, Sidney Greenspan, cujo sotaque era excepcionalmente vulgar, mesmo para os padrões americanos. Salientou a generosidade de Arthur Ruskin com o United Jewish Appeal, uma nota infeliz diante da circunstância há pouco revelada de que seu império financeiro fundara-se no transporte de muçulmanos para Meca. O senador foi seguido por um dos sócios de Ruskin, Raymond Radosz. Ele começou de maneira bastante agradável contando uma história do período em que os dois estavam quase falidos, mas desembocou numa tangente constrangedora sobre as glórias da *holding* que possuíam, a Rayart Equities, que manteria vivo o espírito de Artie — chamava-o de Artie —, enquanto os empréstimos flutuassem e as debêntures permanecessem conversíveis. Depois veio um pianista de jazz, "o favorito de Arthur", chamado Manny Leerman, para tocar um pot-pourri das "músicas preferidas de Arthur". Manny Leerman era um ruivo gordo que usava um jaquetão azul como um ovo de tordo, que ele desabotoou muito à vontade depois de se sentar ao piano, de modo que a gola do paletó não subisse além da linha do colarinho. As músicas preferidas de Arthur eram "*September in the rain*", "*The day, isn't long enough*" ("*When I'm with you*") e "O voo do besouro". Essa última foi executada pelo rubicundo pianista de maneira vibrante, mas não impecável. E encerrou o espetáculo girando o banquinho do piano 180 graus, antes de se dar conta de que não se encontrava num clube e que não devia se curvar para agradecer. Abotoou o jaquetão antes de se retirar do palco.

Então chegou a vez do orador principal, Hubert Birnley, o astro de cinema, que resolveu que faltava um toque leve e uma referência ao lado humano de Arthur, o grande financista e capitão dos fretamentos do mundo árabe. Atolou com um relato que dependia em sua maior parte da compreensão que se tivesse dos problemas com filtros de piscina em Palm Springs, Califórnia. E se retirou do palco enxugando os cantos dos olhos com um lenço.

O último orador do programa era o cantor Myron Branoskowitz, da Congregação Schlomoch'om, de Bayside, Queens. Era um rapagão de uns 150 quilos, que começou cantando em hebraico com uma voz forte e clara de tenor. Suas lamentações começaram a crescer em volume. Eram infindáveis e irreprimíveis. Sua voz emitia soluços e vibratos. Se havia uma opção entre terminar uma frase numa oitava mais baixa ou mais alta, ele invariavelmente subia, como um cantor de ópera em um concerto, deliciando-se com seu virtuosismo. Punha lágrimas na voz que teriam constrangido o pior ator de *Pagliacci*. A princípio, as pessoas ficaram impressionadas. Depois se assustaram quando a voz se avolumou. Em seguida ficaram preocupadas quando o rapaz pareceu inchar como um sapo. E agora começavam a se entreolhar, cada qual se perguntando se o vizinho estaria pensando a mesma coisa: "Esse garoto não bate bem." A voz se elevava, se elevava, repicava com uma nota que por pouco não era um *yodel* antes de cair para uma escala mais grave com uma lacrimosa cascata de vibratos, e fazer um corte abrupto.

O serviço terminou. A plateia descansou, mas Fallow não. Esgueirou-se para o corredor e, curvando-se ligeiramente, começou a andar depressa em direção ao palco. Estava a dez ou doze fileiras do palco quando uma figura à frente dele fez a mesma coisa.

Era um homem de terno azul-marinho, chapéu de aba caída e óculos escuros. Fallow só teve um vislumbre do perfil... o queixo... Era Sherman McCoy. Sem dúvida usara o chapéu e os óculos para entrar na casa funerária sem ser reconhecido. Contornou os primeiros bancos e se encaixou atrás do pequeno cortejo de familiares. Fallow fez o mesmo. Agora podia ver melhor o perfil. Era de fato McCoy.

Os circunstantes já estavam no rebuliço típico da saída de um serviço de funeral, aliviando a tensão de trinta ou quarenta minutos de respeito obrigatório por um homem rico que, enquanto vivo, não fora especialmente caloroso ou amável. Um funcionário da casa funerária mantinha aberta a portinha lateral para a Viúva Ruskin. McCoy continuava rente aos calcanhares de um homem alto que era, pelo que Fallow via, Monte Griswold, o mestre de cerimônias. Os oradores estavam se reunindo à família ao fundo da cena. McCoy e Fallow eram meros participantes do cortejo fúnebre de ternos azul-marinho e vestidos pretos. Fallow cruzou os braços no peito para esconder os botões dourados do blazer, com medo de que parecessem deslocados.

Não havia problema. O porteiro da casa funerária só estava preocupado em conduzir para dentro quem parecia se encaminhar para dentro. A portinha levava a uma pequena escada ao fim da qual encontrava-se um conjunto de aposentos, que lembrava um apartamentinho. Todos se reuniram numa salinha de recepções decorada com cortinas franzidas e painéis de tecido emoldurados com madeira dourada, no estilo francês do século XIX. Todos apresentavam condolências à viúva, que mal dava para se divisar por trás da parede de ternos azuis. McCoy mantinha-se na periferia, conservando os óculos escuros. Fallow postou-se atrás dele.

Ouvia o burburinho abaritonado de Hubert Birnley falando com a viúva e sem dúvida dizendo coisas perfeitamente corretas e tolas com um sorriso Birnley, triste, mas encantador, no rosto. Agora era a vez do senador Greenspan, com sua voz anasalada dizendo sem dúvida as coisas erradas misturadas com as certas. Então chegou a vez de Monte Griswold, murmurando coisas impecáveis, podia-se ter certeza, e esperando para receber os cumprimentos da viúva por sua habilidade como mestre de cerimônias. Monte Griswold despediu-se da Viúva Ruskin e — pimba! — McCoy estava diante dela. Fallow vinha logo atrás. Vislumbrava as feições de Maria Ruskin pelo véu negro. Jovem e bela! Incomparável! O vestido acentuava-

-lhe os seios e ressaltava os contornos do ventre. Olhava diretamente para McCoy. Ele estava tão próximo ao rosto dela que Fallow pensou a princípio que ia beijá-la. Mas estava cochichando. A Viúva Ruskin dizia alguma coisa em voz baixa. Fallow chegou mais perto. Estava de tocaia bem atrás de McCoy.

Não conseguia discernir. Uma palavra aqui, outra ali... "direto"... "essencial"... "os dois"... "carro"...

"Carro." Assim que ouviu essa palavra, Fallow experimentou a sensação que é a vida dos jornalistas. Antes que a mente possa digerir o que os ouvidos acabaram de ouvir, um alarme põe o sistema nervoso em alerta vermelho. Um *furo*! E um fenômeno nervoso, uma sensação tão palpável quanto qualquer outra registrada pelos cinco sentidos. Um *furo*!

Droga. McCoy estava sussurrando de novo. Fallow acercou-se ainda mais. "o outro"... "rampa"... "derrapou"...

"Rampa! Derrapou!"

A voz da viúva se elevou.

— Chââmân — parecia que o chamava de *Chââmân*. — Não podemos falar disso mais tarde? — Então percebeu que estava dizendo "mais tarde".

Agora era a voz de McCoy que se elevava:

— ... *tempo, Maria*... "ali comigo: você é minha única testemunha!"

— Não consigo pensar nisso tudo agora, Chââmân. — A mesma voz tensa, terminando com um pequeno soluço na garganta. — Será que não compreende? Não percebe onde está? Meu marido está morto, Chââmân.

Ela baixou os olhos e começou a se sacudir com soluços audíveis. Imediatamente surgiu um homem troncudo e atarracado ao lado dela. Era Raymond Radosz, o que falara durante o serviço.

Mais soluços. McCoy se afastou rapidamente, rumando para a saída. Por um instante, Fallow começou a segui-lo, mas deu meia-volta. A Viúva Ruskin era o fato, agora.

Radosz abraçou a viúva com tanta força que os enormes ombros do seu *tailleur* de luto vergaram. Ela parecia torta.

— Tudo bem, doçura — disse. — Você é uma garota corajosa, e sei exatamente como se sente, porque eu e Artie passamos muita coisa juntos. Nossa amizade vem de longa, longa data, antes mesmo de você nascer, creio. E posso lhe afirmar uma coisa. *Artie teria gostado do serviço religioso*. Posso lhe afirmar isso. Teria gostado de ver o senador e todos os outros.

Esperou um elogio.

A Viúva Ruskin refez-se do pesar. Era a única maneira de se livrar do ardente acompanhante.

— Mas especialmente de você, Ray — disse Maria. — Você o conhecia melhor, e soube exatamente como traduzir isso em palavras. Sei que Arthur se sentirá mais tranquilo depois do que você disse.

— Ahhhh, bom, obrigado, Maria. Sabe, era como se eu pudesse ver Artie diante de mim enquanto falava. Não tive que pensar no que ia dizer. Simplesmente saiu.

Dali a pouco ele se retirou, e Fallow se adiantou. A viúva sorriu para ele, um tantinho desconcertada porque não sabia quem era.

— Sou Peter Fallow — disse. — Como talvez saiba, eu estava em companhia de seu marido quando ele morreu.

— Ah, sim — disse, lançando-lhe um olhar zombeteiro.

— Só queria que soubesse — disse Fallow — que ele não sofreu. Simplesmente perdeu a consciência. Aconteceu... — Fallow ergueu as mãos num gesto de desalento — *assim*. Quero que saiba que tudo o que poderia ter sido feito foi feito, ou pelo menos assim me parece. Tentei uma respiração artificial, e a polícia atendeu com muita presteza. Sei como a pessoa pode ficar imaginando essas coisas, e queria que soubesse. Tínhamos acabado de jantar e de manter uma excelente conversa. A última coisa que me lembro é da maravilhosa risada de seu marido. Com toda a sinceridade devo confessar-lhe que há maneiras piores... foi uma perda terrível, mas não um fim terrível.

— Muito obrigada. O senhor é extremamente gentil em me contar isso. Tenho me censurado por minha ausência quando ele...

— Não deveria — atalhou Fallow.

A Viúva Ruskin ergueu os olhos e sorriu. Ele percebeu o brilho em seus olhos e a curiosa ondulação de seus lábios. Tinha habilidade de dar um toque coquete até nos agradecimentos de viúva.

Sem mudar o tom de voz, Fallow continuou:

— Não pude deixar de reparar que o sr. McCoy estava falando com a senhora.

A viúva sorria com os lábios ligeiramente entreabertos. Primeiro o sorriso murchou. Em seguida os lábios se fecharam.

— De fato, não pude deixar de entreouvir sua conversa — disse Fallow. Então com uma expressão inteligente e afável no rosto e um sotaque escancarado de fim de semana inglês, como alguém que indagasse sobre a lista de convidados para um jantar: — Tenho a impressão de que estava no carro com McCoy quando houve aquele infeliz acidente no Bronx.

Os olhos da viúva se transformaram em duas brasas.

— Tinha esperanças de que talvez pudesse me dizer exatamente o que aconteceu naquela noite.

Maria Ruskin encarou-o por mais um instante e em seguida falou por entre os lábios contraídos:

— Olhe, Sr... Sr...

— Fallow.

— ... Crápula! Estamos no funeral de meu marido, e não o quero aqui. Entendeu? Portanto, dê o fora... e desapareça.

Deu as costas e se acercou de Radosz e de um grupo de ternos azuis e vestidos negros.

Ao se retirar da casa funerária Harold A. Burns, Fallow estava eufórico com o conhecimento que adquirira. A reportagem existia não só em sua mente, mas em sua pele e em seu plexo solar. Fluía como uma corrente elétrica em cada axônio e dendrito de seu corpo. Assim que se sentasse ao processador de texto, a reportagem jorraria de seus dedos... pré-escrita. Não teria que, digamos, pretextar, insinuar, especular que a bela e agora fabulosamente rica, alegre e jovem Viúva Ruskin era a Morena Misteriosa. McCoy dissera: "Ali comigo: minha única testemunha!" A Viúva Ruskin permanecera calada... mas não negara. Tampouco negara quando o jornalista, o grande Fallow, quando eu... quando eu... quando eu... era isso. Escreveria na primeira pessoa. Mais uma exclusiva na primeira pessoa, como "MORTE ESTILO NOVA YORK", *"Eu, Fallow..."* santo Deus, ele sentia gula, *luxúria,* pelo processador de texto! A reportagem vibrava em sua mente, seu coração, suas entranhas.

Mas forçou-se a parar junto ao livro na entrada e a copiar os nomes das famosas personagens que tinham comparecido para apresentar seus respeitos à linda viúva do Capitão dos Fretamentos para Meca sem sequer sonhar com o drama que se desenrolava diante de seu nariz pruriente. Logo saberiam. *"Eu, Fallow!"*

Fora, na calçada, pouco além do vestíbulo, havia grupos das mesmas personalidades luminosas, a maioria mantendo o tipo de conversa exuberante e sorridente que as pessoas em Nova York não conseguem evitar nas ocasiões que dramatizam a sua posição elevada. Os funerais não eram exceção. O enorme cantor jovem, Myron Branoskowitz, falava com — ou falava para — um homem mais velho de aspecto severo, cujo nome Fallow acabara de copiar do livro: Jonathan Buchman, diretor-geral da Columbia Records. O cantor falava com grande animação. Suas mãos esvoaçavam no ar. A expressão de Buchman era rígida, paralisada pela sonora logorreia que o cantor ejaculava sem parar em seu rosto.

— Não tem problema! — dizia o cantor. Era quase um grito. — Não tem problema nenhum! Já preparei as fitas cassetes! Cantei todos os sucessos de Caruso, um por um! Posso entregá-las no seu escritório amanhã! Tem um cartão?

A última coisa que Fallow viu antes de ir embora foi Buchman puxando um cartão de dentro de uma elegante carteirinha de couro de lagarto, enquanto o cantor Branoskowitz acrescentava, no mesmo tom de tenor declamatório:

— Os de Mario Lanza, também! Fiz Mario Lanza! Quero que os escute também!

— Bom...

— Não tem problema!

29
O ENCONTRO

Na manhã seguinte, Kramer, Bernie Fitzgibbon e os dois detetives, Martin e Goldberg, encontraram-se no gabinete de Abe Weiss. Era uma espécie de reunião de conselho. Weiss sentava-se à cabeceira da mesa de reuniões, feita em nogueira. Fitzgibbon e Goldberg sentavam-se à sua esquerda; Kramer e Martin, à direita. O assunto era como proceder ao júri de instrução no caso Sherman McCoy. Weiss não gostou do que ouvia de Martin. Tampouco Kramer. De quando em quando, Kramer dava uma olhada em Bernie Fitzgibbon. Só o que conseguia discernir era uma máscara de impassividade irlandesa, mas que emitia ondas curtas que diziam "Eu avisei".

— Espere um instante — disse Weiss. Dirigiu-se a Martin. — Conte-me outra vez como foi que prendeu essas duas figuras.

— Foi num arrastão de crack — disse Martin.

— Arrastão de crack? — perguntou Weiss. — Que diabo é um arrastão de crack?

— Um arrastão de crack é uma... é o que estamos fazendo agora. Em alguns quarteirões lá pra cima, há tantos traficantes de crack que é como um mercado das pulgas. Muitos prédios estão abandonados e, nos outros, as pessoas que moram por lá têm medo de sair, porque não há mais nada na rua a não ser gente vendendo crack, gente comprando crack e gente fumando crack. Então fazemos esses arrastões. Entramos e apanhamos tudo o que está à solta.

— E isso funciona?

— Claro. Fazemos isso umas duas vezes, e eles se mudam para outro quarteirão. Chegou a tal ponto que assim que o primeiro carro-patrulha aparece na esquina, eles começam a correr para fora dos prédios. É como nesses canteiros de obra quando explodem a primeira carga de dinamite e os ratos disparam pela rua. Alguém devia levar uma dessas câmeras de filmar um dia desses. Toda aquela gente correndo pela porra da rua.

— Muito bem — disse Weiss. — Então esses dois sujeitos que vocês prenderam conhecem Roland Auburn?

— É. Todos conhecem Roland Auburn.

— Muito bem. Então o que está nos dizendo... é alguma coisa que Roland Auburn disse a eles pessoalmente ou é uma coisa que ouviram de terceiros?

— Não, essa é a versão que corre.

— Nos círculos de crack do Bronx — acrescentou Weiss.

— É, creio que sim — confirmou Martin.

— Muito bem, continue.

— Bom, a história que corre é que Roland por acaso viu esse garoto, Henry Lamb, andando em direção ao restaurante Texas Fried Chicken, e saiu atrás dele. Roland tem prazer em atormentar o garoto. Lamb é o que eles chamam de "menino bonzinho", "filhinho da mamãe", "menino que não assume". Ele não sai de casa para participar da vida das ruas. Vai à escola, vai à igreja, quer ir para a universidade, não se mete em encrencas — nem ao menos é um morador permanente do conjunto. A mãe está tentando economizar dinheiro para dar entrada numa casa em Springfield Gardens, ou não estariam nem morando lá.

— Esses dois sujeitos não podem ter lhe contado isso.

— Não, isso é o que já tínhamos descoberto sobre o garoto e a mãe.

— Bom, vamos nos ater a esses dois chincheiros e ao que disseram.

— Eu estava tentando dar o quadro geral.

— Ótimo. Agora me dê o primeiro plano.

— Tudo bem. Então, Roland está descendo o Bruckner Boulevard com Lamb. Estão passando pela rampa na Hunts Poit, e Roland vê essa merda na rampa, esses pneus ou latas de lixo ou qualquer coisa assim, e percebe que alguém esteve lá em cima tentando roubar carros. Então diz a Lamb: "Vamos, vou te mostrar como se puxa um carro." Lamb não quer tomar parte nisso, então Roland diz: "Eu não vou puxar, só vou te mostrar como se faz. Está com medo de quê?" Ele desdenha do garoto, sabe, porque é um filhinho da mamãe. Então o garoto sobe a rampa com ele e quando dá por si, Roland está atirando um pneu ou uma lata ou qualquer coisa na frente desse carro, um tremendo Mercedes, em que afinal se encontravam McCoy e uma mulher. Esse veado, o Lamb, só estava parado lá. Provavelmente se cagando de medo de estar lá, e se cagando de medo de fugir, também, por causa de Roland, que só está aprontando esse número para mostrar que ele não passa de uma bicha, pra começo de conversa. Então alguma coisa sai errado porque McCoy e a mulher conseguem escapulir, e Lamb é atingido de raspão. Em todo caso é isso que está correndo à boca miúda.

— Bom, é uma teoria. Mas você encontrou alguém que afirmasse que ouviu Roland dizer qualquer coisa?

Bernie Fitzgibbon atalhou:

— Essa teoria explicaria por que Lamb não disse nada sobre o carro que o atropelou quando deu entrada no hospital. Não queria que ninguém pensasse que estava envolvido numa tentativa de roubo de carro. Só quis que encanassem seu pulso e foi para casa.

— É — disse Weiss —, mas só o que temos aqui é uma teoria apresentada por dois chincheiros. Gente assim não sabe a diferença entre o que está ouvindo e o que *está ouvindo.* — Girou o dedo indicador na têmpora no melhor estilo dos desenhos do Pernalonga.

— Bom, acho que vale a pena investigar, Abe — disse Bernie. — Acho que devíamos gastar um tempinho com isso, de qualquer forma.

Kramer se sentiu alarmado, rancoroso, e pôs-se na defensiva, na defensiva de Roland Auburn. Nenhum deles tinha se dado o trabalho de conhecer Roland como ele. Roland não era um santo, mas no íntimo era bom, e estava dizendo a verdade.

Disse a Bernie:

— Não há mal algum em investigar, mas posso imaginar como uma teoria dessas realmente se origina. Quero dizer, na verdade é a teoria de McCoy. É o que McCoy contou ao *Daily News* e apareceu na televisão. Quero dizer, essa teoria já está nas ruas e é nisso que se transforma. Responde a uma pergunta, mas levanta dez outras. Quero dizer, por que Roland iria tentar roubar um carro na companhia desse garoto que ele sabe que é um fracote, um inútil? E se McCoy é a vítima de uma tentativa de assalto e atropela um dos assaltantes, por que hesitaria em comunicar isso à polícia? Podia fazer isso *assim*. — Kramer estalou os dedos e percebeu que sua voz assumira um tom argumentativo.

— Concordo que levante uma série de perguntas — disse Bernie. — Tanto mais motivo para não se antecipar a apresentação do caso perante um júri de instrução.

— Temos que apressá-lo — argumentou Weiss.

Kramer surpreendeu Bernie observando-o de um certo jeito. Via as acusações nos seus olhos pretos de irlandês.

Nesse instante o telefone à escrivaninha de Weiss deu três toques baixos. Ele se ergueu, foi até a escrivaninha e atendeu-o.

— Sim?... Tudo bem, pode ligar... Não, não vi *The City Light*... O quê? Você deve estar brincando...

Virou-se para a mesa de reuniões e disse a Bernie:

— É o Milt. Acho que não vamos ter que nos preocupar com teorias de chincheiros por algum tempo.

Não demorou nada e Milt Lubell, de olhos arregalados, ligeiramente sem fôlego, adentrava a sala com um exemplar de *The City Light*. Abriu-o na mesa de reuniões. A primeira página saltou aos olhos de todos.

"Exclusiva de *City Light*
viúva de
financista é
mulher misteriosa
do caso McCoy

McCoy no enterro: — Ajude-me!"

Ao pé da página uma legenda dizia: "Peter Fallow, testemunha ocular, fotos páginas 3, 4, 5, 14, 15."

Todos — os seis — se levantaram e se debruçaram, apoiando as palmas na mesa de nogueira para se firmar. As cabeças convergiam para o epicentro, que era a manchete.

Weiss se endireitou. No seu rosto havia a expressão de um homem que sabe que é seu dever liderar.

— Muito bem, aqui está o que vamos fazer. Milt, ligue para Irv Stone no Canal 1. — Em seguida, arrolou os nomes dos responsáveis pelo noticiário de cinco outros canais. — E ligue para Fallow. E aquele sujeito, o Flannagan, do *News*. É isso é o que vai lhes dizer: "Vamos interrogar essa mulher o mais depressa possível." Isso é oficial. Oficiosamente, diga-lhes que se ela for a mulher que estava em companhia de McCoy, então enfrentará a acusação de delito grave, porque era ela quem dirigia o carro depois de McCoy atropelar o garoto. Isso é fugir da cena do crime e se omitir em comunicá-lo. Atropelamento com fuga do responsável. Ele atropelou, ela fugiu. Certo?

E para Bernie:

— Quanto a vocês... — Fez uma rápida panorâmica com o olhar abrangendo Kramer, Martin e Goldberg, para indicar que também estavam incluídos. — Procurem essa mulher e digam-lhe exatamente a mesma coisa. "Sentimos que seu marido esteja morto etc. etc. etc., mas precisamos de umas respostas urgentes, e se era a senhora que estava no carro com McCoy, então está metida numa enrascada dos diabos." Mas, se estiver disposta a confessar tudo sobre McCoy, concederemos a ela imunidade no júri de instrução. — E para Kramer: — Não seja demasiado específico sobre isso, a princípio. Ora, diabos, você sabe como fazer.

Quando Kramer, Martin e Goldberg pararam diante do prédio número 962 da Fifth Avenue, a calçada parecia um campo de refugiados. Equipes de televisão, comentaristas de rádio, repórteres e fotógrafos estavam sentados, andando e matando o tempo, vestidos de jeans, malhas, jaquetas e calçados Trapper Dan que a categoria dera para usar, e os curiosos que apreciavam a movimentação não estavam com roupas tão diferentes. Os tiras do 19º Distrito tinham armado uma fileira dupla de cavaletes para delimitar um corredor até a porta de entrada para proteger os moradores do edifício. Um patrulheiro fardado estava de um lado. Para um edifício daquele porte, catorze andares e meio quarteirão de largura, a entrada não era particularmente grandiosa. Mesmo assim, transpirava dinheiro. Havia uma única porta de vidro emoldurada em latão pesado, muito bem polido e protegido por grades de latão, que também reluziam. Um toldo estendia-se da porta até a beira da calçada. Era sustentado por postes de latão com ferros de retenção também de latão, igualmente polidos até adquirirem o aspecto de ouro branco. Mais do que qualquer outra coisa, era a perenidade do trabalho pesado representado por todo aquele latão polido que transpirava dinheiro. Por trás da porta de vidro, Kramer vislumbrou o vulto de dois porteiros uniformizados, e pensou em Martin e no seu solilóquio sobre as merdas no edifício de McCoy.

Bom... ali estava ele. Erguera os olhos para esses edifícios residenciais na Fifth Avenue, diante do Central Park, mil vezes pelo menos, mais recentemente no domingo à tarde. Estivera no parque com Rhoda, que empurrava Joshua no carrinho, e o sol da tarde iluminara as grandes fachadas de calcário a tal ponto que uma frase lhe passara pela mente: "a costa do ouro." Mas era apenas uma observação, desprovida de sentimento, exceto talvez por uma ligeira satisfação ao passear nessas paragens douradas. Era fato sabido que as pessoas mais ricas de Nova York moravam nesses edifícios. Mas a vida delas, qualquer que fosse, era tão remota quanto um outro planeta. Tais pessoas eram apenas estereótipos, inteiramente fora do alcance de qualquer inveja concebível. Eram Os Ricos. Não teria podido citar o nome de nem um só deles.

Agora, podia.

Kramer, Martin e Goldberg desceram do carro, e Martin disse alguma coisa ao tira fardado. A massa irregular de jornalistas se agitou. Suas roupas ondulantes esvoaçaram. Examinaram os três de alto a baixo e farejaram procurando o cheiro do caso McCoy.

Será que o reconheceriam? O carro não tinha identificação, e até Martin e Goldberg estavam usando paletó e gravata, de modo que poderiam parecer três homens que casualmente se dirigissem a esse edifício. Por outro lado... será que ainda era um funcionário anônimo do sistema de justiça penal? Pouco provável. Seu retrato (feito pela deliciosa Lucy Dellafloria) aparecera na televisão. Seu nome aparecera em todos os jornais. Os três começaram a subir o corredor por entre as barricadas da polícia. Na metade do caminho... Kramer se sentiu abandonado. Nenhum interesse dessa enorme assembleia inquieta formada pela imprensa de Nova York!

Então:

— Ei, Kramer! — Uma voz à direita. Seu coração saltou. Kramer! — Seu impulso foi virar e sorrir, mas refreou-se. Deveria continuar a andar e não dar atenção? Não, não deveria bancar o superior, deveria?... Então, voltou-se na direção da voz com um ar seriíssimo.

Duas vozes ao mesmo tempo:

— Ei, Kramer, você vai...

— Quais são as acusações...

— ... falar com ela?

— ... contra ela?

Ouviu alguém perguntando:
— Quem é?
E alguém respondendo:
— E Larry Kramer. O promotor encarregado do caso.
Kramer manteve os lábios firmes e disse:
— Não tenho nada para vocês agora, rapazes.

"Rapazes!" Eles eram *gente sua* agora, esse bando — *a imprensa,* que anteriormente fora uma mera abstração, pelo menos no que lhe dizia respeito. Agora encarava toda essa turba inquieta de frente, e eles estavam atentos a suas palavras, a seus passos. Um, dois, três fotógrafos em posição. Ouvia o ruído agudo do mecanismo de rebobinar as câmeras. Um pessoal de televisão carregado de equipamento se aproximava. Uma videocâmera alongava-se do crânio de um deles como um chifre. Kramer diminuiu o passo e encarou um dos repórteres como se refletisse numa resposta, para poder expor aos sujeitos mais alguns segundos dessa sua cara solene. (Eles só estavam fazendo o trabalho deles.)

Quando ele, Martin e Goldberg chegaram à porta de entrada, Kramer disse aos dois porteiros, com autoridade gutural:
— Larry Kramer, da Promotoria Distrital do Bronx. Estão à nossa espera.
O porteiro atendeu-o imediatamente.

Lá em cima, a porta do apartamento foi aberta por um homenzinho uniformizado que parecia indonésio ou coreano. Kramer entrou — a visão o ofuscou. Era de se esperar, porque fora concebido para ofuscar gente muito mais afeita ao luxo do que Larry Kramer. Olhou para Martin e Goldberg. Eram peixes fora d'água... o teto à altura de dois andares, o enorme lustre, a escadaria de mármore, as colunas caneladas, a prataria, a sacada, as enormes pinturas, as suntuosas molduras, qualquer uma delas custava a metade do salário anual de um tira. Os olhos deles devoravam aquilo tudo.

Kramer ouvia um aspirador de pó funcionando no andar superior. Uma empregada de uniforme preto e avental branco apareceu no piso de mármore da galeria de entrada e em seguida desapareceu. O copeiro oriental conduziu-os pela galeria. Por um portal relancearam uma vasta sala inundada da claridade que vinha das janelas mais altas que Kramer já vira numa residência particular. Eram tão grandes quanto as janelas dos tribunais na ilha-fortaleza. Descortinavam o topo das árvores do Central Park. O copeiro levou-os a uma sala menor e mais escura, ao lado. Talvez fosse mais escura por comparação; na realidade, uma única janela alta voltada para o parque admitia tanta luz que a princípio os dois homens e a mulher que os aguardavam só eram visíveis em silhueta. Os dois homens estavam de pé. A mulher, sentada em uma cadeira. Havia um conjunto de escadas de biblioteca sobre rodas, uma grande escrivaninha com ornatos dourados nas pernas curvas, antiguidades sobre o tampo, dois pequenos sofás com uma grande mesa de centro de madeira entalhada entre os dois, diversas poltronas, mesinhas laterais e... *coisinhas* assim.

Uma das silhuetas adiantou-se, saindo da claridade, e disse:

— Sr. Kramer? Sou Tucker Trigg.

"Tucker Trigg": esse era o nome verdadeiro do cara. Era o advogado dela, de Curry, Goad & Pesterall. Kramer marcara esse encontro por intermédio dele. Tucker Trigg tinha uma voz de WASP que parecia uma buzina fanhosa, e realmente desconcertou Kramer, mas agora que Kramer o via em pessoa, não combinava com a ideia que fazia de um WASP. Era grande, redondo, balofo, como um jogador de futebol que tivesse engordado. Apertaram-se as mãos, e Tucker Trigg disse na sua voz fanhosa:

— Sr. Kramer, essa é a sra. Ruskin.

Ela se encontrava sentada numa cadeira de espaldar alto que fez Kramer pensar em uma daquelas peças do Masterpiece Theatre. Havia um sujeito alto e grisalho postado ao lado dela. A viúva — como parecia jovem e sensual! "Tesuda", Roland dissera. Arthur Ruskin tivera as mãos cheias, 71 anos de idade, com um segundo marca-passo tiquetaqueando. Ela usava um vestido de seda preta. O fato de que os ombros largos e a gola oficial eram a última moda passou despercebido a Larry Kramer, mas as pernas não. As pernas estavam cruzadas. Kramer tentava impedir que seus olhos corressem da curva luminosa do peito do pé à curva reluzente das pernas e daí à curva cintilante das coxas sob o vestido preto. Fez o possível. A moça possuía um maravilhoso pescoço longo e ebúrneo, seus lábios se entreabriam ligeiramente, e os olhos escuros pareciam estar sorvendo os dele. Sentiu-se atarantado.

— Lamento importuná-la nessas circunstâncias — gaguejou. Imediatamente percebeu que dissera alguma tolice. Será que ela deveria supor que em outras circunstâncias teria prazer em importuná-la?

— Ah, eu compreendo, sr. Kramer — disse suavemente, com um sorriso corajoso. Seria *apenas* um sorriso corajoso? Deus do céu, o jeito com que o olhava!

Não conseguia imaginar o que dizer a seguir. Tucker Trigg poupou-lhe a tarefa apresentando o homem parado junto à poltrona. Era um homem alto e mais velho. Os cabelos grisalhos estavam elegantemente penteados para trás. Tinha o tipo de postura militar que raramente se via em Nova York. Seu nome era Clifford Priddy, e era muito conhecido por defender pessoas importantes em casos criminais federais. Esse era um perfeito WASP. Olhava as pessoas do alto do seu comprido nariz. Suas roupas eram discretas e caras, como somente aqueles filhos da puta sabiam escolher. Os lustrosos sapatos pretos eram ah-tão-maciamente justos no solado do pé e bem arrematados nas pontas. O homem fazia Kramer se sentir mal-ajambrado. Seus sapatos eram pesadas lanchas marrons com solas que saíam para fora como platibandas. Bom, esse caso não era da alçada federal, onde a velha rede de famílias ricas e tradicionais ainda protegia os seus. Não, estavam tratando do primitivo Bronx, agora.

— Como está, sr. Kramer — disse o sr. Clifford Priddy afavelmente.

— Bem — disse Kramer apertando a mão dele e pensando: "Vamos ver se conserva esse ar cheio de si quando o levarmos para a Gibraltar."

Então apresentou Martin e Goldberg, e todos se sentaram. Martin, Goldberg, Tucker Trigg e Clifford Priddy: que belo quarteto. Goldberg sentava-se um pouco curvado, um pouco intimidado, mas Martin continuava a ser o Turista Imperturbável. Seus olhos dançavam por toda a sala.

A jovem viúva de preto apertou um botão na mesa junto à cadeira. Tornou a cruzar as pernas. Os brilhos curvilíneos se dissolveram e se reagruparam e Kramer tentou desviar os olhos. Ela olhou para a porta. Uma criada, filipina — Kramer podia adivinhar —, estava parada-ali.

Maria Ruskin olhou para Kramer, depois para Goldberg e Martin e perguntou:

— Os senhores aceitariam um café?

Ninguém quis café. Ela disse:

— Nora, gostaria de tomar um café e...

— *Cora* — a mulher disse sem inflexão na voz. Todas as cabeças se voltaram para ela, como se tivesse acabado de puxar um revólver.

— ... e traga mais umas xícaras, por favor — disse a viúva, fingindo não ouvir a correção —, caso um dos senhores *mudar* de ideia.

"A gramática não é lá muito perfeita", pensou Kramer. Tentou lembrar exatamente o que estava errado no que ela dissera e então percebeu que todos estavam em silêncio, observando-o. Agora o espetáculo era dele. Os lábios da viúva mantinham-se entreabertos com o mesmo sorrisinho estranho. Seria coragem? Troça?

— Sra. Ruskin — começou —, como disse, lamento ter vindo procurá-la neste momento, e estou muito grato pela sua cooperação. Estou certo de que o sr. Trigg e o sr. Priddy lhe explicaram a finalidade desta visita, e só, hum, quero... — Ela mexeu as pernas sob o vestido, e Kramer tentou não reparar na maneira como suas coxas se avolumaram sob a seda preta e brilhante. — ... hum, ressaltar que este caso, que envolve uma grave lesão, possivelmente fatal, num jovem, Henry Lamb... este caso é importantíssimo para o nosso gabinete, porque é importantíssimo para o povo do Bronx e para todo o povo desta cidade. — Parou. Percebeu que estava parecendo pomposo, mas não sabia como voltar a falar normalmente. A presença desses advogados WASPs e a escala desse palácio tinham-no feito assumir ares de importância.

— Compreendo — disse a viúva, possivelmente para ajudá-lo. Tinha a cabeça ligeiramente inclinada e sorria, o sorriso de uma amiga íntima. Kramer sentia pruridos de excitação. Sua mente saltou para o julgamento. Às vezes acabava-se trabalhando muito intimamente com uma testemunha cooperativa.

— É por isso que sua cooperação seria de grande valor para nós. — Levantou bem a cabeça para enfatizar a magnificência dos seus esternoclidomastóideos. — Agora, só o que desejo é tentar explicar o que estará envolvido se a senhora se dispuser a cooperar ou se por qualquer razão decidir não cooperar, porque acredito que temos que deixar isso muito claro. Determinadas coisas decorrerão naturalmente de cada uma das decisões. Agora, antes de começarmos, gostaria de lembrar... — Tornou a parar. Começara a frase mal e ia acabar se enrolando na sintaxe. Não havia nada a fazer, exceto continuar. — ... que está representada por advogados eminentes, por isso não preciso lembrá-la de seus direitos com respeito a isso. — "Com respeito a isso." Por que essas frases pomposas e inúteis? — Mas sou obrigado a lembrá-la do seu direito de se manter calada, caso o queira por qualquer motivo.

Olhou-a e meneou a cabeça, como se perguntasse: "Fui claro?" Ela retribuiu o aceno, e ele reparou no volume de seus seios movendo-se sob a seda preta.

Ergueu de junto à poltrona sua pasta, colocou-a no colo e imediatamente desejou que não o tivesse feito. Os cantos e quinas gastos da pasta eram uma evidência de sua posição inferior. (Um promotor assistente do Bronx de 36 mil dólares anuais.) Olhe só para a maldita pasta! Toda ressequida, gretada e descorada! Sentiu-se humilhado. Que estaria passando pela cabeça desses porras desses WASPs nesse momento? Estariam contendo sorrisinhos sarcásticos por razões táticas ou por alguma delicadeza condescendente de WASPs?

Da pasta tirou duas páginas de anotações em papel amarelo e uma pasta cheia de xerocópias, incluindo recortes de jornais. Então fechou a pasta denunciadora e tornou a pousá-la no chão.

Consultou as anotações. Ergueu os olhos para Maria Ruskin.

— Há quatro pessoas que têm pleno conhecimento deste caso — disse. — Uma é a vítima, Henry Lamb, que aparentemente está em coma irreversível. Outra é o sr. Sherman McCoy, que é acusado de negligência criminosa, de abandonar a cena de um acidente, de deixar de comunicar um acidente. Ele nega essas acusações. A terceira é um indivíduo que estava presente quando ocorreu o fato e que se apresentou e identificou positivamente o sr. McCoy como o motorista do carro que atropelou o sr. Lamb. Essa testemunha nos contou que o sr. McCoy estava acompanhado de outra pessoa, uma mulher branca na casa dos vinte, e a informação fornecida a torna cúmplice de um ou mais crimes de que o sr. McCoy é acusado. — Parou, pelo tempo que julgou necessário para obter o máximo efeito. — A testemunha identificou positivamente a mulher como sendo... a senhora.

Kramer parou e olhou a viúva diretamente no rosto. A princípio ela foi perfeita. Nem piscou. Seu lindo sorriso corajoso não se alterou um instante. Mas em seguida seu pomo de adão, quase imperceptivelmente, subiu e desceu uma vez.

Engoliu em seco!

Uma sensação gostosa invadiu Kramer, todas as suas células e todas as suas fibras nervosas. Naquele instante, o instante em que a moça engoliu em seco, sua pasta gasta perdeu o significado, bem como seus sapatões de lavrador, seu terno barato, seu salário miserável, seu sotaque nova-iorquino, os barbarismos e solecismos de sua fala. Pois naquele momento ele possuía uma coisa que esses advogados WASPs, esses executivos imaculados da Wall Street do universo de Currys & Goads & Pesteralls & Dunnings & Spongets & Leaches nunca conheceriam e nunca sentiriam o prazer indizível de possuir. E permaneceriam silenciosos e educados diante disso, como estavam agora, e engoliriam em seco de medo quando e se a sua hora chegasse. E agora compreendia o que é que o animava momentaneamente a cada manhã ao ver a ilha-fortaleza surgindo em meio à desolação do Bronx, no alto da Grand Concourse. Pois não era nada além do Poder, o mesmo Poder a que Abe Weiss se entregava de corpo e alma. Era o poder do governo sobre a liberdade de seus súditos. Pensar nisso abstratamente fazia esse poder parecer teórico e acadêmico, mas senti-lo... ver a *expressão daqueles rostos*... ao olharem para o indivíduo mensageiro e condutor do Poder — Arthur Rivers, Jimmy Dollard, Herbert 92X e o sujeito chamado Cafetão — até mesmo eles —, e agora ver essa *engolidela de medo* num pescoço perfeito que valia milhões — bom, o poeta jamais cantou aquele êxtase ou mesmo sonhou com ele, e nenhum promotor, nenhum juiz, nenhum tira, nenhum fiscal de rendas jamais falará dele, porque nem ousamos mencioná-lo um para o outro, ousamos? No entanto nós o *sentimos* e *percebemos* todas as vezes que nos olham com aquela expressão que suplica piedade ou, se não é piedade, nossa!, um acaso ou um capricho de generosidade. ("Só uma chance!") Que são todas as fachadas de calcário da Fifth Avenue, todos os saguões de mármore e bibliotecas estofadas de couro, e todas as riquezas da Wall Street diante do *meu* controle do *seu* destino e o seu desamparo diante do Poder?

Kramer prolongou aquele momento enquanto os limites da lógica e da decência permitiram, e ainda mais um pouquinho. Nenhum deles, nem os dois imaculados advogados WASPs, da Wall Street, nem a bela viúva com seus milhões, se atreveram a dar um pio.

Então disse educada, paternalmente:

— Muito bem. Agora vamos ver o que isso significa.

Quando Sherman entrou no escritório de Killian, este exclamou:

— Eiiii, qual é, qual é! Por que essa cara comprida? Você não vai se importar de ter vindo até aqui quando eu lhe disser a razão. Acha que o trouxe até aqui para lhe mostrar isto?

Atirou *The City Light* na beira da escrivaninha. VIÚVA DE FINANCISTA... Sherman mal olhou para o jornal. Já ouvira o zum-zum e a agitação na galeria.

— Ele estava bem ali no salão da Casa Burns. Esse Peter Fallow, eu nem o vi.

— Não faz mal — retrucou Killian, que se sentiu bem-humorado. — Isso não é mais novidade. Já sabíamos. Estou certo? Trouxe-o aqui para saber *das novidades*.

A verdade era que Sherman não se importava nem um pouco com essas viagens à Reade Street. Ficar sentado no apartamento... esperando a próxima ameaça pelo telefone... A própria magnificência do apartamento zombava da situação a que fora reduzido. Sentava-se ali e esperava o próximo golpe. Era preferível fazer alguma coisa. Ir de carro até a Reade Street, mover-se na horizontal sem impedimentos — grande! Fantástico!

Sherman sentou-se, e Killian disse:

— Nem quis mencionar isso pelo telefone, mas recebi uma ligação interessante. Acertamos a quina.

Sherman só olhava.

— Maria Ruskin — continuou Killian.

— Está brincando.

— Eu não brincaria com isso.

— Maria ligou para você?

Imitando o sotaque de Maria:

— "Sr. Killian, meu nome é Maria Ruskin. Sou amiga de um cliente seu, o sr. Sherman McCoy." Estamos falando da mesma pessoa?

— Nossa! Que foi que ela disse? O que queria?

— Quer ver você.

— Essa não...

— Quer vê-lo hoje à tarde, às 16 horas e 30 minutos. Disse que você saberia onde.

— Puxa vida... Sabe, ela me falou ontem no Burns que ia me ligar. Mas não acreditei nem por um segundo. E disse por quê?

— Não, e nem perguntei. Não queria dizer nada que pudesse fazê-la mudar de ideia. Só disse que tinha *certeza* de que você estaria lá. E tenho certeza de que estará, cara.

— Não lhe disse que ela me telefonaria?

— Disse? Você acabou de me dizer que não acreditou que ela ligaria.

— Eu sei. Ontem não acreditei, porque ela andou me evitando. Mas não falei que não era do tipo cauteloso? Ela é uma jogadora. Não é do tipo que não se arrisca. Gosta de uma luta, e seu jogo é... bom, são os *homens*. O seu jogo é a lei, o meu, os investimentos, o dela, os *homens*.

Killian começou a rir, mais da mudança no estado de ânimo dele do que de qualquer outra coisa.

— Ótimo — disse —, fantástico. Então vamos deixar você e ela jogarem. Vamos começar. Tive outra razão para fazê-lo vir até aqui em vez de me deslocar ao seu apartamento. Temos que instalar o gravador.

Apertou um botão e disse pelo interfone:
— Nina? Diga a Ed Quigley para vir até aqui.

Precisamente às 16 horas e 30 minutos, com o coração batendo um tanto acelerado, Sherman apertou a campainha do 4B Boll. Ela devia estar aguardando junto ao interfone — o aparelho em si já não funcionava — porque logo em seguida ele ouviu a cigarra da porta e o pesado *clique-clique-clique* da fechadura elétrica se abrindo, e ele entrou no prédio. O cheiro tornou-se instantaneamente familiar, o ar abafado, o carpete imundo das escadas. A mesma tinta velha e lúgubre, as portas dilapidadas e a luz melancólica — familiar e ao mesmo tempo nova e assustadora, como se nunca tivesse se dado ao trabalho de realmente reparar no que aquilo era. A maravilhosa atmosfera boêmia do lugar se dissipara. Ele agora tinha a infelicidade de contemplar um sonho erótico com o olhar de um realista. Como poderia algum dia ter achado aquilo encantador?

O rangido dos degraus lembrou-o de coisas que queria esquecer. Ainda viu o dachshund alçando o corpo de salsicha pelos degraus... "Você é um toquinho molhado de salame, Mââchâll"... E andara suando... Suando, fizera três viagens por essas escadas decrépitas para subir a bagagem de Maria... E agora levava a carga mais pesada de todas... Estou cheio de fios... Sentia o gravador na coluna lombar, o microfone sobre o esterno; sentia, ou imaginava sentir, a cola do esparadrapo que prendia os fios ao seu corpo. Cada um desses elementos miniaturizados engenhosamente, furtivamente, parecia crescer a cada passo que dava. Sua pele ampliava-os, como uma língua tateando um dente partido. Certamente eram óbvios! Quanto estaria escrito em seu rosto? Quanta falsidade? Quanta desonra?

Suspirou e descobriu que já estava suando e arquejando devido à subida, à adrenalina ou ao pânico. O calor de seu corpo tornava o esparadrapo irritante — ou seria a sua imaginação?

Quando chegou à porta, aquela triste porta pintada, estava ofegando. Parou, suspirou, então bateu à porta com aquele sinal que sempre tinham usado, *tap tap tap tap tap — tap tap*.

A porta se abriu devagarinho, mas não havia ninguém. Então...

— Buuu! — A cabeça dela saiu de trás da porta, e ela sorria para ele. — Assustou-se, eh?

— Na verdade, não — disse Sherman. — Ultimamente tenho sido assustado por especialistas.

Ela riu, e seu riso pareceu sincero.

— Você também? Fazemos um bom par, não fazemos, Sherman? — Dizendo *isso* abriu os braços, como se faz quando se quer dar um abraço de boas-vindas.

Sherman olhou para ela, surpreso, confuso, paralisado. As reflexões passavam por sua mente mais depressa do que conseguia dar conta. Ali estava ela, com um vestido de seda preta, seu luto de viúva, muito justo na cintura, de modo que seu lindo corpo se avolumava para cima e para baixo. Seus olhos estavam grandes e reluzentes. Os cabelos escuros, uma perfeição, com um brilho magnífico. Os lábios, com aquela curva esquiva, que sempre o deixara doido, carnudos, entreabertos e sorridentes. Mas isso tudo não era nada, exceto um dado arranjo de roupas, carne e cabelos. Havia uma leve penugem escura em seus braços. Ele deveria deslizar por entre aqueles braços e abraçá-la, se era isso que ela queria! Era um momento delicado! Precisava tê-la do seu lado, ganhar sua confiança, pelo tempo que levasse para registrar certos fatos pelo microfone sobre o esterno, na fita às suas costas! Um momento delicado — e um dilema terrível! Suponha que a abraçasse — e ela sentisse o microfone — ou passasse as mãos por suas costas! Nunca refletira sobre isso, nem por um momento. (Quem iria *querer* abraçar um homem *cheio de fios*?) Contudo — faça alguma coisa!

Então, adiantou-se para ela, empurrando os ombros para a frente e encurvando as costas, de modo a tirar-lhe a possibilidade de encostar-se a seu peito. Assim se abraçaram, uma coisinha jovem, macia e voluptuosa e um misterioso aleijado.

Rapidamente desvencilhou-se, tentando sorrir, e ela o olhou como se quisesse ver se ele estava bem.

— Tem razão, Maria. Formamos um bom par, estamos nas primeiras páginas dos jornais. — Sorriu filosoficamente. ("Então vamos falar a sério!") Nervosamente deu uma olhada pelo aposento.

— Vamos — ela convidou —, sente-se. — Indicou a mesa de carvalho. — Vou preparar-lhe um drinque. O que gostaria de beber?

"Ótimo; vamos sentar e conversar."

— Tem uísque?

Ela foi até a cozinha, e ele examinou o peito para ter certeza de que o microfone não estava aparecendo. Tentou repassar as perguntas, mentalmente. Pôs-se a imaginar se a fita ainda estaria girando.

Não demorou e ela voltou com uma bebida para ele e outra para ela, uma bebida transparente, gim ou vodca. Sentou-se na outra cadeira torneada, cruzou as pernas, as pernas acetinadas e sorriu.

Ergueu a bebida como se fizesse um brinde. Ele a imitou.

— Então aqui estamos, Sherman, o casal de quem toda Nova York está falando. Muita gente gostaria de ouvir *esta* conversa.

O coração de Sherman saltou. Morria de vontade de espiar para baixo e ver se o microfone aparecia. Estaria insinuando alguma coisa? Estudou-lhe o rosto. Não conseguiu discernir nada.

— É, aqui estamos — disse. — Para dizer a verdade, pensei que estivesse me evitando. Minha vida não tem sido muito agradável desde que você foi embora.

— Sherman, juro que não sabia de nada até que voltei.

— Mas você nem me disse que estava indo.

— Sei disso, mas minha saída não teve nenhuma ligação com você, Sherman. Eu estava... estava quase maluca.

— Tinha ligação com o quê, então? — Inclinou a cabeça e sorriu, para mostrar que não estava magoado.

— Com Arthur.

— Ah. Com Arthur.

— É, com Arthur. Você pensa que eu tinha uma vida fácil-e-livre com Arthur, e de certa forma tinha, mas também tinha que viver com ele, e nada era realmente livre em se tratando de Arthur. Ele queria o troco de um jeito ou de outro. Eu lhe contei que começara a me xingar.

— Você mencionou.

— Chamava-me de rameira e de puta, bem na frente dos empregados ou de qualquer outra pessoa, quando tinha vontade. Tanto *rancor,* Sherman! Arthur queria uma esposa jovem, depois mudou e passou a me odiar porque eu era jovem e ele, velho. Queria gente interessante à sua volta, porque pensava que com todo o dinheiro que tinha, merecia relacionamentos interessantes, depois mudava e passava a odiá-los e a me odiar, porque eram meus amigos ou então estavam mais interessados em mim do que nele. As únicas pessoas interessadas em Arthur eram aqueles velhos judeus, como Ray Radosz. Espero que tenha visto o papel de tolo que ele fez no funeral. Então foi lá para trás e ficou tentando me *abraçar.* Pensei que ia arrancar meu *vestido.* Você viu? Você estava tão *agitado!* E eu insistindo que se *acalmasse!* Nunca o vi assim. E aquele narigudo filho da puta de *The City Light,* aquele inglês horrível e hipócrita, estava parado bem atrás de você. Ele o *ouviu!*

— Eu *sei* que estava agitado — disse. — Pensei que você estivesse me evitando. Fiquei com medo que fosse a última chance que ia ter de falar com você.

— Eu não o estava evitando, Sherman. Estou tentando explicar. A única pessoa que andei evitando foi Arthur. Simplesmente parti, simplesmente... não pensei. Simplesmente parti. Fui para Como, mas sabia que me encontrariam lá. Então fui visitar Isabel di Nodino. Ela tem uma casa nas montanhas, numa cidadezinha nos arredores de Como. É como um castelo de um livro de contos. Foi maravilhoso. Não havia telefonemas. E nem mesmo via jornais.

Inteiramente sozinha, exceto por Filippo Chirazzi. Mas isso não importava, tampouco. O mais calmamente que pôde, disse:

— Que bom que você pôde ir para longe, Maria. Mas você sabia que eu estava preocupado. Sabia da notícia no jornal, porque eu lhe mostrei. — Não conseguia se livrar da agitação na voz. — Naquela noite que aquele grandalhão maníaco estava lá... sei que se lembra disso.

— Vamos, Sherman. Você está ficando todo nervoso de novo.
— Você já foi presa? — perguntou.
— Não.
— Bom, eu fui. Foi uma das coisas que me aconteceram enquanto você esteve fora. Eu... — Parou, subitamente percebendo que estava cometendo uma grande tolice. Amedrontá-la com a perspectiva de ser presa era a última coisa que precisava fazer agora. Então sacudiu os ombros, riu e disse: — Bom, é uma experiência e tanto — como se dissesse: "Mas não tão ruim quanto você poderia pensar."
— Mas fui ameaçada disso — retorquiu.
— O que quer dizer?
— Um homem da Promotoria Distrital do Bronx veio me procurar hoje com dois detetives.

Isso atingiu Sherman como um soco.

— Foi?
— Um merdinha pomposo. Pensou que estava bancando o durão. Não parava de atirar a cabeça para trás e fazer um gesto estranho com o pescoço, assim, e olhar para mim por entre as fendas que tem em lugar de olhos. Que sebo!
— O que você lhe contou? — Muito nervoso, agora.
— Nada. Ele estava ocupado demais me dizendo o que poderia me fazer.
— O que quer dizer com isso? — Uma corrente de pânico.
— Falou-me dessa testemunha que tinha. Muito pomposo e formal. Nem ao menos queria dizer quem era, mas obviamente era o outro garoto, o grandalhão. Nem dá para dizer como o cara era panaca.
— O nome dele era Kramer?
— É. Isso mesmo.
— Era o mesmo que estava no tribunal quando fui ouvir a leitura da acusação.
— Ele realmente simplificou a coisa, Sherman. Disse que se eu testemunhasse contra você e corroborasse a outra testemunha, concederia imunidade para mim. Se não aceitasse, então me trataria como cúmplice, e me acusariam desses... delitos. Nem consigo me lembrar quais eram.
— Mas certamente...
— Ele chegou a me dar cópias das notícias dos jornais. Praticamente fez um roteiro para mim. Essas eram as histórias corretas e essas outras eram as que você inventou. Devo concordar com as histórias certas. Se disser o que realmente aconteceu, vou para a prisão.
— Mas você lhe contou o que realmente aconteceu?
— Não contei nada. Queria falar com você primeiro.

Ele estava sentado na beira da cadeira.

— Mas, Maria, certas coisas são tão definidas neste caso, e eles ainda nem sabem delas. Só ouviram mentiras desse garoto que estava tentando nos assaltar! Por exemplo, a coisa não aconteceu numa *rua*, aconteceu numa *rampa*, certo? E paramos porque a *estrada* estava bloqueada, mesmo antes de *vermos* alguém. Certo? Não foi isso? — Percebeu que sua voz se elevara.

Um sorriso carinhoso e triste, o tipo de sorriso que se dá para uma pessoa que está sentindo dor, surgiu no rosto de Maria, e ela se ergueu, levou as mãos aos quadris e disse:

— Sherman, Sherman, Sherman, que vamos fazer com você?

Ela torceu o pé direito do jeitinho que costumava fazer e deixou-o girar um instante apoiado no salto do sapato alto. Lançou-lhe um olhar com aqueles grandes olhos castanhos e estendeu as mãos para ele com as palmas viradas para cima.

— Venha aqui, Sherman.

— Maria... isto é importante!

— Sei que é. Venha aqui um instante.

Nossa! Queria abraçá-lo de novo! Bom... abrace-a, seu idiota! É sinal de que quer estar do seu lado! Abrace-a com a vida por um fio! Sim! — mas como? "Estou cheio de fios!" Um cartucho de vergonha no peito! Uma bomba de desonra na curva da coluna! O que irá querer em seguida? Cair na cama? E aí? Bom –– qual é, cara! A expressão no rosto dela diz "Sou sua!" — Ela é seu passaporte para a saída! Não estrague essa oportunidade! "Faça alguma coisa! Aja!"

Então ergueu-se da cadeira. Lançou-se no melhor dos dois mundos. Curvou-se para que o peito não tocasse o dela, e a coluna ficasse fora do alcance de suas mãos. Abraçou-a como um velho que se debruçasse sobre uma cerca para tocar num mastro de bandeira. Abaixou bem a cabeça. Seu queixo praticamente tocava a clavícula de Maria.

— Sherman — ela perguntou —, que foi que houve? O que houve com as suas costas?

— Nada.

— Você está todo curvado.

— Sinto muito. — Virou-se de lado, mantendo os braços nos ombros dela. Tentou abraçá-la de lado.

— Sherman! — Ela afastou-se um instante. — Você está todo curvado para um lado. Que foi que houve? Não quer que eu o toque?

— Não! Não... acho que estou apenas tenso. Não sabe por que passei. — Decidiu expandir-se um pouco. — Não sabe quanto senti sua falta, quanto precisei de você.

Ela o observou e em seguida o brindou com o olhar mais carinhoso, mais lambuzado, mais labial possível.

— Bom — disse —, eu estou aqui.

Deu um passo em direção a ele. Agora estava perdido. Nada de se curvar, seu moleirão! Nada de se esquivar! Teria que se arriscar! Talvez o microfone estivesse bastante fundo e ela não o sentisse, especialmente se a beijasse — beijasse ardentemente! Os braços dela estariam enlaçados no seu pescoço. Enquanto os mantivesse aí, nunca chegariam à curva da coluna. Estavam a poucos centímetros de distância. Passou os braços por baixo dos dela, para forçá-la a abraçar o seu pescoço. Abraçou-a pelas omoplatas para mantê-las erguidas. Desajeitado, mas teria que ser assim.

— Ah, Maria. — Esse tipo de queixume apaixonado não era típico dele, mas também teria que ser assim.

Beijou-a. Fechou os olhos para demonstrar sinceridade e concentrou-se em manter os braços elevados em torno do tronco dela. Sentiu os lábios carnudos ligeiramente empastados de batom, a saliva quente e o hálito dela, que recendia a legume reciclado e era característico do gim.

Espere um instante. Que diabo ela estava fazendo? Seus braços escorregavam para baixo, por fora dos braços dele, em direção a seus quadris! Ele ergueu os cotovelos e contraiu os músculos superiores do braço para tentar afastar os braços da moça de seu corpo sem parecer demasiado óbvio. Tarde demais! Maria tinha as mãos nos quadris dele, tentando puxá-los para junto dos dela. Mas os braços não eram bastante longos! Suponha que as mãos se esgueirassem para a sua cintura. Ele empinou o traseiro. Se os dedos dela perdessem contato com os quadris, talvez desistisse. Os dedos dela — onde estavam? Por um momento não sentiu nada. Então — alguma coisa na cintura, no lado. Merda! Confunda-a... essa era a única chance. Os lábios dela comprimiam-se contra os seus. Ela se contorcia ritmicamente, apaixonadamente em meio ao ativo odor vegetal. Ele se contorcia também e mexia os quadris um pouco, para despistar. Os dedos dela — perdera-os de novo. Todas as fibras nervosas dele estavam em alerta vermelho, procurando descobrir a presença dela. De repente, os lábios de Maria pararam de se mexer. Os lábios dos dois continuavam juntos, mas o motor fora desligado. Ela afastou a boca e recuou a cabeça alguns centímetros para trás, de tal modo que ele viu três olhos flutuando diante de seu rosto. Mas os braços dela continuavam em torno de seu corpo. Não gostava da maneira com que aqueles três olhos flutuavam.

— Sherman... O que é isso nas suas costas?

— Minhas costas? — Tentou mover-se, mas ela se moveu com ele, mantendo os braços em torno de seu corpo.

— Há um calombo, um pedaço de metal ou uma coisa assim — essa coisa, nas suas costas.

Agora sentia a pressão da mão dela. Estava bem em cima do gravador! Tentou se virar um pouquinho para um lado e um pouquinho para o outro, mas ela continuava com a mão no gravador. Tentou um verdadeiro *shimmy*. Não adiantou! Agora ela o segurava firmemente.

— Sherman, que é isso?

— Não sei. Meu cinto... a fivela do meu cinto... não sei.

— Você não usa fivela de cinto nas costas!

Afastou-se dele, mas conservou a mão no gravador.

— Maria! Que diabo!

Virou-se de lado descrevendo um arco, mas ela deu a volta por trás dele como um lutador universitário procurando uma chance para derrubar o adversário. Viu o rosto dela de relance. Um meio sorriso — um meio desdém —, uma desagradável compreensão.

Ele girou o corpo e se desvencilhou. Ela o enfrentou.

— Sherman! — Chââmân. Um sorriso irônico à espera de explodir num grito de acusação. Lentamente: — Quero saber... o que é isso nas suas costas.

— Pelo amor de Deus, Maria. Que deu em você? Não é nada. Os botões do meu suspensório talvez... não sei.

— Quero ver, Sherman.

— Que quer dizer com ver?

— Tire o paletó.

— Que quer dizer?

— Tire-o. Quero ver.

— Isso é maluquice.

— Você já tirou muito mais do que isso aqui, Sherman.

— Vamos, Maria, você está sendo boba.

— Então faça para me agradar. Deixe-me ver o que tem nas costas.

Uma súplica:

— Maria, *vamos*. Está muito tarde para brincar.

Ela avançou para ele, o sorriso terrível ainda no rosto. Ia ver pessoalmente! Ele pulou para um lado. Ela veio atrás. Ele se desviou.

Com uma risadinha fingidamente divertida:

— O que está fazendo, Maria?!

Começando a respirar com dificuldade:

— Veremos! — Ela avançou. Ele não conseguiu pular fora. As mãos de Maria pegaram-no pelo peito... tentando arrancar a camisa! Ele se protegeu como uma donzela.

— Maria!

A lamúria começou:

— Você está *escondendo alguma coisa*, não está?

— Espere aí...

— Você está *escondendo alguma coisa*! O que tem debaixo da camisa?

Atirou-se contra ele de novo. Ele desviou, mas antes que desse por si, ela estava às suas costas. Tinha as mãos debaixo do paletó. Segurava o gravador, embora ele continuasse sob a camisa e a camisa continuasse dentro da calça. Sentia o aparelho se desprender de suas costas.

— É um *fio*, Sherman!

Ele achatou a mão dela com a própria para impedi-la de arrancar o gravador. Mas a mão dela estava sob o paletó e a dele sobre o paletó. Ele começou a dar pulos, agarrado a essa massa móvel e colérica sob sua roupa.

— Está... preso... num... *fio*... seu filho da puta!

As palavras esguichavam em feios sons guturais enquanto os dois saltitavam pelo aposento. Somente o esforço a impedia de pôr a boca no mundo.

Agora segurava a mão dela pelo pulso. Tinha que fazê-la largar. Apertou-a com mais força.

— Você... está me machucando!

Ele apertou com mais força ainda.

Ela deu um gritinho e soltou-o. Por um momento ele se sentiu paralisado pela fúria em seu rosto.

— Sherman... seu filho da puta nojento e desonesto!

— Maria, juro...

— Você... *jura*, não é? — Ela avançou mais uma vez. Ele correu para a porta. Ela o agarrou por uma manga e pelas costas do paletó. Ele tentou se desvencilhar. A manga começou a rasgar, desprendendo-se de seu corpo. Ele continuou a andar a custo em direção à porta. Sentia o gravador balançando nas nádegas. Estava pendurado para fora da calça a essa altura, fora da camisa, preso ao corpo pelo fio.

Então percebeu um borrão de seda preta e um baque. Maria estava no chão. Um dos saltos altos torcera, e as pernas cederam sob o peso do corpo. Sherman correu para a porta. Foi só o que pôde fazer para abri-la, porque o paletó estava puxado sobre os braços, manietando-os.

Agora estava no corredor. Ouviu Maria soluçar, e em seguida gritar:

— É isso, corra! Arraste o rabo entre as pernas!

Era verdade. Ele mancava escada abaixo com o gravador balançando ignominiosamente no traseiro. Sentia mais vergonha que um cachorro.

Quando chegou à porta da frente, a verdade se abatera sobre ele. Por estupidez, incompetência e cagaço conseguira pôr a perder sua única e última esperança.

Ah, Senhor do Universo.

30
UM ALUNO TALENTOSO

As salas em que se reuniam os júris de instrução na ilha-fortaleza não se pareciam com os tribunais normais. Eram como pequenos anfiteatros. Os membros do júri olhavam do alto a mesa e a cadeira onde as testemunhas se sentavam. Apartada de lado ficava a mesa do escrivão. Não havia juiz nos trâmites de um júri de instrução O promotor mandava suas testemunhas se sentarem numa cadeira e as interrogava, e o júri de instrução decidia se o caso era suficientemente sólido para levar o acusado a julgamento ou se não havia fundamento para tal. O conceito, que se originara na Inglaterra em 1681, era que o júri de instrução protegeria os cidadãos dos promotores inescrupulosos. Esse era o conceito, e o conceito se tornara uma piada. Se um acusado queria testemunhar perante um júri de instrução, podia se fazer acompanhar do advogado à sala. Se fosse (a) desnorteado ou (b) paralisado ou (c) seriamente ofendido pelas perguntas do promotor, tinha o direito de se retirar da sala e conferenciar no corredor com seu advogado — e com isso dar a impressão de alguém (b) paralisado, um acusado que tinha alguma coisa a esconder. Não eram muitos os acusados que corriam esse risco. As audiências do júri de instrução tinham se tornado um espetáculo apresentado pelo promotor. Com raras exceções, esse júri fazia o que quer que um promotor indiciasse que queria que fizesse. Noventa e nove por cento das vezes queria que indiciassem o acusado, e os jurados faziam a sua vontade sem pestanejar. De um modo geral eram pessoas que prezavam a lei e a ordem. Eram escolhidas entre os moradores antigos da comunidade. Vez por outra, quando considerações políticas exigiam, o promotor queria que a acusação fosse arquivada. Não havia problema; só precisava enunciar sua apresentação de uma determinada maneira, dar algumas piscadelas verbais, por assim dizer, e o júri imediatamente entendia. Mas usava-se esse júri predominantemente para indiciar pessoas, e na famosa frase de Sol Wachtler, juiz-presidente do Tribunal Estadual de Apelação, um júri de instrução "indiciaria até um sanduíche de presunto" se o promotor quisesse.

    Ele presidia os trâmites, apresentava a evidência, interrogava as testemunhas, fazia perorações. Ficava de pé enquanto as testemunhas permaneciam sentadas. Fazia discursos, gesticulava, andava para lá e para cá, girava nos calcanhares, sacudia a cabeça, descrente, ou sorria com paternal aprovação, enquanto as testemunhas se conservavam corretamente sentadas e o olhavam à espera de orientação. Ele era ao mesmo tempo o diretor e o astro nessa produção do pequeno anfiteatro. A cena era toda sua.

E Larry Kramer ensaiara seus atores muito bem.

O Roland Auburn que entrou na sala do júri de instrução naquela manhã nem parecia nem caminhava como o caso incorrigível que aparecera no gabinete de Kramer duas semanas antes. Usava uma camisa social, embora sem gravata; já fora bastante difícil metê-lo na camisa abotoada e sem graça da Brooks Brothers. Usava um paletó esporte de *tweed* cinza-azulado, de que se tinha mais ou menos a mesma impressão, e calça preta, que já era sua e não tinha uma aparência tão má assim. O traje inteiro quase se desintegrara com o problema dos sapatos. Roland tinha obsessão por tênis Reebok, que tinham de ser imaculadamente brancos como se tivessem acabado de ser comprados. Em Rikers Island ele conseguia arranjar *dois pares novos por semana*. Isso mostrava ao mundo que ele era um caso incorrigível, que merecia respeito no interior da prisão, e um traficante esperto com ligações no exterior. Pedir que saísse de Rikers sem os seus Reeboks brancos era como pedir a um cantor para cortar os cabelos. Assim sendo, Kramer finalmente deixou-o sair de Rikers calçando os Reeboks, com o compromisso de que os trocaria por um par de sapatos de couro no carro, antes de chegarem ao tribunal. Os sapatos eram mocassins, que Roland considerava desprezíveis. Pediu garantias de que ninguém que conhecia ou pudesse conhecer tivesse permissão para vê-lo nessa condição de inferioridade. O problema final foi a ginga de cafetão. Roland era como um corredor que vinha competindo em maratonas há muito tempo; era muito difícil mudar o passo. Finalmente Kramer teve uma ideia genial. Fez Roland caminhar com as mãos cruzadas às costas, da maneira que vira os príncipes Philip e Charles caminharem na televisão quando visitavam um museu de artefatos na Nova Guiné. Funcionou! As mãos cruzadas prendiam os ombros, e os ombros presos faziam os quadris perderem o ritmo. Por isso, quando Roland entrou na sala do júri de instrução, dirigindo-se à mesa no centro da arena, com suas roupas de escola preparatória, poderia ter passado por um estudante de Lawrenceville refletindo sobre os poetas do Lago.

Roland sentou-se na cadeira das testemunhas do jeito que Kramer lhe ensinara; ou seja, sem se recostar e escancarar as pernas como se fosse dono do lugar e sem estalar as juntas.

Kramer olhou para Roland e então se virou, encarou o júri, deu uns passinhos para cá e uns passinhos para lá, lançou-lhe um sorriso pensativo, de forma a anunciar sem dizer uma única palavra: "Este que está sentado diante de vocês é um indivíduo simpático e digno de crédito."

Kramer pediu a Roland que declarasse sua ocupação, e Roland disse baixinho e modestamente:

— Sou artista.

Kramer perguntou-lhe se estava empregado. Não, não estava, respondeu Roland. Kramer acenou a cabeça por alguns segundos, então começou um interrogatório que ressaltava exatamente por que esse rapaz talentoso, esse jovem ansioso por encontrar uma válvula para a sua criatividade, não encontrava aquela adequada e estava, de fato, enfrentando presentemente uma acusação sem gravidade por tráfico de drogas. (O rei do crack da Evergreen Avenue abdicara para dar lugar a um mero servidor da comunidade.) A exemplo de seu amigo Henry Lamb, mas sem as vantagens dele em termos de um lar equilibrado, Roland desafiara os obstáculos que se levantam contra os rapazes dos conjuntos habitacionais e emergira com os seus sonhos intatos. Havia apenas a questão de manter o corpo e a alma unidos e Roland descambara para um comércio pernicioso que não era incomum no gueto. Nem ele, o promotor, nem Roland, a testemunha, estavam tentando esconder ou minimizar os seus pequenos delitos; mas dado o ambiente em que se criara, eles não deviam prejudicar a sua credibilidade entre pessoas compreensivas numa questão tão grave quanto o destino de Henry Lamb.

Charles Dickens, que explicou a carreira de Oliver Twist, não poderia ter feito melhor, pelo menos não de pé, diante de um júri no Bronx.

Então Kramer conduziu Roland pela narrativa do atropelamento com fuga do responsável. Demorou-se amorosamente num determinado momento. Foi o momento em que a morena atraente gritou para o homem alto que estivera dirigindo o carro.

— E que foi que ela disse, sr. Auburn?

— Disse: "Cuidado, Chââmân."

— Ela disse *Chââmân?*

— Foi isso que me pareceu.

— Poderia repetir de novo esse nome, sr. Auburn, exatamente como o ouviu naquela noite?

— "Chââmân. "

— Cuidado, Chââmân?

— Isso mesmo. "Cuidado, Chââmân."

— Muito obrigado. — Kramer voltou-se para os jurados, e deixou Chââmân pairando ali no ar.

O indivíduo sentado naquela cadeira de testemunhas era um rapaz daquelas ruas medíocres, cujos melhores e mais corajosos esforços não foram suficientes para salvar Henry Lamb da negligência criminosa e da irresponsabilidade de um banqueiro de investimentos da Park Avenue. Carl Brill, o operador do táxi pirata, entrou na sala e contou que Roland Auburn realmente alugara um de seus carros para salvar Henry Lamb. Edgar (Curly Kale) Tubb contou que levara o sr. Auburn e o sr. Lamb de carro para o hospital. Não conseguia lembrar nada do que o sr. Lamb dissera, exceto que sentia dor.

Os detetives William Martin e David Goldberg falaram do obstinado trabalho de investigação para chegar, a partir do número incompleto de uma licença de carro, a um banqueiro de investimentos da Park Avenue, que se mostrou confuso e evasivo. Contaram de que maneira Roland Auburn identificara Sherman McCoy sem hesitação numa série de fotos. Um atendente de estacionamento chamado Daniel Podernli contou que Sherman McCoy tirara seu Mercedes-Benz esporte na noite em questão, durante as horas em questão, e voltara amarrotado e agitado.

Todos entravam, sentavam-se à mesa e olhavam para o jovem promotor distrital assistente, convincente, mas paciente, cujos gestos, pausas e passadas diziam: "Só precisamos deixá-los contar a história à sua maneira, e a verdade emergirá."

E então chamou-*a*. Maria Ruskin entrou no anfiteatro vinda de uma antecâmara, cuja porta era controlada por um guarda judiciário. Estava magnífica. Dera o tom correto à sua toalete, um vestido negro com um casaco igual orlado de veludo negro. Não se vestira com elegância demais, nem com elegância de menos. Era a viúva perfeita, de luto, que tinha de tratar de certos assuntos. Contudo a sua juventude, sua voluptuosidade, sua presença erótica, sua sensualidade pareciam querer irromper daquelas roupas, daquele rosto lindo, mas composto, daqueles cabelos escuros impecáveis, mas prontos a se desalinharem em louco abandono a qualquer momento! — a qualquer pretexto! — com uma cócega! — à menor piscadela! Kramer ouviu a agitação e o murmúrio dos jurados. Tinham lido os jornais. Tinham assistido à televisão. A Morena Tesuda, a Mulher Misteriosa, a Viúva do Financista — era *ela*.

Involuntariamente Kramer encolheu a barriga, achatou o abdômen, e atirou os ombros e a cabeça para trás. Queria que ela visse seu peito e ombro musculosos, e não a sua infeliz careca. Pena que não pudesse contar ao júri a história toda. Teriam gostado. Veriam o promotor com renovada consideração. Só o fato de ela ter passado por aquela porta e estar sentada àquela mesa, conforme combinara, era um triunfo, *seu* triunfo, não apenas de suas palavras, mas de sua presença específica. Mas naturalmente não poderia contar-lhes a visita que fizera ao apartamento da Morena Tesuda, ao seu palácio num contêiner.

Se ela tivesse decidido apoiar McCoy na versão que inventara sobre o assalto numa rampa, teria criado o maior problema. O caso todo teria repousado na credibilidade de Roland Auburn, o antigo rei do crack, que agora tentava se livrar de uma condenação à prisão. O testemunho de Roland fornecia a fundamentação para o caso, mas não era muito sólido, e Roland era capaz de explodi-la a qualquer momento, não pelo que dissesse — Kramer não tinha dúvida de que contava a verdade —, mas por seu comportamento. Porém agora contava com uma moça, também. Fora ao apartamento dela, encarara-a no olho, a ela e seus acompanhantes WASPs, e a metera numa camisa de força, uma camisa de lógica irrefutável e temor do Poder. Metera-a nessa camisa tão depressa e com tanta firmeza que ela nem se deu conta do que estava acontecendo. Ela engolira — engolira em seco — uma engolida multimilionária e tudo terminara. Ao anoitecer, os srs. Tucker Trigg e Clifford Priddy — Trigg e Priddy, Priddy e Trigg — vocês, WASPs! — estavam ao telefone para fazer um trato.

Agora estava sentada diante dele, olhava-a de cima e fixava seus olhos nos dela, sério a princípio e a seguir (assim imaginava) com uma piscadela.

— Queira por favor declarar seu nome completo e seu endereço.

— Maria Teresa Ruskin, Fifth Avenue, 962.

— Muito bem, Maria Teresa! — Fora ele próprio, Kramer, que descobrira que o segundo nome dela era Teresa. Calculava que haveria algumas italianas e porto-riquenhas mais velhas no júri de instrução, e não dera outra. "Maria Teresa" a traria mais próximo delas. Uma questão melindrosa, sua beleza e seu dinheiro. Os jurados eram uma barreira de olhos arregalados. Não se fartavam de olhá-la. Era o ser humano mais glamouroso que já tinham visto em carne e osso. Quanto tempo fazia que alguém sentara numa cadeira de testemunha nessa sala e dera um endereço na Fifth Avenue, nas vizinhanças da 70th Street? Ela era tudo o que eles não eram (Kramer tinha certeza) e gostariam de ser: jovem, linda, chique e infiel. Todavia, isso podia ser um ponto positivo, conquanto ela se comportasse de determinada maneira, conquanto se mantivesse humilde e modesta e parecesse ligeiramente embaraçada com a escala de suas próprias vantagens, conquanto fosse a pequena Maria Teresa de uma cidadezinha da Carolina do Sul. Conquanto se esforçasse para ser *um deles* de coração, eles se sentiriam lisonjeados por se associarem a ela nessa excursão pela justiça penal, pelo seu sucesso e fama, pela própria aura que o dinheiro lhe emprestava.

Ele pediu que informasse a sua ocupação. Ela hesitou, olhou-o, com os lábios ligeiramente entreabertos, e em seguida disse:

— Humm... Sou... Hu-hu... hum, acho que sou dona de casa.

Uma cascata de risos desabou pelos jurados, e Maria baixou os olhos, sorriu modestamente e sacudiu ligeiramente a cabeça como se dissesse: "Sei que isso parece ridículo, mas não sei que outra resposta dar."

Kramer percebeu pela maneira com que os jurados retribuíram aquele sorriso que até ali estavam do seu lado. Já tinham sido cativados por esse pássaro belo e raro que agora esvoaçava diante deles no Bronx.

Ele aproveitou o momento para dizer:

— Acho que os jurados deveriam ser informados de que o marido da sra. Ruskin, sr. Arthur Ruskin, faleceu há apenas cinco dias. Nessas circunstâncias, somos muito gratos pela sua boa vontade em se apresentar e colaborar com este júri em suas deliberações.

Os jurados tornaram a olhar para Maria. "Moça corajosa, muito corajosa!" Maria baixou mais uma vez os olhos, muito decorosamente.

Boa menina, Maria! "Maria Teresa... dona de casa"... Se ao menos pudesse apresentar a esses dignos jurados uma pequena exegese de como a conduzira por esses detalhes pequenos, mas reveladores... Tudo verdadeiro e honesto! — mas mesmo a verdade e a honestidade podem passar despercebidas sem uma luz. Até o momento ela se mantivera um tanto fria com relação a ele, mas seguia sua orientação e com isso indicava seu respeito. Bom, haveria muitas outras sessões, quando realizassem o julgamento — e mesmo nesse momento, nessa sala, nessas rígidas circunstâncias, nesse simples tribunal, havia alguma coisa nela prestes a irromper! Um sinal do dedinho... uma única piscadela...

Calmamente, devagar, para mostrar que sabia quanto era difícil para ela, começou a conduzi-la pelos acontecimentos daquela noite fatídica. O sr. McCoy fora apanhá-la no Aeroporto Kennedy. (Não havia necessidade de apresentar a razão para as finalidades do processo.) Perderam-se no Bronx. Estavam um tanto nervosos. O sr. McCoy está dirigindo na faixa esquerda de uma larga avenida. Vê uma placa à direita indicando o caminho de volta para a rodovia. Repentinamente vira para a direita em alta velocidade. Está rumando direto para dois rapazes na beira de uma calçada. Ele os vê tarde demais. Passa de raspão por um e quase atropela o outro. Ela lhe diz para parar. Ele para.

— Agora, sra. Ruskin, por favor, diga-nos... Nesse ponto em que o sr. McCoy parou, o carro se encontrava na rampa para a rodovia ou na própria avenida?

— Estava na avenida.

— Na avenida?

— Sim.

— E havia alguma obstrução ou barricada ou qualquer tipo de obstáculo que obrigasse o sr. McCoy a parar o carro onde parou?

— Não.

— Muito bem, diga-nos o que aconteceu a seguir.

O sr. McCoy saiu para ver o que acontecera, e ela abriu a porta e olhou para trás. Via os dois rapazes rumando para o carro.

— E poderia nos dizer qual foi a sua reação quando observou que estavam vindo em sua direção?

— Fiquei amedrontada. Pensei que iam nos atacar... devido ao que acontecera.

— Porque o sr. McCoy atropelara um deles?

— Sim. — Os olhos baixos, talvez de vergonha.

— Eles os ameaçaram verbalmente ou por meio de algum gesto?

— Não. — Mais vergonha.

— Mas pensou que eles pudessem atacá-los?

— Sim. — Em tom humilde.
Bondosamente:
— Pode nos explicar por quê?
— Porque estávamos no Bronx e era noite.
Uma voz gentil e paternal:
— É possível que fosse também porque os dois rapazes eram negros?
Uma pausa.
— Sim.
— Acha que o sr. McCoy sentia o mesmo?
— Sim.
— Em algum momento ele indicou verbalmente que sentia isso?
— Sim, indicou.
— O que ele disse?
— Não me lembro exatamente, mas conversamos mais tarde sobre o ocorrido e ele mencionou que era como estar lutando numa selva.
— *Lutando numa selva?* Esses dois rapazes caminhando em sua direção, depois de um deles ter sido atropelado pelo carro do sr. McCoy... isso era como estar lutando numa selva?
— Sim. Foi isso que ele disse.
Kramer parou para deixar que o júri absorvesse a revelação. — Muito bem. Os dois rapazes estão se aproximando do carro do sr. McCoy. O que a senhora fez então?
— O que foi que eu fiz?
— O que foi que fez... ou disse?
— Disse: "Cuidado, Sherman." — *Châmân.* Um dos jurados riu.
Kramer disse:
— Poderia repetir, por favor, sra. Ruskin? Repetir o que disse a McCoy?
— Disse: "Cuidado, Châmân."
— Agora, sra. Ruskin... se me permite... A senhora tem um sotaque característico. A senhora dá ao nome do sr. McCoy uma pronúncia suave. *Châmân.* Não é assim?
Um sorrisinho magoado, mas gracioso, passou pelo seu rosto.
— Imagino que sim. O senhor pode julgar melhor que eu.
— Bom, poderia pronunciá-lo a seu modo para nós, só mais uma vez? O nome de batismo do sr. McCoy?
— Châmân.
Kramer voltou-se para os jurados e apenas olhou. Châmân.
— Muito bem, sra. Ruskin, o que aconteceu depois?
Ela contou que deslizara para trás do volante e o sr. McCoy se acomodara no assento do lado, e ela partira em alta velocidade, quase atropelando o rapaz que

escapara de ser atingido quando o sr. McCoy estava dirigindo. Uma vez a salvo na rodovia, ela quis comunicar o acidente à polícia. Mas o sr. McCoy não quisera ouvir falar nisso.

— Por que estava relutante em comunicar o que acontecera?

— Disse que era ele quem estava dirigindo quando aconteceu, portanto a decisão era dele, não ia comunicar nada.

— Sim, mas deve ter apresentado uma razão.

— Disse que era apenas um incidente na selva, e não adiantaria nada, e não queria que chegasse aos ouvidos de seu patrão e de sua mulher. Creio que estava mais preocupado com a mulher.

— Que soubessem que atropelara alguém com o carro?

— Que soubessem que me apanhara no aeroporto. — Olhos baixos.

— E essa razão era suficiente para não comunicar que um rapaz fora atropelado e, como se viu, se feriria gravemente?

— Bom... não sei. Não sei tudo o que se passava em sua cabeça. — Baixinho, tristemente.

"Muito bem, Maria Teresa! Uma aluna talentosa! Muito apropriado confessar os limites do seu conhecimento!"

E assim a linda Viúva Ruskin fez o sr. Sherman McCoy afundar como uma pedra.

Kramer deixou a sala do júri de instrução num estado de beatitude conhecido principalmente pelos atletas que acabaram de conseguir uma grande vitória. Esforçava-se ao máximo para refrear um sorriso.

— Ei, Larry!

Bernie Fitzgibbon vinha apressado em sua direção. Ótimo! Agora tinha um caso e meio de guerra para o irlandês de quatro costados.

Mas antes que conseguisse dizer a primeira palavra sobre o seu triunfo, Bernie disse:

— Larry, você viu isso?

E empurrou o exemplar de *The City Light* para ele.

Quigley, que acabara de entrar, apanhou *The City Light* da escrivaninha de Killian e leu-o sozinho. Sherman encontrava-se sentado junto à escrivaninha na desconfortável cadeira de fibra de vidro e desviou o olhar, mas ainda assim via a primeira página.

Uma tarja no alto dizia: "Exclusivo! Novo escândalo no caso McCoy!"

No canto superior esquerdo da página havia uma foto de Maria num vestido decotadíssimo com a curva dos seios aparecendo e os lábios entreabertos. A foto estava encaixada numa manchete em letras garrafais que dizia:

> "Venha
> ao meu ninho de amor
> de aluguel tabelado!"

Embaixo, uma tarja em tipo menor:

> "A milionária Maria recebia
> McCoy numa *garçonnière* de
> 331 dólares mensais"
> *Peter Fallow*

Killian estava à escrivaninha, recostado na cadeira giratória, estudando o rosto taciturno de Sherman.

— Olhe — disse Killian —, não se preocupe. É uma reportagem nojenta, mas não prejudica o seu caso em nada. Talvez ajude. É mais provável que solape a credibilidade dela. Vai parecer uma prostituta.

— É verdade — disse Quigley num tom que pretendia ser animador. — Já sabemos onde ela estava quando o marido morreu. Estava na Itália vivendo com um carinha chamado Filippo. E agora há esse sujeito, um tal de Winter, dizendo que ela levava homens para lá o tempo todo. Esse Winter é um príncipe, não é, Tommy?

— Um senhorio realmente adorável — respondeu Killian. E, dirigindo-se a Sherman: — Se Maria o trair, então isso só pode ajudar. Não muito, mas alguma coisa.

— Não estou pensando no caso — disse Sherman. Suspirou e deixou seu enorme queixo pender sobre a clavícula. — Estou pensando na minha mulher. Isso vai ser a gota d'água. Acho que já estava a caminho de me perdoar, ou pelo menos ia ficar do meu lado, ia manter a nossa família unida. Mas isso vai ser a gota d'água.

— Você se deixou envolver por uma prostituta de alta classe — disse Killian. — Isso acontece o tempo todo. Não é uma coisa tão séria.

"Prostituta?" Para sua surpresa, Sherman sentiu um impulso de defender Maria. Mas o que disse foi:

— Infelizmente jurei à minha mulher que nunca fizera... nunca fizera nada além de flertar com ela uma ou duas vezes.

— E acha que ela realmente acreditou nisso?

— Não importa — disse Sherman. — Eu jurei que isso era verdade e depois pedi que me perdoasse. Coloquei muita ênfase ni*sso*. E agora ela descobre com o resto de Nova York, com o resto do mundo, na primeira página de um tabloide, que eu estava... Não sei... — Balançou a cabeça.

— Bom, não foi bem uma coisa séria — disse Quigley. — Aquela mulher é uma prostituta de alta classe, como diz Tommy.

— Não a chame assim — disse Sherman em voz baixa e melancólica, sem olhar para Quigley. — Ela é a única pessoa decente nessa confusão toda.

Killian retrucou:

— Ela é tão decente que vai traí-lo, se é que já não o fez.

— Ela estava disposta a fazer tudo corretamente — disse Sherman. — Estou convencido disso, e atirei-lhe seus bons instintos na cara.

— Sem essa! Não acredito que esteja ouvindo isso.

— Ela não me telefonou pedindo que a encontrasse naquele apartamento com a intenção de *me* entregar. Fui para lá *cheio de fios...* para *entregá-la*. O que ela tinha a ganhar me vendo? Nada. Seus advogados provavelmente a aconselharam a não ter contato comigo.

Killian assentiu com a cabeça.

— É verdade.

— Mas não é assim que a cabeça de Maria trabalha. Ela não é cautelosa. Não vai passar a agir legalmente só porque está em apuros. Uma vez eu falei que a vida dela eram os homens, e é verdade, da mesma forma que a vida de... um... um golfinho é o mar.

— Não prefere um tubarão?

— Não.

— Tudo bem, que seja como quer. Ela é uma sereia.

— Pode chamá-la do que quiser. Mas estou convencido de que seja lá o que fosse fazer neste caso com relação a mim, um homem com quem esteve envolvida, não ia fazê-lo resguardada por um biombo de advogados — não ia aparecer *cheia de fios...* para conseguir *evidências*. Não importando o que acontecesse, ela queria me ver, estar perto de mim, ter uma boa conversa, uma conversa *honesta,* e não um jogo de palavras... e ir para a cama comigo. Talvez pensem que estou maluco, mas era exatamente isso o que ela queria fazer.

Killian só fez erguer uma sobrancelha.

— Também acredito que não foi para a Itália para se esconder deste caso. Acho que foi exatamente pela razão que alegou. Para fugir do marido... e de mim... e não a culpo... e para se divertir com um garoto bem-apanhado. Podem chamar isso de prostituição se quiserem, mas ela é a única pessoa neste caso todo que tem agido corretamente.

— É incrível esse seu jeito de tripudiar sobre si mesmo — disse Killian. — Qual é o número daquela linha de emergência de C. S. Lewis que funciona a noite inteira? Temos aqui um conceito inteiramente novo de moralidade.

Sherman deu um soco na palma da mão.

— Não posso acreditar no que fiz. Se ao menos tivesse sido correto com ela! *Eu* — com as minhas pretensões de respeitabilidade e propriedade! E agora veja só.

Apanhou *The City Light,* mais do que disposto a se afogar em sua vergonha pública. "Ninho de amor"... *"garçonniere"*... uma foto da cama em que "a milionária Maria recebia McCoy"... Isso é o que minha mulher vai ver, ela e alguns milhões de pessoas... e minha filha... Minha garotinha tem quase sete anos. Suas amiguinhas serão perfeitamente capazes de completar para ela essa história... depressa e de boa vontade... Pode ter certeza... Imagine. Aquele filho da mãe, o Winter, é tão pegajoso que leva a imprensa para tirar uma fotografia *da cama!*

Quigley atalhou:

— São homens doidos, sr. McCoy, esses senhorios dos edifícios de aluguel tabelado. São maníacos. Só têm uma coisa na cabeça de manhã à noite, que é despejar os inquilinos. Nem siciliano odeia tanto uma pessoa quanto um senhorio de aluguel tabelado a seus inquilinos. Acham que os inquilinos estão roubando o sangue deles. São malucos. Esse sujeito vê o retrato de Maria Ruskin no jornal, e ela tem um apartamento de vinte cômodos na Fifth Avenue, e ele endoida e sai correndo para o jornal.

Sherman abriu o jornal na página 3, onde começava a reportagem completa. Havia uma foto da fachada calcária do prédio. Outra foto de Maria, com a aparência jovem e sexy. Uma foto de Judy, velha e descarnada. Outra foto dele mesmo... e seu aristocrático queixo... e um largo sorriso...

— Isso vai ser a gota d'água — disse de si para si, mas suficientemente alto para Killian e Quigley ouvirem. Afundando, afundando, *mergulhando* na própria vergonha... lendo alto:

— "Winter declarou que tinha informações de que a sra. Ruskin estava pagando 750 dólares por mês por baixo da mesa à inquilina atual, Germaine Boll, que paga um aluguel tabelado em 331 dólares." É verdade — disse Sherman —, mas fico imaginando como foi que soube. Maria não lhe disse, e tenho certeza de que Germaine também não. Maria mencionou para mim só uma vez, mas nunca mencionei o fato a ninguém.

— Onde? — perguntou Quigley.

— Onde o quê?

— Onde estava quando ela lhe contou isso?

— Estava... Foi da última vez que estive no apartamento. Foi no dia em que *The City Light* publicou a primeira reportagem. Foi no dia em que aquele doidão, aquele monstro *hasid,* invadiu o apartamento.

— Eiiii! — exclamou Quigley. Um sorriso espalhou-se pelo seu rosto. — Pegou essa, Tommy?

— Não — respondeu Killian.

— Pois eu peguei — disse Quigley. — Posso estar enganado, mas acho que estou entendendo.

— Entendendo o quê?
— Aquele bisbilhoteiro filho da puta.
— De que está falando?
— Depois eu conto — disse Quigley, ainda sorrindo. — Agora vou dar uma chegada lá.

Retirou-se da sala e saiu pelo corredor em rápidas passadas.
— O que ele vai fazer? — perguntou Sherman.
— Não tenho bem certeza — disse Killian.
— Onde é que está indo?
— Não sei. Deixo-o fazer o que quer. Quigley é uma força da natureza.

O telefone de Killian tocou, e ouviu-se a voz da recepcionista pelo interfone:
— É o sr. Fitzgibbon na 3-0.
— Vou atender — respondeu Killian, e ergueu o fone. — Sim, Bernie?

Killian escutou, mantendo os olhos baixos, mas de vez em quando os erguia e procurava os de Sherman. Fez algumas anotações. Sherman sentia o coração começar a palpitar.
— Baseado em que teoria? — perguntou Killian. Escutou mais um pouco. — Isso é tolice, e você sabe disso... É, bom, vou... vou... O quê?... Vai dar entrada na câmara de quem?... Humhum... — Passado algum tempo disse: — Claro, ele vai estar lá. — Ergueu os olhos para Sherman quando disse isso. — Tudo bem. Obrigado, Bernie.

Desligou e disse a Sherman:
— Bom... o júri de instrução decidiu pelo seu indiciamento. Ela o entregou.
— Ele lhe disse isso?
— Não. Não pode comentar o que acontece no júri de instrução. Mas deu a entender nas entrelinhas.
— O que significa isso? O que vai acontecer agora?
— A primeira coisa que vai acontecer é que amanhã de manhã o promotor público vai pedir ao tribunal para fixar uma fiança maior.
— Fiança maior? Como podem fazer isso?
— A teoria é que, agora que você foi indiciado, terá uma motivação maior para fugir da jurisdição do tribunal.
— Mas isso é absurdo!
— Claro que é, mas é isso que vão fazer, e você terá que estar presente.

Uma terrível compreensão começava a se apossar de Sherman.
— Quanto vão pedir?
— Bernie não sabe, mas será uma quantia elevada. Meio milhão. Um quarto de milhão, talvez. Alguma quantia absurda. É o Weiss querendo manchetes, querendo o voto negro.

— Mas... eles podem realmente fixá-la com esse vulto?

— Tudo depende do juiz. A audiência será presidida por Kovitsky, que também é o juiz supervisor do júri de instrução. Ele tem colhões. Com ele, pelo menos você tem uma chance de lutar.

— Mas se fizerem isso... quanto tempo terei para levantar o dinheiro?

— Quanto tempo? Assim que pagar a fiança, está liquidado.

— Estou *liquidado*? — Terrível percepção... — O que quer dizer com *liquidado*?

— O problema da custódia está liquidado.

— Mas por que haveria um problema de custódia?

— Bom, assim que uma nova fiança for fixada, ficará sob custódia até pagá-la, a não ser que a pague na hora.

— Espere um instante, Tommy. Você não está querendo dizer que se elevarem o valor da minha fiança amanhã de manhã, vão me pôr sob custódia imediatamente, ali mesmo, assim que a fiança for fixada?

— Bem, estou. Mas não tire conclusões precipitadas.

— Quer dizer que vão me prender ali mesmo no tribunal?

— Vão, *se*... mas não...

— Vão me prender e levar para onde?

— Bom, para a Casa de Detenção do Bronx, provavelmente. Mas a questão é que...

Sherman começou a sacudir a cabeça. Tinha a sensação de que a membrana interior do crânio estava inflamada.

— Não posso aguentar isso, Tommy.

— Não conclua logo o pior! Há coisas que podemos aguentar.

Ainda sacudindo a cabeça:

— Não há possibilidade de conseguir meio milhão de dólares hoje à tarde e colocá-los numa sacola.

— Não estou falando — abrindo as vogais — de nada disso, droga. É uma audiência para fixar a fiança. O juiz tem que ouvir os argumentos. Temos um bom argumento.

— Ah, claro — disse Sherman. — Você mesmo disse que este caso é um futebol político. — Deixou pender a cabeça e sacudiu-a mais um pouco. — Nossa, Tommy, não posso aguentar isso.

Ray Andriutti devorava como uma baleia o seu sanduíche de pimentão e a lavagem de café, e Jimmy Caughey segurava o sanduíche de rosbife no ar como um bastão enquanto falava com alguém ao telefone sobre uma merdinha que lhe coubera. Kramer não sentia fome. Não conseguia terminar de ler a reportagem de *The City Light*. Estava fascinado. Um ninho de amor com o aluguel tabelado em 331 dólares mensais. A revelação não afetava realmente o caso de um jeito ou de outro. Maria Ruskin não ia continuar sendo a belezinha simpática que conseguira um sucesso estrondoso na sala do júri de instrução, mas assim mesmo daria uma boa testemunha. E quando apresentasse o seu dueto "Chââmân" com Roland Auburn, ele teria Sherman McCoy inerme e travado para disparar. Ninho de amor com o aluguel tabelado em 331 dólares mensais. Será que teria coragem de ligar para o sr. Hiellig Winter? Por que não? Teria que entrevistá-lo de qualquer maneira... ver se podia dar mais detalhes sobre o relacionamento entre Maria Ruskin e Sherman McCoy no que se referia ao... ao.... ao ninho de amor de aluguel tabelado em 331 dólares mensais.

Sherman andou da sala até o saguão de entrada e escutou o som de seus passos no solene mármore verde. Então se virou e escutou-se atravessando o piso de mármore até a biblioteca. Ali havia uma lâmpada, junto a uma poltrona, que ele ainda não acendera. Então acendeu-a. O apartamento inteiro, os dois andares, refulgia de luzes e pulsava de silêncio. Seu coração palpitava num ritmo acelerado. Sob custódia... amanhã o mandariam de volta para *lá*! Sentia vontade de gritar, mas não havia ninguém nesse vasto apartamento para quem gritar; nem ninguém fora dele.

Pensou numa faca. Em teoria, uma longa faca de cozinha tinha uma eficiência tão inflexível! Mas então tentou representar a cena mentalmente. Onde a enfiaria? Conseguiria suportar? E se sujasse tudo de sangue? Atirar-se pela janela. Quanto tempo até atingir a rua dessa altura? Segundos... segundos intermináveis... durante os quais pensaria em quê? No que isso faria a Campbell, ou na saída covarde que estava escolhendo? Será que estava pensando seriamente nisso? Ou será que se pensasse no pior que seria capaz de suportar... apenas uma especulação supersticiosa, em que presumia a realidade... *Voltar para lá?* Não, não conseguiria suportar.

Ergueu o fone e ligou de novo para um número em Southampton. Não respondia; não obtivera resposta a noite inteira, apesar de que, segundo sua mãe, Judy e Campbell, Bonita, a srta. Lyons e o dachshund tinham saído da casa na East 73rd Street para Southampton antes do meio-dia. Será que a mãe vira o artigo no jornal? Vira. Será que Judy vira? Vira. Sua mãe nem conseguira fazer um esforço para comentá-lo. Era sórdido demais para ser discutido. Tanto mais chocante teria sido para Judy! Ela não fora para Southampton coisa nenhuma! Decidira desaparecer, levando Campbell em sua companhia... para o meio-oeste... de volta a Wisconsin... Uma lembrança momentânea... As planícies desoladas pontuadas apenas por torres de água de alumínio, em forma de cogumelos modernistas, e grupos de árvores retorcidas... Um suspiro... Campbell estaria melhor lá do que em Nova York, vivendo com a lembrança aviltada de um pai que na realidade já não existia... um pai deserdado de tudo o que definia um ser humano, exceto o nome, que era agora um cartum infamante de que os jornais, a televisão, os caluniadores de todo tipo estavam livres para zombar como quisessem... Afundando, afundando, afundando, entregou-se ao opróbrio e à autocomiseração... até que por volta do décimo segundo toque alguém atendeu o telefone.

— Alô?
— Judy?

Uma pausa.

— Achei que devia ser você — disse Judy.
— Suponho que tenha visto o artigo — disse Sherman.
— Vi.
— Bom, olhe...
— A não ser que queira que eu desligue agora mesmo, nem fale disso. Nem comece.

Ele hesitou.

— Como vai Campbell?
— Está indo bem.
— O que ela está sabendo?
— Ela compreende que temos problemas. Sabe que há alguma coisa no ar. Não creio que saiba o quê. Felizmente a escola terminou, embora não vá ser nada fácil aqui.
— Deixe-me explicar...
— Não. Não quero ouvir as suas explicações. Sinto muito, Sherman, mas não estou disposta a ouvi-lo insultar a minha inteligência. Não mais do que já o fez.
— Tudo bem, mas preciso ao menos dizer-lhe o que vai acontecer. Vou voltar a ficar sob custódia amanhã. Voltar para a cadeia.

Baixinho:

— Por quê?

"Por quê?" Não faz diferença por quê! Grito por você — para me segurar! Mas já não tenho esse direito! Então apenas explicou o problema da majoração da fiança.

— Entendo — disse ela.

Ele esperou um momento, mas era só.

— Judy, não sei se vou poder aguentar isso.
— O que quer dizer?
— Foi terrível da primeira vez, e só fiquei preso algumas horas numa carceragem temporária. Desta vez será na Casa de Detenção do Bronx.
— Mas só até você pagar a fiança.
— Mas não sei se poderei aguentar nem um dia, Judy. Depois de toda essa publicidade, estará cheio de gente... que quer *se desforrar de mim*... quero dizer, já é bastante ruim, mesmo quando não sabem quem a gente é. Você não pode imaginar o que seja... — Parou. "Quero gritar por você!" Mas perdera esse direito.

Ela percebeu a aflição em sua voz.

— Não sei o que lhe dizer, Sherman. Se pudesse estar com você de alguma forma, eu estaria. Mas você não para de puxar o tapete debaixo dos meus pés... Já tivemos essa mesma conversa antes. Que me sobrou para lhe dar? Tenho... tenho muita pena de você, Sherman. Não sei mais o que lhe dizer.

— Judy?

— Sim?

— Diga a Campbell que eu a amo muito. Diga-lhe... diga-lhe para pensar no pai como a pessoa que existia antes de tudo isso acontecer. Diga-lhe que tudo isso mexe com a pessoa e que ela nunca mais pode voltar a ser a mesma.

Desesperadamente desejava que Judy lhe perguntasse o que queria dizer com isso. Ao mais tímido convite estaria pronto a despejar tudo o que sentia. Mas só o que ela disse foi:

— Tenho certeza de que ela sempre o amará, não importa o que aconteça.

— Judy?

— Sim?

— Lembra-se de quando vivíamos no Village, da maneira como eu saía para trabalhar?

— A maneira como saía para trabalhar?

— Quando comecei a trabalhar para a Pierce & Pierce? A maneira como erguia o punho para você ao sair do apartamento, na saudação do Poder Negro?

— Lembro, sim.

— Lembra-se por quê?

— Acho que sim.

— Queria dizer que sim, que ia trabalhar para a Wall Street, mas meu coração e minha alma nunca pertenceriam a eles. Eu os usaria, me rebelaria e romperia com eles. Lembra-se de tudo isso?

Judy guardou silêncio.

— Sei que a coisa não foi bem assim — continuou —, mas lembro-me da sensação gostosa que aquilo me dava. Você não?

Ainda o silêncio.

— Bom, agora rompi com a Wall Street. Ou a Wall Street rompeu comigo. Sei que não é a mesma coisa, mas de uma forma estranha sinto-me liberado. — Parou, na esperança de provocar um comentário.

Finalmente, Judy disse:

— Sherman?

— Sim?

— Isso é uma lembrança, Sherman, mas está morta. — A voz lhe faltou. — Todas as lembranças daquele tempo foram horrivelmente malbaratadas. Sei que quer que lhe diga outra coisa, mas fui traída e humilhada. Gostaria de ser uma coisa que fui há muito tempo para ajudá-lo, mas não consigo. — *Sufocando as lágrimas.*

— Ajudaria se você pudesse me perdoar... se quisesse me dar uma última oportunidade.

— Já me pediu isso uma vez antes, Sherman. Muito bem, eu o perdoo. E vou tornar a lhe perguntar: O que é que isso muda? — Chorava baixinho.

Ele não tinha resposta, e foi só.

Mais tarde, sentou-se no silêncio fulgurante da biblioteca. Recostou-se na cadeira giratória à escrivaninha. Estava consciente da pressão da borda da cadeira na parte inferior das coxas. Couro marroquino cor de sangue; 1.100 dólares só para forrar o espaldar e o assento dessa única cadeira. A porta da biblioteca estava aberta. Espiou o vestíbulo por ela. Ali no piso de mármore via as pernas extravagantemente curvas dos cadeirões Thomas Hope. Não era uma reprodução em mogno, mas um original em pau-rosa. Pau-rosa! A alegria infantil com que Judy descobrira aqueles originais em pau-rosa!

O telefone tocou. *Ela estava ligando de volta!* Apanhou o fone na mesma hora.

— Alô?

— Eiiiii, Sherman. — Tornou a desanimar. Era Killian. — Quero que volte aqui. Tenho uma coisa para lhe mostrar.

— Você ainda está no escritório?

— Quigley está aqui também. Temos uma coisa para lhe mostrar.

— O que é?

— Preferia não falar — as vogais abertas — pelo telefone. Quero que venha até aqui.

— Está bem... estou saindo agora mesmo.

Não tinha certeza de que poderia continuar no apartamento mais um minuto, de qualquer forma.

No velho prédio da Reade Street, o vigia da noite, que parecia cipriota ou armênio, estava escutando uma estação de música country num enorme rádio portátil. Sherman teve que parar e registrar seu nome e a hora de chegada num livro. Num sotaque carregado o vigia não parava de cantarolar o refrão da música, acompanhando o rádio:

> "Meu queixo está erguido.
> Meu sorriso espalhado no rosto
> Meu coração está mui-
>   to
>   deprimido..."

Mas o refrão saía todo truncado.

Sherman subiu de elevador, atravessou a calmaria do corredor encardido e chegou à porta com o letreiro de plástico em que se lia Dershkin, Bellavita, Fishbein & Schlossel. Por um instante pensou no pai. A porta estava trancada. Bateu e, passados cinco ou dez segundos, Ed Quigley abriu.

— Eiiiii! Vamos entrar! — convidou Quigley. Seu rosto duro estava iluminado de alegria. "Radiante" seria a palavra. Repentinamente tornara-se o amigo mais caloroso de Sherman. Uma meia risada saiu-lhe da garganta enquanto conduzia Sherman à sala de Killian.

Killian estava em pé com o sorriso do gato que comeu o canário. Sobre a mesa havia um gravador grande que pertencia às esferas mais elevadas e sofisticadas do Reino Audiovisual.

— Eiiiiiiiii! — exclamou Killian. — Sente-se. E prepare-se. Espere até ouvir isso.

Sherman sentou-se junto à escrivaninha.

— O que é isso?

— Você é quem vai me dizer — replicou Killian. Quigley ficou parado ao lado de Killian, olhando para a máquina e remexendo-se como um garotinho que sobe no palco para receber um prêmio. — Não quero alimentar exageradamente as suas esperanças com isso — disse Killian — porque há problemas sérios com a gravação, mas você a achará interessante.

Apertou um botão na máquina, e ouviu-se um fluxo de estática baixa. Em seguida a voz de um homem:

"Eu sabia. Eu sabia desde que aconteceu. Devíamos ter comunicado à polícia imediatamente." — Nos primeiros segundos ele não reconheceu. Então compreendeu. "A minha própria voz!" Continuava: "Não acredito que esteja... não acredito que estejamos nessa situação."

Uma voz de mulher:

"Bom, agora é tarde demais, Sherman." Châââmân. "O leite já derramou."

Toda a cena: o medo, a tensão, a própria atmosfera... invadiram o sistema nervoso de Sherman... No esconderijo dela na noite em que a primeira reportagem sobre Henry Lamb apareceu em *The City Light*... "Mãe de aluno brilhante: tiras não investigam atropelamento"... Via a própria manchete em cima da mesa de carvalho...

A voz dele:

"Diga... diga exatamente o que aconteceu."

A voz dela:

"Vai ser uma beleza. Os dois rapazes nos fizeram parar e tentaram nos assaltar, mas você atirou um pneu em um deles, e eu saí de lá como... um... corredor de carro envenenado, mas não sabia que tinha atropelado alguém."

"Bom, foi exatamente isso que aconteceu, Maria."

"E quem vai acreditar nisso?"

Sherman olhou para Killian. Ele tinha um sorrisinho contraído no rosto. Ergueu a mão direita como se quisesse alertar Sherman para continuar escutando e não falar ainda. Quigley conservava os olhos fixos na máquina mágica. Tinha os lábios apertados para segurar o largo sorriso que achava merecido.

O Gigante não tardou a chegar.

"Mora aqui?"

A voz de Sherman:

"Eu disse que não temos tempo para isso agora." — Parecia barbaramente arrogante e empolado. Tornou a sentir toda a humilhação daquele momento, a horrível sensação de que estava em vias de ser forçado a entrar num duelo masculino, muito provavelmente de caráter físico, que não tinha possibilidade de vencer.

"O *senhor* não mora aqui, e *ela* não mora aqui. O que estão fazendo aqui?"

O sujeito arrogante:

"Não é da sua conta! Agora seja bonzinho e saia!"

"O senhor não é daqui, certo? Temos um problema sério."

Então ouviu-se a voz de Maria... uma altercação... um estalido forte, quando a cadeira quebrou e o Gigante bateu no chão.... a sua retirada vergonhosa... As gargalhadas de Maria...

Finalmente a voz dela dizendo:

"Germaine paga só 331 dólares por mês, e eu pago a ela 750. O aluguel é tabelado. Adorariam despejá-la."

Logo as vozes silenciaram... e Sherman lembrou, sentiu, a impulsiva sessão na cama.

Quando a fita acabou de tocar, Sherman disse a Killian:

— Nossa, é assombroso. De onde veio isso?

Killian olhou para Sherman, mas apontou o indicador direito para o amigo. Então Sherman olhou para Quigley. Era o momento pelo qual Quigley esperara.

— Assim que me disse onde ela lhe contara o golpe do aluguel, eu percebi. Simplesmente *tive certeza*. Esses loucos. Esse tal de Hiellig Winter não é o primeiro. Os gravadores acionados pelo som da voz. Então fui direto lá. Essa figura tem microfones escondidos nas caixas de interfone dentro dos apartamentos. O gravador é guardado no porão, num armário trancado.

Sherman arregalou os olhos para o rosto radiante do homem.

— Mas por que se daria ao trabalho?

— Para despejar os inquilinos! — explicou Quigley. — Metade das pessoas que moram nesses apartamentos de aluguel tabelado não são inquilinos legais. A metade está dando golpes, como a sua amiga lá. Mas provar isso no tribunal é outra conversa. Então esse louco está registrando todas as conversas no prédio com esse gravador que se liga ao som da voz. Acredite-me, ele não é o primeiro.

— Mas... isso não é ilegal?

— Ilegal — repetiu, Quigley satisfeitíssimo —, é tão ilegal que nem chega a ter graça! É tão ilegal, que se ele entrasse por essa porta agora e eu dissesse: "Ei, tirei a porra da sua fita. Que é que acha disso?" Ele responderia "Não sei de que está falando", e iria embora como um bom menino. Mas estou lhe dizendo, esses maníacos são *furiosos*.

— E você simplesmente tirou a fita? Como conseguiu entrar lá?

Quigley sacudiu os ombros com arrematada presunção.

— Não foi nenhum bicho de sete cabeças.

Sherman olhou para Killian.

— Nossa... então talvez... Se isso está gravado, então talvez... Logo depois de a coisa acontecer, Maria e eu voltamos ao apartamento dela e discutimos a coisa toda, tudo o que aconteceu. — Se estiver gravado... isso seria... fantástico!

— Não está lá — informou Quigley. — Ouvi quilômetros de fitas. Não cobrem tanto tempo assim. Ele deve apagar de vez em quando e tornar a gravar, para não precisar viver comprando fitas novas.

Com o ânimo nas nuvens, Sherman disse a Killian:

— Bom, talvez isso seja suficiente!

Quigley disse:

— A propósito, você não é o único visitante que ela recebe naquela espelunca.

Mas Killian o atalhou:

— É, bom, nesta altura isso só tem interesse histórico. Agora preste atenção, Sherman. Não quero que alimente muitas esperanças a respeito disso. Temos dois problemas sérios. O primeiro é que ela não se expõe, dizendo que atropelou o garoto e que você não o atropelou. O que ela diz é indireto. Metade do tempo, parece que talvez esteja apenas acompanhando o que você está dizendo. Contudo, é uma boa arma. Certamente é o bastante para deixar o júri em dúvida. Certamente parece concordar com a sua teoria de que houve uma tentativa de assalto. Mas temos mais um problema, e, para ser honesto com você, não sei como poderemos resolvê-lo. Não há maneira de se poder usar essa fita como evidência.

— Não se pode? Por que não?

— Conforme Ed disse, essa fita é inteiramente ilegal. Esse maluco do Winter poderia ir para a cadeia por fazer isso. Não há maneira de uma fita escondida e ilegal poder ser usada em um tribunal de justiça.

— Então por que foi que instalou um gravador em *mim*? É uma gravação furtiva. Como então poderia ser usada?

— É furtiva mas não é ilegal. Você tem direito de gravar as próprias conversas, secretamente ou não. Mas se a conversa é de outra pessoa, é ilegal. Se esse maluco desse sr. Winter estivesse gravando as próprias conversas, não haveria problema.

Sherman olhou para Killian boquiaberto, as suas esperanças recém-nascidas, já esmagadas.

— Mas isso não é *direito*. Isso é *evidência vital!* Não podem suprimir evidência vital baseados numa tecnicalidade!

— Tenho notícias para você, cara. Podem. Suprimiriam. O que precisamos é pensar numa maneira de usar essa gravação para obrigar alguém a nos prestar um testemunho legítimo. Como por exemplo descobrir um jeito de usar isso para fazer a sua amiga Maria dizer a verdade. Tem alguma ideia brilhante?

Sherman pensou um momento. Então suspirou e olhou para além dos dois homens. Era tudo tão absurdo!

— Não sei como conseguiriam que ela ouvisse essa maldita gravação.

Killian consultou Quigley com o olhar. Quigley sacudiu a cabeça. Os três ficaram quietos.

— Espere um minuto — disse Sherman. — Deixe-me ver essa gravação.

— Ver? — perguntou Killian.

— É. Dê-me aqui.

— Tirar do gravador?

— É. — Sherman estendeu a mão.

Quigley rebobinou a fita e retirou-a do aparelho muito desajeitadamente, como se ela fosse uma peça preciosa de vidro soprado à mão. Entregou-a a Sherman.

Sherman segurou-a com as duas mãos e olhou-a fixamente.

— Ora essa — disse, erguendo os olhos para Killian. — É minha.

— Que quer dizer com é sua?

— A gravação é minha. Eu a fiz.

Killian observou-o com ar de troça, como se procurasse entender a piada.

— O que quer dizer com você a fez?

— Instalei um gravador em mim naquela noite, porque essa reportagem acabara de sair em *The City Light* e presumi que talvez fosse precisar verificar o que realmente acontecera. Isso que acabamos de escutar... é a gravação que fiz naquela noite. É a minha gravação.

Killian estava boquiaberto.

— O que está dizendo?

— Estou dizendo que gravei essa fita. Quem vai dizer que não gravei? Essa gravação é minha propriedade, certo? Aqui está. Fiz essa gravação para ter um registro preciso das minhas conversas. Diga-me, doutor, o senhor consideraria essa gravação admissível num tribunal de justiça?

Killian olhou para Quigley.

— Puta que pariu. — Então olhou para Sherman. — Deixe-me ver se entendi direito, sr. McCoy. O senhor está me afirmando que instalou um gravador no corpo e fez essa gravação de sua conversa com a sra. Ruskin?

— Exatamente. Isso é admissível?

Killian olhou para Quigley, sorriu e voltou a olhar para Sherman:

— É perfeitamente possível, sr. McCoy, perfeitamente possível. Mas precisa me informar uma coisa. Como foi que fez essa gravação? Que tipo de equipamento usou? Como foi que instalou o equipamento no corpo? Creio que se quer que o tribunal aceite essa evidência, é melhor que seja capaz de justificar tudo o que fez, de A a Z.

— Bom — disse Sherman —, gostaria de ouvir o sr. Quigley aqui *imaginar* como foi que eu fiz. Ele me parece conhecer esse assunto. Gostaria de ouvi-lo *imaginar*.

Quigley olhou para Killian.

— Vá em frente, Ed, imagine.

— Bom — disse Quigley —, se fosse eu, arranjaria um Nagra 2600, que se liga ao som da voz, e... — Começou a descrever detalhadamente de que maneira usaria o fabuloso gravador Nagra, faria a instalação e tomaria cuidado para conseguir uma gravação da mais alta qualidade dessa conversa.

Quando terminou, Sherman disse:

— Sr. Quigley, o senhor realmente conhece o assunto. Sabe por quê? Foi exatamente o que fiz. O senhor não omitiu nenhum detalhe. — Em seguida olhou para Killian. — Aí está. O que acha?

— Vou lhe dizer o que acho — disse Killian lentamente. — Você me apronta cada surpresa! Nunca pensei que tivesse talento para isso.

— Nem eu — respondeu Sherman. — Mas gradualmente compreendi uma coisa nos últimos dias. Não sou mais o Sherman McCoy. Sou outra pessoa sem um nome adequado. Tenho sido essa pessoa desde o dia em que fui preso. Eu sabia que alguma coisa... alguma coisa fundamental acontecera naquele dia, mas a princípio não soube o que era. A princípio pensei que ainda era Sherman McCoy, e Sherman McCoy estava passando por um período de muito azar. Nos últimos dois dias, porém, comecei a encarar a verdade. Sou outra pessoa. Não tenho qualquer ligação com Wall Street, Park Avenue, Yale, St. Paul, Buckley ou com o Leão da Dunning Sponget.

— O Leão da Dunning Sponget? — perguntou Killian.

— É a imagem que sempre fiz do meu pai. Era um dirigente, um aristocrata. E talvez fosse, mas não tenho mais parentesco com ele. Não sou a pessoa com quem minha mulher se casou ou o pai que minha filha conheceu. Sou um ser humano diferente. Eu existo *aqui embaixo,* agora, se não se ofender com o que eu digo. Não sou um cliente excepcional da Dershkin, Bellavita, Fishbein & Schlossel. Sou o normal. Todo bicho tem o seu hábitat, e estou no meu neste instante. A Reade Street e a 161st Street e os xadrezes — se achar que sou superior, só estarei me enganando, e parei de me enganar.

— Eiiiii, espere um instante — disse Killian. — Ainda não está tão ruim assim.

— Está ruim, sim — retorquiu Sherman. — Mas juro a você que estou me sentindo melhor agora. Sabe como fazem com um cachorro, um cachorro de estimação, um pastor-alemão que foi alimentado e cuidado a vida toda para o treinarem como um cão de guarda perverso?

— Já ouvi falar — respondeu Killian.

— Já vi fazerem isso — disse Quigley. — Vi quando estava na polícia.

— Bom, então conhece o princípio — continuou Sherman. Não alteram a personalidade do cachorro com biscoitos ou pílulas. Eles o acorrentam, batem nele, tentam-no, atormentam-no, e batem mais um pouco, até que um dia ele se vira e mostra os dentes e está pronto para o combate mortal todas as vezes que escutar um ruído.

— É verdade — confirmou Quigley.

— Bom, nessa situação os cães são mais inteligentes que os homens — concluiu Sherman. — O cão não se apega à ideia de que é um fabuloso animalzinho de estimação em alguma fantástica exposição de cães, como o homem faz. O cão entende o que se espera dele. O cão sabe quando é hora de se transformar num animal e lutar.

31
NO PLEXO SOLAR

Fazia um dia ensolarado dessa vez, um dia perfumado de junho. O ar estava tão leve que parecia puro e refrescante, mesmo ali no Bronx. Em suma, um dia perfeito; Sherman não gostou. Considerou isso uma ofensa pessoal. Que crueldade! Como é que a Natureza, o Destino — Deus — podiam imaginar uma produção tão sublime para a sua hora de aflição? Crueldade de todos os lados. Um espasmo de medo desceu até o finzinho do seu cólon descendente.

Encontrava-se no banco traseiro de um Buick com Killian. Ed Quigley sentava-se no banco dianteiro, junto ao motorista, que tinha a pele escura, abundantes cabelos negros e lisos e feições finas, exóticas, quase bonitas. Asiático? Desceram a rampa da rodovia logo depois da concha do Yankee Stadium, e um grande cartaz anunciava: HOJE À NOITE 19H YANKEES X KANSAS CITY. Que crueldade! De qualquer forma dezenas de milhares de pessoas viriam a esse lugar essa noite — para beber cerveja e ver uma bola branca saltar e quicar durante duas horas —, e ele estaria *novamente lá dentro,* numa escuridão que nem conseguia imaginar. *E iria começar.* Os pobres coitados! Não sabiam como era a realidade! Dezenas de milhares deles no Yankee Stadium, assistindo a um *jogo,* uma mera *charada* de guerra enquanto ele estaria *na* guerra. E iria começar... a violência física elementar...

Agora o Buick estava subindo a longa colina, pela 161st Street. Estariam lá a qualquer momento.

— Não é o mesmo tribunal — disse Killian. — É no edifício no alto da colina, para a direita.

Sherman viu uma imensa estrutura de concreto. Parecia bem majestosa assentada ali na crista da Grand Concourse à claridade de um dia perfeito; majestosa e estupendamente pesada.

Sherman viu os olhos do motorista procurando-o no espelho retrovisor, e, quando encontraram os seus num contato embaraçoso, se desviaram rapidamente. Quigley, na frente junto ao mo.torista, estava usando gravata e paletó, mas nada muito formal. O paletó, de um curioso *tweed* verde-marreco, afastava-se constantemente da pele bexigosa do pescoço. Parecia o tipo de Caso Perdido irrequieto que estava doido para encontrar uma oportunidade de despir o paletó e a gravata e começar uma briga e cultivar hematomas ou, melhor ainda, intimidar algum fracote medroso que não estivesse pronto para enfrentar o desafio de uma briga.

Enquanto o carro subia a colina, Sherman viu um ajuntamento na rua próxima ao topo, em frente ao edifício de calcário. Os carros se espremiam para passar.

— O que está acontecendo? — perguntou.

— Parece uma manifestação — aventou Quigley.

Killian disse:

— Bom, pelo menos não estão na frente do seu edifício desta vez.

Uma ma-ni-fes-ta-ção? *Hahahaha* — comentou o motorista. Tinha um sotaque cantado e uma risada educada, embora inteiramente nervosa. — Contra o quê? *Hahahaha*.

— Contra nós — disse Quigley com sua voz inexpressiva.

O motorista olhou para Quigley.

— Contra o senhooor? *Hahahaha*.

— Conhece o senhor que alugou este carro? O sr. McCoy? — Quigley indicou com a cabeça o banco traseiro.

Pelo espelho os olhos do motorista procuraram Sherman e tornaram a se imobilizar.

— *Hahahaha*. — Então se calou.

— Não se preocupe — disse Quigley. — Sempre é mais seguro no meio de um tumulto do que na periferia. Isso é fato conhecido.

O motorista tornou a olhar para Quigley e retrucou:

— *Hahahaha*. — Em seguida ficou *muito* quieto, sem dúvida tentando calcular de que deveria ter mais medo, se dos manifestantes de quem se aproximava na rua ou do Caso Perdido que estava ali dentro a uns poucos centímetros do seu pescoço ainda intacto. Então procurou Sherman mais uma vez com os olhos, deteve-os nele, a seguir desviou-os, arregalados de pânico.

— Não vai acontecer nada — disse Killian a Sherman. — Haverá tiras lá em cima. Estarão preparados para segurá-los. É o mesmo bando de sempre, Bacon e sua turma. Acha que o povo do Bronx está se importando com o que acontece? Não se lisonjeie. Esse é o mesmo bando, dando o mesmo espetáculo exótico. É um show. Mantenha a boca fechada e olhe para a frente. Desta vez, temos uma surpresa para eles.

À medida que o carro se aproximava da Walton Avenue, Sherman viu a turba na rua. Cercava toda a base do enorme edifício, no alto da colina. Ouviu uma voz que vinha de um microfone. O povo respondia à voz com um canto. Quem quer que estivesse berrando ao microfone parecia estar num patamar da escadaria do lado da 161st Street. Havia equipes de filmagem com o equipamento que se soerguia daquele mar de rostos.

O motorista perguntou:

— Quer que eu pare? *Hahahahaha*.

— Siga em frente — respondeu Quigley. — Eu lhe digo quando parar.

— *Hahahaha.*

Killian se dirigiu a Sherman:

— Vamos entrar pelo lado. — E para o motorista: — Entre na primeira à direita!

— Toda essa geeente! *Hahahaha.*

— Entre na primeira à direita — repetiu Quigley —, e não se incomode com as pessoas.

Killian falou com Sherman:

— Abaixe-se. Amarre o sapato ou faça qualquer coisa.

O carro dobrou na rua que corria ao longo da parte mais baixa do grande edifício de calcário. Mas Sherman continuou sentado, muito empertigado no banco. Já não importava. *Quando começaria?* Via os grandes camburões azul e laranja com tela nas janelas. A turba se espalhara, descendo a calçada. Olhavam na direção da 161st Street. A voz continuava a sua arenga, e a cantilena se erguia da multidão, nas escadas.

— Vire à esquerda — disse Killian. — Bem ali. Está vendo aquele cone vermelho? Ali.

O carro estava apontado num ângulo de 90 graus para o estacionamento na base do edifício. Um policial estava retirando um cone de borracha luminoso do centro de uma vaga. Quigley ergueu um cartão no para-brisa com a mão esquerda, aparentemente para que o policial o visse. Havia mais quatro ou cinco policiais na calçada. Usavam camisa branca de mangas curtas e traziam tremendos revólveres nos quadris.

— Quando eu abrir a porta — recomendou Killian —, fique entre Ed e mim e ande depressa.

A porta abriu, e eles desceram depressa. Quigley estava à direita de Sherman; Killian, à esquerda. Pessoas na calçada olharam para eles, mas não pareciam saber quem eram. Três dos policiais de camisa branca se esgueiraram entre o ajuntamento e Sherman, Killian e Quigley. Killian segurou o cotovelo de Sherman e conduziu-o na direção de uma porta. Quigley carregava uma maleta pesada. Um policial de camisa branca estava postado à porta e afastou-se para deixá-las passar a um saguão iluminado por fracas luzes fluorescentes. À direita havia uma porta que se abria para o que parecia ser uma sala de espera. Sherman conseguia divisar vultos negros e cinzentos sentados à vontade nos bancos.

— Eles nos fizeram um favor preparando a manifestação na escadaria — comentou Killian. Sua voz estava aguda e tensa. Dois policiais levaram-nos para um elevador, em que outro policial mantinha as portas abertas para eles.

Entraram no elevador, e o policial os acompanhou. Ele apertou o botão do nono andar e começaram a subir.

— Obrigado, Brucie — disse Killian ao policial.

— Tudo bem. Mas é ao Bernie que tem que agradecer. — Killian olhou para Sherman como se dissesse: "Que foi que lhe disse?"

No nono andar, do lado de fora de uma sala, a Câmara 60, havia uma aglomeração de gente barulhenta. Uma fileira de guardas judiciários mantinha-os afastados.

— Eh!... Olhe ele aí!

Sherman olhava para a frente. "Quando é que vai começar?" Um homem pulou na frente dele — um homem branco, alto, com os cabelos louros penteados para trás, deixando visível um acentuado bico de viúva. Usava blazer marinho, gravata marinho, camisa de peitilho listrado e colarinho duro, branco. Era o repórter, Fallow. Sherman o vira pela última vez quando ia entrar no Registro Central... aquele lugar...

— Sr. McCoy! — *Aquela voz.*

Com Killian de um lado, Quigley do outro e o guarda judiciário, Brucie, abrindo caminho, pareciam uma esquadrilha de aviões. Afastaram o inglês para um lado e entraram pela porta. Estavam na sala do tribunal. Um grupo de gente à esquerda de Sherman. Nas cadeiras reservadas ao público... Rostos negros... alguns rostos brancos... No primeiro plano havia um negro alto com um brinco de ouro em uma orelha. Levantou-se meio curvado da cadeira, apontou um braço longo e fino para Sherman e disse num sussurro alto e gutural:

— É ele! — Em seguida, em tom mais alto: — Cadeia, sim! Fiança, não.

A voz grave de uma mulher:

— Metam-no no xadrez!

— *Hegggh!.... É esse.... Vejam só.... Cadeia, sim! Fiança, não.*

"Agora? Ainda não." Killian segurou seu cotovelo e cochichou-lhe no ouvido:

— Não dê atenção!

Uma voz de falsete:

— Sherrrr-maannnn... Sherrrr-maannnn.

— Calem a boca! sentem-se!

Era a voz mais potente que Sherman já ouvira na vida. A princípio pensou que era dirigida a ele. Sentiu-se horrivelmente culpado, embora não tivesse dito um ai.

— Mais uma manifestação dessa... e mando evacuar o Tribunal! Estou sendo bem claro?

No alto, à mesa do juiz, sob a inscrição Em Deus confiamos, havia um homem magro, calvo, de nariz aquilino e vestes negras, de pé, com os punhos no tampo da mesa e os braços estendidos, como se fosse um corredor se preparando para saltar da posição de partida. Quando os olhos faiscantes do juiz percorreram a assistência, Sherman viu o branco sob as suas íris. Os manifestantes resmungaram mas fizeram silêncio.

O juiz, Myron Kovitsky, continuou a encará-los com o olhar furioso.

— Neste tribunal, os senhores falam quando o tribunal pedir que falem. Os senhores julgam os semelhantes quando forem escolhidos para jurados e o tribunal pedir que julguem. Os senhores se levantam e apresentam a sua *obiter dicta* quando o tribunal pedir que se levantem e apresentem sua *obiter dicta*. Até lá os SENHORES CALAM A BOCA E FICAM SENTADOS! E EU... SOU O TRIBUNAL! ESTOU SENDO CLARO? Há alguém que não concorde com o que acabei de dizer, e que sinta tal desrespeito por este tribunal que queira passar algum tempo como hóspede do estado de Nova York refletindo sobre o que acabei de dizer? ESTOU... SENDO... CLARO?

Seus olhos fizeram uma tomada panorâmica da assistência, da esquerda para a direita, da direita para a esquerda e novamente da esquerda para a direita.

— Muito bem. Agora que estamos entendidos, talvez queiram assistir aos trâmites como membros responsáveis da comunidade. Enquanto agirem assim, serão bem-vindos a este tribunal. No momento que deixarem de agir assim... sentirão vontade de não terem saído da cama! Estou... sendo... claro?

Sua voz tornou a se elevar tão repentinamente e com tanta intensidade que os assistentes pareceram se encolher, assustados só de pensar que a cólera desse homenzinho furioso poderia se abater sobre eles de novo.

Kovitsky sentou-se e abriu os braços. Suas vestes inflaram como asas. Abaixou a cabeça. O branco dos olhos continuava visível sob as íris. A sala agora silenciara. Sherman, Killian e Quigley pararam junto ao gradil — a barra — que separava a seção dos espectadores do tribunal propriamente dito. Os olhos de Kovitsky pousaram em Sherman e Killian. Parecia estar zangado com eles também. Deu um suspiro que pareceu ser de desagrado.

Então voltou-se para o escrivão do tribunal, que estava sentado a uma grande mesa de reuniões a um lado. Sherman seguiu o olhar de Kovitsky, e ali, parado junto à mesa, viu o promotor distrital assistente, Kramer.

Kovitsky disse ao escrivão:

— Anuncie o caso.

O escrivão chamou em voz alta:

— Processo número 4-7-2-6, o Povo contra Sherman McCoy.

— Quem está representando o sr. McCoy?

Killian adiantou-se até a barra e disse:

— Eu.

O escrivão tornou a falar:

— Por favor, identifique-se.

— Thomas Killian, Reade Street, 86.

Kovitsky perguntou:

— Sr. Kramer, o senhor tem alguma moção preliminar a apresentar agora?

O tal Kramer deu alguns passos em direção à cadeira do juiz. Andava como um jogador de futebol. Parou, atirou a cabeça para trás, tensionou o pescoço, por alguma razão, e disse:

— Meritíssimo, o sr. McCoy encontra-se presentemente em liberdade mediante uma fiança de 10 mil dólares, uma soma insignificante para uma pessoa com os seus privilégios e recursos na comunidade financeira.

— *É isso aí... Cadeia, sim! Fiança, não.... Faça ele pagar.*

Kovitsky, de cabeça abaixada, olhou com ar irritado. As vozes foram diminuindo até se tornarem um murmúrio.

— Conforme é do seu conhecimento, Meritíssimo — continuou Kramer —, o júri de instrução concluiu pelo indiciamento do acusado por delitos graves: negligência criminosa, abandono da cena de um acidente e omissão em comunicar o acidente. Ora, Meritíssimo, considerando que o júri de instrução encontrou evidências suficientes de que o acusado abandonou suas responsabilidades para indiciá-lo, o Povo crê que também exista substancial possibilidade de que o acusado possa desprezar e abrir mão de sua fiança, dado o seu pequepo valor.

— *Falou... É isso aí... Hum-hum...*

— Portanto, Meritíssimo, o Povo crê que é dever deste tribunal dar uma clara indicação não só ao acusado mas à comunidade de que o caso em questão está sendo encarado com a máxima seriedade. No fulcro deste caso, Meritíssimo, encontra-se um rapaz, um rapaz exemplar, o sr. Henry Lamb, que se tornou um símbolo para o povo do Bronx, não só das esperanças que alimentam para seus filhos e filhas como também dos obstáculos desumanos e mortais que têm que enfrentar. O Meritíssimo está ciente da paixão com que a comunidade tem acompanhado cada passo do caso. Fosse o tribunal mais amplo, e o povo da comunidade estaria aqui neste momento às centenas, possivelmente aos milhares, como estão agora nos corredores e nas ruas lá fora.

— *Muito bem!... Cadeia, sim! Fiança, não!... É isso aí!* TAPUM!

Kovitsky bateu o martelo com um tremendo estrondo.

— SILÊNCIO!

O vozerio da turba decresceu para uma efervescência.

De cabeça abaixada, as íris flutuando num mar branco, Kovitsky disse:

— Vá direto à questão, sr. Kramer. Isto aqui não é um comício político. É uma audiência num tribunal de justiça.

Kramer percebeu que estava diante de todos os indícios usuais. As íris flutuavam naquele mar espumante. A cabeça estava abaixada. O nariz apontava para ele. Não ia precisar muito mais para Kovitsky explodir. "Por outro lado", pensou, "não posso recuar. Não posso ceder." A atitude de Kovitsky até o momento — embora fosse apenas o padrão Kovitsky, os berros costumeiros, a insistência beligerante na sua autoridade costumeira —, a atitude de Kovitsky até o momento colocava-o como adversário dos manifestantes. A Promotoria Distrital do Bronx era a favor deles. Abe Weiss era a favor. Larry Kramer era a favor. O Povo era... realmente o *Povo*. Era para isso que estava ali. Teria que se arriscar com Kovitsky — com aqueles olhos furiosos de guerrilheiro judeu que agora caíam sobre ele.

Sua própria voz lhe pareceu estranha quando falou:

— Estou ciente disso, Meritíssimo, mas também estou ciente da importância deste caso para o Povo, para todos os Henry Lambs, presentes e futuros, neste país e nesta cidade...

— *É isso aí, cara!... Muito bem!... É isso aí!*

Kramer apressou-se em continuar, com a voz ainda mais alta, antes que Kovitsky detonasse.

— ... e portanto o Povo requer a este tribunal que eleve a fiança do acusado para uma quantia expressiva e digna de fé... para 1 milhão de dólares... a fim de que...

— *Cadeia, sim! Fiança, não!... Cadeia, sim! Fiança, não! Cadeia, sim! Fiança, não!* — Os manifestantes irromperam numa cantilena.

— *É isso mesmo!... Um milhão de dólares!... Ehhhhhh!...* — A voz da turba elevou-se num aplauso entremeado de risos exultantes e culminou com um canto: — *Cadeia, sim! Fiança, não!... Cadeia, sim! Fiança, não!... Cadeia, sim! Fiança, não!... Cadeia, sim! Fiança, não!*

O martelo de Kovitsky ergueu-se a bem uns 30 centímetros de sua cabeça e intimamente Kramer se encolheu antes que ele descesse.

TAPUM!

Kovitsky lançou um olhar furioso a Kramer, curvou-se para a frente e encarou a assistência.

— ORDEM NO TRIBUNAL!... CALEM A BOCA... ESTÃO DUVIDANDO DA MINHA PALAVRA? — Suas íris surfavam para cá e para lá no mar furiosamente agitado.

O canto parou e os gritos diminuíram, transformando-se num murmúrio. Mas pequenos surtos de riso indicavam que estavam só aguardando o próximo acesso.

— OS GUARDAS JUDICIÁRIOS...

— Meritíssimo! Meritíssimo! — Era o advogado de McCoy, Killian.

— O que foi, sr. Killian?

A interrupção distraiu a turba. Ela se aquietou.

— Meritíssimo, posso me aproximar?

— Muito bem, sr. Killian — Kovitsky fez-lhe sinal que se aproximasse. — Sr. Kramer? — Kramer também se dirigiu à mesa.

Agora estava parado ao lado de Killian, com suas roupas extravagantes, diante da mesa, sob os olhos faiscantes do juiz Kovitsky.

— Muito bem, sr. Killian, o que está havendo?

— Juiz — disse Killian —, se não me engano, o senhor é o juiz supervisor do júri de instrução neste caso, correto?

— Correto — disse a Killian, mas então voltou a sua atenção para Kramer. — O senhor é surdo, sr. Kramer?

Kramer não respondeu. Não precisava responder a uma pergunta dessas.

— Está embriagado com o barulho desse bando — Kovitsky indicou os espectadores com a cabeça — aplaudindo-o?

— Não, juiz, mas não há jeito de tratar este caso como um caso comum.

— Neste tribunal, sr. Kramer, ele vai ser tratado da porra do jeito que eu disser que vai ser tratado. Estou sendo claro?

— O senhor é sempre claro, juiz.

Kovitsky observou-o, aparentemente procurando decidir se havia alguma insolência nesse comentário.

— Muito bem, então sabe que se voltar a fazer uso desses artifícios de merda neste tribunal, o senhor vai desejar que nunca tivesse posto os olhos em Mike Kovitsky!

Ele não podia simplesmente *aceitar* isso, com Killian parado bem ali, então respondeu:

— Olhe, juiz, tenho todo o direito...

Kovitsky interrompeu-o:

— Todo o direito de fazer o quê? Fazer campanha para a reeleição de Abe Weiss aqui no meu tribunal? Uma porra, sr. Kramer! Diga a ele para alugar um salão, convocar a imprensa. Diga-lhe para fazer seus discursos, droga.

Kramer estava tão zangado que não conseguia falar. Seu rosto estava rubro. Entredentes respondeu:

— É só isso, juiz? — Sem esperar resposta, deu as costas e começou a se afastar.

— Sr. Kramer!

Ele parou e virou-se, enfurecido. Kovitsky fez-lhe sinal para voltar à mesa.

— O sr. Killian tem uma pergunta, creio. Ou quer que o escute em particular?

Kramer cerrou os dentes e encarou-o.

— Muito bem, sr. Killian, prossiga.

Killian disse:

— Juiz, tenho em meu poder importante evidência que não só tem relação com a petição do sr. Kramer sobre a fiança como também com a validade do próprio indiciamento.

— Que tipo de evidência?

— Tenho gravações de conversas entre o meu cliente e uma testemunha importante deste caso que faz parecer altamente provável que se tenha apresentado um testemunho viciado perante o júri de instrução.

"Que diabo está acontecendo?"

Kramer atalhou:

— Juiz, isto é absurdo. Temos um indiciamento válido proferido pelo júri de instrução. Se o sr. Killian tem alguma reclamação...

— Um momento, sr. Kramer — disse Kovitsky.

— ... se tem alguma reclamação sobre os trâmites do júri de instrução, tem à disposição os canais normais.

— Um momento. O sr. Killian diz que há evidências...

— Evidências! Isto não é uma audiência de apresentação de evidências, juiz! Ele não pode entrar aqui questionando os trâmites do júri de instrução, *ex post facto!*. E o senhor não pode...

— Sr. Kramer!

O som da voz de Kovitsky ao se elevar fez correr um murmúrio de protesto pelos manifestantes, que de repente estavam de novo falando.

Olhos surfando no mar tempestuoso:

— Sr. Kramer, sabe qual é o seu problema? O senhor não para para ouvir, para? Não *ouve* uma porra!

— Juiz...

— Cale a boca! O tribunal vai ouvir a evidência do sr. Killian.

— Juiz...

— E vamos ouvi-la *in camera*.

— *In camera*? Por quê?

— O sr. Killian diz que tem umas gravações. Primeiro vamos ouvi-las *in camera*.

— Ouça, juiz...

— O senhor não quer vir ao meu gabinete, sr. Kramer? Está com receio de perder a sua plateia?

Espumando, Kramer olhou para baixo e balançou a cabeça.

Sherman estava abandonado ao pé do gradil, da barra. Quigley, em algum lugar atrás dele, segurava a pesada maleta. Mas, sobretudo... *eles* estavam atrás dele. "Quando começaria?" Mantinha os olhos postos nas três figuras à mesa do juiz. Não ousava deixá-los se desviarem. Então as vozes começaram. Vinham das suas costas em cantilenas ameaçadoras.

— Seu último passeio, McCoy!

— A *última* ceia.

Então um falsete baixinho:

— Último suspiro.

Em algum lugar, dos dois lados, havia guardas judiciários. Não faziam nada para impedi-los. "Estão tão amedrontados quanto eu!"

O mesmo falsete:

— Eh, Sherman, por que está se contorcendo?

"Contorcendo". Evidentemente os outros gostaram. Começaram a cantar em falsete, também.

— Sherrr-maaannnn...
— Sherman Minhocão!

Risadinhas e gargalhada.

Sherman olhava fixo para a mesa, onde parecia residir sua única esperança. Como se em resposta à sua súplica, o juiz olhou em sua direção e disse:

— Sr. McCoy, pode vir até aqui um instante?

Um vozerio e um coro de falsetes o acompanharam quando ele começou a andar. Ao se aproximar da mesa do juiz, ouviu o promotor distrital assistente, Kramer, dizer:

— Não compreendo, juiz. Que finalidade poderá ter a presença do acusado?

O juiz respondeu:

— A moção é dele, e a evidência é dele. Além do mais, não quero vê-lo levando sustos por aí. Concorda, sr. Kramer?

Kramer não disse nada. Olhou com um ar feroz para o juiz e em seguida para Sherman.

O juiz disse:

— Sr. McCoy, o senhor virá comigo, o sr. Killian e o sr. Kramer ao meu gabinete.

Então deu três batidas altas com o martelo e anunciou à assistência:

— O tribunal agora se reunirá com o promotor representante do Povo e o advogado de defesa *in camera*. Na minha ausência os senhores MANTERÃO o decoro exigido nesta sala. Estou sendo claro?

O vozerio dos manifestantes elevou-se até uma indignação contida, mas Kovitsky preferiu não tomar conhecimento; levantou-se e desceu os degraus do estrado. O escrivão ergueu-se da mesa para acompanhá-lo. Killian piscou para Sherman e rumou de volta à seção reservada aos espectadores. O juiz, o escrivão, o secretário do juiz e Kramer seguiram para uma porta na parede de painéis, a um lado do estrado. Killian voltou carregando a pesada maleta. Parou e fez sinal a Sherman para acompanhar Kovitsky. O guarda judiciário, com o enorme pneu de gordura caindo por cima do cinturão do coldre, fechou o cortejo.

A porta abria para uma sala que negava tudo o que o tribunal em si e o elegante termo *"camera"* sugeriram a Sherman. A "câmara" era na realidade uma única e pobre sala. Era pequena, suja, vazia, malcuidada, pintada com tinta creme Bastante Boa para o Serviço Público, exceto que a tinta estava falha aqui e descascava-se em deploráveis franzidos em outros pontos. Os únicos toques generosos eram o teto extraordinariamente alto e uma janela com uns 2,5 metros de altura, que inundava a sala de luz. O juiz acomodou-se a uma escrivaninha bordejada de metal. O escrivão sentou-se à outra. Kramer, Killian e Sherman se instalaram em cadeiras pesadas e antigas, de espaldar arredondado, do tipo conhecido como "cadeiras de banqueiro". O secretário de Kovitsky e o gordo guarda judiciário postaram-se à parede. Um homem alto entrou carregando a máquina de estenografia portátil que os estenógrafos do tribunal usam. Que curioso! — o homem estava extremamente bem-vestido. Usava um paletó de *tweed*, camisa branca tão impecável quanto as de Rawlie, uma gravata antiga cor de garança, calça de flanela preta e sapatos meio pesados. Lembrava um professor de Yale com renda própria e dono de propriedades.

— Sr. Sullivan — disse Kovitsky —, é melhor trazer sua cadeira pra cá, também.

O sr. Sullivan saiu e voltou com uma cadeirinha de madeira, sentou-se, acertou a máquina, olhou para Kovitsky e fez sinal com a cabeça.

Então Kovitsky disse:

— Agora, sr. Killian, o senhor afirma estar de posse de informações que têm relação concreta e substancial com os trâmites do júri de instrução sobre este caso.

— Correto, juiz — disse Killian.

— Muito bem — tornou Kovitsky. — Quero ouvir o que tem a dizer, mas devo preveni-lo de que é melhor que esse recurso não seja leviano.

— Não é leviano, juiz.

— Porque se for, vou encará-lo com ceticismo, com um ceticismo maior do que encarei qualquer outra coisa em todos esses anos de magistratura, e isso seria realmente muito ceticismo. Estou sendo claro?

— Sem dúvida alguma, juiz.

— Muito bem. Agora, está preparado para apresentar a sua informação neste momento?

— Estou.

— Então, prossiga.

— Há três dias, juiz, recebi um telefonema de Maria Ruskin, a viúva do sr. Arthur Ruskin, pedindo para falar com o sr. McCoy aqui presente. Segundo é do meu conhecimento, e de acordo com o noticiário, a sra. Ruskin testemunhou perante o júri de instrução no caso em pauta.

Kovitsky dirigiu-se a Kramer:

— Isso é verdade?

Kramer respondeu:

— Ela prestou testemunho ontem.

O juiz voltou a Killian:

— Muito bem, continue.

— Então marquei um encontro entre a sra. Ruskin e o sr. McCoy, e por minha insistência o sr. McCoy usou um dispositivo de gravação escondido para comparecer a esse encontro, a fim de obter um registro concreto da conversa. O encontro foi em um apartamento da East 77th Street, que a sra. Ruskin aparentemente aluga para... hum, encontros particulares... e obtivemos um registro gravado desse encontro.

Tenho a gravação em meu poder, e creio que o tribunal deveria tomar conhecimento do que está registrado na fita.

— Espere um instante, juiz — disse Kramer. — Ele está dizendo que o cliente dele foi se encontrar com a sra. Ruskin usando um gravador?

— Entendo que seja esse o caso — respondeu o juiz. — Estou certo, sr. Killian?

— Está certo, juiz — respondeu Killian.

— Bom, quero registrar uma objeção, juiz — disse Kramer —, e gostaria de fazê-la constar em ata. Este não é o momento para considerar tal moção, e, além do mais, não há maneira de se verificar a autenticidade dessa gravação que o sr. Killian alega ter.

— Primeiro vamos ouvir a gravação, sr. Kramer, e ver o que contém. Veremos se merece maior consideração, *prima facie,* e então nos preocuparemos com os outros problemas. O senhor está de acordo?

— Não, juiz, não vejo como posso...

O juiz, irritado:

— Ponha a gravação, advogado.

Killian meteu a mão na maleta, tirou um grande gravador e colocou-o sobre a escrivaninha de Kovitsky. Então inseriu um cassete. O cassete era excepcionalmente pequeno. Por alguma razão esse cartuchinho secreto parecia tão tortuoso e sórdido quanto o ato em si.

— Quantas vozes há nessa gravação? — perguntou Kovitsky.

— Apenas duas, juiz — informou Killian. — A do sr. McCoy e a da sra. Ruskin.

— Então estará suficientemente claro para o sr. Sullivan o que estamos ouvindo?

— Creio que sim — disse Killian. — Não, desculpe-me, juiz, esqueci-me. No início da gravação ouviremos o sr. McCoy falando com o motorista do carro que o levou ao prédio para se encontrar com a sra. Ruskin. E no final ouviremos de novo sua conversa com o motorista.

— Quem é o motorista?

— É um motorista do serviço de aluguel que o sr. McCoy contratou. Não quis fazer nenhum corte na gravação.

— Hum-hum. Muito bem, prossiga.

Killian ligou o gravador, e só o que se ouviu a princípio foi um ruído de fundo, um fluxo baixo e indistinto com ocasionais sons de tráfego, incluindo a sirene de um carro de bombeiros. Então, algumas palavras murmuradas ao motorista. Era tudo tão tortuoso, não era? Uma onda de vergonha o cobriu. Iriam botar a gravação até o fim! O estenógrafo a registraria, até a última palavra queixosa quando ele tentou escapar de Maria e negar o óbvio, ou seja, que era um filho da puta desonesto que viera ao seu apartamento armado de um gravador. Quanto disso passaria somente nas palavras? O suficiente; ele era desprezível.

Agora o gravador fraudulento e abafado irradiou o toque da campainha à porta do prédio, o clique-clique-clique da fechadura elétrica e — seria sua imaginação? — o rangido das escadas à medida que ia subindo. Então uma porta se abrindo... e a voz confiante e alegre de Maria: "Buu!... Assustou-se, *eh?*" E a resposta displicente do ator pérfido, numa voz que ele mal reconheceu: "De fato, não. Ultimamente tenho sido assustado por especialistas." Deu uma olhada para um lado e para outro. Os outros homens na sala tinham a cabeça baixa e os olhos postos no chão ou na máquina na mesa do juiz. Então surpreendeu o gordo guarda judiciário olhando-o em cheio. O que estaria pensando? E os outros, com os olhos desviados? Mas, naturalmente! Não precisavam olhar para ele, porque já estavam bem no interior da caverna, fuçando à vontade, todos se esforçando para ouvir as palavras de sua má atuação nessa farsa. Os longos dedos do estenógrafo dançavam pela maquininha delicada. Sherman sentiu uma tristeza paralisante. Tão pesada... não conseguia se mover. Nessa deplorável salinha que se desfazia em pó havia sete outros homens, sete outros organismos, centenas de quilos de tecido e ossos, respirando, bombeando sangue, queimando calorias, processando alimentos, filtrando toxinas e poluentes, transmitindo impulsos nervosos, sete animais desagradáveis peludos e quentes fuçando, como castigo, nessa caverna inteiramente pública que ele costumava pensar que fosse sua alma.

Kramer estava louco para espiar McCoy, mas decidiu ser frio e profissional. Que cara faz um rato quando ouve sua traição numa sala cheia de gente que sabe que ele é um rato — ir ver a namorada com um gravador? Inconscientemente, mas de maneira profunda, Kramer sentiu alívio. Sherman McCoy, esse WASP, esse aristocrata da Wall Street, esse grã-fino, esse homem de Yale, era tão rato quanto qualquer traficante de drogas em que se instalava um gravador para trair os de sua espécie. Não, McCoy era um rato mais perfeito. Um traficante não esperava muita coisa de outro. Mas nas camadas mais elevadas, nesses pináculos de correção e moralismo, nessa estratosfera dominada pelos WASPs, pálidos de lábios finos, a honra, presumivelmente, não era uma palavra com que se brincasse. No entanto, imprensados contra a parede, eles se transformavam em ratos com a mesma rapidez que qualquer marginal. Isso era um alívio, porque se perturbara com o que Bernie Fitzgibbon dissera. Suponha que o caso não tivesse sido de fato investigado com o devido cuidado. Maria Ruskin corroborara a versão de Roland perante o júri de instrução, mas intimamente ele sabia que a pressionara para valer. Tinha-a metido numa camisa de força tão depressa que ela teria...

Preferiu não terminar o pensamento.

O conhecimento de que no fundo McCoy não passava de um rato com um currículo melhorado deixou-o tranquilo. McCoy estava enredado nessa confusão porque era o seu meio natural, o ninho imundo do seu caráter defeituoso.

Tendo se assegurado da justiça de sua causa, Kramer regalou-se com um pouco de justo rancor por esse pseudoaristocrata que estava agora sentado a poucos passos dele, enchendo a sala com o seu mau cheiro. Ao ouvir as duas vozes na gravação, o grasnido aristocrático de McCoy e a fala cantada sulista de Maria Ruskin, não precisou de muita imaginação para visualizar o que estava acontecendo. As pausas, a respiração, o farfalhar — McCoy, o rato, tomara essa deslumbrante criatura em seus braços... E esse apartamento na East 77th Street onde se encontravam — essa gente do Upper East Side tinha apartamentos só para *seus prazeres!*, enquanto ele continuava a procurar mentalmente (e nos bolsos) um lugar para acomodar os desejos da srta. Shelly Thomas. A Bela e o Rato continuavam a conversar. —. Houve uma pausa enquanto ela saiu da sala para preparar um drinque e um ruído rascante quando ele aparentemente tocou no microfone escondido. O Rato. As vozes retomaram a conversa, e ela disse: "Há muita gente que gostaria de ouvir *esta* conversa."

Nem mesmo Kovitsky conseguiu resistir à vontade de erguer os olhos e olhar pela sala ao ouvir isso, mas Kramer recusou-se a brindá-lo com um sorriso.

A voz de Maria Ruskin continuou monótona. Agora queixava-se do casamento. Aonde é que essa gravação supostamente iria levar? As reclamações da mulher eram entediantes. Casara-se com um homem mais velho. Que diabo esperava? Ociosamente Kramer deixou o pensamento vagar — via-a, como se estivesse ali na sala. A maneira langorosa com que cruzava as pernas, o sorrisinho, o jeito de olhar para as pessoas às vezes...

Subitamente ele se pôs alerta: "Um homem da Promotoria Distrital do Bronx veio me procurar hoje com dois detetives." E em seguida: "Um merdinha pomposo."

— *Hein?* — estava atordoado. Uma onda de quentura subiu-lhe pelo pescoço e pelo rosto. Por alguma razão foi aquele "inha" que o feriu mais. Uma rejeição tão desdenhosa — e ele com os seus poderosos esternoclidomastóideos —, ergueu os olhos para observar o rosto dos outros, pronto para rir defensivamente se por acaso mais alguém erguesse os olhos e sorrisse de tal afronta. Mas ninguém olhou para ele, menos ainda McCoy, a quem teria esganado de boa vontade.

"Não parava de atirar a cabeça para trás, de fazer um gesto estranho com o pescoço, assim, e olhar para mim por entre as fendas que tem em lugar de olhos. Que sebo!"

Seu rosto agora estava escarlate, em fogo, fervendo de raiva e, pior que raiva, aflição. Alguém na sala fez um ruído que talvez fosse uma tosse, talvez uma risada. Ele não teve coragem suficiente para investigar. "Cadela!" disse a sua mente conscientemente. Mas o sistema nervoso disse: "Destruidora devassa das minhas mais caras esperanças!" Nessa salinha cheia de gente estava sofrendo as dores que os homens sentem quando seus egos perdem a virgindade — como acontece quando ouvem pela primeira vez a opinião direta e sem rodeios de uma bela mulher a respeito dos seus eus masculinos.

O que veio a seguir foi pior.

"Ele realmente simplificou a coisa, Sherman", disse a voz na gravação. "Disse que se eu testemunhasse contra você e corroborasse a outra testemunha, concederia imunidade para mim. Se não aceitasse, então me trataria como cúmplice, e me acusaria desses... delitos."

E depois:

"Ele chegou a me dar cópias das notícias dos jornais. Praticamente fez um roteiro para mim. Essas eram as versões corretas e essas outras eram as que você inventou. Devo concordar com as versões certas. Se disser o que realmente aconteceu, vou para a prisão."

"A puta mentirosa!" Ele a pusera numa camisa de força, naturalmente — mas não fizera roteiro nenhum para ela! — não a "instruíra" sobre o que dizer — não a avisara para se afastar da verdade...

Disse impulsivamente:

— Juiz!

Kovitsky ergueu a mão, com a palma para fora, e a gravação continuou a rodar. Sherman assustou-se com a voz do promotor distrital assistente. O juiz fizera-o calar-se imediatamente. Sherman estava preparado para o que sabia que viria a seguir.

A voz de Maria: "Venha aqui, Sherman."

Ele *sentia* aquele momento de novo, aquele momento e aquela horrível luta livre... "Sherman, que foi que houve? Que foi que houve com as suas costas?"... Mas isso era só o começo... Sua própria voz, sua voz ordinária e mentirosa: "Não sabe quanto senti sua falta, quanto precisei de você." E Maria: "Bom... eu estou aqui." Então aquele pavoroso farfalhar denunciador — e sentia o cheiro do hálito dela de novo e sentia as mãos em suas costas.

"Sherman... o que é isso nas suas costas?"

As palavras encheram a sala num jorro de vergonha. Queria entrar pelo chão. Afrouxou o corpo na cadeira e deixou o queixo pender sobre o peito.

"Sherman, o que é isso?"... A voz dela se elevando, suas negativas capengas, a tentativa de se esquivar, sua respiração ofegante e seus gritinhos. "É um fio, Sherman!"... "Você... está me machucando!" "Sherman... seu filho da puta nojento e desonesto!"

"A pura verdade, Maria! A horrível verdade!"

Kramer ouvia a gravação em meio a uma bruma vermelha de mortificação. A Cadela e o Rato — o *tête-à-tête* dos dois tinha degenerado numa espécie de briga sórdida de cadela e rato. "Merdinha pomposo. Sebo. Uma coisa estranha no pescoço." Zombara dele, humilhara-o, menosprezara-o, caluniara-o — expondo-o a uma acusação de suborno e indução ao perjúrio.

Sherman ficou assombrado com a força desesperada que fazia para respirar, que saía em arquejos da máquina preta sobre a mesa do juiz. Era um som mortificante. Dor, pânico, covardia, fraqueza, desonestidade, vergonha, indignidade — tudo ao mesmo tempo, seguido de passos pesados e inseguros. Esse era o som de sua fuga pelas escadas do prédio. Por alguma razão sabia que todos na sala podiam vê-lo fugindo às carreiras com o gravador e o *fio* entre as pernas.

Na altura em que a gravação se esgotou, Kramer conseguira se alienar de sua vaidade ferida e reorganizar os pensamentos.

— Juiz — disse —, não sei o que...

Kovitsky atalhou-o:

— Um minuto. Sr. Killian, pode rebobinar a fita? Quero ouvir aquele diálogo entre o sr. McCoy e a sra. Ruskin a respeito do testemunho dela.

— Mas, juiz...

— Vamos ouvi-lo de novo, sr. Kramer.

Tornaram a ouvir.

As palavras passavam voando por Sherman. Continuava afogado em ignomínia. Como poderia olhar qualquer deles no rosto?

O juiz falou:

— Muito bem, sr. Killian. Que conclusões o senhor propõe que o tribunal tire disso?

— Juiz — respondeu Killian —, essa mulher, a sra. Ruskin, ou foi instruída para prestar um determinado testemunho ou para omitir determinado testemunho ou sofrer sérias consequências, ou pelo menos assim pensou, o que afinal dá no mesmo. E...

— Isso é absurdo! — exclamou o promotor distrital assistente Kramer. Curvara-se para a frente na cadeira com o indicador grande e carnudo apontado para Killian e uma expressão de louco furioso no rosto.

— Deixe-o terminar — disse o juiz.

— Além disso — continuou Killian —, conforme acabamos de ouvir, a moça tinha ampla motivação para prestar um falso testemunho, não só com o intuito de proteger-se, como também de prejudicar o sr. McCoy, a quem chama de "filho da puta desonesto e nojento".

O filho da puta desonesto e nojento mais uma vez se sentiu mortificado. O que poderia ser mais mortificante do que a verdade pura e simples? Uma competição de gritos irrompeu entre o promotor distrital assistente e Killian. O que estavam dizendo? Não significava nada em face da verdade óbvia e mesquinha.

O juiz berrou:

— Calem-se! — Calaram-se. — A questão do suborno não está me interessando neste momento, se é o que o preocupa, sr. Kramer. Mas penso realmente que existe a possibilidade de um testemunho viciado perante o júri de instrução.

— Isso é grotesco! — exclamou Kramer. — A mulher tinha dois advogados ao lado dela o tempo todo. Pergunte-lhes o que foi que eu disse!

— Se houver necessidade, perguntaremos. Mas estou menos preocupado com o que o senhor disse do que com o que se passava na cabeça dela quando apresentou seu testemunho perante o júri de instrução. Compreende, sr. Kramer?

— Não, juiz, não compreendo e...

Killian interrompeu-o:

— Juiz, tenho uma segunda gravação.

Kovitsky perguntou:

— Muito bem. Qual é a natureza dessa gravação?

— Juiz...

— Não interrompa, sr. Kramer. Terá oportunidade de ser ouvido. Prossiga, sr. Killian. Qual é a natureza da gravação?

— É uma conversa com a sra. Ruskin que o sr. McCoy me informa ter gravado há 22 dias, depois que a primeira notícia sobre as lesões de Henry Lamb apareceu nos jornais.

— Onde foi que essa conversa teve lugar?

— No mesmo lugar que a primeira, juiz. O apartamento da sra. Ruskin.

— E igualmente sem o conhecimento dela?

— Exato.

— E qual é a relação dessa gravação com esta audiência?

— Fornece a versão da sra. Ruskin sobre o acidente envolvendo Henry Lamb, num momento em que está falando sinceramente, de moto-próprio, com o sr. McCoy. Levanta a questão da possibilidade de ter ou não alterado o seu relato honesto quando testemunhou perante o júri de instrução.

— Juiz, isso é uma loucura! Agora estamos sendo informados que o acusado *vive* com um *gravador* ligado! Já sabemos que ele é um rato, na linguagem das ruas, então por que deveríamos acreditar...

— Acalme-se, sr. Kramer. Primeiro, vamos escutar a gravação. Depois avaliaremos. Não há nada registrado em ata, ainda. Prossiga, sr. Killian. Espere um minuto, sr. Killian. Primeiro quero que o sr. McCoy preste juramento.

Quando os olhos de Kovitsky encontraram os dele, Sherman conseguiu a custo sustentar seu olhar. Para sua surpresa, sentiu-se horrivelmente culpado com o que estava prestes a fazer. Estava em vias de cometer perjúrio.

Kovitsky mandou que o escrivão, Bruzzielli, o fizesse prestar juramento, então perguntou-lhe se gravara as duas fitas da forma e nas datas que Killian informara que o fizera. Sherman respondeu afirmativamente, forçou-se a olhar o tempo todo para Killian, enquanto se perguntava se a mentira transpareceria de alguma forma em seu rosto.

A fita começava: "Eu sabia. Eu sabia desde que aconteceu. Devíamos ter comunicado à polícia imediatamente..."

Sherman mal conseguia prestar atenção. "Estou fazendo uma coisa ilegal! Sim... mas em nome da verdade... Esse é o caminho subterrâneo para a luz... Essa é a verdadeira conversa que tivemos... Cada palavra, cada som, é verdade... Suprimir isso... seria uma desonestidade maior... não seria?... É — mas estou fazendo uma coisa ilegal!" Os pensamentos giravam sem parar em sua cabeça, enquanto a fita continuava a rodar... E Sherman McCoy, que agora jurara assumir o seu eu animal, descobriu o que muitos descobriram antes dele. Em meninos e meninas bem-criados, a culpa e o instinto de obedecer às leis eram reflexos, fantasmas insuprimíveis na máquina.

Mesmo antes de o gigante *hasid* ter descido estrondeando pelas escadas e as gargalhadas de Maria terem cessado nessa câmara dilapidada no Bronx, o promotor, Kramer, estava protestando furiosamente.

— Juiz, não posso permitir isso...

— Darei a você oportunidade de falar.

... truque ordinário...

— Sr. Kramer!

— ... influência... SR. KRAMER!

Kramer calou-se.

— Agora, sr. Kramer — disse Kovitsky —, tenho certeza de que conhece a voz da sra. Ruskin. Concorda que esta era a voz dela?

— Provavelmente, mas essa não é a questão. A questão é...

— Um minuto. Presumindo que seja este o caso, o que acabamos de ouvir na gravação difere do testemunho que a sra. Ruskin prestou diante do júri de instrução?

— Juiz... isso é absurdo! E difícil dizer o *que* está acontecendo nessa gravação!

— *Difere*, sr. Kramer?

— Varia.

— Varia é o mesmo que difere?

— Juiz, não há maneira de afirmar em que condições essa gravação foi feita!

— *Prima facie*, sr. Kramer, difere?

— *Prima facie* difere. Mas não pode permitir que esse artifício ordinário — virou a mão desdenhosamente na direção de McCoy — influencie o seu...

— Sr. Kramer...

— ... julgamento! — Kramer percebeu que a cabeça de Kovitsky ia gradualmente baixando. O branco começava a aparecer sob as íris. O mar começava a espumar. Mas Kramer não conseguia se conter. — O fato puro e simples é que o júri de instrução proferiu um indiciamento válido! O senhor tem... esta audiência não tem jurisdição sobre...

— Sr. Kramer...

— ... as deliberações devidamente concluídas de um júri de instrução!

— Muito obrigado por seu douto conselho, sr. Kramer!

Kramer congelou, com a boca ainda aberta.

— Deixe-me lembrar-lhe — disse Kovitsky — que sou o juiz presidente do júri de instrução, e não estou nada encantado com a possibilidade das declarações de uma testemunha-ehave do caso serem viciadas.

Fumegando, Kramer balançou a cabeça.

— Nada que esses dois... *indivíduos* — tornou a virar a mão na direção de McCoy — digam em seu ninho de amor... — Sacudiu mais uma vez a cabeça, encolerizado demais para encontrar palavras para terminar a frase.

— Às vezes é justamente quando a verdade aparece, sr. Kramer.

— *A verdade!* Dois ricos mimados, um deles usando gravador como um rato... experimente dizer isso às pessoas naquele tribunal, juiz!...

Assim que as palavras saíram de sua boca, Kramer teve certeza de que cometera um erro, mas não conseguiu se refrear.

— ... e aos outros milhares que estão do lado de fora daquele tribunal acompanhando cada palavra deste caso! Experimente dizer-lhes...

Parou. As íris de Kovitsky mais uma vez surfavam num mar turbulento. Esperou que explodisse de novo, mas, em vez disso, ele fez algo ainda mais enervante. Sorriu. Sua cabeça estava abaixada, a bicanca saliente, as íris planando no oceano, e ele sorriu.

— Muito obrigado, sr. Kramer. Farei isso.

Quando o juiz Kovitsky voltou ao tribunal, os manifestantes se divertiam sozinhos, falando em altas vozes, gargalhando, passeando, fazendo caretas e mostrando de todas as formas ao pelotão de guardas judiciários de camisa branca quem mandava ali. Aquietaram-se um pouco quando viram Kovitsky, mas mais por curiosidade do que por qualquer outra razão. Estavam a mil.

Sherman e Killian dirigiram-se à mesa do acusado, uma mesa diante do juiz, e as cantilenas em falsete recomeçaram.

— Sherrr-maaannnn...

Kramer parou junto à mesa do escrivão para falar com um branco alto vestido num terno de gabardine ordinária.

— Aquele é o já mencionado Bernie Fitzgibbon, em quem você não tem fé — disse Killian. Estava sorrindo. Então falou, indicando Kramer: — Fique de olho na cara daquele panaca.

Sherman olhou sem compreender.

Kovitsky ainda não subira para sua mesa. Continuava parado a uns 3 metros, conversando com seu secretário, o sujeito ruivo. O barulho na seção reservada ao público aumentou. Kovitsky subiu lentamente os degraus que levavam à sua mesa sem olhar para os manifestantes. Permaneceu de pé diante da mesa com os olhos baixos, como se estivesse observando alguma coisa no chão.

De repente... TAPUM! O *martelo* — foi como uma bomba.

— VOCÊS! CALEM-SE E SENTEM-SE!

Os manifestantes imobilizaram-se um instante, chocados com o volume furioso da voz do homenzinho.

— COM QUE ENTÃO INSI-I-I-ISTEM... EM TESTAR... A VO-OO-NTADE... DESTE TRIBUNAL?

Silenciaram e começaram a sentar em seus lugares.

— Muito bem. Agora, quanto ao caso do Povo contra Sherman McCoy, o júri de instrução concluiu pelo indiciamento. Em conformidade com a minha autoridade para supervisar os trâmites do júri de instrução, ordeno que esse indiciamento seja anulado no interesse da justiça, sem preconceito e com permissão para que o promotor distrital reapresente o caso.

— Meritíssimo! — Kramer estava de pé, com a mão para o alto.

— Sr. Kramer...

— Este ato causará dano irreparável não somente à causa da população...

— Sr. Kramer...

— ... mas também à causa do Povo. Meritíssimo, hoje neste tribunal — fez um gesto abrangendo a seção reservada ao público e os manifestantes — encontram-se muitos membros da comunidade tão vitalmente afetada por este caso, e é prejudicial ao sistema de justiça penal deste país...

— SR. KRAMER! TENHA A GENTILEZA DE NÃO ME ATRIBUIR OS SEUS PREJUÍZOS!

— Meritíssimo...

— SR. KRAMER! O TRIBUNAL ORDENA QUE O SENHOR SE CALE!

Kramer ergueu os olhos para Kovitsky de boca escancarada, como se lhe tivessem tirado o fôlego.

— Agora, sr. Kramer...

Mas Kramer recuperara o fôlego.

— Meritíssimo, quero que conste dos registros que o tribunal levantou a voz. Gritou, para ser mais preciso.

— Sr. Kramer... o tribunal vai levantar... MAIS DO QUE A VOZ! Que o faz pensar que possa se apresentar diante do juiz agitando a bandeira da pressão comunitária? A lei não é uma criação de poucos ou de muitos. O tribunal não se deixa afetar por suas ameaças. O tribunal está ciente de sua conduta diante do juiz Auerbach na corte criminal. O senhor acenou com uma petição, sr. Kramer! O senhor a agitou no ar como se fosse uma bandeira! — Kovitsky ergueu a mão direita abanando-a no ar. — O senhor apareceu na TELEVISÃO, sr. Kramer! Uma artista desenhou o seu retrato brandindo uma petição como um Robespierre ou um Danton, e o senhor estava lá na TELEVISÃO! O senhor cedeu à turba, não foi... e talvez haja gente neste tribunal AGORA QUE TENHA GOSTADO DA SUA REPRESENTAÇÃO, sr. Kramer. Muito bem, tenho UMA INFORMAÇÃO para o senhor! Aqueles que entram NESTE tribunal agitando bandeiras... PERDEM OS BRAÇOS... ESTOU SENDO CLARO?

— Meritíssimo, eu estava apenas...

— ESTOU SENDO CLARO?

— Sim, Meritíssimo.

— Muito bem. Agora estou anulando o indiciamento no caso do Povo contra McCoy, com permissão para reapresentação.

— Meritíssimo! Devo repetir... tal ato prejudicaria irreparavelmente a causa do Povo! — Kramer cuspia as palavras de modo que Kovitsky não conseguisse abafá--lo com a sua tremenda voz. Kovitsky pareceu surpreso com o atrevimento dessa declaração e com a sua veemência. Congelou, e isso deu aos manifestantes coragem suficiente para entrar em ação.

— *Buuuuuuuuuu!...* Fora com a justiça da Park Avenue! — Um deles saltou da cadeira, em seguida outro e mais outro. O negro alto, de brinco numa orelha, estava na primeira fila com o punho no ar.

— ROUBALHEIRA! — gritou. — Roubalheira!

TAPUM! O martelo explodiu mais uma vez. Kovitsky levantou-se, meteu os punhos no tampo da mesa e se curvou para a frente.

— Guardas... RETIREM ESSE HOMEM! — Dizendo isso, Kovitsky ergueu o braço direito e apontou para o manifestante alto, de brinco. Dois guardas judiciários de camisa branca de mangas curtas, com 38 nos quadris, avançaram para ele.

— Não pode mandar retirar o Povo! — gritou o homem. — Não pode mandar retirar o Povo!

— Certo — respondeu Kovitsky —, mas VOCÊ vai ser retirado!

Os guardas aproximaram-se um de cada lado do homem e começaram a empurrá-lo para a saída. Ele olhou para trás, para seus confrades, mas eles pareciam confusos. Resmungavam, mas não tinham peito de enfrentar Kovitsky.

TAPUM!

— Silêncio! — disse Kovitsky. Assim que a assistência ficou razoavelmente sossegada, Kovitsky olhou para Fitzgibbon e Kramer. — A sessão está suspensa.

Os espectadores se levantaram, seus resmungos agora se avolumavam até um vozerio irado ao se encaminharem para a porta, olhando feio para Kovitsky antes de saírem. Nove guardas judiciários formaram uma barreira entre os espectadores e a barra. Dois deles tinham as mãos pousadas no cabo das armas. Ouviam-se gritos abafados, mas Sherman não conseguia distingui-los. Killian se levantou e começou a andar em direção a Kovitsky. Sherman seguiu-o.

Um tremendo tumulto às suas costas. Sherman virou-se. Um negro alto irrompera pela barreira de guardas judiciários. Era o tal de brinco de ouro, o que Kovitsky mandara retirar do tribunal. Aparentemente os guardas tinham-no largado no corredor, e ele agora voltava, furioso. Já ultrapassara a barra. Rumava na direção de Kovitsky, os olhos faiscando.

— Seu velho babaca e careca! Seu velho babaca e careca!

Três guardas deixaram a barreira que estava tentando conduzir os manifestantes para fora da sala. Um deles agarrou o homem alto pelo braço, mas ele se desvencilhou.

— Justiça da Park Avenue!

Os manifestantes agora começavam a refluir pela brecha na barreira de guardas, falando e resmungando e calculando o grau de ferocidade que queriam demonstrar. Sherman olhou-os, paralisado com a cena. "É agora que vai começar!" Uma sensação de medo... *expectativa!*... "É agora que vai começar!" Os guardas recuam, tentando se manter entre a turba e o juiz e o pessoal do tribunal. Os manifestantes se reagrupam, resmungando, ladrando, se envenenando, tentando imaginar a força e a coragem que têm.

— *Buuuuuu!... Êêêêêhhhhh... 00000000000... Eh! Goldberg!... Velho babaca e careca!*

De repente, à esquerda, Sherman vê o vulto ossudo e selvagem de Quigley. Juntou-se aos guardas judiciários. Está tentando empurrar a turba para trás. Tem um ar alucinado no rosto.

— Muito bem, Jack, agora chega. Acabou. Todos vão para casa agora, Jack. — Chama-os de Jack. Está armado, mas o revólver continua guardado em algum lugar do casaco esporte verde-marreco. Os guardas judiciários vão recuando lentamente. A toda hora levam as mãos aos coldres nos quadris. Tocam o cabo das armas, então afastam as mãos, como se aterrorizados com o que aconteceria se as sacassem e começassem a atirar ali na sala.

Fazendo força e empurrando... uma tremenda agitação... Quigley!... Quigley agarra um manifestante pelo pulso, torce-lhe o braço para as costas e puxa-o para cima — Aaaiiiii! — e chuta-lhe as pernas para lhe tirar o apoio do corpo. Dois dos guardas judiciários, o tal chamado Brucie e o grandalhão com o pneu de gordura na cintura, recuam para além de Sherman, curvados, as mãos nos coldres. Brucie começa a berrar para Kovitsky por cima do ombro:

— Entre no seu elevador, juiz! Droga, entre no seu elevador! — Mas Kovitsky não se mexe. Encara furioso a turba.

O alto, o tal de brinco de ouro, está a menos de um passo dos dois guardas. Não tenta passar por eles. Tem a cabeça erguida e o longo pescoço esticado no ar, e grita para Kovitsky: Seu velho babaca e careca!

— Sherman! — É Killian ao seu lado. — Vamos! Vamos descer pelo elevador do juiz! — Sente Killian puxando-o pelo cotovelo, mas está pregado ao chão. "É agora que vai começar! Para que adiar?"

Um borrão. Ergue os olhos. Uma figura furiosa de camisa de trabalho azul avança para ele. Um rosto contorcido. Um enorme dedo ossudo.

— Chegou a hora, Park Avenue!

Sherman se prepara. De repente — Quigley. Quigley se interpõe entre os dois e com um sorriso completamente maluco mete a cara na do homem e diz:

— Oi!

Assustado, o homem o encara, e naquele momento, ainda encarando-o nos olhos e sorrindo, Quigley levanta o pé esquerdo e desce-o com toda a força no dedão do homem. Um uivo terrível.

Isso é um sinal para a turba.

— Ôooooooo!... Pega ele!... Pega ele!... — Passam pelos guardas aos repelões. Brucie empurra o negro alto de brinco. Ele sai cambaleando para um lado. De súbito está bem na frente de Sherman. Olha. Está assombrado. Cara a cara! E agora? Ele só olha fixamente. Sherman está petrificado... aterrorizado... "Agora!" Abaixa-se, gira nos quadris, e vira de costas — "agora! — vai começar agora!" Vira-se e mete o punho no plexo solar do homem.

— Ooooooo!

O filho da mãe está afundando, com a boca aberta, e os olhos esbugalhados e o pomo de adão em convulsões. Bate no chão.

— Sherman! Vamos! — Killian puxa-o pelo braço. Mas Sherman está paralisado. Não consegue tirar os olhos do homem de brinco de ouro. O homem está no chão, dobrado de um lado, arquejando. O brinco está pendurado na orelha, num ângulo esquisito.

Sherman é empurrado para trás por dois vultos que se debatem. *Quigley.* Quigley tem um rapaz branco e alto preso pelo pescoço com um braço e parece estar tentando empurrar o nariz do rapaz para dentro do crânio com o punho da outra mão. O rapaz branco está fazendo *Aaaaaah, aaaaah,* e sangra horrivelmente. O nariz é um pudim de sangue. Quigley está grunhindo *Ummmm ummmm ummmm*. Deixa o rapaz branco despencar no chão e em seguida amassa o salto do sapato no braço dele. Um pavoroso *Aaaaah*. Quigley pega Sherman pelo braço e empurra-o para trás.

— Vamos, Sherm! — *Sherm*. — Vamos dar o fora daqui! "Meti o braço na barriga dele — e ele saiu gritando 'ooooooo!' e caiu no chão." Uma última olhada no brinco pendurado...

Agora Quigley o empurra para trás e Killian o puxa para a frente.

— Vamos! — berra Killian. — Perdeu a porra da cabeça?

Havia apenas um pequeno semicírculo de guardas judiciários, e mais Quigley, entre a turba e Sherman, Killian, o juiz, o secretário dele e o escrivão, que se espremeram pela porta do gabinete do juiz, ombro a ombro, pelejando. Os manifestantes — havia bastante para enfurecê-los agora! Um deles está tentando entrar aos empurrões pela porta... Brucie não consegue contê-lo... *Quigley*... Sacou o revólver. Ergue-o no ar. Mete a cara diante do manifestante à porta.

— Muito bem, veado! Quer mais um buraco na porra do nariz?

O homem se imobiliza — se imobiliza como uma estátua. Não é por causa do revólver. É a expressão no rosto de Quigley que o faz parar.

Uma batida... duas batidas... É só do que precisam. O guarda com o enorme pneu de banha mantém a porta para o elevador do juiz aberta. Estão arrebanhando todos para prosseguirem — Kovitsky, o secretário, o escrivão grandalhão, Killian. Sherman recua para dentro do elevador com Quigley e Brucie. Os três guardas permanecem no gabinete, prontos para sacar as armas. Mas a turba perdeu o gás, *desanimou.Quigley. A expressão em seu rosto* "Muito bem, veado. Quer mais um buraco na porra do nariz?"

O elevador começa a descer. Está insuportavelmente quente ali dentro. Todos comprimidos. *Aaah, aaaahh, aaaaaah, aaaaahhhh*. Sherman percebe que é ele mesmo, procurando respirar, ele e Quigley também, e Brucie e o outro guarda judiciário, o gordo. *Aaaaaah, aaaahhhhh, aaaaahhhhh, aaaahhhhh, aaaaahhhhhhhh*.

— Sherm! — É Quigley. falando entre arquejos. — Você nocauteou... aquele veado... Sherm! Você... o nocauteou!

"Afundou no chão. Dobrado. O brinco balançando. Agora! — e venci." Está roído de um medo frio — "vão me pegar!" e eufórica expectativa. "Outra vez! Quero fazer isso outra vez!"

— Não se congratulem. — Era Kovitsky, em voz baixa e severa. — A coisa toda foi uma porra de um fiasco. Vocês nem sabem como foi ruim. Não deveria ter suspenso a sessão tão depressa. Deveria ter explicado a eles. Eles... não sabem. Nem sabem o que fizeram.

— Juiz — disse Brucie —, ainda não terminou. Temos manifestantes nos corredores e do lado de fora do edifício.

— Onde, do lado de fora?

— Principalmente na escadaria da frente, na 161st Street, mas também na Walton Avenue. Onde está o seu carro, juiz?

— No lugar de sempre. Na depressão.

— Talvez um de nós devesse levá-lo até a entrada da Concourse.

Kovitsky pensou um instante.

— Fodam-se. Não vou dar a eles essa satisfação.

— Eles nem vão saber, juiz. Não quero assustá-lo, mas já estão lá fora... falando do senhor... Têm um sistema de som instalado e tudo mais.

— Ah, é? — respondeu Kovitsky. — Será que já ouviram falar em obstrução da administração pública?

— Acho que nunca ouviram falar de nada, exceto de armar encrenca, mas sabem como fazer isso.

— Bom, obrigado, Brucie. — Kovitsky começou a sorrir. Voltou-se para Killian. — Lembra-se da vez que o mandei sair do elevador do juiz? Nem me lembro como foi que você entrou.

Killian sorriu e assentiu com a cabeça.

— E você não queria sair, e eu disse que ia mandar prendê-lo por desacato? E você respondeu: "Desacato de quê? Desacato do elevador?" Lembra-se?

— Ah, pode crer que me lembro, juiz, mas sempre tive esperança de que o *senhor* não se lembrasse.

— Sabe o que foi que me irritou? Você tinha razão. Foi isso que me irritou.

Mesmo antes de o elevador chegar ao primeiro andar, eles ouviram o fantástico PRIIIIMMMMMMM! do alarme.

— Nossa. Que idiota disparou isso? — exclamou Brucie. Quem é que eles acham que vai responder? Todos os guardas do edifício já estão a postos.

Kovitsky voltou a ficar muito sério. Balançava a cabeça. Parecia tão pequeno, um homenzinho calvo e ossudo em volumosas vestes negras apertado num elevador sufocante.

— Eles não sabem a gravidade disso... Não sabem porra nenhuma... Sou o único amigo deles, o único amigo...

Quando a porta do elevador se abriu, o barulho do alarme PRRRRRRIIIIIIII! era ensurdecedor. Saíram num pequeno vestíbulo. Uma porta levava à rua. Outra levava ao saguão do andar térreo da ilha-fortaleza. Brucie gritou para Sherman:

— Como é que está pensando em sair daqui?

Quigley respondeu:

— Temos um carro, mas só Deus sabe onde está. O porra do motorista estava aterrorizado só de pensar em dirigir até este edifício.

Brucie perguntou:

— Onde é que ele deveria estar?

Quigley informou:

— Na entrada da Walton Avenue, mas conheço aquele veado, deve estar a meio caminho de Candy.

— Candy?

— É a porra da cidade de onde ele vem do Ceilão, Candy. Quanto mais perto chegávamos da porra deste edifício, mais ele falava da porra dessa cidade de onde ele vem, Candy. A porra da cidade se chama Candy.

Os olhos de Brucie se arregalaram, e ele gritou:

— Ei, juiz!

Kovitsky estava passando pela porta que levava ao corredor interno do edifício.

— Juiz! Não entre aí! Eles estão espalhados por todos os corredores!

"Agora! De novo!" Sherman precipitou-se para a porta e correu atrás da figurinha de preto.

A voz de Killian:

— Sherman! Que diabo está fazendo?!

A voz de Quigley:

— Sherm! Nossa!

Sherman viu-se num vasto saguão de mármore inundado com o eco estupendo do alarme. Kovitsky ia à sua frente, caminhando tão rápido que sua toga se enfunava. Parecia um corvo querendo ganhar altura. Sherman começou a correr para tentar pegá-lo. Um vulto passou correndo por ele. Brucie.

— Juiz! Juiz!

Brucie alcançou Kovitsky e tentou agarrá-lo pelo braço esquerdo. Sherman agora ia logo atrás deles. Com um gesto furioso, Kovitsky obrigou o guarda a largá-lo.

— Juiz, onde está indo?! O que está fazendo?!

— Tenho que dizer a eles! — disse Kovitsky.

— Juiz... vão matá-lo.

— Tenho que dizer!

Sherman percebeu que os outros estavam chegando pelos lados, correndo... o guarda gordo... Killian... Quigley... Todos os rostos no corredor pararam para olhar, tentando descobrir o que em nome de Deus estavam vendo... esse juizinho furioso de toga negra e seus acompanhantes correndo ao lado dele e gritando: "Juiz! Não faça isso!"

Gritos no corredor... "É ele!... *Eh!* É aquele veado!"... PRRRRIIIIIMMMMM! ... O alarme ensurdecia a todos com as suas ondas sonoras.

Brucie tentou mais uma vez refrear Kovitsky.

— Largue a PORRA DO MEU BRAÇO! — berrou Kovitsky. — Estou lhe dando a PORRA DE UMA ORDEM, BRUCIE!

Sherman desatou num trote para acompanhá-los. Estava apenas meio passo atrás do juiz. Observou os rostos no corredor. "Agora! — outra vez!" Contornaram uma quina do corredor. Estavam no grande saguão moderno que levava ao terraço sobre a 161st Street. Cinquenta ou sessenta curiosos, cinquenta ou sessenta rostos embevecidos encontravam-se no saguão, olhando para o terraço. Pelas portas de vidro Sherman via a silhueta de uma massa de vultos.

Kovitsky alcançou a porta e parou. PRRRRRIIIIIMMMMM! Brucie berrou:

— Não vá lá para fora, juiz! Estou suplicando!

No centro do terraço havia um microfone em um suporte, como o que se encontraria em uma banda de música. Ao microfone achava-se um negro alto de terno preto e camisa branca. Gente negra e gente branca se aglomerava de cada lado dele. Uma mulher branca de cabelo espetado louro-cinza estava junto dele. Um ajuntamento de negros e brancos espalhava-se pelo terraço e pelas escadas que davam acesso aos dois lados. A julgar pelo barulho, centenas, possivelmente milhares de pessoas, encontravam-se na grande escadaria e na calçada lá embaixo, na 161st Street. Então Sherman percebeu quem era o homen alto ao microfone: o reverendo Bacon.

Falava à multidão numa voz de barítono controlada e firme, como se cada palavra fosse mais um passo resoluto do destino.

— Depositamos a nossa confiança nessa sociedade... e nesta estrutura de poder... e o que foi que conseguimos? — Muitos murmúrios e muitos gritos irados da multidão. — Acreditamos nas promessas deles... e o que foi que conseguimos? — Resmungos, gemidos, uivos. — Acreditamos na justiça deles. Disseram-nos que a justiça era uma mulher cega... uma mulher *imparcial*... entendem?... E que essa mulher não distinguia a cor da nossa pele... E, afinal, quem era essa mulher? Qual é o *nome* dela? Quando ela faz o seu jogo mentiroso e racista, qual é a máscara que ela usa? — Gritos, vaias, uivos, urros de vingança. — *Conhecemos* seu rosto, *conhecemos* seu nome... MY-RON KO-VIT-SKY! — Vaias, uivos, risadas, berros, um ladrido colossal ergueu-se da multidão. — MYRON KO-VIT-SKY! — O ruído cresceu até se transformar num urro. — Mas podemos esperar, irmãos e irmãs... podemos esperar... Esperamos *até agora,* e não temos outro lugar para ir. PODEMOS ESPERAR! ... Podemos esperar que os carrascos da estrutura de poder mostrem seu rosto. Ele está aí dentro. Ele está aí dentro! — Bacon mantinha o rosto voltado para o microfone e a multidão, mas virou o braço e o dedo estirado para trás na direção do edifício. — E ele sabe que o povo está aqui, porque... ele... não... é... cego... *Ele* vive amedrontado nesta ilha, num mar poderoso de gente, porque sabe que o povo... e a justiça!... esperam por ele. E não há como escapar! — A multidão estrugiu, e Bacon se curvou um instante para o lado quando a mulher de cabelo espetado louro-cinzento cochichou alguma coisa em seu ouvido.

Naquele instante Kovitsky abriu as duas portas de vidro diante dele. Sua toga se enfunou como enormes asas negras.

— Juiz! Pelo amor de Deus!

Kovitsky parou ao portal, os braços abertos. O momento alongou-se... alongou-se... Os braços baixaram. As asas enfunadas penderam-lhe junto ao corpo frágil. Ele deu as costas e voltou para dentro do saguão. Seus olhos estavam baixos e ele resmungava.

— O único amigo deles, o único amigo deles, porra. — Olhou para o guarda judiciário. — Está bem, Brucie, vamos.

"Não! Agora!" Sherman gritou:

— Não, juiz! Enfrente-os! Irei com o senhor!

Kovitsky virou-se repentinamente e olhou para Sherman. Obviamente nem se dera conta de que ele estava ali. Uma expressão furiosa.

— Que diabo...

— Enfrente-os! — disse Sherman. — Enfrente-os, juiz!

Kovitsky só fez olhar para ele. Por insistência de Brucie estavam agora todos voltando pelo corredor num passo rápido. Os corredores estavam muito mais cheios... uma turba ameaçadora...

— *Olhe ali o Kovitsky!* — Gritos... um ruído infernal... PRRRRRRIIIIIMMMMM! — o alarme tocava e tocava e ricocheteava no mármore, redobrando, triplicando... Um homem mais velho, que não era manifestante, surgiu pelo lado, como se quisesse confrontar Kovitsky, apontando e gritando:

— Você...

Sherman atirou-se contra ele e berrou:

— Tire a sua cara suja daqui! — O homem recuou de um salto, a boca pendendo aberta. Sua expressão: medo! *"Agora! Outra vez!* — meta o punho na barriga dele, amasse o nariz dele até sangrar, meta o salto do sapato no olho dele!"... Sherman virou-se para olhar Kovitsky.

Kovitsky o observava do jeito que se observa um doido varrido. Killian também. E os dois guardas também.

— Você perdeu o juízo? — berrou Kovitsky. — Quer morrer?

— Juiz — respondeu Sherman —, não faz diferença! Não faz diferença!

Ele sorriu. Sentiu o lábio superior se distender sobre os dentes. Deu uma gargalhada furiosa, curta e brusca. Sem liderança a turba no corredor se conteve, sem saber com quem estava lidando. Sherman espiou-lhes os rostos, como se os quisesse obliterar com os próprios olhos. Estava aterrorizado — e muito disposto! — *outra vez!*

O grupinho se retirou pelos corredores de mármore.

EPÍLOGO

Exatamente um ano mais tarde, a seguinte notícia apareceu na página B1 da seção de Notícias Locais do *The New York Times*:

"FINANCISTA ACUSADO DA MORTE DE ALUNO BRILHANTE

Overton Holmes Jr.

O ex-financista da Wall Street, Sherman McCoy, foi levado ao Bronx, ontem, algemado e acusado da morte de Henry Lamb, um aluno negro e brilhante, de dezenove anos, que era o orgulho de um conjunto habitacional do South Bronx.

O sr. Lamb faleceu na segunda-feira à noite, no Lincoln Hospital, em consequência de lesões cerebrais infligidas ao ser atropelado pelo Mercedes-Benz esporte do sr. McCoy no Bruckner Boulevard, no Bronx, há treze meses. Nunca recuperou a consciência.

Manifestantes da Solidariedade dos Povos e de outras organizações gritavam 'Assassino da Wall Street', 'Capitalista assassino', 'Finalmente justiça', enquanto os detetives conduziam o sr. McCoy ao Edifício dos Tribunais Criminais do Bronx, na East 161st Street. O papel desempenhado pelo sr. McCoy no atropelamento do sr. Lamb tornou-se o centro de uma tempestade política no ano passado.

Uma figura aristocrática
Solicitado pelos repórteres a comentar o contraste entre a sua vida na Wall Street e na Park Avenue e a sua situação atual, o sr. McCoy gritou: 'Não tenho qualquer ligação com a Wall Street e nem com a Park Avenue. Sou um réu profissional. Sofri um ano de tormentos legais e vou sofrer mais um — ou talvez de 8 1/3 a 25 anos.'

Os números foram uma aparente referência à sentença de prisão que receberá se for condenado pela nova acusação. O promotor distrital do Bronx, Richard A. Weiss, declarou ter preparado uma acusação de cinquenta páginas para apresentar ao júri de instrução. A denúncia tenaz promovida pelo sr. Weiss neste caso é considerada a chave para a sua reeleição em novembro.

Homem de figura alta e aristocrática, filho de um eminente advogado da Wall Street, John Campbell McCoy, e produto de St. Paul's School e Yale, o sr. McCoy, 39 anos, vestia uma camisa esporte de colarinho aberto, calça cáqui e sapatos de excursionista. O seu traje contrastava violentamente com os ternos ingleses de 2 mil dólares, feitos sob medida, que o fizeram famoso quando era o lendário 'rei do mercado de obrigações' da Pierce & Pierce e percebia um salário de 1 milhão de dólares por ano.

Ao ser conduzido pela porta que dá acesso ao Registro Central do Bronx, no porão do Edifício dos Tribunais, o sr. McCoy declarou, a uma indagação do repórter: 'Já lhe disse que sou um réu de carreira. Agora me visto pelo figurino da prisão, embora não tenha sido condenado por nenhum crime.'

Queda no estilo de vida

Na leitura da acusação, seis horas mais tarde, o sr. McCoy compareceu diante do juiz Samuel Auerbach apresentando o queixo ligeiramente inchado do lado esquerdo e ferimentos nas juntas das mãos. Interrogado pelo juiz Auerbach, respondeu, cerrando os punhos: 'Não se preocupe, juiz. Isso é algo que posso resolver sozinho.'

Os policiais comentaram que o sr. McCoy se envolvera numa disputa com dois outros prisioneiros numa cela comum, que resultou numa luta corpo a corpo, mas que dispensara os oferecimentos de tratamento médico.

Quando o juiz perguntou-lhe qual era a sua posição diante da acusação, o sr. McCoy disse em voz alta: 'Absolutamente inocente.' Contrariando o conselho do juiz, insistiu em representar-se na leitura da acusação e informou que agirá da mesma forma num futuro julgamento.

Fontes ligadas ao sr. McCoy, cujos bens eram avaliados em mais de 8 milhões de dólares, comentaram que um ano de despesas legais extraordinárias e complicações deixaram-lhe apenas 'dinheiro suficiente para pagar o aluguel'. Antigo proprietário de um apartamento de 3,2 milhões de dólares num condomínio na Park Avenue, 816, ele agora aluga dois modestos aposentos num prédio do pós-guerra na East 34th Street, próximo à First Avenue.

A acusação original contra o sr. McCoy, negligência criminosa, foi anulada em junho passado, durante uma audiência turbulenta na câmara do antigo juiz do Supremo Tribunal, Myron Kovitsky. Na tempestade de protestos da comunidade negra que se seguiu, o sr. Weiss apresentou a acusação perante um segundo júri de instrução e obteve um novo indiciamento.

A Organização Democrática do Bronx, atendendo às exigências da comunidade, recusou-se a apresentar como candidato a reeleição o juiz Kovitsky, e ele foi fragorosamente derrotado nas eleições de novembro. Foi substituído pelo veterano juiz Jerome Meldnick. O julgamento do sr. McCoy, em fevereiro, terminou num empate em que três jurados brancos e um hispânico votaram pela sua absolvição.

Há dois meses um júri do Bronx concedeu ao sr. Lamb 12 milhões de dólares numa ação cível contra o sr. McCoy, que apelou dessa sentença. Recentemente, o dr. Albert Vogel, advogado do sr. Lamb, acusou o sr. McCoy de estar escondendo bens a fim de fugir ao cumprimento da sentença. Os bens em questão são o resultado da venda de seu apartamento na Park Avenue e de sua casa em Southampton, Long Island, que ele tentou doar à esposa Judy, com quem não vive, e à filha do casal de sete anos, Campbell. O tribunal congelou esses bens, juntamente com o saldo dos investimentos em títulos e objetos pessoais vendáveis, aguardando o julgamento de seu recurso de prejuízos cíveis.

A sra. McCoy e a filha, segundo é voz corrente, mudaram-se para o meio-oeste, mas a sra. McCoy estava na seção reservada ao público ontem no tribunal, aparentemente incógnita para o barulhento grupo de manifestantes, brancos e negros, que ocupavam a maioria das cadeiras. A certa altura, o sr. McCoy olhou para a esposa, sorriu, e ergueu a mão esquerda numa saudação de punho fechado. O significado desse gesto não foi entendido. A sra. McCoy recusou-se a falar com os repórteres.

Ninho de amor de aluguel tabelado

O casamento do sr. McCoy desestabilizou-se com a revelação de que Maria Ruskin Chirazzi, herdeira da fortuna de Ruskin em fretamentos aéreos, encontrava-se no automóvel com o sr. McCoy no momento em que o sr. Lamb foi atropelado. O casal, como se veio a descobrir, estava tendo um caso num apartamento secreto que foi mais tarde chamado de 'ninho de amor de aluguel tabelado'. O marido da sra. Chirazzi à época, Arthur Ruskin, faleceu de um ataque cardíaco pouco antes de vir a público o envolvimento de sua esposa no caso.

O promotor distrital Weiss estava disposto a levar novamente a julgamento a acusação de negligência criminosa quando o sr. Lamb faleceu, expondo o sr. McCoy à acusação mais grave de homicídio. O sr. Weiss já anunciara que o promotor distrital assistente, Raymond I. Andriutti, conduziria a acusação. Devido a uma ocorrência anormal, o sr. Weiss foi forçado a remover do caso o promotor do primeiro julgamento, Lawrence N. Kramer, quando se descobriu que o sr. Kramer intercedera com um senhorio para obter o chamado ninho de amor de aluguel tabelado para uma amiga, Shelly Thomas, uma publicitária. O sr. Kramer, que é casado, conheceu a srta. Thomas quando servia como jurada num outro caso em que ele atuou como promotor. O réu daquele caso, Herbert (Herbert 92X) Cantrell, obteve uma revogação de sua condenação de homicídio de primeiro grau alegando 'má conduta do promotor'.

O sr. Andriutti declarou ontem que convocaria a sra. Chirazzi para testemunhar pela promotoria no novo julgamento do sr. McCoy, apesar de uma controvérsia sobre o seu testemunho perante o júri de instrução ter sido a causa da anulação do primeiro indiciamento do sr. McCoy pelo juiz Kovitsky. Ela não testemunhou no primeiro julgamento.

Propriedade elegante

Os problemas legais do sr. McCoy multiplicaram-se ontem, quando a funcionária de uma firma imobiliária, Sally Rawthrote, entrou com uma ação de 500 mil dólares contra ele no Tribunal Civil de Manhattan. A sra. Rawthrote recebeu uma comissão de 192 mil dólares pela venda do apartamento do sr. McCoy na Park Avenue por 3,2 milhões de dólares. Mas o sr. Lamb, por intermédio do dr. Vogel, processou-a para recuperar os 192 mill dólares, alegando que tal soma deveria ser desviada para o pagamento da ação de indenização que o sr. Lamb impetrou contra o sr. McCoy. A sra. Rawthrote acusa o sr. McCoy de 'pôr à venda ilegalmente uma propriedade gravada'. Em declaração, afirmou que estava 'apenas se precavendo de uma possível perda de sua comissão legal' e na verdade deseja o bem do sr. McCoy.

Exatamente de que maneira o sr. McCoy pretende resolver esse e outros complexos problemas legais que decorrem do caso é uma incógnita. Procurado em sua casa em Long Island, o ex-advogado do sr. McCoy, Thomas Killian, disse que infelizmente já não podia representar o sr. McCoy devido à falta de fundos suficientes para montar uma defesa.

Presentemente, o sr. Killian está muito ocupado com uma barragem de ações impetradas por seus novos vizinhos na elegante comunidade de Lattingtown, no litoral norte. Há pouco tempo ele adquiriu a propriedade de 80.000m^2 de Phipps e contratou o conhecido arquiteto moderno, Hudnall Stallworth, para projetar uma ampliação da casa principal, que está registrada no Patrimônio Histórico Nacional. Os conservacionistas locais objetam que se façam quaisquer alterações na majestosa estrutura georgiana.

O sr. Killian, porém, é veemente na defesa do sr. McCoy. Num discurso no almoço de um grupo privado, ontem, dizem que se referiu ao indiciamento por homicídio com um conhecido expletivo escatológico e declarou o seguinte: 'Se este caso fosse julgado *in foro conscientiae* (no tribunal da consciência), os acusados deveriam ser Abe Weiss, Reginald Bacon e Peter Fallow de *The City Light*.'

Milton Lubell, porta-voz do sr. Weiss, informou que o promotor distrital não iria responder a 'palpites' de 'alguém que não tem ligação com o caso'. E acrescentou: 'Somente o tratamento privilegiado, dispensado por certos elementos do sistema penal, mantiveram o sr. McCoy à margem da lei até agora. É trágico que fosse preciso Henry Lamb morrer, um rapaz que representava os ideais de nossa cidade, para que finalmente se fizesse justiça neste caso.'

Buck Jones, porta-voz da Solidariedade dos Povos do reverendo Bacon, repudiou a acusação do sr. Killan classificando-a de 'a costumeira conversa ambígua e racista de um porta-voz racista de um conhecido capitalista racista', que está procurando 'fugir ao pagamento devido pela destruição racista de um excelente rapaz'.

O sr. Fallow, vencedor do prêmio Pulitzer pela cobertura do caso McCoy, não foi encontrado pelo repórter. Aparentemente encontra-se num veleiro navegando pelo mar Egeu com Lady Evelyn, com quem se casou há duas semanas, e que é filha de Sir Gerald Steiner, o célebre editor e financista."

O AUTOR E SUA OBRA

Casado, pai de um filho e dono de uma fulgurante carreira jornalística, Tom Wolfe tornou-se uma espécie de porta-voz da mais conturbada metrópole do planeta: Nova York. Seu romance de estreia, A fogueira das vaidades, *encabeçou por catorze semanas a lista de* best-sellers *do jornal* The New York Times. *Em dois meses, vendeu mais de um milhão de exemplares. Recentemente lançado no Brasil, o livro também foi incluído rapidamente na relação dos mais vendidos. O romance agitou Nova York. No melhor estilo de Honoré de Balzac ou Émile Zola, seus ídolos confessos, Tom Wolfe fez um admirável retrato da Nova York dos anos 1980 — um aglomerado humano fascinante, mas também uma cidadela implacável, pronta a sugar e engolir os menos desavisados.*

Amparadas por um paciente trabalho de pesquisa do autor, as personagens de A fogueira das vaidades *ganham contornos extremamente reais. Mas o grande mérito do romance está na riqueza de detalhes com que o autor descreve o fim de uma época — a do deslumbramento* yuppie *ante os anos de prosperidade irrefreada. Wolfe lançou mão da mesma visão panorâmica que Balzac e Zola usaram para dissecar a Paris do século XIX. "Eu queria provar que não só era possível mas também desejável escrever um romance que utilizasse um enfoque que as pessoas haviam proclamado como morto nos últimos quarenta anos", confessou ele aos críticos.*

A polêmica, aliás, sempre esteve presente em sua vida. Filho de uma tradicional família da Virgínia, Tom Wolfe ou Thomas Kennerly Jr. nasceu na histórica cidade de Richmond a 2 de março de 1931. Seu pai foi professor de agronomia no Instituto Politécnico do Estado. Quando criança, Wolfe reescreveu algumas das lendas do rei Arthur e compilou biografias de outros heróis do passado. Depois de graduado em Yale, tinha tudo para ser tragado pela mesma Wall Street que tão bem descreve em seu primeiro romance. Em vez disso, antecipando a contracultura e o movimento hippie dos anos 1960, decidiu mandar a família às favas e meteu o pé no mundo. Por alguns anos foi motorista de caminhão.

O jornalismo, então, não parecia se enquadrar em suas possíveis opções. Mesmo assim, um tanto tardiamente, aos 31 anos, obteve emprego como foca no jornal Herald Tribune, *de Nova York. Como trabalho de estreia, foi enviado a Los Angeles para fazer uma reportagem sobre uma exposição de carros velhos com motor envenenado. Seu editor lhe pediu, então, que fizesse um relatório detalhado sobre tudo o que vira no evento. Ele próprio se encarregaria de dar uma forma convincente ao texto final. No dia seguinte, no entanto, o texto de Wolfe apareceu impresso na íntegra, e na primeira página. Expressões debochadas, uma grande dose de coloquialismo, tiradas geniais e muitas expressões pessoais já chamavam a atenção dos leitores em seu primeiro artigo.*

A esse descompromisso com a linguagem formal, Tom Wolfe acrescentou sua irônica capacidade de observação da cena americana. Desde então, sua carreira tem sido uma sucessão de êxitos e ousadias. Em seu primeiro livro, The pump house gang, *reuniu uma série de divertidas reportagens sobre os surfistas da Califórnia. Em outro, chamado* The electric koll-aid acid test, *traçou um perfil cruel da geração psicodélica dos Estados Unidos — em que muitos faziam uma viagem da qual nunca mais voltariam. Em poucos anos, Wolfe angariou fama o bastante para ser considerado um dos pioneiros do New Journalism, movimento que subverteu totalmente os padrões da imprensa norte-americana.*

O texto ferino de Tom Wolfe ganharia projeção nacional com a publicação de três outros livros de ensaios-reportagens no início dos anos 1970. O primeiro, Radical chic, *nasceu de um ensaio para a revista* New York *em que Wolfe, após comparecer a uma festa que o maestro Leonard Bernstein oferecia aos líderes dos Panteras Negras, arrasou publicamente o namoro de entediados milionários de Manhattan com militantes de causas radicais. O segundo,* A palavra pintada, *desancou asperamente certos críticos especializados em artes plásticas. Finalmente,* Os eleitos (The right stuff), *tornou-se um dos mais belos momentos da carreira do jornalista. O livro, que levou seis anos para ser escrito e deu origem a um filme homônimo, estrelado por Sam Shepard, Scott Glenn, Ed Harris e Dennis Quaid, é um fantástico relato sobre a vida dos astronautas e o programa espacial norte-americano.*

Suas tiradas corrosivas tornaram Tom Wolfe um dos mais temidos — e por vezes odiados — jornalistas de Nova York. São os liberais, principalmente, que mais se ressentem de suas estocadas ferinas e maldosas. Wolfe, no entanto, parece pairar acima dessas provocações ideológicas. Tão blasé como sempre, pode ser visto, por exemplo, batendo um papo com o pastor negro Jesse Jackson ou frequentando as badaladas reuniões da Casa Branca, onde se misturam algumas das mais poderosas personalidades do planeta.

Impressão e Acabamento:
GEOGRÁFICA EDITORA LTDA.